KB275969

월든

「시민 불복종」 수록

헨리 데이비드 소로

월든

「시민 불복종」 수록

홍지수 옮김

PENGUIN CLASSICS

월든

「시민 불복종」 수록

초판 1쇄 발행 2025년 5월 30일
    2쇄 발행 2025년 9월 10일

지은이 | 헨리 데이비드 소로
옮긴이 | 홍지수

발행인 | 오지연
편집장 | 김복희
디자인 | 유예라
마케팅 | 고성우, 유인철

주소 | 서울특별시 서초구 강남대로 373 홍우빌딩 15층
문의전화 | 02-6964-8874
발행처 | 펭귄랜덤하우스코리아
출판신고 | 2016년 1월 13일 제2016-000011호

ISBN 979-11-88087-48-8 04800

차례

월든 · 7

시민 불복종 ·373

월든

Walden

나는 실의와 낙담에 헌정하는 송시(頌詩)를 쓰려 함이 아니라
홰에 우뚝 서서 목청껏 아침을 깨우는 수탉처럼 자랑스럽게 외치려 한다.
나의 외침으로 이웃들이 깨어나기만이라도 하면 좋으련만.

생활의 경제[1]

이 글을, 아니 정확히 말해 이 글의 대부분[2]을 쓸 당시 나는 매사추세츠 주 콩코드에 있는 월든 호숫가에 혼자 살고 있었다. 가장 가까운 이웃도 1마일[3] 정도 나가야 만날 수 있는 외진 곳인데, 거기서 내 손으로 집을 짓고 육체노동으로 생활을 꾸려 나갔다. 그곳에서 2년 2개월을 보낸 후 지금은 다시 문명 세계로 돌아와 잠시 머무르고 있다.[4]

독자들에게 내 소소한 일상에 관심을 보여달라고 강요하려는 생각은 추호도 없으나, 호숫가에서 보낸 나의 생활에 대해 마을 사람들이 궁금해하는 점들이 있기에 이 글을 통해 답하려고 한다. 어떤 이들은 그런 사적인 질문을 하는 게 결례라고 생각하겠지만 전혀 그렇지 않다. 오히려 저간의 사정을 고려할 때 그들이 질문하는 것은 당연하고, 또 적절한 반응이라고 생각한다. 어떤 이들은 내게 뭘 먹었는지, 외롭지 않았는지, 두렵지는 않았는지 등을 물었다. 또 어떤 이들은 내가 수입의 어느 정도를 자선단체에 기부했는지 궁금해했고, 식구가 많은 사람들은 가난한 아이들을 몇 명이나 돌보았는지 물었다. 이 글에서 이런 질문에 답하고

"

자 하므로 내게 특별히 관심이 없는 독자에게는 미리 양해를 구하고 싶다. 대부분의 책에서는 일인칭 대명사인 '나'를 생략하지만 이 글에서는 '나'를 생략하지 않는다. 글 속의 화자가 작가 자신이라는 점이 바로 이 책과 다른 책의 가장 큰 차이점이다. 우리는 종종 화자가 결국 작가 자신이라는 사실을 잊는다. 내가 스스로를 아는 만큼 누군가에 대해서 잘 안다면 나에 관한 이야기를 삼가리라. 그러나 유감스럽게도 다른 사람의 삶에 대한 지식이 일천하므로, 가장 잘 아는 나에 대한 이야기를 할 수밖에 없다. 덧붙이자면 나는 어떤 작가든지 남의 삶에 대해서만 쓰지 말고 소박하고 진솔하게 자신의 삶에 대해 글을 써야 한다고 생각한다. 타지에서 고향의 친지에게 쓰는 그런 글 말이다. 자신이 진솔한 삶을 살았다면 그 이야기는 제삼자에게 새로운 경험이 된다. 이 글은 아마도 가난한 학생들에게 특히 적합할 것이다. 그 외의 독자들은 자신에게 해당하는 부분만 취사선택하리라. 몸에 맞지 않는 외투의 솔기를 늘려 억지로 입으려는 사람은 없으리라 믿는다. 자신에게 적합하지 않은 것은 아무런 도움이 되지 않기 때문이다.

　내가 하고자 하는 이야기는 중국인이나 샌드위치 섬 주민들[5]과 관련된 것이 아니라 바로 이곳 뉴잉글랜드 지역에 거주하는 여러분과 관련된 것으로, 우리가 처한 상황, 특히 이 세상과 이 마을에서 우리가 처한 객관적인 상황은 무엇이며 왜 이렇게 나쁠 수밖에 없는지, 개선할 여지는 없는지에 관한 이야기이다. 나는 콩코드 구석구석을 두루 돌아다니면서, 상점이든 사무실이든 들판이든 어디에서나 이곳 주민들이 각양각색의 놀라운 방식으로 참회를 하고 있다는 인상을 받았다.[6] 브라만[7]은 사방이 불에 둘러싸인 채로 앉아 태양을 바라보기도 하고, 불 위에 거꾸로 매달리기도 하고, 머리를 뒤로 돌려 하늘을 쳐다보다가 목이 정상적으로 되돌아오지 않아 음식을 삼킬 수 없자 유동식만 하기도 한다고 들었다. 또한 평생을 나무 밑동에 묶인 채 살기도 하고, 광활한 제국을 애벌레처럼 기어 다니기도 하고, 기둥 위에 외다리로 서 있기도 한다고 들었다. 그러나 이렇게 다양한 형태의 의식적인 참회보다 더 놀라운 광경을 나는 매일 목격한다. 헤라클레스의 열두 가지 노역도, 나의 이웃들이 해야 하는 일에 비하면 하찮은 일이다. 헤라클레스의 노역은 열두 가지뿐이고 끝이 있는 일이다. 그러나 내 이웃들이 헤라클레스처럼 괴물을 처치하거나 포획하거나 노역을 끝내는 것을 본 적이 없다. 그들에게는 헤라클레스를 도와, 달군 쇠로 히드라의 머리 뿌리를 쇠로 지진 이올라오스 같은 친구도 없을뿐더러, 그들의 노역은 머리 하나를 자르면 그 자리에 머리 두 개가 솟아나는 히드라처럼 끝이 없다.[8]

이곳 젊은이들은 불행히도 농장, 집, 헛간, 가축, 농기구 등을 물려받았다. 이 모두는 얻기는 쉬워도 없애버리기는 어렵기 때문에 그들은 운 나쁜 사람들이다. 차라리 드넓은 초원에서 태어나 늑대 젖을 먹고 자랐다면[9] 자신이 노동해야 하는 벌판이 어떤 곳인지 더 분명히 볼 수 있었으리라. 누가 그들을 땅의 노예로 만들었는가? 그들은 왜 1펙의 먼지[10]만 먹어도 되는데 60에이커[11]나 되는 먼지를 먹으려 하는가? 그들은 왜 태어나자마자 무덤을 파기 시작하는가? 그들은 자기 앞에 놓인 이 무거운 짐들을 앞으로 밀고 나아가면서 인간다운 삶을 살려고 애쓴다. 나는 노동의 무게에 짓눌리고 숨을 헐떡이면서 인생의 길을 가까스로 기어 내려가는 불쌍한 영혼을 수없이 만났다. 그들은 가로세로가 각각 75피트와 40피트나 되는 큰 헛간을 건사하고, 아무리 닦아도 깨끗해지지 않는 아우게이아스의 외양간[12]과 씨름하며, 100에이커나 되는 토지, 경작지, 목초지, 삼림지를 돌봐야 한다. 반면 물려받은 처치 곤란의 유산을 지키느라 애쓸 필요가 없는 무일푼인 사람들은, 부피가 몇 세제곱피트밖에 안 되는 자기 육신을 진정하고 수양하기만도 벅차다고 생각한다.

일의 노예가 되는 것은 옳지 않다. 인간의 육신은 곧 토양으로 섞여 들어가 퇴비로 변한다. 옛 책[13]에 쓰여 있듯이 사람들은 흔히 '필요'라고 불리는, 운명처럼 보이는[14] 것에 발목을 잡혀 곧 좀먹고 녹슬고 도둑이 침입해 훔쳐 갈 재물을 축적하느라 안간힘을 쓴다. 그리고 마침내 죽을 때에 이르러서야 이것이 바보 같은 삶임을 깨닫는다. 데우칼리온과 피라[15]는 머리 너머로 돌을 던져 인간을 창조했다고 한다.

"Inde genus durum sumus, experiensque laborum,
Et documenta damus quâ simus origine nati."

이 구절을 롤리가 다음과 같이 격조 있는 운율로 옮겼다.

"그 이후 우리 모진 인간은 고통과 시련을 인내하며,
육신이 돌처럼 단단한 것을 바람직하다고 여긴다."

머리 너머로 돌을 던지고선 어디에 떨어졌는지 확인해 보지도 않는, 어설프게 신탁을 이행하는 자들에게 맹목적으로 복종하는 짓은 이제 그만두자.

다른 나라와 비교할 때 상대적으로 자유로운 우리나라에서조차 대부분의 사람들은 허울 좋은 시련과 삶의 거친 노동을 감내해야 한다는 생각에 집착한 나머지, 인생에서 보다 소중한 결실을 수확하지 못하고 있다. 중노동으로 인해 그들의 손가락은 섬세한 감각을 잃고 떨리기까지 한다. 노동에 시달리는 인간은 매일매일 고결한 삶을 살 여유가 없으며 사람들과 진정으로 인간적인 관계를 유지할 여력도 없다. 그랬다가는 시장에서 그 사람의 노동 가치는 점점 하락할 것이다. 기계처럼 일만 할 뿐 그 밖의 다른 어떤 것을 할 시간적 여유가 없는 것이다. 그러나 자기가 가진 지식을 쉬지 않고 이용해야 하는 사람이 어찌 자신의 무지를 기억해 낼 겨를이 있겠으며, 자신의 무지를 인식하지 못하고서야 어떻게 성숙한 인간이 될 수 있겠는가? 우리는 그런 사람을 비난하기에 앞서 때때로 무상으로 먹이고 입히고, 강장제로 원기를 회복시켜 주어야 한다. 우리의 본성에 내재한 최상의 자질은 과분(果粉)과 같이 조심스럽게 다루어야 보존된다. 그러나 우리는 스스로를, 또 서로를 소중히 여기지 않는다.

알다시피 어떤 이들은 가난하고, 사는 것을 힘겨워하며 때때로 숨이 차 헐떡거린다. 나는 독자들 중 빚을 내서 겨우 끼니를 때우고, 닳고 닳은 허름한 옷과 구두를 새것으로 바꿀 여유도 없으며, 빚을 갚기 위해 일해야 하는 시간을 쪼개어 이 글을 읽는 사람들이 있다는 것을 믿어 의심치 않는다. 이것이 얼마나 척박하고 비열한 삶인지, 경험을 통해 예리해진 내 눈에는 너무나도 분명하게 보인다. 늘 쪼들려 일거리를 찾고, 빚이라는 구렁텅이에서 헤어나려고 애쓰고 있으니 말이다. 라틴어로 아에스 알리에눔(aes alienum), 즉 타인의 놋쇠(당시에는 동전을 놋쇠로 만들었다)라고 일컬어지는 빚은 고대부터 인간이 헤어나지 못하는 늪이다. 사람들은 살아 있으나 다른 사람의 돈에 파묻혀, 늘 내일 갚겠다고 말하면서 오늘 파산한 채로 죽어가고 있다. 합법과 위법 사이를 아슬아슬하게 줄타기하면서 온갖 수단과 방법을 동원해

감언이설로 고객을 유치한다. 그들은 이웃에게서 신발, 모자, 외투 혹은 마차를 만드는 일감을 얻어내거나 이웃에게 팔 식료품을 수입하기 위해 정중한 표정으로 거짓말을 하고, 아첨하고, 투표하고, 자신을 정중함의 틀 속에 가두고는 얄팍하고 덧없는 관대함을 베푼다. 그러면서 병들 경우에 대비해 낡은 장롱 깊숙이, 회벽 뒤에 걸린 양말 속에 혹은 더 안전한 방법인 벽돌로 튼튼하게 지어진 은행에 재물을 모아두려고 육신이 병들도록 일을 한다. 돈을 모아두는 장소와 액수는 문제가 되지 않는다.

놀랍게도 우리는 흑인 노예제도라고 부르는, 끔찍하지만 다소 낯선 형태의 인간 예속 제도에 관심을 쏟을 정도로 태평하다. 정작 교묘하고 치밀한 방법으로 남부와 북부를 모두 예속시키는 주인이 수없이 많은데도 말이다. 남부 출신의 노예 감독관을 만나면 고달프다. 북부 출신의 노예 감독관을 만나면 더 고달프다. 그러나 가장 끔찍한 것은 사람이 자기 자신에게 노예 감독관 노릇을 할 때이다.

인간의 내면에 존재하는 신성[16]에 대해 이야기해 보자. 밤낮으로 장을 오가는 가축 상인을 보라. 그의 내면에 신성이 요동치겠는가? 그의 지고한 의무는 말에게 사료를 주고 물을 먹이는 일이다. 그런 그가 운송료에 대해 갖는 관심만큼이라도 자기의 운명에 관심이 있겠는가? 깨어 있고, 행동하는 인간이 되려고 하겠는가? 그의 내면에 불멸의 신성이 존재하겠는가? 그는 비굴하고 천박하게 행동하며 온종일 막연한 두려움에 휩싸여 있다. 자신의 신성을 발현하는 것은 고사하고 자기 자신에 대해 스스로 내리는 평가의 노예가 되어버렸다. 이는 비굴하고 천박하게 행동한 데 따른 당연한 결과다. 다른 사람들이 내리는 평가는 우리가 스스로에게 내리는 평가에 비하면 나약한 폭군이다. 자기 자신에 대한 견해야말로 그의 운명을 결정, 아니 암시한다. 환상과 상상의 서인도제도에서 스스로를 해방시킬 윌버포스[17] 같은 존재가 있는가? 자신의 운명에 대한 어설픈 관심을 감춘 채 화장대용 방석을 짜며 소일하다가 죽을 날을 맞을 그 땅의 여인들을 생각해 보라. 허송세월은 영원에 상처를 입힌다.

사람들은 묵묵히 절망적인 삶을 꾸려 나간다. 체념은 절망으로 굳어버린다. 절망의 도시를 뒤로하고 절망의 시골로 낙향한 사람들은 족제비와 사향뒤쥐를 벗 삼아 자기 자신을 위로한다. 흥미와 오락이라고 불리는 것조차도 그 저변에는 절망이 숨어 있다. 일을 먼저 하느라 즐길 여유가 없기 때문이다. 지혜로운 이는 삶을 절박하게 만드는 행동은 하지 않는다.

인간이 추구하는 궁극적인 목적[18]과 삶에서 진정으로 필요한 것이 무엇이며 그것을 얻으려면 어떻게 해야 하는지를 교리문답식으로 따져보면, 사람들이 통상적인 삶의 방식을 선호했고, 그래서 의도적으로 선택한 것처럼 보인다. 그들은 자신에게 사실상 선택의 여지가 없다고 생각한다. 그러나 본성이 영민하고 건강한 자들은 해가 분명히 솟았다는 것을 기억한다. 이제라도 늦지 않았으니 고정관념을 버려라. 예부터 전해 내려온 관습이라도 유익하다는 증거가 없으면 과감히 버려라. 오늘날 사람들이 한목소리로 진실이라고 말하거나 암묵적으로 진실이라고 인정하는 것일지라도 내일이 되면 거짓으로 드러날지 모른다. 일부 사람들이 자기의 땅을 비옥하게 만드는 비를 뿌려줄, 진실의 구름이라고 믿었던 것도 그저 견해의 운무(雲霧)에 불과하다. 옛사람들이 불가능하다고 했던 것을 노력해서 가능하게 하라. 옛사람들은 옛날 방식을 따랐고, 새 시대의 사람들은 새로운 방식을 찾아야 한다. 옛사람들은 불을 지피기 위해 땔감을 구하는 법도 모르던 때가 있었다. 새로운 시대의 사람들은 증기기관에 마른 장작으로 불을 지펴 새가 하늘을 나는 속도로 세계를 돌아다닌다. 나이를 먹으면 얻는 것보다 잃는 것이 많은 법이다. 따라서 단지 연륜이 있다고 해서 반드시 젊은이들에게 좋은 스승이 되는 것은 아니다. 현명한 사람은 삶을 통해 어떤 절대적 가치를 배우지 않았겠느냐 혹자는 생각할지도 모른다. 그러나 실제로 노인들이 젊은이들에게 줄 수 있는 아주 중요한 충고는 없다. 노인의 경험 역시 아주 부분적인 것에 불과하고, 그들의 삶도 개인적인 이유로 비참하게 실패했기 때문이다. 예전보다 나이가 들고 실패를 겪었어도 그들에게 일말의 신념은 남아 있을지 모른다. 그러나 나는 이 세상에서 30년 남짓 살아왔지만 연장자들에게 가치 있거나 진정한 충고를 아직 한마디도 들어본 적이 없다. 그들이 내게 해준 충고는 아무것도 없다. 아니, 충고를 할 수 없다는 표현이 더 정확할 것이다. 나의 여생은 지금까지 내가 시도해 본 적 없는 실험이다. 그들이 그들의 삶을 살아보았다는 사실은 내게 아무런 도움이 되지 않는다. 만약 내가 가치 있는 경험을 하게 된다 해도 그런 경험을 하는 데 있어서 나의 멘토르[19]가 아무런 도움도 주지 않았음을 훗날 분명 회고하리라.

한 농부는 내게 "채소만 먹고 살 수는 없소. 채소에는 뼈를 만들 영양분이 없기 때문이오"라고 말한다. 풀만 먹고 뼈를 만든 황소를 앞세워 장애물을 피해 쟁기질을 하느라 그는 비틀비틀 걸으면서 하루 일과 중 일부를 할애해 자신의 몸에 뼈를 만들어줄 원료를 공급하는 데 정성을 쏟는다. 병들고 절망에 빠진 사람들이 진정 삶의 필수품으로 여기는 것들이 있다. 그러나 어떤 사람들에게 그것은 단순히 사치품이며 또 어떤 사람들은 그 존재조차 알지 못한다.

어떤 이들에게는 우리 조상들이 인간의 삶의 정점과 깊은 계곡을 모두 섭렵한 것으로 보이기도 한다. 에블린에 따르면 "지혜로운 솔로몬은 나무들 간의 간격에 대한 법령을 제정했고, 로마의 집정관은 사유재산 침해로 간주되지 않고 이웃의 토지에 들어가서 도토리를 주울 수 있는 빈도(頻度)와 그 이웃의 몫은 얼마로 책정해야 하는지를 결정했다."[20] 히포크라테스[21]는 손톱을 자를 때 손가락 끝보다 짧게도 길게도 잘라서는 안 된다는 지침까지 남겼다. 삶의 다양성과 즐거움은 모두 소진되었다고 보는, 인생에 대한 권태로운 시각은 아담만큼이나 오래되었다. 그러나 인간 능력의 한계는 측정된 적이 없다. 인간의 능력을 과거의 잣대로 판단해서는 안 된다. 인간이 그동안 해온 시도는 빙산의 일각에 불과하기 때문이다. 당신이 지금껏 어떤 실패를 했든지 간에 "괴로워하지 말라. 누가 감히 당신에게 당신이 채 마무리 짓지 못한 일을 끝마치라고 명하겠는가?"[22]

천 가지 간단한 실험으로 삶을 시험해 보자. 예를 들어 내가 심은 콩을 여물게 하는 바로 그 태양이, 지구와 같은 별들로 이루어진 태양계를 동시에 비추듯이 말이다. 내가 이 사실을 기억했더라면 몇 가지 실수는 미연에 방지했을 것이다. 내가 콩밭을 일굴 때 비친 빛[23]은 이 빛이 아니다. 별들은 멋지게 삼각형의 정점을 이룬다. 광활한 우주에 널리 흩어져 있는 서로 다른 수많은 존재들이 동시에 같은 것을 바라보고 있다는 것은 얼마나 놀라운가! 자연과 인간의 삶은 우리의 개성만큼이나 다양하다. 인생에서 무엇을 기대해야 하는지 누가 감히 장담하겠는가? 우리가 잠시 서로의 눈을 들여다보는 것보다 더 놀라운 기적이 가능하겠는가? 우리는 덧없이 짧은 시간 동안 이 세상에 존재했던 모든 시대를 체험해야 한다. 또한 각 시대에 존재했던 서로 다른 세상을 모두 체험해야 한다. 역사, 시, 신화를 보라! 다른 이들의 경험을 적은 글 중에 이보다 더 경이롭고 유익한 글은 없다.

나는 이웃들이 유익하다고 여기는 것들 대부분이 사실은 해롭다고 생각한다. 내가 굳이 참회할 것이 있다면 그것은 나의 선한 행동이다. 무슨 악령에 사로잡혀서 그토록 선하게 행동했단 말인가? 노인이여, 당신은 70 평생을 살면서 나름대로 명예롭게 살았을 것이오. 그러나 당신이 최대한 능력을 발휘해서 지혜로운 말을 해도 내 귀에는 당신 말에 귀 기울이지 말라고 속삭이는 거역할 수 없는 목소리가 들린다오. 한 세대는 좌초한 배를 버리듯이 지난 세대가 이룩한 과업을 포기하는 법이라오.

나는 우리가 지금보다 훨씬 더 믿음을 가져도 좋다고 생각한다. 우리는 스스로를 제외한 다른 것들에는 너무나도 지대한 관심을 쏟으면서 정작 자신을 돌보는 데는 소홀하다. 자연은 우리의 장점뿐 아니라 단점에도 잘 적응한다. 일부 사람들이 느끼는 끝없는 불안과 긴장은 거의 치유가 불가능한 병이다. 우리는 일의 중요성을 과대평가하는 경향이 있다. 그러나 우리의 손길을 거치지 않고 이루어지는 일들이 얼마나 많은가! 우리가 병들어 일손을 멈춘다고 세상이 멈추는가? 우리는 잠시도 경계를 늦추지 않으며, 될 수 있으면 신념을 품고 사는 것을 회피하고 있다. 우리는 종일 긴장 상태로 지내다가 밤이 되면 마지못해 기도를 드리고 불확실한 것에 자신을 맡긴다. 또한 너무나도 철저하고 진실하게 현재의 삶을 숭상하도록 강요받으며, 변화의 가능성은 철저히 배제한다. 그러면서 이렇게 사는 방법밖에 도리가 없다고 말한다. 그러나 원의 중심에서 그릴 수 있는 반경(半徑)의 수만큼이나 살아가는 방법은 무한하다. 변화는 모두 기적이고 그 기적을 우리는 눈여겨봐야 한다. 기적은 매순간 일어나고 있다.[24] 공자는 '자신이 무엇을 아는지와 무엇을 모르는지를 아는 것, 그것이 진정한 앎' [25]이라고 했다. 한 사람이 자신의 상상력을 자기가 이해[26]하는 것에 국한시키면 모든 사람이 마침내 그렇게 제한된 상상력 위에 삶을 꾸려 나가게 되리라.

내가 지금까지 언급한 근심과 걱정, 불안에 대해 잠시 생각해 보자. 우리의 근심 걱정이 어느 정도나 실제로 필요한지, 적어도 조심할 필요는 있는지에 대해서 말이다. 삶에서 무엇이 가장 필요하고 어떻게 해야 그것을 얻을 수 있을지 알아보려면, 비록 문명 세계에 살고 있지만 원시적인 미개척지의 삶과 같은 생활을 해보면 된다. 혹은 옛 상인들의 장부를 살펴 사람들이 상점에서 무엇을 가장 많이 구입했는지, 즉 무엇이 가장 많이 팔렸는지를 알아보는 방법도 있다. 유구한 세월이 흘렀어도 인간의 본질적인 생존 법칙은 거의 변하지 않았다. 우리의 골격 구조가 우리 조상들과 크게 다르지 않듯이 말이다.

내가 말하는 삶의 필수품이란 인간이 스스로 노력해서 얻어야 하고, 오랫동안 사용해 왔기 때문에 무지하든 가난하든 생각이 깊든 상관없이 누구도 이것 없이는 살기 힘든 것을 말한다. 그런 의미에서 많은 생물들에게 필수품은 오직 한 가지, 음식이라 하겠다. 초원의 들소에게는 산속에 드리워진 그늘이나 숲 속의 안식처가 필요하지 않는 한, 맛있는 풀이 자라는 사방 몇 인치의 땅과 마실 물만 있으면 된다. 뉴잉글랜드와 같은 기후에 사는 사람의 필수품은 음식, 안식처, 의복, 연료 등 굵직하게 몇 가지 종류로 나뉜다. 이러한 삶의 필수품들이 충족되어야 비로소 우리는 진정으로 중요한 문제들을 성공하리라는 기대를 갖고 자유롭게 삶을 풀어 나가게 된다. 인간은 집뿐만 아니라 의복, 음식을 익혀

먹는 법을 발명했다. 따뜻한 불을 우연히 발견하고 이것을 어디에 쓸지를 알게 되면서, 처음에는 사치품이었던 불이 이제는 없어서는 안 될 필수품이 되었다. 고양이와 개 역시 이와 같은 학습된 행동, 즉 제2의 천성을 습득한다. 뿐만 아니라 우리는 적절한 거처를 마련하고 옷을 입어서 신체 내부의 열을 합리적으로 보존한다. 그리고 여분의 열을 사용하면서, 즉 우리의 체열보다 강력한 외부의 열인 연료를 쓰면서부터 요리를 시작한 게 아닐까? 박물학자인 다윈은 티에라델푸에고의 원주민들에 대해 언급했는데, 자기네 일행은 의복을 다 갖춰 입고 가까이서 불을 쬐고 있었는데도 여전히 추위를 느꼈지만, 오지에 사는 이 벌거벗은 야만인들은 놀랍게도 불에 구워지기라도 하듯이 땀을 비 오듯 흘렸다고 한다.[27] 이렇게 뉴홀란드인[28]들은 벌거벗고도 멀쩡한데 유럽인들은 옷을 입고도 덜덜 떨었다. 야만인들의 육체적 강인함과 문명인의 지성, 이 두 가지를 인간이 모두 소유하기란 불가능한가? 리비히[29]에 따르면 사람의 신체는 난로이며 음식은 폐 속의 내연 기관을 움직이게 해주는 연료다. 우리는 날씨가 추우면 음식을 더 많이 섭취하고 따뜻하면 섭취량을 줄인다. 동물이 발산하는 열은 연료가 서서히 연소된 결과이고 이 연소 활동이 지나치게 빠를 경우 사망에 이르는 것이다. 연료가 부족하거나 통풍 기관이 제대로 작동하지 않으면 불은 꺼진다. 물론 인간에게 필수인 체열을 불과 혼동해서는 안 된다. 비유는 이쯤 해두자. 앞서 열거한 바를 살펴보면 동물의 생명이란 표현은 동물의 체열이라는 표현과 거의 동일한 듯하다. 음식은 우리 내부의 불이 꺼지지 않도록 해주는 연료다. 그리고 실제 연료는 음식을 익히거나 외부에서 열을 추가하여 신체의 온기를 더해 줄 뿐이며 안식처와 의복 역시 음식 섭취를 통해 발생한, 우리 몸에 흡수된 열을 보존하는 역할을 할 뿐이다.

우리는 생존에 필요한 열을 보존하여 몸을 따뜻하게 유지해야 한다. 그러나 우리는 음식, 의복, 안식처를 확보하는 데서 그치지 않고, 집이라는 안식처 안에 더 따뜻한 안식처, 즉 잠옷과도 같은 침대를 마련하기 위해, 마치 두더지가 은신처 깊숙이 풀과 나뭇잎으로 잠자리를 마련하듯 새의 둥지와 가슴의 깃털을 빼앗기까지 한다. 그러면서 추워서 어쩔 수 없다고 불평한다. 가난한 이들은 삶에서 겪는 고통의 대부분이 추위 때문이라고 여기는데, 이런 고통은 신체적으로 느끼는 추위 못지않게 냉혹한 사회 속에 살기 때문에 느끼는 것이다.

어떤 기후 조건에서는 여름이 엘리시온의 삶[30]을 가능하게 하는데, 그런 곳에서 연료는 음식을 조리할 때 외에는 필요하지 않다. 태양이 불 대신 많은 과실들을 충분히 익혀준다. 또 먹을거리가 풍성하고 얻기 쉬운 반면 의복과 안식처는 불필요하다. 내 경험에 비추어 볼 때, 오늘날 이 나라에서 칼, 도끼, 삽, 손수레 등과 학업에 정진하는 이들을 위한 전등, 문구류, 또 필수품 다음으로 중요한 몇 권의 책 등을 구입하는 데는 비용이 별로 들지 않는다. 그런데도 어떤 사람들은 야만적이고 질병이 들끓는 지구 반대편까지 가서 10년이고 20년이고 물건을 구입하느라 삶을 허비한다. 결국은 뉴잉글랜드 땅에서 눈을 감을 텐데, 살아 있는 동안 조금이라도 더 편안하고 따뜻하게 살려고 현명하지 못한 행동을 하는 것이다. 사치를 부리는 부자들은 그저 안락한 정도로 따뜻하게 살지 않고 부자연스러울 정도로 강한 열기에 휩싸여 살고 있다. 앞서 암시했듯이 그들은 육즙 소스를 곁들인 쇠고기 요리처럼 푹 익혀진다.

사치품과 생활상 편의라고 하는 것들은 대부분 불필요할 뿐 아니라 인류의 삶을 고양시키는 데 분명히 방해가 된다. 사치와 안락으로 말하자면, 가장 현명한 사람은 가난한 사람보다 더 검소하고 소박하게 살았다. 고대의 철학자, 중국인, 힌두족, 페르시아인, 그리스인 들은 외견상으로는 그 누구보다 빈곤했지만 내면은 더할 나위 없이 풍요로웠다. 우리가 그들에 대해 많이 알지는 못하지만 이만큼이라도 알고 있다는 사실이 놀라울 따름이다. 앞서 말한 이들과 피를 나눈, 보다 근대의 개혁가들과 후원자들에 대해 안다는 사실도 놀라운 일이다. 인간의 삶에 대해 객관적이고 현명한 관찰자가 되려면 다른 사람이 아닌 '우리'가 자발적인 빈곤이라고 여기는 고지에 이르러야 한다. 사치스러운 삶이 만들어낸 것은 그것이 농업이든 상업이나 문학, 예술이든 분야에 관계없이 사치다. 오늘날 철학을 가르치는 교수는 많으나 진정한 철학자는 없다. 한때 삶이 칭송할 가치가 있었듯이 가르친다 함은 칭송할 만하다. 그러나 철학자는 단순히 난해한 사고를 하거나 학파를 창설하는 사람이 아니다. 검소하고 독립적이며 너그럽고 믿음 있는 삶을 살면서 지혜를 사랑하는 사람이다. 철학자는 이론적으로뿐만 아니라 실제적[31]으로도 삶의 문제들을 해결할 능력을 갖추어야 한다. 흔히 위대한 학자나 사상가로 여겨지는 사람들이 이룩한 성공은, 진정한 자기 삶의 주인이자 인간으로서의 성공이 아니라 왕의 신하가 이룩한 성공과 같다. 그들은 사실상 아버지들이 남긴 삶의 전철을 그대로 따르는 사람들로, 결코 보다 고결한 인간상을 지향하는 선구자가 아니다. 인간은 왜 점점 퇴화하는가? 국가를 무기력하게 만들고 파괴하는 이 사치의 본질은 무엇인가? 우리의 삶에는 사치가 없다고 확신할 수 있는가? 철학자는 보이는 모습 역시 시대를 앞서 가야 한다. 그는 동시대 사람들과 똑같이 먹고 자고 입어서는 안 된다. 철학자라면 다른 사람들보다 나은 방법으로 자신의 생존에 필요한 열을 보존해야 한다.

앞서 말한 다양한 방법으로 체온을 유지하는 사람은 거기서 만족하지 않는다. 더 맛있고 푸짐한 음식, 더 넓고 화려한 집, 더 고급스러운 옷과 화력이 센 불을 끊임없이 갈망한다. 삶의 필수품을 확보하면, 불필요한 것들을 더 얻으려고 애쓰는 대신 비천한 노동으로부터 한숨 돌리고 삶의 모험을 감행하자. 토양은 씨가 뿌리 내리는 데 도움을 주었으니 이제 땅 위로 힘차게 줄기를 뻗어 올리도록 도와주리라. 마찬가지로 사람도 땅속 깊이 뿌리박고 있지만 말고 하늘을 향해 자신을 높이 뻗어 올려야 하지 않겠는가? 보다 고귀한 식물은 땅에서 멀리 떨어져 맺는 열매로 그 가치를 평가받는다. 고귀한 식물은, 뿌리가 성숙할 때까지 자주 윗부분이 잘리고 그 때문에 언제 꽃을 피울지 알 수 없는 하찮은 2년생 식용식물과는 격이 다르다.

나는 꿋꿋하게 시류에 휩쓸리지 않고 자신을 황폐화시키지 않으면서도 부자보다 더 풍요롭게 삶을 영위하는, 강하고 용맹한 사람들에게 어떻게 살아야 하는지 설교하려는 것이 아니다. 현재의 상황에서 의욕과 영감을 느끼고 서로 열렬히 사랑하는 연인처럼 주어진 상황을 소중히 여기는 사람들(나도 어느 정도 이 부류에 속한다고 하겠다)에게 설교하려는 것도 아니다. 자신에게 알맞은 일을 하고 있으며 그것이 자신에게 적합한지 아닌지를 알고 있는 사람들을 대상으로 설교하려는 것도 아니다. 삶이 불만스럽고 자신의 어려운 처지나 시대를 개선하려는 노력도 하지 않으면서 하릴없이 불평만 하는 대중을 대상으로 하는 말이다. 자신의 의무는 다하고 있다며 당당하게 불평하고 그 어떤 말로도 위로할 수 없는 사람들에게 하는 말이다. 또한 불필요한 재산을 산더미처럼 쌓아놓고서는 어떻게 써야 할지, 어떻게 처치해야 할지 몰라 스스로 금은으로 만든 족쇄를 차고 있는, 얼핏 부유해 보이지만 그 누구보다도 피폐한 삶을 사는 사람들을 염두에 두고 하는 말이다.

지난 몇 년간 내가 어떻게 살고자 했는지 이야기하면 내막을 어느 정도 아는 독자들은 놀랄지도 모른다. 전혀 아는 바 없는 독자들은 분명 경악하리라. 내가 소중하게 생각하는 몇 가지 일에 대해 귀띔만 해주겠다.

날씨와 밤낮에 상관없이 나는 늘 적절한 시기를 놓치지 않으려 애썼고 막대기에 적기(適期)를 새겨넣었다.[32] 과거와 미래라는 두 영원이 만나는 순간에 서서 현재를 충실히 살기 위해 애썼다. 내 얘기가 다소 애매모호하더라도 용서하기를. 대다수 사람들이 하는 일보다 내가 하는 일이 비밀이 많고 은밀함이 수반되기 때문이지, 숨기려는 의도는 없다. 내 생각으로 들어가는 출입문 앞에 입장 불가 푯말은 절대 내걸지 않겠다. 내가 아는 것은 기꺼이 모두 이야기하겠다.

오래전 나는 사냥개 한 마리와 밤색 말 한 필, 멧비둘기 한 마리를 잃어버렸는데 아직도 찾지 못했다. 오가는 행인들에게 이것들의 생김새와 어떻게 부르면 대답하는지를 설명하면서 혹시 보았는지 물어봤다. 사냥개 짖는 소리와 말발굽 소리를 들었다는 사람도 있었고, 심지어는 비둘기가 구름 속으로 사라지는 것을 봤다는 사람도 한둘 있었다. 그들은 마치 자기 일처럼 걱정해 주었다.

단순히 해가 뜨고 날이 밝기를 기다리는 것이 아니라 자연 그 자체를 고대한다고 상상해 보라! 나는 여름이든 겨울이든 수없이 많은 날을 누구보다 일찍 일어나 일을 시작했다. 일을 마치고 돌아오는 길에 농작물을 팔러 보스턴으로 출발하는 농부들이나 벌목을 나가는 나무꾼 등 그제야 일을 나가는 마을 사람들과 수없이 마주쳤다. 아침 해가 솟아오르게 하는 데 내가 일조하지는 않았지만, 중요한 것은 해가 뜰 때 내가 깨어 있었다는 사실이다.

마을을 떠나 숲 속에서 수없이 많은 가을과 겨울의 나날을 보내는 동안 나는 바람이 실어 오는 소식에 귀를 기울였고 그 소식을 신속하게 전달하려 애썼다. 바람결에 실려 오는 그 소리를 듣는 데 내가 가진 모든 것을 쏟아부었고, 바람을 정면으로 맞으면 숨이 막힐 것 같았다. 장담하건대 이런 나의 행동이 정당과 관련된 일이었다면 아마도 조간신문 첫머리에 실렸으리라. 때로는 절벽이나 나무 위 전망대에 올라가 새 소식을 전하기도 했다. 비록 해가 뜨면 흩어져 사라질지언정, 저녁이 되면 언덕에 올라 만나[33] 같은 것을 손에 넣기를 기대하면서 어둠이 내리기를 기다렸다.

오랫동안 나는 일기[34]를 써왔다. 이는 널리 읽히거나 편집자에게서 출판하자는 제안을 받은 적도 없는 글이고, 여타 작가들처럼 나 역시 글을 쓴 노고에 대한 보상도 받지 못했다. 그러나 내게는 글을 쓰는 노고 자체가 보상이었다.

수년 동안 나는 자발적으로 눈보라와 폭풍우를 성심성의껏 관찰했다. 또한 측량 기사로서 도로 외에도 사람의 발길이 잦은 숲길과 경계를 가로지르는 통행로, 골짜기 등이 서로 잘 연결되어 있는지, 사시사철 통행이 가능한지 점검했다.

또한 농장 울타리를 타고 넘어서 성실한 목축업자들을 곤란하게 만드는 천방지축 가축들을 돌봐 주고, 손길이 닿지 않는 농장 안 구석구석을 보살폈다. 요나나 솔로몬[35]이 오늘 들판에서 작업을 했는지 여부를 늘 알지는 못했지만 그건 내가 상관할 바가 아니었다. 나는 붉은 월귤나무, 버찌, 쐐기풀, 적송, 검은 물푸레나무, 포도나무, 노란 제비꽃에 물을 주며 가뭄에도 시들지 않도록 돌보았다.

간단히 말해서 오랫동안 생색내지 않고 묵묵히 이 일을 계속했지만, 마을 사람들이 나를 마을 관리인으로 인정할 의향이 없고 명목상으로라도 수고의 대가로 성의를 보일 생각이 없다는 사실은 시간이 갈수록 분명해졌다. 나는 성심성의껏 일하고 내가 한 일을 정직하게 회계장부에 기록했지만 마을 사람들은 이를 인정하고 수고의 대가를 주기는커녕 회계장부에 대한 고마움도 표하지 않았다. 그러나 나는 개의치 않았다.

얼마 전 한 인디언이 내 이웃인 저명한 변호사의 집에 바구니를 팔러 갔다. 인디언은 "바구니 하나 사시겠소?" 하고 물었다. 변호사는 "아니요, 필요 없소"라고 답했다. 그러자 인디언은 변호사 집 문을 나서면서 "뭐라고? 우릴 굶겨 죽일 작정이오?" 하며 고함쳤다. 부지런한 백인 이웃들의 넉넉한 삶을 보고, 변호사가 말만 번드르르하게 하고도 부와 명예를 얻었다고 여긴 인디언은 다음과 같이 생각했던 것이다. '사업을 하나 해야겠다. 바구니를 짜야지. 그것이 내가 할 수 있는 일이니까.' 그는 바구니를 짜는 것이 자신이 맡은 임무를 다하는 것이고 그것을 사는 것은 백인의 의무라고 생각했다. 사람들이 살 가치가 있는 바구니를 만들든지, 최소한 살 가치가 있다고 생각하도록 만들든지, 그도 아니면 사람들이 사고 싶어 할 만한 다른 무언가를 만들어야 한다는 사실은 깨닫지 못한 것이다. 나도 그 인디언이 만든 바구니처럼 정교한 바구니를 짰지만 누군가 사고 싶도록 만들지는 못했다.[36] 그러나 내겐 보람 있는 일이었고, 어떻게 하면 다른 사람들이 살 가치가 있는 바구니를 만들지 고심하기보다는 어떻게 하면 내가 짠 바구니들을 팔아야 하는 상황을 피할 수 있을지 고심했다. 사람들이 보통 성공이라 여기고 칭송해 마지않는 삶은 오직 한 가지밖에 없다. 왜 우리는 수없이 다양한 삶의 방식들 가운데 오직 한 가지만 과대평가하는가?

이웃들이 마을 회관을 비롯한 그 어디에도 내가 머물 거처를 마련해 줄 의향이 없다는 사실을 깨달은 나는 다른 방도를 마련해야 했다. 따라서 어느 때보다도 숲 속에서 사는 것을 심사숙고하게 되었다. 나는 이사하는 데 필요한 물품들을 구할 때까지 기다리지 않고, 부족하나마 갖고 있던 것만 가지고 당장 행동에 옮기기로 결정했다. 내가 월든 호수로 가기로 한 이유는 비용을 들이지 않고 생활하거나 고행을 하려던 것이 아니라, 가능하면 방해받지 않고 개인적인 용무[37]를 보고 싶었기 때문이다. 약간의 상식과 사업 수완이 부족하다고 해서 그 계획을 실천에 옮기지 못하는 것은 어리석은 일이라고 생각했다.

나는 늘 엄격한 사업 관행을 익히려고 노력했다.[38] 이는 누구에게나 필요한 것이다. 당신이 천상의 제국[39]과 교역한다면 세일럼(Salem) 항구와 같은 해안에 작은 회계 사무소를 마련하는 것으로 충분하다. 당신은 얼음이나 소나무 목재, 화강암[40]과 같은 지역 특산물 가운데 교역 상대국에서 필요로 하는 상품들을 국적(國籍) 화물선[41]에 실어 수출할 것이다. 이는 전망 있는 사업이다. 당신은 세부 사항을 직접 관리 감독하고, 항해사이자 선장 역할에 소유주이자 보증인 역할도 한다. 또한 직접 매매하고 회계장부를 정리하고, 수신 우편물을 읽고 발신 우편물을 작성하거나 검토하고, 수입품 하역을 관장하며 해안에 위치한 여러 개의 하역 장소를 관리한다. 통상 가장 값나가는 화물은 저지[42] 해안에 하역한다. 그리고 항시 스스로 전령이 되어 수평선을 지켜보며 해안으로 들어오는 배들에게 신호를 보내고, 먼 거리의 시장에 보내는 화물 선적의 기일이 제대로 지켜지는지 관리하고, 전쟁이 일어난 지역은 없는지 세계 곳곳의 시장 상황을 확인한다. 또한 교역의 추이와 문명의 변화를 예견하고, 탐험을 통해 새로 발견된 교역로와 항해와 관련한 새로운 정보들을 십분 활용하여, 해도를 연구하고 산호초와 새로 생긴 등대와 부표의 위치를 끊임없이 확인한다. 그리고 안전하게 부두에 들어왔어야 할 배가 계산상의 실수로 암초를 만나 좌초하지 않도록 대수표가 틀리지 않았는지 항상 점검한다. (여기에 현재까지 소식을 알 길이 없는 라 페루즈[43]의 운명이 있다.) 더불어 하노[44]와 페니키아인을 비롯해 오늘날에 이르기까지 모든 위대한 탐험가와 항해사, 상인들의 일생을 연구하고 정보에 뒤처지지 않도록 자신의 현재 위치를 항상 점검한다. 손익과 이자를 계산하고, 선적물의 중량을 달고 가치를 산정하고, 온갖 종류의 측량을 하는 일은 여러 가지 재능과 방대한 지식이 필요한 힘든 노동이다.

나는 월든 호수가 사업하기에 적합하다고 생각해 왔다. 단지 철도가 있고 상품화할 얼음이 있어서가 아니라 그 밖에도 여러 이점이 있다. 그것들을 여기서 밝히는 건 좋은 생각이 아니지만, 그중 한 가지만 들자면 땅의 기반이 단단하고 네바와 같은 늪지대가 없다는 점이다. 건물을 지으려면 말뚝을 직접 박아야 하지만 말이다. 사람들은 밀물에다 서풍이 불고 네바 강에 얼음까지 얼면 상트페테르부르크는 지구상에서 사라질지도 모른다고 말한다.[45]

나는 사업을 하는 데 흔히 필요한 자본 없이 일에 착수했기 때문에 그 일에 반드시 필요한 기본적인 생활 방편을 어떻게 마련했는지 독자들이 짐작하기가 쉽지 않으리라. 그 의문에 대한 실질적인 답변으로 바로 들어가서 우선 의복에 대해 이야기해 보겠다. 우리는 옷을 구입할 때 실제 효용 가치보다는 신제품인지 여부와 남들의 이목을 의식해서 결정한다. 그러나 옷을 입는 목적은 우선 생존에 필요한 체온을 보존하기 위함이요, 둘째는 알몸을 가리기 위함이다. 옷장에 걸린 옷의 가짓수가 늘어나지 않아도 반드시 해야 할 중요한 일을 하는 데는 지장이 없다는 사실을 명심하라. 재단사가 만든 새 옷을 한 번밖에 입지 않는 왕과 왕비들은 몸에 잘 맞는 옷을 입었을 때의 안락한 느낌을 알지 못한다. 그들은 깨끗한 옷을 걸어놓는 목마나 마찬가지다. 우리가 입는 옷은 의료 시술이나 심지어 옷 임자의 육신 없이도 그의 성품을 그대로 받아들여, 날이 갈수록 점점 더 옷 임자에게 동화되어 간다. 나는 기운 옷을 입었다고 해서 절대로 그 사람을 업신여기지 않는다. 그러나 대부분의 사람들은 건전한 양심을 소유하기보다는 유행에 뒤지지 않거나 적어도 깨끗하고 깁지 않은 옷을 소유하는 데 더 신경을 쓴다. 해진 곳을 수선하지 않는다고 해도 그로 인해 드러나는 가장 큰 결함이라고 해봐야 무신경하다는 정도이리라. 나는 가끔 지인들에게 무릎을 기워 솔기 한두 개가 늘어난 옷을 입을 의향이 있는지 묻는 실험을 한다. 그러면 대부분은 그런 옷을 입어야 한다면 삶의 희망을 잃을 것처럼 반응한다. 차라리 부러진 다리로 절뚝거리며 걸을망정 찢어진 바지를 입고 마을을 돌아다니지는 않으려고 한다. 사람들은 보통, 사고로 다리를 다치면 수술을 받는다. 그러나 사고로 바지의 다리 부분이 찢어지면 수선하지 않고, 그걸로 바지의 생명은 끝이다. 이는 바지가 흉하게 보이지 않도록 하기보다는 남에게 흉잡히지 않는 것을 더 중요하게 생각하기 때문이다. 내면이 사람다운 사람은 가뭄에 콩나듯 흔치 않은데 훌륭한 외투를 걸치고 껍데기만 번드르르한 사람들은 넘쳐 난다. 당신의 옷을 허수아비에게 입히고 그 옆에 기운 없이 서 있어보라. 사람들은 하나같이 허수아비에게 인사를 건네리라. 얼마 전 옥수수밭을 지나가다가 막대기에 모자와 외투를 걸치고 서 있는 농장 주인이 누구인지 알게 되었다. 그는 지난번 보았을 때보다 조금 더 햇볕에 그을려 보였다.

낯선 사람이 옷을 입은 채 주인의 땅에 가까이 오면 어김없이 짖어대지만 벌거벗은 도둑에게는 온순하게 대하는 개가 있다는 이야기를 들은 적이 있다. 만약 옷이 없다면 과연 만물에 대한 인간의 상대적인 서열이 유지될지는 참으로 흥미로운 문제다. 인간이 모두 벌거벗었다면 누가 어느 계층에 속하는지 구분할 수 있을까? 동서양을 두루 탐험한 여행가 파이퍼 여사는 고향 러시아가 가까워오자 "이제 옷으로 사람들을 평가하는 문명 세계로 돌아왔으므로"[46] 관리들을 만나러 갈 때 여행복이 아닌 다른 옷을 입어야 한다고 말했다. 심지어 민주주의 사회인 뉴잉글랜드에서조차 우연히 얻은 재산과 부를 통해 의복과 마차를 소유한 사람은 다른 이들의 존경을 받는다. 그들을 존경하는 이들은 무지하기 그지없으므로 이들을 계몽시킬 선교사가 필요하다. 게다가 옷으로 인해 바느질이 생겨났는데 이 바느질이라는 작업은 해도 해도 끝이 없다. 특히 여자의 옷을 완성하는 데는 끝없이 많은 시간이 소요된다.

마침내 뭔가 할 일을 찾은 사람이 그 일을 하기 위해 새 옷을 장만할 필요는 없다. 오랫동안 다락방에서 먼지가 쌓인 옷으로도 충분하다. 헌 신발은 영웅에게 시종보다 더 오랫동안 요긴하게 쓰이리라. 영웅을 따르는 시종이 있다면 말이다.[47] 신발보다 맨발의 역사가 깊고, 마음만 먹는다면 맨발로 지낼 수도 있다. 연회나

의사당에 가는 사람들만이 옷을 갈아입을 때마다 다른 사람으로 변신하기 위한 여러 벌의 새 외투가 필요하다. 그러나 내 상의와 하의, 모자와 신발이 교회에 가기 적당한 옷차림이라면 그것으로 족하다. 그렇지 않은가? 가난한 소년에게 주기도 어려울 정도로, 그 소년이 자신보다 더 가난한 사람—아니, 그들은 비록 덜 가졌지만 더 풍요로운 삶을 산다고 봐도 무방하지 않을까—에게 기부하기조차 힘들 정도로 낡고 너덜너덜해질 때까지 옷을 입는 사람이 있는가? 새사람이 아니라 새 옷을 필요로 하는 일은 경계해야 한다. 사람은 변하지 않았는데 옷만 바꿔 입는다면 무슨 소용이 있는가? 할 일이 있으면 있는 옷을 그대로 입고 착수하라. 누구나 수단이 아니라 목적을 원하고 자신이 소중한 존재이기를 원하기 마련이다. 입은 옷이 낡고 더럽다 해도 행동이나 사고방식이 바뀐 새사람이 되지 않는 한, 개과천선했으므로 낡은 옷을 그대로 입으면 헌 술병에 새 술을 담는다는[48] 느낌이 들지 않는 한, 절대로 새 옷을 장만하지 않는다면 어떨까. 가금류가 털갈이를 하듯 우리도 삶의 중대한 국면을 맞이할 때 새 옷을 장만해야 한다. 아비(阿比)새는 털갈이할 때가 되면 외진 호숫가로 들어간다. 또한 뱀이 허물을 벗거나 애벌레가 고치 외투를 벗고 나오려면 껍질 속에서 부지런히 몸을 확장시켜야 한다. 옷은 가장 바깥쪽의 표피이자 세속의 번뇌에 불과하다. 내면적인 변화 없이 옷만 새것으로 바꿔 입는 사람은 위장 깃발을 달고 항해하는 해적과 다를 바 없으며, 인류뿐만 아니라 스스로도 속이는 짓이다. 우리는 외인성(外因性) 식물이 해마다 겉껍질을 새로 만들어내듯 옷을 덕지덕지 껴입는다. 우리가 몸에 걸치는 얇고 호화로운 옷은 피부의 각질에 불과하고 삶의 본질과는 아무런 연관이 없으며, 그 옷을 여기저기에 훌훌 벗어 던진다 해도 치명적인 부상을 입지는 않는다. 우리가 꾸역꾸역 껴입고 좀처럼 벗지 않는 두꺼운 옷은 세포질의 외피와 같다. 반면 우리가 입는 셔츠는 진피로, 이 것을 벗겨내면 사람의 목숨이 위태로워진다. 누구든 어느 계절에 는 셔츠와 같은 뭔가를 입는다. 사람은 의복을 검소하게 하여 어 둠 속에서도 자신의 신체를 더듬어 느낄 수 있어야 하고, 모든 면 에서 단출하며 준비 태세를 갖추고 생활해야 한다. 그리하여 적 이 마을에 침입했을 때, 연륜 있는 철학자[49]처럼 재산에 대한 걱 정 없이 빈손으로 문밖에 나설 수 있어야 한다. 두꺼운 옷 한 벌 은 대체로 얇은 옷 세 벌의 구실을 하지만 적당한 가격에 마련할 수도 있다. 수년 동안 입을 수 있는 두꺼운 외투는 5달러, 두꺼운 바지는 2달러, 소가죽 장화는 한 켤레에 1달러 50센트, 여름 모자 는 25센트에 마련할 수 있으며, 겨울 모자는 62.5센트에 사거나 몇 푼 안 들이고 직접 만들 수도 있다. 가난하여 직접 옷을 지어 입었다고 해도 응당 대접받을 자격이 있는 사람이라면 어찌 현인 이 그 사람을 정중히 대하지 않겠는가.

내가 원하는 형태로 옷을 만들어달라고 주문하면 재단사는 근 엄하게 "요즘 재단사들은 그런 식으로 옷을 만들지 않습니다" 하 고 답한다. 그 재단사는 '재단사들'이라는 주어를 강조하지 않고 이야기하면서 마치 운명의 세 여신[50]과 같은 어떤 권위자의 말을 인용하듯 말한다. 재단사가 이렇게 나를 무리한 요구를 하는 몰 상식한 손님이라고 생각하는 통에 원하는 대로 옷을 맞추기가 어 렵다. 마치 신탁을 전하듯 재단사가 근엄하게 대답하면 나는 잠 시 생각에 잠겨 그가 한 말의 단어 하나하나를 곱씹으며 그 의미 가 무엇인지, '재단사들'은 '나'와 어느 정도 밀접한 관계인지, 내 게 너무나도 직접적으로 영향을 미치는 이 일을 결정할 만한 권 위가 그들에게 있는지 파악하려 애쓴다. 그리고 마침내 나도 근엄하게 '재단사'라는 주어를 강조하지 않고 '요전까지는 그렇게 만들지 않았지만 이제는 그렇게 만듭니다'라고 대답하고 싶어진다. 재단사가 나의 개성을 무시하고 몸의 치수만 재서 자기 멋대로 옷을 만든다면 나는 외투를 걸어두는 옷걸이에 지나지 않을 것이다. 우리는 세 여신도, 파르카이[51]도 아닌 유행을 숭배한다. 유행이라는 신은 절대적 권위를 가지고서 물레를 돌리고 옷감을 짜고 재단한다. 프랑스 파리에 있는 우두머리 원숭이가 여행자의 모자를 쓰면 미국 원숭이들은 전부 똑같이 그 모자를 쓴다. 나는 가끔 이 세상에서 다른 사람의 도움을 받아 아주 검소하고 단순한 옷을 맞추는 일을 포기하고 싶어진다. 재단사들은 마치 한동안 독자적인 생각을 할 수 없도록, 아주 강력한 압착기로 구닥다리 생각들을 모조리 머리에서 짜내어 버린 사람들 같다. 그리고 그들 가운데 누군가는, 언제 누가 심어놓았는지 모르지만 머릿속에 유행이라는 알을 까고 애벌레를 탄생시킨다. 그런데 이 애벌레는 아무리 없애려 해도 소용이 없고 불에 태워도 없어지지 않는다. 그럼에도 우리는 어떤 이집트 밀알은 미라를 통해 우리에게 전해졌다는 사실을 잊지 않으리라.[52]

이 나라를 포함해 어느 나라에서도 의상은 예술의 경지에 이르지 못했다. 사람들은 그저 손에 잡히는 옷을 닥치는 대로 입는다. 서로 다른 시대에 살았거나 동시대일지라도 다른 나라에 사는 사람들은, 마치 조난당한 선원들처럼 해변에 밀려 온 옷을 닥치는 대로 걸치고서는 시간과 공간을 초월해 서로의 모습을 보며 우스꽝스럽다고 손가락질한다. 신세대는 어김없이 구세대의 유행을 비웃지만 새로운 유행을 충실하게 좇는다. 우리는 헨리 8세나 엘리자베스 여왕의 의상을 보면서 식인종 군도의 왕과 여왕의 의복인 양 비웃는다. 사람이 벗어놓은 옷은 측은해 보이고 기괴

하기까지 하다. 사람들이 옷을 비웃지 않고 성스럽게 여기도록 하는 것은 그 옷을 입은 사람의 진지한 눈빛과 성실한 삶의 자세 때문이다. 만약 광대[53]가 통증으로 발작을 일으킨다면 그대로 내버려 두어야 한다. 입고 있는 옷에 걸맞은 행동이기 때문이다. 군인이 대포를 맞으면 그 옷이 더욱더 자줏빛이 되는 것은 지극히 당연하다.

의복 제조업자들은 새로운 유행을 원하는 사람들의 유치하고 야만적인 취향을 만족시키기 위해 끊임없이 만화경을 흔들고 들여다보며 오늘날의 세대가 원하는 독특한 스타일을 찾아내려고 애쓴다. 그들은 대중의 취향이 변덕스럽다는 사실을 잘 안다. 서로 다른 무늬를 가진 두 가지 천 가운데 하나는 곧 매진되고 다른 하나는 선반 위에 처박힌 채 먼지만 쌓여간다. 다른 점이라고는 단 몇 가닥의 실 차이밖에 없는데도 말이다. 그러다 계절이 바뀌면 선반 위에서 잠자던 천이 최신 유행하는 일도 종종 일어난다. 이와 비교하면 문신은 사람들이 생각하는 것처럼 그렇게 끔찍한 관습이 아니다. 적어도 유행처럼 변덕스럽지 않고 영구적이니 말이다.

나는 공장에서 만들어진 옷을 사는 게 우리나라에서 의복을 마련하는 최선의 방법이라고 생각지 않는다. 공장이 운영되는 방식은 점점 영국을 닮아가고 있다. 내가 보고 들은 바로는 의복 제조업이 추구하는 가장 중요한 목적은 인류가 제대로 옷을 갖춰 입도록 하는 것보다는 기업 이윤을 극대화하는 데 있다. 장기적인 관점에서 볼 때 사람은 자기가 목표로 삼는 정도밖에 달성하지 못한다. 따라서 당장 달성하는 데 실패한다 하더라도 목표를 높이 세워야 한다.

주거로 말하자면 오늘날 집이 삶의 필수품이 되었다는 점은 부인하지 않겠다. 비록 오랜 세월 동안 우리나라보다 더 추운 나라에서 집 없이 산 사람들이 있긴 하지만 말이다. 새뮤얼 레잉은 이렇게 말했다. "라프족[54]은 가죽옷을 입고 가죽을 머리에 둘러쓴 채 날마다 눈 위에서 잔다. 이 정도 추위는 보통 사람이라면 모직으로 된 따뜻한 옷을 입고도 얼어 죽을 만한 추위다." 그가 직접 목격한 광경이다. 레잉은 "라프족은 다른 사람들보다 특별히 더 강인한 사람들이 아니다"라고 덧붙였다.[55] 그러나 아마도 인류는 지구상에 존재한 지 얼마 되지 않아 집이 주는 가정적인 안락함을 발견했으리라. 가정의 안락함이란 본래 가족보다는 집이 주는 만족감을 의미하는지도 모르겠다. 물론 이런 생각은 집 하면 겨울이나 우기를 떠올리고, 한 해의 3분의 2 이상은 파라솔만 있으면 집은 필요 없는 기후에서는 그리 적합하지 않을지도 모르겠지만 말이다. 우리나라와 같은 기후에서 여름 동안 집은, 밤에 덮개 역할을 할 뿐이다. 인디언들이 사용하는 표의문자와 상형문자에서 오두막은 하루 동안 얼마나 행진했는가를 상징했고, 나무에 오두막을 새기거나 칠해서 야영을 몇 번 했는지를 표시했다. 인간은 사지가 거대하고 튼튼하게 만들어지지 않았기 때문에 자신의 세계를 축소하고 담을 쌓아 자신에게 적합한 공간을 만들어야 한다. 인간은 태초에 벌거벗고 야영 생활을 했고, 이는 온화한 기후에 적합한 생활 방식이었다. 그렇지만 작열하는 태양을 피하기 위해서는 물론, 우기와 겨울에도 집이라는 안식처가 필요했다. 인간이 집을 짓지 않았다면 아마 오래전에 멸종되었으리라. 신화[56]에 의하면 아담과 하와는 옷을 입기에 앞서 나뭇잎으로 몸을 가렸다. 인간은 우선 몸을 따뜻하게 해줄 안식처가 필요했고, 그다음으로 정서적 안락함인 애정을 필요로 한 것이다.

인류가 탄생한 초창기에 모험심 많은 한 인간이 동굴을 안식처로 삼았던 시대를 상상해 보자. 어린아이는 초기 인류처럼 비가 오거나 추운 날씨에도 야외에 있고 싶어 한다. 어린아이는 본능적으로 말타기도 하고 집짓기도 한다. 어렸을 때 평평한 돌이나 동굴 입구에 흥미를 느끼지 않은 사람이 있는가? 우리 안에는 원시 조상들이 가졌던 본능의 일부가 아직 살아 숨 쉬고 있다. 우리는 동굴에서 벗어나 종려나무 잎사귀로 지붕을 만들었고, 다시 나뭇가지, 직조한 아마포, 풀과 짚, 판자와 금속, 돌과 도기를 사용하게 되었다. 그리고 마침내 야외에서의 삶이 무엇인지 잊어버렸고 삶은 여러 가지 의미에서 우리 생각보다 훨씬 더 가정적인 것이 되었다. 집 안의 화롯불에서 야외의 들판까지는 먼 거리다. 그러나 시인이 지붕 아래서 시를 짓지 않고 성자는 거처에 오래 머무르지 않았듯이, 우리 역시 자신과 천체 사이를 가로막는 장애물 없이 좀 더 많은 시간을 보내야 한다. 새는 동굴 속에서 노래하지 않으며 비둘기는 새장 안에 갇혀서는 순수함을 간직하지 못한다.

그러나 살 집을 지어야 한다면 미국인다운 현명함을 발휘해야 한다. 출구를 찾기 힘든 미로나 박물관, 수용소, 감옥 혹은 화려한 능묘(陵墓) 같은 집은 짓지 말아야 한다. 우선 절대 필요 이상으로 집을 두껍게 짓지 말아야 한다. 나는 우리 마을에 사는 페놉스콧 인디언이 눈이 거의 1피트[57]나 수북이 쌓였는데도 얇은 면으로 된 천막에서 생활하는 모습을 본 적이 있다. 그 광경을 보면서 그들이 주위에 눈이 더 수북이 쌓여서 바람막이가 되어주기를 바라지 않을까 하고 생각했다. 정직하게 살면서 내가 원하는 바를 추구할 자유를 누릴 방법을 지금보다 더 고민하던 때가 있었는데, 당시 나는 철도 옆에 길이 6피트, 너비 3피트의 큰 상자가 놓여 있는 것을 보았다. 그 상자는 철도 인부들이 밤새 장비를 보

관해 두는 용도로 쓰였는데, 나는 형편이 어려운 사람들이 그런
상자를 1달러에 사서 숨 쉴 구멍을 몇 개 뚫으면 밤이나 비가 올
때 뚜껑을 닫아 몸을 피하고, 영혼과 감성을 자유롭게 할 수 있겠
다고 생각했다. 이것을 끔찍하거나 졸렬한 대안으로 생각하지 않
았다. 원하면 늦게까지 깨어 있어도 되고 외출할 때마다 월세를
요구하는 집주인과 마주치지 않아도 된다. 그러나 대부분의 사람
들은 얼어 죽는 것을 피하기 위해 이런 상자 같은 집에 사느니,
차라리 크고 화려한 상자의 임대료를 내느라 죽도록 시달리는 쪽
을 택한다. 결코 농담이 아니다. 경제는 경솔히 다루어질 여지가
있으나 절대로 가볍게 다루어서는 안 되는 문제다. 대부분의 시
간을 야외에서 생활하는 야만적이고 강인한 종족이, 이곳의 자연
에서 손쉽게 얻는 재료들만으로 안락한 집을 지은 적이 있다. 매
사추세츠 식민지 소속 인디언들을 관리 감독한 구킨 소장은 1674
년에 다음과 같은 글을 썼다. "인디언들의 집 가운데 가장 좋은
집은 수액이 차오르는 계절에 나무껍질을 벗겨낸 뒤 무거운 목재
로 눌러 납작하게 만든 나무조각들로 뒤덮은 집인데, 아주 단정
하고 촘촘하게 지어져 따뜻하다. (…) 그보다 좀 못한 집은 큰 고
랭이 속의 식물로 만든 거적을 덮은 집으로, 비교적 촘촘하게 지
어졌고 따뜻하지만 앞서 말한 집보다는 못하다. (…) 어떤 집은
60~100피트 길이에 넓이가 30피트에 달한다. (…) 나는 종종 인
디언 오두막에 머물곤 했는데 최고급 영국 저택 못지않게 따뜻했
다."[58] 덧붙여 그는 인디언들의 집에는 보통 양탄자가 깔려 있고
정성스럽게 수를 놓은 깔개도 놓여 있으며 여러 가지 물건들이
갖추어져 있다고 말했다. 인디언들은 지붕에 난 구멍 위에 깔개
를 매달고 끈으로 움직이도록 해서 통풍을 조절할 정도로 진보해
있었다. 이런 거처를 짓는 데는 길어야 하루나 이틀이 걸리고, 이

를 해체하고 다시 조립하는 데는 몇 시간이면 족했다. 그리고 가정마다 이런 집이 하나씩은 있었다.

　미개한 나라에서는 가정마다 그들의 기본적이고 단순한 필요를 충족시키는 데 충분한 최고의 안식처를 소유한다. 하늘을 나는 새는 둥지가 있고 여우에게는 여우 굴이 있고 야만인도 자신의 오두막을 소유하고 있는데 현대 문명사회에서 안식처를 소유한 가구는 전체 가구의 절반을 넘지 못한다. 내가 이런 말을 하는 게 도가 지나치다고는 생각하지 않는다. 문명 세계의 대부분을 차지하는 대규모의 마을과 도시에 자신의 거처를 소유한 사람들은 아주 적은 수에 지나지 않는다. 나머지 사람들은 제일 겉에 입는 옷과 같은 집을 유지하기 위해 인디언의 오두막이 있는 마을을 통째로 살 정도의 액수를 임대료로 내야 하고 그 때문에 살아 있는 동안 가난을 면치 못한다. 내가 여기서 말하려는 바는 임대가 소유보다 불리하다는 것이 아니다. 그러나 분명한 사실은 야만인은 아주 적은 비용으로 자신의 집을 소유할 수 있는 반면 문명 세계 사람들은 대부분 집을 마련할 여유가 없어서 임대를 한다는 점이다. 시간이 지난다고 해서 임대할 만한 사정이 더 나아지는 것도 아니다. 문명 세계에 사는 사람들 중에는 임대료만 내고도 인디언의 오두막에 비해 궁전 같은 집에서 살 수 있지 않느냐고 반문하는 사람이 있다. 시골 주거지의 연간 임대료는 25달러에서 100달러로, 수 세기에 걸쳐 개조된 집은 임차인에게 여러 가지 혜택을 제공한다. 여기에는 널찍한 아파트와 깨끗한 칠과 벽지, 럼퍼드 벽난로,[59] 회벽, 베네치아식 창문 가리개, 구리 펌프, 용수철 자물쇠, 넉넉한 지하실 공간, 그 외에도 많은 편의 시설이 포함된다. 그러나 이 모든 혜택을 누리는 인간은 문명인이면서도 너무나 빈곤한 반면, 이를 누리지 못하는 야만인은 야만인임에도 어찌 그토록 부유할 수 있단 말인가? 삶의 여건이 개선된 상태를 문명이라 말한다면(현명한 사람들에게만 해당되는 말이긴 하나, 나는 문명이 일반적으로 인간 삶의 여건을 개선한다고 생각한다) 문명은 비용을 증가시키지 않고도 인간에게 보다 나은 주거 여건을 제공해야 한다. 여기서 무엇인가를 얻는 데 드는 비용이라 함은 그것을 획득하는 대가로 즉시 혹은 장기적으로 얼마만큼의 삶을 지불해야 하는가를 말한다. 이 마을에서 집값은 평균 800달러 정도다. 이 정도 비용을 마련하려면, 개인차는 있겠지만 한 사람이 노동의 대가로 하루에 1달러를 번다고 가정할 때, 부양가족이 없는 노동자라도 10년에서 15년이 걸린다. 노동자가 자기 인생의 절반을 바쳐야 집 한 채를 마련할 수 있다는 의미다. 집을 사는 대신 임대하는 것은 이보다 더 해악을 끼치는 선택이다. 야만인이 자신의 오두막을 위와 같은 조건으로 궁전과 맞바꾼다면 현명한 처사라고 하겠는가?

독자들은 여기서 내가 어떤 주장을 할지 짐작하리라. 집이라는 불필요한 재산을 미래에 대비하는 기금으로 보유하면 장례 비용을 넉넉히 마련한다는 이점밖에 없다. 인간은 자신의 장례를 치를 의무가 없다. 그럼에도 이는 분명히 문명인과 야만인을 구분하는 중요한 차이점이다. 물론 주거지는 문명인 집단의 삶을 보존하고 완성하기 위해서 생활 방식을 제도화하고, 인간에게 득이 되기 위해 존재하지만 이 제도 때문에 개인의 삶이 상당 부분 희생된다. 나는 지금 이런 혜택을 얻기 위해서 얼마나 큰 희생을 치러야 하는가를 보여주고, 불이익을 겪지 않고도 이 모든 혜택을 누릴 방법을 제시하려고 한다. 가난한 자들이 너희와 항상 함께 있다[60]는 말, 아버지가 신 포도를 먹었으므로 아들의 이가 시다[61]는 말은 무슨 의미인가?

　"주 여호와의 말씀이니라. 내가 나의 삶을 두고 맹세하노니 너희가 이스라엘 가운데에서 다시는 이 속담을 쓰지 못하게 되리라."

　"모든 영혼이 다 내게 속한지라, 아버지의 영혼이 내게 속함같이 아들의 영혼도 내게 속하였나니, 범죄하는 그 영혼은 죽으리라."[62]

　다른 계층 사람들 못지않게 잘사는, 콩코드의 이웃 농부들을 보면 20년, 30년 혹은 40년 동안 뼈 빠지게 일해 왔고, 대개 저당권이 설정되어 있는 농장을 물려받았거나 빌린 돈으로 농장을 구입했기에 실제 소유주가 되려면 빚을 청산해야 하는 경우가 대부분이다. 그들은 노동 대가의 3분의 1을 집 구입 비용으로 쓸 것이다. 저당권이 농장의 가치를 상회하는 경우도 더러 있는데 이때 농장 자체가 큰 부채임에도 농부는 그것을 상속받은 사실을 자랑스러워하고 자신이 농장에 대해 잘 알고 있다고 말한다. 세액 사정인에 따르면 마을에서 온전히 농장을 소유한 농부는 놀랍게도 손에 꼽을 정도라고 한다. 만약 이 농장들의 역사를 파악하고 농장들이 저당 잡혀 있는 은행에 문의해 보면, 실제 자기 노동으로 농장을 운영해서 얻은 이득으로 농장의 값을 지불한 사람은 드물듯하다. 때문에 그런 이가 존재한다면 모든 이웃이 그가 누구인지 알 터인데 콩코드에 그런 사람이 세 명은 있으려나 의심스럽다. 상인 100명 가운데 97명은 사업에 실패한다는데, 이는 농부의 경우에도 똑같이 적용된다. 그러나 상인들 가운데 어떤 이는 자신이 실패한 주된 이유가 재정이 곤란해서가 아니라 형편이 여의치 않아 채무를 이행하지 못했을 뿐이라고 말한다. 이는 도덕성이 와해된다는 의미이다. 그의 말이 사실이라면, 실제 상황은 생각보다 더 심각하며 성공한 세 명조차도 자신의 영혼을 구제하는 데 성공하지 못했을 뿐 아니라, 정직한 실패보다 더 부정적인 의미에서 파산하게 된다는 뜻이다. 파산과 지불 거절을 도약대 삼아 인류의 문명은 훌쩍 뛰어오르고 빙글빙글 돌며 온갖 묘기를 부리지만, 야만인은 그런 도약대의 도움을 받지 못하고 기아라는 탄력 없는 나무판자에 망연히 서 있다. 그러나 미들섹스 지역의 가축 품평회는 마치 농기계의 이음새가 모두 정상적으로 작동하듯이 해마다 어김없이 성대하게 열린다.

농부는 생계라는 문제를 그 자체보다 더 복잡한 방법으로 해결하려 애쓴다. 그는 가축 떼에 둘러싸여 있으면서도 어떻게 가죽 신발 끈을 장만할지 고심한다. 노련한 솜씨로 덫을 놓아 안락과 경제적 독립을 포획하려 하지만 덫을 놓고 돌아서면서 자기 다리가 덫에 걸리고 만다. 이게 바로 그가 빈곤한 이유다. 또 우리가 사치품에 둘러싸여 살면서도, 안락한 삶을 사는 수천 명의 야만인보다 더 가난한 이유 역시 이와 비슷하다. 채프먼은 이렇게 노래했다.

"인간 사회의 오류,
세속적인 위대함을 좇느라
천상(天上)의 안락함은 허공으로 날려버린다."[63]

농부가 집을 장만하면 부유해지기는커녕 더 빈곤해진다. 그가 집의 주인이 되는 게 아니라 집이 그의 주인이 되기 때문이다. 이것이 바로 미네르바가 만든 집에서 사는 것을 모모스[64]가 거부한 타당한 이유다. 모모스는 미네르바가 지은 집은 "이동이 불가능하여 주위 환경이 나빠도 옮기지 못한다"라고 했다. 집은 쉽게 처분할 수 있는 재산이 아니므로 우리는 집에 산다기보다는 집에 간혀 자유를 박탈당한 신세라고 할 수 있다. 그리고 우리가 멀리해야 할 이웃은 오랫동안 갇혀 지내느라 괴혈병에 걸린, 바로 우리 자신이다. 이 마을에서 적어도 한두 가족은 거의 수십 년 동안 교외에 있는 집을 팔고 마을로 들어와 살려고 애썼지만 뜻대로 되지 않았다. 그들은 아마 이 세상을 떠날 때쯤 되어서야 그 집으로부터 자유로워질 듯싶다.

대다수 사람들이 마침내 모든 편의를 제공하는 현대식 주택을 소유하거나 임대하게 되었다고 치자. 문명이 발달하면서 우리의 주택도 개선되어 왔지만 그 안에 거주하는 사람들은 집만큼 개선되지 않았다. 문명은 궁궐 같은 집을 창조했지만, 저택에 걸맞은 기품을 지닌 인간을 창조하는 일은 쉽지 않았다. 문명인이 야만인보다 더 가치 있는 목표를 추구하지 않는다면, 그저 구질구질한 생활필수품을 장만하고 안락하게 살기 위해서 평생 일해야 한다면, 문명인이 야만인보다 더 좋은 집에 살아야 할 이유가 무엇인가?

그렇다면 빈곤한 소수는 어떠한가? 그들 중 일부는 외적 여건으로 볼 때 야만인보다 나은 환경에서 생활해 왔고 일부는 야만인보다 못한 여건에서 생활해 왔다. 문명 세계에서 한 계층이 누리는 사치는 또 다른 계층이 겪는 열악한 생활 여건에 의해 상쇄된다. 궁궐이 존재하는 다른 한편에 극빈자 수용소와 '침묵하는 빈자'[65]가 존재하는 것이다. 파라오의 무덤인 피라미드를 만드는 데 동원된 수많은 노예들은 아프면 마늘을 먹고 견뎠고, 죽어서는 아마 장례도 제대로 치르지 못했을 것이다. 궁전의 마무리 장식을 하는 석공이 밤에 일을 마치고 돌아가는 집은 인디언의 오두막보다 나을 바 없는 초라한 오두막이리라. 문명의 이기(利器)가 존재하는 나라에 사는 사람의 생활 여건이 야만인의 생활 여건만큼 열악하지 않으리라는 생각은 섣부른 추측이다.

이제 열악한 환경에 처한 부유층이 아니라 열악한 환경에 처한 빈곤층에 대해 거론해 보겠다. 이들의 생활상을 알기 위해서는 굳이 멀리 갈 필요 없이 문명의 최전방인 철도 주변에 쭉 늘어선 빈민촌을 보면 된다. 이곳에 사는 이들은 돼지우리처럼 지저분한 집에 빛이 들게 하려고 겨울에도 문을 열어놓은 채 땔감조차 때지 않고 산다. 춥고 비참한 생활을 오랫동안 한 탓에 남녀노소를 불문하고 모두 위축되고 신체 발육도 부진하다. 이들의 노동력이 이 세대를 이룩해 낸 만큼, 이 사람들을 살펴보는 것은 합당한 일일 것이다. 세계 최대의 산업국가라고 할 영국에서 모든 계층이 처한 여건도 크게 다르지 않다. 좀 더 구체적으로, 지도상에 하얗게 표시된 미답(未踏) 지역 아일랜드를 보자. 아일랜드인들을 북미 인디언이나 남태평양제도 원주민 혹은 문명인과의 접촉으로 타락하기 전의 야만족의 생활 여건과 비교해 보자. 야만인의 지도자도 문명 세계 지도자들의 평균만큼 현명하다고 확신한다. 아일랜드인의 생활 여건을 보면 문명 세계에도 비참한 생활 여건이 존재한다는 사실이 입증된다. 우리나라의 주요 수출품을 생산하는 남부 노동자들을 새삼 거론할 필요도 없다. 남부가 꾸준히 생산해 내는 것은 바로 비참한 삶을 사는 노동자들이다. 그러나 나는 내 논의의 대상을 적절한 환경에서 사는 사람들로 제한하겠다.

대부분의 사람들은 과연 집이 무엇인지에 대해 심사숙고해 본 적이 없는 듯싶다. 사람들은 남들처럼 집을 장만해야 한다는 생각 때문에 쓸데없이 평생을 빈곤하게 산다. 종려나무 잎이나 우드척[66] 가죽으로 만든 모자를 버리고 재단사가 만든 맞춤 외투를 입으려 하고, 경기가 나빠서 왕관을 사기 어렵다고 불평한다. 모두들 지금보다 훨씬 편리하고 고급스러운 주택을 지을 수 있지만 그런 집을 살 능력이 있는 사람이 없기 때문에 짓지 않는다고 말한다. 우리는 왜 이렇게 늘 더 많이 소유하려고 하는가? 때때로 덜 소유하고도 자족할 수 있지 않은가? 존경받는 시민이 젊은이들에게 이론적으로, 또 몸소 실천을 통해 다음과 같은 것들을 진지하게 가르쳐야 하는가? 이를테면 자신의 집을 방문할 손님을 위해 평생 몇 켤레의 덧신과 우산을 마련해야 할지, 허영 가득한 그들이 묵어갈 빈 객실을 제공해야 할지 등에 대해서 말이다. 우리의 가구는 왜 아랍인이나 인디언의 가구처럼 검소하지 않은가? 하늘이 보낸 전령, 신이 인간에게 준 선물을 가져온 전령이라고 우리가 칭송해 마지않는 위인들이 수행원을 대거 이끌고 다니거나 최신 유행의 가구를 가득 싣고 다니는 모습은 상상하기 어렵다. 아니면 우리가 도덕적으로, 지적으로 아랍인보다 우월한 만큼만 우리 가구를 그들의 것보다 호화롭게 하도록 허용하는 것은 어떨까? 이것만이 유일하게 사치를 허용할 수 있는 정당한 이유 아니겠는가? 지금 우리가 사는 집들은 온갖 물건들로 넘쳐 난다. 부지런한 주부가 열심히 비질을 해서 쓰레기 버리는 구덩이에 먼지를 쓸어 넣어도 일을 끝내려면 아침나절이 모자란다. 이런 일을 아침에 하다니! 아우로라의 여명이 밝아오고 멤논[67]의 음악 선율이 흐르는 아침에 사람은 어떤 일을 해야 하는가? 예전에 내 책상 위에는 석회암 조각 세 개가 놓여 있었다. 그런데 아침마다 내 정신의 먼지도 아직 털어내지 않은 상태에서 그 돌에 쌓인 먼지를 털어낼 생각을 하니 끔찍해져서 돌들을 창밖으로 내던져 버렸다. 그런 생각을 하는 내가 어떻게 가구가 갖춰진 집을 소유하겠는가? 나는 차라리 야외에 거처를 마련하고 싶다. 야외에서는 사람이 땅을 파헤치지 않는 한 풀잎에 먼지가 쌓일 일은 없을 테니 말이다.

유행을 만들어 군중들이 그것을 좇도록 만드는 사람들은 사치스럽고 방탕한 이들이다. 소위 말하는 최고급 숙박 시설에 머무르는 여행객들은 곧 이를 깨닫는다. 이런 숙소의 주인들은 여행객을 사르다나팔루스[68]로 여긴다. 만약 여행객이 스스로를 이들의 자비로운 처분에 맡긴다면 곧 완전히 거세당하리라. 우리는 철도 차량의 안전이나 편리함을 고려하기보다는 호화롭게 치장하는 데 더 많은 비용을 들인다. 그리하여 안전이나 편리함은 뒷전으로 물러나고 철도 차량은 온갖 푹신한 방석과 가구, 차양, 그 밖에 동양에서 건너온 수백 가지의 이국적인 물건들이 가득 찬 거실로 변질된다. 우리는 평범한 사람이 들으면 얼굴을 붉힐 만한 이름을 가진, 중국의 규방 여인네들이나 여성스러운 원주민들이 사용하는 이국적인 물건들을 휴대하고 서부로 여행을 떠난다. 나는 사람들 틈바구니에 끼어서 푹신한 우단 방석에 앉느니 차라리 딱딱한 호박을 독차지하고 혼자 앉으련다. 또한 실내를 화려하게 꾸민 일등칸 기차를 타고 **말라리아 병균**이 득실거리는 실내 공기를 내내 들이쉬다가 저세상으로 가느니 차라리 소가 끄는 달구지를 타고 편안하게 이 세상을 여행하겠다.

원시시대에 인간의 삶은 소박하고 진솔했으며 자연 속에 잠시 머무는 여행자의 여정을 의미했다. 그 시대의 인간은 허기를 채우고 단잠을 잔 후 원기를 회복하면 다시 길 떠날 준비를 했다. 천막생활을 하면서 계곡을 누비고 평원을 가로지르고 산 정상에 올랐다. 그러나 보라! 인간은 자기가 사용하는 도구의 도구가 되어버렸다. 허기질 때 과일을 따 먹던 인간은 농부가 되었다. 나무 그늘에서 안식처를 찾던 인간은 집주인이 되었다. 우리는 이제 더 이상 야영을 하면서 밤하늘을 보지 않으며, 땅 위에 정착했고 하늘을 잊어버렸다. 우리는 기독교를 단순히 보다 발전된 형태의 농경문화(agri-culture)로 인식했다. 우리는 이승에서 가족이 살 저택을 짓고 저승에서의 생활을 위해 가족 묘를 만들었다. 최고의 예술 작품은 속세의 굴레에서 해방되고자 하는 인간의 투쟁을 표현한다. 그러나 우리는 기교를 부려 속세의 굴레를 더 안락하게 만들고 보다 고결한 형태의 삶은 완전히 잊어버린다. 이 마을에서 **훌륭한** 예술 작품에 걸맞은 장소는 사실상 없다. 어쩌다 훌륭한 작품이 우리에게 전해진다고 해도 그것을 받아들일 만한 곳이 없다. 그림을 걸기 위해 박을 못도 없고 영웅이나 성인의 흉상을 올려놓을 선반도 없다. 우리가 어떻게 집을 짓고 비용을 마련하는지 혹은 왜 비용을 마련하지 못하는지, 또 경제적으로 어떻게 관리되고 유지되고 있는지를 생각하면, 방문객이 와서 벽난로 위의 싸구려 장식품을 감상하다가 그가 딛고 서 있는 마루가 내려앉아 지하실의 딱딱한 땅바닥으로 떨어지지 않을까 우려된다. 사람들은 소위 부유하고 세련된 생활을 인생의 도약으로 생각한다. 사람들이 여기저기서 도약하려고 애쓰는 통에 나는 정신이 산만해져서 그런 세련된 삶을 장식해 주는 예술 작품들을 차분하게 음미할 여유조차 갖기 힘들다. 인간이 정직하게 근력만으로 달성한 도약의 최고 기록은 아랍 유목민이 세웠는데, 평지에서 25피트를 도약했다고 한다. 인위적인 지지대가 없는 한 인간은 그 정도 높이에 다다르면 다시 땅으로 내려오기 마련이다. 바람직하지 않은 생활 방식을 영위하는 사람에게 내가 무엇보다 묻고 싶은 바는, 무엇이 그런 생활을 지탱해 주는가 하는 점이다. 당신은 실패하는 97명 가운데 한 사람인가, 성공하는 세 사람 가운데 한 사람인가? 이 질문에 당신이 대답하고 나면 나는 정신을 가다듬고 당신 집의 싸구려 장식물을 감상할 마음의 여유가 생길지도 모르겠다.

　수레를 말 앞에 매는 행위는 앞뒤가 뒤바뀐 것으로, 아름답지도 않고 쓸모도 없다. 우리가 집을 아름다운 물건들로 장식하기 전에 벽지를 뜯어내고 정돈해야 하듯이 우리의 삶 역시 구질구질한 것들을 없애야 아름다운 집과 아름다운 생활의 토대가 마련된다. 자, 그렇다면 아름다움을 보는 안목은 어디서 생기는가? 그런 안목은, 집도 없고 관리인도 없는 야외에서의 경험을 통해 얻을 수 있다.

　이 마을에 최초로 정착한 사람들과 동시대에 살았던 존슨은 『놀라운 신의 섭리』라는 책에서 최초의 정착민들에 대해 이렇게 말한다. 그들은 "언덕 기슭 아래에 굴을 파서 최초의 안식처를 마련했고, 목재를 깔고 그 위에 토양을 높이 쌓아 가장 높은 곳에 불을 지폈다."[69] 또 그들은 "땅을 일궈 신의 축복으로 먹고살 양식을 얻게 될 때까지 집을 짓지 않았고", "빵을 아껴 먹기 위해 아주 얇게 잘라 오랫동안 먹을 수 있도록 해야 했다." 미국 동부 해안 뉴네덜란드 지역[70]의 통치자가 1650년 네덜란드어로 기록한 글에는 토지를 구입하고자 하는 사람들을 위한 정보가 수록되어 있는데 이렇게 적혀 있다. "뉴네덜란드, 특히 뉴잉글랜드 지역 거주자 가운데 농가를 짓고 싶으나 그 방법을 모르는 사람들은 일단 지하실을 만드는 식으로 땅을 6, 7피트 깊이에 넓이와 길이는 원하는 만큼 적당히 네모나게 파고, 사방 벽에 나무를 대고 그 나무를 다시 나무껍질이나 다른 것으로 덧댄 뒤 구멍 안을 흙으로 채워 함몰되지 않도록 한다. 바닥에는 나무판자를 깔고 머리 위에는 지붕 삼아 징두리 판자를 댄다. 지붕 뼈대는 높이 올리고 그 위에 나무껍질을 덮거나 뗏장을 올린다. 이렇게 만든 집은 눅눅하지 않고 아늑하여 가족 규모에 맞게 공간을 구분하면 가족 전체가 2년에서 4년은 산다. 식민지 초기에 뉴잉글랜드 부유층이 이런 집을 지은 이유는 두 가지다. 첫째, 집을 짓는 데 시간을 너무 많이 들이느라 농사짓는 데 소홀해져 다음 절기에 식량이 모자라는 불상사가 생기지 않도록 하기 위함이다. 둘째, 모국[71]에서 데려온 가난한 노동자들의 사기가 꺾이지 않도록 하기 위함이다. 3,4년에 걸쳐 농경에 점점 익숙해지면 그들은 비로소 수천 달러를 들여 훌륭한 집을 지었다."[72]

우리 조상들이 선택했던 이 방법은 최소한 더 절실한 문제부터 해결한다는 원칙하에 행동한 신중한 태도가 엿보인다. 그런데 오늘날 이 절실한 문제가 해결되었는가? 나는 호화로운 주택을 하나 구입할까 하는 생각이 들 때마다, 이 나라가 외관이 호화로운 저택에 상응하는 만큼 내적으로도 화려하고 인격적인 문화(human culture)[73]를 아직 갖추지 못했다는 사실을 상기하고는 주저하게 된다. 조상들은 식량이 부족하여 빵을 얇게 썰어 아꼈지만, 우리는 영적으로 빈곤하므로 조상들보다도 더 얇게 영혼의 빵을 썰어야 한다. 건축적인 장식물을 모두 버리자는 뜻이 아니다. 우선 아름다움으로 집을 단장하자는 뜻이다. 우리를 압도하는 집이 아니라 갑각류의 껍질과 그 주인의 관계처럼 우리의 삶과 혼연일체 할 수 있는 집을 짓자는 말이다.

우리는 미개하지는 않지만 동굴이나 인디언 오두막에 살아도 되고 가죽옷을 입어도 된다. 값비싼 대가를 지불하긴 했으나 인류의 창의력과 근면함으로 문명의 이기를 얻었으니 이를 십분 활용하는 것이 더 좋은 방법이다. 우리 마을과 같은 곳에서는 살기 적당한 동굴이나 통나무 혹은 넉넉한 분량의 나무껍질, 심지어는 잘 다져진 진흙이나 납작한 돌보다 목판이나 널빤지, 석회암과 벽돌이 더 얻기 쉽고 값도 저렴하다. 이론적으로뿐만 아니라 경험을 통해 얻은 지식을 바탕으로 장담한다. 조금만 더 기지를 발휘해 이런 재료들을 이용하면 현재 가장 부유한 사람들을 능가하는 부자가 될지도 모르고 이는 인류 문명에 축복을 내리는 일이다. 문명인은 보다 경험이 많고 현명한 야만인이다. 이 이야기는 이 정도로 하고 이제 서둘러 내가 한 실험 이야기로 넘어가겠다.

1845년 3월이 끝나 갈 무렵 나는 도끼를 빌려 월든 호수 근처 숲으로 내려갔다. 내가 집을 짓고자 하는 장소에서 가장 가까운 숲에서 집을 지을 목재로 쓰기 위해 아직 어리고 키가 크며 곧은 백송을 베었다. 타인에게 뭔가를 빌리지 않고서 새로운 일에 착수하기는 힘들다. 빌리는 행위는 타인이 내 일에 관심 갖도록 하는 가장 너그러운 방법이다. 도끼 임자는 내게 도끼를 건네면서 눈에 넣어도 아프지 않을 만큼 아끼는 거라고 말했다. 나는 빌렸을 때보다 더 날카롭게 도끼를 벼려서 돌려주었다. 내가 일한 장소는 경치 좋은 언덕으로, 소나무숲으로 둘러싸여 있고 수풀 사이로 호수가 보였으며, 소나무와 히커리 나무가 자라는 숲 속에는 작은 평지가 있었다. 호수는 군데군데 녹은 곳을 제외하고 아직 얼어 있었다. 호수 얼음은 물을 흠뻑 머금어 어두운 색깔을 띠었다. 그곳에서 작업할 때 엷은 눈발이 날리는 날도 있었다. 그러나 집으로 돌아가기 위해 철도로 나오면 철도 주변의 모래 더미가 안개 속에 쭉 펼쳐져 빛났고, 철도는 봄빛에 반사되어 반짝였다. 또한 다시 한 해를 우리와 함께하기 위해 돌아온 종달새와 딱새 등 온갖 새들이 지저귀었다. 언 땅뿐만 아니라 겨우내 얼어붙은 사람의 마음까지도 녹일 만큼 쾌적한 봄날이었고, 겨울잠을 자던 생명도 기지개를 켜기 시작했다. 하루는 도끼날이 자루에서 떨어져 나오는 바람에 녹색 히커리 나무를 잘라 쐐기를 만들고 돌로 박아 넣었다. 그런 다음 나무를 불리기 위해 얼음이 녹아 생긴 호수의 구멍에 담그다가 줄무늬 뱀이 물속으로 헤엄쳐 들어가는 모습을 보았다. 뱀은 내가 그곳에 머물렀던 약 15분 동안 줄곧 호수 바닥에 잠겨 물 밖으로 나오지 않았는데 전혀 불편해 보이지 않았다. 아마도 아직 겨울잠에서 완전히 깨어나지 않았기 때문이었던 듯싶다. 인간도 같은 이유로 지금 활기 없고 원시적인 상태에 머물러 있는 듯하다. 만약 인간을 깨어나게 하는, 도약하는 봄의 힘을 느끼고 싶다면 보다 고결하고 고차원적인 삶을 지향해야 한다. 어느 서리 내린 이른 아침, 길을 가다가 뱀을 보았는데 그 뱀들은 몸의 일부가 아직 무감각하고 뻣뻣한 상태로 햇볕에 몸이 녹기를 기다리고 있었다. 4월 1일에는 비가 오고 얼음이 녹았다. 그날 이른 아침에 안개가 자욱했는데 무리를 이탈한 기러기가 마치 길을 잃은 듯, 안개 속을 헤매는 유령이라도 되는 듯 호수 주위를 서성이며 우는 소리를 들었다.

그렇게 며칠 동안 나는 가느다란 도끼 한 자루로 나무와 그루터기, 서까래를 베고 자르면서 상념을 잊고 이렇게 노래를 불렀다.

사람들은 자신의 박식함을 뽐낸다.
그러나 보라! 예술과 과학,
그리고 수천 가지 기구들이
날개를 달고 날아가 버리는구나.
인간이 아는 것이라고는 고작해야
바람이 분다는 사실뿐인 것을.[74]

나는 원목을 6인치 사각형 형태로 자르고 그루터기 대부분은 양쪽을, 서까래와 바닥재는 한쪽 면만 잘라 껍질을 벗겨내지 않고 그대로 남겨두었다. 이렇게 하면 톱질한 목재만큼 곧고 훨씬 튼튼해진다. 이번에는 도끼 외에 다른 연장도 빌려 와서 목재 밑동에 조심스럽게 장붓구멍을 냈다. 숲 속에서 보내는 시간은 그리 길지 않았지만 나는 보통 빵과 버터를 준비해 갔고, 잘라낸 소나무 가지 더미 위에 앉아 빵을 싸 온 신문을 읽으며 점심을 먹었다. 내 손은 송진으로 잔뜩 덮여 소나무 향이 빵에 배어들었다. 비록 소나무 몇 그루를 베어내긴 했지만 나는 곧 소나무와 친해졌고, 일을 마치기 전에 소나무와 적이 아닌 친구가 되었다. 나는 가끔 근처를 지나다가 내 도끼 소리에 이끌려 온 행인과 내가 만든 목재를 놓고 한담을 하기도 했다.

일을 서두르기보다는 최대한 즐기면서 했기에 4월 중순이 돼서야 집의 틀이 잡혔고, 위로 쌓아 올릴 준비가 되었다. 나는 집을 짓는 데 판자로 쓰기 위해 피치버그 철도(Fitchburg Railroad) 공사에 참여한 아일랜드인 제임스 콜린스가 지은 오두막을 이미 구입해 두었다. 제임스 콜린스의 오두막은 아주 잘 지었다는 평판이 나 있었다. 내가 그의 오두막을 둘러보려 방문했을 때 그는 집에 없었다. 오두막 바깥은 겉에서 보기에 창문이 아주 깊고 높아 보였다. 아담하고 뾰족한 지붕 외에는 그다지 눈에 띄는 점이 없었다. 오두막 주위로는 5피트 높이의 흙이 퇴비 더미처럼 사방을 빙 둘러싸고 있었다. 햇볕에 뒤틀리고 약해지긴 했어도 그나마 지붕이 가장 쓸 만한 부분이었다. 문지방은 없었고 문 밑은 암탉이 자유롭게 드나들 수 있도록 해놓았다. 콜린스 부인이 문을 열어주었고 안으로 들어와 둘러보라고 했다. 암탉들은 내가 들어서자 한쪽으로 물러났다. 오두막 안은 어둡고 바닥은 대부분 흙이 깔려 있어 축축하고 한기가 느껴졌으며, 드문드문 바닥에 깔린 판자는 뜯어내려고 하면 부서질 것 같았다. 콜린스 부인은 등

잔에 불을 붙여 내가 지붕 안쪽과 벽을 잘 살펴볼 수 있도록 해주고, 판자 바닥이 침대 밑으로 이어지는 것을 보여주었으며, 2피트 깊이의 흙구덩이인 지하실에는 들어가지 말라고 주의를 주었다. 또한 '지붕과 벽의 판자는 모두 아주 쓸 만하며' 원래 두 개의 사각형이었던 창문도 쓸모 있고, 최근에 창문으로 빠져나간 것은 고양이 한 마리뿐이라고 말했다. 오두막 안에는 난로, 침대, 앉을 곳, 비단 양산, 그 집에서 태어난 아기, 금테를 두른 거울, 떡갈나무 묘목에 못으로 박아 넣은 법랑 커피 분쇄기가 있었다. 곧 제임스가 귀가했고, 거래는 금방 성사되었다. 나는 그날 밤 4달러 25센트를 지불하고, 다음 날 아침 5시에 그가 집을 비운 뒤 6시에 소유권을 넘겨받기로 했다. 콜린스 씨는 대지 임대료와 연료비 관련해서 청구 금액이 있을 거라 예상했지만 이는 부당한 요구라며 이 일을 처리하기 위해 내가 다음 날 일찍 왔으면 했고, 이외에는 아무 문제도 없다고 장담했다. 다음 날 아침 6시에 나는 길 떠나는 제임스 일가와 마주쳤다. 그들은 침대와 커피 분쇄기, 거울, 암탉 등을 모두 큰 짐 한 덩어리로 만들어 끌고 가고 있었는데 고양이는 보이지 않았다. 콜린스 부인은 고양이를 숲 속에 풀어주었으니 이제 살쾡이로 살아갈 거라고 했다. 후에 그 고양이는 누군가 우드척을 잡으려고 놓은 덫에 걸려 결국 죽었다는 이야기를 들었다.

　같은 날 아침 나는 못을 뽑고 오두막을 해체하여 수레로 몇 번에 걸쳐 호숫가로 옮긴 다음, 햇볕에 표백되고 뒤틀림이 풀리도록 판자를 풀밭 위에 널어놓았다. 숲 속으로 수레를 끌고 가는 길에 일찍 일어난 개똥지빠귀가 지저귀는 소리를 들었다. 어린 패트릭[75]이, 내가 수레를 끌고 오가는 사이에 이웃인 아일랜드인 실리가 아직 쓸 만한 곧은 못과 꺾쇠, 대못 등을 훔쳐갔다고 귀띔해

주었다. 오두막이 있던 곳으로 돌아와서 실리와 잠깐 인사를 나누었고, 봄에 할 여러 가지 일을 생각하며 홀가분한 마음으로 해체된 오두막을 바라보았다. 실리는 내가 호숫가로 수레를 끌고 가느라 오두막에 없는 동안 훔친 것을 주머니에 넣었고, 돌아온 내게 시치미를 뚝 떼고는 할 일이 많아 보인다며 말을 걸었다. 그는 유일하게 내 작업을 지켜본 구경꾼이었고 별로 중요해 보이지도 않는 이 일이 마치 트로이 신들의 조각상을 제거하는 일[76]인 양 호들갑을 떨었다.

나는 남쪽으로 경사진 언덕 옆에 가로세로 6피트에 깊이 7피트 크기로 지하실을 팠다. 그곳은 예전에 우드척이 굴을 판 곳으로, 북나무와 블랙베리가 늘어서 있는 내리막길과 풀이 거의 없는 저지대를 지나 부드러운 모래가 있는 곳까지 이어져 있었는데 겨우내 감자를 얼지 않게 저장해 둘 수 있을 듯했다. 벽면은 돌을 박아 넣지 않고 경사진 그대로 내버려 두었는데 햇볕이 들지 않아 아직 모래가 제자리를 지키고 있었다. 이 일을 하는 데 두 시간 정도밖에 걸리지 않았다. 내가 땅을 파는 일을 하면서 특히 즐거웠던 점은 지구의 어느 위도상의 위치에서 땅을 파도 땅 아래 온도는 거의 한결같다는 것이었다. 이 도시의 가장 화려한 저택에도 지하실은 있기 마련이고 사람들은 여기에 뿌리채소를 저장한다. 그리고 저택 건물이 사라진 한참 뒤에도 후손들은 지하실 흔적을 알아본다. 집이란 굴 입구에 있는 현관 같은 것일 뿐이다.

마침내 5월 초, 다른 사람의 도움이 필요해서라기보다는 친분을 돈독히 할 요량으로, 지인 몇 명에게 도움을 받아 내가 살 집의 뼈대를 세웠다. 나를 도와준 지인들의 성품에 대해 나보다 더 큰 경의를 표할 사람은 없다. 그들은 언젠가 이보다 더 고상한 구조물을 세울 운명을 타고난 게 분명하다. 7월 4일,[77] 벽과 지붕을마

무리하자마자 나는 이 집에서 살기 시작했다. 판자는 가장자리를 얇게 깎고 서로 겹치게 하여 비가 새지 않도록 했다. 판자를 두르기 전에 호숫가에서 언덕 위까지 안아서 나른 수레 두 개분의 돌로 한쪽 끝에 굴뚝 기초를 쌓았다. 가을에 밭갈이가 끝나고 난방이 필요해지자 굴뚝을 만들었고, 완성되기 전까지는 야외에서 아침 요리를 했다. 지금도 나는 실내보다 야외에서 요리하는 게 어떤 면에서는 더 편리하고 적합하다고 생각한다. 빵이 채 구워지기도 전에 폭풍이 칠 때면 나무판자로 불을 덮어씌우고 판자 밑에 앉아 빵이 구워지는 것을 바라보며 안락하게 몇 시간을 보내곤 했다. 할 일이 많을 때는 독서를 많이 하지 못했지만 땅바닥에 놓인 종잇조각이나 포장 혹은 식탁보[78]만으로도 즐거운 시간을 보냈고, 사실상 『일리아스』[79]를 읽을 때 못지않게 즐거웠다.

내가 들인 것보다 더 공들여 집을 지을 수도 있을 것이다. 즉 문, 창문, 지하실, 다락방은 인간 본성의 무엇에 근거해 만들어졌는가를 심사숙고한다든가, 아니면 임시방편으로 필요하다는 것보다 더 합당한 이유를 찾을 때까지 이런 구조물을 짓지 않을 수도 있다. 사람이 자기가 살 집을 직접 짓는 행위는 새가 직접 둥지를 트는 행위와 일맥상통하는 면이 있다. 자기 손으로 집을 짓고, 소박하고 정직한 노동으로 자신과 가족들을 위해 직접 식량을 마련하면서 살아간다면, 마치 새가 흥에 겨워 노래하듯 모든 사람이 시적 재능을 발현하게 될지 누가 알겠는가? 그러나 오호통재라! 안타깝게도 우리는 찌르레기나 뻐꾸기 같은, 다른 새들이 만든 둥지에 알을 낳고 길 가는 나그네에게는 아름다운 노래와 지저귀는 소리도 들려주지 않는, 그런 새들을 좋아한다. 우리는 손수 집을 짓는 즐거움을 목수에게 영원히 넘겨버릴 것인가?

인간 집단의 경험으로 볼 때 건축은 어떤 가치를 지니는가? 나는 인간이 자신의 집을 짓는 행위만큼 단순하고 자연스러운 일을 본 적이 없다. 우리는 공동체의 일원이다. 한 사람의 9분의 1 정도밖에 구실을 못하는 사람은 재단사뿐만이 아니다.[80] 목사나 상인, 농부도 마찬가지다. 도대체 분업의 끝은 어디인가? 분업을 통해 달성하려는 궁극적인 목적은 무엇인가? 물론 다른 사람이 나 대신 생각을 해주기도 한다. 그러나 스스로 생각할 수 있는데도 그것을 완전히 배제하고 다른 사람이 자기 대신 생각하도록 하는 것은 바람직하지 않다.

이 나라에 건축가라고 일컫는 사람들이 있기는 하다. 그리고 마치 신의 계시라도 받은 듯 진리의 핵심과 필수적인 요소, 아름다움까지 모두를 갖춘 건축 장식물을 만드는, 재능이 뛰어난 건축가[81]가 있다는 이야기도 들었다. 그 건축가의 입장에서는 다 훌륭해 보이겠지만 그가 한 일은 그저 평범한 아마추어의 솜씨보다 조금 나을 뿐이다. 감상적인 그 개혁가는 기초부터 시작하지 않고 처마 장식부터 시작한다. 사실 어떤 사탕이든 그 속에 아몬드나 캐러웨이 씨를 품을 수는 있다(나는 설탕 없이 아몬드만으로 가장 건강한 먹을거리가 된다고 생각하지만 말이다). 그들은 건축 장식물 속에 어떻게 진리의 핵심을 채울 것인가에만 골몰한다. 거주할 사람에게 진정으로 적합한 외관과 내면을 짓고 그에 어울리는 장식물이 자연스럽게 생성되도록 하는 것에는 관심이 없다. 이성적인 사람이라면 어느 누가 장식물을 겉껍질일 뿐이며 피상적인 것이라고 생각하겠는가? 누가 거북이의 겉껍질이나 갑각류의 진줏빛 껍질을 브로드웨이 거주자들이 트리니티 교회를 건설한 것처럼 계약을 통해 얻은 것이라 생각하겠는가? 그러나 인간과 집의 건축 형태와의 연관성은 거북이와 거북 등껍질 형태와의 연관성만도 못하다. 깃발에 자기 정체를 정확히 나타내는 색깔을 칠할 정도로 게으른 군인이 아니어도[82] 적은 그 군인의 정체를 알아낼 것이며 심판의 순간이 오면 그의 안색은 창백해지리라. 이와 마찬가지로 건축가는 처마 장식 위로 몸을 기울여 무지한 거주자들의 귀에 자신의 어설픈 진실을 멋쩍게 속삭이지만, 사실 건축가보다 거주자들이 진실을 더 잘 알고 있다. 진정한 건축의 아름다움은 내면에서 시작해 점차 바깥으로 드러난다. 거주자 자신이 건축가가 되어 자신의 필요와 성품을 바탕으로 지은 건축의 아름다움, 겉보기는 전혀 고려하지 않고 거주자의 꾸밈없는 진실성과 고상함에서 우러나온 건축의 아름다움이 진정한 것이다. 그외에 부수적으로 얻는 아름다움이 무엇이든 꾸밈없고 아름다운 삶이 선행되어야 한다. 이 나라에서 가장 흥미로운 주거 형태는 가난한 사람들이 사는, 전혀 가식적이지 않고 소박한 통나무집이나 오두막이다. 이 집들이 그림처럼 아름다운 이유는 단순히 외관이 독특해서가 아니라 집이 거주자의 삶 자체를 보여주기 때문이다. 교외에 사는 주민들의 상자 같은 집도 흥미로운 주거 형태가 될 수 있다. 그 안에 사는 사람의 삶이 소박하며, 그의 상상력과 조화를 이루며 진실한 삶을 왜곡시키지 않는 그런 집이라면 말이다. 건축 장식물의 상당 부분은 말 그대로 공허하다. 빌린 깃털[83]이 떨어져 나가듯 9월의 거센 바람이 그 장식물들을 벗겨내도 건축물의 본질에는 전혀 손상을 입히지 못한다. 지하실에 올리브나 포도주를 저장해 놓지 않는 사람들은 건축 없이도 살 수 있다. 그렇게 건축 장식에 공을 들이는 만큼 문학에서 아름다운 글귀를 만들어내는 데 공을 들이면 어떨까? 교회 건축가들이 처마 장식을 만드는 데 들이는 시간만큼 성서 기록자들도 기록을 다듬는 데 시간을 들이면 어떨까? 이런 노력 덕분에 심미 문학과 순수 미술 그리고 이를 가르치는 교수들이 존재하는 것이다. 인간은 자기 머리 위 혹은 발아래에 있는 막대기 몇 개를 어떻게 기울일지, 집에 무슨 색을 칠할지를 중요하게 생각한다. 만약 막대기를 기울이고 칠을 한 사람이 바로 그 집에 살 당사자라면 그런 데 관심을 갖는 게 어느 정도는 의미가 있을지도 모르겠다. 그러나 거주자의 영혼이 담기지 않은 집을 짓는 행위는 그의 시신을 담을 관을 짜는 것이나 마찬가지다. 그런 건축물은 무덤이요, '목수'는 '관을 짜는 사람'을 일컫는 또 하나의 이름일 뿐이다. 삶에 절망하거나 의욕을 잃은 어떤 사람이 자기 발밑의 흙을 한 줌 집어 흙 색깔로 집을 칠한다면 그는 자신의 협소한 마지막 안식처인 무덤을 생각하는 걸까? 차라리 동전을 던져 결정하는 건 어떤가. 집을 짓는 데 쓸데없는 노력을 기울이지 않는다면 삶이 얼마나 여유로워지겠는가! 뭐하러 흙 한 줌을 집어 올리는가? 그럴 필요도 없다. 당신의 맨얼굴처럼 아무런 색도 칠하지 말고 그대로 두는 게 낫다. 그러면 집은 당신의 안색에 따라 창백해지기도 하고 발그레해지기도 하리라. 이야말로 오두막 건축 양식을 발전시키는 행위가 아닌가! 나의 집에 적합한 장식물들이 준비되면 그때 가서 집을 꾸미리라.

겨울이 오기 전에 나는 굴뚝을 짓고, 수액이 한껏 오른 통나무 조각의 모서리를 대패로 깎아 곧게 편 뒤 널빤지로 만들어 이미 비가 새지 않도록 만든 집 옆면에 덧대었다.

이로써 나는, 촘촘하게 널빤지를 대고 회벽을 바른, 넓이 10피트, 길이 15피트의 집을 갖게 되었다. 8피트 기둥에 다락방과 붙박이 옷장, 각 면에 커다란 창문과 두 개의 들창, 그리고 한쪽에는 문, 그 반대편에는 벽난로를 갖춘 집이었다. 일손을 부리지 않고 내가 직접 지었으므로 인건비를 제외하고 건축자재 비용만 계산했을 때 집 짓는 데 든 비용은 다음과 같다. 여기서 내가 구체적인 내역을 밝히는 이유는 자기 집을 짓는 데 정확히 얼마가 들었는지 아는 사람이 거의 없고, 여러 가지 건축자재 각각의 비용을 아는 사람은 더더욱 드물기 때문이다.

판자	8달러 3.5센트
	(대부분 오두막 판자)
지붕과 벽에 쓰인 폐판자	4달러
욋가지	1달러 25센트
유리를 포함한	
중고 창문 두 짝	2달러 43센트
중고 벽돌 천 장	4달러
석회 두 통	2달러 40센트(고가였음)
털[84]	31센트(필요 이상으로 샀음)
벽로 선반용 쇠	15센트
못	3달러 90센트
경첩과 나사	14센트
빗장	10센트
분필	1센트
운송	1달러 40센트
	(상당 부분 직접 등짐으로 나름)

총 비용	28달러 12.5센트

위의 비용에는 내가 공유지 무단 점유권[85]을 행사해 마련한 목재와 돌, 모래를 제외한 모든 건축자재가 포함됐다. 집을 짓고 남

은 재료들을 이용해서 집 옆에 나무로 된 헛간도 마련했다.

비용을 더 들이지 않고도 이 집만큼 내 마음에 흡족한 집을 지을 수 있다면 지체 없이 콩코드 중심가의 어느 저택보다도 장대하고 호화로운 집을 지으리라.

나는 이렇게 해서 학생이 1년 동안 내는 집세보다 적은 비용으로 평생 살 집을 마련할 수 있다는 사실을 알았다. 자화자찬이 지나치다고 생각되더라도 양해해 주기 바란다. 내가 특별하다고 자랑하려는 게 아니라 누구든지 맘만 먹으면 할 수 있다는 뜻이다. 내게 결점이 있고 일관성이 없다고 해도 내 말의 진실성에는 변함이 없다. 곡식에서 겨를 분리하기 어렵듯 위선에 진실이 가려질 수도 있다. 그런 사실에 대해 나도 여느 사람들만큼이나 유감스럽게 생각하지만, 그럼에도 나는 자유롭게 숨 쉬고 기지개를 크게 켜리라. 진실을 말하면 정신적, 육체적으로 해방감을 맛볼 수 있다. 나는 겸손한 척하면서 악마의 변호인[86] 역할은 절대 하지 않으리라. 또한 나는 진실을 옹호하는 발언을 하려고 애쓴다. 하버드 대학에서는 건축업자가 한 지붕 아래 서른두 개의 방을 나란히 만들 수 있는 유리한 조건으로 건물을 짓는데도, 학생들이 내 집보다 조금 큰 방을 빌리는 데 임대료만 1년에 30달러를 내야 한다. 그러고도 입주 학생들은 소란스러운 이웃들의 방해와 4층까지 걸어 올라가는 불편을 감수해야 한다.[87] 우리에게 참된 지혜가 좀 더 있다면 교육의 필요성도 줄이고 교육에 드는 비용도 줄일 수 있다. 하버드나 다른 대학에서 학생들이 요구하는 편의시설을 모두 충족시켜 주기 위해 그 학생이나 다른 누군가가 감수해야 할 희생은, 학교와 학생 모두 지혜로운 사고를 가지고 이 문제에 접근했을 때 감수해야 할 희생의 열 배는 된다. 비용이 가장 많이 드는 것이 학생들에게 가장 필요한 것이라고 할 수도 없다. 예를 들어 수업료는 학비에서 중요한 항목이지만, 동시대 사람들 중 가장 교양과 학식이 높은 사람들과 교류한다면 학생들은 학교에서보다 더 가치 있는 지식을 무료로 얻을 수 있다. 대학을 설립하는 방식은 보통 다음과 같다. 우선 기부금을 모으고, 신중하게 따라야 할 분업의 원칙이 여기서는 맹목적으로 적용된다. 건축업자는 투기적으로 이 사업을 하는데, 아일랜드인이나 다른 일꾼을 고용해서 기초공사를 하도록 시킨다. 그러는 동안 학생들은 대학에 들어가는 데 필요한 자질을 연마한다. 그리고 이 모든 것을 관장하느라 몇 세대에 걸쳐서 비용을 지불한다. 나는 학생들이나 위의 교육 체제로부터 혜택을 얻고자 하는 당사자가 직접 입학에 필요한 기초적인 여건을 조성하는 것이 **훨씬 바람직한** 방법이라고 생각한다. 자신에게 반드시 필요한 일련의 노동을 체계적으로 회피하여 여유로움과 은퇴를 얻는 자는, 여유를 가치 있게 만드는 경험을 스스로 박탈할 뿐만 아니라 여유를 천박하고 무가치한 것으로 전락시킨다. "그렇지만 학생에게 공부하지 말고 육체노동을 하라는 뜻은 아니지요?" 라고 묻는 이가 있다. 정확히 그런 뜻은 아니지만 사고를 그런 식으로 하라는 말이다. 비싼 비용을 들여 공부를 하는데 인생을 놀이 삼아 살거나 단순히 연구 대상으로 보지 말고 처음부터 끝까지 진정으로 **살아보라는** 말이다. 젊은이들이 인생을 사는 법을 배우는 데 직접 삶을 살아보는 것보다 더 좋은 방법이 어디 있겠는가? 삶을 경험하는 것은 수학 문제를 푸는 것만큼 정신운동이 된다고 생각한다. 만약 한 소년에게 예술과 과학을 가르치고 싶다면 나는 그 아이를 이웃에 사는 교수한테 보내는 진부한 방법은 택하지 않을 것이다. 그 교수의 가르침 중에 사는 방법을 가르치는, 그러니까 삶의 예술은 포함되어 있지 않으리라 생각하기 때문이다. 그는 망원경이나 현미경으로 세상을 둘러보는 법은 가르치되 육안으로 세상을 보는 법은 가르치지 않을 것이요, 화학과 역학은 가르치되 빵이 어떻게 구워지고 동력이 어떻게 얻어지는지는 가르치지 않을 것이다. 그는 해왕성 주위를 도는 위성은 새로이 발견하면서 자기 눈 속의 티끌[88]은 보지 못하고, 자기 자신이 위성처럼 우주를 떠도는 부랑자 같은 존재인지도 깨닫지 못하며, 식초 한 방울에 담긴 미생물들을 관찰하느라 주위에 떼 지어 꿈틀거리는 괴물에게 자기가 잡아먹히는지도 깨닫지 못하는 사람이다. 직접 철광을 캐내어 녹이고 필요한 서적을 읽고 스스로 방법을 습득해서 잭나이프를 만드는 소년과, 교육기관에서 야금학 강의를 듣고 아버지에게 로저스[89]의 주머니칼을 얻은 소년이 있다고 하자. 결국엔 두 소년 중 누가 손가락을 베일 것인가? 나는 졸업할 때 내가 항해학을 수강했다는 통보를 받고 놀랐다. 아마 항구를 한번 둘러봤으면 항해에 대해 더 많이 배웠으리라. 학교에서는 가난한 학생조차도 정치경제학만 배우고 철학과 다름없는 생활의 경제는 진지하게 가르치지 않는다. 그 결과 학생이 학교에서 애덤 스미스, 리카도, 세[90]의 저서를 읽는 동안 그의 아버지는 빚더미에 올라앉는다.

대학뿐 아니라 현 시대에 개선되었다고 여겨지는 많은 것들에 대해 우리는 환상을 갖고 있다. 그러나 늘 긍정적인 발전만 있는 것은 아니다. 악마는 원금에다 이자를 복리로 계산해 끝까지 받아내고, 다시 그 돈을 여러 군데 투자한다. 인간의 발명품들은 그저 겉모양만 번지르르한 장난감이기 마련이며 진지한 일에 관심을 쏟는 데 방해가 된다. 목적은 개선되지 않은 채 이를 달성할 수단만 개선되었고 그 목적도 애초부터 보스턴이나 뉴욕으로 가는 철도를 건설하는 일처럼 땅 짚고 헤엄치듯 달성하기 너무 쉬운 것들이다. 우리는 서둘러 메인 주에서 텍사스 주[91]까지 자기전신기(磁氣電信機)[92]를 건설하고 있지만 사실 두 지역 사이에는 서로 통신을 주고받아야 할 절실한 이유가 없다. 이는 마치 명성 높은 귀머거리 여인[93]에게 자신을 간절히 소개하고자 했던 남자가 마침내 그 여인을 만났지만 막상 보청기를 낀 그 여인의 한쪽 귀에 손을 모으고 나니 아무 할 말이 없는 곤란한 상황과 같다. 분별 있는 대화가 아니라 신속한 대화가 주목적인 듯하다. 우리는 대서양 밑으로 터널을 만들어 구대륙과 신대륙 간의 왕래에 걸리는 시간을 몇 주 앞당기려고 한다. 그러나 넓고 얄팍한 미국인의 귀에 들려올 첫 뉴스는 아마도 아들레이드 공주[94]가 백일해에 걸렸다는 소식이리라. 1분에 1마일을 달리는 말을 탄 사람이 가장 중요한 소식을 전하는 건 아니다. 그는 복음 전도사도 아니고 야생 꿀과 메뚜기[95]를 먹고 기운을 차려가며 목적지에 당도하는 사람도 아니다. 나는 플라잉 칠더스[96]가 옥수수 한 알이라도 등에 짊어진 적이 있을 리 만무하다고 생각한다.

누군가는 내게 다음과 같이 말한다. "당신은 여행을 좋아하니 경비를 마련하기 위해 돈을 저축해 두었겠군요. 그러니 오늘 기관차를 타고 피치버그를 구경하러 가시지요." 그러나 나는 현명하게도 도보 여행이 가장 빠른 여행임을 알았다. 당신과 나, 누가 먼저 도착하는지 내기를 한다고 하자. 거리는 30마일이고 운임은 90센트로, 이는 거의 하루 임금과 맞먹는다. 나는 바로 이 철도 노선에서 일했던 노동자의 하루 임금이 60센트였던 때를 떠올린다. 자, 나는 지금 출발하여 걸어서 밤이 되기 전에 목적지에 도착할 것이다. 나는 그 운임만큼의 비용으로 일주일 동안도 여행했다. 한편 당신은 운 좋게 일거리를 구해 운임을 번 다음 내일 언제쯤, 아마 저녁때쯤 그곳에 도착하리라. 피치버그로 가는 대신 당신은 오늘 대부분을 이곳에서 일해야 한다. 철도가 지구를 한 바퀴 빙 돌아 연결되었다고 해도 내가 당신보다 앞서 간다. 외지를 구경하고 경험을 얻는 것으로 치자면 나는 당신보다 한 수 위이므로 당신과 더 이상 교분을 쌓아봐야 내게 득 될 일이 없다.

이것이 보편적인 법칙이고 아무도 그 법칙을 거스를 수 없다. 철도 역시 마찬가지다. 결국은 철도가 있든 없든 오십보백보다. 전 세계의 철도를 모든 사람들이 사용하도록 하려면 지구 표면 전체를 삽으로 평평하게 다져야 한다. 사람들은 공동 자본을 쏟아붓고 삽질을 계속하다 보면 마침내 돈을 안 들이고 모두 기차를 타고 눈 깜짝할 사이에 어딘가로 갈 수 있다는 막연한 생각을 한다. 그러나 군중이 승강장으로 서둘러 가고, 기차에서 연기가 치솟고 수증기가 응축할 때 역무원이 "모두 탑승하시오!"라고 외쳐도 탑승하는 사람은 소수에 불과하고 나머지는 모두 열차 밑에 깔린다. 그리고 이는 '비극적인 사고'라고 불릴 것이다. 물론 오래 살아남는다면 마침내 운임을 벌어 열차를 타기도 한다. 그러나 열차를 탈 때쯤 되면 아마 기진맥진해서 여행하고 싶은 의욕도 사라지고 없으리라. 이렇게 인생에서 가장 가치 없는 노년기에 자유를 누리기 위해 인생 최고의 순간인 젊음을 돈 버는 데 허비하는 모습을 보면, 노후에 영국으로 돌아와 시인으로 여생을 보내기 위해 돈을 벌러 인도로 건너간 영국인이 생각난다. 그는 인도로 갈 게 아니라 즉시 자기 집 다락방에 올라가 시를 써야 했다. 수백만의 아일랜드 노동자들이 "뭐요? 아니, 그럼 우리가 건설한 철도가 쓸모가 없다는 말이오?" 하고 놀라 소리친다면 나는 '비교적' 쓸모가 있다고 대답하리라. 즉, 이보다 못했을지도 모른다는 말이다. 그러나 내가 형제로서 하는 말인데, 당신이 땅파기보다 더 중요한 일을 하는 데 시간을 썼다면 얼마나 좋았을까 싶다.

나는 집을 완성하기에 앞서 정직하고 바람직한 방법으로 10~12달러 정도의 생활비를 마련하기 위해 집 근처 모래질 토양의 땅 2.5에이커에 주로 콩을 심고 감자와 옥수수, 완두콩, 순무를 조금 심었다. 집 근처 땅은 모두 11에이커 정도 되는데 주로 소나무와 히커리 나무가 자라고 있었고, 지난해 경작 시기에 에이커당 가격이 8달러 80센트였다. 한 농부는 이곳을 '찍찍 우는 다람쥐를 키우는 일 말고는 아무짝에도 쓸모없는 땅'이라고 했다. 나는 이 땅의 소유주가 아닌 무단 거주자였고, 다시 경작할 생각도 없었기에 땅에 거름을 주지 않았고 밭을 한꺼번에 갈지도 않았다. 나는 괭이질로 나무 밑동 몇 개를 파냈는데 그 밑동은 오랫동안 내게 땔감을 공급해 주었으며, 밑동을 파낸 자리에 남은 동그란 자국에는 무성하게 콩이 자라 주위와 확연히 구별되었다. 부족한 연료는 집 뒤편의 상품 가치가 없는 죽은 나무와 연못에 떠다니는 나무로 충당했다. 밭은 내가 직접 갈긴 했지만 인부들도 고용해야 했다. 첫 번째 계절에 농장 운영에 든 비용은 장비, 파종할 씨앗, 임금 등을 포함해서 14달러 72.5센트였다. 파종할 옥수수는 거저 얻었다. 지나치게 많이 심으려고 욕심부리지 않는 한 비용은 많이 들지 않는다. 나는 완두콩과 사탕옥수수 외에도 콩 12부셸[97]과 감자 18부셸을 구해 왔다. 옥수수과 순무는 너무 늦게 심어 수확이 적었다. 내가 농사를 지어 얻은 수입은 다음과 같았다.

| | 23달러 44센트 |
비용 차감	14달러 72.5센트
잔액	8달러 71.5센트

순수입 가운데 내가 소비한 분량과 계산할 당시 갖고 있던 수확분을 제외하면 4달러 50센트가 남았는데, 이는 내가 키우지 않은 풀을 사는 데 든 비용을 상쇄하고도 남았다. 모든 점을 고려해 볼 때, 즉 한 인간의 영혼과 현재의 중요성을 고려할 때 짧은 기간의 실험이었음에도, 아니 부분적으로는 그 일시적이라는 특성 때문에 내 수확은 그해 콩코드의 어느 농부보다도 좋았다고 믿는다.

그 이듬해에는 밭의 약 3분의 1을 모두 일군 덕분에 수확이 훨씬 더 좋았다. 두 해의 경험을 통해 배운 사실은 우선 농업에 관한 저서들, 그중에서도 아서 영[98]의 저서에 조금도 경탄하지 않게 됐다는 점이다. 그리고 검소하게 살면서 자신이 직접 키운 작물만 먹는다면, 자신에게 필요한 분량 이상으로 농사를 지어서 사치스럽고 비싼 물품들과 교환하려 하지 않는다면 그리 큰 땅을 경작할 필요가 없다는 점도 배웠다. 더불어 소를 이용해 쟁기질을 하기보다 삽으로 땅을 일구면 비용이 덜 들고, 같은 땅에 계속 거름을 주기보다 때때로 농작물을 심을 땅을 바꿔가며 농사를 지으면 훨씬 비용이 덜 든다. 농사일은 여름에 틈날 때 해도 너끈히 해낼 수 있다. 그러므로 요즘처럼 수소, 말, 암소, 돼지에 얽매여 일할 필요가 없다. 나는 현재의 사회적, 경제적 제도의 성패 여부에 이해관계가 없는 사람으로서 이 점에 대해 객관적인 견해를 말하고자 한다. 나는 집이나 농장에 얽매이지 않았기 때문에 콩코드의 어느 농부보다도 독립적이며 천성대로 생활할 수 있었다. 다른 농부들에 비해 여건이 훨씬 낫다는 사실 외에도, 집이 불타거나 농사가 흉년이 든다 해도 그 이전보다 상황이 악화될 리도 없었다.

나는 인간이 가축을 소유하지 않고 오히려 가축에게 소유당하고 있으며 가축이 인간보다 자유롭다는 생각이 든다. 인간과 소는 노동을 교환한다. 그러나 꼭 해야 할 일만을 고려한다면 소가 더 유리한 위치에 있는 듯하며 소가 경작하는 땅이 훨씬 넓다. 인간도 6주 동안 건초를 만들면서 소의 노동과 교환할 자기 몫의 일을 어느 정도 하지만 이는 쉬운 일이 아니다. 모든 면에서 검소하게 사는 나라, 즉 철학자의 나라는 동물의 노동을 이용하는 커다란 과오는 저지르지 않으리라. 물론 철학자의 나라는 존재한 적도 없고 가까운 장래에 출현할 기미도 보이지 않으며, 그런 나라가 존재하는 것이 바람직하다고 확신하지도 않는다. 그러나 '나' 자신이 단순히 말이나 가축을 부리는 사람이 되지 않으려면 내가 할 일을 대신 시키기 위해 말이나 소를 길들이고 먹을 것과 잘 곳을 마련해 주는 일은 하지 말아야 했다. 만약 그렇게 하는 것이 사회에 이득이 되는 것 같다 해도 한 사람의 이득이 또 다른 사람의 손실이 아니라고 확신할 수 있는가? 그리고 말을 돌보는 소년이 달성하고자 하는 명분이 그 소년을 고용한 주인의 명분과 같다고 확신할 수 있는가?

물론 어떤 토목공사는 동물의 힘을 빌리지 않았다면 불가능했으리라는 점은 인정한다. 그렇다면 인간은 공공사업의 과업을 완수한 영광을 소나 말과 함께 나누어야 한다. 이 경우, 인간이 자신의 가치를 증명할 만한 과업을 달성할 수 없었으리라는 결론을 내리는 게 과연 타당한가? 인간이 동물의 도움을 받아 불필요한 일이나 예술적인 일을 하는 데 그치지 않고 사치스럽고 쓸모없는 일을 하기 시작하면 몇몇 소수의 사람들은 소와 맞바꾼 노동을 모두 해야만 한다. 즉, 가장 강한 자의 노예가 되는 것이다. 따라서 인간은 자기 내면에 존재하는 동물뿐 아니라 자기 외부에 존재하는 동물을 위해서도 일하게 된다. 벽돌이나 돌로 지은 튼튼한 집들이 많이 있지만 농부의 재력은 여전히 집에 비해 헛간이 얼마나 더 큰가에 의해 결정된다. 우리 마을에는 최대 규모의 마구간이나 외양간이 있다고 한다. 또한 공공건물은 어디 내놓아도 뒤지지 않는다고 한다. 그러나 이 마을에는 종교와 언론의 자유가 보장되는 공간이 거의 없다. 국가가 이룩한 성과를 기념하려면 건축물이 아니라 추상적인 사고의 힘을 기려야 한다. 동양의 유적을 모두 합해도 『바가바드기타』[99]가 훨씬 더 감탄스럽지 않은가? 탑과 성전은 군주의 사치품이다. 검소하고 독립적인 사고를 가진 인간은 군주가 명령하는 대로 하지 않는다. 천부적인 재능은 황제의 신하가 아니며 그러한 재능을 발휘하는 수단인 금, 은, 대리석도 아주 사소한 의미로만 황제의 소유라고 할 수 있다. 무엇을 위해 그 많은 돌을 깎는가? 나는 아카디아[100]에 있을 때 돌을 깎는 광경을 보지 못했다. 국가들은 광기 어린 야심에 사로잡혀 그들이 후손에게 물려주는 웅장한 석조물로 국가에 대한 기억을 영원히 지속시키려 한다. 그 정도의 노력을, 국가의 품격을 연마하는 데 쓰면 어떨까? 달에 닿을 정도로 높이 쌓아 올린 기념비보다 사리를 분별할 줄 아는 작은 능력이 더 기념할 만한 일 아닌가? 테베[101]의 웅장함은 천박하다. 삶의 진정한 목표와 가장 동떨어진 테베의 성문 백 개보다, 정직한 인간의 밭을 둘러싼 돌담이 더 진실하지 않은가? 야만적이고 이교도적인 종교와 문명사회는 웅장한 성전을 세운다. 하지만 기독교, 참된 기독교라 불리는 것은 그렇지 않다. 국가가 깎아내는 석조물은 국가의 무덤을 만드는 데 쓰일 뿐이다. 국가는 자신을 산 채로 매장한다. 피라미드도 경탄의 대상이 될 가치가 없다. 어떤 야심 찬 얼간이의 무덤을 짓느라 수많은 사람이 일생을 굴욕적으로 살았다는 사실이 놀라울 따름이다. 그 얼간이가 차라리 나일 강에 빠져 개 먹이나 됐다면 더 현명하고 용감하다고 여겨졌으리라. 그 얼간이와 그를 위해 굴욕적인 삶을 산 사람들을 위해서 굳이 변명거리를 생각해 낼 수도 있겠지만 나는 그렇게 한가하지 않다. 이집트 성전이든 미국의 은행이든 세계 어디에서나 사람들은 그런 기념물을 짓는 이들의 신앙심과 예술에 대한 애정을 논하지만, 들이는 비용에 비해 얻는 것이 없다. 기념물을 세우는 주된 이유는 호구지책의 성격이 약간 가미된 허영심 때문이다. 전도유망한 젊은 건축가 발콤 씨는 자신이 소장한 비트루비우스[102]의 저서 뒷면에 심이 단단한 연필과 자를 이용해 설계도를 그리고 석재상인 도브슨 앤 선스(Dobson & Sons) 회사에 용역을 준다. 30세기의 세월이 건축물을 내려다보기 시작할 때 인류는 그것을 우러러보기 시작한다.[103] 첨탑과 기념비 이야기가 나왔으니 말인데, 우리 마을에는 땅을 파 내려가서 중국에 도달하겠다는 미치광이 한 사람이 있었다.[104] 그는 땅을 깊이 파 들어가 중국인들의 냄비와 주전자가 딸그락거리는 소리를 들었다고 주장했다. 그러나 나는 그가 판 구멍에 대해 애써 감탄하는 척하지 않겠다. 많은 사람들이 동서양의 기념물과 누가 그것들을 만들었는지에 관심을 보인다. 나로 말하자면 그 기념비들이 만들어질 당시에 그런 하찮은 일에 초연한, 기념비를 만드는 데 관여하지 않은 사람들이 누구인지 알고 싶다. 그 이야기는 이 정도로 하고 통계치로 넘어가겠다.

나는 마을에서 측량과 목수 일 외에도 내 손가락 수만큼이나 많은 여러 가지 일용직 일을 해서 13달러 34센트를 벌었다. 7월 4일부터 3월 1일까지 여덟 달 동안의 식비는 다음과 같다. 호숫가에서 두 해를 살았지만 여덟 달만을 고려해 견적을 냈고, 내가 직접 기른 감자와 연한 옥수수와 완두콩 일부 그리고 마지막 날 수중에 남아 있던 분량은 가격에 포함시키지 않았다.

쌀 ·············· 1달러 73.5센트

당밀 ··········· 1달러 73센트(가장 저렴한 사카린의 한 종류)

호밀 가루 ······ 1달러 4.75센트

옥수수 가루 ··· 99.75센트(호밀보다 저렴)

돼지고기 ······ 22센트

밀가루 ········· 88센트(옥수수 가루보다
　　　　　　　　　비싸고 구하기도 어려웠음)

설탕 ··········· 80센트

돼지기름 ······ 65센트

사과 ··········· 25센트

말린 사과 ······ 22센트

고구마 ········· 10센트

호박 한 개 ··· 6센트

수박 한 통 ··· 2센트

소금 ··········· 3센트

모두 실험에 실패했다.

　그렇다. 나는 식비로 모두 8달러 74센트를 지출했다. 만약 대부분의 독자들이 나와 똑같은 죄를 지었고 그들의 행동도 글로 써놓고 보면 더 나을 것이 없다는 점을 내가 모른다면 이렇게 뻔뻔하게 죄를 공개하지 않았으리라. 그다음 해에 나는 저녁 식사로 물고기를 잡기도 했고 한번은 내 콩밭을 망쳐놓은 우드척을 도살해(타타르인[105]의 말마따나 이는 우드척이 윤회하는 데 영향을 미친다) 조금은 시험 삼아 먹어보기도 했다. 사향 냄새에도 불구하고 우드척 고기는 꽤 맛있긴 했지만, 설사 마을 푸줏간에 손질을 부탁한다 해도 우드척 고기를 먹는 일을 오래 지속하기에는 바람직하지 않음을 깨달았다.

아래에서 자세한 항목을 밝히지는 않았지만, 같은 기간 동안 의복과 그 밖에 불시에 든 비용은 다음과 같다.

8달러 40.75센트

기름과 가재도구……2달러

대부분 용역을 맡겼고 아직 청구서를 받지 못한 세탁과 수선비[106]를 제외한 모든 지출은(아래에는 이곳에서 사는 데 필수적인 금전 지출 항목들을 모두 포함했다) 다음과 같다.

집 ……………………………………… 28달러 12.5센트
1년 농사……………………………… 14달러 72.5센트
8개월 동안의 식비 ………………… 8달러 74센트
8개월 동안의 의복 및 기타 지출 …… 8달러 40.75센트
8개월 동안의 기름 및 기타 지출 …… 2달러

____

총 지출 ……………………………… 61달러 99.75센트

이제 생활비를 벌어야 하는 독자들을 대상으로 정보를 제공하겠다. 나는 생활비를 벌기 위해 내가 기른 농산물을 팔았다.

23달러 44센트

일용직으로 번 수입 …13달러 34센트

____

총 수입 ………………… 36달러 78센트

총 지출에서 총 수입을 빼면 25달러 21.75센트의 차액이 생기는데 이는 내가 숲 속 생활을 시작할 때 갖고 있던 액수와 거의 비슷하다. 비록 적자이긴 하지만 총 수입에는 내가 원하는 한 계속 살 수 있는 안전하고 편안한 집과 생활의 여유, 자립, 건강을 누렸다는 점을 포함하지 않았다.

이 통계 수치들은 일회적이기에 유익한 정보를 제공하지 못하는 것처럼 보일 수도 있지만 나름대로 완성도가 있는 수치이므로 가치가 있다고 본다. 무상으로 얻고 여기에 적어 넣지 않은 것은 없다. 위의 수치를 보면 일주일에 식비로 약 27센트를 지출했다. 나는 이후에도 거의 2년 동안 효모를 넣지 않은 호밀과 옥수수 가루, 감자, 쌀, 소금에 절인 아주 소량의 돼지고기, 당밀, 소금 그리고 물만 먹고 살았다. 나는 인도 철학에 지대한 애정을 갖고 있었으므로 쌀을 주식으로 한 것은 아주 적절한 선택이었다. 물론 집요하게 따지고 든다면 가끔 외식을 할 때는 집에서의 식생활을 그대로 실천하지 못했다고 말해야 한다. 지금까지 그래 왔고 앞으로도 외식하는 일이 종종 있으리라. 그렇다고 해도 내 말의 본질에는 조금도 영향을 미치지 못한다.

나는 2년 동안의 실험적인 삶을 통해 우리가 사는 곳과 같은 이런 기후에서도 믿기 어려울 만큼 아주 작은 노력만으로도 필수 식량을 마련할 수 있다는 사실을 깨달았다. 또한 인간 역시 동물과 마찬가지로 소박한 식생활로도 건강과 원기를 유지할 수 있다는 사실도 깨달았다. 나는 직접 옥수수밭에서 채취한 쇠비름을 삶고 소금 간을 해서 여러 번 만족스러운 저녁 식사를 마련했다. 이름은 소박하지만 맛으로 치면 라틴 학명으로 불릴 만한 자격이 있으므로 포르툴라카 올레라케아(Portulaca oleracea)라는 학명으로 부르겠다. 평상시에 소금을 넣고 삶은 옥수수 몇 개만 있다면 더 바랄 게 뭐가 있겠는가? 내가 식단에 조금 변화를 준 까닭도 건강보다는 입맛을 고려했기 때문이다. 인간은 필수품이 부족해 굶주리기보다는 종종 사치품에 굶주리는 지경에 이른다. 나는 자신의 아들이 오로지 물만 마셔서 목숨을 잃었다고 생각하는 선량한 여인을 알고 있다.

이 글을 읽는 독자는 내가 식생활보다는 경제적인 관점에서 이 문제를 다루고 있다고 느낄 것이고, 자신이 식료품으로 그득한 저장고를 갖고 있지 않는 한 나의 절제된 식생활을 과감하게 직접 실천해 보지 않을 것이다.

나는 처음에 옥수수 가루와 소금만으로 반죽을 만들었고, 집을 지을 때 톱질로 잘라낸 목재 끄트머리나 판자를 태워 야외에서 불을 지펴 구웠다.[107] 그러자 빵에 구수한 나무 향이 스며들고 소나무의 풍미가 더해졌다. 밀가루로도 시도해 보았다. 그리고 마침내 빵을 만드는 데 가장 적절한 배합률을 찾아냈다. 날씨가 추울 무렵 이집트인이 달걀을 인공 부화할 때 그러듯[108] 여러 개의 작은 빵을 계속해서 지켜보고 뒤집는 일은 쉽지 않았다. 내가 만든 빵은 내가 곡물로 만들어 무르익게 한 과실로, 여느 귀한 과일처럼 향기가 났다. 나는 그 빵들을 오랫동안 저장할 수 있도록 천에 잘 싸두었다. 또한 고대에 없어서는 안 될 기술이었던 빵 만드는 법에 대해서도 공부했다. 인간이 수렵 채집 생활에서 벗어나 처음으로 보다 정교한 방법으로 식생활을 하면서 발효되지 않은 빵을 먹기 시작한 원시시대부터 시작해서, 최초로 발효 과정을 우연히 발견하게 된 시기를 지나 여러 가지 다양한 발효 방법을 거쳐 품질 좋고 달콤하고 건강에 좋은 빵을 만드는 법에 이르기까지 두루 섭렵했다. 빵의 세포조직을 채우는 숨결, 빵의 영혼이라고도 불리는 효모는 사람들이 제단의 성화처럼 소중하게 보관하는 귀한 재료로, 작은 병에 담겨 메이플라워호를 통해 미국에 처음 소개되었으며 그 영향력은 여전히 확산되고, 점점 널리 보급되고 있다. 나는 마을에서 효모를 구입했는데, 어느 날 아침 깜박 잊고 뜨거운 물을 부어 못쓰게 만들어버렸다. 그래서 효모 없이 빵을 구웠고 이 우연한 사고로 빵을 구울 때 효모가 반드시 필요하지는 않다는 사실을 발견했다. (나는 종합적인 방법이 아니라 분석적인 방법을 통해 이러한 사실을 발견했다.)[109] 그 후로는 기꺼이 효모를 넣지 않고 빵을 만들었다. 대부분의 가정주부들은 효모 없이는 제대로 된 빵을 만들기 어렵다고 하고 노인들은 효모를 넣지 않으면 빵의 신선도가 급격히 떨어진다고도 한다. 그러나 나는 효모가 빵을 만드는 데 반드시 필요한 재료는 아니라고 생각하며, 1년 동안 효모를 넣지 않은 빵을 먹고 살았지만 죽지 않고 살아 있다. 그리고 효모를 담은 병을 주머니에 넣고 다니다가 뚜껑이 열려 내용물을 쏟는 성가신 불상사를 겪지 않아서 좋다. 이처럼 효모 없이 사는 게 더 바람직하다. 인간은 어떤 동물보다도 환경과 기후에 적응하는 능력이 뛰어나다. 나는 효모뿐 아니라 산성이든 알칼리성이든 그 어떤 발효제도 빵에 넣지 않았다. 내가 빵을 만드는 방식은 기원전 2세기경 마르쿠스 포르키우스 카토[110]가 제시한 조리법과 비슷했다. 그는 빵 만드는 법을 이렇게 설명했다. "빵을 반죽할 때는 손과 반죽할 그릇을 씻고, 빵 만들 가루를 그릇에 넣어 물을 조금씩 부어가며 잘 반죽한다. 반죽 덩어리를 틀에 넣고 모양을 만들어서 솥에 넣어 굽는다." 효모는 전혀 언급되지 않았다. 나는 이 생명의 양식을 항상 먹지는 못했다. 한번은 지갑이 텅텅 비어 한 달 이상 빵을 보지도 못한 적도 있다.

뉴잉글랜드 지역에서는 호밀과 옥수수의 생산이 가능하므로 이 지역 사람이라면 누구든지 먼 곳에 있는 시장에 의존해 가격이 널뛰듯 오르내리는 재료를 구입하는 대신 이 땅에서 자기 손으로 직접 호밀과 옥수수를 쉽게 기를 수 있다. 그러나 콩코드에 사는 우리는 소박하고 독립적인 삶과는 거리가 먼 생활을 한다. 신선한 옥수수 가루는 가게에서 거의 팔지 않으며 거칠게 간 굵은 옥수수 가루는 거의 아무도 쓰지 않는다. 농부는 자기가 직접 기른 곡식 대부분은 자기가 기르는 송아지나 돼지 같은 가축에게 먹이고, 옥수수 가루보다 건강에 더 좋지도 않은 밀가루를 가게에서 비싼 값을 치르고 구입한다. 호밀은 가장 척박한 땅에서도 자라고 옥수수를 키우는 데도 최고로 비옥한 땅은 필요하지 않다. 나는 한두 부셸의 호밀과 옥수수를 어렵지 않게 직접 재배할 수 있었고 그것들을 직접 맷돌로 갈아 가루를 만들었다. 따라서 쌀이나 돼지고기 없이 지낼 수 있었다. 농축한 당분이 필요할 때는 호박이나 사탕무로 당밀을 만들었고, 단풍나무 몇 그루만 있으면 그보다 더 손쉽게 당을 구할 수 있었다. 이런 재료들이 제철이 아닐 때는 여러 가지 다양한 대체재를 이용했다. 우리의 조상들이 노래했듯이.

"호박과 순무와 호두나무 조각으로
우리의 입술을 달콤하게 적실 술을 만들 수 있나니."[111]

마지막으로 식재료 중 가장 중요한 소금을 구하려면 해안 마을을 찾아가는 것이 적당한 방법이고, 만약 소금 없이 지내고자 한다면 물을 덜 마시면 된다. 나는 인디언들이 소금을 구하려고 애썼다는 이야기는 들어보지 못했다.

이렇게 나는 거래도 물물교환도 전혀 하지 않고 필요한 식량을 마련했다. 살 집도 이미 마련했으니 남은 것은 의복과 연료뿐이었다. 지금 내가 입고 있는 바지는 한 농부의 가족이 짠 것이다. (인간에게 아직도 그런 능력이 남아 있음에 감사할 따름이다. 농부에서 직공으로의 전락은 인간에서 농부로의 전락[112]만큼이나 중대사다.) 새 삶의 터전에서 연료를 구하는 일은 부담스럽다. 거주 지역으로 말하자면, 만약 내가 더 이상 불법 거주를 할 수 없게 된다면 내가 경작한 땅의 시세와 같은 가격인 8달러 80센트를 주고 1에이커를 살 수도 있다. 그러나 내가 불법으로 거주한 덕분에 이 땅의 가치가 더 높아졌다고 생각한다.

의구심 많은 어떤 사람들은 사람이 채소만 먹고 살 수 있다고 생각하는지 내게 묻는다. 단도직입적으로 말하자면 그 문제의 본질은 가능하다고 생각하는 믿음에 있다. 나는 그들의 질문에, 판자에 박는 못만 먹고도 살 수 있다고 답한다. 그들이 내 대답을 이해하지 못한다면 내가 하고자 하는 이야기의 대부분을 이해하지 못하리라. 한 젊은이가 딱딱한 생옥수수만 씹어 먹고 2주를 살았다고 한다. 나는 이러한 실험이 행해진다는 이야기를 들으면 반갑기 그지없다. 다람쥐도 똑같은 실험에 성공했다. 인간은 이런 종류의 실험에 흥미를 느낀다. 물론 병든 노파나 죽은 남편에게 상속받은 재산을 제분소 형태로 소유하고 있는 미망인들에게는 달갑지 않겠지만 말이다.

가재도구는 침대, 식탁, 책상, 의자 세 개, 지름 3인치의 거울, 집게와 철제 장식 받침 각각 한 벌, 주전자, 스킬릿,[113] 프라이팬, 국자, 세면기, 나이프와 포크 각각 두 개, 접시 세 개, 컵 하나, 숟가락 하나, 기름 담을 주머니, 당밀 담을 주머니, 옻칠한 램프 등이 있었다. 이 중 일부는 내가 직접 만들었고 나머지를 마련하는

데도 비용이 전혀 들지 않아 비용 통계 수치에 포함시키지 않았다. 호박을 의자로 써야 할 정도로 가난한 사람은 없다. 만약 그렇다면 가난하다기보다는 주변머리가 없는 것이다. 마을 사람들의 집 다락에는 내가 원하면 거저 얻을 수 있는, 내 마음에 쏙 드는 의자들이 아주 많다. 얼마나 다행인가! 가구 도매상의 도움 없이도 앉고 설 수 있다니. 몇 푼 되지도 않는 텅 빈 상자일 뿐인 자신의 가구가 수레에 실려 나갈 때 남이 볼까 부끄러워하지 않을 사람이 어디 있겠는가? 철학자를 제외하고 말이다. 저건 스폴딩씨의 가구다. 그렇게 수레에 실린 가구만 봐서는 부자가 썼던 가구인지 가난한 사람이 썼던 가구인지 알기 힘들다. 가구 임자는 늘 빈곤에 시달린 것처럼 보인다. 그런 것들을 많이 소유할수록 더 가난한 법이다. 수레에 가득 실린 가구는 마치 판잣집 여남은 채에 있던 가재도구를 모두 쓸어 담은 것처럼 보인다. 판잣집 하나보다 열두 배는 가난해 보인다. 마침내 이 세상을 떠나 새로 가구가 구비된 저세상으로 갈 때는 우리가 소유한 가구와 불필요한 물건들을 없애거나 태워서 처분해야 하지 않는가? 그런데도 우리는 온갖 덫을 허리띠에 매달고 질질 끌면서 온갖 밧줄이 던져져 있는 험준한 고개를 넘지 못하고 있다. 덫에 걸린 꼬리를 잘라내고 달아난 여우는 운이 좋은 놈이다.[114] 이미 덫에 두 다리를 잃은 사향뒤쥐는 풀려날 수만 있다면 자기의 세 번째 다리도 갉아먹으리라. 인간이 융통성을 잃었다는 사실은 놀라운 일이 아니다. 조금도 움직이지 않고 부동자세를 취하는 인간들이라니! "죄송합니다만, 부동자세가 무엇인가요?" 당신이 관찰력과 통찰력을 가진 사람이라면 그동안 아껴 모아온, 절대로 태워 없애지 않을 겉만 번드르르한 온갖 소유물들을 주렁주렁 매달고, 자기 물건이 아닌 척하면서 그것들에 얽매인 채 앞으로 나아가려고 애쓰는 인간의 모습을 쉽게 볼 수 있다. 자기 몸뚱이만 통로를 빠져 나오고 가구를 가득 실은 수레는 통로에 걸려 따라오지 못하는 처지에 놓인 사람이 바로 부동자세인 사람이다. 나는 날렵하고 단단해 보이는 체구를 가진, 자유로워 보이는 남자가 자기 '가 구'에 보험을 들었네, 어쩌네 하며 지껄이는 모습을 보면 동정심 을 느낀다. "내 가구를 어쩌지요?" 그건 화려한 나비가 거미줄에 걸린 모습과 같다. 한동안 가구 없이 지낸 사람들도 자꾸 추궁해 보면 누군가의 헛간에 가구를 맡겨놓았다는 사실을 털어놓는다. 나는 오늘날의 영국을, 여행할 때 온갖 짐을 가지고 다니는 노신 사로 본다. 그는 대부분 오랫동안 모아온, 겉만 번드르르한 쓸데 없는 이 물건들을 차마 태워 없애버릴 엄두를 내지 못하고 큰 가 방, 작은 가방, 모자 상자, 보따리 등에 넣어 죄다 끌고 다니는 것 이다. 최소한 앞의 세 가지는 버려라. 침대를 짊어지고 걷는 데 만도 장정의 힘이 필요하다. 병약한 사람이라면 더더군다나 짊 어진 침대는 내려놓고 가뿐하게 달려가라고 충고하고 싶다. 한 번은 자기 소지품을 전부 담은 보따리를 지고 휘청거리는 이주 자를 만난 적이 있다. 그의 짐은 마치 목덜미에 자라난 엄청나게 큰 혹처럼 보였다. 나는 그 사람이 안쓰러웠다. 그가 짊어진 짐 이 그가 가진 전부라는 사실 때문이 아니라 그것을 다 짊어지고 가야 한다는 사실이 안타까워서였다. 내가 만약 그런 덫을 지고 가야 한다면, 가벼우면서도 신체의 중요한 부분을 해치지 않는 덫을 선택하리라. 그러나 애초에 자기 손을 덫에 집어넣지 않는 게 가장 현명한 처사다.

나는 커튼이 필요 없다. 해와 달 말고는 내 집 안을 들여다보려 는 구경꾼들도 주위에 없으며, 설사 그렇다 해도 상관없다. 달빛 에 우유가 상하거나 고기가 썩지도 않고, 해가 내 가구를 손상시키거나 양탄자를 바래게 하지도 않는다. 햇볕이 너무 따가우면 자연이 만들어주는 커튼인 그늘 속으로 물러나면 된다. 그러면 커튼이라는 가재도구를 추가로 마련할 필요도 없으므로 보다 경제적이다. 한 여인네가 내게 깔개를 주겠다고 했지만 집 안에 깔 곳도 없고 안에서든 밖에서든 깔개를 털 시간도 없었기에 정중히 거절했다. 문 앞에 깔린 잔디에 신발을 닦는 게 더 낫다. 애초부터 악에 빠지지 않는 게 가장 현명한 처사다.

얼마 전 한 교회 집사의 물건을 처분하는 경매에 참석한 적이 있다. 그는 생전에 많은 재산을 모았다.

"인간이 행한 악은 그가 죽은 뒤에도 살아남는다."[115]

보통 그렇듯 그가 남긴 재산은 그의 아버지 때부터 축적해 온 대부분 쓸데없는 물건들이었다. 그중에는 말라붙은 촌충도 있었다. 이 물건들은 거의 반세기 동안 다락방과 먼지 구덩이 속에 놓여 있었으나 한데 모아 **화톳불로** 태우는 대신 경매에 붙여짐으로써 값이 올라간다. 이웃들은 그가 남긴 물건들을 보기 위해 모여들었고 그 물건들을 전부 사들여 조심스럽게 자기 집 다락방으로 운반했다. 그것들은 다락방에 처박혀 있다가 소유권이 이전되면 다시 먼지를 일으킬 것이다. 사람은 죽을 때 발을 버둥거리며 자욱하게 먼지를 일으킨다.

우리도 야만적인 국가의 풍습을 따르면 어떨까 싶다. 그들은 적어도 허물벗기와 같은 연중행사를 치른다. 그들이 어떤 사물의 실체를 아는지 모르는지는 확실하지 않지만 사물에 대한 개념은 갖고 있다. 바트람[116]이 무클라스 인디언의 풍습이라고 소개한 바와 같이 처음 수확한 열매를 기념하는 축제를 여는 게 바람직하지 않을까? 바트람은 이렇게 말했다. "마을 사람들은 이미 새 옷과 새 냄비, 프라이팬, 가재도구, 가구를 모두 마련했으므로, 첫 수확을 위한 축제를 열고 낡은 옷과 다른 흉측한 물건들을 모두 한데 모아 불태워서 집과 광장, 마을 전체의 더러움을 깨끗이 씻어낸다. 그들은 약을 먹고 사흘간 금식하며 그동안 마을에 있는 불을 모두 끄고 금욕 생활을 한다. 또한 일반사면이 공포되고 죄인들은 모두 마을로 돌아온다. 네 번째 날 아침, 사제는 광장에서 마른 장작을 문질러 새로 불을 만들고 마을 사람들에게 새로 만든 순수한 불을 나누어 준다. 그러고 나서 사흘 동안 새로 수확한 옥수수와 과일을 먹으면서 노래하고 춤추는 축제를 벌인다. 그다음 나흘 동안은 그들처럼 정화하는 의식을 치른 이웃 마을 친구들의 방문을 받고 함께 축하한다."

멕시코인들도 이와 유사한 정화 의식을 52년마다 한 번씩 갖는데 그 이유는 세상의 종말이 왔다는 믿음 때문이다.

나는 이보다 더 진실하고 성스러운 예식에 대해 들어본 적이 없다. 그들의 예식은 '내적이고 영적인 은총의 외적이고 가시적인 표현'이라는 성스러운 예식의 사전적 정의를 그대로 나타낸다. 비록 그들이 계시를 받았다는 성경 기록은 없지만 나는 그들이 분명 하늘로부터 직접 영감을 받아 그런 예식을 치르게 되었음을 믿어 의심치 않는다.

다섯 해 넘게 나는 오직 육체노동으로 생활을 꾸려왔다. 그리고 한 해에 약 여섯 주만 일하면 생활비를 벌 수 있다는 사실도 알았다.[117] 그리하여 여름의 대부분과 겨울 내내 공부만 할 수 있었다. 나는 한때 학교를 운영해서 지출과 수입이 균형을 이룬 생활을 했다. 아니, 학교를 운영해서 얻은 것보다 잃은 것이 더 많았다고 해야겠다. 왜냐하면 학교라는 격식에 맞게 생각하고 믿음을 가져야 했을 뿐만 아니라 옷을 제대로 갖춰 입고 학생들을 가르쳐야 했는데 이런 일들을 하느라 시간을 낭비했기 때문이다. 내가 가르친 목적은 사람들이 보다 나은 인간이 되도록 하기 위해서가 아니라 단순히 나의 생계를 유지하기 위해서였으므로 학교 운영은 완전히 실패였다. 장사도 시도해 보았지만 사업이 자리 잡히려면 10년은 걸릴 듯했고 그때쯤 되면 지옥으로 가고 있겠다는 생각이 들었다. 사실은 그때 사업이 번창하고 있을까 봐 두려웠다. 이전에 생계유지 수단을 알아보고 있을 때였다. 당시 나는 친구들이 권하는 대로 따르다가 괴로움을 겪었던 경험[118]이 아직 뇌리에 생생하던 때라 월귤나무 열매 채집을 진지하게 고려하고 있었다. 월귤나무 열매를 채집하는 일은 자본이 많이 필요하지 않고 일상을 지나치게 방해하지 않는 데다, 생활비가 많이 필요하지 않았기 때문에 거기서 얻은 작은 이익으로도 생계를 꾸려 나갈 수 있겠다고 생각했다. 바보 같은 생각이었다. 지인들이 주저하지 않고 사업에 뛰어들거나 직업을 구하는 동안 나는 이 일을 생각하고 있었다. 여름 내내 언덕을 돌아다니면서 보이는 대로 열매를 따고 별생각 없이 처분했다. 말하자면 아드메투스[119]의 가축을 돌보는 일이었다. 또 야생 약초를 채집하거나 숲을 그리워하는 마을 사람들이나 도시인들에게 수레로 상록수를 운반해 주는 일도 생각해 보았다. 그러나 사업의 대상이 되는 것은 무엇이든 저주를 받는다는 사실을 깨달았다. 하늘의 계시를 전달하는 사업이라고 할지라도 저주는 떨쳐 버리기 어렵다.

내가 소중히 여기는 몇 가지가 있는데 그중에서도 특히 자유를 소중하게 여긴다. 나는 고되더라도 잘 견뎌 나갈 자신이 있었고, 아직까지는 비싼 양탄자나 고급 가구를 장만하고 산해진미를 맛보거나 그리스나 고딕 양식의 저택을 짓는 데 시간을 허비하고 싶지 않았다. 만약 진정 중요한 일을 하는 데 방해받지 않고 이 모든 것들을 마련할 수 있으며 그 후에 그것을 잘 활용할 줄 아는 사람들에게는 아무 말 않겠다. 어떤 이들은 근면하며 일 자체를 좋아하는 듯하다. 혹은 일에 열중하는 것이 나쁜 일에 빠지지 않도록 해주기 때문인지도 모르겠다. 나로서는 그런 사람들에게는 지금 할 말이 없다. 지금보다 더 많은 여가를 누리게 되면 뭘 해야 할지 모르겠다는 사람들에게는 두 배로 열심히 일해서 빚을 청산하고 자유의 몸이 되라고 권하겠다. 나는 일용직이 가장 독립적인 직업이라고 생각했다. 이 일은 1년에 30일에서 40일만 해도 생계유지가 가능하다. 일용직 노동자의 일은 해가 지면 마무리되고 나머지 시간에는 노동과 상관없이 원하는 일을 할 수 있다. 그러나 그를 고용한 사람은 하루하루 전전긍긍하면서 1년 내내 쉴 틈이 없다.

　간단히 말해, 우리가 소박하고 현명하게 산다면 이 세상에서의 삶은 고된 시련이 아니라 즐거운 유희라는 것을 내 신념과 경험을 통해 확신한다. 보다 인위적인 것들을 추구하는 나라들에게는 소박한 삶을 영위하는 나라들이 추구하는 목표가 즐거운 오락처럼 보일 것이다. 사람은 눈썹에 땀이 뚝뚝 흘러내릴 정도로 고되게 밥벌이를 할 필요가 없다. 물론 그 사람이 나보다 땀을 많이 흘리는 사람이라면 어쩔 수 없겠지만.

　내가 아는 한 젊은이는 땅 몇 에이커를 물려받았는데 자기에게도 방법만 있다면 나처럼 살고 싶다고 말했다. 나는 어느 누구도 내 생활 방식을 따르라고 권하고 싶지 않다. 내 생활 방식을 좇아 살기로 한 사람이 그것에 익숙해지기도 전에 나는 이미 다른 방식을 선택할지도 모른다. 나는 가능한 한 이 세상 사람들이 각양각색의 서로 다른 삶을 살기를 바란다. 그리고 개개인은 자기 부모나 이웃이 간 길이 아니라 자신만이 갈 길을 신중하게 선택하라고 권하고 싶다. 젊은이가 하고자 하는 일은 그게 무엇이든 방해받지 않고 하도록 해주어야 한다. 선원이나 도주하는 노예가 북극성을 보고 방향을 가늠하듯 인간의 현명함은 수학적인 능력에 국한된다. 그러나 수리 능력 하나만도 우리 인생의 길 안내자 역할을 하기에 충분하다. 우리는 예정된 기간 내에 항구에 도착하지 못할 수도 있지만 적어도 올바른 길을 벗어나지는 않으리라.

물론 이 경우는, 한 사람에게 적합한 것이 천 명에게도 적합한 것이다. 집은 넓이에 비례해서 가격이 올라가지 않으므로 넓은 집을 지어 여러 가구가 살도록 하면, 한 사람이 살기에 적합한 주거 형태와 마찬가지로 지붕도 하나이고 지하에 창고도 하나, 공간을 나누는 벽도 하나뿐이지만 천 명이 살 수 있다. 그러나 나는 단독 주거 형태가 좋다. 게다가 벽을 공유하면 어떤 유리한 점이 있는지를 다른 사람들에게 납득시키는 것보다 집 전체를 내 손으로 짓는 일이 비용이 덜 든다. 다가구 주거지는 비용 절감을 위해 공간을 구분하는 벽을 얇게 만들기 때문에 무례하고 무책임한 이웃을 만나면 벽 수리도 제대로 하지 않아 난감한 상황에 처할 수도 있다. 이런 다가구 주거지에서 이웃에게 기대할 수 있는 협조는 대부분 극도로 부분적이고 피상적이며, 진정으로 협조한다고 해도 진심인지 아닌지 감지하기 힘들다. 신념이 깊은 사람이라면 어디에서 살든 그 신념을 바탕으로 협조하며, 신념이 없는 사람이라면 어떤 이웃을 만나든 그저 남들처럼 되는대로 살아간다. 협조한다 함은 가장 기본적인 면에서뿐 아니라 최상의 의미에 있어서도 더불어 산다는 뜻이다. 최근에 들은 이야기인데 두 젊은이가 함께 세계 여행을 하기로 했다고 한다. 돈이 없는 젊은이는 여행하는 동안 선원 일도 하고 농사일도 거들어서 여비를 마련했고 다른 한 명은 주머니에 환어음을 갖고 있었다. 둘 중 하나는 일을 하지 않았으므로 두 젊은이가 '서로 돕는' 여행의 동반자로 오래 가지 못했으리라는 점은 쉽게 예측할 수 있다. 그들은 여행에서 첫 번째 시련이 닥치자마자 헤어졌으리라. 앞서 말한 대로 독자적으로 행동하는 사람은 오늘 당장 길을 떠날 수 있다. 그러나 다른 이와 함께 여행하는 사람은 그 사람이 떠날 준비가 될 때까지 기다려야 하므로 한참 뒤에야 출발하게 된다.

　마을 사람들은 이 모든 게 너무 이기적이라고 말한다. 지금까지 내가 자선사업에 그다지 관여하지 않았다는 점은 인정한다. 그러나 나는 의무를 다하기 위해 여러 가지 즐거움을 포기했고 자선도 그중 하나다. 우리 마을에는 어떻게든 나를 설득해서 마을의 가난한 가족을 돕게 하려는 사람들이 있다. 내가 한가하다면(악마는 빈둥거리는 이들에게 일거리를 찾아준다고 한다) 그런 여가 선용에 손을 대보겠다. 그러나 내가 자선을 하기로 마음먹고 어떤 가난한 이들에게 나만큼 안락한 생활을 할 수 있도록 도와주겠다고 하자 하나같이 딱 잘라 거절하고 가난한 채로 살겠다고 했다. 마을 사람들이 갖가지 방법으로 이웃에게 선행을 하는 데 헌신하고 있으니 나 하나쯤은 그보다 덜 인도적인 일에 신경을 써도 되리라 믿었다. 다른 일과 마찬가지로 자선을 하는 데도 재능이 있어야 한다. 선행을 하는 사람은 차고 넘친다. 나도 한번 자선을 시도해 보았지만 내 기질과는 맞지 않음을 깨달았고 그런 깨달음을 얻은 사실만으로 만족스러웠다. 사회가 요구하는 선행을 위해 의식적으로, 또 의도적으로 나만의 소명을 버려서는 안 될 것 같다. 그 요구가 우주를 멸망으로부터 구하는 일이라고 해도 말이다. 또한 나와 비슷한, 아니 더 결연한 의지를 가진 이들 덕분에 우주가 존속된다는 것 역시 믿는다. 그러나 다른 사람의 삶에 끼어들어 그가 자신의 능력을 십분 발휘하는 것을 절대로 방해하고 싶지 않다. 그리고 내가 거절한 이 일을 혼신을 다해 하는 사람에게는, 세상이 당신이 하는 일을 악이라고 할지라도(실제로 당신은 악을 행하는 것이겠지만) 끝까지 버텨내라 말하겠다.

나만 이렇게 생각하는 것은 아닐 테다. 많은 독자들이 내 논리에 공감하리라는 것을 믿어 의심치 않는다. 뭔가를 하는 것(굳이 내 이웃이 그것을 쓸모 있는 일이라고 여기도록 강요하지 않겠다)으로 치자면 나만큼 그 일을 잘할 사람은 없다고 자신한다. 그러나 내가 잘할 수 있는 일이 무엇인지는 나를 고용하는 사람이 알아낼 일이다. 상식적인 의미에서 내가 어떤 쓸모 있는 일을 할 수 있는지는 본질에서 벗어난 문제이며 의도적으로 되는 것도 아니다. 사람들은 지금 있는 그대로의 상황에서 시작하라고, 더 가치 있는 사람이 되려고 애쓰지 말고 그저 친절하게 선행을 베풀라고 말한다. 이런 맥락에서 내가 굳이 설교를 한다면, 선을 행하기에 앞서 우선 자기 자신부터 선한 사람이 되라고 말하고 싶다. 사람들은 태양을 마치 저녁이 되면 겨우 달이나 6등성 밝기 정도의 불을 밝히고 난 뒤에 활동을 멈추고는, 로빈 굿펠로[120] 처럼 돌아다니며 오두막 집집마다 창문을 들여다보면서 정신병자들을 불안하게 하고 고기를 상하게 하며 남의 은밀한 삶을 만천하에 드러내 보이는 존재로 생각하는 듯하다. 하지만 태양은 꾸준히 빛나는 덕행을 쌓아 다른 사람이 눈이 부셔서 쳐다보지 못할 경지에 이른 존재다. 그러면서 자신의 궤도를 따라 세상을 돌면서 덕행을 베풀거나, 아니면 과학이 제대로 발견한 것처럼, 온 세상이 태양 주위를 돌면서 그에게서 덕을 입는 것이다. 파에

톤[121]은 자선 행위를 함으로써 자신의 고귀한 출생을 증명하기 위해 태양의 마차를 하루 동안 빌렸는데, 궤도를 벗어나 마차를 모는 바람에 하늘 아래 거리에 있는 집들을 모두 태우고 지구 표면을 그을게 했으며, 샘이란 샘은 모조리 마르게 하고 사하라사막을 만들었다. 마침내 주피터가 번개를 내리쳐 그를 땅 위에 내동댕이쳤고, 태양은 그의 죽음을 슬퍼하여 1년 동안 빛을 비추지 않았다.

불순한 선행만큼 악취가 진동하는 것은 없다. 그것은 인성과 신성이 부패하여 풍기는 악취다. 만약 누군가 내게 선행을 베풀 의도를 가지고 집으로 찾아온다면, 사람이 질식할 때까지 이목구비의 구멍을 먼지로 채운다는 아프리카 사막에 부는 건조한 바람 시뭄을 피해 달아나듯 그의 선행을 피해 삼십육계 줄행랑을 치리라. 그의 선행 병균에 내 피가 오염되지 않도록 말이다. 차라리 자연재해를 겪는 편이 낫다. 내가 굶주릴 때 먹을 것을 주고 추위에 떨 때 몸을 녹여주고 도랑에 빠지면 구해 준다고 해서 그 사람이 내 생명의 은인이 되는 것은 아니다. 그 정도는 뉴펀들랜드 개도 한다. 자선은 넓은 의미에서 인류애가 아니다. 하워드[122]는 나름대로 매우 친절한 사람이었고 그 친절에 대한 보상으로 천국에 갔으리라. 그러나 상대적으로 말해서 수백 명의 하워드가 있다 한들, 우리가 가장 도움을 필요로 할 때 그들의 자선 행위가 그 상황에서 우리에게 아무 도움도 되지 않는다면, 무슨 소용이 있겠는가? 자선가들이 나 혹은 나와 같은 사람에게 어떻게 도움을 줄 것인지를 진지하게 논의하기 위해 회의를 열었다는 이야기는 들어본 적이 없다.

예수회 수사들은 막대기에 꿰어진 채 화형을 당하던 인디언들이 자신을 고문하는 사람들에게 새로운 고문 방법을 제시하자 멈칫했다고 한다. 육체적 고통을 인내하는 능력이 월등한 사람들에게는 선교사들이 주는 어떤 위로도 하찮은 법이다. 남에게 대접받고자 하는 대로 남을 대접하라는 율법은, 남이 자신을 어떻게 대접하든 개의치 않고 새로운 방식으로 적을 사랑하여[123] 적이 행한 모든 것을 완전히 용서할 수 있는 경지[124]에 다다른 사람들에게는 설득력이 없다.

빈곤한 자에게는 그가 가장 필요로 하는 도움을 주어야 한다. 그 도움이 그들을 당신보다 한참 뒤처진 채로 남겨놓더라도 말이다. 돈이 있으면 차라리 직접 돈을 써라. 그들에게 거저 주지는 마라. 우리는 때때로 아주 흥미로운 실수를 한다. 가난한 사람은 춥고 굶주려서라기보다는 지저분하고 누더기를 걸쳐서 추한 것이다. 그런 행색을 하는 이유는 단순히 그 사람이 운이 나빠서가 아니라 부분적으로 그의 취향이 그렇기 때문이다. 당신이 그 사람에게 돈을 주면 필시 그 돈으로 넝마를 더 사리라. 누더기를 걸치고 호수에 언 얼음을 서투르게 자르는 아일랜드 노동자를 보면 나는 깨끗하고 그다지 유행에 뒤떨어지지 않은 옷을 입고도 이렇게 떨고 있는데 저 사람은 얼마나 추울까 하며 동정하곤 했다. 그런데 뼛속까지 시릴 정도로 추운 어느 날 호수에 빠진 그 사람이 몸을 녹이려고 우리 집에 왔다. 그는 세 벌의 바지와 두 켤레의 양말을 벗고서야 살갗을 드러냈고 속옷을 너무 많이 껴입어서 내가 내준 겉옷을 거절할 여유도 있었다. 그렇다면 아무리 그가 입은 옷이 낡고 누더기여도 그를 동정하지 않겠다. 그 사람에게는 바로 그렇게 물에 흠뻑 젖어 말끔히 씻어내는 게 필요했다. 그러고 나서 나는 스스로를 동정하기 시작했고, 그에게 옷가게에 있는 옷을 몽땅 입히느니 나를 위해 면 셔츠를 한 장 더 마련하는 게 진정한 자선이라는 생각이 들었다.

악의 뿌리를 뽑으려는 사람은 없고 악의 곁가지만 치는 사람은 수없이 많다. 그리고 자선에 시간과 돈을 쏟아붓는 사람들은 오히려 그들이 그토록 구제하고자 하는 가난을 더 조장하는 데 가장 큰 공을 세우는 사람들이다. 열 번째 노예를 팔아넘길 때[125] 마다 이익이 생기면, 그 대가로 나머지 노예들이 일요일에 쉬도록 해주는 신앙심 깊은 노예 상인과 다를 바 없다. 어떤 이들은 가난한 사람들을 부엌 일손으로 고용해 친절을 베푼다. 자기가 직접 주방 일을 하는 게 더 친절한 행동이 아닐까? 당신은 수입의 10분의 1을 자선에 쓴다고 우쭐댄다. 차라리 수입의 10분의 9를 자선하는 데 쓰고 입을 다무는 게 어떤가. 사회는 재산의 10분의 1만 회수한다. 이는 재산을 소유한 사람들의 아량 때문인가, 아니면 법을 집행하는 관리들의 직무 태만 때문인가?

인류는 자선을 거의 유일한 미덕이라고 평가한다. 아니, 인류는 자선의 가치를 과대평가하고 있다. 이는 우리가 이기적이기 때문이다. 이곳 콩코드의 화창한 어느 날, 건장한 체구를 가진 가난한 사람이 내게 찾아와 마을 사람 하나를 칭찬했다. 가난한 이에게 친절하게 대한다는 이유였다. 여기서 가난한 이는 자기 자신을 말하는 것이었다. 이처럼 자기 종족의 진정한 정신적 아버지와 어머니보다 친절한 숙부와 숙모가 더 존경받는 게 현실이다. 한번은 지적이고 학식 있는 한 목사가 영국에 관한 강의를 하면서 기독교 영웅들에 대한 설명에 이어 셰익스피어, 베이컨, 크롬웰, 밀턴, 뉴턴 등 위대한 과학자와 문학가, 정치가들을 열거했다. 그러고는 마치 자기 직업상의 의무라도 되는 듯 이들보다 더 위대한 위인들이라며 펜, 하워드, 프라이 여사[126]를 거론했다. 이런 그의 태도에서 기만과 위선을 느끼지 않을 사람이 있겠는가. 마지막 세 사람은 영국 최고의 위인들이 아니다. 영국 최고의 자선 사업가들일 뿐이다.

　나는 자선가들이 응당 받아야 할 칭송을 폄하하려는 게 아니라 자신의 삶과 업적을 통해 인류에게 축복을 내린 모든 사람들에게 그에 합당한 대우를 해줄 것을 요구하고 싶을 뿐이다. 내가 사람에게서 가장 가치 있게 여기는 성품은 올바름과 자비가 아니다. 그런 성품들은 그 사람의 가지와 잎사귀에 불과하다. 잎사귀는 시들면 병자를 위해 차를 만드는, 그저 평범한 용도로 쓰이고 이는 주로 돌팔이 의사들이 쓰는 방법이다. 나는 인간의 꽃과 열매를 원한다. 그 사람이 풍기는 향기가 내 코끝을 스치기를, 그와의 교감을 통해 농익은 열매의 풍미를 느낄 수 있기를 원한다. 그의 선함은 부분적이고 일시적인 것이 아니라, 자연스럽게 그리고 부지불식간에 지속적으로 흘러넘쳐야 한다. 자선은 수많은 죄악을 숨긴다. 자선가는 자신이 극복한 고난을 인류에게 상기시키며 그것을 동정이라고 부른다. 우리가 서로 나누어야 할 것은 용기와 건강과 평안함이지, 절망이나 질병이 아니다. 우리는 이런 것들에 전염되지 않도록 애써야 한다. 남부의 평원에서 울부짖는 소리가 들리는가? 지구의 어느 위도상에 우리의 빛을 필요로 하는 이교도가 살고 있는가? 우리가 구원할 저 난폭하고 잔인한 인간은 누구인가? 만약 무엇인가가 인간을 고통스럽게 하여 제 기능을 다하지 못한다면, 만약 내장 속에서 통증이 느껴진다면(바로 이 신체 부위에 동정이 위치한다) 그 사람은 즉시 세상을 개혁하는 일에 착수한다. 자신을 소우주라고 여기는 그는 세상이 설익은 푸른 사과를 먹어 소화불량에 걸렸다고, 세상을 구제할 사람은 바로 자신이라고 생각한다. 그에게는 지구 자체가 설익은 푸른 사과로 보이며, 인간의 자손들이 채 익기도 않은 사과를 갉아 먹으리라는 끔찍한 생각을 하게 된다. 그래서 그는 즉시 에스키모와 파타고니아 섬의 사람들[127]을 찾아다니고 인구가 많은 인디언 마을과 중국 마을 들을 포섭하며 동서남북으로 종횡무진 활약한다. 그렇게 몇 년 자선 활동을 하는 동안 자선가는 권력자들의 목적 달성을 위한 꼭두각시 노릇을 하면서 자신을 괴롭혀 온 소화불량을 치유하고, 마치 사과가 익기 시작하듯 지구는 한쪽 혹은 양쪽 볼에 희미하나마 발갛게 생기가 돌게 된다. 그리하여 미숙한 삶은 다시 달콤하고 건강해진다. 나는 감당하지도 못할 엄청난 일은 꿈꾼 적이 없다. 나는 내 자선과 동정이 필요할 만큼 나보다 더 형편없는 사람을 본 적이 없고 앞으로도 보지 못하리라 생각한다.

자선을 통해 세상을 개혁하려는 사람이 침울해지는 이유는 그가 곤궁에 처한 인간들에 대해 동정심을 느껴서가 아니라, 신의 가장 성스러운 아들인 자신 역시 개인적인 고통을 느낀다는 사실을 스스로 견디기 힘들어하기 때문이라고 생각한다. 이를 바로잡자. 그로 하여금 봄을 느끼게 하고 그가 누운 안락의자 위로 아침 태양이 솟아오르게 하자. 그러면 그는 자신의 자선을 너그럽게 받아들인 협력자들을 아무런 변명 없이 떨쳐 버리리라. 내가 금연하자고 훈계하지 않는 이유는 담배를 씹어본 경험이 없기 때문이다. 금연에 대한 훈계는 한때 담배 애호가였던 이들이 담배를 끊고 해야 할 일이다. 내가 직접 경험한 일들 중에는 하지 말라고 충고할 일들이 많지만 말이다. 만약 당신이 꼬드김에 넘어가 자선 사업에 관여하게 된다면 오른손이 한 일을 왼손이 알게 하지 말지어다.[128] 추호도 알 가치가 없기 때문이다. 물에 빠진 사람을 구하고 나면 차분히 신발 끈을 묶고 한숨 돌린 후 당신이 하고자 하는 일에 착수하라.

성인(聖人)과의 소통은 우리의 관습을 타락시켰다.[129] 찬송가 모음집에는 신을 저주하고 그의 영원함을 참고 견뎌내라는 노래가 울려 퍼진다.[130] 예언자나 구세주조차 인간이 품은 희망에 대해 확신을 주기보다는 두려워하는 인간을 위로할 뿐이었다. 삶이라는 선물에 소박하고 억누를 수 없는 만족감을 표현하거나 신을 찬양하는, 기억에 남을 만한 구절은 어디에도 없다. 건강과 성공은 아무리 막연하고 희미해 보여도 우리에게 이롭고 기운을 북돋워 준다. 반면 질병과 실패는 그것이 아무리 나를 동정하고 내가 그것들을 동정해도 해를 끼치고 의기소침하게 만든다. 우리가 인디언들의 비방(秘方)을 사용하거나 혹은 식물이나 최면술 또는 그 외의 자연적인 방법을 이용해서 진정으로 인류를 치유하려 한다면, 우선 우리 스스로가 자연과 같이 소박하고 건강해지도록 하자. 그리고 우리 머리 위에 떠 있는 먹구름을 걷어내고 숨구멍으로 생명을 빨아들이자. 빈자를 구제하는 사람이 되는 데 머무르지 말고 이 세상에서 진정 가치 있는 고결한 인물이 되도록 노력하자.

나는 시라즈의 족장 사디의 작품, 꽃동산이라는 뜻의 『굴리스탄』에서 다음과 같은 글을 읽었다. "사람들이 현인에게 물었다. '신의 축복을 받아 하늘 높이 치솟고 무성하게 자라서 넓은 그늘을 드리우는 나무들 가운데 열매를 맺지 않는 삼나무를 제외하면 아자드, 즉 자유롭다고 여겨지는 나무가 없습니다. 이유가 무엇인가요?' 그러자 현인은 다음과 같이 답했다. '나무는 각각 정해진 계절에 자라고 번성하고 꽃을 피우며 제철이 지나면 시들어버린다. 그러나 삼나무는 번성하거나 시드는 계절이 정해져 있지 않고 늘 풍성하다. 이런 본성을 가진 나무를 아자드 혹은 종교적으로 독립되어 있다고 일컫는다. 너의 마음을 일시적인 것에 쏟지 말지어다. 무슬림 통치자 칼리프의 생이 다한 후에도 티그리스 강은 계속 흘러 바그다드를 지나갈 것이다. 가진 것이 많으면 대추나무처럼 관대하게 베풀지어다. 그러나 베풀 것이 없다면 아 자드가 되어라. 삼나무처럼 자유로운 인간이 되어라.'"[131]

보완하는 시

빈자의 가식

가난하고 궁핍한 이여, 너는 주제넘게도
천계(天界)의 자리를 요구하는구나.
햇빛도 들지 않고 그늘진 샘가에 있는
초목이 우거진
너의 누추한 오두막, 볼품없는 욕조는
나태하고 학자연하는 이의 마음을 동요하게 하는구나.
너의 오른손으로
마음 깊숙이 간직된 인간적인 열정의 심금을 울려
정의감을 꽃피우고
천성을 타락시키고 감각을 무디게 만든다.
그리고 마치 고르곤이 그랬듯 활력 있는 인간을 돌로 만든다.
너는 궁핍을 가장하고
기쁨도 슬픔도 모르는 듯
무표정한 얼굴로 우매한 척하며
왕성한 원기보다 더 강렬한
위선적인 무기력함으로

우리 사회를 침울하게 만든다.
이 영락한 인간은 침울한 모습으로
보잘것없는 자신의 처지에 안주하여
비굴한 인간이 된다.
그러나 우리가 추구하는 미덕은
풍요와 용맹과 넉넉함과 당당함과
분별력과 무한한 도량이니,
태곳적에 무엇이라 이름 지어져 전해 오지는 않았지만
후세에 귀감이 된 미덕,
헤라클레스, 아킬레우스, 테세우스가 보여준 것과 같은
영웅적 미덕을 추구하느니라.
빈자여, 그대가 그토록 혐오하는 독방으로 돌아가라.
혹여 새로운 눈으로 세상을 보게 되거든
귀감이 될 만한 삶들을 통해 깨우침을 얻으라.

토머스 커루[132]

나는 어디서 무엇을 위해 살았는가

　삶의 어느 시점에 이르면 우리는 어딜 가든 그곳이 우리가 살 집을 짓기 가능한 곳인지 생각해 본다. 나는 내가 사는 장소에서 12마일 내에 있는 지역을 샅샅이 훑어보았다. 그리고 농장을 하나씩 차례로 전부 사들이는 것을 상상해 보았다. 각 농장의 가격을 알고 있었기에 가능한 일이었다. 농장마다 돌아다니면서 능금을 맛보고 농장 주인과 농사일에 대해 담소를 나누며, 그 사람이 제시한 가격, 혹은 가격에 상관없이, 아니 돈을 더 얹어주고라도 그의 농장을 사들여 다시 그 사람에게 저당 잡히는 상상을 했다. 권리증은 받지 않고 구두계약으로 농장에 관한 모든 일을 인수하여 직접 경작하면서 충분히 즐긴 뒤, 그에게 농장을 돌려주고 계속 운영하도록 하는 상상도 해보았다. 덕분에 친구들은 나를 일종의 부동산 중개인으로 인정할 정도였다.

　어느 곳에 자리 잡든 그곳에서 살리라. 그리하면 내 심성과 조화를 이루는 주변 경관이 조성될 것이다. 집이란 내가 자리 잡은 장소가 아니고 무엇이겠는가. 그곳이 전원이라면 금상첨화일 것이다. 나는 금방 개발될 가능성이 별로 없는, 집 짓기에 적당한 장소를 여러 곳에서 발견했다. 어떤 이들은 마을에서 너무 멀리 떨어져 있다고 여겼을지 모르지만 나는 내가 발견한 장소들이 이상적인 집터이며, 오히려 마을이 이런 이상향에서 동떨어져 있다고 생각했다. 나는 물색한 장소들 중 한 곳에서 살기로 결심했고, 실제로 그곳에서 살았다. 그곳에 사는 동안 계절이 지나고 해가 바뀌었으며 겨울을 나고 봄을 맞았다. 내가 이미 그곳에서 살았으니 앞으로 그 지역에 거주할 사람들은 어디에 집을 짓든 최초로 정착한 사람이 될 수 없다. 과수원과 나무와 풀밭이 있을 곳을 구획하고 입구에 그대로 남겨 둘 떡갈나무와 소나무를 골라내 시든 나무들의 특징이 두드러지도록 하는 데 오후 반나절이면 충분했다. 그리고 나머지 땅은 그대로 둔다. 손대지 않고 그대로 두는 게 많을수록 부유하다.

나는 상상 속에 푹 빠져 몇몇 농장에게서 구매 제안을 거절당하기도 했지만(내가 바라던 바다) 실제로 소유하는 뼈아픈 경험은 결코 하지 않았다. 내가 거의 소유할 뻔했던 농장은 할로웰이다. 그 농장을 매입해 씨를 고르고, 씨를 운반할 손수레를 만들 재료를 모았다. 그런데 농장주가 권리증을 양도하기 전에 그의 아내(누구에게나 이런 아내가 있다) 마음이 변해서, 농장을 팔고 싶지 않다며 권리증을 포기하면 10달러를 주겠다고 했다. 사실대로 말하자면 내 수중에는 단돈 10센트뿐이었는데 내 수중에 10센트가 있는지, 농장이 누구 소유인지, 누가 10달러를 가졌는지 등을 파악하기란 전부 내 수리 능력 밖의 일이었다. 어쨌든 나는 농장을 한껏 즐긴 후 그 사람이 다시 농장을 가지게 해주었고 10달러도 받지 않았다. 아니, 아량을 베풀어 농장주에게 농장을 산 그 가격에 되팔았고 10달러라는 선물도 주었지만 내 수중에는 여전히 10센트와 파종할 씨앗, 손수레를 만들 재료가 남았다. 손해를 보기는커녕 오히려 부자가 된 것이다. 나는 그 농장의 풍경을 마음속에 간직했고, 해마다 손수레 없이도 그 풍경에서 얻은 결실을 수확한다.

풍경에 대한 존경을 담아,

> "내가 굽어보는 땅은 모두 내 것이니
> 그 땅에 대한 나의 권리는 반박의 여지가 없다."[1]

나는 종종 시인이 농장의 가장 소중한 부분을 만끽하고 물러나는 것을 보는데 농부는 그가 그저 능금 몇 개를 따 갔으려니 생각한다. 농부는 시인이 농장을 노래할 때, 눈에 보이지 않는 울타리 중 가장 훌륭한 운율이라는 울타리를 쳐놓고, 우유를 짜고 지방분을 걷어내고 나서 크림은 모두 가져가고 농부에게는 우유 찌꺼기만 남겨 놓았다는 것을 수년 동안 깨닫지 못한다.

할로웰 농장은 여러 가지 면에서 나를 매료시켰다. 우선 마을에서 2마일, 넓은 들판을 사이에 두고 도로에서 1.5마일 떨어진 아주 한적한 장소에 위치했다는 사실이 마음에 들었다. 또한 농장 주위로 강이 흐른다는 점도 매력적이었다. 농장주가 말하길 봄철에 서리 때문에 농작물이 입는 피해를 강에서 피어오르는 안개가 막아준다는데 이것은 내게 그다지 중요하지 않았다. 잿빛 폐허 같은 집과 헛간, 나와 이전의 거주자 사이에 놓인 세월의 간극을 말해 주는 허물어져 가는 울타리, 그리고 속이 비고 이끼로 뒤덮인 사과나무가 내 마음을 사로잡았다. 또 토끼가 사과나무를 갉아 먹고 남긴 자국을 보면서 자연 속의 내 이웃이 누구인지 짐작할 수 있었다. 그러나 무엇보다도 인상 깊었던 것은 배를 타고 강을 거슬러 올라갈 때 붉은 단풍나무가 촘촘히 들어선 숲 뒤로 집이 숨고, 수풀 사이로 개 짖는 소리가 들렸던 기억이다. 나는 농장 주인이 재빨리 돌을 솎아내고 속 빈 사과나무를 베어내고 초원에 싹을 틔운 자작나무 묘목을 뽑아내기 전에, 농장에 더 손을 대기 전에 빨리 사들이고 싶었다. 이런 이점을 누리기 위해 농장을 넘겨받을 만반의 준비가 되어 있었다. 아틀라스[2]가 지구를 어깨에 짊어지듯(그가 그 대가로 어떤 보상을 받았는지는 전혀 모른다) 그 농장을 사서 있는 그대로 유지하는 게 나의 유일한 목적이었고 이를 위해 무엇이든 기꺼이 할 의향이 있었다. 농장을 있는 그대로 둘 수만 있다면 내가 원하는 최고의 풍작을 거두리라 생각했다. 그러나 말했듯이 이 농장을 소유하는 일은 실현되지 않았다. 나는 정원은 늘 가꾸어왔지만 대규모 영농과 관련해서는 파종할 씨를 마련한 데서 끝났다. 많은 사람들이 종자는 시간이 갈수록 개량된다고 생각한다. 나 역시 세월이 흐르면 좋은 종자와 나쁜 종자가 구별된다는 사실을 조금도 의심치 않는다. 그리고 마침내 씨를 심고 나면 흉작 때문에 낙담할 가능성이 줄어든다는 사실도 알고 있다. 그러나 여러분에게 단호하게 말하고 싶은 것은 가능한 한 얽매이지 말고 자유롭게 살라는 것이다. 농장의 노예와 감옥에 갇힌 죄수는 크게 다르지 않다.

경작에 관해 내게 많은 가르침을 준 『농업론』의 저자 카토[3]는 이렇게 말한다. "농장을 사려거든 심사숙고하고, 서두르지 마라. 사고자 하는 농장을 둘러보는 수고를 게을리하지 말고, 한번 둘러보는 것으로 충분하다고 생각해선 안 된다. 좋은 농장이라면 자주 갈수록 당신을 더 흡족하게 만들 것이다." 내가 읽은 번역본은 이 부분을 말도 안 되게 번역해서 내가 여기에 다시 옮겼다. 나는 탐욕스럽게 농장을 매입하지 않고, 살아 있는 한 끊임없이 농장을 둘러볼 예정이며 제일 먼저 그곳에 묻혀 마침내 더 큰 기뿜을 얻을 것이다.

　이제 그다음에 내가 행한 실험에 대해 더 자세하게 설명하도록 하겠다. 편의상 2년 동안의 실험을 1년으로 압축해 설명하겠다.[4] 앞서 말했듯이 나는 실의와 낙담에 헌정하는 송시를 쓰려는 게 아니라, 홰에 우뚝 서서 목청껏 아침을 깨우는 수탉처럼 자랑스럽게 외치려는 것이다. 나의 외침으로 이웃들이 깨어나기만이라도 하면 좋으련만.[5]

　내가 처음 숲 속에 거처를 마련한 날은, 다시 말해 낮뿐만 아니라 밤에도 숲 속 거처에서 지내기 시작한 날은 우연히도 1845년 7월 4일, 독립 기념일이었다. 집은 아직 겨울 채비를 갖추지 못했고 비바람만 피할 정도였다. 회벽이나 굴뚝도 없고 벽은 비바람에 얼룩진 판자로 되어 있었으며 밤에는 넓은 판자 틈새로 바람이 들어왔다. 희고 곧은 사이 기둥과 새로 대패질한 문과 창틀 덕분에 집은 말끔하고 산뜻해 보였다. 특히 아침에 목재가 이슬을 머금으면 더욱 그런 느낌이 났는데, 그럴 때면 나는 정오쯤 이슬을 머금은 목재에서 달콤한 수액이 흘러나온다고 상상했다. 상상 속에서 나의 집은 내내 이렇게 눈부신 느낌을 주었고, 지난해 찾아갔던 어떤 산속 집을 떠오르게 했다. 회벽을 칠하지 않은 산뜻한 나의 오두막은, 인간 세계를 둘러보기 위해 여행하는 신이 여독을 풀기 위해 하루 묵어갈 수도 있고, 여신이 집 안을 둘러보는 동안 옷자락이 바닥에 끌려도 될 만큼 훌륭했다. 내 집을 스쳐가는 바람은 산마루를 어루만지는 바람으로, 지상의 음악에서 천상의 부분만 골라낸 듯한 소리를 냈다. 아침 바람은 끊임없이 불고, 시상은 막힘없이 떠오르지만 그것을 듣는 이는 드물다. 속세를 조금만 벗어나면 도처에 올림포스[6]가 있다.

이 집을 갖기 전, 배를 제외하면 내가 유일하게 소유했던 집은 천막뿐이었는데, 여름에 소풍을 나갈 때면 종종 이 천막을 사용했고 지금도 돌돌 말아 다락에 잘 보관하고 있다. 그러나 배는 여러 사람의 손을 거치면서 낡아버렸다. 이번에 좀 더 든든한 거처를 마련했으니, 이 세상에 정착한 삶을 사는 데 진일보한 셈이다. 가볍게 기본 골격만 갖춘 이 구조물은 만든 사람인 내게 반응하여 내 주위에 결정체를 형성한 듯하다. 마치 윤곽만 그린 그림 같다고나 할까. 또한, 신선한 공기를 들이마시기 위해 집 밖으로 나갈 필요가 없었다. 집 안 공기가 대기의 신선함을 그대로 간직했기 때문이다. 비가 퍼부을 때도 실내에 있는 게 아니라 그저 문 뒤에 앉아 있는 것처럼 느껴졌다. 하리반사[7]는 "새가 찾지 않는 집은 양념하지 않은 고기와 같다"고 말한다. 내 집은 그렇지 않았다. 나는 새의 이웃이 되기 위해 새장 속에 새를 가두어 둘 필요가 없었다. 주위에 온갖 새들이 날아다녀서 집은 마치 새들에게 포위된 듯했고 나는 어느새 새들의 이웃이 되어 있었다. 정원과 과수원에 흔히 날아드는 새들뿐 아니라 개똥지빠귀, 풍금새, 들참새, 쏙독새 등과 같이 마을 사람들에게는 좀처럼 노래를 들려주지 않는 아주 희귀한 숲 속의 야생 새들과도 이웃이 되었다.

내 거처는 콩코드와 링컨 사이에 있는 넓은 숲 한가운데 작은 호숫가에 위치했는데, 콩코드에서 남쪽으로 1.5마일 떨어진 곳이었다. 지대는 콩코드보다 약간 높았으며 그 유명한 콩코드 전투지[8]에서 남쪽으로 2마일 거리에 위치해 있었다. 내 집은 숲 속의 낮은 지대에 있었기 때문에 반 마일 떨어진 곳에 있는 호수 반대편의 숲이 제일 멀리 보이는 지평선이었다. 첫 주에는 호수를 내다볼 때마다 호수 바닥의 위치가 다른 호수들보다 훨씬 높은, 산기슭 높은 곳에 있는 호수 같다는 인상을 받았다. 그리고 해가 뜨자 호수는 밤새 걸치고 있던 안개 옷을 여기저기 벗어던지고 잔잔한 물결을 일으키거나 매끄럽고 맑은 수면을 드러냈으며, 안개는 마치 비밀 야간 집회를 마치고 해산하는 유령들처럼 사방으로 흩어져 숲 속으로 사라졌다. 호숫가 나무에 영근 아침 이슬은 산기슭의 나무에 매달린 이슬처럼 유달리 오랫동안 머물러 있는 듯했다.

이 작은 호수가 최고로 진가를 발휘하는 때는 8월, 온화한 비바람이 잠시 멎을 때다. 그럴 때면 공기와 물은 미동도 않고 하늘은 잔뜩 찌푸린 상태로, 오후 허리쯤 되는 시간인데도 저녁 시간이 주는 평온함이 느껴지고 개똥지빠귀는 호숫가 여기저기로 날아다니며 돌림노래를 불렀다. 이 호수가 가장 잔잔할 때는 바로 이 때다. 호수 위의 맑은 공기층은 구름이 드리워 얇고 어두운 색을 띠고, 호수는 빛과 그림자로 충만해 지상천국이 된다. 최근에 나무를 베어낸 언덕 꼭대기에서 보면, 호수를 가로질러 남쪽으로 아름다운 풍경이 펼쳐졌다. 언덕과 언덕 사이의 움푹 들어간 부분은 기슭을 만들어 양쪽 비탈이 서로 반대편 비탈을 향해 경사를 이루었고 나무가 우거진 계곡 사이로 개울이 흘러나올 듯 보였지만 개울은 없었다. 푸른 언덕 사이 너머 더 높은 곳에 푸른빛이 감도는 지평선이 보였다. 까치발을 하고 서 있으면 북서쪽으로 마치 하늘 조폐국에서 찍어낸 듯한 푸른 동전처럼 훨씬 푸르고 먼 산봉우리와 마을 일부가 어렴풋이 보였다. 하지만 다른 방향으로는 비교적 고지대인 이 위치에서조차 나를 둘러싼 숲 너머로는 아무것도 보이지 않았다. 집 근처에 물이 있으면 좋다. 땅에 부력을 주어 뜨게 하기 때문이다. 아주 작은 우물이라도 들여다보고 있으면 땅이 대륙이 아니라 섬으로 보인다. 이는 버터를 서늘하게 보관해 주는 우물의 기능만큼이나 중요하다. 이곳 꼭대기에서 호수를 가로질러 보이는 서드베리 초원은 홍수 때 요동치는 계곡에서 피어오른 아지랑이 때문에 떠 있는 듯 보이는데 마치 물동이 속의 동전 같으며, 호수 너머의 땅은 중간에 끼어 있는 이 작은 호수로 인해 고립되어 물 위에 떠 있는 얇은 지표면처럼 보인다. 그러다 이내 내가 사는 이곳이 뭍이라는 사실을 깨닫는다.

나의 집 문 앞에 펼쳐지는 풍경은 이보다는 시야가 훨씬 좁았지만 전혀 혼잡하다거나 비좁다는 느낌이 들지 않았다. 내 상상력을 맘껏 펼칠 만한 목초지가 충분했기 때문이다. 호수 반대편 기슭에 펼쳐진, 키 작은 떡갈나무 관목이 자라는 평원은 서부 대초원과 타타리 초원 지대까지 뻗어 나가 유랑민들에게 넉넉한 공간을 마련해 주었다. 다모다라[9]는 가축 떼에게 더 넓은 목초지가 필요해지자 '광활한 지평선을 마음껏 누리는 사람들만이 이 세상에서 유일하게 행복하다'고 말했다.

나는 시간과 공간을 초월하여 역사 속에서 나를 가장 매료시킨 시대와 장소에 더 가까이 살았다. 내 삶의 터전은 천문학자들이 밤마다 망원경으로 관찰한 곳만큼이나 머나먼 장소에 있었다. 우리는 카시오페이아 별자리 너머 머나먼 천상의 우주 어딘가에 있는, 온갖 소음과 소란으로부터 자유로운 이상향을 꿈꾼다. 나는 내 집이야말로 우주 멀리 있는, 새롭고 때 묻지 않은 장소임을 깨달았다. 묘성이나 히아데스, 황소자리의 일등성이나 독수리자리의 견우성[10] 근처가 이상향이라고 한다면 내가 사는 집이 바로 그런 곳이었고, 내가 떠나온 삶은 그 별들과 지구 사이의 거리만큼 멀어져 있었다. 또한 나와 가장 가까이 사는 이웃에게조차도 저 멀리 명멸하는 한 점의 빛으로 보였으며, 달 없는 밤에만 겨우 보일 만큼 멀었다. 나는 바로 그런 곳에 정착했다.

"한 양치기가 있었으니
고지대의 풀을 찾아 산을 오르는 양 떼를 쫓아
그의 상념도 높이 날아올랐다."[11]

 양 떼가 늘 양치기의 생각보다 더 높은 곳의 목초지를 찾아 헤매다면 양치기의 삶은 어떨 것인가?
 매일 아침 나는 즐거운 마음으로 자연처럼 소박하고 순수한 하루를 시작했다. 그리스인처럼 새벽의 여신인 아우로라를 충심으로 숭배했고 아침 일찍 일어나 호수에 몸을 담갔다. 이는 종교적인 의식으로, 가장 좋아하는 일 중 하나였다. 이와 관련해 탕(湯) 왕[12]의 욕조에는 이런 글귀가 새겨져 있었다고 한다. "매일 자신을 새롭게 하라, 다시 새롭게 하고 새롭게 하며 영원히 새롭게 하라."[13] 나는 그 글귀가 무슨 의미인지 이해한다. 아침은 영웅의 시대를 상기시킨다. 여명이 밝아올 때 문과 창문을 모두 열어놓은 채 앉아 있노라면 눈에 띄지 않고 집 안을 날아다니는 모기의 희미한 소리가 명성을 찬양하는 여느 나팔 소리만큼이나 나를 감동시켰다. 그것은 호메로스의 장송곡이었다. 아킬레우스의 분노와 오디세우스의 방랑을 노래하는 『일리아스』이자 『오디세이아』였다. 그 소리엔 무한한 무언가가 있었다. 목숨이 다할 때까지 세상의 영원한 활력과 번식력을 부단히 알리려는 의지가 있었다. 우리의 정신이 깨어나는 아침은 하루 중 가장 소중한 시간이다. 아침이면 우리 안의 몽롱함이 사라지고 낮과 밤에는 잠들어 있던 우리 자신의 일부분이 깨어난다. 우리의 이성이 아닌 하인의 기계적인 손길로 깨어나는 하루로부터 기대할 것은 없다. 우리 내면에서 새롭게 얻은 힘과 열망이 우리를 깨우면, 공장의 종소리가 아닌 천상의 음악이 파도치고 향기가 대기에 충만하며 오늘의 삶은 어제보다 한 차원 높아진다. 그로써 어둠은 결실을 맺고 빛만큼이나 이로움을 증명한다. 오늘이 어제보다 순수하고 성스러운 시간으로 충만하다고 믿지 않는 사람은, 삶에 절망하여 어둠 속으로 쇠락해 간다. 부분적으로 감각적인 삶을 중단하면 인간의 영혼, 아니 인간의 장기(臟器)는 매일 활력을 되찾고 그의 진수(眞髓)는 다시 숭고한 삶을 시도한다. 기억할 만한 일들은 모두 아침 시간이나 아침과 같은 분위기에서 일어난다. 『베다』[14]에서는 "모든 지성은 아침에 깨어난다"라고 했다. 시와 예술, 인간의 활동 중 가장 기억에 남을 만하고 훌륭한 업적은 모두 아침에 탄생한다. 멤논과 같은 영웅과 시인 들은 모두 새벽의 여신 아우로라의 후예이며 해가 뜰 때 음악을 연주한다. 태양과 보조를 맞추어 탄력적이고 활력 넘치는 사고를 하는 사람에게는 온종일 아침이 지속된다. 시계가 몇 시를 가리키든, 다른 사람들이 어떤 태도로 무슨 일을 하든 상관없다. 아침은 내가 깨어나는 시간이고 내 안에 여명이 존재하는 때다. 도덕적 개혁은 잠을 떨쳐 버리려는 노력이다. 인간은 왜 잠을 자지 못하면 온종일 불평하는가? 인간이 나른함을 극복했다면 무언가 해냈으리라. 육체적인 노동을 할 만큼 깨어 있는 사람이 수백만이라면 지적인 힘을 효과적으로 발휘할 만큼 깨어 있는 사람은 백만 명 중 한 명에 불과하고, 거룩한 삶을 살 만큼 깨어 있는 사람은 그보다 더 드물다. 깨어 있음은 살아 있음이다. 나는 아직 진정으로 깨어 있는 사람을 만나지 못했고 따라서 사람의 얼굴을 제대로 들여다본 적이 없다. 깨어 있지 않은 이의 얼굴을 응시하는 것이 무슨 소용이 있겠는가.

우리는 다시 깨어나야 하며, 깨어 있는 상태를 지속하는 법을 배워야 한다. 기계적인 도움을 받고 깨어날 것이 아니라 단잠을 자는 사이에도 아침이 우리를 저버리지 않는다는 믿음으로, 아침에 대한 무한한 기대감을 갖고 깨어나야 한다. 인간이 의식적인 노력으로 자신의 삶을 고양시킬 능력을 가졌다는 사실은 의문의 여지가 없으며 그 무엇보다도 나를 고무시킨다. 훌륭한 그림을 그리거나 상을 조각해 아름다움을 창조하는 것은 놀라운 일이다. 그러나 이보다 훨씬 더 영광스러운 일은 그러한 아름다움을 감상할 올바른 환경을 조성하는 것이며, 이는 우리의 도덕적 능력으로 가능하다. 하루하루를 진실로 충만하게 사는 행위, 그것이 최고의 예술이다. 누구든 그의 정신이 가장 고양되고 명징한 시간, 자기 삶의 아주 세세한 부분까지도 관조할 가치가 있도록 만들어야 한다. 우리가 얻는 무의미한 정보를 거부하면, 아니 모두 소진해 버리면 관조할 만한 가치가 있는 삶을 살기 위해 어떻게 해야 하는지 신탁이 알려주리라.

내가 숲 속으로 들어간 이유는 깨어 있는 삶을 살기 위해서였다. 삶의 본질적인 사실만을 직면하고 거기서 교훈을 얻을 수 있을지 알아보고, 내가 숨을 거둘 때 깨어 있는 삶을 살지 않은 것을 후회하지 않기 위해서였다. 나는 삶이 아닌 삶은 살고 싶지 않았다. 삶은 정말로 소중하다. 그리고 가능한 한 체념하지 않는 삶을 살고 싶었다. 나는 깊이 있는 삶을 통해 삶의 정수를 모두 빨아들이고, 굵직한 낫질로 삶이 아닌 모든 것들은 짧게 베어버림으로써 삶을 극한으로 몰아세워, 최소한의 조건만 갖춘 강인한 스파르타식 삶을 살고 싶었다. 그런 삶이 척박하면 척박한 대로 그것을 온전하고 진실되게 경험하여 세상에 알리고, 황홀한 삶이라면(나의 경험으로는 최상의 삶이었다) 다음 여정에서 사실대로 밝히리라. 사람들은 이상하게도, 삶이 선한지 악한지 확신하지 못하는 듯하고, 이승에서 인간이 추구해야 할 궁극적인 목표가 "신에게 영광을 돌리고 신을 영원히 찬양하는 것"[15]이라고 다소 성급하게 결론짓는다.

　신화에서는 우리가 오래전에 인간으로 진화했다고 하지만 우리는 여전히 개미처럼 척박한 삶을 산다.[16] 우리는 학(鶴)과 씨름하는 피그미족과 같다.[17] 실수를 거듭하고 계속해서 타격을 받은 후에는 비참함만 남는다. 우리의 삶은 하찮고 지엽적인 일들로 인해 야금야금 낭비되고 마침내 소진되어 버린다. 정직한 사람은 열 개 이상의 손가락으로 수를 셀 필요가 거의 없고, 극단적인 경우 열 개의 발가락을 쓰면 된다. 그러고도 모자라면 나머지 수는 한데 묶어버리면 된다. 간소화, 간소화, 또 간소화하라! 관여하는 일을 백 가지 천 가지가 아니라 두세 가지로 제한하라. 백만이 아니라 여섯 정도만 세고 소비지출은 최소로 하라. 문명 세계의 삶이라는 역랑 한가운데는 구름이 짙고 폭풍이 불고 모래 지옥이 도사리고 있으며 그 밖에도 수많은 고비를 헤치고 나아가야 한다. 그러므로 바다 밑바닥에 가라앉지 않고 항구에 무사히 도착하려면 철저히 삶의 항로를 계산하여 방향을 잡아야 한다. 별의 위치를 파악하지 않고 주먹구구식으로 항구에 무사히 도착하는 이가 있다면 그 사람도 진정 셈에 능숙한 이다. 검소하라, 검소하라. 필요하다면 하루 세 끼가 아니라 한 끼로 족하라. 수백 가지의 요리 대신 다섯 가지만 먹어라. 그 외에 다른 것들도 식생활만큼 간소화하라. 우리의 삶은 독일연방[18]과 같다. 크고 작은 여러 나라들이 패권을 다투고 국경이 끊임없이 변하는 통에 독일인들조차 자기 나라의 경계를 알지 못하는 상태다. 어수선하게 가구가 흩어져 있고 자기가 놓은 덫에 걸려 넘어지고, 사치와 분별없는 소비, 미숙한 계산과 가치 없는 목적 추구로 파멸하는 이 나라의 수많은 가정들처럼 국가는 그 자체가 육중하고 비대해진 체제다. 국가가 내부적 발전[19]이라고 부르는 것들도 사실 모두 외면적이며 피상적이다. 파멸해 가는 가정들을 치유하는 유일한 방법이 엄격하게 가계를 운영하여 스파르타보다 더 검소하게 생활하고 보다 숭고한 삶의 목적을 갖는 것이듯, 국가에도 이와 같은 치유책이 필요하다. 국가 역시 삶을 너무 서두른다. 사람들은 자신들은 몰라도 **국가만큼은** 상업 활동을 하고 얼음을 수출하고 전신으로 통신하고 시간당 30마일은 달려야 한다고 생각한다. 그러나 우리는 개코원숭이처럼 살아야 하는지, 인간답게 살아야 하는지에 대해서조차 확신하지 못한다. 우리가 침목(枕木)[20]으로 철로를 놓는 일에 밤낮을 쏟아붓지 않고, 삶을 개선한답시고 여기저기 땜질만 한다면 철도는 누가 건설하겠는가? 그리고 철도가 건설되지 않으면 어떻게 제때 하늘에 당도하겠는가? 하지만 우리가 집에서 각자 자기 할 일만 한다면 누가 철도를 필요로 하겠는가? 실은 우리가 철도 위를 달리는 게 아니라 철도가 우리를 딛고 달린다. 철도 아래 놓인 침목이 무엇인지 생각해 본 적 있는가? 그 목재 하나하나가 아일랜드인이고 뉴잉글랜드인이다. 그들 위에 철로가 놓이고 모래로 뒤덮인 그들 위로 기차가 미끄러지듯 달리는 것이다. 그들이 아주 튼튼한 철도 건설용 목재임은 내가 보장한다. 그리고 몇 년마다 한 번씩 새로운 침목이 깔린다. 어떤 이들은 승객이 되어 철로 위를 달리는 기쁨을 누리는 한편 어떤 이들은 불행히도 철로에 깔리는 침목이 된다. 그리고 여분의 침목이 제자리를 이탈해 몽유병 환자처럼 헤매다가 기차에 치이면, 우리는 그를 깨우고 기차를 갑자기 세운 뒤 마치 이례적인 일인 양 법석을 떤다. 5마일의 철로마다 한 무리의 인력을 투입해야 침목이 제자리를 유지하고 얌전히 누워 있도록 관리할 수 있다는 점은 다행스러운 일이다. 얌전히 누워 있는 침목들이 다시 깨어나 일어선다는 의미이니 말이다.

우리는 왜 그렇게 서둘러 인생을 낭비하며 사는가? 우리는 배가 고프기도 전에 굶주리게 될 것이라 단정한다. 사람들은 제때의 바느질 한 땀이 아홉 땀의 수고를 던다고 하면서 내일 아홉 땀의 수고를 덜기 위해 오늘 천 땀의 바느질을 한다. 우리가 하는 '일' 가운데 진정 중요한 일은 하나도 없다. 우리는 무도병(舞蹈病)[21] 환자처럼 머리를 가만히 두지 못한다. 내가 만약 불이 났다는 사실을 알릴 요량으로 종소리가 아주 작게 들리도록 교회 종에 매달린 밧줄을 몇 번만 당겨도,[22] 그날 아침만 해도 급한 용무가 있다며 몇 번씩 되뇌던 사람들이 만사를 제쳐놓고 종소리를 따라 모여들어, 콩코드 변두리에 있는 농장에는 한 사람도 보이지 않는다. 사실을 고백하자면 그들이 그렇게 모여드는 이유는 불 속에서 재산을 구해 내기 위해서라기보다는 재산이 불타는 광경을 구경하기 위함이다. 또한 재산이 다 탈 경우에 대비해 불을 지른 범인이 자기가 아니라는 사실을 다른 사람들에게 알리기 위해서이며, 불이 꺼질 때까지 지켜보다가 한몫 건져볼까 하는 속셈이다. 교회가 불타고 있다 해도 사정은 마찬가지이리라. 사람은 저녁 식사를 하고 눈을 붙이기가 무섭게 깨어나, 머리를 치켜들고 마치 자신을 제외한 인류 전체가 밤새 보초라도 선 듯이 "새로운 소식이 뭔가?" 라고 묻는다. 그 소식을 들으려고 몇몇 사람들은 30분마다 자기를 깨우라고 지시하기도 하고 그 대가로 자신이 꾼 꿈을 이야기해 준다. 밤사이 생겨난 소식은 아침 식사만큼이나 중요하다. "이 지구상의 누구에게 어떤 새로운 일이 일어났는지 알려주시오." 그러고는 커피와 빵으로 아침을 들면서 신문을 읽는다. 그 사람은 신문에서 어떤 남자가 오늘 아침 와시토 강[23]에서 자기 눈을 후벼 팠다는 기사를 읽는 동안, 자신이 이 세상에 있는 칠흑같이 어둡고 깊이를 알 수 없는 매머드 동굴 안에 살고 있으며, 그 동굴 안에 사는, 원시적인 눈의 형태의 흔적만 남은 물고기처럼 눈이 멀었다는 사실은 꿈에도 생각지 못한다.

나로 말하자면 우체국 없이도 살 수 있다. 우체국을 통해 전달되는 통신 중에 중요한 소식은 거의 없다고 생각한다. 엄밀히 말하자면 내가 평생 받은 편지 가운데 우푯값을 한 편지는 한두 장에 불과하다. 1페니 우편제도는 사람들이 흔히 농담으로 던지듯 하는 '무슨 생각을 하고 있는가?' 라는 말을 전하기 위해서가 아니라 진지하게 안부를 물어야 할 때 사용해야 한다. 또한 나는 신문에서 기억할 만한 가치가 있는 기사를 읽은 적이 없다. 신문에 실린 기사가 누군가 약탈당하고 살해당하고 사고로 죽고, 집이 불타고 배 한 척이 전복되고 증기선이 폭발하고, 보스턴에서 뉴욕으로 달리는 서부 철도에 소가 치여 죽고 광견 한 마리가 처치되고 겨울에 메뚜기 떼를 보았다는 등의 내용이라면 신문은 다시 읽을 가치도 없다. 한 번 읽으면 족하다. 원칙에 충실하다면 그 원칙의 수만 가지 응용 사례가 왜 필요한가? 철학자에게 '신문'이란 모두 뒷공론일 뿐이다. 신문을 편집하고 읽는 이들은 차를 마시며 한담하는 노파와 같다. 그러나 뒷공론에 목말라하는 사람들은 한둘이 아니다. 언젠가 어느 사무실에서 방금 들어온 외신을 읽으려고 사람들이 한꺼번에 몰려드는 바람에 사무실의 큰 유리 몇 장이 압력을 견디지 못하고 깨졌다는 이야기를 들었다. 그런데 나는 눈치 빠른 사람이라면 이 일이 일어나기 열두 달이나 12년 전에라도 정확하게 예측해 쓸 수 있는 기사라고 생각했다. 스페인을 예로 들자면, 가끔가다 돈 카를로스와 왕녀 그리고 돈 페드로와 세비야와 그라나다를 적절한 비율로(내가 그 기사를 읽은 후 이름이 조금 바뀌었을 가능성도 있다) 섞고[24] 투우 한 경기를 엮어서 기사를 내면, 신문에 실린 다른 기사가 시시해도 이 기사를 통해 스페인의 상황을 일목요연하고 정확하게 파악할 수 있을 것이다. 영국에 대한 주요 기사 가운데 가장 최근 것은 1649년 혁명이다. 영국의 한 해 평균 수확량의 연혁을 꿰고 있다면, 영국에 대한 당신의 관심이 금전적인 이유에 기인하지 않는다면, 신문에 다시 관심을 가질 필요가 전혀 없다. 신문을 거의 읽지 않는 사람으로서 판단하건대 해외에서 일어나는 사건 가운데 새 소식이란 없다. 프랑스혁명도 예외가 아니다.

새 소식이라니! 반드시 구문(舊聞)이 아닌 신문(新聞)에 난 새 소식을 알아야 할 중요한 이유가 무엇인가! "중국의 위나라 고관인 거백옥이 공자의 근황을 알고자 전령을 보냈다. 공자는 전령을 곁에 앉히고 다음과 같이 물었다. 네 주인의 근황이 어떠하냐? 전령은 다음과 같이 답했다. 제 주인께서는 당신께서 갖고 계신 결점의 수를 줄이려고 하시나 마무리를 짓지 못하고 계시옵니다. 전령이 떠난 후 공자가 말했다. 참으로 훌륭한 전령이로다! 참으로 훌륭한 전령이야!" [25] 목사는 한 주간의 일을 마치고 쉬는 주일에, 진부하고 천편일률적인 설교로 노곤한 농부의 귓가를 성가시게 하지 말고, 대신 천둥 같은 목소리로 외쳐야 한다. "잠시 멈추라! 동작 그만! 몸은 빠른 듯하나 깨달음은 어찌 그리 느린가?"

우리는 멋진 실체는 외면하고 황당무계한 허위와 망상을 가장 견고한 진실로 여긴다. 우리가 실체만을 주시하고 그 실체를 우리가 아는 사실과 비교하는 망상에 빠지지 않는다면 삶은 동화나 『천일야화』에 나오는 연회 같으리라. 우리가 필연적이고 존재 이유가 있는 것만을 존중한다면, 길거리에는 음악과 시가 울려 퍼지리라. 우리가 침착하고 현명한 인간이 될 때 위대하고 가치 있는 것만이 영원하고 절대적으로 존재한다는 사실을 깨달을 것이며, 사소한 두려움과 쾌락은 현실의 그림자에 불과하다는 사실을 알리라. 이 얼마나 상쾌하고 멋진 일인가. 인간은 눈을 감고 잠에 빠져들어 허식에 기꺼이 속아 넘어가면서 판에 박힌 일상과 습관을 확립하고 공고히 하지만 이 모두는 여전히 허구적인 토대 위에 세워져 있다. 삶을 즐기는 어린이들은 진정한 삶의 법칙과 인간관계를 어른보다 더 분명하게 식별하는 반면, 어른들은 가치 있는 삶을 사는 데 실패하고서도 경험을 통해, 즉 실패를 통해 자신이 더 현명해졌다고 생각한다. 나는 한 힌두교 서적에서 다음과 같은 이야기를 읽었다. "어릴 적 자신이 출생한 도시에서 추방당해 사냥꾼 손에 자란 왕자가 있었다. 그는 자신이 더불어 살아온 천민의 일원이라고 믿었다. 그런데 그의 아버지를 섬기는 한 신하가 그를 발견하고는 본래 신분을 말해 주어 마침내 자신이 왕자라는 사실을 알게 되었다." 그 힌두 철학자는 이어서 "그렇게 자신이 처한 상황으로 인해 자신의 신분을 잘못 알고 있었던 영혼은 덕망 높은 스승이 진실을 밝히자 자신이 영적 존재의 진수인 브라마[26]임을 알게 된다"라고 덧붙였다. 우리 뉴잉글랜드인들이 이렇게 척박한 삶을 사는 까닭은 사물의 표면을 꿰뚫어 보는 통찰력을 지니지 못했기 때문이라고 생각한다. 우리는 허상을 보고 그것이 실제라고 여긴다. 만약 어떤 사람이 우리 마을을 지나면서 오로지 실체만을 본다고 하자. 그러면 당신은 밀 댐(Mill-dam)[27]은 쓸모없어지는데 이제 어떻게 할 거냐고 반문하리라. 만약 그 사람이 우리 마을에서 실제로 본 것들을 사실 그대로 말하면 우리가 생각하는 마을과 너무나도 달라서, 그가 도대체 어느 마을에 대해 이야기하고 있는지 알아채지 못하리라. 공회당이나 법원 혹은 감옥, 상점, 주택을 보고 그 사물의 진면목이 무엇인지 말해보라. 당신이 진실을 말한다면 그 사물들의 허상은 모두 산산조각 나게 된다. 인간은 가장 멀리 있는 별 저편에 있는, 혹은 아담이 태어나기 이전에 존재했거나 마지막 인간이 사라진 후에 존재할, 체제의 변두리와 같이 머나먼 어딘가에 있는 진실을 숭배한다. 물론 영원에는 진실하고 숭고한 무언가가 있다. 그러나 이 모든 시간과 공간과 사건들은 지금 여기에 존재한다. 신이 최고의 정점에 달하는 때도 지금 이 순간이고, 시간이 흐른다 해도 지금 이 순간보다 더 성스러워지지 않는다. 무엇이 숭고하고 고귀한지 알기 위해서는 우리를 둘러싸고 있는 현실을 끊임없이 일깨우고 그 현실에 흠뻑 젖어드는 방법밖에 없다. 우주는 끊임없이 그리고 성실하게 우리의 생각에 대한 해답을 제시한다. 빨리 가든 천천히 가든 길은 이미 우리 앞에 놓여 있다. 그렇다면 우리의 삶을 생각하는 데 소비하자. 시인이나 예술가가 실현 불가능할 정도로 훌륭하고 고귀한 구상을 했어도 그 후손들 가운데는 그의 생각을 실현할 능력을 가진 이들이 늘 있었다.

자연을 좇아 하루하루 깨어 있는 신중한 삶을 살자. 그리고 인생의 철로 위로 떨어지는 호두 껍데기나 모기 날개 같은 사소한 일들 때문에 철로를 이탈하지 말자. 일찍 일어나 마음의 평정을 갖고 정진하자. 만남과 이별에 연연하지 말고 종이 울리고 아이들이 울어도 동요하지 말자. 왜 항복하고 물결에 휩쓸려 가야 하는가? 정오라는 여울에 자리 잡은 정찬이라는 소용돌이에 휩쓸리고 압도되어 계획을 뒤엎지 말자. 이 위험을 극복하면 안심해도 좋다. 나머지는 순탄한 내리막길이다. 긴장을 유지하고 아침의 활력을 간직한 채, 돛대에 묶인 오디세우스[28]처럼 본질을 가로막는 장애물들은 철저히 외면하고 지나쳐 가라. 기관차가 경적을 울리면 목쉰 소리가 날 때까지 경적을 울리도록 내버려 두자. 종소리가 울린다고 해서 허둥지둥 서둘러 달려갈 필요가 있는가? 종소리가 어떤 음악과 비슷하게 들리는지 생각해 보자. 세상을 뒤덮고 있는 온갖 견해와 편견, 전통, 허상, 겉치레의 진창 깊숙이 발을 들이밀어 파리와 런던, 뉴욕, 보스턴, 콩코드를 통과하고 정치와 교회, 시와 철학과 종교를 헤치고 나아가자. 그리고 우리가 "바로 여기야, 확실해"라고 말할 수 있는, 현실이라는 견고한 바위에 발이 닿게 하자. 물과 서리, 불 아래 있는 그 튼튼한 반석 위에 담을 쌓고 가로등의 기둥을 세우고 국가를 건설하자. 물의 높이를 재는 나일로미터[29]가 아니라 현실 측정기를 가동시켜 때때로 위선과 기만과 가식의 깊이를 측정하도록 하자. 사실을 정면으로 마주하고 똑바로 서면 태양이 그것의 양면에 번쩍이는 것을 볼 것이고, 우리는 사실의 달콤한 칼날이 심장과 골수를 관통하는 것을 느끼게 되며 마침내 행복하게 삶을 마감하리라.[30] 삶이든 죽음이든 우리는 현실만을 갈구한다. 우리가 실제로 죽어가는 거라면 숨이 넘어가는 소리를 듣고 차갑게 식어가는 체온을 느끼자. 하나, 우리가 살아 있는 거라면 각자 제 할 일을 하자.

시간이란 내가 낚시를 하는 시냇물에 지나지 않는다. 나는 그 물을 마시기도 하고 그러는 동안 모래가 깔린 밑바닥을 보고 시냇물이 얼마나 얕은지도 알게 된다. 시냇물의 잔잔한 물결은 사라지지만 영원은 계속된다. 나는 더 깊은 곳의 물을 마시고, 바닥의 조약돌처럼 별이 깔린 하늘에서 낚시를 하리라. 나는 숫자 하나도 세지 못하고 알파벳의 첫 글자도 알지 못한다. 나는 지금의 내가 이 세상에 태어난 날의 나만큼 현명하지 못하다는 사실을 늘 유감스럽게 생각해 왔다. 지성은 칼처럼 파고들어 사물의 비밀을 밝혀낸다. 나는 필요 이상으로 육체노동을 하고 싶지 않다. 또한 머리를 손발처럼 움직이고 싶다. 내 모든 능력이 머리에 집중되어 있음을 느낀다. 동물이 본능적으로 앞발이나 코끝으로 길을 감지하듯, 나는 본능적으로 머리로 언덕길을 감지해

헤쳐 나가리라. 광맥을 측정하는 막대에 감지되는 기운과 엷게 피어오르는 수증기로 판단하건대, 이 근처 어딘가에 최고로 값진 보물을 간직한 광맥이 있는 듯하니, 나는 지금 여기서 채굴에 착수하리라.

독서

　무엇을 추구할 것인지를 선택할 때 조금만 심사숙고한다면 누구든 본질적으로 학생이자 관찰자가 될 것이다. 인간이라면 누구나 인간의 본성과 운명에 흥미를 느끼기 마련이기 때문이다. 우리 자신이나 후손들을 위해 재산을 축적할 때, 가정을 이루거나 국가를 설립할 때 혹은 명성을 얻을 때 삶은 유한하다. 그러나 진실을 추구할 때 우리의 삶은 영원하며 변화나 사고를 두려워할 필요가 없다. 고대 이집트인이나 힌두 철학자가 신성(神性)의 조각에 드리워진 옷자락 한 귀퉁이를 걷어 올렸고,[1] 떨리는 옷자락은 여전히 올려진 채로 있다. 그리고 나는 고대 철학자가 그랬듯 변함없이 찬란한 그 모습을 응시한다. 그 옛날 그리도 대담했던 이는 그 사람 안에 존재한 나였고, 지금 그 광경을 회고하는 이는 내 안에 존재하는 그 사람이다. 신성에 드리운 의상에는 먼지가 앉지 않았다. 신성이 모습을 드러낸 이래로 시간은 흐르지 않았다. 우리가 진실로 향상시키거나 향상시킬 수 있는 시간은 과거도 현재도 미래도 아닌 것이다.

　내 집은 생각을 하거나 진지하게 독서하기에 대학보다 훨씬 적합했다. 나는 비록 이동도서관이 다니는 지역에서 벗어나 있었지만, 처음에는 나무껍질에 기록되었고 이제는 때때로 아마지(亞麻紙)로 된 사본이 만들어져 세상에 떠도는 책의 영향력은 그 어느 때보다 가깝게 느껴졌다. 미르 카마르 웃딘 마스트[2]는 다음과 같이 말했다. "책을 읽으면 앉은자리에서 영적 세계를 두루 섭렵할 수 있다. 비전(秘傳)의 가르침이라는 술을 마시면 포도주 한 잔에 도취되는 기쁨을 경험한다." 나는 여름 내내 탁자 위에 호메로스의 『일리아스』를 놓아두었지만 그저 가끔 뒤적거리기만 했다. 집을 짓는 일과 콩밭 일구는 일을 동시에 하는 바람에 일이 끊이질 않아 공부에 많은 시간을 쏟기는 어려웠다. 그러나 일이 끝나면 독서를 하게 되리라는 희망이 나를 지탱해 주었다. 나는 일을 하는 짬짬이 여행에 관한 가벼운 책을 한두 권 읽었다. 그러고는 스스로가 부끄러워져서 진실을 추구하기에 최적의 환경을 갖추어놓고 도대체 뭘 하고 있는지 자책했다.

　학생이 호메로스나 아이스킬로스의 작품을 그리스어로 읽으면, 책에 등장하는 영웅을 귀감으로 삼고 아침 시간을 독서에 전념하게 되므로 사치와 방종에 빠질 위험이 없다. 영웅을 찬양하는 책들이 우리의 모국어로 번역되어도 타락한 시대를 사는 인간들은 그 뜻을 헤아리지 못한다. 우리는 온갖 지혜와 용기와 아량을 동원해 상식을 초월한 넓은 뜻을 추측해 내면서 단어 하나하나, 문장 하나하나의 의미를 열심히 찾아야 한다. 작금의 출판계는 온갖 번역본을 대량으로 찍어내지만 우리가 고전 작가들에게 좀 더 가까이 다가가는 데 도움을 주지는 못한다. 번역본을 읽으면 작가의 뜻에 공감하기 어렵고 번역된 글귀는 원본만큼 생소하고 기묘하다. 그저 저잣거리에서 쓰인 암시적이고 자극적인 고대 언어의 단어 몇 개를 익힌다 해도 젊은 시절과 소중한 시간을 투자할 가치가 있다. 농부가 귀동냥으로 들은 라틴어 단어 몇 개를 기억하고 읊조리는 것 역시 헛된 일이 아니다. 사람들은 때때로 고전의 시대는 물러가고 보다 현대적이고 실용적인 학문의 시대가 도래할 듯이 말한다. 그러나 모험심 있는 학생이라면 어떤 언어로 쓰였고 얼마나 오래전에 쓰였는지에 상관없이 늘 고전을 공부한다. 고전이란 인간의 가장 고귀한 사상을 기록한 것이 아니고 무엇이란 말인가? 고전이야말로 쇠락하지 않은 유일한 예언자요, 델포이나 도도나[3]가 결코 제시한 적 없는, 가장 최근에 떠오른 의문에 대한 해답을 담고 있다. 고전을 멀리하는 것은 자연의 역사가 유구하다고 해서 자연에 대한 연구를 게을리하는 것과 다를 바 없다. 제대로 독서하는 행위, 즉 가치 있는 책을 읽고 그 참뜻을 파악하는 행위는 고결한 수련이며 현 시대가 찬미하는 어떤 수련 과정보다도 철저하게 독자를 단련시킨다.

독서를 제대로 하려면 운동선수처럼 평생 지속적으로 훈련을 받아야 한다. 저자가 신중하고 조심스럽게 책을 쓴 만큼 독자도 신중하고 조심스럽게 읽어야 한다. 책을 쓰는 데 사용된 언어를 구사할 줄 아는 것만으로는 충분하지 않다. 구어와 문어, 즉 듣는 언어와 읽는 언어 사이에는 중요한 차이가 있기 때문이다. 구어는 보통 일시적이고 청각적이며 방언과 같은 데다 동물처럼 어머니에게서 본능적으로 배운다. 반면, 문어는 성숙과 경험의 언어다. 전자를 어머니의 언어라 한다면 후자는 아버지의 언어이자 신중하고 엄선된 표현, 청각에 호소하기에는 너무나 심오한 의미를 지닌 언어, 거듭나야 배울 수 있는 언어다. 중세에 그리스어나 라틴어를 구사한 민중은 단순히 그 언어로 말할 뿐, 그 언어로 쓰인 걸작들을 읽지는 못했다. 그러한 명작들은 민중들이 흔히 사용하는 언어가 아닌 엄선된 문학 언어로 쓰였기 때문이다.

당시의 민중은 보다 품위 있는 언어인 그리스어나 라틴어를 배우지 않았으므로 그러한 언어로 쓰인 책들은 그들에게 종잇조각에 불과했으며 보다 저급한 동시대 문학을 높이 샀다. 이후 유럽의 몇 나라가 초보적이나마 자신들만의 독특한 문어체를 채택하면서 자국의 문학을 부흥시키기 시작했고, 그러면서 고전에 대한 연구가 부활하고 학자들도 고전의 진가를 식별하게 되었다. 로마와 그리스의 민중이 들을 수 없었던 언어로 쓰인 글을, 오랜 세월이 흐른 후 몇몇 학자들이 읽고 이해하게 되었고, 그 학자들은 아직도 그 글들을 읽고 있다.

우리는 때때로 웅변가가 터뜨리는 달변에 경탄을 금치 못하기도 하지만, 고상한 문어는 덧없는 구어와는 비교가 되지 않을 만큼 높은 곳에 위치해 있다. 마치 구름 위에 별이 총총한 천계(天界)만큼이나 드높은 곳이다. 문어 속에는 별이 찬란하게 빛나고 능력 있는 사람들은 그 별을 읽을 수 있다. 천문학자들은 별을 끊임없이 관찰하고 별에 대해 언급한다. 문어는 우리가 일상적으로 사용하는 구어나 축축한 숨결처럼 내뱉는 것이 아니다. 잘 관찰해 보면 광장에서의 달변은 미사여구에 불과하다. 웅변가는 일시적인 분위기에 휩쓸려 눈앞에 보이는, 자신의 목소리를 들을 수 있는 군중을 대상으로 말한다. 그러나 웅변가에게 영감을 주는 행사나 군중은 문필가를 산만하게 할 뿐이다. 문필가는 늘 평정심을 잃지 않고 인류의 지성과 감성에 호소하며 시간과 공간을 초월해 자신을 이해할 수 있는 사람이라면 누구와도 소통한다.

알렉산드로스 대왕이 원정 활동을 할 당시 궤[4]에 『일리아스』를 넣고 다녔다는 사실은 놀랄 일이 아니다. 문학은 최고의 유물이다. 문학은 그 어떤 형태의 예술보다도 우리와 친근한 동시에 보편적이며, 삶 자체에 가장 근접한 예술이다. 문학은 어떤 언어로도 번역될 수 있으며, 우리는 문학작품을 눈으로 읽을 뿐만 아니라 소리 내어 읽기도 한다. 문학은 단순히 캔버스나 대리석으로 표현되지 않고 삶의 호흡 자체를 깎고 다듬어 만들어진다. 고대 인간의 사상을 나타내는 상징은 현대 인간의 언어가 된다. 수천 년 동안 반복된 여름은 그리스 대리석 조각에 가을의 황금빛 자취를 남겼지만 그리스 문학에 남겨진 빛의 자취는 그보다 더 농익고 눈부시다. 문학은 평온한 천상의 기운을 천지에 전파하여 세월이 지나도 그 기운이 녹슬지 않도록 하기 때문이다. 책은 세상에서 가장 귀중한 보물이며 후대에 물려주기에 가장 적합한 유산이다. 가장 오래된 최고의 작품들은 응당 오두막집의 선반마다 놓여 있어야 한다. 고전은 독자에게 호소하고자 하는 자체적인 명분이 없으며, 고전이 독자를 일깨우고 격려할 때 독자는 거부감 없이 자신의 상식으로 고전을 받아들인다. 고전의 저자들은 어떤 사회에서도 매력적이고 타고난 귀족으로, 왕이나 황제보다 더 큰 영향력을 인류에게 미친다. 무식하고 빈정대기 잘하는 상인이 진취적인 성품과 근면함으로 그토록 원하던 여가와 독립을 누리게 되어 부유한 계층의 일원으로 받아들여지면, 그 사람은 부유층보다 더 고차원적이고 접근하기 힘든 계층인 지성과 이성을 갖춘 지식층으로 눈을 돌리기 마련이다. 그 사람은 자기가 소속한 문화에 결함이 있고 자신이 소유한 부만으로는 허무하고 충분치 못하다는 사실을 깨닫고, 자신에게 부족하다고 뼈저리게 느끼는 지적인 문화를 자손들이 누리게 해주기 위해 고통을 감수한다. 그리하여 그는 가문의 창시자가 된다.

고전을 원어로 읽지 못하는 이들은 인간의 역사에 대해 아주 불완전한 지식을 갖게 된다. 우리 문명 자체를 고전의 번역으로 간주하지 않는다면, 고전은 현대 언어로 번역된 적이 없다. 호메로스뿐만 아니라 아이스킬로스나 베르길리우스의 작품도 원작의 정신을 잘 살린 영어 번역본으로 출판된 적이 없다. 이들의 작품은 정제되고 완성도가 높으며 아침나절만큼 아름답다. 후대 작가들의 작품은 정교한 아름다움과 완성도 그리고 작품을 창작하는 데 일생을 바친 작가의 영웅적 노력에 있어서 누가 뭐라고 해도 고전에 필적하지 못한다. 고전을 본 적도 없는 이들이 고전을 잊자고 말한다. 우리가 고전의 가치를 알아보고 소중히 여길 만큼 학식과 재능을 갖추게 되면 그때 가서 잊어도 늦지 않다. 우리가 고전이라 일컫는 유산과 그보다 오래전에 쓰였지만 잘 알려지지 않은 경전들이 호메로스와 단테, 셰익스피어와 더불어 축적되고, 바티칸[5]이 『베다』와 『젠드아베스타』[6]와 『성경』으로 채워지고, 모든 세대가 세계의 공회당에 자기 세대의 기념비적 작품을 계속해서 쌓아 나간다면 진정 풍요로운 시대를 맞이하게 되리라. 그렇게 축적된 문학으로 우리의 지식을 높이 쌓아 올려 마침내 하늘에 닿기를 희망해 보아도 되지 않을까.

인류는 위대한 문인의 작품을 제대로 읽은 적이 없다. 위대한 문인만이 그런 작품들을 읽어낼 수 있기 때문이다. 설사 사람들이 그 작품들을 읽는다고 해도, 글귀만 이해하는 데 그칠 뿐 작품 속에 담긴 보다 고차원적인 진리는 읽어내지 못한다. 대부분의 사람들은 단순히 편의상 글을 배운다. 회계장부를 정리하고 거래를 할 때 사기당하지 않기 위해 계산하는 법을 배우듯이 말이다. 그러나 보다 고차원적인 독서는 우리를 향락으로 어르고 고결한 재능을 잠들게 하는 행위가 아니라 정신을 집중하고 긴장한 채 까치발로 꼿꼿하게 서서 정신이 가장 맑은 시간을 바치는 숭고한 행위다.

글을 깨우친 이상 평생을 맨 앞줄의 가장 낮은 자리에 앉아[7]

단음절 단어만 반복하지 말고 최고의 문학작품을 읽어야 한다. 대다수의 사람들은 단 한 권의 양서인 『성경』을 읽거나 누가 읽어주면 귀동냥하는 데 만족하고 평생 쉬운 읽을거리에 재능을 낭비한다. 우리 마을 도서관에는 '리틀 리딩(Little Reading)', 즉 가벼운 읽을거리라고 이름 붙여진 작품이 몇 권 있는데, 나는 그것이 내가 가본 적 없는 어느 마을의 이름[8]을 가리키는 줄 알았다. 고기와 채소로 푸짐하게 차린 저녁을 남김없이 먹어치운 후에도 온갖 하찮은 읽을거리를 가마우지나 타조처럼 거뜬히 소화해 내는 사람들이 있다. 이런 글을 쓰는 사람들이 너저분한 먹을거리를 제공하는 기계라면, 그러한 글을 읽는 이들은 그 작품을 읽어내는 기계다. 이들은 제블론과 세프로니아에 관한 9,000번째 이야기를 읽고 다른 어떤 작품도 이 작품만큼 마음에 들었던 적이 없으며, 자신의 사랑도 순탄하지 않았지만 역경을 극복하고 다시 일어섰다고 말한다. 이런 글의 내용을 보면 종루(鐘樓) 근처에도 가본 적 없는 어떤 가난하고 불운한 이가 첨탑 위에 올라가고, 아무 이유 없이 그 사람을 첨탑 위에 올려놓은 소설가는 종을 울려 온 세상 사람들이 첨탑 주위로 모여들게 하고는, 그가 다시 내려오는 모습을 사람들에게 선보이며 안도의 한숨을 내쉬게 한다. 나는 그런 글을 쓰는 소설가들이 (우리가 영웅을 성위에 등극시켜 영원히 기리듯) 영웅이 되려고 안달 난 사람들을 죄다 첨탑 위의 풍향계로 변신시켜 녹슬 때까지 빙글빙글 돌아가도록 해서, 정직한 사람을 못된 장난질로 괴롭히지 못하도록 다시는 내려오지 못하게 하는 게 어떨까 싶다. 그 소설가가 또다시 종을 울린다면 나는 공회당이 완전히 불탄다 해도 눈 하나 깜짝하지 않으리라. "『티틀 톨 탠』을 쓴 저명한 작가의 중세 사랑 이야기 『팁 토 합의 애정 도피 행각』 매월 분할 출간. 열광적인 반응. 혼잡이 예상되오니 질서를 지킬 것을 당부함." 2센트짜리 금박 양장본 『신데렐라』를 읽느라 정신 팔린 네 살짜리 아이처럼, 그들은 접시같이 눈을 휘둥그렇게 뜬 채 원초적인 호기심으로 그 이야기를 읽는데, 튼튼한 모래주머니는 이를 잘게 부수고 왕성한 식욕으로 소화해 낸다. 하지만 이런 소설을 통해서는 발음이나 억양, 강조하는 법을 배울 수 없으며, 도덕적인 교훈을 얻거나 부여하는 기술 또한 조금도 개선할 수 없다고 생각한다. 단지 시력이 약해지고 혈액 순환은 정체되며 모든 지적인 능력은 서서히 파괴될 뿐이다. 한데 이런 싸구려 생강 빵이 순도 높은 밀이나 호밀, 옥수숫가루를 섞어 만든 빵보다 매일 더 대량으로 구워지고 더 잘 팔려 나간다.

소위 교양 있는 독서가로 불리는 이들조차도 최고의 양서를 읽지 않는다. 도대체 콩코드의 문화가 왜 이 지경이 되었는가? 이 마을에는 아주 극소수의 경우를 제외하고는 모국어인 영어로 쓰인 문학을 읽는 취향을 가진 사람조차 없다. 우리 마을뿐만 아니라 어디에서도 대학 교육을 받고 소위 인문학 교육을 받았다는 사람들조차 영문학 고전과 친숙하지 않다. 원한다면 누구나 인류의 지혜를 기록한 책이라 할 수 있는 고전과 고대 경전을 구할 수 있는데도 이 책들과 친숙해지려고 노력하는 이는 거의 없다. 내가 아는 한 중년 나무꾼은 프랑스 신문을 구독하는데, 뉴스에 관심이 있어서가 아니라 캐나다 출신이기 때문에 '연습하기 위해서'라고 한다. 이 세상에서 당신이 할 수 있는 최고의 일이 무엇이냐고 묻자, 그는 프랑스어를 계속 연습하는 것 외에 영어 실력을 유지하고 향상시키는 것이라고 말한다. 대학생이라고 해서 다르지 않다. 대학생들은 이 나무꾼과 같은 이유로 영자 신문을 읽는다. 최고의 영문학 책을 한 권 읽은 사람이 있다고 치자. 그가 그 책에 대해 대화를 나눌 수 있는 사람을 과연 몇 명이나 찾을 수 있을까? 아니면 글을 모르는 사람도 들어본 적 있을 만큼 널리 알려진 그리스나 라틴 고전을 원서로 읽은 사람이 있다고 하자. 그 사람은 아마 자신과 대화 상대가 되는 사람을 찾지 못해 침묵해야 하리라. 대학교수들 가운데 그리스어를 습득했더라도 그리스 시인의 작품을 이해하고 그 내용에 관해 독자와 교감할 능력이 있는 사람은 없다. 이 마을 사람들 중 성서나 경전의 제목만이라도 말할 수 있는 사람이 있는가? 길에 떨어진 은화를 줍는 데는 누구든 수고를 아끼지 않으리라. 고대 최고의 현인들이 언급하고 후세대마다 그 가치를 인정한 주옥 같은 지혜의 글이 있는데, 우리는 학교에서 입문서나 교과서 같이 쉬운 책을 배우고, 졸업하고 나서도 청소년이나 초보자 대상으로 쓰인 이야기책 『리틀 리딩』이나 뒤적이고 있다. 그리하여 우리의 독서나 대화, 사고의 수준은 피그미족이나 난쟁이 키만큼 낮은 수준에 머물게 된다.

나는 콩코드가 배출한 인물들보다 더 현명한 현인들과 교감을 나누고 싶다. 이곳에 이름이 알려지지 않았더라도 말이다. 혹시 나도 플라톤의 이름만 들어보고 그의 책은 읽어보지도 않는 사람이 되는 건 아닐까? 플라톤은 내게, 마치 만난 적 없는 우리 마을 사람이라고 느껴진다. 이웃들도 나도 그의 연설을 직접 들어본 적 없으며, 그의 말에 담긴 지혜를 경청한 적도 없다. 실제로 어떤가? 자기 내면의 불멸성을 보여준 플라톤의 『대화편』이 내 책꽂이에 꽂혀 있지만 나는 아직 읽지 않았다. 우리는 천한 교육을 받았고 천박한 삶을 살고 있으며 무지몽매하다. 이런 점에서 나는 마을 사람들 가운데 문맹인 사람들의 무식함과 어린이나 지능이 낮은 이들이 읽는 수준의 책만 읽는 사람들의 무식함이 크게 다르지 않다고 본다. 우리는 고전의 가치만큼 훌륭한 인격을 갖춘 인간이 되어야 하며 그러기 위해서는 우선 고전이 얼마만큼 가치 있는지를 알아야 한다. 우리는 정신적, 육체적으로 박샛과[9)에 속하는 종족이라 매일 신문에서 읽는 칼럼보다 높은 지적 수준으로는 날아오르지 못한다.

책을 읽는 사람만큼이나 지루하고 따분한 책만 있는 것은 아니다. 우리가 처한 상황을 정확히 짚어내 이해할 수만 있다면 아침이나 봄보다 더 우리 삶에 유익한 말들을 담아 새로운 시각으로 사물을 보게 해주는 책들이 있다. 독서를 통해 삶의 새 장을 열게 되었다고 말하는 사람이 얼마나 많은가. 책은 우리에게 어떤 기적이 일어났는지 설명해 주고 새로운 기적을 보여준다. 또한 이 시대에 언급하기 어려운 말들이 다른 어디에선가 이미 언급되었다는 사실을 발견하게 될지도 모른다. 현인들 역시 우리를 혼란스럽고 난감하고 좌절하게 하는 문제들을 똑같이 겪었고, 각자 자신의 능력에 따라 언어를 통해 혹은 자신의 삶을 통해 해답을 제시했다. 지혜가 있으면 관대함을 배우게 된다. 어쩌면 콩코드 외곽에 있는 한 농장 일꾼은 그렇지 않다고 생각할지도 모른다. 개종을 하고 특이한 종교적 경험을 한 그는 자신이 누구도 겪지 못한 중대하고 독특한 경험을 했다고 믿는다. 그러나 수천 년 전 조로아스터[10)도 같은 길을 걸었고 같은 경험을 했다. 그러나 그는 현명했으므로 자신의 경험이 보편적인 것임을 알았고, 따라서 이웃을 동등하게 대했으며 예배를 드리는 의식을 만들었다고 알려져 있다. 그 농부는 겸허한 자세로 조로아스터, 예수 그리스도와 교감을 나누어야 한다. 그리고 위인들에게서 관대함을 배워 편협한 '우리 교회'를 버려야 한다.

우리는 19세기에 산다는 사실을 자랑스럽게 여기며 우리 나라가 그 어느 나라보다 빠르게 발전한다고 자부한다. 그러나 이 마을이 문화 발전을 위해 하는 일이 무엇이 있는가. 나는 마을 사람들에게 아첨하거나 그들의 찬사를 받고 싶은 생각은 추호도 없다. 그것은 아무에게도 도움이 되지 않는다. 우리에게는 자극이 필요하다. 소처럼 끌려서라도 앞으로 나아가야 한다. 우리는 어린이를 위한 교육 시설은 비교적 잘 갖추고 있다. 그러나 주 정부가 명목상 제공한 보잘것없는 도서관 그리고 겨울에는 절반도 채우지 못하는 라이시엄 같은 문화 강좌[11]를 제외하면 성인을 위한 교육 시설은 거의 없다. 우리는 육체적 통증을 치료하기 위해서는 아낌없이 돈을 쓰면서 정신적인 황폐함을 치유하는 데는 인색하다. 이제 학교를 졸업한 성인들이 계속 교육을 받을 수 있도록 시설을 갖출 때가 되었다. 마을 자체가 대학의 역할을 하고, 여유가 있는 노인들이 여생을 폭넓은 교육을 받으면서 보내도록 할 때가 왔다. 파리 대학이나 옥스퍼드 대학 말고는 더 이상 대학을 만들지 않으려고 하는가? 콩코드 하늘 아래에서도 학생들이 기숙사 생활을 하면서 폭넓은 교육을 받을 수는 없는가? 아벨라르[12]를 초청해 강연하도록 할 수는 없는가? 안타깝게도 우리는 졸업 후 오랫동안 가축에게 꼴을 먹이고 가게를 돌보느라 배움을 게을리해 왔다. 이 나라에서 우리 마을이 유럽 귀족들의 역할을 맡아 순수 예술의 후원자가 되어야 하지 않겠는가. 우리 마을의 재정 능력 정도면 그런 역할을 하기에 충분하다. 우리 마을은 관대함과 품위가 부족하다. 농부나 상인에게 가치 있는 일에는 지원을 아끼지 않으면서, 지성인이라면 그보다 훨씬 가치 있는 일이라고 여길 일들에 대해서는 비현실적이라며 지원 문제를 일축해 버린다. 재정 능력이 있어서인지 정치를 잘해서인지 모르겠지만, 이 마을은 1만 7,000달러나 들여 공회당을 지었으면서도 그 공회당의 내실을 다져줄 현인을 초청해 강연을 듣는 데는 절대로 그만한 비용을 들이지 않는다. 이 마을에서 가장 가치 있게 돈을 쓰는 방법은 연간 수강료 225달러를 내고 동절기 문화 강좌를 듣는 일이다. 19세기에 산다면 19세기에 누릴 수 있는 혜택들을 모두 누려야 하지 않겠는가? 우리 삶이 이렇게 편협할 필요가 없지 않은가? 신문을 읽고 싶다면 뉴잉글랜드 지역의 《올리브 브랜치》나 《뉴트럴 패밀리》처럼 보스턴의 뒷공론이나 다루는 신문[13]은 집어치우고 당장 세계 최고의 권위를 가진 신문을 구독하는 게 어떨까? 모든 지식 사회의 소식들을 통해 우리가 배울 만한 점은 없는지 살펴보자. 왜 우리가 무엇을 읽을지를 하퍼 혹은 레딩 출판사[14]가 결정하도록 내버려 두는가? 세련된 취향을 가진 귀족이 자신의 교양을 가꿀 수 있는 것이라면 사조, 학습, 지혜, 책, 회화, 조각, 음악, 자연철학의 연구 방법 등 가리지 않고 무엇이든 섭렵하듯이 우리 마을도 그렇게 하면 어떨까. 그저 교육자나 목사, 교구 관리인, 행정 위원이 되고 교구 도서실을 갖추는 데서 안주하지 말자. 이 모두는 이미 우리 조상인 청교도들이 혹독한 겨울의 시련을 헤치고 나아갈 때 의존했던 버팀목들이다. 함께 행동하면 우리 관습이 표방하는 정신에 부합하게 된다. 번영하는 경제적 여건을 고려하면, 나는 우리가 옛 귀족들보다 훨씬 풍부한 재정 조건을 갖추고 있다고 확신한다. 뉴잉글랜드 지역은 편협한 자세를 버리고, 경제적 능력을 십분 활용하여 이 세상의 모든 현인들을 초청해 그들에게 숙식을 제공하고 강연을 열어야 한다. 이것이 바로 우리가 원하는 흔치 않은 교육 시설이다. 계급이 높은 귀족들로 구성된 마을이 아니라 지위 고하를 막론하고 품위 있는 사람들로 이루어진 마을을 만들자. 필요하다면 강에 다리 하나 놓는 것쯤은 포기하고 조금 돌아서 가도록 하자. 대신 우리를 둘러싼 무지의 심해를 건널 다리를 하나라도 건설하자.

숲 속에서 들려오는 소리

아무리 엄선한 고전이라 해도 책 읽는 것에 한정할 경우 우리는 여러 형태의 언어 가운데 한 가지일 뿐인 문자언어에 우리의 경험을 제한하게 된다. 그리고 은유적인 표현 없이 그 자체만으로 풍부한 어휘를 가진, 또 하나의 표준이라 할 수 있는 언어를 잊어버릴 위험이 있다. 수많은 작품이 이 언어로 창작되고 공개되지만 그 가운데 아주 일부분만 인쇄된다. 가리개의 틈새를 통해 흘러 들어오는 빛줄기는, 가리개를 완전히 걷어버리면 사람들의 기억에서 잊히는 법이다. 늘 깨어 있음을 대체할 만한 방법이나 훈련은 없다. 역사의 추이나 철학, 엄선된 시나 사회를 운영하는 최상의 방식 혹은 가장 존경받을 만한 삶의 행로도, 늘 깨어 있는 자세로 볼 가치가 있는 대상에서 절대 눈을 떼지 않는 정신력에는 비할 바가 아니다. 당신은 그저 독자가 될 것인가, 단순히 배우는 학생이 될 것인가, 아니면 통찰력 있는 사람이 될 것인가? 당신의 운명을 읽고 눈앞에 있는 존재를 보고 미래로 계속 걸어 들어가라.

숲 속에서 처음 맞는 여름에 나는 책을 읽지 않고 콩밭을 일구었다. 아니, 종종 이보다 훨씬 고차원적인 일을 했다. 정신노동이든 육체노동이든 어떤 일에도 절대 양보하기 어려운 소중한 시간이 있었다. 나는 여백이 많은 삶을 소중히 여긴다. 여름날 아침이면 늘 하던 대로 몸을 정갈하게 씻고, 해 뜰 때부터 정오까지 햇빛이 가득 쏟아지는 문지방에 앉아 소나무와 히커리, 옻나무에 둘러싸인 채 방해받지 않고 홀로 정적 속에서 몽상에 빠진다. 그럴 때면 새들이 지저귀며 집 주위를 조용히 날아다닌다. 그러다가 서쪽으로 난 창문으로 해가 떨어지거나 멀리 도로에서 행인의 마차 소리가 들리면 비로소 시간이 흘렀음을 깨닫곤 했다. 그런 계절이면 나의 정신은 밤새 옥수수가 쑥쑥 자라듯 성장했다. 그렇게 시간을 보내는 일은 어떤 육체노동보다도 즐겁다. 이는 내 인생에서 낭비되는 시간이 아니라 오히려 평소보다 훨씬 많은 소득을 얻는 시간이다. 나는 동양인들이 말하는 명상과 무위(無爲)의 의미를 깨달았다. 대개 나는 시간의 흐름에 신경을 쓰지 않았다. 하루가 순식간에 저물었다. 아침인가 싶으면 곧 저녁이 되었고 아무것도 한 일이 없었다. 나는 새들처럼 노래하는 대신 나의 충만한 행운에 소리 없이 미소 지었다. 문 앞에 서 있는 히커리 나무에 앉아 지저귀는 참새처럼 나는 내 둥지에서 미소 짓거나 노래했다. 이교 신들의 이름이 붙은 요일[1]을 따져가며 하루하루를 보내지 않았고 하루를 시간 단위로 잘게 쪼개지도 않았으며 째깍거리는 시계 소리에 초조해하지도 않았다. 나는 인도의 항구 도시 푸리의 인디언처럼 살았다. 푸리 인디언은 "어제와 오늘과 내일을 가리키는 데 똑같은 단어를 사용하고 의미를 구분할 때는 뒤쪽을 가리켜 어제를, 앞쪽을 가리켜 내일을, 머리 위쪽을 가리켜 오늘을 나타낸다."[2] 마을 사람들은 이런 나를 철저히 무위도식한다고 여길 게 분명했다. 그러나 새와 꽃이 자기들 기준으로 내 생활을 평가했더라면 더할 나위 없이 바람직한 생활이라고 했으리라. 사람에게 할 일이 있어야 한다는 말은 옳다. 그러나 자연 속에서 무위의 하루를 보내면 고요함과 평화로움을 경험하고, 자연은 그런 나를 결코 나태하다고 꾸짖지 않는다.

　사회문제, 극장 등 자기 외부에서 흥밋거리를 찾아야 하는 사람들보다 내가 유리한 점이 한 가지 있다면 그것은 내 생활 자체가 흥밋거리였고 절대 진부하지 않았다는 것이다. 내 생활은 장이 끝없이 이어지는 한 편의 연극이었다. 만약 우리가 가장 최근에 배운 최고의 방법으로 삶을 꾸려 나간다면 절대로 권태에 빠지지 않으리라. 우리의 이성을 잘 따르면 매순간 삶의 새로운 면이 보인다. 내게 집안일은 즐거운 소일거리였다. 마룻바닥이 더러우면 일찍 일어나 가구를 모두 집 밖의 잔디밭에 내놓고 침대와 침대 틀을 한 묶음으로 만들어놓은 뒤, 바닥에 물을 뿌리고 연못에서 가져온 흰 모래를 뿌려 빗자루로 문질러 말끔히 닦았다. 그리하여 마을 사람들이 아침 식사를 할 때쯤 되면 아침 해가 바닥의 물기를 거의 말려주었다. 그러면 나는 가구를 다시 집 안에 들여놓은 후 거의 방해받지 않고 명상을 할 수 있었다. 내 가재도구가 집시의 작은 짐 꾸러미처럼 풀밭에 놓여 있는 것을 보면 기분이 좋았다. 삼발이 탁자는 책과 펜, 잉크가 놓인 그대로 소나무와 히커리 나무 사이에 세워두었다. 가재도구들도 기분 좋게 바깥 공기를 쐬며 다시 실내로 들어오고 싶지 않은 듯 보였다. 나는 가끔 가재도구 위에 차양을 치고 그 아래 앉아 있고 싶었다. 가재도구에 햇빛이 비치고 바람 부는 소리를 듣는 것은 그럴 만한 가치가 있었다. 낯익은 물건들은 집 안에서보다 바깥에서 보면 훨씬 흥미롭다. 새가 가지에 앉아 노래하고 풀솜나물이 탁자 아래서 자라고 블랙베리 덩굴이 탁자 다리를 타고 오른다. 주위에는 솔방울과 밤껍질, 딸기 잎사귀가 흩어져 있다. 나의 탁자와 의자와 침대가 마치 이러한 식물들의 형상을 닮은 듯 보였다. 한때는 내 가구들 역시 이 나무들 사이에 있었기 때문이리라.

나의 집은 넓은 숲 가장자리에 있는 언덕 기슭에 있었고, 송진 채취용 소나무와 히커리 나무가 자라는 어린 숲으로 둘러싸여 있었다. 월든 호수에서는 6로드³⁾ 정도 떨어져 있었고 언덕 아래에서 호수까지 이어지는 좁은 길이 있었다. 집 앞마당에는 딸기, 블랙베리, 풀솜나물, 요한초, 미역취류, 관목 떡갈나무, 벚나무, 블루베리, 대지콩이 자랐다. 5월 말쯤 되면 길 양쪽에 늘어선 벚나무의 짧은 나뭇가지에 은은한 꽃들이 흐드러지게 피었고, 가을이면 튼실하고 먹음직한 버찌가 열린 가지가 그 무게를 이기지 못해 사방에 화환처럼 버찌를 떨어뜨렸다. 맛은 별로 없었지만 나는 자연에 경의를 표하는 의미에서 버찌를 맛보았다. 옻나무는 집 주위에 무성하게 자라 내가 만든 둑을 뚫고 첫해에 5, 6피트나 치솟았다. 새 깃털 모양을 한 옻나무의 넓은 잎사귀는 생김새가 야릇하면서도 보기 좋았다. 늦은 봄이면 겨우내 말라 죽은 듯했던 가지를 어느새 뚫고 나온 큰 싹이, 마치 마술처럼 직경 1인치 정도의 단아한 녹색을 띤 부드러운 가지로 자라났다. 그리고 나는 가끔 창가에 앉아 있다가, 걷잡을 수 없이 자라난 가지가 마디에 무리를 주는 탓에, 바람 한 점 없는데도 새로 돋은 부드러운 가지가 무게를 견디지 못하고 갑자기 부러져 땅에 떨어지는 소리를 들었다. 8월에는 야생 벌들을 유혹했던 꽃들이 밝고 부드러운 진홍빛 열매를 맺었고 그 무게로 부드러운 가지가 휘고 부러졌다.

이런 여름 오후에 창가에 앉아 있으면 매가 밭 주위를 맴돌고, 야생 비둘기가 두셋씩 짝을 지어 돌진하듯 내 시야를 가로질러

날거나 집 뒤편에 있는 백송 가지에 앉아 지저귄다. 물수리는 유리처럼 매끈한 호수의 표면을 찍어 잔물결을 만들고 물고기를 낚아 올린다. 족제비는 집 앞에 있는 늪에서 몰래 빠져나와 호숫가의 개구리를 덮친다. 사초는 이리저리 날아다니는 쌀새의 무게를 이기지 못해 가지가 휜다. 보스턴에서 교외로 승객을 실어 나르며 30분 동안 계속 덜컹거리던 열차 소리는 멀어진다 싶더니 어느새 자고새가 날개를 퍼덕이는 소리처럼 다시 살아난다.

언젠가 한 소년이 우리 마을 동쪽에 사는 농부에게 맡겨졌었다는 이야기를 들었다. 소년은 얼마 견디지 못하고 달아났는데, 너무나도 따분하고 외딴 곳에서 지내다가 향수병까지 걸려 초라한 행색으로 집으로 돌아왔다고 한다. 나는 그 소년처럼 세상과 단절되어 산 게 아니었다. 소년은 사람들이 모두 어디론가 떠나버리고 휘파람 소리조차 들리지 않는 곳에서 지냈다고 한다. 나는 지금도 매사추세츠에 그런 곳이 있으리라고 생각하지 않는다.

> "진정 우리 마을은
> 쏜살같이 지나가는 철로 축의 종착지가 되었고
> 평화로운 평원 너머로 들리는 정겨운 소리는—콩코드."[4]

피치버그 철도는 내가 살던 곳에서 남쪽으로 약 100로드 떨어진 곳에서 호수와 만난다. 나는 보통 철둑길을 따라 마을로 갔고, 이 길을 통해 인간 사회와 접촉한다. 화물열차를 타고 철도의 끝에서 끝까지 오가는 사람들은 마치 오랜 지인에게 하듯 내게 목례를 하는데, 분명 나를 철도 보수 직원으로 생각하는 듯하다. 그렇다. 지구 궤도 어딘가에 손볼 곳이 있다면 나는 기꺼이 보수 직원이 되리라.

기관차는 여름과 겨울 동안 어느 농부의 밭 위를 나는 매의 울음소리처럼 날카로운 기적 소리로 숲 속을 울리며, 도시 상인들이 기차를 타려고 허둥지둥 마을 순환선 역에 도착한다고 알리거나, 대목을 보려고 찾아오는 반대편 마을의 교외 상인들이 마을에 도착한다고 알려준다. 상인들은 서로 반대 방향에서 오는 기관차들이 지평선 너머로 보이기 시작하면 상대편에게 소리쳐 철로에서 물러나라고 경고한다. 그들의 외침은 가끔 두 마을의 변두리까지 울려 퍼진다. 식료품이 도착했소, 교외에 사는 양반. 당신들 보급품이오! 농장을 운영하면서 이런 물품들을 거절할 만큼 자급자족하는 사람은 없다. 자, 여기 값을 치르리다! 교외 상인이 휘파람을 분다. 도시의 벽을 따라 시속 20마일로 맹렬히 달리는, 몸통이 긴 숫양 같은 기관차가 지치고 시름 많은 이들을 모두 앉힐 만큼 넉넉하게 좌석을 갖추고 거대하고 육중한 몸을 공손히 승강장에 멈추면, 교외에서 기차를 타고 온 이들은 정중하게 도시인들에게 좌석을 내준다. 인디언들이 열매를 따던 월귤나무 언덕은 모두 벌거숭이가 되었고, 목초지에서 갈퀴로 긁어모은 덩굴 월귤 열매는 도시로 간다. 면화가 상행선을 타고 올라오고 직조한 천이 하행선을 타고 내려간다. 비단이 상행선으로 운반되고 모직물이 하행선으로 전달된다. 책은 상행선에 실려 올라오고 책을 쓰는 이는 하행선을 타고 떠난다.

차량을 달고 행성 운동을 하듯 달리는 기차를 보면(아니, 혜성이라고 해야 옳을 것이다. 기관차가 한 방향으로 빠르게 달리면 그 기관차가 철도를 달리는 광경을 다시 보게 될지 확신할 수 없기 때문이다. 기관차가 달리는 철도는 순환할 것처럼 보이지 않는다) 금은으로 된 화환 같은 증기 구름을 깃발처럼 펄럭이며 달리는 모양이 마치 높은 하늘에서 햇빛을 받아 펼쳐지는 솜털 구름 같다.

구름을 만들어내며 여행하는 이 반신(半神)은 머지않아 해가 저무는 하늘을 제복 삼아 걸치리라. 철마(鐵馬)가 천둥 같은 콧김으로 언덕을 울리고, 발을 굴러 땅을 진동시키고, 콧구멍으로 불과 연기를 내뿜으면(날개 달린 말이나 불 뿜는 용이 등장하는 새로운 신화가 탄생할지 모르겠다) 지구에 서식할 자격이 있는 종족이 탄생한 것 같은 착각을 일으킨다. 모든 게 보이는 그대로이며, 인간이 숭고한 목적을 위해 자연의 힘을 이용한 것이라면 얼마나 좋겠는가. 기관차 위를 떠도는 구름은 영웅적인 행위를 하느라 흘리는 땀이요, 농부의 밭 위를 떠도는 구름만큼 유익하다면, 자연의 힘과 자연은 인간이 사명을 완수하는 데 기꺼이 동반자이자 안내자가 되어주리라.

매일 아침 어김없이 해가 뜨는 일처럼 규칙적인 시간에 지나가는 기차를 보면, 나는 일출 때와 똑같은 감정을 느낀다. 보스턴을 향해 달리는 기차가 길게 남기는 증기 구름은 하늘로 점점 더 높이 솟아 태양을 잠시 가려 멀리 있는 들판에 그림자를 드리운다. 증기 구름이 천상을 향해 달리는 기차라면, 땅 위를 기어 다니는 보잘것없는 기차는 화살촉에 불과하다. 철마의 마구간지기는 산 중턱에 아직 별빛이 떨어지는 이른 겨울 아침에 철마에게 여물을 먹이고 마구를 채운다. 불도 일찍 기상하여 철마에 생명의 열기를 불어넣고 출발시킨다. 철마가 부지런한 만큼 순수하기도 하다면 얼마나 좋으랴! 눈이 수북이 쌓이면 마구간지기는 눈신발을 신고 거대한 쟁기로 산에서부터 해안 지대까지 고랑을 판다. 기관차의 차량은 파종기가 씨를 뿌리듯 좌불안석인 사람들과 상품 꾸러미들을 뱉어낸다. 불을 뿜는 철마는 온종일 날아다니며 주인에게 휴식이 필요할 때만 멈춘다. 나는 한밤중에 철마의 말발굽 소리와 반항적으로 내뿜는 콧김 소리에 잠을 깨고, 철마는 숲 속 먼 골짜기에서 얼음과 눈에 싸인 자연과 마주한다. 철마는 아침 샛별이 보일 때서야 마구간에 당도하고, 잠시 쉬거나 눈을 붙이지도 않고 다시 여행을 떠난다. 저녁이면 어쩌다 철마가 마구간에서 여분의 열기를 내뿜는 소리가 들리기도 한다. 아마도 철마는 신경을 진정시키고 간과 뇌의 열기를 식히기 위해 몇 시간 깊은 잠을 청하리라. 지칠 줄 모르는 지구력만큼 영웅적이고 위풍당당하다면 얼마나 좋으랴!

객차는 환히 불을 밝힌 채, 알지도 못하는 이들을 싣고 낮에도 사냥꾼만이 겨우 다녀가던, 마을 경계선에 있는 인적 드문 숲을 관통해 칠흑 같은 어둠 속을 질주한다. 이번에는 군중이 모여 있는, 마을이나 도시의 화려한 정거장에서 서고 다음에는 올빼미와 여우가 놀라 달아나는 황량한 늪[5]에 멈춘다. 기차의 출발과 도착은 마을 사람들의 하루에 획을 긋는다. 기차는 정확한 시간에 규칙적으로 오가고 기적 소리는 멀리까지 퍼져 농부들은 그 소리를 듣고 시계를 맞춘다. 이렇게 잘 굴러가는 제도 하나가 나라 전체를 통제한다. 철도가 생긴 이후로 사람들이 시간을 더 잘 지키게 되지 않았는가. 사람들은 마차역보다 기차역에서 말을 더 빨리하고 생각도 민첩하지 않은가. 기차역 분위기에는 사람을 전율시키는 무언가가 있다. 기차역이 일으킨 기적은 가히 경이롭다. 제때 보스턴에 도착한 적이 없는 내 이웃 중, 절대 빠른 교통수단으로 보스턴에 가지 않을 것 같은 사람들조차 이제는 종이 울리기 무섭게 출석한다. '철도식'으로 일을 처리한다는 말은 요즘 흔히 하는 표현이다. 권위 있는 힘이 자주 그리고 진지하게 길을 비키라고 경고할 때는 귀담아들을 만한 가치가 있다. 기관차는 폭동 관련 법령[6]을 낭독하기 위해 멈추거나 군중의 머리 위로 사격을 하지도 않는다. 우리는 절대 길을 잘못 들지 않는 운명인 아트로포스[7]를 창조했다. (기관차에 아트로포스라 이름 붙여도 좋을 것이다.) 사람들은 기차가 몇 시 몇 분 어느 지점을 향해 출발한다는 정보를 제공받지만 기차 운행은 누구의 용무도 방해하지 않고, 어린이들은 기차가 다니지 않는 반대편 철도를 따라 등교한다. 우리는 기차 덕분에 더 절도 있는 생활을 한다. 우리는 모두 윌리엄 텔[8]의 아들처럼 침착한 사람이 되라는 가르침을 받는 셈이다. 대기는 보이지 않는 화살로 가득하다. 당신 인생의 행로를 제외한 모든 길은 운명의 길이니, 당신이 선택한 길에서 벗어나지 말지어다.

상업과 관련해 내가 높이 사는 점은 진취성과 용기다. 상인들은 두 손을 깍지 끼고 주피터에게 기도하지 않는다. 상인들은 대개 용감하고 만족스럽게 일을 처리하고, 자신들의 기대 이상으로 많은 일을 해낸다. 상인들이 심혈을 기울여 만들어낸 직업도 이보다 더 만족스럽지는 않으리라. 나는 부에나 비스타[9]의 최전선에서 30분 동안 보초를 서는 이들의 영웅적인 행동보다 겨우내 제설기를 집 삼아 사는 사람들의 활기 넘치고 한결같은 용기에 더 감명 받는다. 나폴레옹은 새벽 3시에 기상하는 용기를 가진 사람은 드물다고 했다. 그들에게는 그런 용기가 있을 뿐 아니라 폭풍이 잦아들거나 철마의 체력이 소진하기 전까지는 절대로 쉬지 않는 강철 같은 용기를 지녔다. 대폭설로 몸속의 피가 얼어붙을 것 같은 아침, 멀리 안개 낀 둑에서 어렴풋이 들려오는 기관차의 기적 소리와 뉴잉글랜드 눈보라를 헤치고 예정 시간보다 그리 늦지 않게 기차가 도착한다는 소식을 알리는 그들의 입김 서린 목소리가 들린다. 나는 온통 눈과 서리로 뒤덮인 채 우주의 변두리에 있는 시에라네바다 산맥에서 떨어져 나온 암석처럼 제설기 위로 머리만 삐죽이 드러내고 데이지 꽃과 들쥐의 둥지를 피해 제설 작업을 하는 사람들을 본다.

상업은 뜻밖에도 자신감 있고 차분하며, 빈틈없고 대담하고 지칠 줄 모르는 활동이다. 게다가 운영 방식이 다른 훌륭한 경제 활동이나 감상적인 실험보다도 훨씬 자연스럽기 때문에 유례없는 성공을 거두었다. 화물열차가 덜컹거리며 지나가면 나는 활력을 되찾고 쾌활해진다. 기차에 실린 화물이 지나가면서 롱 와프에서부터 레이크 챔플레인[10]까지 흩뿌리는 향기는 먼 이국땅에 있는 어느 지역과 산호초, 인도양, 열대지방 그리고 지구의 광활함을 상기시킨다. 나는 올 여름 수많은 뉴잉글랜드 사람들의 머리를 햇볕으로부터 가려줄 종려나무 잎과 마닐라삼, 코코넛 껍질, 낡은 잡동사니, 마대, 고철, 녹슨 못을 보면 세계의 시민이 된 기분이 든다. 차량 가득 실린 찢어진 돛 조각들이 종이로 다시 탄생해 책이 된다고 해도 찢긴 모습 그대로일 때보다 더 흥미롭고 이해하기 쉬운 이야기를 들려주진 못했으리라. 자신이 겪은 폭풍을 찢긴 돛 조각보다 더 생생하게 글로 묘사할 수 있는 사람이 누가 있겠는가? 이 돛 조각은 책으로 치면 손볼 곳 없는 교정쇄이다. 메인 주의 숲에서 베어낸 목재도 있다. 지난번 홍수 때 바다로 떠내려가거나 갈라진 목재들이 많아 값이 1,000달러당 4달러 올랐다. 목재는 소나무, 전나무, 삼나무 등 종류도 다양하고, 1에서 4까지 등급도 매겨져 있지만, 얼마 전까지만 해도 품질이 모두 같았던 이 나무들은 한때 숲 속의 곰, 사슴, 순록의 머리 위로 가지를 흔들었으리라. 다음으로 토머스턴[11] 석회가 들어온다. 이 최고 품질 석회는 언덕들을 지나 멀리까지 간 후 소석회로 가공되리라. 또한 여기 누더기 더미는 최저 등급 면화와 마로 만든 형형색색 다양한 품질의 옷들이 닳고 닳은 것인데, 밀워키[12] 지역을 제외하면 어디에서도 환영받지 못하는, 유행에 뒤떨어진 무늬의 옷들이다. 이 누더기들은 유행의 첨단을 걷는 상류사회나 빈민층을 막론하고 이곳저곳에서 끌어모은 영국산, 프랑스산, 미국산 날염포와 무명, 옥양목 등의 근사한 물건들과 섞여 여러 가지 다양한 색깔의 종이로 변신한다. 그러고는 사실에 근거한 실존 인물의 인생 이야기, 고귀하거나 천한 삶의 이야기 들을 담은 책으로 변신하리라!

폐쇄된 이 차량에서는 소금에 절인 생선 냄새가 난다. 뉴잉글랜드의 강인한 상인 냄새, 그랜드뱅크스[13] 어장을 떠올리게 하는 냄새다. 소금에 속속들이 절여진 생선은 그 어떤 것도 부패시키지 못하니 자기 수양에 정진하는 성인군자도 이 생선 앞에서는 얼굴을 붉히지 않겠는가? 소금에 절인 생선은 쓸모가 많아 길을 청소하거나 도로를 포장하는 데 쓰이기도 하고 불쏘시개를 쪼개는 데도 쓰이며, 화물 운전사가 그 뒤에서 자신과 짐을 따가운 햇볕과 바람, 비에게서 보호하기도 한다. 그리고 콩코드의 한 상인은 이 생선을 문에 매달아 가게를 열었음을 표시하기도 했는데, 너무 오랫동안 사용하는 바람에 가장 오랜 단골조차 그것이 동물인지 식물인지 혹은 광물인지 확실히 분간할 수 없을 지경이 됐지만, 여전히 부패하지 않고 눈송이처럼 순수해서, 냄비에 넣어 물을 붓고 끓이면 토요일 정찬으로 손색없는 훌륭한 생선 요리가 되었으리라. 다음은 스페인산 가죽을 보자. 이것은 소들이 꼬리를 꼬아 추켜올리고 스패니시 메인(Spanish Main)[14]의 대초원을 질주할 때의 모습을 고집스럽게 간직한, 꼬리까지 고스란히 달린 가죽이다. 마치 타고난 결점은 절대 극복하지 못한다는 사실을 나타내는 듯하다. 고백하건대 나는 어떤 사람의 성향을 알게 되면, 그것이 현재 상태에서 개선되거나 악화되리라는 기대나 걱정은 절대로 하지 않는다. 동양인들 말대로 "똥개 꼬리에 열을 가해 다림질하고 굴레에 감아 열두 해 동안 정성을 쏟아도 본래의 형태는 변하지 않는다."[15] 이 꼬리들이 보여주는 바와 같이 고질적인 습관을 뿌리 뽑는 유일한 방법은 꼬리로 아교를 만드는 것인데, 이런 방법이 흔하게 쓰인다고 한다. 그러면 꼬리가 움직이지 않고 가만히 있으리라.

버몬트 주 그린 산맥 커팅스빌에 사는 상인 존 스미스 씨에게 가는 당밀과 브랜디도 있다. 스미스 씨는 자기 소유의 개간지 근처에 사는 농부들을 위해 이 상품들을 수입한다. 그는 지하 창고 덮개문 위에 서서 최근에 해안에 도착한 물건이 자신의 물건 가격에 어떤 영향을 미칠지 곰곰이 생각하면서, 오늘 날이 밝기 전에 벌써 스무 번이나 이야기한 대로, 고객들에게 최상급 물건들이 다음 기차로 들어온다고 또 말하고 있다. 이 물건은 《커팅스빌 타임스》에 광고도 실려 있다.

이 물건들은 상행선을 타고 올라가는 한편, 하행선을 타고 내려오는 물건들도 있다. 휙 하는 소리에 놀라 읽던 책에서 눈을 떼고 쳐다보면 먼 북쪽 언덕에서 베어낸 키 큰 소나무가 10분 내에 마을을 통과하고, 눈 깜짝할 새에 쏜살같이 날아 그린 산맥과 코네티컷에 당도하여,

"어느 거대한 함선의
돛대가 된다."[16]

귀를 기울여보라! 수천 개의 언덕과 양사, 마구간, 축사에서 끌어모은 가축들을 실은 기차가 들어온다. 가축 상인들은 9월의 미풍에 나뭇잎이 날리듯 손에 쥔 작대기를 휘젓는다. 산 위의 목초지만 없다뿐이지 영락없이 가축들 사이로 양치기가 거니는 목장

풍경이다. 기차 밖으로 지나가는 계곡의 경치에 경탄한 듯 송아지와 양 들이 소리를 높이고 경치를 보려고 서로 밀치며 소동을 피운다. 앞머리에 있는 우두머리 숫양이 목에 달린 종을 흔들면 산은 숫양 뛰듯 달아나고 작은 언덕은 어린 양 뛰듯 달아난다.[17] 차량 가득한 몰이꾼들은 무용지물이나 다름없는 작대기를 마치 자신의 신분증인 양 꼭 쥐고 있지만 몰이꾼이라는 그들의 직업은 사라지고 이제 가축과 같은 처지가 되어버렸다. 그런데 개들은 어디에 있는가? 개들은 가축 떼에 떠밀려 기차 밖으로 내던져졌고 예민한 후각을 잃어버렸다. 개들이 피터보로 힐스[18] 뒤편에서 짖거나 그린 산맥 서쪽 기슭을 오르며 헐떡거리는 소리가 들리는 듯하다. 가축을 돌볼 수 없으니 이제 개들은 제구실을 못하게 되었다. 개들의 충성스러움과 총명함은 더 이상 예전 같지 않다. 개들은 의기소침해져서 개집으로 슬그머니 물러나거나 야생으로 돌아가 늑대나 여우와 어울려 동맹을 맺으리라. 기차 위에 펼쳐진 전원 풍경은 이렇게 휙 지나가 버린다. 자, 기적 소리가 울린다. 이제 철로에서 비켜나 기차가 지나가게 해야 한다.

철도는 내게 어떤 존재인가?
철도가 어디서 끝나는지
나는 알지 못한다.
철도는 흙으로 계곡을 메우고
구덩이에 둑을 쌓는다.
철도는 모래를 날리고
블랙베리를 자라게 한다.

나는 숲 속에서 수레가 지나는 길을 건너듯 서둘러 철로를 건

넌다. 기관차가 내뿜는 연기와 증기에 눈멀거나 증기 내뿜는 소리에 귀먹고 싶지 않다.

기차가 소란스러운 세상을 몰고 가버리고 호수의 물고기들이 더 이상 덜커덩거리는 기차의 울림을 느끼지 않는 지금, 나는 그 어느 때보다도 혼자다. 긴 오후 시간 내내 명상을 방해하는 건 멀리 도로에서 들리는 희미한 마차 소리뿐이다.

때때로 일요일에 내가 사는 쪽으로 바람이 불어오면 링컨, 액턴, 베드퍼드[19] 혹은 콩코드로부터 울려오는 종소리가 들렸다. 이는 희미하고 달콤하고 자연스러운 운율로 숲 속에서 듣기 좋은 소리다. 숲을 사이에 두고 멀리서 들리는 이 종소리에서 솔잎이 하프 줄을 건드리는 듯한 작은 떨림이 느껴진다. 가장 멀리서 들리는 소리는 그게 어떤 소리든 똑같은 효과를 낳는다. 멀리 보이는 능선이 하늘이 건네준 쪽빛을 닮아 우리 눈에 신기하게 보이듯 멀리서 들리는 소리에서는 언제나 거문고의 떨림이 느껴진다. 종소리의 운율은 숲의 나뭇잎 하나하나와 대화를 나누고, 이 계곡에서 저 계곡으로 이동하면서 조율되고 반향하며 공기를 통해 걸러진다. 이 울림이 독창적인 소리라는 사실에 신비한 힘과 매력이 있다. 단순히 종소리에서 되풀이할 만한 요소를 찾아내 반복하는 소리가 아니라 숲의 목소리를 담고 있는 것이다. 운율과 가사가 평범한 노래를 숲 속의 요정이 부르는 듯하다고 할까.

저녁이면 숲 너머 지평선 멀리에서 달콤하고 운치 있는 소 울음소리가 나지막하게 들려오는데, 처음에 나는 그 소리가 언덕과 골짜기에서 길을 잃은 악극단이 가끔 들려주던 노랫가락인 줄 알았다. 얼마 안 있어 소가 내는 자연의 소리라는 사실을 깨달았지만 실망스럽지 않았다. 악극단 사람들의 노랫소리가 소 울음소리와 비슷하게 들렸다고 비하하려는 의도는 아니다. 그들의 노랫소리가 자연의 음향을 닮았음을 찬미한다는 뜻이다.

저녁 기차가 지나가고 나서 7시 반이 되면 어김없이 쏙독새가 집 밖에 있는 나무 그루터기나 집 들보에 앉아 30분 동안 저녁 찬송을 불렀다. 쏙독새들은 매일 저녁 시계처럼 정확히 같은 시간에 노래를 부르기 시작해 일몰을 알려주었다. 나는 그 새들의 습성을 아는 흔치 않은 행운을 얻었다. 때때로 숲 속 여기저기에서 네다섯 마리가 동시에 지저귀는 소리도 들렸고, 때로는 운 좋게 아주 가까이서 지저귀는 바람에 각각의 새의 울음소리까지 구별할 수 있었다. 그리고 그 소리보다 작긴 하지만 거미줄에 걸린 파리가 웽웽거리는 소리도 구별하게 되었다. 가끔 새 한 마리가 마치 내가 줄에 묶어 날리기라도 한 듯이 내 주위를 몇 피트 떨어져서 계속 맴돌기도 했다. 아마 내가 알을 품은 자기 둥지 가까이에 있어서 그랬는지도 모르겠다. 그 새들은 이따금씩 밤새 노래를 불렀고 동트기 직전과 동틀 때 다시 그 어느 때보다도 아름다운 운율을 들려주었다.

다른 새들이 잠잠할 때면 가면부엉이가 운율을 뽑아냈는데 마치 죽음을 애도하는 여인네의 곡소리같이 들렸다. 부엉이들의 황량한 비명 소리는 벤 존슨[20]의 작품처럼 진정 극적이었다. 한밤중에 들리는 마녀의 울음소리! 그 소리는 시인의 단순하고 순수한 운율이 아니라 스스로 목숨을 끊은 연인이 지옥의 숲 속에서 천상의 사랑이 준 고통과 희열을 회상하며 서로를 위로하는 장엄한 묘지의 소곡(小曲)이었다. 그래도 숲 기슭에 울려 퍼지는 부엉이의 처절한 울음소리와 그에 화답하는 또 다른 부엉이의 쓸쓸한 울음소리는 듣기 좋았다. 이런 부엉이의 울음소리는 때때로 다른 새들의 노래를 상기시켰는데 마치 다른 새들이 부르는 노래의 어

듭고 슬픈 이면, 울부짖어야만 하는 후회와 탄식의 소리를 들려
주는 듯했다. 부엉이들은 한때 인간의 형상을 하고 있었지만 죄
를 짓고 타락하여, 한밤중에 숲 속을 헤매면서 자신들이 죄를 저
지른 바로 그곳에서 울부짖으며 찬가를 불러 속죄하려는 불길한
혼령들이다. 부엉이는 인간과 동물이 더불어 살아가는 서식지인
자연이 얼마나 다양하고 무한한 능력을 지녔는지를 새롭게 일깨
워 준다. 호수 이쪽 기슭에서 부엉이 한 마리가 아아아아아아 태어
나지 말 것을! 하고 절망에 휩싸여 탄식하며 회색 떡갈나무 가지
에 날아가 앉으면 더 먼 기슭에 있는 또 한 마리가 진심을 담아
떨리는 소리로 태어나지 말 것을! 하고 응답한다. 그리고 링컨 숲
속 멀리서 희미하게 말 것을! 하는 후렴구가 울려 퍼진다.

　수리부엉이들도 나에게 곡을 들려주었다. 가까이서 들으면 자
연이 낼 수 있는 가장 구슬픈 소리처럼 느껴진다. 마치 자연이 이
부엉이의 울음소리를, 죽어가는 인간의 신음 소리의 전형으로 만
들어놓으려 한 듯하다. 모든 희망을 잃고 동물처럼 울부짖는 인
간의 흐느낌이 느껴지는, 나약한 인간이 숨을 거둘 때 내는 소리
같은 부엉이의 울음소리는 어두운 계곡에 들어서면 꼬르륵꼬르
륵 하는 선율 때문에 더 처참하게 변한다. 그러면 나는 어느새 건
강하고 용기 있는 모든 생각이 썩어 문드러지면서 끈적끈적한 곰
팡이가 피는 단계에 도달한 사람을 표현하듯 부엉이 울음소리를
따라 하게 된다. 그 소리는 송장 먹는 귀신과 백치가 미친 듯이
울부짖는 소리를 연상케 한다. 지금도 숲 속 멀리서 부엉이 한 마
리가 쥐어짜는 듯한 소리로 응답하는데 거리가 멀기 때문인지 더
더욱 구성지게 들린다. 후, 후, 후러, 후. 사실 대부분의 경우 부
엉이 울음소리는 밤이나 낮이나, 여름이나 겨울이나 언제 들어도
내게 즐거운 생각을 떠오르게 했다.

나는 부엉이가 존재한다는 사실이 기쁘다. 인간을 대신해 어리석고 미치광이 같은 온갖 바보짓을 해주니 말이다. 부엉이 소리는 햇빛이 닿지 않는 늪과 어두컴컴한 숲에 참으로 어울리며 인간이 인식하지 못하는 광활하고 원시적인 자연을 암시하는 듯하다. 부엉이는 우리 모두가 가진 음울하고 불만족스러운 생각들을 상징한다. 태양은 온종일 늪지대의 표면을 비추고 전나무 한 그루는 겨우살이 이끼가 낀 채 서 있고, 작은 매들이 그 위를 맴돌고 있으며 박새는 상록수 사이에서 지저귀고 자고새와 토끼는 살금살금 몸을 숨긴다. 이제 음울한 어둠이 걷히고 날이 밝으면 다른 생명들이 깨어나 자연의 의미를 표현한다.

늦은 저녁이면 다리 위로 마차가 덜컹거리며 지나가는 소리(밤이면 그 어떤 소리보다도 멀리서 들린다)와 개 짖는 소리 그리고 가끔 먼 축사에 있는 소의 수심 가득한 울음소리가 들렸다. 호숫가는 온통 황소개구리 울음소리로 가득하고, 옛날 옛적 모주꾼들이었던 이들의 혼령은 아직도 참회하지 않은 채 스틱스 강[21]에서 노래를 부른다. (월든에 개구리는 있지만 잡초는 거의 없다. 그래도 월든을 스틱스 강과 비교하는 것을 월든의 요정이 용서해 주리라 믿는다.) 황소개구리들은 예전에 축제의 만찬 식탁에서 지켰던 즐거운 식사 예절들을 기꺼이 지키리라. 그러나 그들의 목소리는 명랑함을 조롱하는 듯 거칠게 쉬어버렸고 엄숙하고 침울하게 변했다. 포도주는 풍미를 잃고 배만 나오게 하는 독주로 변했으며, 달콤한 취기는 과거의 기억을 지우기는커녕 오히려 그 기억 속에 더 흠뻑 젖어들게 한다. 배가 가장 많이 나오고 나이가 가장 많은 개구리는 냅킨 대신 연(蓮) 잎사귀를 침이 흐르는 턱에 받치고, 이 호숫가 북쪽에서 한때 경멸의 대상이었던 물을 단숨에 들이켜고는 잔을 돌리며 혀 꼬인 소리로 이렇게 소리친다. 자,

마셔라, 마셔! 곧 후미진 구석에서 같은 말이 반복되고 나이와 허리둘레 서열로 두 번째인 개구리가 물을 쭉 들이켠다. 호숫가를 한 바퀴 돌며 이 의식을 거행하고 나면 의전관은 만족스럽게 마셔라! 하고 외치고, 가장 여위고 배가 덜 나온 개구리의 차례가 올 때까지 순서대로 같은 말을 반복한다. 그러고 나면 잔은 다시 돌기 시작해 햇볕에 아침 이슬이 사라질 때까지 계속된다. 이제 최고 연장자를 제외하고는 모두 인사불성으로 취해 호수 속으로 고꾸라졌는데도, 연장자는 때때로 마시라고 고함친 뒤 잠시 멈추고는 누군가 응수해 주기를 헛되이 기다린다.

내가 개간한 땅에서 새벽닭이 우는 소리가 들린 적이 있는지 모르겠지만 나는 수평아리를 노래하는 새로 키우기로 했다. 한때 인도의 야생 꿩이었던 이 새가 내는 소리는 어떤 새의 소리보다 놀랍다. 이 새를 길들이지 않고 야생에 적응하도록 한다면 거위나 올빼미를 능가하는, 이 숲 속에서 가장 유명한 소리꾼이 되리라. 이 귀족 같은 새가 낭랑한 소리를 뽑아내는 목청을 잠시 쉬는 틈을 타, 암탉들이 꼬꼬댁거리는 광경을 상상해 보라! 맛난 알과 다리는 말할 것도 없고 이렇게 훌륭한 소리를 지녔으니 인간이 이 새를 길들이고 싶어 한 것도 당연하다. 겨울 아침 이 새들의 자연 서식지인 숲 속을 거닐 때 나무 위에서 들리는 맑고 높은 노랫소리가 수마일 너머까지 쩌렁쩌렁 울리며 다른 힘없는 새소리를 모두 압도해 버리는 광경을 상상해 보라! 그 소리에 나라 전체가 경계 태세에 들어가리라. 누구든지 매일 기상 시간을 조금씩 앞당겨 더할 나위 없이 건강하고 여유롭고 현명해지기를 원하리라. 시인들은 다른 토종 새들과 더불어 외래종인 이 새들의 노래를 찬미해 왔다. 수탉은 용맹해서 어떤 기후에도 잘 적응하며 토종 새들보다도 더 토종답다. 또한 건강한 폐를 지녔으며 늘 활력이 넘치고 사기충천하다. 대서양과 태평양을 해항하는 선원조차 수탉 소리에 잠을 깬다. 그러나 이 수탉 소리가 나를 단잠에서 깨운 적은 없다. 나는 개나 고양이, 소, 돼지, 암탉 그 어느 것도 키우지 않는다. 집이 너무나 적막할 정도로 아무 소리도 들리지 않는다고 할지 모르겠다. 물레 돌리는 소리도, 솥이 달그락거리는 소리도, 커피 주전자의 물 끓는 소리도, 아이 우는 소리도 들리지 않는다. 보통 사람 같으면 아마 감각을 잃거나 무료해서 숨을 거두었으리라. 벽 속에 사는 쥐도 굶주려 떠났다. 아니 애초부터 먹을거리가 없어 이 집에 살지도 않았으리라. 그저 지붕 위와 마룻바닥 아래로 다람쥐들이 오가고 마룻대 위에서는 쏙독새가, 창문 아래에서는 어치가 노래할 뿐이다. 집 밑에는 산토끼와 우드척이 살고, 집 뒤에서는 가면부엉이와 고양이 올빼미가, 호수에서는 기러기 떼와 되강오리가 목청을 돋우고 밤에는 여우가 울부짖는다. 종달새나 꾀꼬리같이 농원에서 키우는 온순한 새들은 내가 개간한 땅에 찾아온 적이 없다. 마당에서 꼬끼오 우는 수탉도 꼬꼬댁 우는 암탉도 없다. 마당이라는 것조차 없다! 그러나 울타리를 치지 않은 드넓은 자연이 문지방까지 펼쳐진다. 창문 바로 밑에서 어린 숲이 자라고 야생 옻나무와 블랙베리 덩굴이 지하실로 파고들고, 튼실한 소나무는 자기가 서 있는 공간이 비좁은 듯 땅 밑으로는 집 아래로 뿌리를 뻗고, 위로는 지붕의 널을 비비며 삐걱거리는 소리를 낸다. 석탄 양동이를 힘들게 나르거나 폭풍에 덧문이 날아갈까 걱정할 필요도 없고, 집 뒤에 있는 소나무의 꺾어진 가지나 뽑힌 뿌리가 땔감이 되어준다. 대폭설을 맞으며 앞마당에서 출입문까지 이어진 길 위의 눈을 쓸 필요도 없다. 출입문도, 앞마당도, 문명 세계로 가는 길 자체가 없기 때문이다.

고독

참으로 맛깔스러운 저녁이다. 온몸이 하나의 감각이 되어 모든 숨구멍으로 희열을 빨아들인다. 나는 자연 속에서 자연의 일부가 되고 야릇한 해방감을 느낀다. 돌이 수없이 깔려 있는 호숫가를 거닐 때면 흐리고 바람 불고 서늘한 데다 특별히 내 주의를 끌 만한 것도 없지만 자연의 모든 힘이 나와 조화를 이룬다. 황소개구리 울음소리는 밤을 재촉하고, 쏙독새의 노랫가락은 바람에 이는 호수의 물결을 타고 퍼진다. 술렁이는 오리나무나 포플러와 교감을 느끼면 숨이 막힐 듯하다. 그러나 내 안의 명경지수(明鏡止水)는 호수처럼 잔물결이 일 뿐 크게 동요하지 않는다. 저녁에 부는 바람으로 일렁이는 잔잔한 물결은 호수의 매끄러운 표면을 흐트러뜨리지만 폭풍우를 일으키지는 않는다. 이제 어두워졌지만 여전히 숲 속에는 거센 바람이 불고 호수에는 거친 물결이 일며 생명체들은 노랫가락으로 다른 이들의 마음을 진정시킨다. 숲 속의 모든 생명이 동시에 휴식을 취하는 때는 없다. 야생동물은 밤에도 쉬지 않고 먹이를 찾아 나선다. 여우와 스컹크, 산토끼는 겁 없이 들판을 누빈다. 그들은 생명이 살아 숨 쉬는 낮과 밤을 연결하는 자연의 야경꾼이다.

집으로 돌아오면 내가 집을 비운 사이, 방문객이 다녀갔다는 사실을 알았다. 그 사람들은 명함 대신 꽃다발이나 상록수로 만든 화환을 두고 가거나, 호두나무 잎사귀나 나뭇조각에 연필로 이름을 써서 자신이 다녀갔다는 흔적을 남긴다. 일부러 그랬는지 우연인지 모르겠지만 숲 속을 거의 찾지 않는 이들은 숲에서 주운 무엇인가를 만지작거리다가 내 집에 남겨놓고 떠난다. 어떤 이는 버드나무 줄기의 껍질을 벗긴 후 고리처럼 엮어 탁자 위에 놓고 갔다. 그래서 나는 늘 구부러진 나뭇가지나 풀잎 혹은 신발 자국을 보고 집을 비운 사이 누가 다녀갔다는 사실을 눈치챈다. 뿐만 아니라 방문객들이 남긴 미세한 흔적, 즉 꽃을 떨어뜨렸다든가, 풀 한 포기가 뽑혀 던져져 있다든가, 심지어는 반 마일 정도 떨어진 철도 쪽에서 아직 궐련(卷煙)이나 파이프 담배 냄새가 풍겨 온다든가 하면 방문한 사람이 여자인지 남자인지, 나이는 어느 정도인지, 어떤 품성을 지녔는지까지 대충 짐작할 수 있다. 나는 종종 파이프 담배 냄새만 맡고도 60로드 떨어진 도로를 따라 행인이 지나갔다는 사실을 알아채곤 했다.

우리 주위에는 충분한 공간이 존재한다. 지평선이 우리 팔꿈치에 닿은 적은 없다. 그러나 우리는 울창한 숲이나 호수가 바로 문 앞에 펼쳐지도록 놔두지 않고 벌목하고 울타리를 치고 개간하는 등 자연을 그대로 내버려 두지 않는다. 내가 몇 제곱마일에 이르는 인적 드문 이 넓은 숲에 사는 이유가 무엇인가? 가장 가까운 이웃도 1마일 밖에 있고 내가 사는 집에서 반 마일 내에 있는 언덕 꼭대기에 올라가야만 인가가 보인다. 내 주위에서 시야에 들어오는 풍경은 온통 숲뿐이다. 호수 한쪽 편으로는 멀리 철도가 닿아 있고 반대편으로는 숲에 난 도로 주위의 울타리가 멀리 보인다. 그러나 내가 사는 곳은 초원에 있는 집처럼 외진 곳이다. 뉴잉글랜드 지역에 살지만 아시아나 아프리카 어느 곳이라 해도 무방하다. 나만의 해와 달과 별들이 있는 이 작은 세계는 오롯이 내 것이다. 밤에 집 근처를 지나거나 문을 두드리는 이가 아무도 없기 때문에 마치 내가 이 세상에 존재하는 최초 혹은 최후의 인간처럼 느껴진다. 긴 겨울 끝에 봄이 오면 마을 사람들이 낚시하러 오기도 하지만(월든 호수에서 그들은 어둠을 낚싯바늘에 꿰어 물고기보다는 자신의 본성을 낚았다) 그들이 곧 가벼운 낚시 바구니를 들고 돌아가 버리면 "세상에는 나와 어둠만이 남는다."[1] 그리하여 밤의 어두운 심연에는 결코 사람의 때가 묻지 않는다. 마녀사냥은 끝났고 기독교와 촛불도 도입됐지만, 나는 대부분의 사람들이 여전히 어둠을 꽤 두려워한다고 믿는다.

그러나 나는 때때로 자연계의 어떤 생명이나 현상에서도, 심지어는 비참한 염세주의자나 가장 우울한 사람에게서조차 가장 달콤하고 부드럽고 순수하고 고무적인 세상을 발견할 수 있다는 사실을 체험했다. 자연 속에서 살고 감각의 평온을 유지하는 사람에게 칠흑 같은 침울함이란 존재하지 않는다. 건강하고 순수한 이의 귀에는 폭풍우도 아이올로스의 음악처럼 들린다.[2] 그 어떤 것도 소박하고 용감한 사람을 천박한 슬픔에 빠뜨리지 못한다. 내가 계절의 변화와 흘러가는 세월을 만끽하는 한 그 무엇도 내 인생을 짐으로 만들 수는 없을 것이다. 내가 심은 콩을 촉촉하게 적시고 오늘 나를 집 안에 묶어둔 이 가랑비도 을씨년스럽거나 우울하지 않고 오히려 나를 이롭게 한다. 비 때문에 밖에 나가 밭을 갈지는 못하지만 비가 내리는 게 밭갈이보다 훨씬 중요하다. 계속 내리는 비는 저지대에서는 땅속의 씨를 썩게 하고 감자 농사를 망치지만 고지대의 초원에서는 풀을 무성하게 하며 풀이 잘 자라면 내게도 이롭다. 가끔 스스로를 다른 이들과 비교해 보는데, 신들이 과분할 만큼 나를 총애한다는 생각이 든다. 신들은 나를 특별히 이끌고 보호해 주며 다른 이들에게는 허용하지 않는 것을 내게만 허용하는 듯하다. 자화자찬 같지만 우쭐한 기분이 드는 게 사실이다. 나는 결코 외롭다고 느껴본 적도, 고독감에 짓눌린 적도 없다. 다만 숲으로 들어오고 나서 몇 주 후, 평화롭고 건강한 삶을 살려면 가까운 이웃이 꼭 필요하지 않을까 하고 생각했던 적은 있다. 홀로 있다는 사실이 별로 달갑지 않았던 것이다. 그러나 나는 동시에 기분이 약간 이상해지면서 곧 회복하리라는 느낌이 들었다. 가랑비가 내리는 동안 이런 생각을 하다 보니 갑자기 자연 속에서 정말 달콤하고 선한 세상이 느껴졌다. 빗방울 소리 하나하나, 집 주위에서 나는 소리 하나하나, 보이는 풍경 하나하나에서 갑자기 나를 둘러싼 대기가 그렇듯 형언하기 어려운, 한없는 친밀감을 느꼈고 이웃이 있었으면 했던 생각이 하찮게 느껴졌다. 그 후로 다시는 이웃에 대한 생각을 하지 않았다. 소나무 잎사귀 하나하나가 나와 교감하는 친구가 되었다. 거칠고 황량한 풍경에서조차 나와 친밀한 무엇인가가 분명히 존재한다고 느꼈고, 나와 가장 가깝고 인간적인 대상은 사람, 특히 마을 사람이 아님을 깨달았다. 그러자 더 이상 내게 낯선 곳은 없다는 생각이 들었다.

> "때 이른 죽음은 슬픔에 잠긴 이들을 지치게 하노니
> 토스카의 아름다운 딸이여,
> 살아 있는 자의 땅에서 그들이 살 나날은 짧기만 하도다."[3]

가장 기분 좋은 시간 중 하나는 봄이나 가을의 어느 날, 온종일

비바람이 몰아쳐, 오전 오후 내내 집 안에 갇혀 끊임없이 휘몰아치는 비바람 소리를 들으며 마음이 평온해질 때다. 일찍 땅거미가 내려 긴 밤이 찾아오면 많은 상념들이 뿌리를 내리고 가지를 뻗는다. 이런 비가 북동쪽에서 몰아쳐 오면 마을의 하녀들은 빗물이 집 안으로 들어차지 않도록 걸레와 들통을 들고 출입구를 떠나지 않는다. 반면 나는 아담한 집 안에 앉아 안락함을 한껏 누린다. 예전에 천둥 치고 소나기가 내리던 어느 날, 호숫가의 큰 소나무에 번개가 내리꽂혀 나무 꼭대기에서부터 밑동까지 1인치가 넘는 깊이에 넓이는 4, 5인치 정도 되는 규칙적인 형태의 나선형 홈이 파였다. 마치 지팡이 하나를 파낸 자리처럼 보였다. 얼마 전에 그 소나무를 다시 지나쳤는데 8년 전 마른하늘에서 엄청난 번개가 떨어진 바로 그 자리에 남은 흔적이 훨씬 선명해진 모습을 보고 경탄을 금치 못했다. 사람들은 종종 내게 말한다. "그곳에 살면 외로워서 사람이 그리울 것이오. 특히 비나 눈이 오는 날이면 더더욱 그럴 것이오." 이에 나는 다음과 같이 대답하고 싶다. "우리가 사는 이 지구 전체가 우주 공간에서는 하나의 점에 불과하오. 서로 가장 멀리 떨어져 있는 별에 사는 사람들 간의 거리가 얼마쯤 될 것 같소? 우리에게는 그 별들의 지름을 잴 수 있는 도구도 없소. 내가 왜 외로움을 느껴야 하오? 우리 별은 은하계에 속해 있지 않소? 당신의 질문은 그리 중요하지 않은 듯싶소. 한 사람을 다른 사람들과 격리시켜 외로움을 느끼게 하려면 어느 정도나 떨어뜨려야 하오? 두 사람이 물리적으로 가깝다 해서 서로에게 더 가까이 다가가는 것은 아니라오. 우리가 주위에 가장 가까이 두고자 하는 대상이 무엇이오? 사람들로 북적이는 장소는 물론 아니라오. 사람들이 많이 모이는 철도역이나 우체국, 술집, 공회당, 학교, 가게, 비컨 힐 혹은 파이브 포인츠[4]도 아니라

오. 버드나무가 호수 가까이에 서서 호수 쪽으로 뿌리를 내리듯 우리에게 삶을 부여한 영원한 생명의 원천에 가까이 있고 싶은 것이오. 사람마다 자기 성품에 따라 가까이 있고자 하는 대상이 다르겠지만 이곳이 바로 현명한 사람이 자기의 지하실을 마련할 자리라오…."

어느 날 저녁 나는 숲 속에서 (직접 그의 재산을 제대로 본 적은 없지만) '상당한 재산'을 축적했다는 마을 사람을 지나쳤다. 가축 한 쌍을 몰고 장으로 가던 그 사람은 어떻게 수많은 생활의 편리함을 다 포기할 생각을 했는지 내게 물었다. 나는 뭐 그런대로 괜찮아서 그런 것뿐이라고 대답했다. 농담이 아니었다. 그리고 나는 집으로 돌아와 잠자리에 들었다. 아마도 그 사람은 어둠 속을 헤치고 진흙탕을 지나 아침 어느 때쯤 브라이턴, 즉 브라이트타운[5]에 도착했으리라.

죽은 사람은 다시 살아날 희망이 있다면 언제 어디서 다시 깨어나든 시간과 장소는 개의치 않는다. 이런 일이 일어날 만한 장소는 항상 같으며, 형언하기 어려울 정도로 우리의 감각을 유쾌하게 한다. 그러나 우리는 피상적이고 일시적인 상황만을 중요하게 여긴다. 그것이 사실상 우리 주의를 산만하게 만드는 원인인데도 말이다. 가장 가까이 있는 것이 모든 사물을 존재하게 하는 힘이다. 우리 바로 곁에서 웅대한 법칙이 끊임없이 적용되고 있다. 우리 바로 곁에 있는 존재는 우리가 고용하고, 대화를 나누는 일꾼이 아니라 우리의 존재를 창조한 명공(名工)이다.

"천지의 오묘한 힘은 헤아리기 어려울 만큼 방대하고 심오하지 않은가!"

"우리는 그 힘을 보려 하나 보이지 않고 들으려 하나 들리지 않는다. 그 힘은 사물의 본질과 동일하기 때문에 사물과 분리시킬 수 없다."

"그 힘을 통해 인간은 자신의 마음을 정화하고 성스럽게 하여 가장 좋은 의관을 갖추고 조상에게 제물과 공물을 바친다. 그것은 헤아리기 어려운 지성의 바다이다. 그 힘은 우리 위에도, 오른쪽에도 왼쪽에도 어디든 존재하며 우리를 온통 에워싸고 있다."[6]

우리 인간들은 내게 대단히 흥미로운 실험 대상이다. 우리는 사회의 뒷공론이 아닌 우리의 내면에 귀 기울이고 활력을 얻을 수는 없을까? 공자가 진정으로 말했다. "덕이 있는 사람은 외롭지 않으며 반드시 이웃이 있다."[7]

우리는 생각을 함으로써 정신이 온전한 상태로 자신을 객관화할 수 있다. 의식적으로 노력하면 우리는 행위와 그 결과에 초연해진다. 그러면 좋든 나쁘든 모든 것은 급류처럼 지나가 버린다. 우리는 자연과 전적으로 혼연일체가 될 수는 없다. 나는 계곡을 떠내려가는 부목일지도 모르고, 그 부목을 하늘에서 내려다보는 인드라[8]일지도 모른다. 눈앞에 펼쳐지는 극적인 장면에 감동받을 수도 있고 한편으로는 나와 훨씬 더 관련 있어 보이는 실제 사건을 보고 아무런 감흥을 느끼지 못할지도 모른다. 나는 나 자신을 한 인간적 실재로 알 뿐이다. 다시 말해 사고와 감흥이 펼쳐지는 배경으로서 말이다. 나는 다른 사람뿐만 아니라 나 자신에게서도 멀리 떨어져 서 있을 수 있는, 어떤 이원성을 감지한다. 내 경험이 아무리 강렬하다 해도 내 안에 존재하는 나의 어떤 일부가 그것을 비판한다는 사실을 의식하는 것이다. 이 비판하는 존재는 더 이상 나의 일부가 아니라 관객이며, 나와 함께 경험하지 않고 다만 예의 주시한다. 그 존재는 타인이 내가 아닌 만큼이나 내가 아니다. 비극일지 모르는 인생의 극이 막을 내리면 관객은 제 갈 길을 간다. 그 인생극은 관객에게는 가공의 이야기, 상상

속에서 꾸며낸 이야기일 뿐이다. 이러한 이원성이 우리를 하찮은 이웃이나 친구로 전락시키는 듯하다.

나는 많은 시간을 홀로 보내는 것이 바람직하다고 생각한다. 다른 사람과 함께하면 아무리 더불어 있기에 좋은 사람이라 해도 이내 지루해지고 싫증이 난다. 나는 홀로 있는 것을 즐긴다. 고독만큼 마음이 잘 통하는 벗을 만난 적이 없다. 우리는 보통 집 안에 있을 때보다 밖에서 사람들에게 둘러싸여 있을 때 더 외로움을 느낀다. 생각하거나 일할 때 사람은 늘 혼자다. 고독은 나와 다른 사람들 사이에 놓인 물리적인 거리가 몇 마일인가로 측정하는 것이 아니다. 학생들이 빽빽하게 들어찬 하버드 대학의 기숙사에서 형설지공(螢雪之功)을 쌓는 학생은 사막에서 수도하는 금욕적인 회교도 수도사만큼이나 고독하다. 농부는 밭을 갈고 나무를 하면서 온종일 들판이나 숲에서 혼자 일해도 전혀 외롭다고 느끼지 않는다. 몰두할 일이 있기 때문이다. 그러나 농부는 밤에 집으로 돌아오면 방에 홀로 앉아 생각에 잠기지 못하고, 사람들이 모인 곳에 가서 온종일 홀로 보냈다는 데 대한 보상으로 여흥을 즐겨야 한다. 그러면서 학생은 어떻게 온종일 집 안에 혼자 있으면서도 따분해하거나 우울해하지 않는지 의아해한다. 그러나 농부가 깨닫지 못한 사실은, 자신이 들판에서 밭을 갈고 나무를 하듯이 그 학생은 실내에서 지식의 밭을 갈고 지식의 숲에서 나무를 하며, 농부가 추구하는 여흥이나 사교보다는 단순한 형태지만 마찬가지로 여흥과 사람들과의 접촉을 추구한다는 것이다.

사교는 쓸데없는 경우가 대부분이다. 우리는 너무 자주 만나고 서로에 대해 새로운 가치를 발견할 만큼 떨어져 있는 시간을 충분히 갖지 않는다. 하루 세 끼 식사 때마다 만나 케케묵은 냄새가 나는 치즈 맛을 서로에게 풍긴다. 우리는 이런 잦은 만남을 견디기 위해서, 그리고 싸우지 않기 위해서 예의범절이나 공손함 같은 규정을 만들어 지켜야 한다. 우리는 우체국에서 마주치고, 회합을 갖고, 벽난로 주위에 매일 모인다. 한데 모여 살면서 서로의 진로를 방해하고 서로에게 걸려 넘어진다. 그래서 서로에 대해 존중하는 마음을 잃어버린다. 지금보다 만나는 횟수를 줄여도 중요하고 내실 있는 의사소통을 충분히 할 수 있으리라. 공장에서 일하는 소녀들을 생각해 보라. 한순간도 홀로 있을 공간이 없고 홀로 공상에 잠길 시간도 없다. 지금 내가 사는 곳처럼 1제곱마일당 한 사람만 산다면 상황이 훨씬 나아지리라. 나는 사람의 진가가 서로 접촉해야만 알 수 있는 것이라고 생각하지 않는다.

숲 속에서 길을 잃어 허기지고 지친 상태로 나무 밑동에 쓰러져 죽어가던 사람이 있었다. 그는 몸이 쇠약해진 데다 정신마저 혼미해져 온갖 끔찍한 환영에 시달리는 통에 외로움을 느끼지 못했고 그것이 환상이 아니라 현실이라고 믿었다고 한다. 어쩌면 우리는 정신적, 육체적으로 건강하고 활력이 있는 덕분에 보다 정상적이고 자연스러운 교제를 지속적으로 하고, 이를 통해 힘을 얻어 자신이 결코 혼자가 아님을 알게 되는지도 모르겠다.

내 집 주위에는 많은 벗이 있다. 특히 아무도 방문하지 않는 아침에는 더욱 많다. 나의 상황을 좀 더 잘 이해하도록 몇 가지 비교를 해보겠다. 호수에서 큰 소리로 웃는 아비새나 월든 호수 자체가 외롭지 않듯 나도 외롭지 않다. 적막한 호수의 벗은 누구냐고? 호수의 쪽빛 물속에는 푸른 악마가 아니라 푸른 천사가 있다. 태양은 혼자다. 안개가 자욱한 날이면 태양이 두 개로 보이기도 하지만 하나는 가짜다. 신 역시 홀로 존재한다. 그러나 악마는 절대 혼자가 아니다. 수많은 무리들이 함께 몰려다니는 군단이다. 초원에 자라는 한 그루의 현삼이나 민들레, 콩잎이나 괭이밥, 쇠

등에나 뒤영벌이 외롭지 않듯 나도 외롭지 않다. 밀 브룩이나 풍향계, 북극성, 남풍, 4월의 소나기, 1월의 해빙, 새로 지은 집에 처음 생긴 거미가 외롭지 않듯 나도 외롭지 않다.

눈이 세차게 내리고 바람이 숲 속에서 울부짖는 긴 겨울 저녁이면 가끔 오래전 이곳에 정착해 살았던 본래 집주인이 찾아온다. 월든 호수를 파고 돌을 깔고 주위에 소나무를 심어 숲을 이룬 이가 바로 그 사람이라고 알려져 있다. 그는 내게 옛이야기와 새로운 내세의 이야기를 들려준다. 우리는 사과나 사과주 등의 다과 없이도 생각을 주고받으며 유쾌한 저녁을 보낸다. 그는 현명하고 재미있는 친구로 고프나 월리[9]보다도 많은 비밀을 간직한 사람이다. 세상을 떴다고 알려져 있지만 아무도 그의 무덤을 보지는 못했다. 나이 지긋한 귀부인도 이웃에 사는데 대부분의 사람들 눈에는 보이지 않는다. 하지만 나는 노부인이 가꾼 향기로운 허브 정원에서 가끔 산책하면서 약초를 채집하고 그녀가 들려주는 이야기에 귀를 기울인다. 이야기를 엮어내는 노부인의 재능에는 누구도 필적하기 힘들고, 그녀의 기억은 신화가 탄생했을 때보다 훨씬 오래전으로 거슬러 올라간다. 노부인은 자신이 어렸을 때 일어난 모든 신화의 기원과 그 신화의 바탕이 된 사실에 대해 이야기해 준다. 혈색 좋고 원기 왕성한 이 귀부인은 사시사철을 즐기면서 자손들보다 오래 만수무강하리라.

태양과 바람과 비, 여름과 겨울 같은 자연이 소유한 이 모든 형언하기 힘든 순수성과 은혜로움이여, 건강함과 활력이여, 영원할지어다! 자연은 인간과 교감하여 인간이 비탄에 빠지면 태양의 밝은 웃음은 사라지고 바람은 탄식하며 구름은 비로 눈물을 뿌리고 숲은 한여름의 나뭇잎을 벗고 상복을 입는다. 그렇다면 나도 대지와 교감해야 하지 않겠는가? 나 역시 나뭇잎이나 식물과 같은 면이 있지 않은가?

우리를 평온하고 만족스럽게 해주는 명약은 무엇인가? 그것은 나나 당신의 증조부가 아니라 우리의 증조모인 자연에 널리 존재하는 식물과 약초들이다. 이 식물들로 인해 자연은 늘 젊음을 유지해 왔고 파[10]와 같은 장수 노인들보다 오래 생존했으며, 부패한 식물의 지방을 섭취해 건강을 유지한다. 나의 만병통치약은, 길고 얇은 검은색 범선처럼 보이는 마차를 끌고 다니는 장사꾼이 아케론[11]과 사해(死海)의 물을 섞어 약병에 담아 파는 물약이 아니라, 무엇과도 섞이지 않은 신선한 아침 공기다. 아침 공기! 아침 시간의 처방전을 잃어버려 하루의 수원(水源)인 아침을 마시지 못하는 사람이 있다면, 이들을 위해 우리는 아침을 병에 담아 가게에서 팔기라도 해야 하리라. 그러나 명심하라. 가장 서늘한 지하실에 저장한다 해도 아침은 채 정오까지도 남아 있지 않으며 정오가 되기 훨씬 전에 이미 병마개를 열고 새벽의 여신 아우로라의 자취를 따라 서쪽으로 가고 있으리라. 나는 약초로 병을 치유하는 의사 아스클레피오스의 딸인 히게이아[12]를 숭배하지 않는다. 히게이아의 동상은 한 손에는 뱀을, 다른 한 손에는 뱀이 이따금씩 들이켜는 물이 든 잔을 쥐고 있다. 나는 오히려 주노 여신이 야생 상추를 먹고 잉태한 딸로서, 신과 인간에게 젊음의 활력을 되돌려 주는 능력을 가진 주피터 신에게 감로주 잔을 바친 헤베를 숭배한다.[13] 헤베는 지구상에 존재했던 사람 가운데 가장 건전하고 건강하고 활력 있는 숙녀였으리라. 그녀가 가는 곳이면 어디든 봄이 찾아왔다.

방문객

나도 여느 사람들과 마찬가지로 사람들과의 교류를 즐기며, 혈기 왕성한 사람이 눈에 띄면 한동안 거머리처럼 그에게 들러붙을 태세가 되어 있다. 나는 타고난 은둔자는 아니다. 용무가 있어 술집에 가야 한다면, 그 술집을 자주 찾는 가장 착실한 단골손님보다 더 오랫동안 머무를 자신도 있다.

내 집에는 의자 세 개가 있다. 혼자일 때는 하나, 친구가 찾아오면 두 개, 사교를 할 때는 세 개를 쓴다. 뜻밖에 많은 사람들이 방문했을 때는 그 많은 사람들이 의자 한 개를 나누어 쓸 수는 없으므로, 공간을 효율적으로 활용하기 위해 보통 서 있는다. 이 작은 집에 그렇게 많은 사람들을 받아들일 수 있다는 사실이 놀랍기만 하다. 한번은 우리 집에 스물다섯에서 서른 명의 영혼이 그들의 육신과 더불어 방문한 적이 있다. 그러나 작별 인사를 할 때까지도 우리는 서로 그렇게 가까이 있었다는 사실을 깨닫지 못했다. 공공장소든 개인 주택이든 사람이 거주하는 집에 있는 그 수많은 방들과 넓은 홀, 포도주를 비롯해 평상시에 필요한 물건을 저장하는 지하실을 보면 지나치게 넓은 공간이라는 생각이 든다.

집들이 너무나도 넓고 웅장하여 사람은 집에 기생하는 해충처럼 보인다. 전령(傳令)이 트레몬트나 애스토어 혹은 미들섹스 하우스[1] 앞에서 엄숙하게 호출을 알리는 나팔을 불면, 그 주변에 사는 하고많은 주민 가운데 하필 얄궂은 쥐 한 마리가 광장으로 살금살금 기어 나왔다가 이내 도로에 난 구멍으로 쏙 들어간다.[2]

집이 작아 가끔 겪는 한 가지 불편한 점은, 찾아온 손님과 함께 고차원적인 사상에 대해 어려운 어휘를 섞어가며 대화를 나눌 때 서로 충분히 떨어져 있기 어렵다는 것이다. 나는 생각이 항구에 도착하기 전에 장비를 손질하고 시범 운행을 한두 번 할 만큼 넉넉한 여유 공간이 필요하다. 내 생각의 총알이 듣는 이의 귀에 도착하기도 전에 옆으로 새거나 튀려는 힘을 이겨내고 안정된 경로를 잡도록 하지 못하면 그 총알은 듣는 이의 머리 측면을 후벼낼지도 모른다. 또한 우리가 말하는 문장들 역시 그것이 펼쳐져 정비할 만한 공간을 필요로 한다. 국가와 마찬가지로 개인도 서로 간에 적당히 넓고 자연스러운 경계와 상당히 넓은 중립지대가 필요하다. 나는 호수 건너편에 있는 사람에게 말을 건네는 흔치 않은 호사를 누리기도 했다. 내 집 안에서는 서로가 너무 가까워 상대편의 말이 들리지도 않았다. 상대편에게 들릴 만큼 낮은 목소리로 이야기하기가 어려웠다. 잔잔한 호수에 두 개의 돌을 가까이 던지면 그 돌들이 각자 만들어내는 물결이 서로 다른 돌의 물결을 흩어지게 한다. 우리가 그저 단순히 떠들썩하게 큰 소리로 말한다면 볼과 턱이 맞닿고 서로의 숨결을 느낄 만큼 가까이 있어도 상관없다. 그러나 조심스럽고 사려 깊게 이야기를 나누려면 서로 멀찌감치 떨어져서 우리가 발산하는 모든 동물적인 열기와 수분이 증발할 만한 공간을 두어야 한다. 진정으로 친밀한 교류를 하려면 침묵할 줄 알아야 할 뿐만 아니라 서로의 목소리가 들리지 않을 만큼 신체적으로 멀리 떨어져 있어야 한다. 이러한 기준으로 보면 연설은 청력이 좋지 않은 사람들의 편의를 위해 존재한다. 그러나 크게 외쳐서는 전달하기 힘든 섬세한 말들이 있다. 우리의 대화가 보다 고상하고 고차원적인 운을 띠기 시작하면 의자를 계속 뒤로 물려 마침내 구석에 있는 벽까지 닿는다 해도 서로의 사이에 있는 공간이 충분하지 않은 경우가 허다하다.

그러나 내가 '가장 좋아하는' 공간인 객실은 바닥에 깔린 양탄자 위로 해가 거의 내리쬐지 않는, 집 뒤에 언제나 있는 소나무 숲이다. 어느 여름날 귀한 손님들이 찾아왔을 때 그곳으로 안내했다. 어디에서도 구하기 힘든 깔끔한 가사 도우미가 이미 바닥을 쓸고 가구의 먼지를 털고 정리 정돈을 해놓았다.

혼자서 나를 찾아오는 손님은 가끔 나의 소박한 식사도 함께 나누었다. 옥수수 죽이 타지 않게 젓거나 타는 잿더미 속에서 빵이 잘 부풀어 오르며 구워지는지 지켜보는 것은 우리가 이야기를 나누는 데 조금도 방해되지 않았다. 그러나 스무 명이 찾아와 집 안에 자리를 잡으면, 빵이 두 사람 분량밖에 없어도(물론 먹는 행위를 완전히 포기한다면 충분하고도 남을 양이지만) 아무도 정찬에 대해 언급하지 않았다. 우리는 자연히 빵에 손이 가는 것을 자제했고, 이것이 주인의 환대를 손님이 모욕하는 태도라고 느끼지도 않았으며 오히려 적절하고 사려 깊은 행동으로 여겼다. 이런 경우, 자주 손질이 필요한 육체적 생명이 쇠퇴하고 부패하는 속도가 기적처럼 늦춰지면서 활기찬 생명력을 유지하는 듯했다. 따라서 나는 스무 명뿐 아니라 천 명도 초대할 수 있었다. 그리고 내가 집에 있을 때 방문했는데도 실망하거나 허기진 채로 돌아가는 손님들이 있다면 최소한 내가 그들의 심정을 이해한다는 점은 믿어 주었으면 한다. 낡은 관습을 버리고 새로운 관습을 받아들이는 것에 대해 많은 가정주부들이 의구심을 갖지만 이는 사실 정말 쉬운 일이다. 당신에 대한 손님들의 평판이 상차림에 따라 결정되도록 할 필요는 없다. 나로 말하면, 주인이 내게 대접할 음식을 장만하느라 온갖 법석을 떨 때면 케르베로스[3]만큼이나 남의 집 방문을 주저하게 된다. 주인의 그런 행동이 내겐, 다시는 자신에게 그런 수고를 끼치지 말라는 뜻을 정중하고 간접적으로 암시하는 것처럼 느껴진다. 그렇게 법석을 떠는 곳은 다시는 찾아가지 않으리라. 나는 한 방문객이 명함 대신 노란 호두 나뭇잎에 적어놓고 간 스펜서의 글귀를 자랑스럽게 내 오두막의 좌우명으로 삼았다.

> "그들이 그곳에 도착하니 작은 집이 가득 찼다.
> 연회는 기대하지 말지어다.
> 휴식이 최고의 향연이며 모든 것이 편히 쉬나니.
> 최고의 만족을 아는 자가 가장 고귀한 정신을 지녔느니라."[4]

윈즐로가 플리머스 식민 지역의 사령관이 된 후, 한 동행과 숲을 걸어서 마사소이트 족장을 공식 방문했다.[5] 그들은 지치고 허기진 상태로 숙소에 도착했고 족장은 그들을 환대했다. 그러나 그날 요기를 했는지에 대해서는 아무런 말도 오가지 않았다. 윈즐로 일행이 한 말을 그대로 인용하자면 다음과 같다. 밤이 되자 "족장은 우리를 침대 한쪽에 눕게 하고 다른 한쪽에는 자신과 그의 부인이 누웠다. 침대는 나무판자에 얇은 깔개를 간 게 전부였고 높이는 바닥에서 1피트 정도 되었다. 족장의 신하 두 명이 잘 곳이 없어 침대에 끼어들었다. 그래서 우리는 여행의 피로보다는 불편한 잠자리 때문에 더 지쳐버렸다." 다음 날 오후 1시에 마사소이트 족장은 직접 잡은 물고기를 가져왔는데 크기가 잉어의 세 배 정도 되었다. "생선을 삶아놓으니 마흔 명 정도가 자기 몫을 원했고 거의 전부가 생선을 나누어 먹었다. 하루하고 이틀 밤 동안 먹은 음식이라고는 그 물고기가 전부였다. 메추라기 한 마리 가져오지 않은 우리는 금식하면서 여행을 했다." 그들은 배고프고 지쳐 현기증이 나고 "원시적인 종족의 야만적인 노랫소리(그 부족은 노래를 부르며 잠들곤 했다)"가 견디기 힘들어지자, 차라리 기력이 남아 있을 때 집으로 돌아가야겠다 싶어 길을 떠났다. 윈즐로 일행은 숙소로 말하자면 소홀한 대접을 받았을지 모른다. 그러나 그들이 불편하게 여긴 잠자리가 사실은 그 부족이 손님을 환대하는 방식이었다. 음식으로 말하자면 인디언들의 여건이 여의치 않으니 어쩔 도리가 없었으리라 본다. 자기 부족이 먹을거리도 없었고, 손님에게 음식을 대접하기가 여의치 않다고 이야기하면 결례라고 그들은 생각했다. 그래서 허리띠를 더욱 졸라매고 아무 말도 하지 않았다. 윈즐로가 다시 그 부족을 방문했을 때는 수확이 풍성한 계절이었고 융숭한 음식 대접을 받았다.

사람들로 말하자면 어디에서든 방문객이 없을 수는 없다. 내 일생에 가장 방문객이 많았던 때는 숲에서 살 때였다. 말하자면 방문객이 어느 정도 있었다는 뜻이다. 다른 어떤 곳에서 만났을 때보다도 뜻깊은 시간을 함께 보낸 이들을 숲 속에서 더러 만났다. 그러나 사소한 일로 나를 찾아오는 이는 별로 없었다. 이와 비슷한 이유에서, 마을과 거리를 두고 사는 덕분에 잡다한 용무를 가진 사람들은 자연히 발길을 끊게 되었다. 나는 교류의 강물이 흘러들어 가는 망망대해 같은 고독 속으로 깊이 침잠했고, 가장 정제된 침전물만이 내 주위에 가라앉았다. 그리고 건너편에 미개척 대륙이 있다는 사실을 증명하는 부유물들이 떠내려왔다.

오늘 아침 나를 방문한 이는 진정 호메로스 작품 속 영웅들처럼 당당하고 파플라고니아인 같은(그는 정말로 자신에게 걸맞은 시적인 이름을 갖고 있는데 유감스럽게도 여기서는 밝히기 어렵다) 사람이다. 캐나다에서 온 그는 벌목도 하고 기둥도 만드는데 기둥을 박을 구멍을 하루에 50개나 만들 수 있으며, 지난밤 자신이 기르는 개가 잡은 우드척으로 저녁 식사를 만든 사람이다.[6] 그가 우기 동안 호메로스의 책을 한 권이라도 통독했는지는 모르겠지만 호메로스에 대해 알고 있었고 "책이 없으면 비 오는 날 무얼 하며 하루를 보낼지 상상이 가지 않는다"고 말했다. 그는 멀리 고향에 있는 교구에서 그리스어를 하는 사제에게 호메로스의 시를 읽는 법을 배웠다고 한다. 이제 그가 호메로스의 책을 들고 있는 동안 나는 아킬레우스가 우울한 표정을 짓고 있는 절친한 친구 파트로클로스를 질책하는 부분을 번역해서 들려주어야 한다. "파트로클로스, 자네 어째서 어린 소녀처럼 눈물을 흘리는가?"

"혹시 프티아에서 온 소식을 들은 건가?
악토르의 아들인 메노이티오스가 아직 살아 있으며
아이아코스의 아들인 펠레우스 역시 미르미돈 사람들 사이에
살아 있다는군.
둘 중 하나라도 잃는다면 우리는 깊이 애도해야겠지만."[7]

그는 내가 번역한 글귀를 듣고 '멋지다'고 말한다. 그는 아픈 데도 일요일인 오늘 아침에 모은 흰 떡갈나무 껍질 한 보따리를 옆구리에 끼고 있다. 그러고는 "안식일이지만 이 일은 해도 괜찮을 것 같았어요"라고 말한다. 그는 호메로스의 글은 이해하지 못했지만 호메로스를 위대한 작가라고 생각했다. 그보다 더 소박하

고 천진난만한 사람은 찾기 어려우리라. 그에게는 어두운 악덕으로 온 세상을 물들이는 사악함과 질병은 존재하지 않는 듯하다. 나이가 스물여덟쯤 된 그는 약 열두 해 전 캐나다에 있는 부친의 집을 떠나 돈을 벌기 위해 미국에 왔다. 돈을 모아서 고국으로 돌아가 농장을 사겠다고 한다. 그는 무척 거친 거푸집으로 찍어낸 듯했다. 단단한 체구는 굼뜨지만 유려하게 움직이고 굵직한 목은 햇볕에 그을었으며 머리카락은 색이 짙고 숱이 많았고, 푸른 눈동자는 졸린 듯하지만 때때로 감정을 표현할 때면 초롱초롱 빛났다. 그는 회색 천으로 된 납작한 모자를 쓰고 우중충한 색깔의 모직 외투를 입고 소가죽 장화를 신었다. 또한 육식을 즐기며 보통 자기 집에서 2마일 떨어진 일터에 갈 때면 점심(대개 차가운 우드척 고기)을 양철통에 담고 돌로 된 병에 커피를 채워 허리춤에 끈으로 매달고 간다. 가끔 내게 음료를 권하기도 했다. 그는 아침 일찍 콩밭을 지나갔는데 뉴잉글랜드 사람들처럼 빨리 일터로 가려고 조바심을 내거나 서두르지 않았다. 서두르다가 다치고 싶지 않았기 때문이다. 그는 돈을 많이 벌려고 애쓰지 않았다. 자기 개가 잡은 우드척을 밤이 될 때까지 호수에 담가두는 것이 더 안전한 건 아닌지 30분 정도 고민한 후(그는 곰곰이 이런 생각을 하는 걸 무척 즐긴다) 점심을 풀숲에 두고 1.5마일 떨어진 하숙집으로 우드척을 가져가 손질해서 지하실에 둔다. 그는 아침에 길을 갈 때 혼잣말을 한다. "비둘기가 아주 토실토실한데! 매일 일하지 않아도 된다면 비둘기, 우드척, 토끼, 메추라기 사냥으로 원 없이 고기를 마련할 수도 있겠어! 하루만 사냥하면 일주일 동안 먹을 분량은 너끈히 마련하겠군."

그는 아주 솜씨 좋은 벌목꾼이었고 자기 기술로 기교 부리는 것을 즐기기도 했다. 나무를 자를 때 땅바닥과 최대한 가까운 부분을 평평하게 잘라냈기 때문에 나중에 새싹이 나올 때도 더 싱싱했고, 나무 그루터기 위로 썰매가 달려도 쉽게 미끄러져 지나갔다. 그리고 통나무를 그대로 한데 묶어놓지 않고 손으로 부러뜨릴 만큼 가느다란 막대기로 조각냈다.

그는 아주 과묵하고 홀로 지내기를 좋아했다. 나는 그런 그가 흥미로웠다. 그의 눈빛은 익살과 만족감으로 넘쳤고 쾌활한 기질은 순수함 그 자체였다. 가끔 나는 그가 숲 속에서 나무 베는 모습을 보곤 했는데 그는 무척이나 만족스럽게 웃으면서, 영어로 말할 수 있으면서도 캐나다식 프랑스어로 인사를 건넸다. 내가 가까이 다가가면 일손을 멈추고 쾌활함을 반쯤 억누른 채 자기가 벤 소나무 옆에 누워 웃고 이야기하면서 나무 안쪽 껍질을 벗겨내어 공처럼 똘똘 말아 씹었다. 그는 정말 동물적인 활기로 충만한 사람이어서 즐거울 때면 땅바닥을 뒹굴며 웃음을 터뜨리곤 했다. 그가 나무를 둘러보면서 외친다. "와! 여기서 나무를 하는 일이 정말 즐거운데요. 이보다 더 재미있는 놀이는 없을 거예요." 가끔 한가할 때면 그는 온종일 숲 속을 거닐며 일정한 간격을 두고 권총을 쏴대며 즐거워했다. 겨울에는 불을 피워 정오쯤 커피 주전자를 데웠다. 그가 통나무에 걸터앉아 점심을 먹을 때면 가끔 박새가 팔에 내려앉아 손가락에 묻은 감자를 쪼아 먹곤 했다. 그러면 "이 조그만 녀석들이 곁에 있어서 참 좋아요"라고 말했다.

그의 내면에서 가장 발달한 기질은 동물적인 면이다. 신체의 지구력과 만족감으로 치자면 소나무나 바위의 사촌 같았다. 한번은 그에게 그렇게 온종일 일하면 밤에 피곤하지 않냐고 물었다. 그러자 그는 진심 어린 진지한 표정을 하고는 "웬걸요. 난 평생 지쳐본 적이 없어요"라고 답했다. 그러나 지적인 면과 정신적인

면은 아직 발달하지 않은 어린아이처럼 그의 내면에 잠자고 있었
다. 천주교 신부가 원주민들을 가르치듯, 순수하지만 그다지 효
과는 없는 방법으로만 배웠기에 그의 의식은 아직 깨어나지 못했
고 가르침을 믿고 존경하는 수준에 머물러 있었던 것이다. 따라
서 성인으로 성장하지 못하고 어린아이인 채 머물러 있었다. 자
연은 그를 창조하면서 강인한 신체와 자기 몫에 만족하는 능력을
주었기 때문에 그는 일흔 살이 될 때까지 어린아이처럼 살지도
모른다. 너무나도 진실하고 다듬어지지 않아서, 우드척을 이웃에
게 소개할 때처럼 그를 소개할 때도 말이 필요 없다. 보이는 그대
로다. 가식이 없다. 사람들은 그가 일한 대가로 품삯을 주고 먹고
입도록 도와주었지만 그는 다른 사람들과 의견을 나눈 적이 없
다. 아주 소박하고 천성이 겸손 그 자체라서(애초에 포부가 없는
사람을 겸손하다고 해도 될지 모르겠지만), 겸손이 그의 두드러진
특징으로 보이지도 않았고, 겸손이 무엇인지 이해한다고 보기도
어려웠다. 그는 자기보다 현명한 사람을 신처럼 숭배했다. 내가
그에게 아주 현명한 분이 방문한다고 하면, 그렇게 고매하신 분
이 자기를 업신여겨도 그것은 다 자기 잘못이며 그분이 자기 존
재를 묵살해도 당연하다는 듯 행동했다. 그는 칭찬을 들어본 적
이 없었다. 작가와 목사를 특히 존경했고 그들이 기적을 행한다
고 믿었다. 그에게 나도 글을 꽤 썼다고 말하자, 그는 한동안 그
말을 글씨를 잘 쓴다는 의미로 받아들였다. 그는 글씨 쓰는 솜씨
가 뛰어났다. 나는 가끔 도로에 쌓인 눈 위에 프랑스식 표기법으
로 쓰인 그의 고향 마을 교구 이름을 발견하고는 그가 지나갔다
는 걸 알았다. 나는 그에게 자신의 생각을 글로 적고 싶었던 적은
없는지 물어보았다. 그는 글을 모르는 사람들을 대신해서 글을
읽고 써준 적은 있지만 자기 생각을 적어본 적은 없다고 했다. 처

음을 어떻게 시작해야 할지도 모르겠고 글을 쓰면서 철자법까지 신경 써야 한다고 생각하면 죽고 싶은 심정이 들지도 모른다고 했다.

아주 저명한 현인이자 개혁가가 그에게 세상이 바뀌기를 바라지 않느냐고 물었다. 그러나 이 벌목꾼은 그 질문이 오래전부터 사람들이 해온 질문이라는 사실도 모른 채 놀란 듯 웃으며 캐나다식 억양으로 "아니요. 지금 이대로도 만족스러워요"라고 대답했다. 그의 대답은 현인에게 그를 어떻게 대해야 하는지에 대해 많은 점을 말해 주었으리라. 낯선 사람에게 그는 무지한 사람으로 보였다. 그러나 나는 가끔 그의 내면에서 이전에는 본 적이 없는 사람을 발견하곤 했고, 그럴 때면 그가 셰익스피어처럼 현명한지, 단순히 어린아이처럼 무지한지, 정교한 시적 감각이 있는지, 우매한지 도통 종잡을 수가 없었다. 한 마을 사람이 내게 말하기를, 작고 꼭 끼는 모자를 쓰고 휘파람을 불며 마을을 어슬렁거리는 그를 만난 적이 있는데 마치 변장한 군주를 연상케 했다고 했다.

그가 유일하게 읽는 책은 책력과 산수책으로, 그 방면에서는 상당한 전문가였다. 책력은 그에게 백과사전과 같아서 그는 책력에 인간의 추상적인 지식이 모두 수록되어 있다고 생각했는데 상당 부분 맞는 말이기도 하다. 나는 오늘날 개혁이 필요한 여러 가지 문제에 대해 그의 의중을 떠보는 것을 좋아했는데 그는 가장 단순하고 현실적으로 문제를 해석하곤 했다. 그는 내가 언급한 개혁 문제에 대해 들어본 적이 없다고 했다. 내가 공장이 없어도 살 수 있겠느냐고 묻자 자기는 가내수공업으로 만든 버몬트 그레이를 입는데 아주 좋다고 대답했다. 차나 커피 없이도 살 수 있는가? 이 나라가 물 이외에 다른 음료를 살 여유가 있는가? 이러한 질문에 자신은 소나무 잎을 우려낸 물을 마신다며 더운 날에는 물보다 훨씬 낫다고 대답했다. 돈 없이 살 수 있느냐고 묻자 돈의 편리함에 대해 자기 의견을 말했는데, 설명하는 방식이 화폐제도의 기원에 대한 철학적인 해석과 일치했고 돈을 의미하는 단어인 페쿠니아[8]가 어디서 파생되었는지를 설명하는 듯했다. 그는 만약 자기가 소를 가지고 있는데 가게에서 실과 바늘을 사려고 한다면 그에 해당하는 만큼만 소의 일부를 저당 잡히기가 매우 불편할 뿐 아니라 불가능하다고 대답했다. 어떤 철학자보다도 여러 가지 제도의 필요성을 잘 변론했는데 그 이유는 특정 제도와 자신을 연관 지어 설명하면서 그 제도가 왜 널리 시행되고 있는가에 대해 추측이 아닌 사실적인 이유를 제시했기 때문이다. 한번은 플라톤이 인간을 깃털 없는 두 발 달린 동물이라고 정의했다는 이야기를 들은 어떤 사람[9]이, 털 뽑힌 수탉을 보여주며 그 수탉이 플라톤이 말한 인간이라고 했다는 이야기를 듣고, 이 벌목꾼은 사람과 새는 무릎이 굽는 방향이 서로 반대이며 이는 중요한 차이점이라고 날카롭게 지적했다. 그는 가끔 "이야기하는 건 정말 즐거워요. 우와! 종일이라도 이야기할 수 있을 것 같아요!" 하고 소리치곤 했다. 한번은 몇 달 만에 만난 그에게 이번 여름에 새롭게 떠오른 생각이 있는지 물었다. 그는 다음과 같이 답했다. "웬걸요, 나처럼 일을 해야 하는 사람은 이미 갖고 있는 생각만 잊어버리지 않아도 다행입니다. 선생님과 함께 밭을 일구는 사람이 누가 먼저 끝내는지 내기하자고 하면 선생님은 잡초를 제거하는 데만 정신을 집중할 겁니다"라고 답했다. 이렇게 오랜만에 마주칠 때면 그가 먼저 내게 그동안 밭갈이에 진전이 있었는지 묻기도 했다. 어느 겨울날 나는 그에게 늘 자신에게 만족하는지 물어보면서, 운명에 순응하는 듯 보이는 기질을 대체할 만한 무엇이 그의 내면에 존재한다는 사실을 암시해 주고 보다 숭고한 삶의 동기를 이끌어내려 했다. 그는 "만족합니다"라고 답하고는 다음과 같이 말했다. "사람마다 만족하는 이유가 다르지요. 가진 게 넉넉해서 등 따습고 배부르기만 하면 온종일 앉아만 있어도 만족할 사람도 있을 겁니다!" 라고 말했다. 나는 그로 하여금 사물을 영적인 시각으로 보게 하려고 애썼지만 잘 되지 않았다. 그가 도달할 수 있는 가장 고차원적인 생각은 동물이 헤아리는 정도와 같은 단순한 편의성이었다. 사실 대부분의 사람들이 그와 같다. 그는 내가 그의 방식을 개선할 만한 제안을 하면 전혀 후회하는 기색도 없이 개선하기에는 이미 너무 늦었다고 했다. 하지만 그는 정직함과 같은 미덕은 철저히 신봉했다.

아주 미약하긴 하나 그에게서 분명히 독창성을 감지할 수 있었다. 나는 가끔 그가 생각을 하고 자기 의견을 표명하는 모습을 목격했는데, 이는 너무 드문 일이라서 그 광경을 목격할 수만 있다면 10마일이라도 기꺼이 걸어갈 수 있을 듯하다. 게다가 그가 그런 생각을 할 때면 사회의 다양한 제도들을 재편성하는 일에 버금갈 정도로 감탄스러웠다. 그는 머뭇거리기도 하고 분명하게 자기표현을 못할 때도 있었지만 그 이면에는 늘 어디에 내놓아도 부끄럽지 않은 생각을 갖고 있었다. 그러나 그의 사고는 너무나도 원시적이고 동물적인 삶에 익숙해 있어서, 단순히 학식만 있는 사람보다는 나을지 모르지만 널리 알릴 가치가 있을 만큼 성숙한 생각을 한 적은 거의 없었다. 그를 보고 있노라면 아무리 보잘것없고 무지한 사람도 늘 자기만의 관점이 있고, 아무런 견해도 없는 척하지만 탁월한 자기만의 생각을 가진 이들이 있으며, 무지함이 흙탕물처럼 어둡고 혼탁할지는 몰라도 내면의 깊이는 마치 바닥을 헤아리기 힘들 정도로 깊다고 알려진 월든 호수만큼이나 심오할지도 모른다는 생각이 들었다.

　나를 만나기 위해 일부러 찾아와서 물 한잔을 청하는 여행객들이 꽤 있었다. 그들에게 나는 호수의 물을 직접 길어다 마신다고 말하고 국자를 건네주며 호수 있는 쪽을 가리키곤 했다. 나는 외진 곳에 살았지만 야외 활동이 활발해지는 4월이면 사람들의 잦은 방문을 피하기 어려웠다. 방문객들 중에는 연구 대상으로 삼을 만큼 괴짜인 사람들도 있었지만 좋은 사람들도 있었다. 빈민 구제소 등에서 나를 찾아오는 약간 모자란 사람들도 있었는데, 그럴 때면 나는 주로 기지를 대화의 주제로 하여 그들이 자신의 이야기를 최대한 털어놓도록 도와주려 애썼고 노력의 성과도 보았다. 실제로 나는 그들이 소위 그들을 감독한다는 사람들보다 지혜롭다는 사실을 발견했고 외려 감독관들이 그들의 감독을 받아야 한다고 생각했다. 기지로 말하자면 나는 반편(半偏)이와 정상인 사이에 그다지 차이가 없다는 사실을 깨달았다. 하루는 누군가를 해코지할 것처럼 보이지 않는, 지능이 낮은 가난뱅이 한 사람이 찾아와 나처럼 살고 싶다고 했다. 나는 종종 그가 다른 사람들과 함께 벌판에 놓인 양동이 위에 서거나 앉아서 가축이 길을 잃거나 본인 스스로 길을 잃지 않도록 울타리 역할을 하는 모습을 보았다. 그는 아주 단순하고 진실하게 자기 비하도 하지 않고 자신은 지능이 박약하다고 말했다. 그가 한 말 그대로이다. 그는 비록 신이 자기를 그렇게 만들었지만 스스로를 다른 사람들과 똑같이 귀하게 여긴다고 말했다. "전 어렸을 때부터 늘 이랬어요. 다른 아이들과 달리 정신이 박약했지요. 저는 이게 다 신의 뜻이라고 생각합니다." 그는 자기가 한 말이 사실임을 증명했다. 나에게 그는 어려운 형이상학적 수수께끼였다. 나는 그렇게 믿음직한 사람을 만난 적이 없다. 그가 한 말은 정말 단순하고 진심이 어려 있었으며 거짓이 없었다. 그는 자신을 낮춘 만큼 고귀해졌다.[10] 처음에는 몰랐지만 이는 현명함에서 나온 언행이었다. 나는 그 정신박약의 가난뱅이가 진실함과 솔직함으로 마련한 대화의 초석을 바탕으로 현자들 사이의 대화보다 더 훌륭하게 대화의 탑을 쌓아 올릴 수 있을 것만 같았다.

나를 찾아오는 방문객 가운데는 마을에서 빈민의 대열에 속하지는 않지만 그 대열에 끼어야 할, 아니 세계적인 빈민으로 간주해야 하는 사람들도 있었다. 그들은 단순한 대접이 아니라, 아주 큰 대접을 바라는 것이다. 그들은 절대 손가락 하나도 까딱하지 않겠다는 굳은 의지를 보이며 내가 시중들어 주기를 바란다. 나는 방문객에게 허기진 상태로 나를 찾아오지 말라고 한다. 세상에서 가장 왕성한 식욕을 갖고 있어서 아무리 먹어도 항상 배가 고픈 사람이라 어쩔 도리가 없다 해도, 자선을 베풀어야 하는 대상은 내게 손님이 아니다. 내가 다시 부산스럽게 내 할 일을 하고, 묻는 말에 점점 소원하게 대꾸해도 이만 돌아가야 할 때라는 사실을 눈치채지 못하는 방문객들이 있다. 이동이 잦은 때에는 천차만별의 분별력을 가진 사람들이 나를 방문했다. 개중에는 해야 할 일을 아는 것 이상으로 상당한 분별력을 가진 사람들도 있었다. 또한 농장에서 하던 습관이 그대로 남은 도망 노예들도 있었는데 이들은 사냥개가 쫓아오는 소리를 들은 우화 속의 여우처럼 때때로 귀를 쫑긋 세우면서 애원하듯 나를 쳐다보았다.

"오 기독교도여, 진정 나를 돌려보낼 생각입니까?"

실제로 나는 탈주한 노예가 북극성의 방향을 따라 도망칠 수 있도록 도와준 적이 있다.[11] 한 가지 생각을 가진 사람은 병아리 한 마리를 거느린 암탉과 같다. 천 가지 생각을 가진 사람은 벌레 한 마리를 뒤쫓는 백 마리의 병아리를 돌봐야 하는 암탉들같이 정신이 산만하여 병아리 일부는 길을 잃고 암탉들은 들볶인 끝에 초췌해진다. 다리 대신 머리, 즉 실속 없는 생각만 넘치는 사람들은 지적인 지네같이 꿈틀거리며 상대를 소름 끼치게 만든다. 어떤 사람은 뉴햄프셔 주의 화이트 산맥에 있는 방명록처럼, 방문객들이 이름을 써넣을 책을 마련하면 어떻겠냐고 제안했다. 그렇지만 어쩌랴, 나는 기억력이 좋아서 방명록이 필요 없는 것을.

방문객들의 특이한 점들이 눈에 띄는 것은 어쩔 도리가 없다. 소년 소녀들과 젊은 숙녀들은 보통 숲 속에서 시간을 보내는 것을 즐겼다. 그들은 호수를 둘러보고 꽃을 감상하며 즐거운 시간을 보냈다. 사업가들, 심지어 알 만한 농부들조차도 내가 얼마나 외로운지, 무슨 일을 하고 사는지에 대해 궁금해하며 내가 사는 곳이 이런저런 것들로부터 얼마나 멀리 떨어져 있는지만 생각했다. 그들은 말로는 가끔 숲 속을 거닐기를 좋아한다고 했지만 전혀 그렇게 보이지 않았다. 돈을 벌고, 벌어들인 재산을 관리하는데 시간을 모두 쏟아붓지 않고 한가로이 숲 속을 산책하는 건 시간 낭비라 생각하며 좌불안석인 모습이었다. 목사들은 신을 거론하며 마치 자신들이 신에 대해 말할 독점권을 누리고 있는 양 행동했고 다양한 의견이 존재할 수 있다는 점을 인정하지 못했다. 의사와 변호사, 주부들은 내가 집에 없을 때 찬장을 열어보고 침대보는 깨끗한지 궁금해하며 침대를 들춰보았다. 젊은이들은 젊음의 패기는 간데없이 그저 남들처럼 번듯한 직업을 갖는 게 제일 안전하다고 결론 내렸다. 그들의 행동은 대체로, 나와 같은 처지에서는 뭔가를 성취하는 게 불가능하다고 생각한다는 것을 보여주었다. 아! 그것이 문제로다. 남녀노소를 불문하고 늙고 병들고 소심한 사람들은 대부분 병들거나 갑작스러운 사고를 당하거나 죽는 생각만 한다. 그들은 인생이 위험투성이라(인생에 위험이 도사리고 있다고 생각하지 않으면 어떤 위험에 처하게 되는가) 여겼고 신중한 사람이라면 연락을 받는 즉시 의사가 언제라도 달려올 만한 곳에서 가장 안전하게 인생을 사는 방법을 심사숙고해서 선택해야 한다고 생각했다. 그들에게 마을은 서로를 보호해 주는 동맹과도 같았다. 그들은 월귤을 채집하러 갈 때도 구급상자를 가져가리라. 인간은 살아 있는 한 목숨을 잃을 위험이 늘 있다. 물론 살아 있어도 죽은 사람이나 진배없는 이는 죽을 가능성이 훨씬 적지만 말이다. 사람은 자진해서 위험을 무릅쓰지 않아도 위험을 각오하고 살아야 한다. 마지막으로, 가장 사람을 따분하게 만드는 자칭 개혁가들이 있었다. 그들은 내가 끊임없이 다음과 같이 노래한다고 생각했다.

　　이것이 내가 지은 집이요,
　　이 사람이 내가 지은 집에 사는 사람이오.

　그러나 그들은 그다음 행이 이렇게 이어진다는 사실은 알지 못했다.

　　이 사람들이 내가 만든 집에 사는 사람을
　　근심에 잠기게 만드는 이들이오.

　나는 닭을 키우지 않았으므로 매는 두렵지 않았지만 사람을 성가시게 하는 인간 매는 두려웠다.

　그래도 나를 즐겁게 해주는 방문객들이 더 많았다. 딸기를 따러 온 아이들, 말끔히 차려입고 일요일 아침 산책을 즐기는 철도 인부들, 낚시꾼, 사냥꾼, 시인, 철학자들. 간단히 말하면 나는 자유를 만끽하기 위해서 마을을 떠나 숲을 찾아온 정직한 순례자들을 모두 환영했다. 그런 순수한 방문객들에게 이심전심으로 주저하지 않고 기꺼이 인사를 건네리라. "영국인들이여, 환영합니다! 영국인들이여, 환영합니다!"[12]라고.

콩밭

어느새 콩을 심은 밭이랑의 총 길이는 7마일에 달했고 마지막으로 남은 콩을 심기도 전에 제일 먼저 심은 콩이 이미 상당히 자라, 잡초를 뽑아줄 손길을 애타게 기다리고 있었다. 더 이상 미룰 일이 아니었다. 이렇게 지속적이고, 자기 존중적이고, 보잘것없지만 엄청난 힘을 요하는 이 노동의 의미가 무엇인지 나는 알지 못한다. 필요한 분량보다 콩을 많이 심었지만 내가 일군 밭이랑과 내가 심은 콩에 애착을 느꼈다. 콩은 나를 대지와 밀착시켜 주었고 그로 인해 나는 안타이오스[1]와 같은 힘을 얻었다. 나는 왜 콩을 재배해야 하는가? 그 대답은 하늘만이 알리라. 양지꽃, 블랙베리, 물레나물 등 달콤한 야생 열매와 보기 좋은 꽃들만 자라던 지표면의 한 부분에서 콩을 길러낸 일이 여름 내내 내가 한 흥미로운 일이다. 나는 콩에서 무엇을 배우고 콩은 나에게 무엇을 배울 것인가? 나는 콩을 소중히 여기고 잡초를 뽑아주고 아침저녁으로 돌본다. 이게 내가 온종일 하는 일이다. 콩잎은 널찍하니 보기가 좋다. 이슬과 비는 나를 도와 마른 토양을 적시고 고갈된 번식력을 회복시켜 준다. 나의 적은 벌레와 서늘한 날씨 그리고 무엇보다 우드척이다. 우드척은 0.25에이커에 달하는 콩밭을 깨끗이 갉아 먹어치웠다. 그런데 물레나물 등 야생식물들이 오래전부터 자라온 정원을 파괴할 권리가 내게 있는가? 어차피 남아 있는 콩들은 이 풀들을 제치고 자라서 새로운 적을 상대하리라.

네 살 때 나는 보스턴에서 이 마을로 왔는데 그때 바로 이 숲과 들판과 호수를 지났던 기억이 생생하다. 이는 내 기억에 새겨진 가장 오래된 광경 가운데 하나다. 오늘 밤 나의 플루트 연주 소리가 바로 그 호수 너머로 메아리친다. 나보다 나이 많은 소나무는 여전히 이곳에 우뚝 서 있다. 나는 쓰러진 소나무가 있으면 그 그루터기로 불을 지펴 요리를 했고 주위에는 새로운 싹이 무성하게 돋아나 새로운 모습으로 또 다른 아이의 기억에 새겨질 채비를 한다. 이 초원에는 오래전에 뿌리 내린 바로 그 물레나물에서 다시 새싹이 돋아나고, 마침내 나도 어릴 적 꿈속에서 본 멋진 풍경에 옷을 입히는 데 한몫했으며, 나의 존재감과 영향력을 콩잎과 옥수수 잎과 감자 덩굴을 통해 표현했다.

나는 고지대에 있는 약 2.5에이커의 땅에 농사를 지었다. 이 지역은 개간된 지 15년밖에 되지 않았으므로 2, 3코드의 나무 그루터기만 뽑아냈을 뿐 거름은 주지 않았다. 그런데 여름에 제초 작업을 하다가 화살촉을 발견했다. 아마도 백인이 이곳을 개간하기 오래전, 지금은 멸종한 어느 부족이 옥수수와 콩을 심었고, 그 때문에 작물이 성장하는 데 필요한 영양분이 토양에서 다 빠져나가지 않았나 싶다.

나는 농부들의 경고를 무시하고 일찌감치, 우드척이나 다람쥐가 길을 건너기 전에, 또 해가 관목 떡갈나무 위로 솟기 전에, 아직 아침 이슬이 증발하지 않고 그대로 있을 때(가능하면 아직 아침 이슬이 있을 때 작업을 끝마치는 것이 좋다) 콩밭에 우뚝 솟은 잡초를 솎아내고 그 위에 흙을 뿌리기 시작했다. 마치 조형물을 만드는 예술가처럼 아침 일찍 촉촉하고 잘 부서지는 모래를 밟으며 맨발로 작업했다. 그러나 낮에는 햇볕이 따가워 물집이 생기기도 했다. 자갈이 많은 누런 토양의 고지대에 위치한 15로드 길이의 밭이랑 한쪽 끝에서 다른 한쪽 끝까지 햇빛을 따라 천천히 오락가락하며 잡초를 제거했다. 밭이랑의 한쪽 끝은 떡갈나무 관목 숲이어서 그늘에서 쉴 수 있었다. 다른 한쪽 끝에는 블랙베리 밭이 펼쳐져 있었는데 괭이질을 한 차례 끝낼 때마다 푸른 열매의 색이 검게 짙어져 갔다. 잡초를 제거하고, 콩 줄기 주위로 새 토양을 돋워주고, 내가 심은 콩이 잘 자라도록 격려하고, 누런 토양이 여름에 품었던 생각을 쑥과 기장, 나도겨이삭 같은 잡초가 아니라 콩잎과 꽃으로 표현하도록 하는 일, 대지로 하여금 풀의 언어가 아니라 콩의 언어를 말하도록 하는 일이 나의 하루 일과였다. 말이나 가축 혹은 다른 사람들의 도움을 받거나 개량한 농기구를 사용하지 않았으므로 일이 더디었지만 대신 내가 심은 콩과 아주 친밀해졌다. 육체노동은 아주 단조롭고 고된 일이라 할지라도 절대로 무익하지 않다. 육체노동에는 항구적인 교훈이 담겨 있으며 이를 통해 학자는 걸작을 수확한다. 링컨과 웨이랜드를 지나 이름 모를 서쪽 어딘가로 길 떠나는 여행객들에게 나는 아그리콜라 라보리오수스, 즉 열심히 일하는 농부의 전형으로 보였을 것이다. 그들은 내가 밭을 가는 모습을 보면 마차에 여유롭게 앉아 팔꿈치를 무릎에 괴고 말고삐를 느슨히 풀어 속도를 늦추었다. 나는 그들의 눈에 토양을 열심히 일구는 이곳 출신 사람으로 보였다. 그러나 곧 내 거처와 내 존재는 그들의 뇌리에서 사라졌다. 내가 일군 땅은 길 양쪽을 통틀어 유일한 개간지였고 이곳 말고 시야가 트인 경작지를 보려면 한참을 가야 했으므로 그들은 그 기회를 최대한 활용한 것이다. 밭에서 일하다 보면 가끔 본의 아니게 여행자들이 나누는 뒷공론이나 밭에 대한 논평을 듣는 때도 있었다. 농사에 일가견이 있다는 한 목사는 내가 근처에 있다는 건 꿈에도 모른 채 "콩을 심기에는 너무 늦었지! 완두콩을 심기에는 너무 늦었어!" 라고 중얼거렸다. 다른 이들이 잡초를 뽑기 시작할 때 나는 계속 콩을 심었기 때문이다. "이보게, 가축 사료로는 옥수수가 단연 제일이네. 암, 옥수수가 제일이야." "이걸 심은 사람이 여기 사는가?" 회색 털로 된 쓰개[2]를 머리에 쓴 여행객이 묻기도 했다. 사나운 인상의 농부는 순한 말의 고삐를 당겨 마차를 세운 뒤 고랑에 거름도 주지 않고 뭘 하느냐고 내게 묻고는 톱밥이나 그 밖의 다른 쓰레기 혹은 재나 벽토를 거름으로 쓰라고 권한다. 그러나 여기 2.5에이커의 밭고랑에 달랑 괭이 하나와 괭이질을 할 두 손뿐이니(말이나 수레는 피하고 싶고), 톱밥은 이곳에서 구하기 힘들지 않은가. 여행객들이 마차를 덜컹거리고 지나가면서 내 밭과 자신들이 지나쳐 온 다른 밭들을 비교하며 큰 소리로 떠들었기 때문에 나는 농업계에서 내 위치가 어느 정도인지 알게 되었다. 내 밭은 콜먼의 보고서[3]에서 찾아볼 수 없는 경우였다. 한데 사람의 손길이 닿지 않은 야생 들판에서 자연이 길러내는 작물의 가치는 누가 평가하는가? 사람들은 영국식 건초[4]를 만들 때 작물의 무게를 정확하게 재고 수분 함량을 계산하고 규산염과 잿물의 함량을 잰다. 그러나 숲 속에 있는 골짜기와 호수, 초원, 늪지에서는 다양한 작물이 풍성하게 자란다. 단지 인간이 수확하지 않을 뿐이다. 내 밭은 야생의 들판과 인간이 경작한 땅을 연결해 주는 중간 지대였다. 어떤 나라는 문명국이고 어떤 나라는 반(半)문명국이고 또 어떤 나라는 야만적이듯, 내 밭은 (부정적인 의미에서가 아닌) 반경작지였다. 내가 경작한 콩은 기꺼이 야생 본래의 원시적인 상태로 돌아가려는 성질을 지녔으며 내 괭이는 그런 콩들에게 「랑 데 바슈」[5]를 연주해 주었다.

온종일 자작나무 꼭대기에서 명금—혹자는 붉은 개똥지빠귀라고 부른다—이 내가 곁에 있어 기쁘다는 듯 노래한다. 그 새는 내가 일군 밭이 사라지면 다른 농부의 밭을 찾아가 노래하리라. 내가 씨를 심는 동안 그 새는 지저귄다. "씨를 떨어뜨려라, 떨어뜨려. 흙으로 씨를 덮어라. 잡초를 뽑아라, 뽑아, 잡초를 뽑아라." 콩은 옥수수와 달리 이 새와 같은 천적으로부터 안전했다. 여러분은 아마도 이 새가 횡설수설하는 소리, 이 초보자가 연주하는 1현 혹은 20현 파가니니[6] 곡이 내가 콩을 심는 것과 무슨 상관이 있는지, 내가 왜 재나 벽토 같은 거름보다 그 새의 노래를 소중하게 여기는지 의아해할지도 모르겠다. 그 새의 노래는 말하자면 토양 맨 위에 뿌려주는 비료로, 나는 그 노래가 콩을 잘 자라게 해주리라 믿어 의심치 않았다.

나는 괭이로 밭이랑을 갈아 신선한 토양을 북돋우면서, 역사에 기록되지는 않았으나 원시시대에 이 하늘 아래 살았던 종족들이 남긴 잿더미를 파헤쳐 전쟁과 사냥에 사용한 작은 도구들을 발견했다. 이 유물들은 다른 자연석과 한데 섞여 있었는데, 어떤 것에는 인디언이 피운 불에 탄 자국이, 어떤 것에는 햇볕에 그은 자국이 남아 있었다. 또한 최근에 이 땅을 개간한 사람들이 남긴 듯한 도자기와 유리 조각도 발견했다. 내 괭이가 돌에 부딪혀 딸그랑 소리를 내면 그 음악 소리가 숲과 하늘에 울려 퍼졌고 그 반주에 맞춰 나는 곧 값을 헤아릴 수 없는 노동의 결실을 수확했다. 그때부터 괭이질을 한 것은 더 이상 콩이 아니었고 콩밭을 일군 사람은 더 이상 내가 아니었다. 그리고 오라토리오 음악회에 참석하려고 도시로 가버린 지인들을 떠올리며, 이 멋진 자연의 오라토리오를 경험한 나 자신이 자랑스러운 동시에 이를 놓친 그들이 측은하다는 생각이 들었다. 맑은 오후의 광활한 하늘을 빙빙 도는 쏙독새는 티끌처럼 작게 보였다. 때때로 급히 하강하면서 하늘을 너덜너덜하게 찢어버릴 듯한 소리를 냈지만 이음새 하나 없는 창공은 여전히 변함이 없었다. 울음소리로 대기를 가득 채우는 쏙독새는 아무도 찾지 못하는 언덕 꼭대기의 바위 위 혹은 황량한 모래땅에 알을 낳았다. 호수에 일렁이는 부드럽고 잔잔한 물결, 바람을 타고 공중으로 날아오르는 나뭇잎 같았다. 자연 속의 현상과 생명들은 그렇게 서로 닮아 있었다. 쏙독새는 파도 위를 항해하고 굽어보면서 깃털이 나지 않은 바다의 날개에 한껏 부풀어 오른 자신의 날개로 화답하는, 하늘을 나는 파도의 형제다. 때때로 나는 하늘 높이 원을 그리는 매 한 쌍을 지켜보곤 했는데 두 마리의 매는 번갈아 높이 솟아오르기도 하고 급강하하기도 하며, 서로 접근했다가 멀어지기도 하면서 마치 내 사고의 변화무쌍함을 몸짓으로 표현하는 듯했다. 나는 떨리듯 까부르듯 하는 소리를 내며 급히 전해야 할 통신문이 있는 듯, 이쪽 숲에서 저쪽 숲으로 지나가는 야생 비둘기의 자취에 이끌리기도 했다. 또 괭이질을 하다가 썩은 나무 그루터기 밑에서 느릿느릿 움직이는, 화려한 점박이 무늬가 있는 도롱뇽을 발견하기도 했다. 이집트와 나일 강의 자취를 간직한 도롱뇽이 우리가 사는 시대에도 발견되는 것이다. 나는 잠시 일손을 멈추고 괭이에 기대어 밭 주위로 펼쳐지는 광경을 음미하고 자연의 소리에 귀를 기울이면서 전원생활이 주는 무한한 즐거움을 만끽했다.

축제 날 마을에서 축포를 쏘면 숲 속에서는 그 소리가 장난감 총소리처럼 들리기도 하고 어렴풋이 군악대가 연주하는 음악 소리처럼 들리기도 한다. 마을 반대편 끝에 있는 내 콩밭에서는 총

소리가 말불버섯 터지는 소리처럼 작게 들린다. 내가 알지 못하는 군대 소집이 있을 때면 성홍열이 곧 전염될 것처럼 온종일 뭔가 근질근질하고 병이 퍼져 오는 것을 어렴풋이 느꼈다. 그리고 마침내 콩밭을 넘어 웨이랜드 도로를 따라 불어오는 바람이 군대의 훈련 소식을 전해 주면 비로소 무슨 일이 있는지 깨달았다. 군대가 훈련하는 소리는 멀리서 들으면 벌들이 떼 지어 윙윙거리는 소리처럼 들렸다. 베르길리우스[7]의 저서에 따르면 그의 이웃들은 가재도구 중 가장 낭랑한 소리를 내는 도구에 작은 물방울을 떨어뜨려 벌을 벌집으로 다시 불러 모았다고 한다. 군대 훈련 소리가 잦아들면 벌 떼가 윙윙거리는 소리도 멈췄다. 미풍에 아무 소리도 실려 오지 않으면, 그것은 마지막 한 마리의 수벌까지 미들섹스의 벌집에 안전하게 들어갔고 이제 벌들이 꿀에 정신이 팔려 있다는 뜻이었다.

나는 매사추세츠와 조국의 자유가 안전하게 지켜진다는 사실이 무척 자랑스러웠다. 그리고 다시 밭을 갈면서 말로 표현하기 어려울 만큼 안도감이 들었고 차분하게 미래에 대한 믿음을 갖고 즐겁게 일을 계속했다.

여러 악단이 연주를 할 때면 마을 전체가 거대한 풀무가 되어 건물들이 모두 큰 음악 소리에 맞춰 들썩들썩했다. 가끔 고상하고 감동적인 선율이 숲 속까지 도달할 때가 있었는데, 명성을 드높이 찬양하는 트럼펫 소리가 들릴 때면 나는 기꺼이 멕시코인을 무찌를 수 있을 것 같았고(사소한 일에 목숨 걸지 말고 중요한 명분을 위해 싸우는 건 어떤가?)[8] 칼 솜씨를 연마할 상대로 우드척이나 스컹크를 찾느라 주위를 두리번거렸다. 이 군악대의 선율은 팔레스타인처럼 멀리서 들리는 듯했고 마을에 드리워진 느릅나무 꼭대기를 진동시키며 지평선 너머에서 행진해 오는 십자군을 연상케 했다. 이날은 정말 멋진 하루였다. 나의 개간지에서 보이는 하늘은 여느 때와 마찬가지로 멋졌고 평소와 다른 점도 없었다.

콩을 경작하면서 나는 오랜 시간에 걸쳐 콩에 대해 자세히 배우는 소중한 경험을 했다. 콩을 심고 김을 매고 수확하고 도리깨질을 하고 골라내고 팔고 직접 맛을 보았는데, 그중에서 판매하는 일이 가장 어려웠다. 나는 콩에 대해 철저하게 파악하기로 마음먹었다. 콩이 자라는 동안 새벽 5시부터 정오까지 김을 맸고, 오후에는 보통 다른 용무를 보았다. 나는 갖가지 잡초와 친숙해졌고 잡초에 대해 많이 알게 되었다. (김매기는 계속해서 반복해야 하는 노동이므로 잡초에 대한 이야기는 여러 번 반복되리라.) 잡초의 연약한 조직을 무자비하게 파헤쳐, 괭이질로 잡초에 속하는 식물은 솎아내 제거하고 다른 종류의 식물은 정성스럽게 키웠다. 저것은 쑥, 저것은 명아주, 저것은 괭이밥, 저것은 잡초. 저놈을 손으로 잡고 잘라내라. 뿌리를 뽑아내 실뿌리 한 올도 남기지 마라. 그렇지 않으면 이틀 만에 반대편에서 싹을 틔우고 서양 부추처럼 푸르게 자라난다. 학이 아니라 잡초와의 기나긴 전쟁이며, 잡초는 태양과 비와 이슬을 아군으로 둔 트로이 병사들이다. 나는 매일 괭이로 무장하고 콩을 구출하러 가서 콩을 해치는 적의 규모를 축소시켰고, 참호는 내가 무찌른 잡초의 시신으로 가득 찼다. 군집한 동지들의 머리 위로 키가 1피트는 더 우뚝 솟은 건장한 헥토르[9]는 숱이 무성한 투구의 술을 흔들며 위협했지만 내 괭이 앞에 무릎을 꿇고 쓰러져 땅 위에 뒹굴었다.

여름이면 동시대 사람들 중 어떤 이는 보스턴이나 로마에서 예술에 심취하고 어떤 이는 인도에서 명상에 잠기고 또 어떤 이는 런던이나 뉴욕에서 무역을 증진하는 데 힘쓰는데, 나는 여름 한 철을 뉴잉글랜드의 다른 농부들과 더불어 땅을 일구는 데 바쳤다. 내가 먹으려고 콩을 심은 것은 아니었다. 나는 천성이 피타고라스 같은 사람[10]이라 콩으로 죽을 쑤어 먹거나 투표[11]하는 데 쓰지 않고 쌀과 교환했다. 그래도 그저 수사 어구와 새로운 표현법을 얻기 위해서라도 누군가는 밭일을 해야 한다. 이는 훗날 우화를 창작하는 사람들에게 도움이 될 수도 있다. 콩을 기르는 일은 대체로 내게 흔히 얻기 어려운 즐거움을 안겨주었지만 너무 오래 계속했다면 즐거움을 잃었으리라. 콩에 거름도 주지 않고 한꺼번에 밭 전체의 김을 매지도 않았지만 내 생각으로는 괭이질이 아주 잘되었고 그에 걸맞은 수확을 얻었다. 이블린[12]은 이렇게 말했다. "어떤 퇴비나 자양분도 끊임없이 삽을 놀려 흙을 엎는 것에는 비할 바가 못 된다." "대지, 특히 신선한 토양은 어떤 유인력을 갖고 있어서 소금이나 활력 혹은 덕을(무엇으로 부르든지 상관없다) 끌어당겨 생명을 얻는다. 대지는 우리의 모든 노동과 움직임에 논리를 부여하며 우리를 지탱해 준다. 거름과 온갖 지저분한 재료들을 섞어 만든 퇴비를 쓰는 행위는 노동으로 대지를 일구는 일과는 비교할 가치도 없는 차선책에 불과하다." 내가 일군 땅은 오랜 경작 끝에 지치고 척박해졌지만 안식년을 통해 충분히 휴식을 취하고 원기를 회복했으므로, 케넬름 딕비 경[13]이 말한 것처럼 대기로부터 활력을 끌어당겼다. 나는 12부셸의 콩을 수확했다.

콜먼의 연구 보고서에 수록된 내용은 주로 경비가 많이 드는 실험에 대한 결과뿐이라는 불만이 있다는 점을 고려해서, 내 콩밭 가꾸기 실험에 든 비용을 다음과 같이 자세히 밝힌다.

괭이 ……………………………… 54센트
쟁기질, 써레질, 고랑 만들기 …… 7달러 50센트
(너무 많은 비용이 들었음)

파종용 콩 ·················· 3달러 12.5센트

감자 ························· 1달러 33센트

완두콩 ······················ 40센트

순무 씨 ····················· 6센트

밭에 울타리를 치기 위한 흰 줄 ··· 2센트

말로 부리는 경작기와

소년의 세 시간 품삯 ·············· 1달러

수확 작물 운반용 말과 수레 ······ 75센트

────────────────────────────

총 비용 ····················· 14달러 72.5센트

나의 수입은 (한 집안의 가장은 사는 습관이 아니라 파는 습관을 들여야 한다)[14] 다음과 같았다.

콩 9부셸 12쿼트[15]··················· 16달러 94센트

큰 감자 9부셸 ···················· 2달러 50센트

작은 감자 9부셸 ················· 2달러 25센트

목초 ··························· 1달러

콩 줄기 ······················· 75센트

────────────────────────────

총 수입 ······················ 23달러 44센트

그리하여 앞서 밝힌 대로 순수입은 8달러 71.5센트였다.

이상이 내가 콩을 재배하는 실험을 통해 얻은 결과다. 흔히 볼 수 있는 작고 흰 강낭콩은 6월 초에 심는다. 둥글고 신선한 콩을

골라 3피트 넓이의 밭이랑에 18인치[16] 간격으로 심는다. 파종 후 초기에는 해충의 피해를 입지 않도록 주의하고 밭이랑의 빈 자리가 보이면 새로 콩을 심는다. 밭이 노출된 지형이면 우드척에 주의한다. 우드척은 처음에 나오는 부드러운 잎을 모조리 갉아 먹는다. 그리고 어린 덩굴손이 자라나면 다람쥐처럼 곧추앉아서 싹과 어린 콩깍지를 잘라 먹는다. 그러나 무엇보다 서리를 피하고 제값을 받고 팔 만큼 상품 가치가 있는 콩을 수확하기 위해서는 가능한 빨리 수확해야 한다. 이렇게 하면 손실을 꽤 줄일 수 있다.

이번 실험을 통해 다음과 같은 교훈도 얻었다. 다음 해 여름에는 콩과 옥수수를 심느라 애쓰기보다는, 콩과 옥수수를 길러내고도 아직 척박해지지 않은 이 토양에 진정성과 진실, 소박함, 믿음, 순수의 씨앗들을 심어서, 콩과 옥수수를 기를 때처럼 힘들이지 않고 거름을 덜 쓰고도 이 씨앗들을 잘 키워낼 수 있을지 보겠다고 결심했다. 아, 그러나 그렇게 스스로 다짐했건만 여름 한 철이 지나고 또 지나고 또 다른 여름 한 철이 지나자 내가 파종한 씨앗들은 벌레 먹거나 활력을 잃었고, 결국 싹이 트지 않았다. 인간은 용맹함과 비겁함에 있어서 자신의 아버지를 닮기 마련이다. 수 세기 전 인디언들이 그랬듯, 인디언들에게 배운 첫 세대 정착인들이 그랬듯 우리 세대는 해마다 인디언과 우리 조상들이 사용한 방법 그대로, 마치 그것이 운명인 양 옥수수와 콩을 심는다. 얼마 전 한 노인을 보았는데 놀랍게도 구멍 하나를 파느라 적어도 일흔 번은 될 법한 괭이질을 하고 있었다. 자신을 묻을 구덩이를 파는 일도 아니련만! 이 뉴잉글랜드 노인은 왜 새로운 모험을 하지 않는가? 곡물과 감자를 기르고 목초를 만들고 과수원을 돌보는 데만 몰두하지 말고 다른 무엇인가를 경작해 보면 어떨까? 우리는 파종할 콩에는 온갖 관심을 쏟으면서 왜 새로운 세대를 길러내는 데는 무관심한가? 우리는 앞서 언급한 그런 미덕이 내면에 뿌리내리고 성장한 사람을 보면 흐뭇해하고 기뻐해야 한다. 우리는 경작한 농산물보다 그런 미덕을 더 소중히 여긴다고 말의 성찬만 늘어놓는다. 아주 적은 양이고 새로운 품종이기는 하나, 포착하기 힘들고 말로 표현하기 어려운 진실이나 정의 같은 미덕이 발견되었다고 가정하자. 그렇다면 우리는 해외에 주재하는 대사들에게 지시를 내려 이 씨앗들을 고국으로 보내라고 해야 한다. 그리고 의회는 전국에 이 씨앗들을 보급하도록 도와야 한다.[17] 우리는 결코 형식에 구애받아서는 안 된다. 자신에게 한 톨이라도 가치나 친절이 남아 있다면 서로를 속이거나 모욕하거나 멀리해서는 안 된다. 또한 서로와의 만남을 서둘러서는 안 된다. 사람들 대부분은 너무 바빠 진심으로 서로를 대할 시간이 없는 듯하다. 사람들은 콩을 심고 돌보는 데 온통 정신이 팔려 있다. 우리는 그런 사람들과는 진심으로 만나기 어렵다. 일하는 틈틈이 괭이나 삽을 지팡이 삼아 기대어 숨을 돌릴 때를 제외하고는 쉬지 않고 일하는 사람, 한곳에 뿌리를 내린 버섯처럼 차분하지 못하고 땅 위에 잠시 내려앉은 제비처럼 안절부절못하는 사람들 말이다.

> "그리고 그는 말하면서 가끔씩 마치 날아오르려는 듯
> 날개를 펼쳤지만 이내 다시 날개를 접었다."[18]

그런 사람과 대화하면 혹시 천사와 이야기하고 있는 건 아닌지 의구심을 가지리라. 빵은 우리에게 항상 필요한 자양분을 주지 않을진 몰라도 이로운 존재이긴 하다. 우리가 원인 모를 병을 앓고 있을 때 빵은 뻣뻣한 관절을 유연하고 가볍게 해주어 우리

로 하여금 사람이나 자연에 존재하는 너그러움을 인식하고 순수
하고 큰 기쁨을 나누도록 해준다. 고대의 시나 신화에서는 농경
을 성스러운 기술이라고 묘사했다. 그러나 우리는 불경스럽고 조
심성 없이 허겁지겁 서둘러 농사를 짓고, 오로지 더 큰 농장을 소
유하고 수확을 늘리기 위해 경작을 한다. 또한 축제도 열지 않고
가두 행렬도 하지 않고 의식도 치르지 않는다. 가축 박람회가 열
리거나 소위 추수감사절이 오면 농부는 자기의 소명이 얼마나 성
스러운가를 표현하고 그 성스러운 소명의 기원을 되새기지만, 농
부가 이런 행사에 관심을 갖는 까닭은 금전적인 이득을 얻거나
진수성찬을 먹기 위함이다. 농부는 케레스와 조브가 아니라 지옥
의 플루토스[19]에게 제물을 바친다. 우리는 모두 탐욕과 이기심에
빠진 채 타성을 극복하지 못하고, 땅을 재산으로 여기거나 재산
을 취득하는 수단으로 여긴다. 그리하여 자연경관은 파괴되고 경
작의 숭고한 의미는 우리 자신과 더불어 타락하며 농부는 초라한
삶을 살게 된다. 이제 농부는 자연을 강탈자로 여긴다. 하나, 카
토는 농업에서 얻는 이익은 신성하고 정당하다(최고로 존경받을
만하다)고 했고, 바로에 따르면 고대 로마인들은 "대지와 케레스
를 동일시했고 토지를 경작하는 사람들은 성스럽고 유익한 삶을
산다고 생각했으며 농부를 사투르누스의 유일한 혈족으로 여겼
다"[20]고 한다.

우리가 일군 경작지와 초원과 숲을 태양이 차별하지 않고 골
고루 비춰준다는 사실을 우리는 자주 잊는다. 경작지와 초원과
숲은 모두 태양의 빛을 똑같이 반사하고 흡수한다. 경작지는 태
양이 하루 동안 지켜보는 아름다운 광경의 일부분에 불과하다.
태양의 관점에서 보면 대지는 정원처럼 골고루 경작된 것이다.
따라서 우리는 태양의 빛과 열기를 이에 어울리는 신뢰와 너그러

움과 함께 받아들여야 한다. 이 소중한 콩들을 파종하여 가을에 수확하는 일은 어떤 의미를 지니는가? 내가 아주 오랫동안 가꾸어온 이 넓은 들판은 이 땅을 일군 내게 의지하지 않고, 오히려 눈을 돌려 들판에 물을 주고 푸르게 만드는 보다 다정다감한 영향력에 의지한다. 콩을 심어 얻는 것은 콩만이 아니다. 내가 수확하지 못하는 무엇인가를 콩은 만들어낸다. 콩은 어떤 의미에서는 우드척을 위해서 자라지 않는가? 밀 한 포기(라틴어로는 스피카(spica)이고 그 어원은 스페(spe), 즉 희망이다)를 수확하는 일이 농부의 유일한 희망이어서는 안 된다. 밀의 알곡(라틴어로 그라눔(granum)으로 어원은 게렌도(gerendo), 즉 결실이다)만이 결실의 전부가 아니다. 그렇다면 흉년이 어찌 있을 수 있겠는가? 잡초의 씨앗이 새들에게는 양식인데, 하면 우리는 잡초가 무성하게 자라도 기뻐해야 하지 않겠는가? 농부의 곳간을 수확한 곡식으로 그득 채울 수 있는지는 상대적으로 중요한 문제가 아니다. 진정한 농부라면 올해 숲에 밤이 열릴지에 대해 다람쥐가 초연한 것처럼 조바심 내지 않고 매일 성실하게 일하되, 자신이 가꾼 들판에서 나오는 수확물에 대한 권리를 포기하고, 첫 수확뿐 아니라 마지막 결실까지도 제물로 바치는 마음가짐을 가져야 한다.

우리 마을

나는 오전 중에 김을 매고 나서, 혹은 책을 읽거나 글을 쓰고 나서 호수에 다시 몸을 담갔다. 호수 건너편의 한 모퉁이까지 헤엄을 치면서 노동의 때를 씻어내거나 학업에 골몰하느라 잡힌 주름을 매만져 폈다. 그러고 나면 오후는 완전히 자유로운 시간이었다. 나는 매일 혹은 하루걸러 한 번씩 마을로 산책을 나가, 입에서 입으로, 신문에서 신문으로 끊임없이 돌고 도는 뒷공론을 들었다. 뒷공론은 적은 분량만 섭취하면 나뭇잎이 바람에 사각거리는 소리나 개구리가 개골개골 우는 소리처럼 나름 신선했다. 나는 숲 속을 거닐면서 새와 다람쥐를 구경하듯 마을을 거닐면서 사람을 구경했다. 숲 속에서는 소나무 사이로 부는 바람 소리를 들었지만 마을에서는 수레가 덜컹거리는 소리를 들었다. 내가 사는 곳을 중심으로 숲의 한쪽 방향으로는 강변 목초지가 있는데 그곳에는 사향뒤쥐의 집단 서식지가 있었다. 반대 방향으로는 느릅나무와 양버즘나무 숲 아래로 사람들이 바삐 오가는 마을이 있었는데, 마을 사람들이 각자의 은신처 앞에 앉아 있거나 뒷공론을 하러 이웃에게 쪼르르 달려가는 모습이 마치 목초지에서 뛰노는 개들처럼 아주 흥미롭게 보였다. 나는 종종 마을로 가서 사람들의 습관을 관찰했다. 마을은 내게 거대한 신문사 편집실 같았다. 스테이트가(街)에 있는 레딩 출판사가 한때 그랬듯, 마을 사람들은 한쪽 편에 견과류와 건포도 혹은 소금과 곡식 가루와 다른 잡화류들을 보관해 두었다. 뒷공론에 대한 왕성한 식욕과 타의 추종을 불허하는 튼튼한 소화기관을 가진 이들은 꼼짝하지 않고 공공장소에 오래도록 죽치고 앉아서, 소문이 뭉근히 끓어올라 여름에 지중해에 부는 바람처럼 귓가에 속삭여지기를 기다렸다. 마치 마취제를 들이마신 사람들처럼 듣기 고통스러운 소문들을 아무런 고통 없이 듣고 있었지만 의식은 멀쩡했다.

마을을 거닐 때면 사다리에 걸터앉아 햇볕을 쬐면서 몸을 앞으로 기울인 채 풍부한 표정을 짓고 이쪽저쪽을 흘끗거리거나, 마치 곳간의 버팀목이라도 되는 듯 손을 호주머니에 찔러 넣은 채 신전의 지붕을 떠받치는 여신상처럼 곳간에 기대어 서 있는 사람들을 항상 목격했다. 그들은 주로 집 밖에서 시간을 보냈고 어떤 소문이든 놓치지 않고 들었다. 집 밖을 떠도는 소문은 가장 거칠게 빻은, 맷돌로 부순 것과 같다. 모든 소문은 먼저 집 밖에서 거칠게 분쇄되고 대충 씹혀 소화된 후, 집 안에 있는 제분기에 쏟아부어져 마침내 미세한 분말이 되는 것이다. 마을의 핵심 기관은 장터와 술집, 우체국, 은행이었다. 그 밖의 필수적인 부속물은 종과 대포와 소방차로, 이것들은 편리한 장소에 구비되어 있었다. 집들은 서로 마주 보고 일렬로 늘어서 있었기 때문에 마을 사람들이 서로를 최대한 활용해 소문을 만들어내기에 적합한 환경이었다. 행인은 마주 보고 늘어선 집들의 행렬 사이를 지나가야 했고, 그가 지나갈 때 마을 사람들은 남녀노소 할 것 없이 모두 뒷공론의 몽둥이로 그를 한 대씩 내리쳤다.[1] 물론 그 대열 맨 앞에 있는 사람들은 시야를 확보하기에 가장 좋은 위치에 있었고 행인에게 최초의 일격을 가하는 특권을 누렸으므로 그들의 집값이 가장 비쌌다. 변두리로 갈수록 집들의 간격이 넓어졌고 행인이 담을 넘어 소들이 다니는 샛길로 빠져 도망칠 수 있었으므로 변두리 거주자들은 토지세나 창문세²⁾를 많이 내지 않았다. 행인을 유혹하기 위해 온 사방에 푯말이 내걸렸다. 어떤 푯말은 선술집이나 양식이 그득한 지하실처럼 식욕으로 유혹했고 어떤 푯말은 직물점이나 보석상처럼 허영에 호소했으며, 또 어떤 푯말은 이발사나 제화공, 재단사처럼 행인의 머리카락이나 발, 치맛자락을 붙들고 늘어졌다. 더욱이 내게는 이들 집집마다 방문해 초대에 응해야 하는 끔찍한 일이 남아 있었고 이맘때면 내가 찾아오기를 기다리는 곳도 있었다. 나는 대체로 이런 위기를 멋지게 모면했다. 태형(笞刑)에 처해진 이들이 받는 충고를 좇아, 때로는 무작정 대담하게 앞으로 돌진해 빠져나가고 때로는 오르페우스³⁾처럼 고결한 생각에 정신을 집중하여 위기를 모면했다. 오르페우스는 "거문고를 연주하며 신을 찬양하는 노래를 목청껏 불러 세이렌의 목소리가 묻히게 하여 위기를 모면했다." 나는 체면 몰수하고 이따금씩 갑자기 냅다 뛰어 달아났고 울타리 사이의 틈새에서도 우물쭈물하지 않았기 때문에 아무도 내가 어디 있는지 짐작하지 못했다. 또 어떤 집에는 무작정 들어가서 즐거운 시간을 보냈고 중요한 소식을 전해 들었으며, 전쟁과 평화에 대한 전망과 세상이 현재의 상태로 얼마나 지속될지에 대해 대화를 나눈 후 집 뒤쪽으로 빠져나와 다시 숲으로 탈출했다.

늦게까지 마을에 머무르고서 아직 환하게 불이 켜진 마을의 강당이나 내가 방문했던 집의 거실을 뒤로한 채 호밀이나 옥수숫가루가 든 자루를 어깨에 메고 숲 속에 있는 나의 안락한 항구를 향해 돛을 올릴 때면 참으로 기분이 좋았다. 캄캄하고 폭풍우가 칠 때는 더욱더 좋았다. 바깥쪽의 장비들을 단단히 붙들어 맨 후 조타석의 키는 나의 외면에 맡겼고, 순항일 경우에는 그저 키를 묶어둔 채 갑판 밑으로 내려가 내면에 있는 생각을 동료 선원 삼아 즐거운 시간을 보냈다. 그렇게 순항하는 동안 선실에 지핀 불을 쬐면서 여러 가지 기분 좋은 생각을 했다. 간혹 매서운 폭풍우를 만나기도 했지만 어떤 날씨에도 표류하거나 지치지는 않았다. 보통 때에도 숲 속의 밤은 사람들이 생각하는 것보다 훨씬 어두웠다. 나는 제대로 길을 가고 있는지 확인하기 위해 종종 나무 사이로 보이는 하늘을 올려다보았고, 수레가 다니는 길이 없는 곳에서는 내가 다니는 길에 남아 있는 희미한 자취를 발로 느끼면서 따라갔다. 칠흑같이 어두운 밤이면 내가 잘 알고 있는 특정한 나무들 간의 관계를 손으로 더듬어 서로의 간격이 18인치 이하인 소나무 두 그루 사이를 지나간다든가 하는 방법으로 길을 찾았다. 그렇게 눈으로 보이지 않는 길을 발로 느끼며 어둡고 후덥지근한 밤을 헤치고 집에 도착해서 문에 걸린 빗장을 손으로 들어올릴 때서야 길을 걷던 내내 꿈꾸듯 멍했던 상태에서 깨어났다. 나는 숲을 걸어온 기억이 도통 나지 않았고, 손이 아무 도움 없이 입으로 가는 길을 찾듯 내 육신은 그 주인한테 버림받아도 집으로 오는 길을 찾게 되리라 생각했다. 때로는 방문객이 저녁때까지 머무는 경우가 있었는데 그럴 때면 집 뒤쪽에 있는 수레가 다니는 길까지 그를 안내해서 가야 할 방향을 가리키고는, 눈에 의존하지 말고 발의 감각으로 방향을 가늠해야 한다고 이야기해 주었다. 한번은 아주 어두운 밤에 호수에서 낚시를 끝내고 집으로 돌아가는 두 젊은이에게 그렇게 길을 안내해 주었다. 그들은 숲을 지나 1마일 너머에 살고 있었는데 길에 상당히 익숙했다. 며칠 후 그중 한 젊은이가 내게 말해 주었는데 둘은 집 근처까지 가서도 집을 못 찾고 밤새도록 헤매었고, 그러는 동안 아주 굵은 소나기가 여러 차례 쏟아져 나뭇잎은 축축해지고 옷은 흠뻑 젖었으며 거의 아침이 돼서야 집에 도착했다고 한다. 나는 한 치 앞을 볼 수 없을 정도로 너무나도 짙고 두껍게 어둠이 깔린 밤에는 마을에 있는 도로에서도 길을 잃는 이들이 있다는 얘기를 들었다. 그럴 때 변두리에서 마차를 타고 마을로 장을 보러 온 이들은 마을에서 하룻밤 묵어가야 했다. 신사 숙녀들은 다른 집 방문을 마치고 발로만 보도를 더듬으며 돌아가다가 어디서 방향을 꺾어야 할지 몰라 집으로 가는 방향에서 반 마일 정도 벗어나곤 했다. 숲 속에서 길을 잃는 것은 소중한 경험인 동시에 놀랍고 기억할 만한 경험이다. 눈보라가 치는 날엔 설령 낮이라 해도 잘 알려진 도로까지 나올 수는 있지만 어디가 마을로 이어지는 방향인지 분간하는 것은 불가능하다. 그럴 때는 수없이 가본 길인데도 그 길의 두드러진 특징을 어느 것 하나 알아볼 수 없고 시베리아에 있는 도로처럼 낯설다. 물론 밤이면 그 혼란스러움은 낮에 비할 바가 아니다. 우리는 걸을 때 보통 조종사들처럼 잘 알려진 등대와 갑(岬)을 따라 무의식적이긴 하나 끊임없이 방향을 잡아간다. 익숙하게 다니던 길을 벗어나도 머릿속에는 근처에 있는 갑을 간직하고 있는 것이다. 그리고 완전히 길을 잃거나 한 바퀴 돈 후에야 (인간은 이 세상에서 눈을 감고 한 바퀴만 돌아도 길을 잃는다) 자연의 광활함과 신비로움을 인식한다. 사람은 누구나 잠이나 망상에서 깨어나 정신을 차릴 때마다 나침반의 방향을 읽는 법을 배워야 한다. 우리는 길을 잃고서야, 즉 세상을 잃어버리고 난 후에야 자신을 발견하기 시작하고, 우리가 어디에 있는지, 우리의 관계가 얼마나 무한한지를 깨닫는다.

숲 속에서 보낸 첫 여름이 끝나 갈 무렵의 어느 날 오후 나는 구두 수선공에게 맡긴 구두를 찾으러 마을에 갔다가 체포되어 투옥되었다. 그 이유는 다른 곳[4]에서도 언급했듯 세금을 내지 않았기 때문이다. 또는 상원 의사당 정문 앞에서 성인 남녀와 어린이들을 가축처럼 사고파는 주 정부의 권위를 인정하지 않았기 때문이다. 내가 숲으로 간 이유는 달리 목적이 있어서였다. 내가 어딜 가든 사람들은 내 뒤를 쫓아와서 그들이 만든 더러운 제도로 할퀴려 든다. 그리고 할 수만 있다면 나를 그들이 속한 구제 불능의 단체에 묶어두려고 안달이다. 효과가 있든 없든 나는 강력히 저항할 수도 있었고 사회에 대항해 온갖 소란을 피울 수도 있었으리라. 그러나 나는 절박한 쪽은 사회이므로 사회가 나에게 대항해 소란을 피워야 한다고 보았다. 나는 그다음 날 풀려났고 수선한 신발을 찾은 뒤 숲 속으로 돌아와 페어 헤이븐 힐에서 딴 월귤로 식사를 했다. 주 정부를 대표하는 사람들 외에는 그 누구도 나를 괴롭히지 않았다. 나는 내 글과 서류를 보관하는 책상을 제외하고는 어떤 곳에도 자물쇠를 채우거나 못을 치지 않았다. 심지어는 빗장과 창문에도 못을 치지 않았다. 밤낮으로, 며칠씩 집을 비워도 문을 잠그지 않았다. 그다음 해 가을, 메인 주의 숲에서 2주를 보낼 때에도 문을 잠가놓지 않았다. 그러나 사람들은 내 집을 군인들이 둘러싸고 지키는 집보다도 더 존중해 주었다. 지친 행인은 내 집 안에서 불을 쬐며 몸을 녹이고 쉬어가기도 했다. 문학에 조예가 깊은 사람은 탁자에 놓인 책을 읽으며 즐거운 시간을 보냈다. 호기심 많은 이는 찬장을 열어 내가 점심으로 먹고 남은 음식이 무엇이고 저녁거리는 뭐가 있는지 들여다봤는지도 모른다. 다양한 계층의 사람들이 호수에 있는 내 집을 방문했지만 그 때문에 큰 불편을 겪은 적은 없으며, 없어진 물건이라고는

호메로스가 쓴 작은 책 한 권[5]뿐이다. 금박을 입힌 책인데 지금쯤
이면 근처에 주둔하는 군인이 발견했으리라.

만약 모든 사람이 내가 숲 속에서 살았던 때와 같이 검소하게
생활한다면 도둑과 강도는 사라질 것이라 확신한다. 도둑질이나
강도 행위는 어떤 이들은 지나치게 많이 소유하고 어떤 이들은
필요한 만큼도 소유하지 못한 사회에서만 발생한다. 포프의 호메
로스[6] 번역본은 곧 제 주인을 찾으리라.

> "가진 것이 나무 그릇뿐이라면
>
> 인간은 전쟁을 일으키지 않는다."[7]

"그대 다스리는 사람들이여, 형벌을 쓸 필요가 있는가? 그대들
이 덕을 사랑하면 백성들도 덕을 사랑하게 된다. 군자의 덕은 바
람과 같고 소인의 덕은 풀잎과 같다. 풀잎은 바람이 부는 대로 눕
는다."[8]

우리 마을 주변의 호수들

　인간 사회와 뒷공론을 실컷 맛보고 마을에 사는 친구들과 지치도록 시간을 보내고 나면, 나는 보통 내가 잠시 쉬어가는 곳보다 더 서쪽에 있는, 인적이 훨씬 드문 '어린 숲과 새로 풀이 자라는 초원'[1]까지 산책하거나, 해가 지는 풍경을 바라보며 페어 헤이븐 힐에서 월귤과 블루베리로 저녁 식사를 하고 며칠 동안 먹을 분량을 따 와서 저장했다. 과일을 사서 먹거나 시장에 내다 팔 목적으로 기르는 사람들은 과일의 참맛을 경험하지 못한다. 과일의 참맛을 보는 방법이 딱 한 가지 있는데, 이 방법을 쓰는 사람은 거의 없다. 월귤의 참맛을 알려거든 목동이나 자고새에게 물어보라. 월귤을 제 손으로 직접 딴 적도 없으면서 월귤 맛을 안다고 생각하면 큰 오산이다. 월귤은 보스턴까지 오지 않는다. 월귤이 보스턴에 있는 세 곳의 언덕에서 자란 이래로 보스턴 시내에서는 월귤을 본 적이 없다. 월귤은 시장에서 팔면 수레에 그 참맛이 묻어나와 손실되고 그저 평범한 음식이 되어버린다. 이 세상에 정의가 존재하는 한, 절대로 무고한 월귤 하나라도 그 언덕에서 보스턴으로 운반되어서는 안 된다.

김을 매고 나서 때때로 나는 아침 내내 호수 위에 떠 있는 오리
나 나뭇잎처럼 꼼짝하지 않고 아무 말 없이 호수에서 낚시를 하
던 친구와 합류하곤 했다. 그는 여러 가지 다양한 철학을 실천한
끝에 내가 도착할 때쯤 되면 보통 자신이 시노바이트[2]의 일원이
라는 결론을 내렸다. 또한 노련한 낚시 기술과 뛰어난 목각 솜씨
를 가진 한 노인이 있었는데, 그는 내가 지은 집이 낚시꾼들에게
편리하다는 사실에 만족스러워했고, 그가 내 집 현관에 앉아 낚
싯줄을 고르는 모습을 보면 나 역시 즐거웠다. 가끔 우리는 호수
에서 같이 배를 타고 한쪽에는 내가, 반대편에는 그가 앉아 시간
을 보내기도 했다. 그는 최근 몇 년 동안 점점 귀가 먹어가고 있
었기 때문에 우리 사이에는 많은 대화가 오가지 않았다. 하지만
그는 가끔 찬송가를 흥얼거렸고 이는 내 생각과 조화를 잘 이루
었다. 이렇게 우리는 단절되지 않은 조화 속에서 교감했는데, 대
화로 의사소통을 했다면 이보다 즐거운 추억을 만들지는 못했으
리라. 벗 삼을 이가 아무도 없을 때면 배의 옆면을 노로 두드려
소리를 냈고 그 소리는 호수를 둘러싼 숲을 가득 채우고 퍼져 나
가 숲 속 야생동물들의 주의를 환기시켜 골짜기와 언덕 기슭 곳
곳에서 으르렁거리는 소리가 들려왔다.

따스한 저녁이면 종종 배를 타고 플루트를 불었고, 내 연주 소
리에 이끌려 온 물고기가 배 주위를 헤엄쳤으며 숲의 잔해가 깔
려 있는 울퉁불퉁한 호수 바닥 위로 달이 기울었다. 전에 나는 캄
캄한 여름밤에 벗과 함께 이 호수로 와서 물가에 불을 지펴 물고
기를 유인했다. 우리는 실에 벌레를 꿰어 메기를 잡았고 낚시를
끝내고 나면 아직 불타고 있는 장작을 봉화처럼 하늘 높이 던져
올렸다. 장작은 호수 속으로 떨어질 때면 불이 꺼지면서 치익 하
고 큰 소리를 냈다. 불이 꺼져 주위가 칠흑처럼 어두워지면 우리

는 손으로 주위를 더듬으며 길을 찾았고 휘파람을 불면서 다시 인간세계로 돌아갔다. 그러나 이제 나는 호숫가에 내 집을 마련해 두었다.

가끔 나는 마을의 어떤 집에 방문해서 가족들이 모두 잠자리에 들 때까지 머물다가 숲 속으로 돌아와서는, 다음 날 저녁거리도 마련할 겸 올빼미와 여우가 들려주는 노래와 가까이서 우는 이름 모를 새소리를 벗 삼아 한밤중에 달빛을 받으며 몇 시간씩 배를 타고 낚시를 했다. 이런 경험들은 매우 소중한 추억이 되었다. 호숫가에서 20~30로드 떨어져 수심이 40피트 되는 위치에 자리를 잡으면 때때로 수천 마리의 작은 물고기들이 배를 둘러쌌다. 물고기들은 꼬리를 저어 달빛이 비치는 호수 표면에 잔잔한 물결을 일으켰고 나는 40피트 깊이에 사는 신비로운 야행성 물고기들과 긴 낚싯줄을 통해 대화를 나누었다. 낚싯줄을 60피트 정도 길게 드리운 채 감미로운 밤의 미풍을 맞으며 호수를 떠다니다 보면 떨림이 전해져 왔다. 그 떨림은 생명체가 잠시 자신의 실수를 인식하지 못한 채 어쩔 줄 모르고 머뭇거리다가 곧 곤경에 처한 사실을 깨닫고는 벗어나려고 허우적거리고 있음을 의미했다. 마침내 양손으로 번갈아 줄을 끌어당기면 수염이 솟은 메기가 도망치려고 꿈틀거리며 물 위로 솟아오른다. 그럴 때면 어두운 밤에 나의 생각은 광활한 우주의 다른 별을 헤매다가 어렴풋이 이런 희미한 떨림을 감지하고 몽상에서 깨어나 다시 자연과 이어지는 아주 기묘한 경험을 했다. 마치 낚싯줄을 호수뿐 아니라 호수만큼 농밀한 대기 속에도 드리운 듯했다. 그렇게 나는 낚싯바늘 하나로 두 마리의 물고기를 낚았다.

월든의 풍경은 매우 아름답지만 크기가 아담하여 장엄함과는 거리가 멀었다. 또한 월든 호수를 오랜 세월 동안 자주 찾았거나 호숫가에서 살아본 사람이 아니면 그 진가를 발견하기 힘들다. 그러나 이 호수는 놀라울 정도로 깊고 맑아서 특별히 설명을 할 필요가 있다. 월든 호수는 길이가 0.5마일에 둘레는 1.75마일쯤 되며 넓이는 61.5에이커에 달하는 맑고 깊은 녹색 호수다. 또한 소나무와 떡갈나무가 우거진 숲의 한가운데에 있는 사시사철 솟는 샘으로, 구름이나 물안개를 제외하고는 수량에 영향을 미칠 만한 유입구나 유출구가 눈에 띄지 않는다. 호수 주위에는 40~80 피트 정도 높이의 언덕이 우뚝 솟아 있다. 호수에서 남동쪽으로 4분의 1마일, 동쪽으로 3분의 1마일에 있는 언덕들의 높이는 각 각 100피트와 150피트에 달하기도 하는데 모두 삼림지대다. 콩 코드에 있는 호수들은 모두 최소한 두 가지 빛깔을 띤다. 하나는 멀리서 보았을 때의 색깔이고 다른 하나는 가까이서 보았을 때의 색깔이다. 멀리서 볼 때 호수의 색은 하늘 빛깔에 따라 변한다. 맑은 여름날 조금 멀리서 보면, 특히 물결이 일 때 파란색을 띠 고, 아주 멀리서 보면 전부 비슷해 보인다. 폭풍우가 치는 날이면 어두운 석판 색깔을 띠기도 한다. 바다는 대기에 감지할 만한 변 화가 없어도 어떤 날은 푸른색이고 어떤 날은 녹색이다. 나는 주 위 경관이 눈으로 덮이자 우리 마을에 있는 강의 물과 얼음이 모 두 잔디처럼 녹색을 띠는 광경을 본 적이 있다. 어떤 이들은 물이 액체 상태든 고체 상태든 가장 맑을 때 푸른색을 띤다고 생각한 다. 그러나 배를 타고 물속을 직접 들여다보면 매우 다른 색으로 보인다. 월든 호수는 같은 위치에서도 푸른색으로 보이다가 곧 녹색으로 보이기도 한다. 땅과 하늘 사이에 놓여 있어 양쪽의 색 깔을 모두 띤다. 언덕 꼭대기에서 바라보면 하늘의 색을 투영하 고 있지만, 가까이서 보면 모래가 있는 호숫가 근처는 누런색을 띠다가 물가로 가면서 밝은 녹색이 되고 점점 짙어져서 호수 한가운데로 가면 짙은 녹색이 된다. 어느 때는 언덕 꼭대기에서 봐도 호숫가 주변이 선명한 녹색으로 보이기도 한다. 어떤 이들은 주위의 신록이 반사되어 그렇다고 했지만 철로의 모래 둑에서도 마찬가지로 선명한 녹색을 띠었고 나무 잎사귀가 무성해지기 전인 봄에도 그랬다. 아마도 단순히 주위에 가장 흔한 푸른색과 모래의 노란색이 섞여서 녹색을 띠는 듯하다. 월든은 대지의 녹색 눈동자 같았다. 또한 봄이면 바닥에서 반사된 햇볕의 열기와 땅의 열기가 전해져서 이 부분이 제일 먼저 녹기 시작했고, 아직 얼어 있는 호수 한가운데 주위로 좁은 운하가 만들어졌다. 우리 마을의 다른 호수와 마찬가지로, 물결이 거친 맑은 날이면 하늘이 직각으로 반사되거나 더 많은 빛이 혼합되어, 약간 떨어져서 보면 하늘보다 더 짙은 푸른색을 띠었다. 이때 호수 표면에 반사된 색깔은 여러 가지 색으로 보이는 물결무늬의 비단이나 칼날의 색과 같은, 비할 데 없이 아름다운 하늘색을 띠는데, 이 색깔이 이전보다 약간 혼탁해진 물결 반대쪽의 본래 짙은 녹색과 교차되면서 하늘보다 더 하늘색 같은 느낌을 준다. 마치 일몰 전 서쪽 방향에서 구름 사이로 군데군데 보이는 겨울 하늘처럼 녹색을 띤 푸른색 유리 같다. 그러나 그 물을 잔에 담아 빛에 비추어 보면 공기처럼 무색이다. 유리 제조업자들 말처럼 넓은 유리 한 장이 '밀도' 때문에 녹색을 띤다는 사실은 잘 알려져 있다. 그러나 그 유리도 작은 조각이 되면 무색을 띤다. 나는 월든의 수역(水域)이 녹색을 띠려면 넓이가 어느 정도 되어야 하는지 알아내지 못했다. 우리 마을의 강물은 대부분의 호수와 마찬가지로 물 위에서 속을 직접 들여다보면 검은색이나 짙은 갈색을 띠고, 그 물에 몸을 담근 사람은 노란 색조를 띠게 한다. 그러나 월든 호수의 물은 수정처럼 맑아서 몸을 담그면 피부는 석고처럼 흰빛을 띠고, 사지는 확대되고 뒤틀려 부자연스럽고 흉측하게 보여서 미켈란젤로가 연구 과제로 삼기에 안성맞춤이다.

호수의 물은 너무도 투명하여 25~30피트 깊이까지 바닥이 들여다보인다. 그 위로 노를 저어가면 수면에서 몇 피트 아래로 1인치 정도 크기의 민물 농어와 작은 은빛 물고기 떼가 헤엄치는 모습이 보인다. 민물 농어는 몸통에 가로로 난 줄무늬로 쉽게 식별되는데 이 호수에서 사는 걸 보면 수도승 같은 물고기가 틀림없다는 생각이 든다. 한번은 수년 전 어느 겨울날, 창꼬치를 잡으려고 얼음에 구멍을 뚫고 있었다. 호수 기슭에 닿자 얼음이 언 호수 쪽으로 도끼를 던졌는데 악마가 사주를 했는지 공교롭게도 도끼가 20야드 정도 미끄러지더니 뚫어놓은 구멍 하나로 곧장 빠져버렸다. 구멍을 뚫어놓은 곳의 수심은 25피트였다. 호기심이 발동해 얼음 위에 엎드려 구멍 속을 들여다보니 한쪽 옆으로 도끼가 보였는데 도끼머리가 바닥에 닿고 자루는 곧추선 채 물의 흐름에 따라 앞뒤로 약하게 흔들리고 있었다. 그대로 뒀으면 도낏자루가 썩을 때까지 그렇게 서서 흔들흔들 움직였으리라. 나는 갖고 있던 정으로 도끼가 가라앉은 곳 바로 위에 구멍을 뚫고, 주위에서 가장 긴 자작나무를 칼로 베어 그 끝을 올가미와 이어서 조심스럽게 얼음 구멍 속으로 늘어뜨렸다. 그러고는 올가미를 도끼 손잡이 위로 걸친 후 잡아당겨 도끼를 다시 꺼냈다.

호수 기슭은 한두 군데의 짧은 모래사장을 제외하고는 도로를 포장하는 돌처럼 부드럽고 둥근 흰 돌들이 띠처럼 둘러져 있었고, 한 걸음만 껑충 뛰면 굴러서 호수에 바로 빠져버릴 만큼 대부분 경사가 가팔랐다. 호수가 그처럼 투명하지 않았더라면, 계속 굴러 호수 반대편 기슭에서 다시 나타나게 될 때까지 호수 바닥을 보지 못할지도 모른다. 어떤 사람들은 월든 호수가 바닥을 헤아리지 못할 만큼 깊다고 생각한다. 호수의 물은 탁한 곳이 없고 언뜻 보면 잡초도 우거져 있지 않았다. 눈에 띄는 식물 가운데는 최근에 침수된 목초지를 제외하면 (엄밀히 말하자면 호수의 일부라고 할 수 없다.) 자세히 살펴보아도 창포나 애기부들, 노란 백합, 흰 백합 등은 눈에 띄지 않고, 작은 가짓과 식물 몇 가지와 가래, 어항마름 한두 그루가 있을 뿐인데 호수에서 헤엄을 치는 사람들은 이런 식물들을 못 알아볼지도 모른다. 이 식물들은 서식지인 호수만큼이나 깨끗하고 색깔이 선명하다. 호수 기슭에 깔린 돌은 물속으로 1, 2로드 정도까지 뻗어 있고 거기서부터 호수 바닥에는 모래뿐이다. 하지만 수심이 가장 깊은 곳에는 침전물이 깔려 있는데 아마도 오랜 세월 동안 호수로 날아온 낙엽들이 썩어서 생겼으리라. 선명한 녹색 잡초가 한겨울에도 닻에 걸려 올라온다.

우리 마을에는 월든 같은 호수가 하나 더 있는데, 바로 서쪽으로 2.5마일 떨어진 나인 에이커 코너에 있는 화이트 호수다. 나는 이곳을 중심으로 12마일 내에 있는 호수들은 거의 다 알고 있는데 이 호수의 순수하고 우물 같은 특징에 대해서는 3분의 1도 알지 못한다. 이곳에서 흥망성쇠를 겪은 나라들이 이 호수의 물을 마시고 그 경관에 경탄했으며 깊이를 헤아렸으리라. 호수 물은 여전히 녹색이고 투명하다. 해마다 몇 번이고 말라버리는 그런 샘이 아니다. 아담과 하와가 에덴동산에서 추방당한 그 봄날 아침에도 월든 호수는 존재했으리라. 그 옛날에도 월든 호수는 남풍이 안개 가랑비를 몰고 와 봄 소식을 전하면 변신을 하고 수면은 수없이 많은 오리와 기러기로 뒤덮여 있었으리라. 이 오리와 기러기들은 가을이 와도 길을 떠나지 않고 맑은 호수에 만족하며 머물렀으리라. 그때 이미 월든 호수의 수면은 오르락내리락하기 시작했고 물은 정화되어 지금과 같은 색으로 물들었으며, 하늘로부터 세상에서 유일한 월든 호수라는 특허를 받고 천상의 이슬을 만들어냈으리라. 우리 기억에서 사라진 얼마나 많은 나라들이 문학작품을 통해 월든 호수를 카스탈리아의 샘[3]이라고 예찬했는지 그 누가 알겠는가? 태곳적 인류지복(人類至福)의 시대인 황금시대에 어떤 요정이 월든 호수를 관장했는지 그 누가 알겠는가? 월든 호수는 콩코드에 최초로 탄생한 호수로, 콩코드의 머리에 얹힌 작은 화관의 보석이다.

가파른 언덕 기슭에 나 있는 선반같이 좁은 길이 호수를 에워싸고 있는데 이는 아마도 월든에 첫발을 디딘 이들이 남겨놓은 발자취로 보인다. 나무가 빽빽했던 숲이 베인 자리에도 나 있는 이 길은 언덕을 따라 굽이치며 호숫가로 다가오기도 하고 물러나기도 한다. 이는 원주민 사냥꾼들이 다녔던 길로, 이곳에 처음 사람이 정착했던 때부터 오랫동안 존재해 왔고 지금 이곳에 사는 이들이 그 사실도 모른 채 여전히 지나다니는 길이다. 이 길은 겨울에 눈이 조금 내린 뒤 호수 한가운데에 서서 보면 특히 선명하게 보인다. 굽이치는 선명한 하얀 선이 때로는 잡초와 나뭇가지에 가려지기도 하고, 여름에는 가까이서 보면 길인지 구분하기 힘든 곳도 겨울에는 4분의 1마일 정도 떨어져서도 분명히 보인다. 마치 눈이 순백색 돋을새김으로 길을 다시 인쇄한 듯하다. 언젠가 이곳에 별장이 들어서면 잘 꾸며진 별장 마당에도 이 길의 흔적이 여전히 남으리라.

호수의 수위는 오르락내리락한다. 그것이 규칙적인지, 그 시기가 언제인지는 아무도 정확히 모르지만 많은 사람들이 아는 체한다. 일반적인 우기나 건기와 일치하지는 않지만 수위는 보통 여름에 높고 겨울에 낮다.

나는 내가 호숫가에 살았을 적보다 1, 2피트 낮았던 때와 최소한 5피트 더 높았던 때를 기억한다. 호수에는 물속까지 이어지는 좁은 모래톱이 있는데 한쪽은 수심이 깊다. 1824년쯤 호숫가에서 6로드 정도 떨어진 그 모래톱 위에서 어른들이 차우더 수프를 주전자에 담아 끓이는 것을 도왔던 기억이 난다. 그러나 이런 취사 행위는 지난 25년 동안 금지되었다. 내가 친구들에게 그로부터 몇 년 후 숲 속의 외진 곳에서 배를 타고 낚시도 했다고 말하면 모두 못 믿겠다는 듯 놀라워하며 내 얘기에 귀를 기울이곤 했다. 내가 낚시하던 장소는 친구들이 유일하게 아는 호수 기슭에서 15로드 떨어진 곳인데, 오래전에 목초지로 변했기 때문이다. 그러나 호수의 수위는 2년 동안 꾸준히 상승해 왔고 1852년 여름 현재, 내가 호숫가에서 살았을 당시보다 5피트 더 상승했다. 다시 말해 수위가 30년 전으로 되돌아가면서 그 목초지가 다시 물에 잠겨 낚시를 할 수 있게 되었던 것이다. 이러한 사실로 미루어 볼 때 월든 호수의 최저 수심과 최고 수심의 변동 폭은 6, 7피트 정도 된다. 주위 언덕에서 흘러내려 오는 물의 양은 많지 않기 때문에, 수위가 상승하는 이유는 지하에서 솟는 샘에 영향을 주는 요인에서 찾아야 한다. 같은 해 여름, 호수의 수위는 다시 낮아지기 시작했다. 놀라운 사실은 규칙적이든 아니든 이런 수위의 변동이 일어나려면 몇 년이 걸린다는 점이다. 나는 수위가 상승한 경우를 한 차례, 하강한 경우를 두 차례 목격했고 앞으로 12년에서 15년 후에는 내가 알고 있는 가장 낮은 수위로 다시 내려가리라 본다. 월든에서 1마일 동쪽에 있는 플린츠 호수에는 유입구와 유출구가 있어 외부로부터 드나드는 물이 수위에 영향을 준다. 플린츠 호수와, 플린츠와 월든 사이에 위치한 작은 호수들의 수위도 월든 호수와 함께 오르내리는데, 월든 호수가 최고 수위를 기록한 때에 플린츠 호수도 최고 수위를 기록했다. 내가 관찰한 바로는 화이트 호수도 마찬가지였다.

월든 호수의 수위가 긴 시차를 두고 변동하면 적어도 다음과 같은 효과가 있다. 이렇게 높은 수위가 1년 이상 지속되면 주변을 산책하기 어려워지고, 지난번 수위가 상승한 이후 호숫가에 생겨난 소나무, 자작나무, 오리나무, 사시나무 등의 관목과 나무들이 죽게 되며, 수위가 다시 내려가면 호숫가에는 시계(視界)를 방해하던 나무들이 사라져버린다. 매일 수위가 변동하는 호수나 바다와 달리 월든 호숫가는 수위가 가장 낮을 때 제일 말끔하게 정돈된 모습을 보인다. 나의 집 옆의 기슭에는 15피트 높이의 소나무들이 죽 늘어서 있었는데 지금은 마치 지레로 쓰러뜨린 듯 모조리 죽고 넘어져 더 이상 호숫가 주변을 잠식하지 못한다. 이 소나무들의 크기를 보면 지난번에 수위가 이 정도까지 상승한 이후 몇 년이 흘렀는지를 짐작할 수 있다. 이렇게 수위가 변동하면서 호수는 나무들로부터 호숫가의 소유권을 되찾는다. 호숫가는 수염이 자라지 않는 호수의 입술이다. 호수는 때때로 마른 입술을 축인다. 수위가 높아지면 오리나무, 버드나무, 단풍나무는 살아남기 위해서 수 피트에 달하는 붉고 튼튼한 뿌리를 물속으로 뻗어내리는데 이 뿌리는 바닥에서 3, 4피트 높이까지 자란다. 호숫가에 있는 블루베리 관목은 보통 열매를 맺지 않지만 이런 환경에서는 열매를 풍성하게 맺는다.

어떤 이들은 호숫가가 어떻게 그리도 한결같이 돌로 뒤덮이게 되었는지 궁금해한다. 마을에 전해 내려오는 이야기로는, 오래전 인디언들이 월든 호수의 깊이만큼 높은 언덕에서 주술 의식을 행하면서 신성을 모독하는 말을 했다고 한다. 다른 건 몰라도 신성

모독의 행위는 인디언들의 결함이 아니므로 조금 미심쩍은 이야기이긴 하다. 인디언들이 계속 주술 의식을 행하는 동안 언덕이 흔들리더니 갑자기 푹 꺼졌고, 월든이라는 이름을 가진 노파 한 사람만 목숨을 건졌는데 그 노파의 이름을 따서 호수 이름을 지었다고 한다. 또 전하는 말에 따르면, 언덕은 기슭을 뒤흔들어 돌을 떨어뜨렸고 이 돌들이 오늘날의 호숫가를 형성하게 되었다고 한다. 어쨌든 분명한 점은 한때 이곳에는 호수가 없었지만 지금은 있다는 사실이다. 그리고 이 인디언 이야기는 내가 앞서 언급한 옛 정착민의 얘기와 조금도 모순되지 않는다. 옛 정착민은 자기가 요술 막대기를 가지고 처음 이곳에 왔던 때를 생생하게 기억하고 있다. 그는 목초지에서 엷은 증기가 피어오르는 광경을 보았고 개암나무로 된 요술 막대기가 점점 아래쪽을 향하더니 증기가 피어오르는 위치를 가리켰다. 그리고 그는 막대기가 가리킨 곳에 우물을 파기로 결정했다. 호숫가의 돌에 관해 말하자면, 대다수 사람들은 언덕이 기슭을 흔들어 돌을 떨어뜨렸다고 생각하지 않는다. 그러나 호수 주위의 언덕에는 호숫가의 돌들과 놀라울 정도로 비슷한 돌이 많다. 그래서 철도 인부들은 호수와 가장 가까운 철로 양쪽에 이 돌을 쌓아 담을 만들었다. 돌들은 대부분 호수의 가장 가파른 기슭에서 발견되었다. 그래서 유감스럽게도 돌의 유래는 더 이상 내게 신비롭게 느껴지지 않는다. 아마도 월든 호수의 이름이 이 돌에서 유래하지 않았나 싶다. 호수의 이름이 영국의 지명인 새프런 월든(Saffron Walden)에서 유래하지 않았다면, 본래 돌이 호수를 담처럼 둘러싸고 있었다는 의미에서 월드인(Walled-in) 호수라고 불린 데서 유래했다고 추측해도 되지 않을까 싶다.

월든 호수 덕분에 나는 따로 우물을 팔 필요가 없었다. 호수의 물은 늘 맑고 1년에 넉 달은 차갑다. 물이 차가우면 호수의 수질은 마을에서 최고다. 겨울이면 공기에 노출된 물은 공기가 닿지 않는 샘이나 우물보다 차갑다. 내가 1846년 3월 6일 오후 5시부터 그다음 날 정오까지 실내에 둔 호수 물의 온도는(실내의 온도계는 65도[4]를 가리켰고 지붕에 내리쬐는 햇볕으로 인해 때때로 70도를 가리켰다) 42도로, 마을에서 가장 찬 우물에서 방금 길어온 물보다 1도 낮았다. 같은 날 보일링 샘의 온도는 45도로, 내가 온도를 쟀던 그 어떤 물보다도 따뜻했다. 그러나 이는 여름에 얕고 잔잔한 표층수가 샘물과 섞이지 않을 때 보이는 가장 낮은 온도였다. 더군다나 월든은 수심이 깊어 여름에도 햇볕에 노출되는 대부분의 호수들처럼 따뜻해지지 않는다. 가장 더운 날 보통 호수의 물을 들통으로 하나 가득 지하실에 두면 밤새 시원해졌고 다음 날에도 여전히 시원했다. 하지만 나는 근처에 있는 샘물을 이용하기도 했다. 호수 물은 일주일이 지나도 처음 떠왔을 때와 같았으며 양수기 냄새도 나지 않았다. 여름에 일주일 동안 호숫가에서 야영을 한다면 물 한 통을 야영지의 그늘진 곳 몇 피트 깊이에 묻어두라. 그러면 물은 얼음과 같은 사치를 무색하게 할 만큼 시원해진다.

월든 호수에서는 7파운드에 달하는 창꼬치가 실제로 잡힌 적이 있고, 한 낚시꾼이 자기 낚싯줄이 풀려 나간 속도로 짐작하건대 낚싯줄을 매단 채 달아난 창꼬치가 8파운드는 너끈히 될 거라고 호언장담한 적도 있다. 그 밖에도 2파운드가 넘는 민물 농어와 메기, 은빛 물고기, 황어 등의 작은 담수어, 잉어도 잡혔다. 장어도 한두 마리 잡혔는데 무게가 4파운드에 달하는 것도 있었다. 내가 특별히 그 장어의 무게를 언급하는 이유는 물고기를 평가할 때에는 보통 무게가 가장 중요한 기준이 되는 데다, 장어가 이 호수에서 잡힌다는 얘기를 그때 처음 들었기 때문이다. 또 옆구리는 은색이고 등은 녹색을 띠는, 황어와 비슷한 5인치 길이의 작은 물고기가 잡힌 기억도 어렴풋이 나는데, 내가 황어와 비슷하다고 한 이유는 지어낸 얘기가 아님을 보여주기 위해서다. 그러나 이 호수에는 물고기가 그리 풍부하지는 않다. 창꼬치는 그 수가 많지는 않지만 호수에서 가장 내세울 만한 대표적인 물고기다. 한번은 서로 다른 세 종류의 창꼬치가 얼음 위에 나란히 누워 있는 것을 본 적도 있다. 길고 홀쭉한 종류, 강에서 잡히는 것과 비슷한 강철 색깔을 띠는 종류, 선명한 황금색으로 반사되면 아주 진한 녹색을 띠는, 호수에서 가장 흔한 종류 이렇게 세 가지였다. 또 한 종류가 있는데 황금색에 형태는 앞서 말한 종류와 같지만 측면에는 짙은 갈색이나 검은색의 작은 점들이 박혀 있고 흐린 붉은색 점이 몇 개 섞여 있어 송어와 흡사했다. 따라서 이 물고기의 라틴 학명은 레티쿨라투스지만 오히려 구타투스[5]가 더 적합하다고 본다. 이 물고기들은 모두 살이 단단하여 보기보다 무게가 많이 나간다. 은빛 물고기들과 메기, 민물 농어, 그 밖에 이 호수에 사는 물고기들은 모두 맑은 호수 덕분에 강이나 다른 호수에 사는 물고기들보다 훨씬 깨끗하고 아름답고 살이 단단하여 쉽게 구별된다. 아마도 많은 어류학자들이 월든 호수의 물고기들로 새로운 변종을 만들지 않을까 싶다. 호수에는 식용 가능한 개구리와 거북이, 조개도 몇 종류 서식한다. 사향뒤쥐와 족제비는 호수 여기저기를 돌아다니며 자취를 남기고, 진흙거북이가 떠돌아 다니다가 가끔 호수에 들르기도 한다. 이따금 아침에 배를 띄우려고 호수 쪽으로 배를 밀어넣으면 밤새 배 밑에 몸을 숨기고 있던 큰 진흙거북이가 놀라기도 한다. 오리와 기러기는 봄과 가을에 호수에 자주 출몰하고 배가 하얀 제비는 호수 위를 휙

훑고 지나가며, 점박이도요는 여름 내내 돌로 울퉁불퉁한 호숫가를 뒤뚱뒤뚱 걸어 다닌다. 나는 가끔 물 위로 나와 소나무에 앉아 있는 물수리를 방해했다. 페어 헤이븐[6]에서는 갈매기를 볼 수 있는데 월든 호수에 갈매기 날개가 닿은 적이 있는지는 의심스럽다. 쩌렁쩌렁한 울음소리로 호수를 뒤흔들어 놓는 새는 되강오리 하나로 족하다. 이상이 현재 호수에서 흔히 볼 수 있는 주요 동물들이다.

날씨가 잔잔할 때 배를 타고 호수로 나가 수심이 8~10피트에 모래가 많은 동쪽 호숫가 근처나 그 밖에 다른 위치에서 물속을 들여다보면, 달걀보다 작은 크기의 돌들이 직경 6피트, 높이 1피트의 돌 더미들을 형성하고 있고 그 주위는 온통 모래인 광경이 보인다. 처음에는 인디언이 특별한 목적으로 얼음 위에 돌 더미들을 만들었는데, 얼음이 녹으면서 가라앉은 것이 아닌가 생각했다. 그러나 그렇다고 보기에는 생김새가 너무 일정하고 일부는 최근에 생긴 흔적이 아주 뚜렷하다. 그 돌 더미들은 강에 있는 돌 더미들과 비슷하다. 이곳에는 빨대잉어나 칠성장어도 없는데 어떤 물고기들이 이 돌 더미를 만들었는지 모르겠다. 황어의 둥지일지도 모른다. 어쨌든 이 돌 더미들은 호수 바닥을 더욱 신비롭게 한다.

호숫가는 균일하지 않고 들쑥날쑥하여 단조롭지 않다. 서쪽은 깊은 만으로 움푹 들어가 있고 북쪽은 힘차게 깎아지른 모양이며, 남쪽 호숫가는 아름다운 부챗살 모양으로 여러 개의 갑(岬)이 서로 겹쳐져 갑과 갑 사이에 발길이 닿지 않은 협곡을 숨기고 있다. 언덕들로 둘러싸인 작은 호수 가운데서 바라보는 숲은 절경을 이루는데, 숲이 호수에 비쳐 최고의 전경을 만들어낼 뿐 아니라 굽이치는 호수 기슭이 아주 자연스럽고 조화로운 경계를 만들어 숲과 호수를 구분 지어준다. 호숫가 가장자리는 도끼로 숲의 일부를 베어내거나 경작지가 인접해 있는 숲처럼 정리되지 않은 듯한 거칠고 불완전한 모습이 없다. 나무들이 물가 쪽으로 가지를 뻗을 여유 공간이 충분하고, 나무는 가장 생명력 넘치는 가지를 호숫가 쪽으로 뻗는다. 자연은 호숫가에 관목으로 나지막한 테두리를 만들어, 관목에서부터 숲의 키 큰 나무로 서서히 위쪽을 향해 자연스럽게 시선이 올라가게 만든다. 인간의 손길은 흔적조차 느껴지지 않는다. 천 년 전과 마찬가지로 지금도 호수의 물은 찰랑거리며 호숫가를 어루만진다.

호수는 숲의 경관에서 가장 아름답고 인상적인 지형이며 대지의 눈과 같다. 호수를 들여다보면 대자연의 깊이를 헤아릴 것만 같다. 호숫가에 서 있는 나무들은 눈가에 난 가느다란 속눈썹이고, 그 주위에 숲이 우거진 언덕과 벼랑은 속눈썹 위에 있는 눈썹이다.

바람이 잔잔한 9월 오후, 호수 동쪽 끝의 부드러운 모래사장에 서서 엷은 안개 사이로 희미하게 보이는 호수 건너편 기슭을 바라보노라면 '명경지수'라는 표현이 떠올랐다. 머리를 거꾸로 하고 다리 사이로 보면 거미줄처럼 얇고 섬세한 천의 실오라기 하나가 계곡에 걸쳐 있는 듯, 멀리 있는 소나무숲을 배경으로 어렴풋이 빛나면서 대기의 층을 두 개로 갈라놓았다. 수면 밑으로 걸어도 물에 젖지 않고 반대편 언덕까지 건널 수 있을 것 같았고, 휙 지나쳐 가는 제비도 수면 위에 내려앉을 듯했다. 실제로 제비들은 때때로 내려앉을 듯 수면을 향해 급강하하지만 이내 물이 아니라 호수면임을 깨닫는다. 호수의 서쪽을 굽어보면 실제 태양과 호수에 반사된 태양의 빛이 똑같이 강렬해 두 손으로 눈을 가려야 한다. 그 두 태양 사이로 수면을 자세히 보면 말 그대로 유리처럼 매끄럽다. 가끔 일정한 간격을 두고 수면에 흩어져 있는 소금쟁이들의 움직임이 햇빛에 반사되어 반짝이는 고운 가루를 뿌려놓은 듯 보일 때나, 오리가 날개를 퍼덕일 때 혹은 제비가 수면에 닿을 듯 낮게 날 때는 매끄러운 수면이 흩어지기도 한다. 멀리서 물고기가 수면에서 3, 4피트 위로 솟구치며 곡선을 그리기도 하는데, 물에서 솟구치는 지점과 다시 하강해 물속으로 들어가면서 수면과 부딪치는 지점에서 섬광이 번뜩인다. 가끔씩 물고기가 그리는 은빛 곡선 전체를 볼 수도 있다. 혹은 수면 위로 떠다니는 엉겅퀴의 관모(冠毛)가 돌진하는 물고기 때문에 다시 물속으로 잠기며 수면에 보조개를 만든다. 마치 녹은 유리가 식긴 했지만 아직 굳지는 않은 상태와 같다. 그리고 매끄러운 수면을 흐트러뜨리는 티끌들은 유리의 결점처럼 순수하고 아름답다. 종종 더 매끄럽고 색이 짙은 부분이 호수의 다른 부분과 분리된 듯이 보이기도 하고, 마치 물의 요정의 지팡이나 눈에 보이지 않는 거미줄로 수면을 분리해 놓은 듯하다. 언덕 꼭대기에서 굽어보면 어느 방향에서 물고기가 솟구쳐도 거의 다 시야에 들어온다. 민물 농어나 은빛 물고기는 매끄러운 수면 위의 벌레를 잡으려고 솟구쳐 오르면서 호수 전체의 평형 상태를 깨뜨린다. 이렇게 단순한 사실이 정교한 방법으로 알려진다는 게 놀랍기만 하다. 물고기가 물 밖으로 솟구칠 때 물고기의 살생 행위는 만천하에 드러난다. 물고기가 만든 동심원이 퍼져 직경이 12로드 정도 되면 물고기와 멀리 떨어진 곳에서도 물결을 알아볼 수 있다. 물매암이가 매끄러운 수면 위로 4분의 1마일 정도 쉬지 않고 앞으로 나아가는 광경도 보인다. 물매암이는 수면을 살짝 주름지게 하며 앞으로 나아가는데, 두 개로 갈라지는 선이 경계를 만들면서 독특한 물결무늬를 그린다. 소금쟁이는 이와 달리 눈에 띌 정도의 물결을 일으키지 않고 수면 위를 미끄러지듯 나아간다. 수면이 크게 일렁일 때는 소금쟁이나 물매암이가 보이지 않지만, 바람이 잔잔한 날이면 안식처에서 물가로 나와 미끄러지듯 대담하게 돌아다니는 벌레들로 수면이 완전히 뒤덮인다. 맑은 가을날 따사로운 햇볕을 한껏 음미하면서 높은 언덕 위의 나무 그루터기에 걸터앉아, 호수를 굽어보며 하늘과 나무가 비치는 매끈한 수면 위에 끊임없이 새겨지는 동심원을 바라보고 있노라면 마음이 평온해진다. 마치 물병을 흔들면 파문이 일다가 다시 잔잔해지듯이 이 넓은 호수의 매끄러운 수면은 아무것에도 방해받지 않고, 방해받는다고 해도 곧 잦아들어 고요해진다. 물고기 한 마리도 수면 위로 솟구치지 않고 벌레 한 마리도 수면 위로 낙하하지 않으며 단지 동심원만 아름답게 그리는데, 마치 끊임없이 솟는 샘, 잔잔하게 뛰는 생명의 맥박, 호흡으로 부풀어오른 가슴과 같다. 기쁠 때 느끼는 전율과 고통으로 인한 전율은 일맥상통한다. 호수에 펼쳐지는 자연현상은 이 얼마나 평화로운가! 봄과 마찬가지로 가을에도 인간의 노력은 빛을 발한다. 한낮인 지금, 나뭇잎과 나뭇가지, 거미줄이 봄날 아침에 이슬이 내렸을 때처럼 반짝인다. 노를 젓는 동작 하나하나, 수면 위를 미끄러지는 벌레의 동작 하나하나가 섬광을 만들어낸다. 노가 물에 잠기면서 울려 퍼지는 소리는 또 얼마나 감미로운가!

9월이나 10월, 아주 청명한 날이면 월든 호수는 귀한 보석으로 테두리를 두른 거울이 되어 수면 위에 숲의 모습을 완벽하게 재현해 낸다. 호수만큼 아름답고 순수하고 동시에 드넓은 것은 지구상에 없으리라. 호수는 하늘의 물이다. 울타리가 필요 없다. 수많은 나라들이 탄생하고 사라지면서 호수를 더럽혔다. 호수는 어떤 돌도 깨뜨리지 못하는 거울이다. 자연이 호수를 끊임없이 손질해 주므로 호수라는 거울에 입힌 수은은 결코 닳지 않는다. 폭풍우도 먼지도 호수의 표면을 어둡게 만들지는 못한다. 호수 거울에 비친 모든 불순물들은 태양이 쓸고 털어내 호수에 가라앉힌다. 이 빛나는 호수는 닦아낸 먼지가 묻지 않는 헝겊과 같으며, 자신의 숨결을 하늘 높이 띄워 구름으로 만들고, 그 구름을 가슴에 품어 반사시킨다.

호수는 대기에 떠다니는 영혼을 비추고 하늘로부터 끊임없이 새로운 생명과 움직임을 받아들인다. 호수는 땅과 하늘을 연결해 준다. 땅 위에 바람이 불면 풀과 나무만 흔들리지만 호수에 바람이 불면 호수 자체가 동요한다. 수면에 한 줄기 빛이 비치거나 빛의 입자가 흩어지면 그곳에 바람이 스치고 지나갔음을 알게 된다. 호수의 표면을 굽어본다는 것은 놀라운 일이다. 우리가 하늘에서 대기의 표면을 굽어본다면 바람보다도 포착하기 어려운 영혼이 스치고 지나갔음을 알 수 있지 않을까.

10월이 끝나갈 무렵 된서리가 내리면 마침내 소금쟁이와 물매암이는 자취를 감추고, 11월이 되면 대개 고요한 날에는 아무것도 수면에 물결을 일으키지 않는다. 며칠 동안 계속된 비바람이 그치고 난 뒤 고요해진 어느 11월 오후, 하늘은 여전히 잔뜩 찌푸려 있고 대기는 짙은 안개로 가득할 때 호수는 놀라울 만큼 잔잔해서 어디까지가 호수고 어디부터가 뭍인지 가늠하기 어렵다. 수면은 이제 더 이상 10월의 화려한 색조를 비추지 않고 주위를 둘러싼 언덕의 어두침침한 11월의 색조를 띤다. 나는 배를 타고 가능한 한 조용히 노를 젓지만 배가 만들어낸 물결은 내 시야의 끝까지 뻗어나가, 수면에 비친 그림자를 밭이랑 모양으로 일렁이게 한다. 그러나 수면을 굽어보니 멀리서 희미하게 반짝이는 빛이 여기저기 보인다. 마치 서리를 간신히 피한 소금쟁이들이 모여 있는 듯하다. 아니면 밑바닥에서 샘이 솟아 물결을 만들어 내는지도 모르겠다. 부드럽게 노를 저어 가까이 가니 놀랍게도 길이 5인치 정도의 짙은 청동색 민물 농어 떼가 나를 에워싼다. 이 민물 농어들은 녹색 물속에서 노닐며 끊임없이 수면으로 솟아올라 파문을 만들고 가끔 공기 방울도 남겨놓는다. 한없이 투명하고 끝없이 깊어 보이는 호수의 표면에 구름이 비치면 나는 마치 풍선처럼 하늘을 떠다니는 기분이 든다. 물고기는 지느러미를 돛처럼 펄럭이며 내 배가 떠 있는 곳 바로 밑으로 날아가는 새 떼와 같다. 호수에는 이런 물고기 떼들이 많다. 이 물고기들은 동장군이 얼음의 덧문을 만들어 하늘에서 쏟아지는 빛을 차단하기 전까지 아쉽도록 짧은 시간 동안, 마치 수면에 가볍게 바람이 스쳐 지나가거나 몇 개의 빗방울이 떨어진 느낌이 들게 한다. 내가 무심코 접근해 물고기들을 놀라게 하면, 물고기들은 마치 잔가지 많은 나뭇가지로 수면을 철썩 내리쳤을 때처럼, 갑자기 물을 첨벙이고 꼬리로 물결을 일으키면서 급하게 호수 깊숙이 몸을 숨긴다. 마침내 바람이 거세게 불고 안개가 짙어지고 물결이 거칠어지면 민물 농어는 몸이 거의 반쯤 물 밖으로 나올 정도로 높이 솟구친다. 3인치 남짓 되는 길이의 수많은 검은 점들이 동시에 수면 위에 나타나는 모습을 상상해 보라. 어느 해 12월 5일, 나는 수면에 잔물결이 이는 광경을 보았다. 게다가 대기가 안개로 자욱해지자, 나는 이내 비가 거세게 쏟아지리라 생각하고 서둘러 노를 저어 집으로 향했다. 내 뺨에는 빗방울이 느껴지지 않았지만 이미 빗줄기는 굵어지는 듯했고 나는 흠뻑 젖을 각오를 했다. 그러다 갑자기 잔물결이 사라졌다. 민물 농어가 만든 물결이었다. 물고기는 내가 노 젓는 소리에 놀라 호수 깊숙이 피신했고 나는 물고기 떼가 희미하게 사라지는 광경을 보았다. 결국 그날 오후에는 비가 내리지 않았다.

이 호수를 자주 찾곤 했던 한 노인은, 내게 당시 주위가 숲으로 둘러싸여 호수 주변이 어두웠던 60여 년 전, 호수에서 오리와 또 다른 물새 그리고 독수리 여러 마리를 가끔 보았다고 했다. 그는 낚시하러 호수에 왔다가 오래된 통나무로 만든 카누를 발견했고, 그걸 타고 낚시를 했다고 한다. 카누는 두 개의 흰 소나무 원목 속을 파내고 연결해 만든 배로, 모서리는 각이 져 있었다. 대충 만들어진 배였지만 수년 동안 제구실을 톡톡히 했고, 마침내 목재에 물이 배어 더 이상 못 쓰게 되어서 호수 바닥에 가라앉았을 거라고 했다. 그 노인은 배의 주인이 누구인지 모르고 호수에 그냥 떠다니던 배라고 했다. 그는 히커리 나무 껍질 조각을 서로 묶어 닻줄을 만들었다. 독립전쟁 전에 호수에 살았던 한 늙은 도공이 그 노인에게 호수 바닥에 철로 된 궤가 가라앉아 있으며, 자기 두 눈으로 직접 보기까지 했다고 말했다. 가끔 그 궤가 떠올라 호숫가까지 왔지만 사람이 가까이 가면 다시 물속 깊이 사라지곤 했다고 한다. 나는 오래된 통나무 카누가 있었다는 얘기를 듣고 참으로 반가웠다. 그 배는 인디언들이 만든 배와 같은 재료로 만들어졌지만 보다 정교하게 건조되어 있었다고 한다. 배의 재료로 쓰인 소나무는 아마 한때 호숫가에 서 있다가 호수 쪽으로 쓰러져 한 세대 동안 물 위를 떠다녔으리라. 이보다 호수에 안성맞춤인 배가 있을까. 나는 처음 호수의 깊은 곳을 들여다본 때를 기억한다. 호수 바닥에 큰 통나무가 수없이 가라앉아 있었는데, 아마도 호수 쪽으로 쓰러졌거나 벌목 당시 목재 값이 싸서 얼음 위에 그냥 방치되었다가 얼음이 녹으면서 가라앉은 나무들인 것 같았다. 그러나 지금은 대부분 사라지고 없다.

내가 처음 월든 호수에 배를 띄웠을 때 호수는 굵고 잎이 무성한 소나무와 떡갈나무 숲으로 빽빽하게 둘러싸여 있었고, 호수의 후미진 곳에는 물가에 서 있는 나무 위로 포도나무가 덩굴을 뻗어 그늘을 만들고 그 아래로 배가 지나갈 수 있었다. 호수 기슭에 있는 언덕들은 몹시 가팔랐고, 언덕 위에는 키 큰 나무들이 숲을 이루어 서쪽 끝에서 굽어보면 숲의 장관이 원형 경기장처럼 펼쳐졌다. 나는 어렸을 때 호수에서 많은 시간을 보내곤 했다. 배를 저어 호수 한가운데까지 가서 서풍에 배를 맡기고 누워 몽상에 빠진 채 여름날 오전을 보내노라면 어느새 배는 모래사장에 닿아 있었다. 그러면 나는 몸을 일으켜 운명이 호숫가 어느 쪽으로 배를 이끌었는지 살펴보았다. 한가하게 보내는 것이 가장 매력적이고 생산적인 그런 날들이었다. 하루 중 가장 소중한 오전 시간을 그렇게 보냈다. 햇살이 비치는 많은 시간과 여름날 덕분에 나는 가진 것은 없었지만 부자였고, 그 시간들을 아낌없이 소비했다. 연구하거나 가르치는 데 더 많은 시간을 썼어야 한다는 후회는 전혀 하지 않는다. 그러나 내가 호숫가를 떠난 이후 나무꾼들이 벌목을 하고 나서 숲을 방치해 놓은 탓에, 나무가 쭉 늘어선 숲 속 오솔길을 거닐면서 나무 사이로 언뜻언뜻 보이는 호수를 감상하는 즐거움은 한동안 누릴 수 없게 되었나 보다. 이제부터 나의 여신이 더 이상 아름다운 시를 노래하지 않고 침묵한다 해도 나는 용서하리라. 새들의 보금자리를 베어내고서 어찌 새들이 노래하기를 기대하겠는가?

호수 밑바닥에 가라앉은 통나무와 오래된 통나무 카누, 호수를 둘러싼 울창한 숲이 모두 사라진 지금, 호수의 위치도 정확히 모르는 마을 사람들은 호수에서 헤엄을 치거나 그 물을 마시는 대신 호수의 물을 수도관으로 마을까지 끌어와 설거지를 할 생각이나 한다. 갠지스 강[7]만큼이나 성스러운 월든 호수의 물을 수도 꼭지를 틀거나 마개를 뽑아 얻으려는 발상을 하다니! 귀가 찢어질 듯 비명 소리를 마을 구석구석까지 울리는 그 악마 같은 철마는 보일링 샘을 혼탁하게 만들었고 월든 호숫가의 숲까지 먹어치웠다. 뱃속에 천 명의 그리스 용병을 싣고 온 트로이 목마![8] 이 오만한 골칫덩어리와 딥 컷[9]에서 만나 그 갈비뼈 사이로 복수의 창을 찔러 넣을 무어 홀의 무어,[10] 이 나라의 투사는 어디 있는가?

나는 월든 호수처럼 고결한 성품과 순수성을 잘 간직한 이를 본 적이 없다. 월든 호수에 비유된 사람들이 많이 있지만 그런 비유를 받을 자격이 있는 사람은 거의 없다. 나무꾼들이 호숫가를 벌판으로 만들어버린 후 아일랜드인들은 돼지우리를 지었고, 철도는 호수 주변을 잠식했으며, 얼음 장수들은 호수의 얼음을 걸어냈다. 그러나 월든 호수는 내가 어릴 적 동심의 눈으로 바라보았던 그 모습을 그대로 간직하고 있다. 변한 것은 나 자신이다. 월든 호수는 수많은 풍파와 우여곡절을 겪었지만 주름 하나 잡히지 않았다. 호수는 영원한 젊음을 간직하고 있다. 나는 예전에 그랬듯이 지금도 호숫가에 서서 제비가 수면으로 급강하해 벌레를 낚아채는 광경을 바라보곤 한다. 지난 20년 동안 거의 매일 본 광경인데도 오늘 밤 새삼 그 광경이 경이롭다. 월든 호수, 내가 오래전 발견했을 때의 그 모습 그대로다. 지난겨울 나무가 잘려 나간 숲에는 다시 새로운 나무가 싹을 틔우고 더 무성하게 자란다. 예전에 품었던 생각이 수면으로 솟아오른다. 월든은 예전과 마찬가지로 변함없이 자신 그리고 창조자에게 기쁨과 행복을 선사한다. 아마 내게도 그런 기쁨과 행복을 주리라. 호수는 교활함이라고는 없는 용감한 이가 만든 작품임이 분명하다. 그는 이 호수를 손으로 다듬어 둥글게 만들고 마음속으로 깊고 맑게 하여 콩코드에 유산으로 남겼다. 나는 호수 표면에 비친 그의 그림자를 본다.

그리고 말을 걸어본다. 월든, 당신이오?

> 나는 감히 시 한 줄로
> 호수를 표현하기를 꿈꾸지 않는다.
> 월든 곁에서 살아 숨 쉬는 것보다
> 신과 천국에 더 가까이 가는 방법은 없다.
> 나는 자갈 무성한 호수 기슭이요,
> 수면 위로 부는 미풍이다.
> 월든의 물과 모래를
> 손에 한 줌 쥐면
> 호수의 깊은 뜻이
> 내 머릿속 가득히 차오른다.

열차는 결코 호수를 바라보기 위해 잠시 멈추지는 않는다. 그러나 기관사와 화부, 철도 보조원 그리고 철도 승차권을 가진 승객들은 호수를 자주 보게 되고, 그러면서 더 나은 사람이 된다. 기관사는 적어도 하루에 한 번 호수의 순수하고 평온한 모습을 보고 그 모습을 간직한 채 잠자리에 든다. 호수를 한 번만 봐도 스테이트가[11]의 먼지와 기관차의 검댕이 말끔히 씻긴다. 어떤 이는 월든 호수를 '신의 물방울'로 부르자고 제안한다.

월든에는 눈에 띄는 유입구나 유출구가 없다고 말했지만 한쪽으로는 간접적으로 플린츠 호수와 연결되고 다른 한쪽으로는 직접적으로 분명히 콩코드 강과 연결된다. 플린츠 호수와 월든 사이에는 작은 호수들이 연달아 있고 플린츠 호수는 월든보다 고지대에 있다. 콩코드 강 근처도 연이어 작은 호수들이 자리하고 있지만 월든보다 저지대에 있다. 지질 역사상 어느 시기에 콩코드 강물이 이 작은 호수들을 관통해 흘렀을지도 모르겠다. 그리고 조금 파헤치면 다시 강물이 작은 호수들로 흘러들어 가게 될지도 모르나 절대 그런 일이 있어서는 안 된다. 숲 속의 은둔자처럼 절제하고 금욕적인 생활을 오랫동안 해서인지 호수는 놀라울 정도로 순수함을 간직하고 있다. 만약 이 호수 물이 상대적으로 불순물이 많은 플린츠 호수나 바닷물과 섞여 그 신선함을 잃는다면 안타까워하지 않을 사람이 없으리라.

링컨 지역에 있는 플린츠 호수는 샌디 호수(Sandy Pond)라고도 하며, 이 지역에서 가장 넓은 호수이자 내해(內海)로, 월든 호수에서 동쪽으로 1마일 떨어져 있다. 넓이가 197에이커에 달하는 이 호수는 월든보다 넓고 물고기도 더 많이 서식한다. 그러나 수심은 비교적 얕고 아주 맑지는 않다. 나는 종종 그곳 숲 속을 거닐며 기분을 전환했다. 자유롭게 부는 바람을 두 뺨으로 느끼고 물결이 일렁이는 광경을 보며 선원들의 삶을 생각해 보는 것만으로도 그곳을 산책할 가치는 충분했다. 가을에는 그곳에서 밤을 채집했다. 바람 부는 날이면 바람에 물속으로 떨어진 밤이 물살에 떠밀려 내 발밑까지 왔다. 하루는 얼굴에 흩날리는 상쾌한 물거품을 느끼며 사초(莎草)가 무성한 그곳의 호숫가를 걷다가 썩어가는 배의 잔해를 발견했다. 그 배는 옆면이 다 떨어져 나가 배의 평평한 바닥의 흔적만 수풀 속에 덩그마니 남아 있는 듯했고 썩어서 잎맥만 남은 넓적한 수련잎 같았다. 해안가에서 이보다 더 인상 깊고 흥미로운 사연을 지닌 잔해를 발견하기는 힘들 것이다. 그 배는 지금은 다 썩고 부식토가 되어 호숫가의 토양과 섞여버렸고 배의 잔해가 있던 자리에는 사초와 창포가 무성하다. 나는 이 호수의 북쪽 끝에서 모래투성이인 배 밑바닥에 난 물결

자국을 감상하곤 했다. 그곳을 발로 차보니 수압으로 단단해진 밑바닥이 발끝에 느껴졌고 물결무늬를 따라 일렬종대로 자라난 사초가 줄지어 있는 모습이 마치 파도가 그것을 심어놓은 듯했다. 또한 직경이 0.5인치에서 4인치에 달하는 완벽한 공 모양의 물체가 수없이 흩어져 있는 모습을 발견했는데, 잎이 가는 풀이나 뿌리가 뭉쳐져서 만들어진 게 분명했다. 이 공 모양의 물체들은 모랫바닥이 드러날 만큼 얕은 물가에서 물에 떠밀려 오락가락하다가 가끔 뭍으로 올라오곤 했다. 완전히 풀잎 덩어리로만 되어 있는 것도 있고 가운데에 모래가 들어 있는 것도 있었다. 얼핏 보면 자갈처럼 파도에 의해 만들어진 물체 같다. 그러나 0.5인치 정도 되는 가장 작은 것도 큰 것과 마찬가지로 거친 물질로 이루어져 있으며, 1년 중 단 한 계절에만 만들어졌다. 게다가 파도는 물질을 모아 무엇을 만들어낸다기보다는 오히려 이미 견고해진 물질을 마모시키는 역할을 한다고 본다. 그러므로 파도가 만들어 낸 것은 아닐 것이다. 이 공 모양의 물체들은 마른 상태에서도 아주 오랫동안 제 형태를 유지한다.

플린츠 호수라니! 상상력의 부재가 여실히 드러난다. 이 호수 근처에 농장을 짓고 나무를 무자비하게 베어낸 아둔하고 초라한 행색의 농부[12])에게 자기 이름을 따서 호수의 이름을 지을 권리가 있는가? 철면피 같은 자기 얼굴이 비칠 정도로 반짝반짝 빛나는 동전의 표면을 호수의 수면보다 사랑한 구두쇠, 호수에 정착한 야생 오리마저 침입자로 여기고 내쫓는 인간, 탐욕스럽게 새 발톱처럼 움켜쥐는 고질적인 버릇 때문에 손가락이 갈고리처럼 꼬부라진 인간. 그런 추악한 인간의 이름을 따서 호수의 이름을 짓는 행위를 절대로 용납할 수 없다. 나는 그 호수에서 그를 보고 싶지도 않고 그에 대한 얘기를 듣고 싶지도 않다. 그는 호수를 본 적도, 물에 몸을 담근 적도, 호수를 사랑한 적도 없다. 호수를 보호한 적도 없고 호수에 대해 경탄의 말 한마디 한 적 없으며 그 창조주에게 감사한 적도 없다. 차라리 호수에서 헤엄치는 물고기의 이름이나 호수를 자주 찾는 야생 올빼미나 네발 달린 짐승 혹은 호숫가에 자라는 야생화의 이름을 붙이든가, 자기 삶의 역사의 한 오라기를 호수의 역사와 엮어낸 야만인의 이름을 따서 지어라. 자신만큼 탐욕스러운 이웃에게서 호수의 권리증을 넘겨받거나 법적으로 권리를 인정받았다고 해도 호수를 소유할 자격이 없는 자, 호수에서 금전적인 가치밖에 볼 줄 모르는 자, 존재 자체가 호수에게 저주인 자, 호수 주위의 땅을 황폐하게 만든 자, 호수의 물을 모두 써버리고 싶어 안달이 난 자, 호수가 차라리 건초 더미나 덩굴월귤밭이었으면 좋겠다고 생각하는 자, 호수가 아무짝에도 쓸모없다고 생각하고 호수의 물을 모조리 빼내 그 바닥에 있는 진흙을 팔아먹을 자, 자기 방앗간의 물레방아를 돌리지도 못하는 호수는 쓸모없다고 여기고 호수를 바라보는 것을 영광스러운 특권으로 여기지 못하는 자, 나는 그런 인간의 노동과 모든 것이 금전으로 환산되는 그의 농장을 존중해 줄 수 없다. 돈벌이만 된다면 자연경관과 신(神)도 장에다 내다 팔 인간, 물건을 사고파는 상행위를 신처럼 숭배하는 인간, 그런 인간의 농장에서는 아무것도 거저 자라지 않는다. 그의 들판에 여무는 것은 곡식이 아니고 목초지에 피는 것은 꽃이 아니며 나무에 영그는 것은 열매가 아니다. 그것은 돈이다. 자기가 기른 열매의 아름다움을 소중히 여길 줄 모르고 열매를 팔아 돈이 되어야 비로소 결실을 맺었다고 생각하는 인간, 그런 인간을 나는 존중할 수 없다. 진정한 부를 누리는 빈자는 어디 있는가. 농부는 가난할수록 존경스럽고 내 흥미를 자아낸다. 모범적인 농장을 본 적이 있는가! 거름

더미 위에 곰팡이처럼 서 있는 집에 사람과 말, 소, 돼지가 서로 인접한 공간에 거주한다. 가축을 사람과 함께 방목하다니! 거름의 악취와 버터밀크 향기가 뒤섞인 커다란 기름 얼룩 천지다. 인간의 심장과 뇌를 거름에 섞는 방법이 고차원적인 농사법인가 보다. 묘지에서 감자를 기르는 것과 무엇이 다른가. 이것이 정말로 모범적인 농장인가.

절대로 안 된다. 가장 아름다운 자연경관에 사람의 이름을 붙이려면 제일 고결하고 자격 있는 사람의 이름을 따서 지어야 한다. 적어도 '용감한 시도가 아직도 해안에 널리 울려 퍼지는' 이카로스 해[13]만큼 순수한 이름을 우리 마을 호수에 지어주자.

구스 호수(Goose Pond)는 플린츠 호수로 가는 길에 있다. 콩코드 강의 연장이라 할 페어 헤이븐은 70여 에이커 크기로, 남서쪽으로 1마일 떨어진 곳에 위치한다. 화이트 호수는 40에이커 정도의 크기로 페어 헤이븐보다 1.5마일 더 가야 나온다. 여기가 내 레이크 컨트리[14]다. 나는 콩코드 강과 더불어 이 호수들을 이용하는 특권을 누린다. 밤낮을 가리지 않고, 1년 내내 이 호수들로 곡식을 가져가고 호수들은 그 곡식을 빻아 가루로 만들어준다.

벌목꾼과 철로, 그리고 내가 월든 호수를 훼손시켰으므로 이제 우리 마을에서 가장 매혹적이고 아름다운 숲 속의 보석은 아마 화이트 호수라고 해야 할지 모른다. 놀라울 정도로 맑은 물이나 모래 빛깔 때문에 그런 이름을 갖게 되었는지 모르겠지만 너무나도 평범한 이름이다. 이름뿐 아니라 여러 가지 면에서 화이트 호수는 월든보다는 조금 처지는 쌍둥이 형제라고 생각한다. 두 호수는 땅 밑으로 서로 연결되어 있다고 생각할 만큼 정말 많이 닮았다. 화이트 호수의 기슭도 자갈투성이고 물 빛깔도 똑같다. 월든과 마찬가지로 찌는 듯한 무더운 날씨에, 바닥의 색조가 비칠 정도로 수심이 너무 깊지 않은 호수 어귀를 내려다보면 물의 색깔이 희미하게 푸른 색조를 띤 녹색이거나 연한 청록색이다. 나는 그곳에서 사포(砂布)를 만들 모래를 수레 가득 채집하곤 했는데 이후에도 수년 동안 계속 그 호수를 찾고 있다. 화이트 호수를 자주 찾는 어떤 이는 물이 담녹색이므로 호수의 이름을 비리드 호수(Virid Lake)라고 할 것을 제안한다. 옐로 파인 호수(Yellow Pine Lake)라고 부를 수도 있을 것이다. 그 이유는 다음과 같다. 15년 전 이 호수 기슭에서 몇 로드 떨어진 호수 깊은 곳에는 수면 위로 나무 꼭대기를 내밀고 있는 소나무가 보였다. 종류가 뚜렷이 구분되는 소나무는 아니었지만 이 지역에서 황색 소나무라고 부르는 종이었다. 어떤 사람들은 지금 호수가 있는 자리가 이전에는 원시림이었으며, 그것이 가라앉아 호수가 생겼다고 추측하기도 했다. 매사추세츠 역사학회가 소장하고 있는 「콩코드의 지형」이라는 글이 있는데, 상당히 오래전인 1792년에 이 글을 쓴 콩코드 출신의 저자[15]는 월든과 화이트 호수에 대해 언급한 후 이 소나무에 대해 다음과 같이 덧붙였다. "수심이 얕을 때 화이트 호수 한가운데에는 현재 서 있는 바로 그 자리에서 자라 수면으로부터 50피트 밑에 뿌리를 내린 나무가 나타난다. 이 나무의 꼭대기는 잘려 나갔는데 그 부분의 직경을 재면 14인치다."

1849년 봄, 나는 그 호수와 가장 가까운 곳에 사는 서드베리 마을 사람과 얘기를 나누었는데 그는 10년에서 15년 전 그 나무를 구해 낸 사람이 바로 자신이라고 말했다. 그의 기억으로는 그 나무가 호수 기슭에서 12~15로드 떨어진, 수심 30~40피트 정도 되는 곳에 서 있었다고 한다. 당시는 겨울이었고 그는 오전에 호수에서 얼음을 채취하고 난 뒤 오후에 이웃들의 도움을 받아 그

늙은 황색 소나무를 호수에서 꺼내기로 마음먹었다. 그는 얼음이 제거된 사이로 호수 기슭을 향해 생긴 물길을 따라 나무를 끌어당겨 운반했고 소를 부려 나무를 얼음 밖으로 꺼냈다. 그러나 일이 더 진전되기 전에 그는 놀라운 사실을 발견했다. 나무가 거꾸로 서 있었던 것이다. 나뭇가지는 아래를 향해 굵기가 가는 쪽이 호수 밑의 모랫바닥에 단단히 박혀 있었고 굵은 쪽은 직경이 1피트 정도 되었다. 그는 쓸 만한 통나무를 하나 얻었다고 생각했지만, 너무 썩어서 땔감으로나 쓸 수 있을 정도였다. 나와 이야기할 때만 해도 나무 일부가 헛간에 남아 있었는데, 나무 밑동에 도끼 자국과 딱따구리가 부리로 쫀 자국이 있었다. 호수 기슭에서 죽은 나무인데 호수로 떠밀려 온 뒤 나무 위쪽이 아래쪽보다 먼저 물이 배어 무거워지자 무게 중심이 위쪽으로 쏠리면서 거꾸로 가라앉은 듯하다고 그는 추측했다. 그의 부친은 80 평생을 그 나무가 호수에 있는 모습을 보았다고 한다. 호수 바닥에는 아직도 상당히 굵은 통나무들이 가라앉아 있는데, 수면이 일렁이면 통나무들은 마치 거대한 뱀이 꿈틀거리는 모습처럼 보인다.

이 호수에서는 배가 거의 보이지 않는다. 낚시꾼을 유혹할 만한 것이 별로 없기 때문이다. 진흙이 있어야 자라는 흰 수련이나 흔한 창포 대신 호숫가 주변의 물속 자갈 바닥에 뿌리를 내린 붓꽃이 드문드문 눈에 띄고, 6월이면 벌새가 붓꽃을 찾아 날아든다. 푸른색을 띠는 붓꽃의 잎사귀와 꽃이 호수의 청록색 물과 뛰어난 조화를 이룬다.

화이트 호수와 월든 호수는 지구 위에 존재하는 커다란 수정이자 빛의 호수다. 이 두 호수를 영원히 응결시켜 손에 쥘 만큼 작게 만들 수 있다면 호수는 황제의 왕관을 장식하는 보석으로 쓰이기 위해 노예들에게 실려 갔을 것이다. 그러나 호수는 액체

이고 손에 쥐기에는 너무 넓은 데다 우리와 우리 후손들이 대대로 영원히 그 혜택을 누리도록 되어 있기 때문에 우리는 이 호수들을 제쳐놓고 코이누르 다이아몬드[16]를 좇는다. 이 호수들은 너무도 순수해서 시장 가치를 따질 수 없다. 호수는 조금도 오염되지 않았다. 우리의 삶보다 얼마나 아름답고 우리의 성품보다 얼마나 투명한가! 비열함은 찾아볼 수 없다. 농부가 기르는 오리가 헤엄치는, 농장 앞마당에 패인 웅덩이보다 훨씬 아름답지 않은가. 이 호수에서는 깨끗한 야생 오리가 헤엄친다. 사람들은 모두 자연 속에 살면서도 자연을 소중히 여기는 이는 없다. 아름다운 깃털로 꾸미고 노래를 부르는 새들은 꽃과 조화를 이루지만, 싱싱하고 황홀한 아름다움을 간직한 자연과의 조화를 꾀하는 젊은 이나 소녀는 어디 있는가? 자연은 이들이 사는 마을에서 멀리 떨어진 곳에서 홀로 피어난다. 감히 천국을 말하는가! 그대들은 이 세상도 욕되게 한다.

베이커 농장

나는 가끔 소나무숲을 산책했는데, 신전처럼 혹은 의장을 완벽하게 갖춘 바다의 함대처럼 우뚝 서 있는 소나무들의 굽이치는 가지 사이로 햇빛이 물결치며 정말 부드럽고 싱그러운 그늘을 만들어내는 광경을 보면, 드루이드 교도들[1]이 떡갈나무를 버리고 소나무를 대신 숭배했으리라는 생각이 든다. 플린츠 호수 너머에 있는 삼나무숲으로 산책을 나가기도 하는데, 회백색 열매로 뒤덮인 연필향나무들이 하늘 높은 줄 모르고 우뚝 솟은 모습이 발할라[2] 앞에 서 있어야 안성맞춤일 듯싶고, 열매가 소담스럽게 달린 두송덩굴이 엮은 화환이 온통 대지를 뒤덮고 있다. 늪에는 겨우살이 이끼가 흰 전나무에 꽃 장식처럼 피어 있고 늪을 관장하는 신들의 원탁인 독버섯이 땅을 뒤덮고 있으며, 그보다 더 아름다운 버섯들이 나무 그루터기를 장식하고 있는데 그 모습이 마치 나비가 내려앉은 듯 혹은 조개껍데기가 붙어 있는 듯 보이기도 하고 고둥이 따닥따닥 붙은 모양 같기도 하다. 늪 패랭이꽃과 말채나무가 자라는 곳에는 오리나무의 붉은 열매가 꼬마 도깨비의 눈처럼 빛나고, 노박덩굴은 숲에서 제일 단단한 나무를 파고들어

부스러뜨리며, 야생 서양호랑가시나무 열매의 아름다운 자태는
바라보는 이가 만사를 잊을 정도로 혼을 쏙 빼놓았다. 그 외에도
사람이 먹기에는 아까울 만큼 너무나도 자태가 고운, 수많은 이
름 모를 금단의 야생 열매들이 보는 이로 하여금 경탄을 금치 못
하게 하고 유혹에 빠뜨린다. 나는 학자를 찾아가는 대신, 언덕 꼭
대기나 깊은 숲 속, 늪지대, 멀리 목초지 한가운데 서 있는, 이 근
처에서는 볼 수 없는 특별한 나무들을 찾는다. 그중에는 직경이
2피트쯤 되는 다양한 품종의 검은 자작나무도 있고, 그 사촌 격
으로 헐렁한 황색 조끼를 걸치고 검은 자작나무와 같은 향기를
풍기는 황색 자작나무 그리고 잘 정돈된 가지가 이끼로 아름답게
채색된, 세세한 부분까지 나무랄 데 없이 아름다운 너도밤나무도
있다. 이렇게 상당한 크기의 너도밤나무들이 여기저기 흩어져 있
지 않고 한데 모여 숲을 이루고 있는 곳은 내가 알기로 이 마을에
딱 한 군데 있다. 한때 사람들이 근처에 있는 너도밤나무 열매를
미끼로 비둘기들을 잡았는데 이 비둘기들이 뱉은 씨가 싹을 틔우
고 자라 숲을 이루었다는 설도 있다. 이 나무를 자르면 나뭇결이
은빛으로 번쩍 빛나는데 정말 볼만한 광경이다. 그 밖에 참피나
무, 자작나무, 잘 자란 것으로는 우리 마을에 한 그루밖에 없는
팽나무, 키 큰 백송, 지붕널 만들기에 적합한 나무, 숲 한가운데
탑처럼 우뚝 솟아 있는, 흔히 볼 수 없을 만큼 자태가 완벽한 솔
송나무 등이 있다. 그 외에도 언급할 만한 나무들이 많다. 이 나
무들이 내가 여름과 겨울에 순례하는 성지였다.

　한번은 우연히 무지개의 곡선 끝이 땅과 맞닿은 곳에 서 있게
되었는데, 대기의 저층을 가득 채운 무지개는 주위의 풀과 나뭇
잎들을 엷게 물들여 마치 색깔 있는 수정을 들여다보는 것처럼
황홀했다. 나는 잠시 만새기[3]처럼 살았다. 그 빛이 좀 더 오래 지

속됐다면 내가 하는 일과 나의 삶도 무지갯빛으로 물들었을지 모른다. 나는 철둑 길을 따라 걸으면서 내 그림자 주위에 후광이 비치는 광경을 보고 신에게 선택받은 사람이 된 듯한 느낌에 빠지기도 했다. 내가 만난 어떤 이는 자신을 찾아왔던 아일랜드인들의 그림자에는 후광이 없었다며 이 지역 출신에게만 후광이 생긴다고 했다. 벤베누토 첼리니[4]는 그의 회고록에서, 성(聖) 안젤로 성에 갇혀 있는 동안 끔찍한 악몽을 꾸거나 환영을 보고 난 후에 이탈리아에 있든 프랑스에 있든 상관없이 아침저녁으로 자신의 머리 그림자 위로 눈부신 빛이 비쳤는데, 풀이 이슬로 촉촉이 젖어 있을 때는 그 빛이 더 두드러지게 빛났다고 한다. 이는 아마도 내가 앞서 언급한 바와 같은 현상일 것이다. 이런 현상은 특히 아침에 나타났지만 다른 시간, 심지어는 달빛이 비치는 밤에도 나타났다. 이변은 아니지만 흔히 감지되는 현상도 아니며 첼리니처럼 상상력이 풍부한 사람의 경우에는 미신을 믿을 만한 충분한 근거가 될 수 있으리라. 게다가 그는 그 현상을 소수의 사람들에게만 보여주었다고 한다. 자신이 인정받고 있음을 의식하는 사람들은 진정 뛰어난 사람들 아닌가?

어느 오후 나는 채식만으로 이루어진 식단을 보강하기 위해 낚시를 하러 페어 헤이븐으로 출발했다. 가는 길에 베이커 농장에 딸린 플레즌트 메도를 통과했는데 한적한 그 벌판에 대해 한 시인은 다음과 같이 노래했다.

"그대의 어귀는 참으로 쾌적한 벌판.
이끼 긴 과실나무가 자라는 너의 벌판은
기운차게 흐르는 시내로 이어지며,

그 시냇물에서는 사향뒤쥐가 미끄러지듯 헤엄치고
민첩한 송어가 여기저기서 물 위로 솟구친다."⁵⁾

나는 월든으로 가기로 마음을 굳히기 전에 이곳에서 살아볼까
생각한 적도 있었다. 거기서 사과 서리도 하고 시내도 건너뛰고
사향뒤쥐와 송어를 놀래키기도 했다. 내가 페어 헤이븐으로 출발
했을 때는 이미 오후가 반쯤 저물었지만, 많은 일이 일어날 수 있
고 영원히 계속될 것같이 길게 느껴지는 그런 오후였다. 그런데
소나기가 퍼붓기 시작했다. 나는 헛간으로 피하는 대신 가지가
빽빽한 소나무 아래 서서 머리 위에 손수건을 쓰고 30분 동안 비
가 그치기를 기다려야 했다. 마침내 물이 허리까지 차오르자 물
옥잠 너머로 길을 찾아 헤매기 시작했다. 그때 갑자기 머리 위로
구름이 그림자를 드리웠고 천둥이 엄청나게 큰 소리로 울리기 시
작해 그저 망연히 천둥소리를 듣고 서 있는 것 외에는 어쩔 도리
가 없었다. 무기도 없는 불쌍한 낚시꾼을 쫓아내려고 삐죽삐죽한
번갯불을 내리꽂는 신들이 야속하다는 생각이 들었다. 그래서 나
는 가장 가까이 있는 오두막으로 급히 몸을 피했다. 그 오두막은
가장 가까운 길에서 반 마일이나 떨어져 있지만 호수와의 거리는
그보다 가까웠다.

"여기 오래전에
한 시인이 지은 오두막을 보라.
초라한 오두막은
허물어져 가고 있구나."

그렇게 시인은 노래한다. 그 오두막에는 아일랜드인 존 필드

가 아내와 여러 명의 자녀와 함께 살고 있었다. 아버지의 일손을 돕는 얼굴이 넓적한 사내아이는 비를 피하려고 습지에서 나와 아버지 곁으로 달려왔고, 아버지의 무릎에는 시빌⁶⁾처럼 얼굴에 주름이 자글자글하고 머리 모양이 원뿔처럼 생긴 갓난아이가 마치 귀족의 궁전에 있는 듯 앉아 있었다. 그 아이는 눅눅한 실내에서 허기를 느끼며 갓난아이가 누리는 특권으로 이방인을 호기심 어린 눈으로 바라보았다. 천진난만한 그 아이는 자신이 존 필드의 미천한 자식이 아니라 귀족 혈통의 마지막 자손이자, 이 세상의 희망이자, 찬미의 대상이라는 것을 깨닫지 못하는 듯했다. 우리는 천둥 치고 소나기가 퍼붓는 동안 지붕에서 비가 가장 적게 새는 곳에 모여 앉아 있었다. 나는 이 가족을 미국으로 데려온 배가 만들어지기 훨씬 전에도 여러 번 그곳에 앉아본 적이 있었다. 존 필드는 정직하고 성실하지만 무능한 남자다. 그의 아내는 기름이 번들거리는 둥근 얼굴에 가슴을 다 드러내 놓고, 언젠가 형편이 나아질 거라 생각하며 씩씩하게 난로에 불을 지피고 셀 수 없을 만큼 저녁을 지었으리라. 그 아낙네는 손에서 빗자루를 놓지 않고 쓸고 또 쓸었지만 청소한 기미는 보이지 않았다. 비를 피해 집 안으로 들어온 닭들은 마치 자기들도 가족의 일원인 양 방을 돌아다녔는데, 너무 사람같이 변해서 잘 구워질지 의구심이 들었다. 닭들은 가만히 서서 내 눈을 물끄러미 들여다보거나 발이 아플 정도로 내 신발을 콕콕 쪼아댔다. 비가 그치기를 기다리는 동안 집주인은 내게 자기 이야기를 들려주었다. 그는 이웃 농부에게 1에이커당 품삯 10달러를 받고 열심히 목초지를 삽으로 뒤엎거나 김을 매고 거름을 주었고, 그 땅을 1년 동안 임대하기로 했다고 한다. 그리고 얼굴이 넓적한 그의 어린 아들은 자기 아버지가 얼마나 손해가 막심한 계약을 맺었는지도 모르고 즐겁게 곁에서 일손을 도왔다. 나는 그에게 내 경험을 이야기하고 도와주려고 애썼다. 그가 나와 가장 가까이 사는 이웃 가운데 한 사람이며, 이곳엔 낚시를 하러 왔지만 나 역시 직접 농사를 지어 생활을 꾸려간다고 말해 주었다. 그리고 내가 사는 집은 작지만 빛이 잘 들고 청결하며 그가 임대한 폐허 같은 집의 1년 치 세보다 얼마나 적은 비용을 들여 집을 지었는지 얘기해 주었다. 마음만 먹으면 그도 한두 달 안에 자기 소유의 궁전을 가질 수 있다고 말이다. 그리고 차와 커피를 마시지 않고 버터나 우유, 신선한 고기도 먹지 않았기에 그것들을 구입하려고 애쓸 필요가 없다고 말해 주었다. 힘들게 일을 하지 않았기 때문에 많이 먹을 필요가 없었고, 그래서 식비가 조금밖에 들지 않는다는 얘기도 해주었다. 그러나 그는 하루를 차와 커피, 버터, 우유, 고기를 곁들인 식사로 시작했으므로, 이를 마련하기 위해서 고되게 일해야 했고 그러고 나면 과로한 몸을 회복하기 위해서 많이 먹어야 했다. 게다가 버는 만큼 써야 했고, 그럼에도 자기 삶에 만족하지 못하고 삶을 낭비했으므로 이익보다 손해가 더 많은 삶을 산다고 이야기했다. 그런데도 그는 미국에서는 매일 차와 커피를 마시고 고기를 먹으니 이민 온 것은 실이 아니라 득이라고 했다. 그러나 진정한 미국은 이런 것들 없이도 자기 능력껏 스스로 원하는 방식대로 삶을 영위하는 자유가 있는 나라여야 하며, 주 정부가 직접 혹은 간접적으로 이런 것들을 구하는 데 드는 비용을 국민이 마련하게 하거나 노예제도를 지속시키고 전쟁 비용을 충당하는 데 협조하라고 강요하지 않는 나라여야 한다. 나는 마치 그가 현명한 사람이거나 현명한 사람이 되기를 원하기라도 하는 것처럼 진지하게 이야기를 했다. 사람들이 자기 스스로를 구제하기 시작하여 지구상의 모든 목초지가 자연 그대로 유지되는 결과를 낳는다면 기쁘리라.

무엇이 자기 방식대로 사는 최선의 방법인지 알기 위해 역사 공부를 할 필요는 없다. 그러나 안타깝게도 아일랜드인에게 이를 깨닫게 하는 일은 늪지에서 괭이질을 하는 일만큼 힘들다. 나는 그에게 습지를 일구느라 고되게 일을 하니 두꺼운 장화와 튼튼한 옷감으로 만든 옷이 필요하지만, 이마저도 금방 닳고 더러워지지 않느냐고 말했다. 그가 보기에는 내가 신사 옷차림을 하고 있다고 생각할지 모르겠지만(사실 그렇지 않다) 가벼운 신발을 신고 얇은 옷을 입기 때문에 옷을 마련하는 데 쓰는 돈이 그가 들이는 비용의 절반도 안 된다고 말해 주었다. 그리고 노동이 아니라 기분 전환 삼아 한두 시간 동안 낚시를 하면 내가 이틀 동안 먹을 만큼 혹은 팔아서 일주일 동안의 생활비를 마련할 만큼의 물고기를 낚는다고 말해 주었다. 그와 그의 가족들이 소박하게 살기로 마음만 먹는다면 여름에 온 가족이 월귤 열매를 따러 나들이도 갈 수 있다고 했다. 이 말을 듣고 존은 깊은 한숨을 쉬었고 그의 아내는 양손을 허리춤에 얹고 빤히 쳐다보았다. 두 사람 다 그렇게 착수할 만한 자금이 있는지, 그런 생활이 자리 잡을 때까지 버텨내고 계속 생활을 유지할 수 있는지 곰곰이 생각하는 듯했다. 그러나 그들에게는 그런 생각을 하는 것이 암중모색이나 다름없었으며 어떻게 목적을 달성해야 할지 알지 못했다. 추측하건대, 아마도 그들은 삶의 거대한 기둥에 쐐기를 박아 쉽게 가르고 조각내는 요령이 있음을 여전히 깨닫지 못한 채, 미련하게 삶을 정면으로 맞닥뜨리고 씩씩하게 난국에 대처하듯 꿋꿋이 헤쳐나가야 한다고 생각하며 필사적으로 노력하고 있을 것이다. 그러나 그들은 승산 없는 싸움을 하고 있다. 존 필드 씨, 안타깝소이다. 애써 노력해도 지혜롭지 않으면 실패할 도리밖에 없소이다.

"낚시는 좀 하시오?"라고 묻자 그가 대답했다. "그럼요. 쉴 때

면 가끔 끼닛거리 장만하려고 낚시를 하지요. 꽤 큰 민물 농어를
잡습니다.” “미끼로는 뭘 쓰시오?” “우선 지렁이를 미끼로 은빛
물고기를 잡고, 다시 그걸 미끼로 농어를 낚습니다.” “여보, 지금
낚시하러 가는 게 어때요?” 그의 아내가 기대 가득한 밝은 얼굴
로 말했다. 그러나 존은 아내의 제안을 받아들이지 않았다.

이내 소나기가 그치고 숲의 동쪽에 걸린 무지개가 쾌청한 저
녁을 예고했다. 그래서 나는 다시 길을 떠났다. 집 밖으로 나와서
그릇을 하나 부탁했다. 우물 바닥을 살피고 이 집 주위를 탐사하
는 작업을 마무리할까 해서였다. 그러나 실망스럽게도 우물은 얕
고 바닥이 모래층이었으며 밧줄이 끊어져 있어 두레박을 건져 올
릴 수 없었다. 그러는 사이 안주인이 적당한 그릇을 찾았다. 한참
동안 둘은 숙덕거리며 의논을 하는가 싶더니 마침내 목마른 내게
물 한 그릇을 건네주었는데 시원하지도 않고 불순물이 가라앉지
도 않은 상태였다. 이곳에서는 이런 더러운 물로 겨우 삶을 이어
가는구나 하는 생각이 들었다. 나는 물을 준 사람의 호의를 생각
해서 눈을 질끈 감고 둥둥 떠다니는 불순물을 기술적으로 피해
가며 마치 사막에서 오아시스를 만난 듯 달게 마셨다. 그런 상황
에서 까다롭게 구는 것은 예의가 아니다.

비가 그친 뒤 그 아일랜드인의 집을 떠나 서둘러 호수로 발길
을 재촉했다. 한적한 목초지를 헤치고 진창길과 늪을 건너 버려
지고 황량한 들판을 서둘러 가로지르는데, 문득 창꼬치를 낚으려
고 발길을 서두르는 것이 대학까지 나온 사람에겐 너무 하찮은
게 아닐까 하는 생각이 들었다. 그러나 어깨에 무지개를 드리우
고 저녁노을이 붉게 지는 서쪽을 향해 언덕을 달려 내려가면서,
상쾌해진 공기를 타고 희미하고 청명한 소리가 들리자 어디서인
지 모르게 나의 선한 이성이 다시 내게 속삭이는 듯했다. 가서 낚

시를 하고 사냥을 하라. 매일매일 더 멀리 더 넓은 곳으로 나가라. 수없이 많은 시냇물과 모닥불 가에서 근심 없이 쉬어가라. 젊었을 때 창조주의 솜씨를 기리도록 하라.[7] 동이 트기 전에 일어나 천진한 마음으로 모험을 감행하라. 정오에는 또 다른 호수에 머물고, 밤이 되면 네가 있는 곳이 어디든 그곳이 네 집이 되리라. 이보다 드넓은 들판은 없으며 이곳에서 누릴 수 있는 유희보다 더 가치 있는 것은 없다. 너의 본성을 좇아 자연으로 돌아가라. 사초와 덤불은 결코 건초 더미가 되지 않는다. 천둥이 울리게 하라. 천둥이 농작물을 망쳐놓는다고 위협한들 어떠랴? 그것은 네가 걱정할 바가 아니다. 다른 사람들이 비를 피하려고 마차로, 헛간으로 달려갈 때 너는 비구름 바로 아래 서서 비를 흠뻑 맞아라. 생계 이어가는 행위를 일이 아니라 유희로 만들어라. 대지를 즐기되 소유하지는 마라. 인간은 믿음과 모험심이 부족하여 그저 자기가 발붙이고 사는 곳에서 꼼짝하지 않고 물건을 사고팔며 인생을 노예처럼 산다.

오, 베이커 농장이여!

"순수한 햇빛이
무한히 내리쬐는 들판이여."

"울타리로 가로막힌 네 초원에는
달려가 즐겁게 뛰노는 이가 아무도 없구나."

"아무와도 논쟁하지 않고
복잡한 의문을 해결하려 괴로워하지도 않으며,
갈색 옷을 걸친 너는

처음처럼 지금도 여전히 온순하구나.”

“사랑이 충만한 자도,
증오가 끓어오르는 자도 오라.

성령의 후예들도,
나라의 역적, 가이 포크스[8]도 오라.
그리고 음모자를
튼튼한 나무 서까래에 매달아 처형하라!”[9]

사람들은 집 안에서 나는 소리가 들릴 만큼 가까이 있는 들판이나 거리에서 일을 하고, 일을 마친 밤에는 어김없이 집으로 돌아온다. 그리고 자기가 내쉰 숨을 다시 들이마시는 일을 반복하는 동안 삶은 점점 수척해진다. 그들이 매일 내딛는 발걸음은 아침과 저녁에 생기는 그들의 그림자 길이도 넘어서지 못하는 것이다. 우리는 매일 집에서 멀리 떨어진 곳에서 모험을 감행해 위험한 고비를 넘겨보고, 새로운 경험을 통해 새로운 품성을 갖추고 집으로 돌아와야 한다.

내가 호수에 채 못 미쳤을 때 존 필드 씨가 충동적으로 마음을 바꿔, 나를 따라왔다. 해가 지기 전에 습지를 일구는 계획을 포기한 것이다. 그러나 내가 계속 물고기를 낚는 동안 그는 고기 지느러미 한두 개만 간질거리다 말았다. 그러면서 그게 자기 운이라고 했다. 그러나 우리가 배 안에서 자리를 서로 바꿔 앉자 운명이 역전되었다. 불쌍한 존 필드 씨! (내 글을 다듬을 요량이 아닌 한 그가 이 글을 읽지 않길 바란다.) 이렇게 원시 상태 그대로인 신천지에서 구식으로 살려 하다니, 민물 농어를 잡는 데 은빛 물고기를 미끼로 쓰다니. 은빛 물고기가 때로 쓸모 있는 미끼라는 건 인정하지만 말이다. 이렇게 시야가 트인 지평선을 온전히 자기 것으로 누리면서도 여전히 가난한 사람. 가난하게 태어나 아일랜드의 가난한 삶을 물려받고 아담의 할머니가 쓰던 방식을 그대로 답습하며 앞으로 나아가지 못하고 제자리걸음하며 살고 있으니, 늪지의 진창을 헤치고 나아가는 그의 물갈퀴 달린 발뒤꿈치에 탈라리아[10]가 돋아나지 않는 한, 자신은 물론이요, 후손들도 절대로 고된 삶에서 벗어나지 못하리라.

고차원의 법칙

낚은 고기를 줄에 엮어 들고 낚싯대를 바닥에 끌며 숲을 지나 집으로 돌아오는 길이었다. 이제 제법 어둑해졌는데, 내가 걷고 있는 길을 몰래 가로질러 가는 우드척이 눈에 들어왔다. 갑자기 야만적인 재미를 보고 싶다는 야릇한 전율을 느꼈다. 그것은 그 우드척을 잡아 날것으로 삼키고 싶은 강한 유혹이었다. 배가 고파서가 아니다. 우드척이 상징하는 야생에 대한 갈망 때문이었다. 나는 호숫가에 사는 동안 한두 번쯤 숲 속에서 버림받은 듯한 야릇한 기분이 들면서 굶주린 사냥개처럼 숲 속을 헤매며 집어삼킬 만한 사냥감을 찾고 있음을 깨달은 적이 있다. 그 당시에는 어떤 짐승을 잡아먹어도 야만스럽다는 생각이 조금도 들지 않았을 것이다. 전혀 길들여지지 않은 야생의 풍경이 까닭 없이 친근하게 느껴졌다. 그때 나는 대부분의 사람들이 그러하듯 내 안에서 보다 고차원적이고 영적인 삶을 추구하려는 본능과 원시적이고 야만적인 삶을 추구하려는 본능을 발견했다. 지금도 마찬가지다. 나는 그 두 가지 본능을 모두 숭배한다. 선함 못지않게 거친 야생도 사랑한다. 낚시라는 행위 속에 있는 야생과 모험은 내게 원시적인 면을 일깨워 준다. 나는 때때로 일상을 잠시 접고 동물처럼 하루를 보내곤 한다. 내가 어렸을 때 자연과 친숙해진 것은 낚시와 사냥 덕분이다. 낚시와 사냥은 어린 나이에 자연 풍경과 친숙해지게 해준다. 달리 하기 어려운 경험이다. 낚시꾼, 사냥꾼, 나무꾼 등은 들판과 숲 속에서 일생을 보내는데, 얄궂게도 그들은 자신이 자연의 일부가 되기에, 일손을 놓고 쉬는 동안에도 철학자나 시인보다 호의적인 눈으로 자연을 바라본다. 그들은 철학자나 시인과 달리 기대를 갖고 자연에 접근하지 않고, 자연은 그들에게 자신의 모습을 보여주기를 두려워하지 않는다. 여행자는 초원에서는 타고난 사냥꾼이요, 미주리 강이나 컬럼비아 강의 상류에서는 덫을 놓는 사냥꾼이요, 세인트 메리 폭포에서는 낚시꾼이다. 단순한 여행자는 자연을 간접적으로, 반밖에 경험하지 못하기에 자연을 제대로 이해하는 전문가가 되지 못한다. 자연 속에서 일하는 이들이 이미 경험이나 본능으로 알고 있는 사실들을 과학이 보고할 때, 우리는 가장 흥미를 느낀다. 왜냐하면 그것만이 진정한 인간다움 혹은 인간의 경험을 나타내기 때문이다.

　미국에는 공휴일이 많지 않고 미국 성인 남성들과 소년들은 영국인처럼 운동 경기를 많이 하지도 않으니 미국 사람들이 여가를 즐길 방법이 별로 없다고 생각하면 큰 오산이다. 아직까지 미국에서는 보다 원시적인 사냥이나 낚시와 같이 홀로 하는 여가 활동이 운동 경기에 자리를 내주지 않았기 때문이다. 내 또래의 뉴잉글랜드 사람이라면 누구나 열 살에서 열네 살 사이에 들새잡이 그물을 어깨에 멘 경험이 있으리라. 우리의 낚시터나 사냥터는 영국 귀족들이 소유하는 보호 구역처럼 제한되어 있지 않았고, 야만인들의 터전보다 무한했다. 그러니 미국인이 영국인보다 공원에서 노는 것을 자주 즐기지 않는대도 전혀 놀랄 일이 아니다. 그러나 이미 변화가 일고 있다. 우리가 더 인간다워져서가 아니라 사냥감이 부족해졌기 때문이다. 동물 보호협회를 포함해서, 사냥감인 동물들의 가장 좋은 친구는 사냥꾼인 듯싶다.

월든 호숫가에 사는 동안 나는 가끔 생선을 추가해서 식단을 좀 더 다양하게 하고 싶었다. 내가 낚시를 한 이유는 인류 최초의 낚시꾼들과 똑같이 필요에 의해서였다. 내가 낚시에 반대하는 어떤 인간적인 이유를 떠올리더라도 그것은 모두 부자연스러우며 나의 감정보다는 철학과 연관되어 있다. 지금은 오직 낚시에 대해서만 이야기하고 있다. 사냥에 대해서는 오랫동안 다른 생각을 가지고 있었다. 나는 숲 속으로 들어가기 전에 총을 팔았다. 다른 이들보다 비인간적이어서는 아니지만, 물고기를 잡을 땐 감정의 변화를 느끼지 않았기 때문이다. 나는 물고기나 지렁이에게 동정심이 들지 않았다. 이건 습관이었다. 지난 몇 년 동안 조류학을 공부한다는 핑계로 총을 가지고 다녔고 새롭거나 희귀한 새들만 찾아다녔다. 그러나 고백하건대 이제는 사냥보다 더 고상한 방법으로 조류학을 공부할 수 있다는 쪽으로 생각이 기울었다. 새들을 연구하려면 그들의 습성을 주의 깊게 살펴야 하는데, 그 이유만으로도 나는 총을 기꺼이 버렸다. 비인간적이라는 이유로 사냥에 반대하긴 하지만 그럼에도 사냥만큼 가치 있고 이를 대체할 만한 운동 경기가 있는지는 의심스럽다. 또한 친구들이 자기 아들에게 사냥을 허락해야 할지에 대해 내게 조심스럽게 물어보면 아들을 사냥꾼으로 만들라고 권하곤 했다. 사냥은 내가 받은 교육 중에서 최고의 교육 가운데 하나이기 때문이다. 처음에는 단순히 운동 경기 삼아 하게 하고, 마침내 강한 사냥꾼으로 만들어 그들이 이곳이나 어떤 야생에서도 자신에게 대적할 만한 사냥감을 찾지 못할 정도로 만들라고 말해 준다. 사람을 낚는 어부[1]로뿐

만 아니라 사냥꾼으로 키우라고 말해 준다. 현재로서 나는 초서의
작품에 등장하는 수녀와 같은 견해를 갖고 있다.

> "사냥꾼은 성인(聖人)이 아니라는 구절은
> 털 뽑힌 암탉만큼의 가치도 없는 말이라 여겼다."[2]

인류의 역사에서뿐만 아니라 개인의 역사에서도 앨곤킨 부족[3]
이 말한 대로 사냥꾼이 '최고의 인간'인 시기가 있다. 우리는 총
을 쏘아본 적이 없는 소년을 동정할 수밖에 없다. 그 소년은 유감
스럽게도 제대로 교육받지 못하게 될뿐더러 더 인간적인 사람이
되지도 못한다. 이것이 내가 사냥에 심취해 있는 소년들에게 하
고 싶은 말이다. 그 아이들이 곧 사냥에 대한 관심이 시들해지는
시기가 올 것이다. 생각이 얕은 소년기를 지나면 그 누구도 자신
과 마찬가지로 소중한 생명을 가진 생물을 이유 없이 죽이지는
않을 것이다. 토끼는 극한 상황에 처하면 어린아이처럼 울부짖는
다. 이 세상의 어머니들에게 경고하건대 나의 동정심은 항상 동
물과 사람을 차별하지 않는다.
이렇게 소년은 낚시와 사냥을 통해 숲과 자기 자신의 가장 원
초적인 부분에 대해 알게 된다. 처음에는 낚시꾼으로, 그다음에
는 사냥꾼으로 숲을 찾지만 마침내 자기 내면에 보다 나은 삶에
대한 열망이 싹트면, 시인이든 자연주의자든 자신이 원하는 목표
를 설정하고 총과 낚싯대를 손에서 내려놓는다. 이러한 면에서
보면 인간 집단은 여전히, 그리고 언제나 철이 없다. 어떤 나라에
서는 성직자가 사냥을 하는 게 흔한 일이라고 한다. 그런 사람은
선한 목자의 개는 될 수 있을지 몰라도 선한 목자[4]가 되기는 어렵
다. 벌목이나 얼음 채집과 같은 일 외에 아버지든 어린아이든, 마

을 사람들을 월든 호수에 반나절 정도 묶어둘 수 있는 유일한 일이 낚시임을 알고는 깜짝 놀란 적이 있다. 그들은 물고기를 많이 잡아 줄줄이 엮어서 돌아가지 못하면 호수에서 시간 낭비만 했다고, 운도 지독히 없다고 생각했다. 낚시하는 내내 호수를 감상하는 기회를 누렸으면서도 말이다. 그들이 호수를 천 번쯤은 다녀가야 낚시로 혼탁해진 물의 앙금이 밑바닥에 가라앉고 그들의 목적 또한 순수해지리라. 그런 정화 과정이 계속 일어나리라는 점은 의심의 여지가 없다. 주지사와 주지사 자문위원회의 고위 간부들은 어렸을 때 이후로는 낚시를 해본 적이 없어서 호수에 대한 기억이 희미해졌다. 이제 그들은 너무 나이 들어서, 또 점잔빼느라 낚시를 하러 가지 않기 때문에 더 이상 호수를 알지 못한다. 그러면서도 결국 천국에 가기를 기대한다. 의회가 연못에 관심을 가진다면 그 이유는 주로 호수에 드리우는 낚싯바늘의 수를 규제하기 위해서다. 그러나 그들은 정작 입법을 미끼로 써서 호수 자체를 낚을 수 있는, 낚싯바늘 중의 낚싯바늘에 대해서는 아무것도 모른다. 이렇듯 문명 세계에서조차 철없는 인간은 인류 발전 단계인 수렵 시대를 거치는 것이다.

나는 최근 몇 년 동안 낚시를 할 때마다 끊임없이 자존심을 조금씩 잃어간다는 것을 깨달았다. 노력하고 또 노력했다. 나도 누구 못지않게 기술도 있고 직관도 있으며 때때로 그 직관이 살아나기도 한다. 그런데 낚시를 끝내고 나면 차라리 하지 않는 게 나을 뻔했다는 생각이 든다. 이 생각이 틀렸다고 생각하진 않는다. 아침에 비치는 첫 햇살처럼 뭔가가 어렴풋이 내게 암시한다. 나의 내면에 보다 저급한 동물의 본능과도 같은, 사냥의 본능이 있다는 사실은 의문의 여지가 없다. 그러나 해가 갈수록 낚시질 횟수가 줄어든다. 그렇다고 더 인간적이거나 더 지혜로워진 것도 아니다. 이제 나는 더 이상 낚시꾼이 아니다. 그러나 다시 자연 속에서 살게 된다면 진정한 낚시꾼이나 사냥꾼이 되고 싶은 유혹을 받을 것이다.

그 밖에도 육식을 하는 식습관에는 뭔가 분명히 청결하지 않은 면이 있다. 나는 집안일이 어디서 비롯되는지 보이기 시작했고, 매일 말끔하고 단정한 옷차림에 신경 쓰거나 집에 악취가 나지 않게 하고 지저분해 보이지 않도록 늘 청결을 유지하려는 노력이 어디서 시작되는지 알게 되었다. 신사로서는 드물게 식사 시중을 받은 적도 있고, 직접 짐승을 도살하고 설거지와 요리도 해보았으므로 나는 이런 풍부한 경험에 근거해서 말할 수 있다. 내 경우, 육식에 반대하는 실질적인 이유는 바로 불결함이다. 나는 물고기를 잡아서 손수 깨끗이 손질하고 요리해 먹었을 때 흡족한 느낌이 들지 않았다. 별로 가치도 없고 불필요하다는 생각이 들었고 얻는 것에 비해 치러야 하는 대가가 너무 컸다. 빵과 감자 몇 개면 그런 수고와 불결함을 덜고 허기를 채웠으리라. 이 시대를 살아가는 많은 사람들과 마찬가지로 나는 수년 동안 육식을 거의 하지 않았고 차나 커피 등도 마시지 않았다. 그런 음식들이 가져오는 부작용 때문이라기보다는 내 생각과 어긋나기 때문이었다. 육식에 대한 반감은 경험의 효과가 아니라 본능이다. 여러 가지 면에서 검소하고 소박한 삶이 더 아름답게 보였고, 나는 결코 그리하지는 않았지만 나의 상상력을 충족시킬 만큼은 했다. 자신의 고결한 성품이나 시적인 자질을 최상의 상태로 유지하고자 하는 사람이라면, 누구나 육식을 멀리할 뿐만 아니라 소식하는 경향이 있다고 믿는다. 이는 곤충학자들도 인정하는 중요한 사실이다. 커비와 스펜스[5]는 다음과 같이 말한다. "어떤 곤충들은 소화기관을 완벽하게 갖춘 성충이라도 그 기관을 전혀 사용하지 않는다. 그리고 일반적으로 대부분의 곤충들은 성충이 되면 유충 때보다 훨씬 적은 양의 음식물을 섭취한다. 왕성한 식욕을 보이던 애벌레가 나비가 되거나 탐욕스러운 구더기가 파리가 되면 꿀이나 다른 액체 한두 방울로 만족한다." 나비 날개 아래 배 부분은 여전히 유충처럼 보인다. 이는 벌레를 잡아먹고 싶어 하는 본능이 완전히 사라지지 않았다는 희미한 증거다. 식탐이 강한 사람은 애벌레 상태에 머무른 인간이다. 나라 전체가 이런 상태인 경우도 많다. 그런 나라들은 상상력이라고는 조금도 없으며 이는 그 나라들의 산더미처럼 부른 배가 말해 준다.

상상력을 훼손하지 않을 만큼 청결하고 소박한 요리를 마련하기는 어렵다. 그러나 우리 육신에 음식을 먹일 때 우리의 상상력에도 음식을 먹여야 한다. 우리의 상상력과 육신은 같은 식탁에 마주 앉아야 한다. 아마도 그렇게 하는 방법이 있으리라. 적당한 양의 과일을 먹으면 식욕을 수치스러워할 필요도 없고 보다 가치 있는 추구를 방해하지도 않는다. 그러나 음식에 추가로 양념을 넣으면 독이 된다. 산해진미를 먹고 사는 삶은 그만한 가치가 없다. 사람들은 육식이든 채식이든 남이 준비한 진수성찬을 매일 즐기면서 정작 자기 자신이 그와 똑같은 진수성찬을 직접 준비하다가 들키면 수치로 여긴다. 그러나 이런 상황이 바뀌지 않는 한 우리는 문명인이라고 할 수 없으며, 신사와 숙녀는 진정한 남성과 여성이라고 할 수 없다. 이제 무엇을 변화시켜야 하는지 분명해진다. 상상력이 왜 탐욕과 공존할 수 없는지 묻는 것은 헛된 일일지 모른다. 나는 이 두 가지가 공존할 수 없다는 사실이 매우 만족스럽다. 인간이 육식동물이라는 사실이 치욕스럽지 않은가? 인간은 대체로 다른 동물을 희생시키면서 살 수 있고 또 그렇게 한다. 그러나 올가미로 토끼를 잡거나 양을 도살해 본 경험이 있는 사람이라면 누구든 깨닫듯, 이는 비천한 삶이다. 인간에게 보다 순수하고 건강한 식습관을 고수하는 법을 가르쳐줄 사람이 있다면 그는 인류의 구원자로 여겨지리라. 실제로 내 식습관이 어떻든지 간에, 점진적으로 진보함에 따라 결국 육식을 끊게 되는 것이 인류의 운명임을 추호도 의심치 않는다. 야만인들이 문명 세계와 접촉한 후 식인 풍습을 없앴듯이 말이다.

아주 희미하지만 끊임없이 속삭이는 자기 이성의 제안에 귀를 기울이면 인간은 자기가 생각하지도 못했던 극단적인 상태, 심지어는 비정상적인 상태로 스스로를 몰아갈 수 있다. 그러나 그러한 과정을 통해 인간은 점점 단호해지고 믿음이 깊어지면서 가야 할 길을 분명히 보게 된다. 건강한 인간이 아주 미약하지만 분명히 느끼는 거부감은, 결국에는 인류의 관습과 주장을 억누를 것이다. 자기 이성을 좇다가 잘못된 길로 빠진 사람은 없다. 신체가 허약해졌다는 결과를 얻더라도 아무도 유감스럽다고 말하지 않으리라. 보다 고차원적인 원칙을 고수하는 삶이기 때문이다. 즐겁게 아침과 밤을 맞이하고, 삶이 꽃이나 풀처럼 달콤한 향기를 뿜어내 탄탄해지고, 또한 별빛처럼 찬란하고 영원히 지속될 것처럼 느껴진다면 그것이 바로 성공이다. 그러면 온 자연이 우리를 축하할 것이며, 우리는 잠시 스스로를 축복할 명분을 얻는다. 최고의 소득과 지고한 가치는 가장 인정받지 못한다. 우리는 과연 그런 가치가 존재하는지 쉽게 의심한다. 그리고 곧 잊어버린다. 그러나 지고한 가치는 최상의 현실이다. 가장 경이롭고 진정한 사실은 사람과 사람 간에 의사소통으로 이해되지 않는 듯하다. 내가 일상의 삶에서 얻는 소득이나 진정한 가치는 아침이나 저녁의 어스름한 빛처럼 만질 수도 없고 말로 설명할 수도 없다. 그 가치는 별의 티끌이나 무지개 한 조각을 손에 쥐는 것과 같다.

나는 비위가 유난히 약하지는 않았다. 필요하다면 가끔 튀긴 사향뒤쥐를 맛있게 먹을 수도 있다. 나는 오랫동안 음료수로 물만 마셔왔다는 사실이 흡족하다. 내가 아편쟁이의 천국보다 자연의 하늘을 좋아하는 것과 마찬가지 이유에서이다. 나는 늘 맑은 정신을 유지하고 싶다. 음주의 정도에는 한계가 없다. 현명한 사람이 마실 수 있는 유일한 음료는 물이라고 믿는다. 포도주는 생각만큼 그리 고상한 술이 아니다. 아침의 희망은 따뜻한 커피 한 잔이 꺾고 저녁의 희망은 차 한 사발이 꺾는 것을 생각해 보라! 그리고 차나 커피의 유혹을 느낄 때 얼마나 깊은 나락으로 떨어지는가! 음악도 사람을 도취시키는 힘이 있다. 이렇게 사소한 것들이 그리스와 로마를 파멸시켰음은 명백한 사실이다. 그리고 영국과 미국도 멸망시키리라. 취하는 방법은 수없이 많지만 자기가 숨 쉬는 공기에 도취되길 바라지 않는 이가 어디 있겠는가? 내가 오랫동안 계속되는 거친 노동에 강력히 반대하는 가장 큰 이유는 그런 노동을 하면 닥치는 대로 먹고 마시게 되기 때문이다. 그러나 사실 지금은 그다지 강력하게 이의를 제기하지 않는다. 나는 예전처럼 식탁에 앉아 기도하지 않고 축복을 바라지도 않는다. 현명해졌기 때문이 아니라, 고백하건대 유감스럽게도 요 몇 년 동안 나 자신이 다소 거칠고 무관심해진 탓이다. 아마도 이런 의문들은 아직 대부분이 시를 믿는, 정서가 순수한 어린 시절에만 품게 되는 듯싶다. 나의 실천은 어디에도 없고 견해만 여기에 있다. 그럼에도 나는 절대로 스스로가 『베다』에서 말하는 특권층의 한 사람이라고 여기지 않는다. 『베다』에는 이렇게 적혀 있다. "전지한 초월적 존재를 진심으로 믿는 이는 세상에 존재하는 모든 것을 먹어도 된다." 즉, 자기가 먹는 음식이 무엇이고 누가 만들었는지를 알아야 할 의무가 없다는 뜻이다. 그러나 이러한 특권조차도 힌두교 해설자가 말했듯이 '궁핍한 시기'에만 누릴 수 있는, 제약이 있는 권리였다는 사실을 주목해야 한다.[6]

식욕과는 상관없이 음식을 맛있게 먹고 형언할 수 없는 만족감을 느껴본 적 없는 사람이 어디 있는가? 나는 미천하고 평범한 미각을 통해 정신적인 깨달음을 얻는다는 점, 미각을 통해 영감을 얻는다는 점, 언덕 기슭에서 따 먹은 열매가 내 이성을 키우는 자양분이 된다는 점을 생각하면 전율을 느낀다. 증자(曾子)가 말했다. "마음을 스스로 다스리지 못하면, 보려고 해도 보이지 않고 들으려 해도 들리지 않으며 먹어도 무슨 맛인지 모르느니라."[7] 자기가 먹는 음식의 진정한 풍미를 구분할 줄 아는 사람은 절대 폭식하지 않지만 그렇지 않은 사람은 폭식을 할 수밖에 없다. 청교도가 검은 빵 껍질을 먹으면서도 마치 시의회 의원이 거북이 요리를 먹을 때처럼 천한 식탐을 보이기도 한다. 입에 들어가는 음식이 사람을 더럽게 한다고 하기보다는 그 음식을 먹는 태도가 문제인 것이다.[8] 또한 음식의 양이나 질이 문제가 아니라 음식의 감각적인 풍미에 몰입하는 태도가 문제다. 우리가 먹는 음식이 육신을 지탱하고 영적인 삶의 영감을 얻도록 해주는 것이 아니라 우리를 갉아먹을 벌레에게 주는 영양분이 될 때가 문제다. 사냥꾼이 진흙거북이나 사향뒤쥐 혹은 다른 들짐승 고기에 입맛을 다시고, 고상한 숙녀가 송아지 발로 만든 젤리나 바다에서 난 정어리에 탐닉한다면 그들은 똑같은 인간이 된다. 사냥꾼은 음식을 구하러 호수로 가고 고상한 숙녀는 저장 식품이 담긴 단지에 손을 뻗는다는 것이 다를 뿐이다. 놀라운 사실은 어떻게 그들은, 그리고 어떻게 여러분과 나는 먹고 마시며 이렇게 지저분한 짐승 같은 삶을 살 수 있는가 하는 점이다.

우리의 삶은 대체로 놀라울 만큼 도덕적이다. 미덕과 악덕 사이에는 잠시의 휴전도 없다. 실패하지 않는 유일한 투자는 미덕이다. 세상에 울려 퍼지는 하프 연주 소리 가운데 우리를 전율케 하는 것은 바로 선함에 대한 고집이다. 하프는 우주의 보험회사를 대신해 세계를 떠돌며 우주의 법칙을 설파하고 우리가 지불할 비용은 소박한 선함뿐이라고 속삭인다. 젊은이들은 마침내 이에 무관심해지지만 우주의 법칙은 절대 무관심하지 않으며 늘 가장 예민한 감각을 가진 이들 편에 선다. 서풍이 비난하는 소리에 귀를 기울여라. 분명히 들릴 것이다. 그 소리를 듣지 못하는 자는 불행한 사람이다. 우리는 하프의 줄을 만지지도, 손가락으로 현을 눌러 가락을 바꾸지도 못하지만, 그 매력적인 도덕의 소리를 듣고서는 제자리에 굳어버린다. 성가신 잡음은 멀리 사라지고 선율이 들린다. 우리 삶의 처참함을 당당하고 달콤하게 풍자하는 선율이.

우리는 우리 안에 동물적인 면이 있음을 의식한다. 그것은 우리가 가진 보다 고차원적인 이성이 잠에 깊이 빠질수록 더 생생하게 깨어난다. 이는 비천하고 감각적인 본능이며, 건강한 육신에 기생하는 벌레들처럼 완전히 제거할 수 없다. 우리는 그런 본능을 자제할 수는 있지만 바꾸지는 못한다. 비천한 본능은 자체의 생명력을 갖고 있다. 우리의 육신은 건강하지만 순수하지는 않다. 얼마 전 나는 돼지의 아래턱을 하나 주웠는데 희고 튼튼한 이빨과 엄니가 그대로 달려 있었다. 이것은 영적인 면과는 다른, 동물적인 건강과 활력이 넘치는 짐승이 한때 존재했다는 사실을 암시했다. 이 짐승은 중용과 청렴이 아닌 다른 방법으로 번성했다. 맹자[9]가 말했다. "사람과 짐승을 구분하는 것은 아주 사소한 차이점이다. 소인은 그것을 쉽게 잃어버리지만 군자는 소중히 간직한다." 우리가 청렴한 삶을 살았더라면 어떤 결과를 초래했을

지 누가 알겠는가? 내게 청렴한 삶을 가르쳐줄 현인이 있다면 당장 찾으러 나서리라. 『베다』는 "우리의 정신이 신에게 가까이 가도록 하려면 욕정과 육신의 외적 감각을 다스리고 선행을 해야 한다"라고 한다. 그러나 영혼은 잠시 우리 육신의 모든 감각과 기능을 장악하여 통제하고 가장 천한 본능적 욕구를 순수함과 헌신으로 바꿀 수 있다. 욕망의 에너지는 우리가 나태할 때는 지치게 하고 불결하게 만들지만, 절제할 때는 활력을 불어넣어 주고 영감을 준다. 정결함은 인간을 꽃피운다. 이성, 영웅주의, 성스러움, 이런 것들은 바로 정결한 삶이 거두어들인 여러 가지 결실이 아니고 무엇이겠는가. 정결의 수로가 열려 있으면 인간은 당장 신에게 흘러간다. 순수함은 우리에게 영감을 주고 불결함은 우리를 쓰러뜨린다. 날마다 자기 안의 동물적 본능이 죽어간다고 확신하는 사람은 축복받은 사람이며 신성(神性)을 이룬 사람이다. 보다 열등하고 야만적인 본성에 굴복하는 이에게는 치욕만이 있을 뿐이다. 우리는 음탕한 목신(牧神)[10]과 마찬가지로 신성과 탐욕을 동시에 갖춘 피조물이다. 우리 안에는 신성과 동물적 본능이 한데 뒤엉켜 있으며 어떤 면에서는 우리의 삶 자체가 치욕이다.

> "자기 안의 짐승들을 다스려 있어야 할 자리에 있게 하고
> 고결한 정신을 깨끗하게 정화할 수 있는 이는 얼마나 행복한가!
>
> * * * *
>
> 내면의 말과 염소, 늑대와 여타 모든 짐승들을 잘 다룰 줄 알고
> 타인을 대할 때 어리석게 행동하지 않는 자는 얼마나 행복한가!
> 그렇지 못한 이는 돼지 떼에 불과할 뿐 아니라
> 그 돼지 떼가 자기 분을 못 이겨 정면으로 돌진하도록 부추겨
> 더 추악하게 만드는 악마이다."[11]

관능은 여러 형태로 나타나지만 본질은 모두 같다. 모든 정결함 역시 마찬가지다. 인간이 먹고 마시고 더불어 살고 수면을 취하는 행위는 모두 같은 욕망이다. 이 가운데 한 가지 행위만 봐도 그 사람이 얼마나 큰 관능적 욕망을 소유하고 있는지 알 수 있다. 불결함은 정결함과 나란히 서거나 앉지 못한다. 파충류가 사는 굴의 입구 한 곳을 공격하면 파충류는 다른 구멍으로 나온다. 정숙하려면 절제해야 한다. 정숙함은 무엇인가? 자신이 정숙한지 어떻게 알 수 있는가? 알 수 없다. 우리는 정숙함이라는 미덕에 대해서 들어보았지만 정확히 무엇인지는 모른다. 그저 풍문으로 들은 대로 이해할 뿐이다. 노력하면 지혜와 정숙함을 얻게 된다. 나태는 무지와 관능적 욕망을 낳는다. 학생이 관능적 욕망에 휩싸이면 정신이 나태해진다. 정결하지 못한 이는 예외 없이 나태하다. 그런 사람은 피곤하지도 않으면서 쉬려 하고 난롯가에 앉아서도 양지 바른 곳을 찾는다. 불결함과 그 외의 모든 죄악을 저지르지 않으려면 설사 가축우리를 청소하는 일이라 할지라도 진심으로 일하라. 본성은 극복하기 힘들지만 극복해야만 한다. 기독교 신자이면서 이교도보다 순결하지 못하고 절제하지도 못하고 신앙도 더 깊지 않다면 이교도보다 나은 것이 무엇인가? 나는 이단이라 여겨지는 종교 체제를 여럿 알고 있다. 이들 종교의 계율은 사람들에게 부끄러움을 느끼게 하여 새로운 시도를 이끌어낸다. 비록 단순히 의식에 불과한 수행이라 해도 말이다.

이러한 얘기를 하기가 썩 내키지 않는 이유는 그 주제 때문이 아니라(내가 하는 말이 얼마나 외설적인가에 대해서는 개의치 않는다) 그런 얘기를 하면 나 자신의 불결함이 드러나기 때문이다. 우리는 다른 관능적 욕망에 대해서는 거리낌 없이 얘기하면서 또 다른 관능에 대해서는 침묵한다. 너무도 저속해진 나머지 인간 본성의 필수적인 기능에 대해 말하기를 꺼려한다. 오래전 어떤 나라에서는 이러한 기능에 대해 언급할 때 그것이 무엇이든 경건한 마음으로 임했고 모든 기능을 법으로 규제했다. 힌두교 법률 제정자는 오늘날 사람들의 취향에 거부감을 불러일으키는 것조차도 소홀히 다루지 않았다. 그는 먹고 마시고 동거하고 배설하는 방법까지 가르쳐서 하찮게 여겨지는 신체 기능들의 품격을 높였고, 이러한 기본적인 신체 기능을 하찮게 여기면서 초연한 척하지도 않았다.

인간은 신체라고 불리는 신전을 짓는 이다. 누구든 자신이 숭배하는 신을 위해 그 신전을 순수한 자기만의 방식으로 정성 들여 지어야 한다. 대리석에 망치질을 하는 행위로 모면하려 해서는 안 된다. 우리 모두는 조각가이자 화가이고, 작품을 만드는 데 쓰는 재료는 우리 자신의 살과 피와 뼈이다. 고결함은 잘 다듬어지고 채색된 인간의 모습을 드러내며, 비천함과 관능적 욕망은 인간을 야수처럼 만든다.

9월의 어느 날 저녁, 존 파머는 고된 하루 일과를 마치고 문 앞에 앉아 여전히 일에 대한 생각에 골몰하고 했다. 목욕을 마치고 그는 자기 내면의 지적인 인간을 이끌어내려 하였다. 시원한 저녁나절이었고 서리가 내릴까 걱정하는 이웃들도 있었다. 생각에 골몰한 지 얼마 지나지 않아 누군가 플루트를 연주하는 소리를 들었고, 그 음악 소리는 그의 기분과 조화를 이루었다. 그래도 여전히 그는 일에 대해 생각했다. 음악 소리가 계속 머릿속에 맴도는데도 본의 아니게 자꾸 일에 대해 생각하고 계획을 세우고 있었다. 그렇다고 일에 관심이 집중되는 것도 아니었다. 그러다 자기 뜻과 반하여 계획하고 고안한 그 일이 별것 아니라는 생각이 들었다. 그저 끊임없이 피부에서 벗겨져 떨어지는 각질에 불과한 것이었다. 그러나 그가 일하는 공간과는 다른 어딘가에서 흘러온 플루트의 선율은 그의 가슴에 와 닿았고 내면에 잠들어 있는 재능을 일깨우라고 말했다. 그 선율은 그가 어느 주, 어느 마을, 어느 거리에 살고 있는지, 또 자신의 처지가 어떤지를 잊게 했다. 누군가의 목소리가 그에게 속삭였다. 너는 왜 여기서 이렇게 비천하고 고된 삶을 사느냐? 보다 거룩한 삶을 살 수 있다는 사실을 알지 못하느냐? 이 들판에 반짝이는 별빛이 다른 들판에도 비친다는 사실을 모르느냐? 하지만 어떻게 해야 이 상황에서 벗어나 다른 곳으로 갈 수 있단 말인가? 그가 고작 생각해 낸 것이라고는 새롭게 금욕 상태를 실천하고, 정신을 육체로 내려보내 육체를 구제하고, 더욱더 스스로를 존경심으로 대하는 방법뿐이었다.

나의 이웃, 야생동물들

낚시를 하러 갈 때 때때로 나와 동행하는 이[1]가 있었다. 그는 마을 반대편에서 내가 사는 곳으로 찾아왔고 낚은 물고기를 먹는 행위만큼이나 낚시를 중요한 사회적 훈련으로 여겼다.

은자(隱者)[2] 지금 바깥세상에서 무슨 일이 일어나고 있을까? 나는 세 시간 동안 소귀나무에서 메뚜기가 우는 소리조차 듣지 못했다. 비둘기는 모두 둥지에서 잠들어 날개조차 퍼덕이지 않는군. 방금 숲 너머에서 들려온 소리는 농부가 새참 시간을 알리는 나팔 소리였는가? 일꾼들이 소금에 절인 삶은 고기와 사과주와 옥수수 빵을 집어 먹으려고 달려들고 있겠구나. 사람들은 왜 그리도 걱정이 많은가? 먹지 않으면 일할 필요도 없는데 말이지. 얼마나 수확했는지 궁금하군. 보스[3]가 짖어대는 통에 조용히 생각할 수도 없는, 그런 곳에서 살고 싶은 사람이 누가 있겠는가? 아, 그리고 집안일은 또 어떻고! 이렇게 화창한 날 좀처럼 광이 안 나는 문 손잡이를 광날 때까지 닦고 욕조를 빡빡 문질러 반들반들 윤나게 해야 하다니! 차라리 집이 없는 게 낫지. 속이 빈 나무에 사는 게 낫지 않겠는가? 아침 방문객이나 저녁 만찬도 없을 거고,

오직 딱따구리가 나무 쪼는 소리만 들릴 테지. 아, 사람들은 왜 그렇게 복잡하게 한군데 모여 살아야 하는지. 사람들로 북적이는 곳은 후덥지근해. 마을 사람들은 너무 속세에 물들었어. 나는 샘물을 길어 마실 수 있고 선반 위에 검은 빵 한 덩이가 있으면 족하지. 잠깐! 나뭇잎이 바스락거리는 소리가 들리는군. 본능에 따라 먹이를 추적하는 굶주린 마을 사냥개 소리인가? 아니면 누가 이 숲 속에서 잃어버렸다는 돼지 울음소린가? 비 온 뒤 돼지의 발자국을 본 적이 있지. 급히 달려오고 있군. 옻나무와 들장미가 흔들리는구나. 아니, 시인 양반, 자네였군. 오늘 세상이 어떤 것 같은가?

시인 저 구름들을 보게나. 하늘에 걸려 있는 모습이 멋지지 않은가! 내가 오늘 본 것 중 가장 멋진 광경일세. 오래된 그림이나 이국의 하늘에서 보는 구름만 한 것이 없지. 물론 스페인 해안의 멀리 보이는 지중해 빛깔 하늘보단 못하겠지만 말일세. 생활도 꾸려가야 하고 오늘 아무것도 먹지 못해서 낚시나 갈까 생각 중이었다네. 낚시야말로 시인에게 안성맞춤인 일이라네. 내가 배운 유일한 기술이지. 자, 같이 가게나.

은자 그 제안을 내가 어찌 거절하겠는가. 내 식량인 빵도 곧 바닥날 테니 기꺼이 따라나서지. 그런데 지금 중요한 명상 중이네. 곧 끝날 터이니 잠시만 혼자 있게 해주겠는가. 그리 지체하지는 않을 걸세. 자네는 그동안 땅을 파서 미끼를 마련하는 게 어떻겠나. 이곳 토양은 거름을 치지 않아서 지렁이는 보기 힘들다네. 거의 전멸했지. 비위가 약하지만 않으면 땅을 파서 미끼를 마련하는 일도 낚시 못지않은 소일거리 아니겠는가. 그러니 오늘은 미끼 마련하는 일을 자네에게 전적으로 맡기겠네. 저기 대지콩밭 사이로 물레나물이 넘실대는 곳에서 삽질을 하면 좋을 듯싶네.

삽질을 세 번 할 때마다 벌레 한 마리는 나온다고 보장하지. 잡초를 뽑을 때처럼 풀뿌리 사이를 유심히 보게. 그보다 더 멀리 나가도 좋을 거야. 나도 아주 멀리까지 나가서 좋은 미낏감을 찾은 적이 있다네.

다시 홀로된 은자 가만있자, 어디까지 했더라? 아마 이런 생각 중이었던 듯한데. 세상이 이 정도 각도로 놓여 있었다. 천국을 경험할까, 낚시를 하러 갈까? 이 명상을 끝내면 이만큼 황홀한 기회가 또 올까? 내 생애 어떤 때보다도 사물의 본질에 거의 접근했는데 말이지. 지금 품은 생각이 다시 돌아오지 않을까 걱정되는군. 휘파람이라도 불면 도움이 될까? 누가 제안을 하면 생각해 보겠다고 하는 게 현명한 일인가? 생각은 자취를 남기지 않으므로 내 생각이 간 길을 다시 찾을 수가 없다. 내가 무엇을 생각하고 있었지? 안개가 자욱한 날이었다. 공자가 말한 세 문장을 읊조리면 도움이 될까? 상념을 회복할 수도 있어. 그게 잡념이었는지, 막 피어오르기 시작한 무아지경이었는지 나는 알지 못한다. 메모—기회는 다시 오지 않는다.

시인 명상은 끝났는가? 내가 너무 일찍 돌아온 건 아닌지 모르겠네. 적당한 크기의 미끼를 열세 마리 구했다네. 부실하거나 크기가 작은 것도 몇 마리 있고. 작은 미끼라도 작은 물고기를 낚는 데는 요긴할 것이네만 낚싯바늘을 완전히 감추지는 못할 걸세. 마을에 있는 지렁이들은 너무 커서 은빛 물고기가 배불리 먹어도 지렁이를 꿴 낚싯바늘이 드러나지 않을 정도라네.

은자 자, 출발하세나. 콩코드 강으로 가면 어떻겠나? 수위가 너무 높지만 않으면 입질이 좋다네.

세상이 우리 눈에 보이는 바로 그 사물들로 이루어지는 이유는 뭘까? 왜 인간의 주위에는 이런 동물들만 이웃하고 있는가. 쥐 외에 이 좁은 오두막 틈새에 살기 적당한 동물은 없는가? 필페이를 비롯한 작가들[4]은 작품 속에서 동물을 적재적소에 이용한다. 그들의 글에 등장하는 동물들은 우리 생각의 일부를 짊어질 운명을 타고났다.

내 집에 사는 쥐는 외국에서 들어왔다고 하는 그런 흔한 쥐가 아니라, 마을에서는 보기 힘든 들쥐 종류였다. 나는 그중 한 마리를 저명한 박물학자[5]에게 보냈는데 그는 아주 큰 관심을 보였다. 이곳 들쥐 가운데 한 마리는 내가 집을 지을 때 이미 집 아래 둥지를 틀고 있었다. 내가 2층을 올리고 대팻밥을 쓸어내기도 전에 이 쥐는 점심시간이면 어김없이 나타나 내 발 주위에 떨어진 빵 부스러기를 주워 먹었다. 아마도 사람을 본 적이 없으리라. 쥐는 곧 나와 친숙해져서 내 신발 위로 지나가기도 하고 옷을 타고 오르기도 했다. 다람쥐처럼 어렵지 않게 벽을 타고 내려오기도 했는데 움직임도 다람쥐와 비슷했다. 어느 날 작업대에 팔꿈치를 기대고 있었는데, 쥐가 내 옷을 타고 올라와 소매를 따라 작업대로 내려오더니 내 점심이 놓인 종이 주위를 빙빙 돌았다. 종이를 내 쪽으로 가까이 당기자 그 쥐는 종이를 홱 피하기도 하고 숨바꼭질을 하기도 했다. 마침내 내가 엄지와 검지 사이에 치즈 조각을 들고 가만히 있자, 다가와서 내 손에 앉더니 치즈를 갉아먹고는 파리처럼 발로 얼굴을 깨끗이 문지른 뒤 가버렸다.

딱새 한 마리가 헛간에 집을 지었고 울새는 보안이 잘 되도록 집 옆에 자라는 소나무에 안식처를 마련했다. 6월이면 자고새가 창문 앞을 지나갔다. 자고새는 아주 수줍은 새인데도 집 뒤쪽에 있는 숲에서 나와 마치 암탉처럼 꼬꼬댁 울며 새끼를 이끌고 집 앞을 지나갔는데, 그 모습이 가히 숲 속의 암탉이라 할 만했다.

사람이 다가가면 어미가 새끼들에게 신호를 보냈고 새끼들은 돌풍에 휩쓸려 날아가듯 사방으로 흩어졌는데, 그 모습이 마치 바람에 날리는 낙엽이나 마른 나뭇가지와 흡사해 길 가던 사람이 무심코 새끼들 한가운데에 발을 들여놓기 일쑤였다. 그러면 어미는 휙 날아올라 조바심을 내며 울면서 새끼들을 부르거나, 길 가는 사람의 주의를 끌기 위해 날개를 땅바닥에 질질 끌기도 했다. 어미는 때때로 길 가는 사람의 눈앞에서 정신없이 땅 위를 구르고 빙빙 돌면서 잠시 무슨 동물인지 알아보기 어렵게 만들기도 한다. 새끼는 잎사귀에 머리를 묻고 꼼짝하지 않은 채 웅크리고 앉아서는 멀리서 들리는 어미의 지시만 따르는데, 그럴 때는 사람이 가까이 다가가도 달아나지 않고 모습을 드러내지도 않는다. 어떤 때는 눈앞에 새끼가 있는데도 사람이 모르고 밟기도 한다. 한번은 나도 그런 일을 당해 새끼들을 내 손에 올려놓은 적이 있다. 그런데도 어미와 자기 본능에 절대 복종하는 이 새끼들은 두려워하거나 떨지도 않고 가만히 웅크리고 있었다. 아주 철저하게 본능을 따랐다. 내가 새끼들을 다시 나뭇잎에 내려놓았을 때 한 마리가 옆으로 쓰러졌다. 10분 후에 다시 가보니 그 새는 여전히 그 자세를 유지하고 있었다. 자고새의 새끼는 여느 새의 새끼와 마찬가지로 털이 나지 않았지만 오히려 병아리보다 더 잘 자랐고 몹시 조심스러웠다. 크고 온순해 보이는 눈은 놀라울 정도로 성숙하지만 동시에 순수한 표정을 하고 있어서 쉽게 잊히지 않는다. 그 눈 속에는 모든 지혜가 담겨 있는 듯하다. 동심의 순수함뿐 아니라 경험을 통해 얻은 밝은 지혜까지 담겨 있다. 그런 눈동자는 새가 태어날 때 만들어진 것이 아니라 그 눈에 비친 하늘과 같은 시기에 탄생한 것이다. 숲도 그 눈동자와 같은 보석은 만들어내지 못하며, 행인은 그 눈동자처럼 맑은 우물을 들여다볼 기회가 많지 않다. 때때로 무지하고 무분별한 사냥꾼이 어미를 쏘아 순진한 새끼들이 먹이를 찾아 헤매는 짐승이나 다른 새들에게 희생당하도록 내버려 두거나, 썩어가는 낙엽과 뒤섞이도록 내버려 둔다. 어미를 잃고 암탉이 품어 키운 자고새 새끼들은 어미가 새끼를 불러 모으는 소리를 듣지 못하고 자라기 때문에 놀라면 뿔뿔이 흩어져 길을 잃는다고 한다.

마을에서 가까운 곳에 이렇게 많은 동물들이 사람들의 눈에 띄지 않고 자유롭게 활개치며 살고 있다는 사실이 너무나도 놀랍다. 그들의 존재를 아는 이는 사냥꾼들뿐이다. 수달은 이곳에서 어찌 그리 잘 숨어서 살고 있는지! 수달은 다 자라면 길이가 4피트쯤 돼서 어린 사내아이만 한데 사람 눈에 잘 띄지 않는다. 전에 집 뒤쪽에 있는 숲 속에서 너구리를 봤는데 밤에 우는 소리도 들은 듯하다. 나는 밭일을 마치고 보통 정오에 그늘에서 한두 시간 휴식을 취하면서 점심을 먹고 샘물가에서 책을 읽기도 했다. 그 샘물은 내 밭에서 반 마일 떨어진 브리스터스 힐에서 솟는 샘으로, 늪과 시내에 물을 공급하는 원천이다. 이 샘으로 가려면 어린 소나무가 빽빽이 들어서 있고 풀이 무성한 분지를 여러 개 지나 늪지 근처의 넓은 숲으로 들어가야 했다. 그곳에 가면 가지가 무성한 흰 소나무 아래의 외지고 그늘진 곳에, 깨끗한 잔디가 촘촘히 들어차 있어 앉을 만한 장소가 있었다. 나는 샘을 파고 맑은 회색 물이 고이는 우물을 만들었다. 그 물은 휘저어도 좀처럼 탁해지지 않아서 쉽게 한 양동이 가득 뜰 수 있었고, 호숫물이 가장 따뜻한 한여름에는 거의 매일 물을 길러 갔다. 이곳에는 멧도요가, 땅 위를 달리는 자기 새끼들 머리 위를 1피트 높이로 날면서 새끼들을 이끌고 와 흙을 파고 벌레를 잡아먹곤 했다. 어미는 나를 발견하면 새끼들을 내버려 두고 내게 접근해 와서는 주위를 빙빙 돌면서 4, 5피트 거리까지 가까이 왔다. 어미는 내 관심을 끌기 위해 날개와 다리가 부러진 척했고 그러는 동안 새끼들은 희미하게 삐악삐악 소리를 내며 어미가 지시한 대로 일렬종대로 늪을 향해 황급히 달아났다. 어미 새를 볼 수 없을 때는 새끼들이 삐악삐악 우는 소리가 들렸다. 탄식비둘기는 소나무 가지에서 가지로 오가며 내 머리 위를 푸드덕거리며 날았고 샘 위에 내려앉기도 했다. 가까운 나뭇가지를 타고 내려오는 붉은 다람쥐는 특히 친숙하고 호기심 많은 동물이었다. 이 모든 동물들이 내 앞에 차례로 모습을 드러내도록 하려면 숲 속에서 마음에 드는 장소에 자리를 잡고 오랫동안 가만히 앉아 있기만 하면 되었다.

나는 그리 평화롭지 않은 사건도 목격했다. 어느 날 집 밖으로 나가 장작 더미, 아니 나무 그루터기를 쌓아놓은 곳에서 큰 개미 두 마리를 보았다. 한 마리는 붉은색이었고 다른 한 마리는 거의 0.5인치는 될 만큼 훨씬 몸집이 크고 검은색을 띠었는데, 이 두 마리가 격렬하게 싸우고 있었다. 둘 다 상대방을 잡으면 절대 놓지 않았고, 장작 위를 계속 구르고 넘어지면서 버둥거렸다. 거기서 조금 멀리 떨어진 곳을 보니 놀랍게도 장작 위에는 온통 그렇게 싸우는 개미들로 뒤덮여 있었다. 두 개미 간의 결투인 줄 알았더니 서로 다른 종족 간의 전쟁이었던 것이다. 붉은 개미의 상대는 예외 없이 검은 개미였고 두 마리의 붉은 개미가 한 마리의 검은 개미를 공격하는 경우도 종종 보였다. 이 미르미돈[6]의 군대는 내가 쌓아둔 나무 더미의 언덕과 골짜기를 온통 뒤덮었고 바닥에는 이미 전사했거나 죽어가는 개미들의 잔해가 흩어져 있었다. 이것이 내가 목격한 유일한 전투이고 전투가 벌어지는 동안 발을 들여놓은 유일한 전장이다. 대살육전이었다. 붉은 공화주의자들과 검은 제국주의자들 간의 대결이었다. 온 사방에서 처절하게 싸우고 있었는데도 아무런 소리도 들리지 않았다. 군인도 그렇게 불굴의 의지를 갖고 싸우지는 못하리라. 나는 정오의 해가 비치는 장작 사이의 계곡에서 서로를 꽉 움켜쥔 채 뒤엉켜 싸우는 한 쌍을 지켜보았는데, 해가 저물 때까지 싸우거나 아니면 한쪽이 전사할 때까지 싸울 작정을 한 듯했다. 작은 몸집의 붉은 개미는 좀처럼 떨쳐 버리기 힘든 나쁜 습관처럼 검은 개미의 몸 앞쪽에 매달려서는 엎치락뒤치락하면서 한순간도 멈추지 않고 상대 개미의 더듬이 뿌리를 파고들었고, 그 집요함에 검은 개미는 이미 전의를 잃고 있었다. 더 힘이 센 검은 개미는 몸을 옆으로 흔들어 적을 떨어뜨리려고 했는데 가까이서 자세히 보니 그 붉은 개미에게 이미 전우를 몇 명 잃은 상태였다. 그들은 불독보다 더 집요하게 물고 늘어졌다. 어느 쪽도 물러서려는 기미가 보이지 않았다. 그들의 전쟁 슬로건은 '정복이 아니면 죽음을'인 것이 명백했다. 그 와중에 이 두 마리 개미가 싸우는 골짜기의 언덕 기슭에 잔뜩 격앙된 붉은 개미 한 마리가 씩씩거리며 나타났다. 아마도 이미 적을 한 마리 해치웠거나 이제 막 전투에 뛰어든 개미인 듯했다. 다리가 모두 온전한 것을 보면 후자 쪽인 듯했다. 그 개미의 어미는 그에게 방패를 쥐고 돌아오든지 방패 위에 실려 돌아오라고 명했으리라.[7] 아니면 아킬레우스처럼 분노를 잔뜩 품고 파트로클로스[8]의 죽음에 대한 복수를 하거나 그를 구하려고 왔는지도 모르겠다. 이 붉은 개미는 다윗과 골리앗의 전투를 멀리서 지켜보았다. 검은 개미의 몸집은 붉은 개미의 두 배였으므로 붉은 개미들이 불리했다. 그 붉은 개미는 전속력으로 달려와 적으로부터 0.5인치 되는 지점에 서서 방어 자세를 취했다. 그리고 기회를 엿보다가 검은 개미 전사에게 달려들었고, 두 마리의 붉은 개미 중 누구를 상대할지는 적군인 검은 개미의 결정에 맡겨두고 검은 개미의 오른쪽 앞다리를 공격하며 작전을 개시했다. 세 마리의 개미는 이 세상의 다른 모든 고정 장치와 접합제를 무색하게 할 만큼 서로 꼭 맞물려서 뒹굴며 목숨을 걸고 싸웠다. 이쯤 되자 양쪽 개미 군단 모두 눈에 잘 띄는 곳에 위치한 자기편 군악대에게 아군의 사기를 진작시키는 음악을 연주하도록 하지 않을까 하는 생각까지 들었다. 나는 그 개미들이 사람처럼 여겨져 꽤 흥분했다. 그리고 생각하면 할수록 개미들과 인간들 간에 차이가 없는 것 같았다. 콩코드 역사에 이런 전투가 있었다는 기록은 없다. 미국 역사상 가장 치열했던 전투와 내가 목격한 개미들 간의 전투를 비교해 보면, 군인의 수와 그들이 보인 충성심과 용맹함에 있어서 개미들의 전투는 인간의 전투에 절대 뒤지지 않으리라. 전투 참가자 수와 전사자의 수가 아우슈터리츠나 드레스덴[9] 전투 못지않았다. 개미들의 전투를 콩코드 전투라고 명명하자! 아군 두 명이 전사했고 루터 블랜차드는 부상당했다! 개미는 하나같이 버트릭처럼 행동했다. "발사! 제기랄, 발사!" 그리고 수천 마리의 개미 군인이 데이비스나 호스머[10]와 같은 운명을 맞았다. 용병은 한 마리도 없었다. 우리 조상들과 마찬가지로 그들이 싸운 명분 역시 원칙과 신념을 지키려는 것이지 자신들이 마시는 차에 부과되는 3페니의 세금[11]을 피하려는 것이 아님을 믿어 의심치 않는다. 그리고 이는 벙커 힐 전투[12]만큼 중요한 의의를 갖는 전투로 역사에 기록되리라.

　나는 이 세 마리 개미가 뒤엉켜 싸우는 전투 현장인 나뭇조각을 집으로 가지고 와 창가에 놓인 유리잔 밑에 놓고 지켜보았다. 내가 처음에 언급한 붉은 개미를 현미경으로 들여다보니, 그는 검은 개미의 나머지 더듬이 하나마저 잘라내 버리고 앞다리를 끈질기게 물고 늘어졌지만, 자기 가슴도 전부 찢겨 나가 만신창이가 되어서는 검은 개미의 주둥이에 내장을 모두 드러내놓고 있었다. 검은 개미의 가슴은 너무 두꺼워 붉은 개미가 파고들기에는 역부족이었다. 붉은 개미는 엄청난 고통을 느끼면서도 검은 눈동자는 전의로 불타오르고 있었다. 그 개미들은 유리잔 아래서 그렇게 30분을 더 싸웠고, 내가 다시 관찰했을 땐 검은 개미가 붉은 개미 두 마리의 머리를 몸에서 떼어낸 상태였다. 몸에서 떨어져 나왔지만 아직 신경이 살아 있는 붉은 개미의 머리들은 흉측한 전리품처럼 검은 개미의 양 옆구리에 매달려 검은 개미를 놓아주려 하지 않았다. 더듬이를 모두 잃고 다리는 자취만 남은 데다 그밖에도 수없이 많은 부상을 입은 검은 개미는 물고 늘어지는 붉은 개미의 머리를 떼어내려고 젖 먹던 힘을 다하고 있었다. 그리고 마침내 30분이 더 지나서 검은 개미는 목적을 달성했다. 나는 잔을 높이 들어 그의 승리를 축하했고 검은 개미는 다리를 절뚝거리며 창틀을 넘어 사라졌다. 그 검은 개미가 전투에서 살아남아 여생을 오텔 데 쟁발리드[13]에서 보냈는지는 알 길이 없다. 그러나 그 이후 그의 전투력은 쓸모가 없어졌으리라. 나는 이 개미 전투에서 어느 편이 이겼는지, 애초에 전투의 명분이 무엇이었는지 모른다. 그러나 마치 내 집 앞에서 펼쳐진 인간의 전투, 참담하고 처절한 대살육을 목격한 듯 격앙된 감정이 온종일 가라앉지 않았다.

커비와 스펜스는 오늘날 개미들의 전투를 직접 목격한 듯한 학자는 위베르[14]가 유일하다고 하지만 개미들의 전투는 오래전부터 비교적 잘 알려져 있었다. 커비와 스펜스는 다음과 같이 말했다. "아이네아스 실비우스는 배나무 그루터기에서 벌어진 큰 개미들과 작은 개미들 간의 처절한 전투에 대해 상세히 설명하고 나서 '이 전투는 유니우스 4세의 통치 기간 동안 벌어졌고, 그 현장에 있었던 저명한 법률가 니콜라스 피스토리엔시스는 전투의 전말을 충실하게 전달했다'고 말했다. 이와 비슷한 개미들 간의 전투에 대해 올라우스 마그누스도 기록을 전하는데, 전투에서 승리한 작은 개미들은 아군 전사자들의 시신을 묻어주고 거대한 적군의 시신은 새의 먹이가 되도록 내버려 두었다고 한다. 이 전투는 폭군 크리스티안 2세가 스웨덴에서 추방당하기 전에 일어났다."[15] 내가 목격한 전투는 웹스터의 도망 노예 송환 법안[16]이 통과된 해보다 5년 앞선 포크 대통령[17] 재임 기간 중에 일어났다.

마을에서 기르는 개들은 대부분 음식이 잔뜩 저장된 지하실에서 진흙거북이나 뒤쫓을 능력밖에 안 된다. 이 개들은 주인 몰래 숲 속에 와서 늙은 여우 소굴이나 우드척이 파놓은 굴을 킁킁거리며 냄새를 맡고 다니지만 한 마리도 잡지 못한다. 숲을 요리조리 잘 헤치고 나가는 날렵한 잡종 개는 숲 속에 사는 동물들을 두려움에 떨게 할 것이다. 그러나 잡종 개들을 따라 숲 속으로 온 마을 개들은 날렵한 잡종 개들보다 한참 뒤처져서는, 덩칫값도 못하고 나무에서 망을 보는 다람쥐를 향해 짖어대다가 자신이 길 잃은 쥐를 추적하고 있다고 상상하며 둔중한 몸으로 근처의 수풀을 휘저으면서 느릿느릿 걸어간다.

한번은 자갈이 깔린 호숫가를 거니는 고양이를 보고 놀란 적이 있다. 고양이는 보통 자기가 사는 집에서 멀리 떨어진 곳까지 나오지 않는데 말이다. 고양이도 나를 보고 놀란 듯했다. 종일 양탄자 위에 누워 있는 집고양이가 분명한데도 숲 속에 있는 것을 아주 편안하게 느끼는 듯 보였다. 조심스럽고 은밀하게 행동하는 모습이 숲을 집으로 삼는 동물들보다 더 숲에 어울리는 동물 같았다. 언젠가 숲 속에서 열매를 따다가 새끼를 데리고 있는 고양이를 발견했는데 새끼들도 제 어미처럼 등을 꼿꼿이 세우고서 나를 향해 맹렬하게 울어댔다. 몇 년 전 숲 속에서 살 때 호수에서 가장 가까운 곳에 있는, 링컨 지역의 농장 가운데 하나인 길리언 베이커 씨 농장에 '날개 달린 고양이'[18]가 있었다. 1842년 6월, 내가 고양이를 보려고 그 집을 방문했을 때 그녀(고양이)는 늘 하던 대로 숲 속으로 사냥을 나가고 없었다(그 고양이가 암컷인지 수컷인지 모르니, 통상적으로 그러듯 여성으로 간주하겠다). 안주인에 따르면 그 고양이는 약 1년 전인 4월에 근처에서 발견되었고 결국 집 안으로 들였다고 한다. 그 고양이는 짙은 갈색 조를 띤 회색으로 목에 흰 반점이 있고 발도 흰 털로 덮여 있으며 여우처럼 꼬리 숱이 많았다. 겨울이 되자 털이 두꺼워지고 옆구리의 털은 몸통에 납작하게 달라붙어 너비 2.5인치, 길이 10~12인치 정도의 띠를 형성했으며, 턱 위쪽 털은 복슬복슬했지만 아래쪽 털은 가발이나 펠트 제품처럼 납작해졌고 봄이 되자 이 털들이 몸에서 떨어져 나왔다고 한다. 베이커 씨 부부는 그들이 간직하고 있던 고양이의 '날개' 한 쌍을 내게 주었고 나는 아직도 그것을 간직하고 있다. 그 날개에 피막(皮膜)으로 보이는 것은 없다. 어떤 이들은 이 고양이가 날다람쥐와 또 다른 야생동물의 잡종이라고 생각하는데 전혀 근거 없는 주장은 아니다. 박물학자들에 따르면 담비와 집고양이의 교배로 잡종이 많이 태어났다고 한다. 만약 내가 고양이를 길렀다면 이 고양이가 안성맞춤이었으리라. 시인의 말에도 날개가 달렸는데 그가 기르는 고양이는 날개가 달리면 안 된다는 법이라도 있는가?[19]

가을이면 어김없이 되강오리가 호수에 찾아와 털갈이를 하고 목욕을 했다. 그리고 내가 잠자리에서 일어나기도 전인 이른 아침에 호탕한 웃음소리로 숲을 울렸다. 되강오리들이 호수에 도착했다는 소식을 들으면 사냥꾼들은 경계 태세에 들어가 소총과 원뿔형 총알, 쌍안경 등 모든 사냥 장비를 갖추고 둘씩 혹은 셋씩 길을 나섰다. 사냥꾼들은 낙엽처럼 바스락거리는 발소리를 내며 숲으로 왔는데 그 수가 되강오리 한 마리당 사냥꾼 열 명은 될 것이다. 되강오리가 호수 어느 쪽에 있을지 예측할 수 없으므로 어떤 사냥꾼은 호수 이쪽에, 어떤 사냥꾼은 저쪽에 자리를 잡았다. 새가 호수 이쪽으로 들어가면 분명 호수 저쪽 편으로 나오리라. 그러나 지금은 10월의 바람이 불어 나뭇잎이 부스럭거리는 소리가 나고 수면에 물결이 일어 되강오리가 보이지도, 그들의 웃음소리가 들리지도 않았다. 그래도 새의 적인 사냥꾼들은 쌍안경으로 호수를 살피면서 총을 쏘아 숲을 진동시켰다. 그러면 호수에는 파문이 크게 일고 성난 듯 부서지면서 물새의 편을 들었고 사냥꾼들은 빈손으로 각자의 마을과 상점으로 물러나 사냥하러 가느라 제쳐놓았던 일을 마저 계속했다. 그러나 사냥꾼들이 새를 잡는 데 성공할 때가 더 많았다. 나는 아침 일찍 물을 길러 가서 물 긷는 곳에서 멀지 않은, 호수의 후미진 곳에서 헤엄쳐 나오는 이 위풍당당한 새를 자주 목격했다. 내가 그 새의 반응을 보기 위해 배를 타고 뒤쫓아 간다면 아마 다시는 자기를 발견하지 못하도록 물 깊숙이 잠수해 사라져버리고 날이 저물 때까지 나타나지 않으리라. 그러나 수면 위에서 나는 만만한 상대가 아니었다. 내가 뒤쫓아 가면 그 새는 대개 빗속을 뚫고 달아났다.

바람이 잔잔한 10월의 어느 날 오후, 나는 북쪽 호숫가를 따라 노를 젓고 있었다. 특히 이런 날에는 되강오리들이 나비풀처럼 호수에 가만히 떠 있는 경우가 많았는데 그날은 한 마리도 보지 못한 상태였다. 그런데 갑자기 되강오리 한 마리가 호숫가에서 헤엄쳐 들어오더니 내가 있는 곳 가까이, 호수 가운데까지 와서는 특유의 그 호탕한 웃음을 지으며 모습을 드러냈다. 내가 노를 저으며 쫓아가자 잠수해 버렸지만 나와 더 가까운 위치에서 다시 모습을 드러냈다. 그 새는 다시 잠수했고 내가 새의 진행 방향을 잘못 짚어, 새가 다시 수면 위로 나왔을 때는 거리가 50로드 정도 벌어져 있었다. 그 새는 통쾌하다는 듯 전보다 더 호탕하게 오랫동안 웃었다. 새의 몸놀림이 노련하고 약삭빨라서 나는 12로드 가까이도 가지 못했다. 그 새는 수면 위로 올라와서는 머리를 이쪽저쪽으로 돌리며 호수와 뭍을 침착하게 둘러보았는데 내 배가 있는 곳에서 가장 멀리 떨어지도록 진행 방향을 잡는 게 분명했다. 그러고는 놀라울 정도로 신속하게 마음을 정하고 행동에 옮겼다. 한번은 그 새가 나를 호수에서 가장 넓은 곳으로 유인했는데 내가 다른 곳으로 유인하려 해도 속아 넘어가지 않았다. 나는 그 새가 도대체 무슨 생각을 하는지 알아내려 애쓰고 있었다. 정말 자태가 수려한 그 새는 호수의 매끄러운 수면 위에서 인간인 나와 서양장기를 두고 있었다. 갑자기 새가 자기 말을 장기판 밑으로 사라지게 하면 어느 위치에서 새의 말이 다시 나타날지를 가늠해 그곳에서 가장 가까운 위치에 내 말을 놓아야 했다. 가끔 새는 내 예상을 뒤엎고 배 밑을 지나 반대쪽으로 솟아오르곤 했다. 지칠 줄 모르는 체력을 가진 이 새는 아주 멀리까지 헤엄쳐 가서는 갑자기 다시 잠수해 버렸다. 새는 호수의 수심이 가장 깊은 곳으로 잠수해 물고기처럼 물속을 헤엄칠 수 있었기 때문에 매끄러운 수면 아래 어느 지점에 있는지 가늠하기 힘들었다. 뉴욕의 어느 호수에서는 낚시꾼이 송어를 잡으려고 수면에서 80피트 깊이에 드리운 낚싯바늘에 되강오리가 잡힌 적도 있다는 얘기가 있다. 월든 호수는 그보다 더 깊긴 하지만 말이다. 물고기들이 자기들 사이로 재빠르게 헤엄쳐 지나가는 해괴하게 생긴 이 외계 생물과 물속에서 마주치면 얼마나 놀랄까! 이 새는 수면 위에서

뿐만 아니라 물속에서도 방향을 확실히 짚었고, 속도는 물속에서 더 빨랐다. 나는 그 새가 정찰하기 위해 물 위로 머리를 내밀어 수면으로 가까워질 때 물결이 이는 모습을 한두 번 보았지만 그 새는 곧 다시 잠수해 버렸다. 나는 노를 내려놓고 새가 다시 나타날 때까지 무작정 기다리든지, 어디로 솟아오를지 알아내려고 애쓰든지 간에 그 새의 위치를 예측할 확률은 별 차이가 없다는 사실을 깨달았다. 내가 수면 위의 한쪽 방향을 뚫어져라 보고 있으면 갑자기 뒤쪽에서 나타나 머리털이 쭈뼛 서도록 호탕하게 웃으며 사람을 혼비백산하게 만들었다. 그런데 이렇게 온갖 꾀를 부려 피해 다니다가 수면 위로 나오자마자 크게 웃어대며 자기 위치를 드러내는 이유는 무엇인가? 그렇게 크게 웃지 않아도 가슴의 흰 털 때문에 눈에 띄는데 말이다. 정말 어리석은 새라는 생각이 들었다. 되강오리가 수면 위로 올라오면 물이 튀는 소리가 났고 이내 그 위치를 파악할 수 있었다. 그렇게 숨바꼭질하기를 한 시간여, 여전히 새는 지친 기색 없이 잠수하고 더 멀리 헤엄쳤다. 물 밑에서 물갈퀴 달린 발로 끊임없이 노를 저으면서도 수면 위로는 가슴의 털을 한 가닥도 흐트러뜨리지 않은 평온한 모습을 하고 유유히 헤엄쳐 사라졌다. 그 새의 웃음소리는 마치 악마의 웃음소리 같았는데, 한편으로는 물새 소리처럼 들리기도 했다. 그러나 때로 나를 성공적으로 따돌리고 아주 먼 위치에서 수면 위로 올라와 웃는 소리는 새소리라기보다는 아주 길게 뽑아내는 늑대 울음소리같이 소름 끼쳤다. 마치 짐승이 주둥이를 땅에 처박고 울부짖는 소리 같았다. 그 새의 울음소리는 숲에서 들리는 소리 가운데 가장 광기 어린 소리로 숲을 쩌렁쩌렁 울리며 멀리 퍼졌다. 나는 그 새가 우쭐대면서 내 헛수고를 비웃는 거라고 결론지었다. 이제 하늘은 잔뜩 찌푸렸지만 수면이 아주 매끄러워서 웃음소리가 들리지 않아도 되강오리가 어느 위치에서 수면 위로 솟아오르는지 금방 포착할 수 있었다. 눈에 띄는 흰 가슴, 바람 한 점 없는 대기 그리고 매끄러운 수면은 새에게 불리하게 작용했다. 마침내 그 새는 50로드 떨어진 곳에서 수면 위로 올라왔고 마치 신의 도움을 청하듯 길게 울부짖었다. 그러자 곧 동쪽에서 바람이 불어와 물결을 일렁이게 했고 대기는 온통 가랑비로 가득 찼다. 마치 새는 기도에 응답받고, 나는 새가 기도드린 신의 노여움을 산 듯했다. 그래서 새가 거친 풍랑 위를 헤엄쳐 사라지도록 내버려 두었다.

가을이면 나는 오리들이 사냥꾼들에게서 멀리 떨어져, 호수 한가운데를 갈지자로 노련하게 헤엄치는 모습을 몇 시간이고 지켜보았다. 루이지애나 주의 강어귀에서는 그다지 필요치 않은 기술이리라. 이 오리들은 하늘로 날아올라야 할 때 다른 호수들과 강이 모두 시야에 들어올 만큼 높이 솟아올라 호수 위를 맴돌았는데 그 모습은 마치 하늘에 까만 티끌이 있는 듯 보였다. 이제 아주 날아가 버렸다고 생각하는 순간, 4분의 1마일 정도를 비스듬히 날아 멀찌감치 떨어진 호수 위로 내려앉았다. 호수 한가운데에서 헤엄치면 사냥꾼에게서 안전하다는 점 외에 또 어떤 유리한 점이 있는지는 모르겠다. 혹시 오리도 나와 같은 이유로 월든 호수를 사랑하기 때문이 아닐까.

난방과 집들이

10월[1]이면 나는 강 근처 목초지에 가서 포도송이를 한 아름 따 왔다. 먹기 위해서라기보다는 향기와 아름다운 자태를 감상하기 위해서였다. 그리고 따 오지는 않았지만 목초지 풀에 목걸이처럼 주렁주렁 열려 있는 작고 빨간 보석 같은 덩굴월귤도 감상했다. 농부들은 흉측하게 생긴 갈퀴로 이 열매를 긁어모으느라 매끄러운 초원에 갈퀴 자국을 남겼다. 그들은 이 아름다운 덩굴월귤을 그저 돈벌이 수단으로밖에 보지 않았고 목초지에서 약탈한 이 보석을 보스턴과 뉴욕에 내다 팔았다. 덩굴월귤은 이 도시에 사는, 자연을 사랑하는 이들의 입맛을 만족시키기 위해 잼이 될 운명이었다. 이렇게 도살업자는 식물이 찢겨 피가 뚝뚝 떨어지는 것도 아랑곳하지 않고 목초지의 풀에서 들소의 혀 못지않은 진미인 덩굴월귤을 갈퀴로 긁어 담았다. 나는 매자나무에 열리는 황홀한 열매도 눈으로만 맛보았다. 그러나 능금은 조금 채집해서 뭉근히 불에 끓였다. 땅 주인이나 길 가는 행인은 능금에는 관심이 없었다. 밤이 무르익으면 나는 겨우내 먹기 위해 반 부셸 정도를 채집해 저장했다. 이맘때 어깨에 자루를 메고 손에는 밤송이를 벌릴 막대기를 쥐고 링컨의 밤나무숲을(이제 숲의 나무들은 철도 선로 아래, 침목으로 누워 영원히 잠들어 있다) 거니는 것은 정말 즐거운 일이었다. 나는 서리가 내려 밤송이가 벌어질 저녁때까지 기다릴 수 없어서 바람에 바스락거리는 나뭇잎 소리와 붉은 다람쥐와 새들이 지저귀는 소리를 들으며 밤을 채집했다. 다람쥐와 새들이 고른 밤이 더 맛있을 것 같아서 이들이 반쯤 먹고 남은 밤송이도 채집했는데 다람쥐와 새 들은 마치 그런 내 행동을 나무라듯 큰 소리로 재잘거렸다. 때때로 나무 위에 올라가 나무를 흔들어 밤을 따기도 했다. 집 뒤에도 밤나무들이 자랐는데 그중 한 그루는 집에 온통 그늘을 드리울 정도로 컸고 꽃이 피면 그 향기가 주위를 온통 물들였다. 그러나 열매는 대부분 다람쥐와 새들이 먹었다. 새들은 아침 일찍 이 밤나무를 찾아와 밤송이가 떨어지기 전에 밤을 까먹었다. 이 나무는 다람쥐와 새 들에게 양보하고 나는 더 멀리 있는, 밤나무만 자라는 숲으로 가서 밤을 땄다. 밤은 빵 대용으로 아주 좋은데 그 외에도 빵을 대신할 음식은 많다. 하루는 낚시 미끼로 쓸 지렁이를 잡으려고 땅을 파다가 대지콩이 달린 줄기를 발견했다. 아메리카 원주민의 감자라고 할 수 있는 이 훌륭한 열매는 내가 어렸을 때 직접 따 먹은 적은 없는 듯하다. 꿈속에서라면 모를까. 주름이 자글자글하고 부드러운 붉은 꽃과 이를 지탱하고 있는 줄기가 서로 다른 식물인 줄 알았는데 알고 보니 바로 대지콩의 꽃과 줄기였다. 사람들이 다른 작물을 가꾸기 위해 땅을 개간하는 통에 대지콩은 거의 전멸했다. 대지콩은 달짝지근한 것이 꼭 냉해를 입은 감자 맛 같았고, 볶는 것보다는 삶는 게 더 맛이 좋았다. 대지콩은 자연이 자신의 후손을 잘 돌보고 미래의 어느 때에 이곳에서 그 후손들을 소박하게 먹이겠다는 희미한 약속 같았다. 가축은 살지고 들판에는 무르익은 곡식의 황금 물결이 넘실대는 오늘날, 한때 인디언 부족이 숭배했던 이 소박한 뿌리 열매는 거의 잊혔고 꽃이 피는 덩굴만이 알려져 있다. 만약 자연이 이곳을 다시 지배한다면, 나약하고 사치스러운 영국산 곡물들은 수많은 적 앞에 무릎을 꿇고 사라지며, 인간이 옥수수를 돌보지 않으면 까마귀가 마지막 옥수수 씨앗을 인디언들의 신이 지배하는 광활한 남서부의 옥수수밭으로 다시 가져가리라.[2] 그러나 이제 거의 전멸한 대지콩은 서리를 견뎌내고 척박한 황무지에서 소생하고 번성하여, 자신이 이 땅의 주인임을 증명하고 그 옛날 사냥꾼들의 중요한 식량으로서의 지위를 회복하리라. 대지콩은 인디언의 케레스나 미네르바[3]가 발명하고 사용했음에 틀림없다. 시적인 정취가 이곳을 지배하기 시작하면 대지콩의 잎과 줄기가 우리의 예술작품에도 나타날 것이다.

9월 초하루에 이미 나는 호수 건너편에 있는 작은 단풍나무 두세 그루가 붉게 물든 모습을 보았다. 그 아래로는 호수 바로 곁의 툭 튀어나온 곳에 포플러 세 그루의 흰 줄기가 뻗어 있었다. 아, 단풍의 붉은색은 얼마나 많은 이야기를 들려주었는가! 한 주 한 주 지날 때마다 나무는 자기만의 개성을 드러냈고, 매끈한 호수면에 비친 자신의 모습에 감탄했다. 월든 호수라는 화랑을 경영하는 이는 매일 아침 벽에 걸려 있는 그림을 떼어내고 더 화려하고 색 조화가 뛰어난 새로운 그림을 걸었다.

말벌들은 겨울에도 내 오두막을 찾았지만 10월에도 찾아와 창가나 머리 위쪽 벽에 자리를 잡고 앉아 때때로 집으로 들어오려는 방문객을 방해했다. 매일 아침, 밤새 추위로 감각을 잃은 벌들을 일부 쓸어내기도 했지만 모조리 없애려고 애쓰지는 않았다. 나는 벌들이 내 거처를 탐나는 안식처로 여기고 찾아준 사실을 영광스럽게 생각했다. 벌들은 나와 한지붕 아래서 잤지만 나를 심하게 공격하지는 않았다. 그리고 겨울과 혹한을 피해 내가 모르는 벽의 틈새를 통해서 어디론가 사라져버렸다.

11월, 마침내 겨울 거처로 이동하기 전에 나도 말벌처럼 월든 호수의 북동쪽 기슭으로 가서 머무르곤 했다. 그곳은 소나무숲과 자갈 깔린 호숫가로부터 햇볕이 반사되어 호숫가에서 제일 따뜻했다. 햇볕에 몸을 녹이면 일부러 불을 지펴 쬘 때보다 훨씬 건강에 좋고 유쾌했다. 그래서 나는 사냥꾼이 떠나면서 남긴 모닥불의 재처럼 여름 해가 남기고 간, 아직 호박색으로 이글거리는 태양의 재 곁에서 몸을 녹였다.

굴뚝을 만들 때가 되자 나는 석공술을 공부했다. 내가 구한 벽돌은 중고품이었기 때문에 벽돌에 붙어 있는 회반죽을 모종삽으로 긁어내 깨끗하게 만들어야 했고, 그 과정에서 벽돌과 회반죽에 대해 일반적으로 알려진 내용 이상을 배웠다. 벽돌에 붙은 회반죽은 50년쯤 된 것인데 여전히 점점 단단해진다고 한다. 그러나 이 말은 사람들이 사실 여부에 관계없이 되뇌기 좋아하는 이야기의 일종이다. 이런 이야기는 세월이 흐를수록 점점 단단하게 굳고 딱 들러붙어 좀처럼 없애기 힘들어진다. 따라서 모종삽으로 여러 번을 쳐야 그 이야기에 들러붙어 있는 근거 없는 사실이 떨어져 나간다. 메소포타미아에는 바빌론의 폐허에서 구한, 아주 질 좋은 중고 벽돌로 건물을 지은 마을이 많은데 벽돌을 붙이는 데 쓴 접합제가 무척 오래됐는데도 여전히 단단히 붙어 있다고 한다. 어쨌든 그렇게 엄청난 타격을 받고도 닳지 않는 강철 같은 강인함이 놀라울 뿐이다. 내 벽돌은 느부갓네살[4]의 이름이 적혀 있지는 않았지만, 예전에 굴뚝 안에 있었던 것이기 때문에 가능한 한 벽난로에 쓸 벽돌을 많이 골라내어 낭비를 줄이고 일손을 덜려고 했다. 벽난로 벽돌 사이에 생기는 공간은 호숫가에서 구해 온 돌로 채워 넣었고 회반죽도 호수에서 가져온 흰 모래로 만들었다. 벽난로는 집에서 가장 중요한 부분이기 때문에 시간과 공을 가장 많이 들였다. 나는 아주 조심스럽고 여유 있게 일했고, 아침에 바닥에서부터 쌓아 올리기 시작한 벽난로는 저녁때 몇 인치 높이가 되어 그날 밤에 베개 삼아 잠을 잘 수 있었다. 아침에 목이 뻣뻣하긴 했지만 벽돌을 베고 자서 그런 건 아니었다. 옛날부터 목이 뻣뻣했으니까. 당시 내 집에는 2주 동안 시인[5] 한 사람이 머물렀는데 방이 없어 좀 난처했다. 내게 식사용 칼이 두 자루 있었지만 그도 자기 칼을 가져왔고 우리는 칼을 흙 속에 찔러 넣었다 뺐다 해서 윤을 냈다. 그와 나는 음식 만드는 일을 분담했다. 나는 굴뚝 만드는 작업이 조금씩 착착 진행된다는 사실이 기뻤고, 완성된 굴뚝이 아주 천천히 마모된다면 오랫동안 제구실을 하리라 여겼다. 굴뚝은 집과는 사뭇 독립적인 구조물이다. 바닥에서 시작되어 집을 지나 하늘로 솟는다. 집이 불에 다 타서 무너져도 굴뚝은 여전히 건재한 경우도 있다. 굴뚝은 분명 집의 중요한 부분이면서도 다소 독립적인 구조물이다. 이때가 여름의 끝무렵이었고, 지금은 11월이다.

북풍이 이미 호수를 차갑게 만들기 시작했다. 그래도 호수가 워낙 깊어서 물이 완전히 얼려면 북풍이 몇 주 동안 꾸준히 불어야 한다. 내가 저녁에 불을 지피기 시작한 때는 나무판자 사이에 갈라진 틈을 회반죽으로 메우기 전이었는데, 굴뚝으로 연기가 잘 빠져나갔다. 그러나 가끔씩은 저녁에 불을 때지 않고, 옹이가 많고 거친 널빤지 벽과 나무껍질이 그대로 붙어 있는 통나무 천장에 둘러싸여 서늘하게 바람이 솔솔 통하는 느낌을 즐기기도 했다. 집에 회반죽을 칠한 뒤에는 전만큼 보기 좋지는 않았지만 더 아늑해졌다는 점만은 인정해야겠다. 무릇 사람이 사는 집이란 천장을 높게 지어 머리 위를 어둑어둑하게 하고 저녁이면 통나무 천장에 그림자가 나풀나풀 춤추게 해야 하지 않을까? 이런 그림자는 프레스코 벽화나 값비싼 가구보다도 우리의 상상력을 자극한다. 이제 집을 단순히 안식처로 사용하는 데 그치지 않고 난방까지 하게 되었으니 나는 본격적으로 이 집에 거주하기 시작한 것이다. 장작 받침쇠를 두어 개 마련해 장작을 바닥에 닿지 않도록 했고, 내가 지은 굴뚝 뒤쪽으로 검댕이 만들어지는 모습을 보면서 흡족해했으며, 더 당당하고 만족스럽게 불쏘시개로 불을 휘저었다. 내 거처는 아담했고 집 안에 소리의 울림이 거의 없었다. 그런데도 한 사람이 살기에는 너무 큰 듯했고 이웃으로부터 멀리 떨어진 기분이 들었다. 집 안에서 흥미를 끄는 물건들이 모두 방 하나에 집중되어 있었다. 그 방은 부엌이자, 침실이자, 객실인 동시에 거실이다. 부모와 아이, 주인과 하인이 저마다 집에서 얻는 만족감을 나는 혼자서 모두 누렸다. 카토에 따르면 한 가족의 가장은 집 안에 "기름과 포도주를 담은 통을 저장고에 여러 개 준비해 어려운 시기에 대비해야 한다. 그렇게 해야 그에게 이롭고 그렇게 함이 그의 미덕이자 영예다."[6] 내 저장고에는 감자가 들어 있는 작은 통 하나와 바구미가 섞인 완두콩 2쿼트가 있었고 선반에는 약간의 쌀과 당밀 한 주전자 그리고 호밀과 옥수숫가루가 조금 있었다.

나는 때때로 보다 넓고 사람이 붐비는 집을 꿈꾼다. 그 집은 지나친 장식을 배제하고 내구성 있는 재료로 탄탄하게 지어져 전성기를 구가한다. 넓고 다듬어지지 않은 원시 그대로의, 방 하나로 된 공간으로 천장도 없고 회반죽 칠도 하지 않았으며 천연 그대

로의 통나무와 기둥이 머리 위 하늘을 떠받치고 비와 눈을 막아
준다. 문지방을 넘어서 기력이 쇠한 고대 왕조의 농업의 신, 사투
르누스[7]에게 경배하고 나면 근엄하게 우뚝 서 있는 왕대공과 쌍
대공[8]이 내가 알현하기를 기다리고 있다. 동굴처럼 생긴 집이어
서 지붕을 보려면 기둥에 받쳐져 있는 횃불을 높이 치켜들어야
한다. 그 집에는 벽난로 안에 사는 이도 있고 창문이 움푹 들어간
곳에 사는 이도 있고, 나무 의자나 방 이쪽 끝, 저쪽 끝 혹은 거미
와 함께 지붕의 통나무에 사는 이도 있다. 바깥쪽 문을 열면 이
집으로 들어가게 되고, 그러고 나면 의식은 마무리된다. 그 집에
서는 지친 여행객이 잠시 여정을 멈추고 몸을 씻고 허기를 채우
고 이야기를 나누고 눈을 붙이기도 한다. 폭풍우가 몰아치는 밤
에 당도하게 되면 정말 기쁜, 그런 안식처다. 또한 집이 꼭 갖추
어야 할 것을 모두 갖추었고 모든 귀중한 물건들이 한눈에 들어
와서 쓰기 편하게 제자리에 걸려 있다. 부엌이고 찬장이자 객실
이며 침실이고 저장고이자 다락방이기도 한 집이다. 통이나 사다
리처럼 반드시 필요한 물건과 찬장처럼 편리한 것이 한눈에 들어
오고, 주전자 끓는 소리가 들리며 저녁이 익는 난로와 빵이 구워
지는 화로에 직접 가까이 다가갈 수 있고, 꼭 필요한 가구와 가재
도구로 장식된 집이다. 빨래를 하거나 불을 지피려면 성가시게
밖으로 나가야 하거나 안주인이 다른 공간으로 물러날 필요가 없
으며, 가끔 요리사가 지하 저장고로 들어가야 할 때 저장고의 뚜
껑 문에서 비켜서야 하고, 이때 발을 굴러보지 않고도 땅 밑에 공
간이 있는지 없는지 알 수 있는 곳이다. 집의 내부가 새 둥지처럼
트였고 다 드러나 보이는 집이다. 앞문으로 들어가서 뒷문으로
나올 때마다 집에 거주하는 이들 중 몇몇과 반드시 마주치게 되
는 집이다. 손님이라도 집 안을 자유롭게 돌아다녀도 되는 곳이

다. 손님은 감방같이 한곳에 처박혀서 집 안의 8분의 7에 해당하는 공간에는 마음대로 드나들지도 못하고, 주인은 그런 독방에 갇힌 손님에게 내 집처럼 편하게 생각하라고 말하는 그런 집이 절대 아니다. 요즈음의 집주인들은 마음속 깊이 손님을 따뜻하게 영접해 아늑한 곳에 있는 난로 쪽으로 안내하지 않고, 석공으로 하여금 좁은 복도 어디쯤 난로를 만들게 한다. 손님을 환대하는 행위는 손님과 최대한으로 거리를 두는 기술을 의미하게 되었다. 요리도 손님이 보지 않는 곳에서 마치 독살할 음모를 꾸미듯이 은밀히 진행된다. 나는 수없이 많은 집을 방문했지만 진심 어린 환대를 받아본 적이 없다. 내가 만약 앞서 언급한 것과 같은 집을 지나치게 된다면, 평상시 나의 옷차림 그대로 그 집에서 소박하게 살아가는 왕과 왕비를 알현하리라. 그러나 이 인간미 없고 차가운 현대식 궁전에 발을 들여놓게 된다면 곧바로 정중하게 뒷걸음질로 걸어 나오리라.

우리가 객실에서 사용하는 언어는 생명을 잃어 무생물처럼 변해 버렸으며 우리의 삶은 그 언어가 상징하는 바와는 너무나도 거리가 멀어졌다. 객실 언어의 은유적 표현과 수식 어구들은 수화물용 엘리베이터를 통해 전해지는 음식처럼 친밀감을 잃었다. 다시 말해, 객실이 주방과 작업실에서 너무 멀어진 것이다. 만찬조차도 그저 흉내 낸 것에 불과할 뿐이다. 자연이나 진리에 가까이 머무는 야만족만이 그것들에게 수사 어구를 빌릴 수 있을 듯싶다. 저 멀리 북서부 지역이나 맨 섬[9]에서 사는 학자가 부엌에서 적절히 처신하는 법을 어찌 알겠는가?

내 집에 머물면서 나와 옥수수 죽을 나누어 먹을 만큼 대담한 손님은 한둘뿐이었다. 대부분은 옥수수 죽을 나눠 먹어야 하는 위기가 닥쳐오는 것을 감지하면 마치 집 전체가 지반까지 흔들린다는 듯 허둥지둥 집을 벗어나 길을 떠나곤 했다. 그렇지만 나의 집은 제자리를 지키고 서서 셀 수 없이 옥수수 죽을 대접할 만큼 멀쩡했다.

나는 날씨가 얼어붙을 정도로 추워지고 나서야 집에 회반죽을 칠했다. 배를 타고 호수 반대편으로 가서 좀 더 깨끗하고 하얀 모래를 가져와 회반죽 재료로 썼다. 필요하다면 배를 타고 더 멀리 가보고 싶은 유혹을 느꼈다. 그러는 동안 내 집은 벽 전체가 바닥까지 판자로 덮이게 되었다. 나는 외(椳)를 엮으면서 단 한 번의 망치질로 못을 정확하게 제자리에 박아 넣으며 흐뭇해했고 나무판자 위에 놓인 회반죽을 벽으로 옮겨 깔끔하게 재빨리 바르는 것을 새로운 목표로 삼았다. 그러다가 한 젊은이 이야기가 생각났다. 그는 비싼 옷을 입고 마을을 어슬렁거리면서, 작업하는 일꾼들에게 훈수를 두고 우쭐대기 좋아하는 녀석이었다. 어느 날 말보다 행동으로 직접 보여주기로 작정한 그는 옷소매를 걷어 올리고 나무판을 잡고 회반죽을 실수 없이 한 삽 떴다. 그러고는 머리 위의 외를 득의만면한 표정으로 올려다보면서 대담한 몸짓을 했다. 바로 그때, 모종삽에 담긴 회반죽이 주름 장식이 달린 가슴팍으로 모조리 떨어지고 만 것이다.

나는 한기를 막아주고 집을 깔끔하게 마무리해 주는 회반죽이 얼마나 경제적이고 편리한지를 새삼 깨달았다. 그리고 회반죽을 칠할 때 주의할 사항이 많다는 사실도 배웠다. 놀랍게도 벽돌은 내가 회반죽을 부드럽게 펴 바르기도 전에 회반죽의 수분을 모두 빨아들였고, 새 난로를 완성하는 데 몇 양동이의 물이 들었는지 셀 수도 없다. 나는 지난겨울에 강에서 채집한 조개껍데기를 태워 시험 삼아 소량의 석회를 만들어보았다. 마음만 먹으면 1, 2마일 내에 있는 질 좋은 석회석을 태워 만들 수도 있었으리라.

그 와중에 호수에서 가장 그늘지고 수심이 얕은 외진 곳에 살얼음이 얼었다. 호수가 완전히 얼기 며칠 혹은 몇 주 전이었다. 처음 어는 얼음은 딱딱하고 색깔이 어둡고 투명하며 얼음 아래로 호수 바닥을 볼 수 있는 절호의 기회를 준다는 점에서 특히 흥미롭다. 수면에 앉아 있는 소금쟁이처럼 1인치 두께의 얼음 위에 몸을 길게 엎드리고 2, 3인치밖에 안 되는 얕은 호수 바닥을 여유롭게 들여다보고 있으면 마치 유리 액자 뒤의 그림을 바라보는 듯하고 물은 아주 매끄러워 보인다. 호수 밑 모랫바닥에는 수중 생물들이 돌아다니거나 방향을 바꾼 곳에 주름이 잡혀 있고, 흰 수정의 자잘한 알갱이 같은 물여우[10]의 껍질이 흩어져 있다. 바닥에 잡힌 주름은 이 껍질들이 만들었다고 하기에는 골이 깊고 넓지만, 주름 사이에서 이 껍질들이 발견되는 것을 보면 껍질로도 주름이 만들어지는 모양이다. 그러나 제일 흥미로운 것은 바로 얼음 그 자체인데, 이 얼음을 보려면 기회를 잘 포착해야 한다. 얼음이 언 다음 날 아침 자세히 보면 처음에는 얼음에 갇힌 듯이 보이는 공기 방울이 사실은 얼음 밑에 붙어 있다는 것을 알게 되고, 더 많은 공기 방울들이 호수 밑바닥에서 끊임없이 위로 올라오는 광경을 보기도 한다. 얼음은 이미 단단하고 색이 어두워졌지만 그래도 호수를 들여다볼 수 있다. 직경이 80분의 1에서 8분의 1인치 정도 되는 이 공기 방울들은 아주 맑고 아름다우며 얼음을 통해 공기 방울에 비친 내 모습이 보이기도 한다. 1제곱인치의 넓이 안에 30~40개 정도의 공기 방울이 있는 듯하다. 얼음 안에는 0.5인치 길이의 폭이 좁은 직사각형 공기 방울이 있는데 원뿔 모양으로 끝이 뾰족하다. 얼음이 갓 얼었을 때는 작은 공 모양의 공기 방울들이 서로 겹쳐져 있는 모습이 마치 구슬을 엮어 놓은 것처럼 보인다. 그러나 얼음에 갇힌 공기 방울보다는 얼음장 밑에 붙어 있는 공기 방울이 훨씬 많고 잘 보인다. 나는 때때로 얼음이 얼마나 단단한지 보려고 돌을 던져보곤 했는데 깨진 얼음은 공기 방울을 많이 품고 있었고 얼음 밑에는 크고 선명한 흰 공기 방울들이 형성되어 있었다. 어느 날 같은 장소를 48시간 후에 다시 찾아가서 얼음 가장자리를 보니 1인치는 더 두꺼워져 있었는데 큰 공기 방울들은 여전히 그 모습 그대로 남아 있었다. 그러나 지난 이틀은 인디언 서머[11]처럼 매우 따뜻했기 때문에 얼음은 투명하지 않았고 짙은 녹색 물빛을 띠었으며, 바닥은 불투명하고 희끄무레하거나 회색 기운이 돌았다. 얼음 두께는 두 배가 됐지만 이전보다 단단하지 않았는데 공기 방울이 열을 받고 팽창해 크기가 들쑥날쑥해졌기 때문이다. 공기 방울들은 더 이상 서로 질서정연하게 쌓여 있는 모습이 아니라 마치 자루의 동전을 쏟아부은 것처럼 마구 겹쳐져 있거나 살짝 갈라진 틈에 자리 잡은 얇은 조각 같았다. 얼음의 아름다움은 사라졌고 호수 바닥을 들여다보기에는 너무 늦었다. 새 얼음에 공기 방울이 어떻게 자리를 잡았는지 궁금해서 나는 중간 크기 정도의 공기 방울이 들어 있는 얼음 조각을 떼어내 뒤집어 보았다. 공기 방울 주위와 밑으로 얼음이 새로 형성되어 얼음 사이에 공기 방울이 끼어 있는 모습이었다. 공기 방울은 위쪽 얼음과 아주 가까웠지만 아래쪽 얼음에 모두 붙어서 가장자리가 둥근 렌즈의 테두리처럼 납작했고 직경은 4인치에 깊이는 4분의 1인치 정도 되었다. 공기 방울 바로 밑의 얼음은 냄비를 뒤엎어 놓은 형태로 균일하게 녹았고 가운데는 높이가 8분의 5인치 정도로, 물과 공기 방울 사이에 두께가 기껏해야 8분의 1인치 정도인 막을 만들어놓았다. 이 막에 갇힌 작은 공기 방울들은 아래쪽을 향한 채 터졌다. 아마 직경이 1피트인 제일 큰 공기 방울 밑에는 얼음이 전혀 없었으리라. 추

276

측건대 내가 처음 보았던, 얼음 밑바닥에 붙어 있던 무수히 많은 작은 공기 방울들이 이제 얼어서 공기 방울 하나하나가 햇볕을 모으는 돋보기 같은 역할을 하면서 얼음을 녹였으리라. 이 공기 방울들은 얼음을 깨뜨리고 혹 소리를 내는 공기총과 같았다.

마침내 본격적인 겨울이 시작되었다. 지금까지 잠잠했던 바람은 내 허락이 떨어지기를 기다렸다는 듯이 회반죽 바르는 것을 끝마치기가 무섭게 집 주위를 휘감으며 몰아치기 시작했다. 밤이면 밤마다 무거운 몸을 이끌고 날개를 푸드덕거리며 기러기들이 찾아왔다. 기러기 떼 가운데 일부는 땅바닥이 눈으로 뒤덮인 후에도 월든 호수에 내려앉았고 일부는 페어 헤이븐 쪽으로 나 있는 숲 위를 낮게 날아 멕시코로 향했다. 밤 10시나 11시쯤 마을에서 돌아오다가 집 뒤쪽 호숫가의 숲에 먹이를 먹으러 오는 기러기 떼나 오리 떼가 낙엽을 밟는 발소리, 서둘러 가는 새 떼의 우두머리가 꽥꽥 고함을 치는 소리를 여러 번 들었다. 1845년 12월 22일 밤 마침내 월든 호수 전체가 얼었다. 플린츠나 그 밖의 얕은 호수와 강은 열흘 혹은 그 전에 이미 언 뒤였다. 1846년과 1849년에는 각각 12월 16일과 31일경에 얼었고 1850년에는 12월 27일, 1852년에는 1월 5일 그리고 1853년에는 12월 31일에 완전히 얼음으로 뒤덮였다. 11월 25일 이후로 땅은 이미 눈으로 덮였고 나는 어느덧 겨울 풍경에 둘러싸였다. 나는 집 안 아늑한 곳으로 물러나 벽난로와 내 가슴속의 불씨가 꺼지지 않고 활활 타오르게 하려고 애썼다. 이제 집 밖에서 할 일은 숲 속의 죽은 나무를 땔감으로 가져오는 일이었다. 나는 나무를 때로는 손으로, 때로는 어깨에 짊어져 날랐고, 가끔은 양팔 겨드랑이 사이에 죽은 소나무를 끼고 끌어서 집으로 가져오기도 했다. 한창때가 지난 숲 속의 낡은 울타리는 집으로 끌고 와 땔감으로 쓰는 데 제격이었다. 이제 테르미누스를 숭배할 시기는 지났으니 나는 그 울타리를 불카누스에게 바쳤다.[12] 눈 속을 헤치고 숲 속으로 가 저녁을 짓기 위한 땔감을 마련해 온, 아니 훔쳐 온[13] 사람의 저녁 식사는 훨씬 흥미롭지 않은가! 그가 먹는 빵과 고기는 달콤하다. 우리 마을의 숲에는 땔감으로 적당한 나무와 죽은 나무들이 널려 있는데 어느 집도 그런 나무로 불을 때지 않는다. 어떤 사람들은 그런 나무를 갖다 쓰면 새로 생긴 숲의 성장을 방해한다고 생각한다. 호수에 떠다니는 나무도 많이 있다. 나는 여름에 껍질이 그대로 붙어 있는 소나무로 된 뗏목을 발견했는데 철로를 건설할 때 아일랜드인들이 소나무를 연결해 고정시켜 만든 뗏목이었다. 나는 이 뗏목을 호숫가로 끌고 왔다. 2년 동안 물속에 잠겨 있었고 여섯 달 동안 물 위에 떠 있었던 그 뗏목은, 속속들이 물에 흠뻑 젖어 이제 완전히 마르지 않는 지경에 이르렀지만 아주 멀쩡했다. 어느 겨울날 나는 길이가 15피트 정도 되는 뗏목의 통나무를 한쪽 끝은 얼음 위에 끌리게 하고 다른 한쪽 끝은 어깨에 메고 밀면서 하나씩 호수 건너편으로 옮기며 즐거운 시간을 보냈다. 때로는 자작나무 잔가지로 몇 개의 통나무를 묶고 끝에 고리가 달린 긴 자작나무나 오리나무를 걸어 끌고 호수를 건너기도 했다. 완전히 침수되어 납덩이처럼 무거웠지만 이 통나무들은 뜨거운 불길을 만들며 오랫동안 탔다. 아니, 오히려 물에 흠뻑 젖었기 때문에 잘 탔을 것이다. 물을 흠뻑 머금은 송진이 더 오래 등불을 밝히듯이 말이다.

길핀은 숲에 인접한 지역에 사는 거주자들에 대해 "숲에 무단 침입 하거나 숲 어귀에 집과 울타리를 세우는 것은 삼림법 위반이며, 이는 숲을 해치고 동물들을 위협하는 행위이므로 공유지 침해법에 따라 엄중한 처벌을 받았다"[14]라고 기술하고 있다. 나는 사냥이나 벌목보다는 사슴과 초목을 보존하는 데 더 관심이 있었기에 스스로 숲의 감독관 역할을 했다. 나는 숲이 불타면 (실수로 내가 조금 태우기도 했지만) 땅주인보다 더 안타까워했다. 아니, 땅주인이 숲을 베어낼 때 아주 가슴 아파했다. 우리 마을 농부들은 숲을 베어낼 때 고대 로마인들이 느꼈던 경외심을 느꼈으리라. 고대 로마인들은 나무를 베어내 성스러운 어린 숲이 햇빛에 노출되면 성역을 침범했다고 여기고 속죄하는 의미에서 신에게 제물을 바치고 기도를 했다. 이 숲을 관장하는 신이시여, 나와 내 가족과 자손들에게 자비를 베푸소서.

지금 이 시대, 신생국인 이 나라에서조차도 금보다 나무에 더 영구적이고 보편적인 가치가 부여된다는 것은 놀라운 사실이다. 그동안 수많은 발견과 발명이 이루어졌지만 그 누구도 장작더미를 예사롭게 지나치지 않는다. 우리의 조상인 색슨족과 노르만족에게 나무가 귀중했듯 우리에게도 마찬가지다. 조상들이 나무로 활을 만들었다면 우리는 그것으로 총의 개머리판을 만든다. 30년 전 미쇼가 다음과 같이 말했다. "이 거대한 도시 파리는 매년 30만 코드[15] 이상의 나무를 소비하고 300마일 너머까지 경작지로 둘러싸여 있다. 그런데도 뉴욕이나 필라델피아에서 땔감으로 쓰는 나무의 값이 파리에서 파는 최상급 나무의 값과 거의 같거나 때로 능가한다."[16] 우리 마을에서는 목재값이 꾸준히 오르고 있기 때문에 지난해보다 올해 얼마나 올랐는지가 사람들의 유일한 관심사다. 기계공과 상인들은 목재 경매에 참석하기 위해 직접 숲을 찾고 벌목꾼들 뒤꽁무니를 따라다니며, 나무를 줍는 특권을 누리기 위해 높은 대가를 지불하기도 한다. 사람들은 오래전부터 땔감을 마련하고 예술작품을 창조하는 데 필요한 재료를 얻기 위해 숲에 의존해 왔다. 뉴잉글랜드인들과 뉴네덜란드인들, 파리

시민들과 켈트족, 농부와 의적 로빈 후드, 구디 블레이크와 해리 길,[17] 세계 도처에 사는 군주와 농부, 학자와 야만인 등 누구나 여전히 숲에서 자라는 나무로 불을 지피고 몸을 녹이고 요리를 한다. 나도 예외는 아니다.

누구나 장작더미를 따뜻한 눈길로 바라본다. 나는 장작더미를 창가에 놓아두길 좋아했다. 나뭇조각이 많을수록 장작을 마련할 때 느끼는 즐거움을 더 잘 상기시켜 준다. 나는 주인 없는 낡은 도끼를 하나 구했는데, 겨울이면 콩밭에서 가져온 나무 그루터기를 집 주변의 양지 바른 곳에서 이 도끼로 패곤 했다. 쟁기질할 때 내 쟁기를 모는 이가 예언했듯이 나무는 내 몸을 두 번 녹여 주었다. 한 번은 장작을 팰 때 몸에 열이 나면서 후끈해졌고, 또 한 번은 난로에서 장작이 제 몸을 불살라 내 몸을 녹여 주었다. 그러니 이보다 더 많은 열을 뿜어내는 땔감이 있겠는가. 도끼로 말하자면 사람들은 내게 도끼를 대장장이에게 가져가 날을 벼리라고 말했다. 그러나 나는 도끼날을 직접 벼렸고, 숲에서 구한 히커리를 도낏자루로 달아 제 구실을 하게 만들었다. 날이 좀 무딘 듯했지만 그래도 도낏자루는 단단히 매달려 있었다.

송진이 그득한 소나무 몇 조각은 땔감으로 요긴하다. 불을 지펴주는 그런 땔감이 아직도 땅속 도처에 숨어 있다는 사실은 참으로 신기하다. 예전에는 소나무가 무성했지만 지금은 헐벗은 언덕 기슭에 답사를 가서 종종 퉁퉁한 소나무 뿌리를 캐냈다. 중심에서 4, 5인치 바깥쪽으로 두꺼운 나무껍질이 나이테를 형성해 비늘처럼 벗겨졌고, 껍질 바로 밑의 연한 백목질은 식물 곰팡이로 변했지만 그 뿌리들은 쪼개지지 않을 정도로 단단했다. 최소한 30~40년은 된 뿌리인데도 속이 썩지 않고 여전히 건강했다. 도끼와 삽으로 이 광산을 파헤쳐 광맥을 따라가면, 쇠기름같이 노란 금맥을 발견했을 때처럼 땅 깊숙이 박힌 뿌리에 닿았다. 그러나 보통 나는 눈이 내리기 전에 숲에서 주워 와 헛간에 저장해 둔 낙엽으로 불을 지폈다. 잘 쪼갠 녹색 히커리는 나무꾼이 숲 속에서 야영할 때 좋은 땔감 역할을 했다. 나도 가끔 이 녹색 히커리를 구했다. 지평선 너머로 마을 인가의 굴뚝에서 연기가 피어오르는 모습이 보이면 나도 굴뚝에 연기를 피워 내가 아직 깨어 있다는 사실을 월든 골짜기에 사는 야생동물들에게 알렸다.

이카로스의 새여,
새털처럼 가벼운 날개로
높이 솟아올라
날개 끝을 녹이는구나.
노래하지 않는 종달새여,
여명의 전령이여,
작은 마을을 네 둥지마냥 맴도는구나.
혹은 사라져가는 꿈처럼
한밤중의 어렴풋한 그림자처럼
치맛자락을 걷어 올리는구나.
밤에는 별을 가리고
낮에는 해를 가려 빛을 어둡게 하는구나.
나의 향불이여,
이 화로에서 높이 날아올라 신이 있는 곳에 당도하거든
이 맑은 불길을 용서해 달라고 하려무나.

방금 베어낸 녹색 나무는 땔감으로 그리 많이 쓰지는 않았지만 그 어느 땔감보다도 잘 탔다. 나는 가끔 잘 타고 있는 불을 끄지 않고 그대로 둔 채 겨울 오후의 숲으로 산책을 나가기도 했다. 그리고 서너 시간 후 돌아와 보면 여전히 활활 타고 있었다. 내가 집에 없어도 빈집 같지 않았다. 마치 명랑한 하인을 두고 외출했다가 돌아온 듯했다. 그 집에는 나와 내 하인인 불이 함께 살고 있었다. 이 하인은 대개는 믿을 만했다. 그런데 어느 날 장작을 패다가 문득 혹시 집에 불이 붙지는 않았는지 창문으로 들여다보고 싶은 생각이 들었다. 내 기억으로는 그때가 유일하게 집에 불이 붙은 것은 아닌지 유난히 걱정되었던 때다. 그래서 창문을 들여다보았더니 불꽃이 침대로 튀어 타고 있었다. 나는 곧장 집 안으로 들어가 불을 껐는데 침대에 손바닥만 한 크기의 탄 자국이 남았다. 그러나 내 집은 햇볕이 잘 들고 아늑한 곳에 위치한 데다 지붕도 야트막해서 겨울에 외출할 때 불을 끄고 나갔다가 돌아와도 실내의 온기에는 별 차이가 없었다.

내 지하 저장고에는 두더지가 둥지를 틀었다. 이 두더지는 내가 회반죽 칠을 한 후 남은 반죽과 갈색 종이로 아늑한 침대까지 만들었고 저장해 둔 감자 세 개 중 하나를 갉아 먹고 있었다. 가장 야생적인 동물조차도 사람과 마찬가지로 안락하고 따뜻한 안식처를 좋아했다. 그리고 이 동물들도 정성 들여 안락하고 따뜻한 안식처를 마련하기 때문에 겨울을 날 수 있다. 내 친구들 몇몇은 내가 숲에서 살면 얼어 죽을 듯이 호들갑을 떨었다. 동물은 아늑한 장소에 자기 몸을 녹일 침대만 마련한다. 그러나 인간은 불을 발견한 이래 널찍한 공간에 공기를 가두어 데운 후 그곳을 자신의 침대로 만들고 거추장스러운 옷을 벗어 던지고 실내를 돌아다니며 한겨울에도 여름처럼 지낸다. 창문을 통해 빛이 들어오지만 등불을 밝혀 낮의 길이를 늘린다. 이렇게 사람은 자신의 본능이 요구하는 것보다 한두 발짝 더 나아가서는 예술에 투자할 시간을 번다. 하기는 내가 오랜 시간 격렬한 폭풍에 노출되었을 때 몸 전체가 마비되기 시작했는데, 집에 도착해 안락한 실내에서 몸을 녹이고서 곧 회복한 적이 있다. 그러나 이 점에 관한 한 우리는 호화롭게 지은 집에 산다고 해서 우쭐댈 것도 없고 인류가 마침내 어떤 식으로 파멸을 맞을 것인지에 대해 추측하려고 애쓸 필요도 없다. 북쪽에서 조금만 돌풍이 불어도 인간의 명줄은 쉽게 끊어져 버리리라. 우리는 얼어붙은 금요일도, 대폭설[18]도 견뎌 냈지만 그보다 조금 더 춥거나 조금 더 눈이 오면 지구상에서 인류의 존재는 종지부를 찍게 되리라.

숲에 있는 나무가 몽땅 내 차지는 아니므로 나무를 절약하기 위해서 그다음 해 겨울에는 작은 요리용 난로로 난방을 했다. 그러나 개방된 벽난로만큼 불이 오래가지 않았다. 또한 요리용 난로로 요리하니 운치가 덜했고 요리가 단순히 기계적인 연금술처럼 되어버렸다. 이제 모두 난로를 사용해 요리를 하니 예전에 우리가 인디언의 방식을 따라 타는 재 속에 감자를 굽곤 했다는 사실은 곧 잊히리라. 요리용 난로는 공간을 차지하고 집 안에 냄새를 풍겼을 뿐 아니라 불이 가려져서 보이지 않았기 때문에 친구를 잃은 기분이 들었다. 불을 들여다보고 있으면 얼굴이 보인다. 노동자는 저녁에 불을 들여다보면서 낮 동안 쌓인 세속적인 생각의 불순물들을 정화한다. 그러나 벽난로를 지피지 않으니 이제 더 이상 난로 앞에 앉아 불을 들여다보지 못한다. 한 시인의 시가 새삼 가슴에 와 닿았다.

"밝게 타오르는 불길이여 나를 저버리지 말지어다.

너는 내 삶의 모습을 하고 나와 감정을 공유한다.

너는 눈부시게 솟구치는 내 희망과 다르지 않고

밤이면 심연으로 가라앉는 내 운명과 다르지 않다.

모두에게 환영받고 사랑받는 그대여,
어찌 우리의 가정과 공회당에서 사라졌는가?
그대의 존재가 너무도 눈부셔
평범하고 희미한 우리 삶의 빛과 어울리지 않았는가?
너의 밝은 빛은 우리의 영혼과 교감하여
신비로운 대화를 나누고
대담한 비밀을 주고받지 않았는가?
이제 노변(爐邊)에 앉아 있으니
우리는 안전하고 강인하다.
어두운 그림자도 어른대지 않고,
우리를 위로하거나 슬프게 하는 것도 없고,
그저 우리의 손발을 녹여주는 불이 타오르니
더 이상 열망하는 바도 없다.
아담하고 요긴한 난로 곁에서
현재는 자리를 잡고 잠이 들 수도 있으리라.
어두운 과거로부터 찾아와
꺼져가는 장작불 곁에서 우리와 대화를 나눈
망령에 대한 두려움을 떨쳐 낼 수 있으리라." 19)

이전에 숲 속에 살던 주민들 그리고 겨울 방문객들

　나는 몇 차례의 눈보라를 꿋꿋하게 견뎌냈고, 부엉이도 입을 다물 만큼 눈이 세차게 휘몰아칠 때는 난롯가에서 아늑한 겨울 저녁을 즐겼다. 나는 가끔 나무를 베어 마을로 끌고 가는 이들 외에는 한동안 아무도 만나지 못했다. 그러나 숲 속의 눈이 수북이 쌓인 곳에 길을 내야겠다는 생각이 들었다. 내가 지나간 자취를 따라 바람에 불려 온 떡갈나무 잎이 쌓였고, 나뭇잎들이 햇빛을 흡수하면서 눈을 녹여 발이 눈에 젖지 않고도 걸을 수 있는 길이 생겼다. 뿐만 아니라 밤에는 낙엽이 만든 검은 띠가 길을 안내하는 역할을 했다. 나는 전에 이 숲에 살았던 이들을 불러내어 사귀어 볼까 한다. 지금 내 집이 서 있는 곳 가까이에 있는 도로가 그때 당시 주민의 웃음소리와 뒷공론으로 떠들썩했고, 길에 인접한 숲 속은 지금보다 나무들이 훨씬 빽빽이 둘러싸고 있었겠지만, 주민들의 아담한 정원과 집들이 여기저기 자리하고 있었음을 상당히 많은 마을 사람들이 기억하리라. 내 기억으로도 마차가 지나갈 때 마차의 양쪽이 긁힐 만큼 소나무들이 빽빽이 들어서 있었고, 링컨 지역으로 가기 위해 그 길을 혼자 걸어가야 하는 여성들과 아이들은 겁이 나서 한참을 달렸다. 이웃 마을로 가는 그저 평범한 길이고 나무꾼이 관심을 가질 만한 길도 아니지만 한때는 지금보다 가지각색의 구경거리가 많아 길 가는 이를 즐겁게 했고 행인의 기억에 오래 남았다. 지금은 마을에서 숲까지 펼쳐져 있는 들판이 그때는 늪지대였고, 그 위에 통나무를 놓아 통행이 가능하도록 했었다. 그 통나무들의 자취가 먼지 이는 도로 밑에 아직도 남아 있으며 그 도로는 이제는 빈민 구제원이 된 스트래튼 가(家) 소유지에서 브리스터스 힐까지 뻗어 있다.

내 콩밭의 동쪽으로 길 건너편에 콩코드 출신 변호사인 덩컨 잉그램 씨의 노예 케이토 잉그램(Cato Ingraham)이 살았다. 잉그램 씨는 자기 노예에게 집을 지어주었고 월든 숲 속에 살도록 허락했다. 우티카의 카토가 아니라 콩코드의 케이토인 셈이다.[1] 어떤 이들은 노예 잉그램이 기니 출신의 흑인이었다고 말한다. 그가 호두나무숲 한 귀퉁이를 차지하고 살았다는 사실을 기억하는 사람은 아주 소수에 불과하다. 케이토는 자기가 나이 들면 요긴하게 쓰려고 호두나무들이 자라도록 그냥 내버려 두었다. 그러나 케이토보다 젊고 피부색이 옅은 투기꾼이 그곳을 차지해 버렸다. 그러나 그 투기꾼도 이제는 케이토와 마찬가지로 이 세상 사람이 아니다. 절반쯤 사라진 케이토의 지하실 구덩이는 여전히 남아 있으나 이를 아는 사람은 거의 없고, 주위에 늘어선 소나무에 가려져 있어 지나는 이의 눈에 띄지 않는다. 그곳에는 지금 부드러운 옻나무가 들어섰으며 가장 오래된 메역취 종류가 무성하게 자라고 있다.

내 밭 귀퉁이 근처, 마을과 훨씬 가까운 위치에 흑인 아낙네 질파가 사는 작은 집이 있었는데 그녀는 마을 사람들을 위해 베를 짜면서 귀가 번쩍 띄게 할 정도로 우렁찬 목소리로 비명을 지르듯 노래를 불러 월든 숲을 쩌렁쩌렁 울리게 했다. 1812년 전쟁[2] 때 그녀가 집을 비운 사이 영국 군인들과 가석방된 죄수들이 집에 불을 질러 그녀가 기르던 고양이와 개, 암탉들이 집과 함께 남김없이 다 타버렸다. 그녀는 고되고 비천한 삶을 살았다. 이 숲을 자주 찾았던 한 노인은 정오쯤 그 집 앞을 지나갈 때 그녀가 물이 끓는 냄비에 대고 혼잣말로 "너는 뼈밖에 안 남았구나, 뼈밖에 안 남았어!" 하고 중얼거리는 소리를 들었다고 한다. 나는 그곳 떡갈나무숲 속에서 남아 있는 벽돌을 본 적이 있다.

길을 따라 내려가다 오른쪽으로 브리스터스 힐에는, 한때 커밍스 변호사의 노예였고 '손재주 좋은 흑인'이라고 불리던 브리스터 프리먼이 살았는데, 그가 심고 가꾼 사과나무가 아직도 자라고 있다. 이제는 고목이지만 열매를 맛보니 여전히 상큼했다. 얼마 전 링컨 지역에 있는 오래된 묘지에서 그의 묘비명을 읽었다. 그의 묘석은 콩코드 전투에서 후퇴하다 전사한 영국 병사들이 묻힌, 표식 없는 무덤 근처에 약간 기울어진 채 서 있었다. 묘석에는 마치 이제는 죽어서 피부색이 바랬다는 듯 '피부색이 검었던 사람, 시피오 브리스터(Sippio Brister)'라고 새겨져 있다. 스키피오 아프리카누스[3]와 비슷한 것이, 마치 귀족의 이름 같다. 묘비명을 보면 특히 그가 사망한 때가 눈에 띄는데, 이는 그가 한때 이 세상에 존재했다는 사실을 간접적으로 말해 줄 뿐이다. 그는 다정한 아내 펜다와 함께 살았는데 점쟁이인 그녀는 몸집이 크고 둥글둥글하고 피부색이 칠흑같이 검었다. 콩코드에 그녀처럼 검은 태양이 솟은 적은 한 번도 없었다.

언덕 아래로 한참 내려오면 왼쪽으로 숲 속에 오래된 길이 있는데 그곳에는 스트래튼 집안 소유의 농가 흔적이 남아 있다. 스트래튼가의 과수원은 한때 브리스터스 힐 전체를 뒤덮었으나 과수들은 오래전에 소나무에 밀려나 죽어버렸다. 그래도 몇 개 남은 그루터기의 뿌리는 마을로 옮겨 심어져 무성하게 잘 자라고 있다.

마을로 더 가까이 오면 길 맞은편 숲 어귀에 있는 브리드[4]의 집에 다다른다. 이곳은 옛날 신화에서 이름이 분명히 밝혀지지 않은 악마가 장난을 치는 장소로 유명한데, 이 악마는 뉴잉글랜드 지역 신화에 나오는 다른 누구 못지않게 유명한 인물로, 언젠가는 그에 대한 전기가 쓰여야 하리라. 그는 친구나 일꾼으로 변장하고 와서는 온 가족을 강탈하고 살해한다. 그 이름은 바로 뉴잉글랜드의 럼주다.[5] 그러나 이 장소에서 비극이 발생했다고 역사에 기록하기는 아직 이르다. 시간이 지나면 슬픔이 누그러지고 비극은 담청색을 띤다. 가장 모호하고 미덥지 않은 이야기지만 여기에 한때 선술집이 있었다고도 한다. 우물은 지금도 여전하다. 이곳에서 나그네들은 갈증을 해소하고 말의 원기를 회복시켜 주었다. 그리고 서로 안부를 묻고 소식을 주고받은 후 다시 각자 갈 길을 갔다.

브리드의 오두막은 지어진 지 12년밖에 안 됐지만 오랫동안 비어 있었다. 크기는 내 집 정도 된다. 듣기로는 선거가 치러지던 어느 날 장난꾸러기 사내아이들이 그 오두막에 불을 질렀다고 한다. 그때 나는 마을 어귀에 살았고 대버넌트의 『곤디버트』[6]에 푹 빠져 있었다. 그 겨울에 나는 기면증[7]에 시달렸는데 그 이유는 집안 내력일지도 모르고 차머스[8]의 『영시 모음집』을 독파하려다 그랬는지도 몰랐다. 나에게는 친척 아저씨 한 분이 계시는데 이분은 면도하다가도 잠드는가 하면, 안식일 날 깨어 있으려고 일요일이면 지하실에서 감자에 난 싹을 없애며 잠을 쫓기도 했다. 나의 네르비[9]도 졸음 앞에서는 역부족이었다. 졸음을 못 이기고

책 속에 얼굴을 파묻으려는 찰나 소방차가 경적을 울리며 꽁지에
불이 난 듯이 지나가는 바람에 번쩍 정신이 들었다. 소방차보다
앞서 가던 사람들은 모두 질주하는 소방차를 피해 뿔뿔이 흩어졌
고 개울을 건너 지름길로 간 나는 그 무리의 선두에 서게 되었다.
우리는 화재 현장이 숲 너머 훨씬 남쪽이라고 생각했다. 예전에
가축우리며, 상점이며, 가정집이며 할 것 없이 불이 난 곳이면 어
디든지 달려가 본 경험이 있는 우리는 불난 곳을 추측하느라 바
빴다. 한 사람이 "베이커 씨 외양간이다"라고 소리치면 또 한 사
람이 "코드먼 저택이다"라고 응수했다. 그러자 마치 지붕이 내려
앉은 것처럼 숲 위로 불꽃이 튀어 올랐고 우리는 일제히 "콩코드
를 구하러 가자!" 하고 소리쳤다. 폭삭 주저앉을 정도로 짐을 실
은 마차가 지구 끝까지라도 갈 작정인 미들섹스 상호 보험회사의
직원을 싣고 맹렬한 속도로 질주하며 지나갔다. 곧 소방차가 경
적을 울리며 뒤를 따랐고, 후에 안 일이지만 이 소동의 행렬 맨
뒤에는 불을 질러서 온 마을을 놀라게 한 장본인들이 뒤따랐다고
한다. 그렇게 우리는 감각을 통해 느끼는 증거를 묵살하고 진정
한 이상주의자들처럼 가던 길을 계속 갔다. 그러다 길모퉁이에
다다르자 탁탁 불꽃이 타는 소리가 들렸고 화재로 인한 열기가
모퉁이 벽 너머로 느껴졌다. 그때 비로소 우리는 화재 현장에 도
착했다는 사실을 깨달았다. 화재 현장에 너무 가까이 있다는 사
실이 오히려 흥분을 가라앉혔다. 처음에는 개구리가 사는 연못의
물을 통째로 갖다 부을까도 생각했지만 그냥 타도록 내버려 두기
로 했다. 이미 불길이 너무 번져 소용없는 짓 같았기 때문이다.
그래서 우리는 소방차 주위에 둘러서서 서로 밀치며 큰 소리로
법석을 떨거나 나지막한 목소리로 바스콤 상점의 화재를 포함해
세계적인 대화재를 떠올리며 두런거렸다. 그리고 수동 소방 펌프

에다 개구리 연못의 물까지 더한다면 이 세계적인 대화재[10]를 홍수[11]로 바꿔놓을 수도 있겠다고 웅성거렸다. 마침내 우리는 아무런 짓궂은 짓도 하지 않고 얌전히 화재 현장을 떠났고 나는 다시 기면증에 시달리면서 『곤디버트』에 파묻혔다. 『곤디버트』 얘기가 나와서 말인데 나 같으면 서문에 있는, 재치는 영혼에 불꽃을 일으키는 화약이라는 구절을 빼버리겠다. "그러나 인디언이 화약을 모르듯이 대부분의 인간들은 재치를 모른다."

다음 날 밤 나는 우연히 전날 불이 난 시각과 같은 시각에 들판을 가로질러 그 길을 걷다가 나지막한 신음 소리를 들었다. 어둠 속을 더듬어 가까이 가보았더니 불이 난 집의 유일한 생존자이자 그 가문의 미덕과 악덕을 모두 물려받을 상속자가 엎드린 채, 지하 저장고 벽 너머로 아직도 이글거리는 잿더미를 바라보며 늘 하던 대로 혼잣말을 중얼거리고 있었다. 그는 여기서 멀리 떨어진 강 근처의 목초지에서 종일 일을 했고 짬이 나자 이곳에 들렀다. 그는 이제 벽돌과 잿더미밖에 없는 지하 저장고 안의 돌 틈새에 마치 보물이라도 숨겨져 있음을 기억해 낸 듯 엎드린 채로 주위를 돌며 들여다보았다. 그리고 불타 사라진 집의 잔해만 물끄러미 바라보고 있었다. 그는 내가 곁에 있다는 사실만으로도 위안을 얻은 듯 차분해졌고 어둠 속에서 우물이 있는 장소로 나를 안내했다. 우물은 타지 않으니 얼마나 다행인가. 그는 한참 동안 우물 벽을 손으로 더듬어 쇠갈고리를 찾은 뒤 그 한쪽 끝에 묵직하게 매달린 방아두레박을 찾아냈다. 자기 아버지가 만들어 설치한 그 방아두레박을 내게 보여주며 예사로운 것이 아니라고 했다. 이제 그에게 남은 것은 방아두레박뿐이었다. 나는 그것을 만져보았고 지금도 거의 매일 그곳을 지날 때마다 보곤 한다. 한 가족의 역사가 그 방아두레박에 담겨 있기 때문이다.

다시 왼쪽으로 우물과 라일락 관목이 자라는 벽이 보이는 벌판에는 너팅과 르 그로스 일가가 살았다. 이제 링컨 마을 쪽으로 방향을 다시 틀자.

앞서 말한 집들이 있는 곳보다 더 숲 속 깊숙이 들어가면 길이 호수와 가장 인접한 곳이 나온다. 도공 와이먼 씨[12]는 여기서 무단으로 거주하면서 마을 사람들에게 그릇을 구워주었고 자손에게 자기 일을 물려주었다. 그는 땅주인이 눈감아 준 덕분에 그곳에서 살았는데 물질적으로 풍족하지는 못했다. 보안관이 종종 세금을 걷으러 왔다가 가져갈 것이 아무것도 없어 허탕을 치곤 했는데 빈손으로 돌아갈 수는 없어서 형식상 압류 딱지를 붙여놓고 갔다. 어느 한여름 날 나는 밭을 일구고 있었는데 수레 가득 도기를 싣고 장으로 가던 남자가 말을 멈추고 와이먼 씨의 아들에 대해 물었다. 그 사람은 오래전 와이먼 씨의 아들에게서 도공의 물레를 샀는데 그의 근황이 궁금하다고 했다. 나는 성서에서 도공의 진흙과 물레에 대해 읽은 적은 있지만, 지금 우리가 사용하는 도자기들은 예전부터 쓰이던 도자기들이 깨지지 않고 전해 내려온 것이거나 조롱박처럼 나무에 주렁주렁 열리는 것인 줄만 알았다. 그런데 예전에 우리 동네에서 흙을 빚는 예술이 행해졌다는 얘기를 듣고는 참으로 기뻤다.

내가 숲으로 오기 전에 마지막으로 이 숲에 살았던 이는 아일랜드인 휴 코일 씨인데(그의 이름 철자를 적기만 해도 코일처럼 혀가 꼬인다)[13] 그는 와이먼 씨 집에 세 들어 살았고 코일 대령이라 불렸다. 들리는 소문에 의하면 워털루 전투[14]에 참전한 군인이었다고 한다. 그가 살아 있다면 전투하는 모습을 한번 보고 싶다. 이곳에서 그는 도랑 파는 일을 해서 생계를 꾸렸다. 나폴레옹은 세인트 헬레나로 망명을 떠났고 코일은 월든 숲으로 유배를 왔다. 그에 관해 내가 아는 것은 모두 비극적인 얘기뿐이다. 그는 세상 경험이 많고 정중하며 예절 바르게 대화할 능력도 있는 사람이었다. 그리고 늘 몸을 떨어 한여름에도 두꺼운 외투를 입었고 얼굴이 불그스레했다. 그는 내가 숲으로 오고 나서 얼마 안 돼 브리스터스 힐 기슭의 길가에서 숨졌기 때문에 잘 아는 이웃은 아니었다. 그의 동료들이 '재수 없는 성'이라고 피한 그의 집이 철거되기 전 나는 그 집을 방문했다. 그의 낡은 옷은 마치 그가 몸을 웅크리고 누워 있는 것처럼 꼬인 채 나무판자 침대 위에 놓여 있었고 부러진 담뱃대는 난로에 놓여 있었지만 샘가에 깨진 그릇은 없었다. 깨진 그릇이 있었다 해도 그의 것은 아니었으리라. 그가 내게 브리스터에 있는 샘에 대해 들어본 적은 있지만 실제로 본 적은 없다고 말했기 때문이다. 바닥에는 다이아몬드, 스페이드, 하트의 킹 등 더러워진 카드 여러 장이 흩어져 있었다. 한밤중처럼 까맣고 전혀 소리 내어 울지도 않는 검은 병아리 한 마리가 르나르[15]를 기다리다가, 자기를 잡으려고 우왕좌왕하는 철거 집행인을 따돌리고 옆집에 보금자리를 마련했다. 집 뒤쪽에는 정원이 있던 흔적이 희미하게 남아 있었다. 집주인이 정원에 씨를 뿌리기는 했지만 격렬히 몸을 떠는 증상 때문에 김을 맨 흔적은 없었고 잡초만 무성한 채 수확기를 맞고 있었다. 그 정원에는 쑥과 들지치가 무성했고 들지치의 씨는 내 옷에 온통 들러붙어 떨어지지 않았다. 집 뒤에는 우드척의 가죽이 펼쳐져 있었는데 아마도 자신의 마지막 워털루 전투에서 그가 얻은 전리품인 듯싶었다. 그러나 그는 따뜻한 모자나 장갑은 쓰지 않았다.

이제는 땅에 묻힌 지하 저장고의 돌과 양지 바른 잔디밭에 자라는 딸기, 여러 종류의 나무딸기, 키 작은 개암나무, 옻나무 등과 땅에 움푹 들어간 흔적만이 이곳에 한때 집이 있었다는 사실을 말해 준다. 굴뚝이 있었던 자리는 소나무와 뒤틀린 떡갈나무가 차지했고 현관의 섬돌이 있던 자리에는 달콤한 향기가 나는 검은 자작나무가 가지를 흔들고 있다. 한때 샘이 솟았던 우물이 파인 자리가 언뜻 보이기도 한다. 그러나 지금은 메마른 풀만 무성하다. 어쩌면 이곳에 마지막으로 살았던 사람이 떠나면서 훗날 다시 자신이 이곳을 찾을 때까지 아무도 발견하지 못하도록 숨겨 둘 요량으로, 잔디 밑의 납작한 돌로 우물을 덮어놓았는지도 모르겠다. 우물을 덮고 떠난다는 것, 이 얼마나 가슴 아픈 일인가. 우물을 덮으면서 눈물이 복받쳐 앞이 흐려졌으리라. 이 지하 저장고 자리는 이제는 버려진 여우 굴처럼 흔적만 남았지만, 한때 인간의 삶으로 북적대고 활기에 넘쳤으며 "운명, 자유 의지, 절대적 예지"[16]가 다양한 형태로 논의됐으리라. 그러나 이 모두로부터 내가 얻을 교훈은 "케이토와 브리스터는 양털을 뽑았다"[17]라는 사실이다. 그럼에도 이 교훈은 그 어떤 유명한 철학 사상 못지않게 미덕을 갖추고 있지 않은가.

문과 상인방(上引枋)과 문지방이 사라진 지 한 세대가 지난 지금도 라일락은 무성하게 자라 봄마다 달콤하고 향기로운 꽃을 피워 길손을 즐겁게 한다. 오래전에 아이들이 고사리 같은 손으로 앞마당에 심고 가꾸었을 이 나무는 이제 새로 자라나는 숲에 자리를 양보하고 초원 후미진 곳에 서 있는, 가문의 마지막 희망이자 유일한 생존자이다. 얼굴이 꼬질꼬질한 아이들은 보잘것없었던 작은 나뭇가지를 집 주위의 그늘진 곳에 심고 매일 물을 주었는데, 이 나뭇가지가 뿌리를 내리고 자신들보다 오래 살아남아 집에 그늘을 드리우는 큰 나무로 성장하리라고는 꿈에도 생각지 못했으리라. 그 아이들이 어른이 되고 나이가 들어 세상을 떠난 지 반세기가 지난 후에도 라일락은 여전히 첫 봄에 피웠던 꽃처럼 아름다운 꽃을 피우고 달콤한 향기를 내뿜으며, 길 가는 외로운 방랑자에게 이제는 희미한 기억 속에 간직한, 자신을 가꾸어 준 아이들의 이야기를 들려준다. 라일락 꽃은 여전히 부드럽고 차분하며 마음을 유쾌하게 해준다.

무언가가 태동할 수도 있었을 이 작은 마을은 왜 쇠락의 길을 걸었고 콩코드는 왜 여전히 건재한가? 왜 천혜(天惠)를 받지 못했는가? 왜 수리권(水利權)을 누리지 못했는가? 깊은 월든 호수와 시원한 브리스터의 샘, 이 마을 사람들은 긴 가뭄에도 신선한 물을 마시고 건강을 유지할 수 있는 특권을 누리지 않고 왜 그저 술잔의 술을 희석시키는 데만 물을 사용했는가? 그들은 보편적으로 술을 좋아하는 족속이었다. 바구니를 짜고 마구간을 청소하는 빗자루를 엮고 바닥 깔개를 만들고, 옥수수를 말리고 물레를 돌려 아마포를 짜고 도기를 굽는 일이 이곳에서 번성할 수도 있지 않았는가? 그리하여 황무지를 장미처럼 피어나게 만들고 수많은 후손들이 조상의 땅을 물려받을 수도 있지 않았는가? 비록 척박한 땅이지만 최소한 저지대처럼 타락의 길을 걷지는 않았으리라. 아! 안타깝게도 이곳에 거주했던 이들을 회상하는 것은 자연경관의 아름다움을 음미하는 데 보탬이 되지 않는구나. 아마도 자연이 나를 최초의 정착자로 삼아 다시 한 번 이곳을 번성하게 할 시도를 해볼지도 모르겠다. 그러면 지난 봄 지어진 내 집이 이 작은 마을에서 가장 오래된 집이 되리라.

지금 내가 집을 지은 자리에 누군가 집을 지었던 적은 없는 걸로 안다. 나는 고대 도시의 유적 위에 새로 세워진 도시에서 살고 싶지 않다. 그런 도시의 건물은 폐허고, 정원은 묘지다. 그런 도시의 토양은 척박하고 저주받았으며 그 도시가 딛고 있는 땅은 제 명을 다하기 전에 파괴되리라. 나보다 앞서 이곳에 살았던 이들은 나의 회상 속에서 다시 살아나 숲 속에 삶을 꾸렸고 나는 그들에 대한 기억을 자장가 삼아 잠이 들었다.

이 겨울에 나를 방문하는 이는 거의 없었다. 눈이 수북이 쌓이면 그 눈을 헤치고 내 집 근처까지 올 엄두를 내는 이가 1, 2주 동안 한 사람도 없을 때도 있었다. 그런 곳에서 나는 초원에 사는 쥐처럼 아늑하게 지냈고, 떠내려온 토사에 묻힌 채 먹이 없이도 오랫동안 살아남았다는 소나 닭처럼 끈질긴 생명력이 내게 있음을 확인했다. 어쩌면 1717년 대폭설 때 구사일생으로 살아났다는 초기 정착자의 가족처럼 살았다고 할 수 있다. 이 가족은 우리 주서튼에 오두막을 짓고 살았는데, 가장이 집을 비운 사이 오두막이 폭설로 완전히 뒤덮였고, 지나가던 인디언이 집을 뒤덮은 눈 사이로 피어오르는 굴뚝 연기를 보고는 그 가족을 구해 줬다고 한다. 그러나 내 주위에는 나의 안전을 걱정해 주는 인디언이 없었고 필요하지도 않았다. 집주인인 내가 집에 있었으니까. 폭설! 듣기만 해도 신명나지 않은가! 폭설이 내리면 농부들은 발이 묶여 수레를 끌고 숲이나 늪지대로 나무를 하러 가지 못했다. 그래서 집 앞에 그늘을 만드는 나무들을 베어서 쓸 수밖에 없었고, 늪지대 표면이 더 단단하게 얼면 바닥에서 10피트 되는 위치의 늪지대 나무들을 베어냈다. 그래서 이듬해 봄에 눈이 녹으면 베어낸 자국이 드러났다.

눈이 많이 쌓이면 도로에서 내 집까지 연결되는 반 마일 정도 되는 길에는 간격이 널찍하고 구불구불한 점선이 생기기도 한다. 날씨가 한결같았던 일주일 동안 나는 그 길을 오갈 때마다 양각기[18]처럼 정확하게 일정한 보폭으로 똑같은 횟수의 걸음을 걸었고(겨울이면 인간은 이렇게 단순하고 반복적인 행동을 하는 존재로 전락한다) 종종 그렇게 만들어놓은 발자국에는 하늘처럼 푸른 물이 고였다. 그러나 날씨 때문에 산책을 못 나가거나 외출을 못한 적은 없다. 나는 아무리 눈이 수북이 쌓여도 종종 그 눈을 꾹꾹 밟으며 8~10마일을 걸어 너도밤나무, 노란 자작나무, 오랫동안 알고 지낸 소나무와 만나기로 한 약속을 어김없이 지켰다. 얼음과 눈의 무게로 가지가 축 늘어지고 윗부분이 뾰족해지면 소나무는 전나무처럼 보였다. 평지에 눈이 거의 2피트가 쌓이고 사냥꾼들마저 겨울 숙소에서 칩거할 때도 나는 가장 높은 언덕 꼭대기로 눈을 헤치며 올라갔다. 한 걸음 한 걸음 내디딜 때마다 새로이 부는 눈보라를 머리에서 털어내고, 때로는 중심을 잃고 허둥대다 넘어져서 손과 무릎으로 기어가기도 했다. 어느 날 오후 나는 대낮인데도 흰 소나무 몸통의 야트막한 위치에 매달린, 죽은 나뭇가지에 앉아 있는 줄무늬올빼미를 바로 코앞에서 관찰하며 즐기고 있었다. 그 올빼미는 내가 움직일 때 내는, 뽀드득 하고 눈 밟는 발소리는 들을 수 있었지만 나를 볼 수는 없었다. 내가 큰 소리를 내면 줄무늬올빼미는 목을 길게 뽑고 목 주위의 깃털을 세우며 눈을 크게 떴다. 그러나 곧 눈꺼풀을 스르르 감고 다시 졸기 시작했다. 올빼미를 30분 정도 지켜보았더니 나도 졸음에 감염되었다. 올빼미는 그렇게 고양이처럼 눈을 반쯤 감은 채 앉아 있었는데 마치 고양이의 날개 달린 형제 같았다. 올빼미는 실눈을 뜬 채로 나와의 관계에 거리를 두고 있었다. 그리고 반쯤 감긴 눈으로 꿈나라에서 현실 세계를 내다보며 자기 시야를 가리고 있는 희미한 물체인 티끌 같은 내가 누군지 파악하려고 애쓰는 듯했다. 갑자기 더 큰 소리를 들었는지 아니면 내가 더 가까이 다가가서 그랬는지 올빼미는 점점 불안해하며 자기 꿈이 방해받아서 짜증난다는 듯 앉은 자리에서 느릿느릿 돌았다. 그리고 마침내 가지에서 날아올라 내가 생각했던 것보다 폭이 훨씬 넓은 날개를 쭉 펼쳐 소리 없이 퍼덕이며 소나무숲 속으로 날아가 버렸다. 그렇게 올빼미는 시각이 아니라 날개 끝의 촉각으로 대낮의 어둠 속을 더듬어 새로운 횃대를 찾은 뒤 그곳에 자리를 잡고 앉아 자신의 하루가 밝아올 때까지 평화롭게 기다리리라.

목초지를 관통하는 철로를 따라 생긴 긴 철둑 길을 걷노라면 살을 에는 바람이 몰아치는데 허허벌판이라 거침없이 불어댄다. 서리가 한쪽 뺨을 때리면 나는 비록 기독교 신자는 아니지만 다른 쪽 뺨도 들이댔다.[19] 브리스터스 힐의 마차가 다니는 길에도 바람이 세차게 불었다. 벌판에서 바람에 날려 다니던 온갖 것들이 월든 호수에 난 길 둑에 쌓이고 마지막으로 지나간 행인이 눈 위에 남긴 발자국이 30분 만에 눈으로 덮여 사라져도 여전히 나는 친절한 인디언처럼 어김없이 마을로 왔다. 마을에서 집으로 돌아갈 때는 눈이 새로 쌓여 허우적거리며 눈을 헤치고 집으로 향했고, 휘몰아치는 북서풍은 가루눈을 길 위에 비스듬히 쏟아부어 토끼나 그보다 더 작은 초원의 쥐가 남긴 발자국도 쓸어 덮어 버렸다. 그래도 나는 한겨울에도 늘 따뜻하고 봄기운이 도는 늪을 발견할 수 있었다. 그 늪에는 잔디와 앉은부채가 상록을 뽐내고 때때로 추위를 견뎌내는 강건한 새들이 봄을 기다리며 겨울을 나고 있었다.

저녁때 산책을 마치고 돌아오면 폭설을 무릅쓰고 내 집에 다녀간 나무꾼이 남긴 깊은 발자국을 가끔 발견했다. 난롯가에는 그가 두고 간 장작더미가 있었고 집 안은 그의 파이프 담배 향기로 가득했다. 혹은 일요일 오후 집에 있을 때 멀리서 숲을 헤치고 마실 온 학식 있는 농부가 눈 위에 뽀드득뽀드득 발자국 내는 소리를 들었다. 우리 마을에서 몇 안 되는, 농지를 소유한 부농 가운데 한 사람인 그가 즐기는 것 중 하나는 한담(閑談)이다. 그는 교수의 예복 대신 작업복을 걸치고, 헛간에서 퇴비를 한 수레 가득 끌고 나오듯이 교회와 주 정부가 지켜야 할 덕목들을 끌어낸다. 우리는 엄동설한에 넉넉히 불을 지피고 맑은 정신으로 난롯가에 앉아 대화를 나누던, 소박하고 꾸밈없던 시절에 대해 얘기했다. 그리고 다른 후식은 제쳐두고 꾀 많은 다람쥐도 오래전에 깨뜨리기를 포기한 견과를 깨문다. 견과는 껍질이 두꺼울수록 실속 없이 알맹이가 비어 있는 경우가 허다하다.[20]

폭설과 매서운 눈보라를 헤치고 가장 멀리서 나를 찾아온 이는 시인이었다.[21] 이런 날씨에는 농부, 사냥꾼, 군인, 언론인, 심지어 철학자도 외출할 엄두를 못 내겠지만 시인을 막을 것은 아무것도 없다. 시인의 행위는 순수한 애정에서 비롯되기 때문이다. 그가 언제 오갈지 아무도 예측하지 못한다. 의사가 잠을 청하는 시간에도 시인은 쉬지 않고 보아야 할 용무가 있다. 우리는 작은 나의 집을 호탕한 웃음과 진지한 대화로 가득 채워 오랫동안 정적에 감싸여 있던 월든 골짜기에 생기를 불어넣었다. 브로드웨이 쪽은 비교적 잠잠하고 인적이 없다. 방금 나눈 대화나 막 시작하려는 농담에 대해 무심코 보이는 반응인 듯한 웃는 소리가 간헐적으로 들린다. 우리는 묽은 죽 한 그릇을 앞에 놓고, 철학을 논할 때 필요한 명민함과 주연(酒宴)의 흥을 동시에 누리면서 인생에 대한 새로운 이론을 수없이 만들어냈다.

호수에서 보낸 지난겨울, 또 한 명의 반가운 손님이 있었다는 사실을 잊지 말아야 한다. 그는 어둠을 헤치고 눈비를 맞아가며 마을을 지나 나를 찾아왔다. 나무 사이로 보이는 등불을 따라 내 집을 찾아왔고 기나긴 겨울 저녁을 나와 보냈다.[22] 코네티컷 출신의 이 손님은 이 세상에 마지막 남은 진정한 철학자 중 한 사람으로, 초기에는 물건을 파는 상인이었으나 후에 생각을 파는 철학자가 되었다. 그리고 아직도 신을 자극하고 인간에게 모욕을 주면서 마치 견과류의 알맹이처럼 단단한 사상의 결실을 맺고 있다. 나는 그가 세상에서 가장 굳은 신념을 가진 사람이라고 생각한다. 그의 언행은 우리가 익히 알고 있는 인간의 보편적인 언행보다 고차원이며, 세월이 흘렀는데도 세상이 변하지 않고 제자리걸음을 한다고 해도 절대 낙담할 줄 모르는 사람이다. 지금은 그다지 주목받지 못하고 있지만 대부분의 사람들이 생각지도 못했던 법칙들이 효력을 발생하여 그의 시대가 도래하면 집안의 가장과 통치자들이 그의 조언을 구하러 오리라.

"평온함을 보지 못하는 이는 눈이 멀었다!"[23]

그는 인류의 진정한 친구요, 인류의 진보에 기여하는 거의 유일한 친구다. 그는 올드 모탤리티[24]처럼 강한 인내심과 흔들리지 않는 믿음을 가졌다. 다른 사람들은 자신이 신의 형상을 본떠 창조됐다는 사실을 망각한 채 훼손되고 삐딱하게 기울어진 기념비처럼 행동할 때, 그는 자신의 몸에 새겨진 신의 형상을 잘 간직한다.[25] 그는 따스한 지성으로 어린이, 걸인, 정신병자, 학자를 차별 없이 모두 포용하고 그들의 생각을 받아들이며 기품과 관용을 더해 준다. 그가 세상에서 사람의 발길이 가장 잦은 곳에 큰 숙소를 운영해서 전 세계에서 온 철학자들이 거기 묵었으면 한다. 숙소의 현판에는 다음과 같이 써서 내걸어야 한다. "인간은 환영하나 동물은 사절이오. 여유롭고 고요한 마음을 지닌 사람, 진심으로 옳은 길을 찾고자 하는 사람은 들어오시오." 나는 그처럼 분별력 있고 편협하지 않으며 초지일관인 사람은 보지 못했다. 어제가 오늘과 같았고 내일도 오늘과 같을 사람이다. 우리는 세상을 뒤로 하고 지난날의 자취를 따라 거닐며 허심탄회하게 대화를 나누었다. 그는 세상에 물들지 않았고 자유롭고 꾸밈없으며 정직하고 순수한 사람이었다. 또한 아름다운 경치를 한층 더 아름답게 만들어 어느 쪽으로 고개를 돌려도 천지가 맞닿은 듯했다. 그의 평온함은 푸른 하늘과 같다. 그에게 어울리는 집은 자신처럼 평온한 드높고 푸른 하늘이요, 그에게 어울리는 옷은 하늘처럼 푸른 색이리라. 그도 여느 사람처럼 죽으리라는 것은 상상하기 어렵다. 그는 자연을 위해 꼭 필요한 존재다.

각자가 마련한 생각의 나무판자가 잘 마르자 우리는 맑고 노란색이 감도는 그 소나무 판자의 나뭇결을 감상하며 칼로 잘 다듬었다. 우리는 아주 부드럽고 조심스럽게 노를 저었기 때문에 생각의 물고기들은 놀라 달아나지 않았고 둑에 있는 낚시꾼을 두려워하지도 않았으며, 진주조개 무리처럼 모였다 흩어지는 서쪽 하늘의 구름과 같이 유유히 헤엄쳤다. 우리는 신화를 수정하고 우화의 모서리를 여기저기 다듬었으며 땅 위에 짓기에는 너무나도 고귀한 성을 하늘에 쌓았다. 보라! 기대하시라! 뉴잉글랜드의 밤을 흥겹게 해준 이와의 대화를! 은자와 철학자와 내가 앞서 언급한 옛 정착자, 우리 세 사람이 나눈 대단히 즐거운 대화가 나의 작은 집에 차고 넘쳤다. 실내에 순환하는 대기의 압력에 우리가 나눈 대화의 무게가 얼마나 더해졌는지 감히 알고 싶지 않다. 넘치는 대화로 집의 이음매가 모두 터지는 바람에 대화가 집 밖으로 새어나가지 못하도록 임시변통으로 뱃밥을 대충 박아 넣어야 했다. 그러나 다행히도 틈새를 매울 뱃밥을 미리 충분히 장만해 놓았다.

나와 더불어 오랫동안 기억에 남을 만큼 뜻깊은 시간을 보낸 이가 또 한 사람[26] 있다. 나는 마을에 가면 그의 집을 방문했고 그도 때때로 내가 잘 지내는지 들여다보기 위해 숲 속으로 찾아왔다. 이 사람들 외에 그곳에서 나와 교류한 사람은 없었다.

숲 속에서 나는 때때로 다른 곳과 마찬가지로 결코 오지 않을 한 손님을 기다렸다. 『비슈누 푸라나』에서 이렇게 말했다. "집주인은 소 한 마리의 젖을 짜는 데 필요한 시간만큼, 원하면 더 오랫동안이라도 저녁 무렵에 정원에 머무르며 손님이 도착하기를 기다려야 한다."[27] 나는 종종 이렇게 손님을 환대할 의무를 거행했고 소 떼 전체의 젖을 짜기에도 충분할 만큼 오랫동안 기다렸지만 마을을 떠나 나의 집으로 다가오는 사람은 보지 못했다.

겨울을 이겨내는 동물들[1]

호수들이 단단하게 얼면 수많은 지점으로 연결되는 여러 개의 지름길이 새로 생길 뿐만 아니라 얼음 위에 서서 보면 익숙한 주위의 풍경도 새롭게 보였다. 나는 플린츠 호수에서 종종 배를 타기도 하고 얼음을 지치기도 했다. 그렇게 내게 익숙한 플린츠 호수도 눈에 뒤덮였을 때 건너보면 뜻밖에도 굉장히 광활하게 느껴지고 야릇한 기분이 들면서 마치 배핀 만(灣)[2]에 와 있는 듯한 생각이 들었다. 눈 덮인 벌판 끝자락에는 링컨 지역의 언덕들이 내 주위를 빙 둘러쌌는데, 생전 처음 와본 듯한 생소한 느낌이 들었다. 얼음 위에서 낚시꾼들이 늑대처럼 생긴 개들과 함께 천천히 움직이는 모습이 보였다. 멀리서 그들을 보면 바다표범잡이나 에스키모로 오인할지도 모를 듯했고, 안개가 자욱한 날에는 전설 속의 동물처럼 보였으며 거인인지 피그미족인지 분간이 가지 않았다. 저녁에 링컨 마을에 강의를 하러 갈 때 플린츠 호수를 가로질러 가면 오두막에서부터 강의할 장소에 도착할 때까지 도로나 인가를 하나도 지나치지 않는다. 구스 호수도 지나는데 그 호수에는 사향뒤쥐 무리가 호수 얼음 위에 오두막을 짓고 살았다. 하지만 내가 호수를 건널 때 집 밖에 나와 있는 사향뒤쥐는 한 마리도 없었다. 월든 호수도 다른 호수들처럼 보통 눈이 쌓이지 않거나, 아주 얇게 여기저기 얼음을 살짝 가릴 정도로만 쌓였다. 그래서 평지에는 거의 2피트의 눈이 쌓여 마을 사람들이 거리에 발이 묶여 오도 가도 못할 때도, 나는 꽁꽁 언 월든 호수 위를 내 집 앞마당처럼 자유롭게 돌아다녔다. 마을과 멀리 떨어져 있고 썰매에 달린 방울 소리도 아주 가끔씩만 들리는 그곳에서 마치 큰 사슴이 노니는 넓은 벌판 위를 달리듯 미끄러지며 얼음을 지쳤다. 머리 위로는 떡갈나무나 소나무 가지가 눈의 무게를 못 견뎌 휘어지고 나뭇가지에 주렁주렁 매달린 고드름이 서로 부딪치며 낭랑한 소리를 냈다.

겨울이면 밤은 물론이거니와 낮에도 아주 멀리서 쓸쓸하고 구성진 부엉이의 울음소리가 들려왔다. 얼어붙은 땅을 현악기의 활로 치면 그런 소리가 날 듯싶었다. 그 울음소리는 월든 호수의 고유한 언어로, 부엉이가 우는 모습을 직접 본 적은 없지만 마침내 나는 그 소리에 익숙해졌다. 겨울 저녁에 문을 열기만 하면 그 소리가 들렸다. 후 후 후 후러 후, 낭랑하게 울려 퍼지는 첫 세 음절은 '하우 더 두'같이 들릴 때도 있었고 때로는 '후 후'만 들릴 때도 있었다. 호수가 얼어붙기 전인 어느 초겨울 밤 9시쯤이었다. 나는 기러기 우는 소리에 놀라 문가로 다가섰다가 날개 퍼덕이는 소리를 들었다. 기러기 떼들이 날개를 퍼덕이며 내 오두막 지붕 위를 낮게 날아가고 있었는데 그 소리가 마치 숲 속에 폭풍우라도 몰아치는 것처럼 들렸다. 그 새들은 내 집에서 새어 나오는 불빛을 보고 호수에 정착하기를 포기한 듯 호수를 지나 페어 헤이븐 쪽으로 날아가고 있었고 함대 사령관처럼 기러기 떼를 이끄는 우두머리는 일정한 간격을 두고 꺼이꺼이 울음소리를 냈다. 그런

데 갑자기 근처에서 이제껏 숲 속에 사는 어느 동물에게서도 들어본 일 없는, 귀를 찢을 듯한 수리부엉이 울음소리가 들렸다. 수리부엉이는 일정한 간격을 두고 기러기의 울음소리에 화답했다. 마치 숲의 본래 주인인 자신이 더 넓은 음역과 성량을 가졌음을 과시하고 캐나다의 허드슨 만에서 온 침입자를 적발하고 모욕을 주어 콩코드 지평선에서 축출해 버리려고 결심한 듯했다. 이 밤 중에 감히 나의 성스러운 요새를 소란스럽게 만들다니 내가 이 시간에 자는 줄 아느냐? 내 폐활량과 목청이 너희들만 못한 줄 아느냐? 부후, 후후, 후후! 나는 이렇게 온몸을 전율하게 하는 불협화음을 들어본 적이 없다. 그러나 아주 예민한 청각을 가진 사람이라면 그 새들의 울음소리에서 지금까지 본 적도 들어본 적도 없는 화음을 감지해 냈으리라.

내가 호숫가에서 가깝게 지낸 절친한 친구, 호수의 얼음이 만들어내는 소리도 들었다. 얼음은 마치 배에 가스가 차거나 악몽을 꾼 듯 침대 위에서 뒤척이며 이리저리 돌아 눕는 소리를 냈다.

혹은 서리가 내려 땅에 금이 가며 갈라지는 소리에 잠을 깨기도 했다. 마치 누군가가 가축 떼를 몰아 오두막 문을 부수려고 할 때 나는 소리 같았고 아침이 되어 나가 보면 땅 위에 길이 4분의 1마일에 넓이 3분의 1인치 정도의 균열이 생겨 있었다.

때때로 여우 울음소리도 들렸다. 달 밝은 밤이면 여우는 자고 새나 다른 먹이를 찾아 딱딱하게 굳은 눈 위를 헤매며 숲 속의 개마냥 악마같이 거칠게 짖어댔는데, 불안에 떠는 듯 혹은 자기 심정을 적절히 표현할 방법을 찾는 듯 빛을 찾아 헤매며, 차라리 완전히 개가 되어 마을 거리를 자유롭게 활보했으면 하는 듯싶었다. 인간이 긴 세월을 지나오면서 문명을 이룩했듯이 짐승들 사이에도 문명이 형성되었을 것 같지 않은가? 짐승들은 마치 늘 경계를 늦추지 않고 동굴 속에 살면서 진화하여 탈바꿈할 날을 기다리고 있는 원시시대의 인간 같았다. 때때로 여우 한 마리가 내 오두막 창문으로 새어나가는 불빛에 이끌려 근처까지 와서 간교한 저주를 퍼붓듯 짖어대다가 물러나기도 했다.

대개는 붉은 다람쥐가 새벽에 나를 깨웠다. 마치 숲 속에서 나를 깨우라는 명령을 받고 온 듯 지붕 위를 뛰어다니고 벽을 오르내렸다. 겨우내 나는 설익은 옥수수 반 양동이 정도를 문 앞에 딱딱하게 언 눈 위에 쏟아놓고 옥수수를 먹는 각종 동물들의 움직임을 재미있게 지켜보기도 했다. 땅거미가 지고 밤이 되면 어김없이 토끼들이 찾아와 푸짐하게 식사를 하고 갔다. 붉은 다람쥐들은 온종일 오락가락하며 교묘한 몸동작으로 나를 즐겁게 해주었다. 다람쥐는 처음에는 키 작은 떡갈나무 사이로 조심스럽게 접근한다. 바람에 날리는 낙엽처럼 한번은 이쪽으로 쪼르르, 다음번에는 저쪽으로 쪼르르, 한 번 움직일 때 2분의 1로드가 넘지 않는 거리를 갈지자로 오락가락하며, 딱딱하게 굳은 눈 위를 뒷발이 안 보일 정도의 놀라운 속도로 활기차게 달려온다. 다람쥐는 마치 내기에서 이겨야 한다는 듯 엄청나게 빠른 속도로 저쪽으로 쪼르르 달려가더니, 갑자기 멈춰 서서 마치 우주에 존재하는 모든 눈동자가 자기를 지켜보고 있다는 듯이 익살스러운 표정을 짓고 뜬금없이 공중제비를 돈다. 다람쥐는 아무도 없는 깊은 숲 속에서 이런 동작들을 보여주지만 무대에서 춤추는 소녀의 몸짓처럼 관중을 의식한 동작들이다. 다람쥐는 동작을 보여주기보다 동작 사이사이에 움직임을 멈추고 골똘히 생각하는 것처럼 보이는 데 더 많은 시간을 소비한다. 그러다가 갑자기 눈 깜짝할 사이에 어린 소나무 꼭대기에 올라가 흥분한 듯 상상 속의 관중들을 상대로 독백을 하기도 하고 전 우주를 상대로 열변을 토하기도 한다. 왜 그런 행동을 하는지 나도 모르고, 다람쥐 자신도 알지 못할 것이다. 마침내 다람쥐는 옥수수가 놓인 곳에 다다른 뒤 마음에 드는 옥수수를 고르고는 창문 앞에 쌓여 있는 장작더미 꼭대기로 주춤주춤하면서 재빠르게 올라가 내 얼굴을 빤히 들여다본다. 다람쥐는 장작 위에 몇 시간이고 머무르며 이따금 새 옥수수를 골라 처음에는 탐욕스럽게 갉아 먹다가 반쯤 먹고는 던져버린다. 그러다 점점 까탈을 부리며 옥수수 낟알 속만 파먹거나 옥수수를 가지고 장난을 친다. 장작 위에서 한 발로 균형 있게 움켜쥐고 있던 옥수수가 부주의하게 땅바닥으로 굴러 떨어지면, 옥수수가 살아 움직이는 건 아닌가 하고 생각하는지, 믿을 수 없다는 듯 우스운 표정을 짓는다. 그러고는 땅에 떨어진 옥수수를 다시 주워 와야 할지, 새것을 먹을지, 그냥 가버릴지 마음을 정하지 못한 채 물끄러미 내려다본다. 다람쥐는 옥수수를 어떻게 할까 생각하다가 귀를 쫑긋 세우고 바람 소리에 귀를 기울인다. 이렇게 염치없는 꼬마 친구는 오전 내내 옥수수 여러 개를 망쳐놓는다. 그러다 마침내 지금까지 건드린 옥수수보다 길고 토실토실하며 자기 몸집보다 훨씬 큰 놈을 호랑이가 물소를 끌고 가듯 부여잡고 기술적으로 균형을 잡으며 숲 속으로 가져간다. 다람쥐는 아까처럼 갈지자로 오락가락하다가 종종 멈춰 서서는, 머리를 긁적이며 옥수수가 너무 무겁지 않은지 생각하다가 직각과 수평의 중간인 대각선으로 옥수수를 놓쳐서 떨어뜨리면서도 끝까지 한 번 가져가 보자고 결심한다. 정말 독특하고 야릇하면서도 재미있는 친구다. 이 친구는 아마도 옥수수를 40~50로드 멀리 있는 자기가 사는 곳까지 가져가서 소나무 꼭대기로 끌고 올라가리라. 그리고 그 후에 숲 속을 찾은 나는 다람쥐가 갉아 먹고 버린 옥수수 속이 사방에 흩어져 있는 광경을 보리라.

아까부터 귀가 찢어질 듯 비명을 지르며 울던 푸른 어치가 마침내 도착한다. 8분의 1마일 밖에서부터 나무에서 나무로 휙휙 옮겨 다니며 은밀하고 조심스럽게 접근해서 다람쥐들이 떨어뜨린 옥수수 알갱이를 줍는다. 그러고는 소나무 가지에 앉아 옥수수 알갱이를 급히 삼키려다 너무 커서 목에 걸리고 만다. 한참을 애쓴 끝에 옥수수 알갱이를 다시 토해 내고 부리로 옥수수 알갱이를 쪼아 부수는 데 한 시간을 소비한다. 푸른 어치들은 도둑처럼 행동하기 때문에 나는 별로 호감을 갖고 있지 않다. 그러나 다람쥐들은 처음에는 주춤주춤하지만 이내 자기 권리를 주장하듯 당당하게 행동을 개시한다.

그 와중에 쇠박새 떼도 찾아왔다. 쇠박새들은 다람쥐가 떨어뜨린 부스러기들을 주운 뒤 가까운 나뭇가지로 날아가, 발톱으로 부스러기를 잡고 마치 나무껍질에 있는 벌레를 쪼듯 작은 부리로 쪼아 가느다란 목에 충분히 들어갈 만한 크기로 부순다. 작은 쇠박새 떼가 매일 찾아와 장작더미 위나 문가에 놓인 부스러기들을 먹으며 희미하게 혀 짧은 소리로 노래를 불렀는데 마치 고드름이 잔디 위에 떨어질 때 나는 소리 같았다. 때로는 활기차게 '데이데이데이' 하고 노래하기도 하고, 따뜻한 날이면 가끔 숲 기슭에서 한여름처럼 '피-비' 하고 노래한다. 쇠박새들은 내가 나르는 장작더미 위에 스스럼없이 앉아 나를 두려워하지도 않고 나무를 쫀다. 한번은 마을 정원을 일구고 있을 때 내 어깨에 잠깐 참새가 앉았는데 그 어떤 명예로운 견장을 달았을 때보다도 나 자신이 자랑스럽고 특별하게 느껴졌다. 다람쥐도 마침내 나와 스스럼없는 사이가 되어 이따금 지름길이다 싶으면 내 신발 위를 밟고 지나가기도 했다.

눈이 많이 쌓이지 않은 초겨울이나 아직 새싹이 돋아나지 않은 겨울 끝 무렵이라도 남쪽 언덕 기슭과 장작더미에 쌓인 눈이 녹으면 자고새가 아침저녁으로 모이를 먹으러 숲에서 나왔다. 숲 속 여기저기서 갑자기 날개를 퍼덕이며 휙 날아가다가 마른 나뭇잎이 매달린 나뭇가지와 부딪치면 가지에 쌓인 눈이 햇빛을 받아 황금 가루처럼 흩어졌다. 이 용감한 새는 추운 겨울을 두려워하지 않았다. 자고새는 종종 바람에 날려 온 눈을 뒤집어쓰기 예사였는데 가끔 부드러운 눈 속으로 날아들어 하루 이틀 눈 속에 숨어 지낸다는 얘기도 있다. 해 질 무렵 자고새들이 능금나무의 싹을 먹으러 숲에서 들판으로 나오면 나는 그 새들을 놀라게 하곤 했다. 자고새들은 매일 저녁 어김없이 같은 나무를 찾아오기 때문에 꾀 많은 사냥꾼들은 잠복한 채 새들이 오기를 기다린다. 덕분에 숲에서 멀리 있는 과수원은 피해를 거의 보지 않는다. 어쨌든 자고새가 먹이를 먹을 수 있다니 다행이다. 자고새는 새싹과 식물의 즙만 먹고 사니 그야말로 자연의 새인 것이다.

아직 어둑어둑한 겨울 아침이나 해가 짧은 겨울 오후에는 가끔 사냥개 무리가 사냥감을 추적하는 본능을 거역하지 못하고 온 숲을 샅샅이 탐색하면서 울부짖는 소리가 들렸다. 수렵용 나팔 소리도 간헐적으로 들리는 것으로 봐서 사냥꾼이 뒤따르고 있는 듯했다. 숲 속에 다시 나팔 소리가 울려 퍼지는데 사냥개에 쫓겨서 들판으로 튀어나오는 여우도, 악타이온[3]의 뒤를 추적하는 사냥개 무리도 보이지 않는다. 저녁 무렵 사냥한 여우를 썰매에 싣고 여우 꼬리를 땅바닥에 끌면서 돌아오는 사냥꾼들이 보인다. 그들은 하룻밤 묵어갈 곳을 찾고 있다. 사냥꾼들에 따르면 여우가 언 땅 깊숙이 몸을 숨기고 있으면 안전하다고 한다. 또 여우가 멈추지 않고 달아나면 사냥개도 따라잡지 못한다고 한다. 그러나 여우는 추적자들을 멀리 따돌린 후 멈춰 서서 추적자들이 가까워질 때까지 귀를 쫑긋 세우고 휴식을 취하기도 하고, 빙빙 원을 그리면서 여우 굴로 달려간다. 이를 아는 사냥꾼들은 미리 여우 굴에서 기다린다. 그러나 때때로 여우는 몇 로드나 되는 높이의 벽을 뛰어넘기도 하고 물을 건너기도 한다. 아마도 이렇게 하면 사냥개들이 자기 냄새를 추적하지 못한다는 사실을 아는 듯하다. 한 사냥꾼에 따르면 한번은 사냥개들에게 쫓겨 월든 호숫가로 내몰린 여우 한 마리가, 군데군데 웅덩이가 있는 호수 얼음 위를 얼마간 가로질러 가다가 다시 호숫가로 되돌아오는 꾀를 부렸다고 한다. 얼마 지나지 않아 여우가 발길을 돌린 지점에 사냥개들이 도착했지만 어디로 가야 할지 몰라 우왕좌왕했다고 한다. 가끔 사냥개 무리가 내 집 주위를 돌면서 미친 듯이 짖어댔는데, 아무것도 이들의 추적을 막지 못할 것 같았다. 사냥개들은 뒤쫓던 여우의 자취를 다시 감지할 때까지 그렇게 내 집 주위를 돈다. 영리한 사냥개는 만사 제쳐놓고 집요하게 여우의 흔적을 찾으리라. 어느 날 렉싱턴 마을에서 온 남자가 내 오두막에 와서, 숲 속에 흔적을 남기며 혼자 일주일째 사냥을 하고 있는 자기 사냥개를 보았는지 물었다. 그러나 그는 내 대답을 제대로 듣지 못했을 것이다. 내가 그의 질문에 대답하려 할 때마다 말을 끊고 끼어들어서는 "여기서 뭘 하시오?" 라고 물었기 때문이다. 그는 개를 잃었지만 자기 호기심을 불러일으키는 사람을 한 명 발견했다.

말투가 퉁명스러운 늙은 사냥꾼 한 사람이 있다. 그는 1년에 한 번, 월든 호수가 가장 따뜻할 때 와서 헤엄을 치는데 그럴 때마다 내가 잘 지내는지 찾아와서 보곤 했다. 그는 내게 이런 이야기를 들려주었다. 수년 전 어느 날 오후, 그는 총을 메고 월든 숲을 돌아다니고 있었다. 웨이랜드 길을 걷는데 사냥개 짖는 소리가 점점 가까이 들렸다. 곧 여우가 둑을 넘어 길을 건너더니 다시 반대편 둑을 넘어 길을 벗어나 달아났다. 그는 재빨리 총을 쏘았지만 빗나갔고, 조금 뒤쪽에서 사냥개 한 마리가 새끼 세 마리를 이끌고 맹렬히 여우를 뒤쫓아 다시 숲 속으로 사라졌다. 그날 오후 늦게 그 사냥꾼은 월든 서쪽의 울창한 숲에서 쉬다가 멀리 페어 헤이븐 쪽에서 아직도 여우를 뒤쫓는 사냥개들이 짖는 소리를 들었다. 사냥개 짖는 소리는 처음에는 웰 메도 근처에서 들리더니, 곧 베이커 농장 쪽에서 들렸고 점점 가까워지기 시작했다. 그는 오랫동안 가만히 서서 귀를 기울였다. 사냥개 짖는 소리가 달콤한 음악처럼 들렸던 것이다. 그때 갑자기 여우가 나타났고 여유 있는 보폭으로 길을 누비듯이 지나갔다. 나뭇잎은 쫓기는 여우가 안타까운 듯 바스락거리는 소리를 내어 여우의 발소리를 묻어주었다. 여우는 날렵하고 가볍게 앞서 나가며 추적자들을 멀리 따돌렸다. 그리고 숲 속에 있는 바위로 뛰어오르더니 사냥꾼에게 등을 향한 채 몸을 꼿꼿이 세우고 귀를 쫑긋 기울였다. 사냥꾼은 잠시 여우가 측은한 생각이 들어 방아쇠를 당기고 싶은 마음을 억눌렀다. 그러나 그런 생각은 곧 사라졌고 재빨리 총을 겨누고 방아쇠를 당겼다. 탕! 여우가 바위에서 굴러 떨어지더니 땅바닥에 쓰러졌다. 사냥꾼은 여전히 가만히 서서 사냥개들이 짖는 소리에 귀를 기울였다. 사냥개들은 아직도 근처 숲에 난 길을 샅샅이 뒤지며 악마같이 울부짖고 있었다. 마침내 늙은 사냥개가 땅바닥에 주둥이를 대고 뭔가에 홀린 듯 콧김을 킁킁 내뿜으며 나타났고 곧장 바위 쪽으로 달려갔다. 그러나 죽은 여우를 발견하고는 놀라서 멍해진 듯 갑자기 추적하던 행동을 멈추고 조용히 여우 주위를 맴돌았다. 그 사냥개의 뒤를 이어 새끼들이 하나씩 나타났고 새끼들도 얼떨떨한 듯 잠자코 있었다. 그때 사냥꾼이 나타나 사냥개들 사이에 떡 버티고 섰고 마침내 사냥개들의 궁금

중이 풀렸다. 사냥꾼이 여우의 가죽을 벗기는 동안 사냥개들은 조용히 기다렸고 한동안 여우 꼬리를 졸졸 따라다니더니 마침내 다시 숲 속으로 돌아가 버렸다. 그날 저녁 웨스턴[4] 마을에서 온 한 신사가 이 콩코드 사냥꾼의 오두막에 와서는 자기 사냥개들이 일주일째 웨스턴 숲에서 사냥을 하고 있는데 보지 못했느냐고 물었다. 콩코드 사냥꾼은 자기가 아는 대로 말해 주었고 여우 가죽을 권했다. 그러나 그 신사는 가죽을 사양하고는 떠나버렸다. 웨스턴 신사는 그날 밤 사냥개를 찾지 못했으며 이튿날 개들이 강 건너편에 있는 농장에서 밤을 보냈고 배불리 먹었으며 아침 일찍 그곳을 떠났다는 사실을 알게 되었다. 내게 이 이야기를 해준 사냥꾼은 샘 너팅이란 사람을 기억하고 있었다. 이 사람은 페어 헤이븐 렛지에서 곰 사냥을 하고 콩코드 마을에 와서 곰 가죽과 럼주를 교환하곤 했다. 너팅은 이 사냥꾼에게 페어 헤이븐에서 큰 사슴을 보았다고 얘기해 주었다. 그는 버긴이라고 불리는 유명한 여우 사냥개를 데리고 있었고 이 사냥꾼은 그 개를 가끔 빌리곤 했다. 이 마을에는 대위로 전역한 뒤 동네 서기와 대의원으로 활동한 모피 상인이 살았는데 그의 회계 장부에는 다음과 같은 내용이 적혀 있다. 1742~1743년 1월 18일 자에는 "존 멜빈. 회색 여우 한 마리 0-2-3"[5]이라고 쓰여 있다. 그러나 이제 이곳에서 회색 여우는 볼 수 없다. 1743년 2월 7일 기록에는 헤즈키아 스트래튼의 "고양이 가죽 반 마리 0-1-4.5"라고 적혀 있다. 물론 살쾡이를 말한다. 스트래튼은 오래전 프랑스에서 참전한 하사관이므로 그보다 못한 집고양이 따위를 팔아 돈을 벌지는 않았으리라. 그 상인은 사슴 가죽도 취급했는데 이는 매일 거래되었다. 어떤 사람은 이 지역에서 마지막으로 잡힌 사슴의 뿔을 아직도 간직하고 있다. 또 어떤 이는 이 지역에서 마지막으로 사슴이 잡힌 바로

그 사냥에 자기 삼촌도 참가했다며 구체적인 내용을 들려주기도
했다. 예전에는 이곳에 사냥꾼들이 많았는데 아주 유쾌한 사람들
이었다. 한 수척한 니므롯[6]은 길가에 난 나뭇잎을 따서 풀피리를
불곤 했는데 어떤 수렵용 나팔보다도 야성적이고 아름다운 선율
을 뽑아냈던 것으로 기억한다.

달이 밝을 때면 나는 자정 무렵에 가끔 산책을 하다가 숲 속을
배회하는 사냥개들과 마주쳤다. 그들은 내가 두려운 듯 슬금슬금
물러나 내가 지나갈 때까지 풀숲에 가만히 서 있었다.

다람쥐와 들쥐들은 내가 저장해 둔 견과를 가지고 다투었다.
내 집 주위에는 직경이 1~4인치 정도 되는 소나무들이 서 있는데
지난겨울 쥐들이 갉아먹은 자국이 있었다. 지난겨울은 쥐들에게
북유럽의 혹한과 같았다. 눈은 오랫동안 수북이 쌓여 있었고 쥐
들은 먹이가 모자라 소나무 껍질로 허기를 채워야 했다. 이 소나
무들은 굶주린 쥐들 때문에 나무껍질이 빙 돌아가며 다 벗겨졌지
만 한여름에는 싱싱했고 대부분 키가 1피트나 자랐다. 그러나 그
런 겨울을 한 번 더 겪고는 모두 죽어버렸다. 쥐 한 마리가 소나
무 한 그루 전체를 아래위도 아니고 빙 둘러가며 모조리 갉아먹
었다는 사실이 놀랍다. 그러나 이 나무들은 너무 빽빽하게 자라
므로 좀 솎아낼 필요도 있었다.

토끼는 스스럼없이 굴었다. 한 마리는 겨우내 내 집 밑에 굴을
파고 살았다. 마룻바닥 바로 밑에 사는 이 토끼는 매일 아침 내가
일어나려고 하면 서둘러 집을 나서는 통에 나를 깜짝 놀래키곤
했다. 토끼가 서둘러 나가다가 마루 목재에 머리를 박아서 쿵쿵
쿵 소리를 내곤 했던 것이다. 토끼들은 어둑어둑해지면 문 앞으
로 와서는 내가 내던진 감자 껍질을 갉아먹곤 했는데 털 색깔이
땅 색깔과 너무 비슷해서 가만히 있으면 토끼인지 땅인지 구별하

기 어려웠다. 땅거미가 내리면 창문 아래로 움직이지 않고 가만히 앉아 있는 토끼가 보였다 안 보였다 한 적도 있었다. 저녁때 내가 문을 열면 토끼들은 찍찍 울며 깡충깡충 뛰어 달아났다. 가까이서 보면 그저 측은할 따름이다. 어느 날 저녁, 토끼가 나와 두 걸음을 사이에 두고 문가에 앉아 있었는데 두려워서 몸을 떨면서도 꼼짝하지 않고 그대로 있었다. 삐쩍 마른 작은 몸집에 텁수룩한 귀와 뾰족한 코, 빈약한 꼬리에 가는 다리를 한 모양이 측은하기 그지없었다. 마치 자연이 이보다 좋은 혈통의 토끼를 생산해 내지 못하고 명맥만 겨우 이어주고 있는 듯했다. 토끼의 큰 눈은 어리고 병약해 보이는 것이 마치 물혹 같았다. 내가 한 발짝 내딛자 토끼는 몸과 사지를 우아하게 쭉 뻗어 늘리며 굳은 눈 위를 탄력 있는 용수철처럼 통통 튀어 달아났고, 어느새 우리는 숲을 사이에 두고 멀리 떨어져 있게 되었다. 자유로운 야생동물의 활력과 자연이 동물에 부여한 존엄성을 다시 한 번 확인한다. 토끼는 가녀린 몸집 덕분에 저리도 잽싸게 움직이는데, 그것이 토끼의 본성이리라. (그래서 어떤 이들은 라틴어로 토끼를 의미하는 '레푸스(Lepus), 레비페스(Levipes)'가 잰 발놀림을 의미한다고 생각한다.)

토끼와 자고새가 없는 세상은 어떨까? 이들은 가장 단순하고 자생적인 동물이다. 현 시대와 마찬가지로 고대에도 유서 깊은 족속이었다. 그들은 자연의 색깔과 본질을 그대로 간직한 동물로 나뭇잎과 대지와 가장 가까운 존재이며, 날개 혹은 다리가 달렸다는 차이가 있을 뿐 서로에게 가장 가까운 존재이기도 하다. 토끼나 자고새는 동물이 지나갔다는 사실을 눈치채지 못할 만큼 눈 깜짝할 사이에 휙 지나가서 그들의 움직임은 나뭇잎이 바스락거리는 듯한 자연현상처럼 느껴진다. 진화가 어떤 식으로 진행되든

자고새와 토끼는 대지의 토착 원주민으로서 계속 번성하리라. 숲
의 나무들이 베어져 나가면 수풀이 우거져 그들의 몸을 숨겨줄
것이며, 그들은 더욱더 번성하리라. 토끼가 살 수 없는 나라는 척
박한 나라이다. 목동들이 잔가지로 된 울타리로 토끼들을 몰거나
말총으로 된 올가미로 이들을 성가시게 하지만, 우리 마을 숲은
자고새와 토끼로 넘치고, 어느 늪에서나 자고새가 날고 토끼가
거닌다.

겨울 호수

고요한 겨울밤이 지나고 날이 밝아 눈을 뜨면 나는 간밤에 '언제, 어디서, 무엇을, 어떻게?'와 같은 어떤 질문을 받고서 답을 찾지 못해 애를 먹는 꿈을 꾸었다는 느낌이 들었다. 그러나 모든 생명의 안식처인 자연이 동트고 있었고, 자연은 아무것도 묻지 않고 평온하고 만족스러운 표정으로 나의 넓은 창문을 들여다보았다. 자연과 여명, 질문의 해답은 내가 깨어나기를 기다리고 있었다. 어린 소나무가 점점이 박힌 대지에 눈이 수북이 쌓여 있고 내 오두막이 서 있는 언덕의 기슭은 이렇게 말하는 듯하다. 앞으로 전진! 자연은 질문하지 않고 우리 인간이 묻는 질문에 답하지도 않는다. 자연은 오래전에 결연한 의지를 다졌다. "오 군주여, 우리는 이 우주의 놀랍고 다채로운 광경을 탄복의 눈길로 바라보고 영혼에 투과시킵니다. 밤이 오면 이 거룩한 창조물에 베일이 드리우지만 날이 밝으면 이 위대한 작품은 대지에서 창공까지 펼쳐지며 우리에게 모습을 드러냅니다."[1]

잠에서 깬 후 나는 아침 일과를 시작한다. 우선 도끼와 들통을 들고 물을 길러 간다. 지난밤은 춥고 눈이 내렸기 때문에 물 길을 장소를 발견하려면 수맥을 찾는 데 쓰는 탐사 막대라도 필요할 것 같았다. 바람의 작은 숨결에도 예민하게 찰랑거리며 빛과 그림자를 비추던 호수의 물은 겨울이 오면 1피트에서 1피트 반 정도의 깊이까지 단단하게 얼어 가장 육중한 소 떼의 무게도 거뜬히 지탱할지 모른다. 그리고 호수 위에 얼음 두께만큼 눈이 높이 쌓이기라도 하면 호수와 평지를 구분하기가 어렵다. 호수 주위를 둘러싼 언덕에 사는 우드척처럼 호수는 눈꺼풀을 닫고 석 달 넘게 겨울잠에 들어간다. 나는 마치 언덕에 둘러싸인 초원에 서 있는 것처럼 눈 덮인 호수 위에 서서 1피트 깊이의 눈을 파 들어간 후 다시 1피트 두께의 얼음을 깨서 발밑에 구명을 만든다. 그리고는 무릎을 꿇고 호숫물을 들이키며 물속에서 조용히 노니는 물고기를 들여다본다. 표면을 갈아 뿌옇게 된 유리창을 통해 들어오는 빛처럼 부드러운 빛이 호수에 스며들고 밝은 빛의 모랫바닥은 여름과 다를 바 없다. 땅거미가 내리는 호박색 하늘처럼 변함없이 잔잔한 평온이 스며 있는 호수는 그 속에서 헤엄치는 물고기들의 고요함과 조화를 이룬다. 천국은 우리 머리 위에만 있는 것이 아니다. 우리 발밑에도 존재한다.

이른 아침 만물에 내린 서리가 아직 사각거릴 때, 낚시꾼들은 낚싯대를 메고 소박한 점심거리를 들고 호수를 찾는다. 그들은 얼음 위의 눈을 헤치고 가느다란 낚싯줄을 드리워 창꼬치와 민물농어를 낚는다. 마을 사람들이 따르는 관습이나 권위와는 사뭇 다른, 본능을 신뢰하는 이 낚시꾼들은 문명에 길들여지지 않은 이들로, 마을과 마을을 오가며 서로를 이어준다. 그들은 두꺼운 겨울 외투를 입은 채 호숫가에 쌓인 마른 떡갈나무 잎사귀 위에 앉아서 점심을 먹는다. 도시인이 문명 세계에 대해 해박한 지식을 갖고 있듯이 그들은 자연에 박식하다. 그 사람들은 결코 책을 보고 배운 적이 없으며, 많은 경험을 했지만 그걸 말로 표현하거나 아는 척하는 데 서투르다. 그들이 쓰는 방법 가운데는 아직 알려져 있지 않은 것들이 많다. 한 사람은 다 자란 민물 농어를 미끼로 써서 창꼬치를 낚는다. 우리는 여름철에 호수를 들여다보듯 낚시꾼의 들통을 들여다보며, 마치 그가 여름을 통에 가두어놓았거나 여름이 어디에 숨었는지 알고 찾아냈다는 듯이 경탄을 금치 못한다. 한겨울에 이런 물고기들을 어떻게 구했을까? 땅이 얼면 낚시꾼은 썩은 통나무에서 벌레를 채취해 그걸 미끼로 물고기를 잡았다. 그의 삶은 연구를 통해 자연을 간파하는 박물학자들보다 더 깊숙한 곳까지 꿰뚫어 본다. 낚시꾼들 자체가 박물학자들의 연구 대상이다. 박물학자는 이끼를 살짝 들어 올리고 칼로 조심스럽게 벌레를 벗겨내 채집한다. 낚시꾼은 도끼로 통나무를 쪼개어 그 속의 벌레들을 쭉 훑어낸다. 낚시꾼은 나무껍질을 벗겨 생활을 연명한다. 그런 사람은 낚시를 할 권리가 있다. 그리고 나는 그를 통해서 자연의 법칙이 실행되는 모습을 즐겁게 지켜본다. 민물 농어는 애벌레를 삼키고 창꼬치는 민물 농어를 삼키고 낚시꾼은 창꼬치를 삼킨다. 이로써 존재의 위계질서상 모든 자리가 채워진다.[2]

안개 낀 호숫가를 거닐 때면 나는 가끔 원시적인 방법으로 물고기를 낚는 낚시꾼들을 보고 흥미를 느끼곤 했다. 그들은 호숫가에서 4, 5로드 정도 떨어진 호수 위에, 역시 4, 5로드 정도의 간격을 두고 좁은 구멍을 여러 개 뚫었다. 그리고 낚싯줄이 구멍 속으로 끌려 들어가지 않도록 구멍 위에 걸쳐놓은 작대기에 줄 끝을 단단히 묶고, 느슨한 줄을 얼음에서 1피트 정도 높이에 위치한 오리나무 가지 위로 지나가게 했다. 그런 다음 마른 떡갈나무 잎을 줄에 매달아 나뭇잎이 끌려 들어가면 물고기가 입질을 한다는 것을 알 수 있게 했다. 호숫가를 절반 정도 빙 돌며 산책하면 일정한 간격을 두고 오리나무 가지들이 안개 속에 희미하게 보였다.

아, 월든 호수의 창꼬치! 나는 이 물고기들이 얼음 위에 놓여 있는 모습을 볼 때마다, 혹은 낚시꾼들이 얼음에 구멍을 파고 호수 물이 스며들게 하여 만들어놓은 웅덩이에서 이 물고기들이 헤엄치고 있는 모습을 볼 때마다 그 독특한 아름다움에 놀라곤 한다. 창꼬치는 마치 전설 속의 물고기처럼 우리 마을의 거리나 숲, 콩코드의 삶과는 너무나도 다르며 마치 아라비아처럼 이국적이다. 저잣거리에서 유명세를 타는 창백한 색깔의 대구와는 천양지차이며 눈부시고 탁월한 아름다움을 간직하고 있다. 창꼬치는 소나무 같은 녹색도 돌 같은 회색도 아니며 하늘처럼 파랗지도 않다. 꽃이나 보석처럼 매우 희귀한 색깔을 지녔고 마치 월든 호수의 진주 혹은 월든 호수 물의 결정체가 동물로 변한 듯싶다. 창꼬치는 속속들이 월든 호수를 빼닮았다. 창꼬치 한 마리 한 마리는 동물의 왕국에서 작은 월든을 형성한다. 창꼬치들은 동물 세계의 발도파[3]다. 창꼬치가 여기서 낚인다는 사실이 놀랍다. 이 넓고 깊은 샘에서, 월든 길을 따라 사람들을 한가득 태우고 덜그럭거리며 지나가는 마차와 딸랑딸랑 종을 울리며 다니는 썰매들 밑에서, 황금이나 에메랄드처럼 값진 이 물고기가 헤엄치고 있다는 사실이 놀랍기만 하다. 나는 창꼬치를 시장에서 본 적이 없다. 시장에 나온다면 아마 주목의 대상이 되리라. 창꼬치는 때 이른 죽음을 맞아 하늘로 올라가는 인간처럼 몇 번 경련하듯 몸을 떨다가 이내 체념하고 숨을 거둔다.

얼음이 녹기 전인 1846년 초, 나는 월든 호수의 수심을 측정하기 위해 나침반과 사슬, 측연선을 가지고 호수를 조심스럽게 탐사했다. 그동안 월든 호수의 수심에 대해서는 온갖 억측만 난무했지 정작 그 깊이를 실제로 잰 사람은 없었기 때문이다. 월든 호수의 바닥과 관련해서 많은 얘기가 전해져 왔고, 너무 깊어 그 깊이를 헤아릴 수 없다는 얘기도 전해졌지만 모두 근거 없는 것들이다. 직접 조사해 보지도 않고 깊이를 헤아릴 수 없다는 말을 그토록 오랫동안 사람들이 믿어왔다는 사실이 놀랍기만 하다. 나는 이 근처에서 바닥을 모를 만큼 깊다고 소문이 난 두 호수를 찾아가 보기도 했다. 또한 월든 호수 속으로 깊이 들어가면 지구 반대편으로 나오게 된다고 믿는 사람들이 많았다. 얼음 위에 오랫동안 엎드려 시린 눈으로 물속을 들여다본 이들은 더 오래 엎드려 있으면 폐렴에 걸릴까 두려워 성급하게 결론을 내리고, 건초더미도 통과할 만큼 큰 구멍을 보았다며 틀림없이 지옥의 강의 원천이며 지옥으로 가는 입구라고 했다. 또 어떤 이들은 마을에서 56파운드 무게의 추와 마차 한가득 측량줄을 싣고 와서 호수 속으로 내려보냈지만 바닥에 닿지 않았다고 말한다.

그들은 56파운드의 추는 옆에 제쳐두고 측량 밧줄을 풀어, 믿기 어려운 온갖 속설들을 쉽게 받아들이는 자신들의 능력이 얼마나 무한한지를 측정하는 헛수고만 하고 있었다. 그러나 이 글을 읽는 독자들에게 장담하건대 월든 호수는 유달리 깊기는 해도 터무니없이 깊지는 않으며 분명 단단한 바닥도 있다. 나는 줄과 1.5파운드 무게의 돌로 어렵지 않게 깊이를 잴 수 있었다. 돌이 바닥에 닿으면 물의 부력에 도움을 받지 못하기 때문에 더 세게 잡아당겨야 끌어올릴 수 있었으므로 돌이 바닥으로부터 올라오는 순간도 정확히 알 수 있었다. 가장 깊은 곳의 수심은 정확히 102피트였다. 내가 측정한 이후로 5피트 정도 수면이 상승했으니까 더하면 107피트가 된다. 이렇게 작은 규모의 호수치고는 놀라울 만큼 수심이 깊다. 그렇다고 해도 호수의 깊이에 대해 허황된 얘기를 만들어내서는 안 된다. 호수가 모두 얕으면 어떠랴? 호수가 얕으면 인간의 마음에 감흥을 불러일으키지 못하는가? 나는 이 호수가 상징적으로 깊고 맑게 만들어졌다는 사실에 감사한다. 사람들이 무한함을 믿는 한, 바닥을 모를 만큼 깊다고 생각하는 호수는 계속 존재하리라.

내가 호수의 깊이를 측정했다는 소식을 들은 어느 공장 주인은 그럴 리 없다고 했다. 자기가 댐에 대해 잘 아는데 모래가 그렇게 가파른 각도로 놓여 있을 수가 없다는 것이었다. 그러나 가장 깊은 호수들도 사람들이 생각하는 것처럼 깊이와 넓이가 반드시 비례하지는 않으며 호숫물을 빼고 확인해 봐도 그다지 가파른 계곡이 드러나지 않을지도 모른다. 그 호수들은 언덕 사이에 있는 분지처럼 움푹 들어가 있지 않았다. 내가 잰 수심은 이 정도 규모의 지역치고는 흔치 않은 깊이로, 호수에서 가장 직경이 긴 부분의 단면을 보면 얕은 접시의 단면처럼 보인다. 물을 빼고 보면 대부분의 호수가 우리가 흔히 보는 목초지보다 움푹 들어가지 않았다는 사실을 알리라. 조경에 관한 권위자이자 대체로 정확한 정보를 제공하는 윌리엄 길핀[4]은 스코틀랜드에 있는 피너 호수(Loch Fyne)의 발원지에 서서 바라보며 이렇게 묘사했다. "수심이 60~70패덤[5]에 넓이 4마일의 해수 만"으로 길이는 50마일이고 산으로 둘러싸여 있으며 "만약 홍적층이 붕괴된 직후나 그 밖의 어떤 지각 변동이 일어난 직후 물이 쏟아져 들어와 잠기기 전에 그 협만을 볼 수 있었다면 나락 같은 틈새가 나타났으리라!"

　　"우뚝 솟아오른 언덕
　　깊숙이 가라앉은 움푹 파인 바닥,

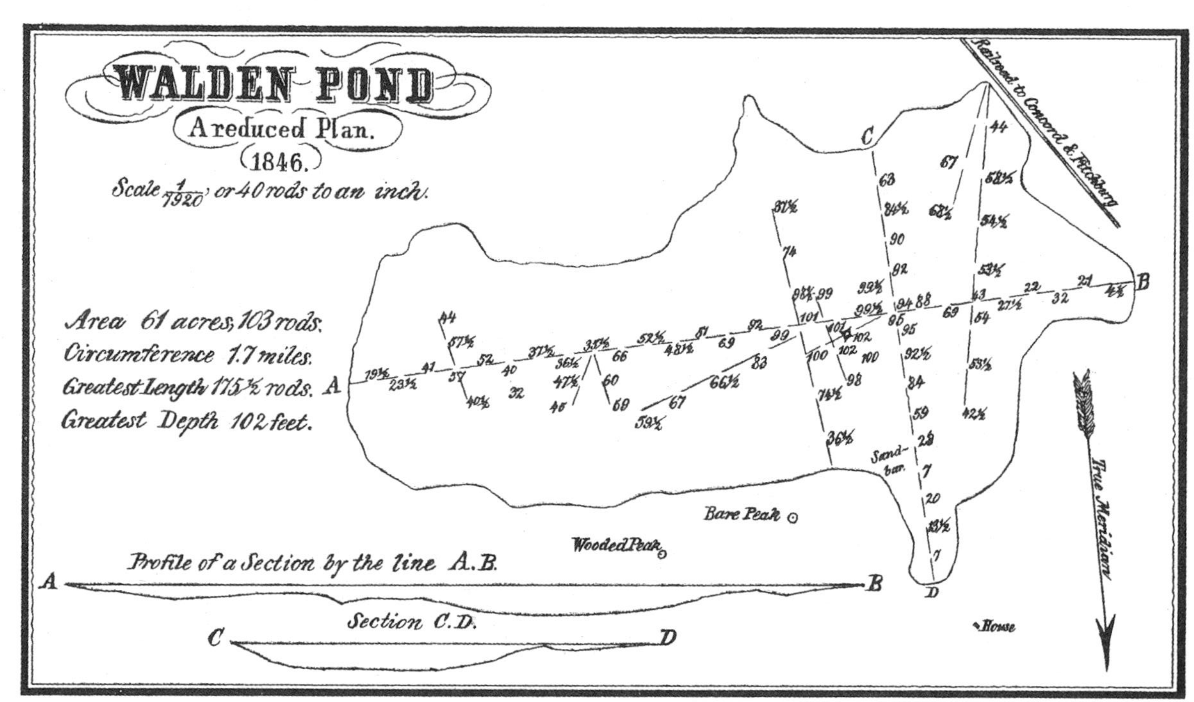

WALDEN POND
A reduced Plan.
1846.
Scale 1/7920' or 40 rods to an inch.
Area 61 acres, 103 rods.
Circumference 1.7 miles.
Greatest Length 175½ rods.
Greatest Depth 102 feet.
A
B
Profile of a Section by the line A.B.
Section C.D.
C
D
Bare Peak
Wooded Peak
Railroad to Concord & Fitchburg
True Meridian
Sand-bar.
House

　　광대하고 깊은 그 바닥은

　　도량이 넓은 하상(河床)이다."[6]

　　그러나 피너 호수에서 가장 짧은 직경을 비율에 맞게 월든에 적용하면, 피너 호수는 수직 단면이 얕은 접시처럼 보이는 월든보다 네 배 정도 더 얕게 보이리라. 그러니 물을 퍼내면 피너 호수의 갈라진 틈이 경이로울 만큼 깊게 보이리라는 얘기는 유명무실해진다. 넓게 펼쳐지는 옥수수밭 주변의 완만한 계곡들도 물이 빠져나간 후 나타나는 바로 그러한 '나락 같은 계곡'임은 의심할 여지가 없다. 그러나 이런 사실을 귀가 얇은 사람들에게 인식시키기 위해서는 지질학자의 통찰력과 선견지명이 필요하다. 탐구심이 깊은 사람이라면 야트막한 언덕에서 태곳적에 있었던 호수의 기슭을 포착해 내기도 하고, 뒤이어 평원이 융기하지 않았어도 호수 기슭의 역사가 감춰지기도 한다는 사실을 알리라. 그러나 도로를 건설해 본 사람이라면 누구나 알듯이 움푹 파인 곳을 찾는 가장 쉬운 방법은 소나기가 온 뒤에 물웅덩이를 찾는 방법이다. 우리의 상상력은 자연보다 더 깊숙이 잠수하고 더 높이 솟아오른다. 그러니 아마 대양도 그 넓이에 비해 그다지 깊지 않으리라.

　　나는 얼음을 뚫고 두루두루 수심을 조사했기 때문에 부동항(不凍港)을 탐사했을 때보다 더 정확하게 바닥의 형태를 파악했고, 바닥의 형태에 일정한 규칙성이 있다는 놀라운 사실도 발견했다. 수심이 가장 깊은 부분에는 햇빛이 비치고 바람이 불고, 쟁기로 일구어지는 평원보다도 더 평평한 평지가 수 에이커나 펼쳐져 있었다. 임의로 선택한 선 위의 여러 지점에서 깊이를 측정해 보니 약 30로드에 달하는 지역 내에서 깊이의 차이가 1피트를 넘지 않았다. 그리고 호수의 중심에서부터 사방으로 100피트 내에서는 수심의 변화 정도를 직접 측정하지 않고도 3, 4인치 오차 내에서 계산할 수 있었다. 어떤 이들은 이렇게 잔잔하고 바닥이 모래인 호수에도 깊고 위험한 구덩이가 있다고 말하길 좋아한다. 그러나 호숫물이 운반해 온 토사가 깊게 파인 부분을 메워 바닥을 고르게 만들기 마련이다. 고른 호수 바닥과 호수 기슭, 또 주변에 늘어선 언덕들은 정말 완벽한 조화를 이루어 호수 건너편에 멀리 보이는 갑이 모습을 드러냈고, 반대편 기슭을 관찰하면 그 갑의 방향도 확인할 수 있었다. 갑은 모래톱이 되고 평원은 여울목이 되며 계곡과 골짜기는 깊은 호수와 수로가 되었다.

나는 10로드를 1인치로 축소한 척도로 호수 지도를 만들어 모두 백여 군데 이상의 수심을 표시하고 나서 놀라운 우연의 일치를 발견했다. 수심이 가장 깊은 부분이 지도의 중심에 있는 것을 보고 지도의 가로와 세로에 번갈아 자를 대보았더니, 놀랍게도 길이가 가장 긴 지점에서 그은 선과, 폭이 가장 넓은 지점에서 그은 선이 정확히 수심이 가장 깊은 지점에서 만났다. 호수의 가운데 부분은 거의 평평하고 호수의 윤곽은 들쑥날쑥하며, 후미진 만까지 감안해서 최장 길이와 최고 폭을 결정했는데도 이런 결과를 얻었다. 나는 호수나 웅덩이뿐만 아니라 해양의 최고 수심을 측정하는 데도 이 법칙이 적용되지 않을까 생각했다. 계곡과 정반대의 형태라고 할 수 있는 산의 높이를 측정하는 데에도 이 법칙이 적용되지 않을까? 산에서 가장 높은 지점은 폭이 가장 좁은 지점이 아니라는 사실을 우리는 알고 있다.

월든 호수에 있는 다섯 개의 작은 만(灣) 가운데 내가 수심을 측정한 세 개의 만 모두 입구를 모래톱이 가로지르고 있고 안쪽의 수심은 더 깊었다. 그렇기 때문에 수평적으로뿐만 아니라 수

직적으로도 뭍 안쪽으로 물이 확장되어 두 개의 갑이 모래톱으로 연결되면서 내포(內浦) 혹은 독립적인 호수를 형성했다. 해안에 있는 항구는 예외 없이 입구에 모래톱이 있기 마련이다. 작은 만의 입구가 만의 길이에 비해 넓을수록 모래톱 바깥의 수심은 만 안쪽의 수심에 비해 깊다. 따라서 만의 길이와 넓이, 주변 기슭의 특성을 안다면 수심을 측정하는 공식을 만드는 데 필요한 요소는 거의 다 갖춘 셈이다.

이러한 경험을 바탕으로 표면상 호수의 윤곽과 기슭의 특성을 관찰하여 수심이 가장 깊은 곳을 얼마나 정확하게 추측할 수 있는지 알아보기 위해, 화이트 호수의 지도를 만들어보았다. 이 호수의 넓이는 41에이커에 달했고, 섬이나 눈에 보이는 유입구와 유출구는 없었다. 마주보고 있는 두 개의 만과 두 개의 갑이 각각 서로 멀어지고 가까워지면서 만들어지는, 폭이 가장 긴 세로선과 가장 짧은 세로선은 서로 매우 가까이 위치해 있었기에, 가장 짧은 세로선에서 약간 떨어져 있되 가장 긴 가로선 위에 있는 지점을 최고 수심 지점이라고 예측했다. 실제로 조사해 보니 최고 수심 지점은 내가 표시한 지점에서 100피트 내에 있었고 예상한 방향에서 더 멀리 위치해 있었으며, 예측한 깊이보다 1피트 더 깊은 60피트였다. 물론 호수로 시내가 흘러들거나 섬이 있으면 예측하기가 훨씬 어렵고 복잡해진다.

우리가 자연의 법칙을 모두 안다면 하나의 사실이나 실제적인 자연현상에 관한 기술(記述)만 있어도 그와 관련된 모든 특정한 결과를 추론할 수 있다. 그러나 우리가 아는 자연 법칙은 몇 가지에 불과하므로 추론의 정확도는 떨어지기 마련이다. 물론 자연의 법칙이 혼란스럽다거나 불규칙하기 때문이 아니라 계산하는 데 필요한 필수적인 요소들을 우리가 모르기 때문이다. 법칙이나 조화에 관한 우리의 개념은 우리가 감지할 수 있는 경우에 한정되어 있다. 그러나 우리 눈에는 서로 모순되는 듯 보이지만 사실상 일맥상통하는, 우리가 알지 못하는 수많은 법칙들이 만들어내는 조화는 더 경이롭다. 여행자가 걸음을 내디딜 때마다 산의 모습이 끊임없이 변하는 듯 보이지만, 변하는 것은 그가 산을 바라보는 위치일 뿐 산의 형태는 그대로이듯, 특정한 자연의 법칙은 우리가 사물을 보는 특정한 관점을 형성한다. 산에 움푹 뚫린 구멍이나 갈라진 틈새만 보고 산 전체를 파악하기는 어렵다.

내가 호수를 관찰하면서 발견한 사실은 인간의 윤리에도 적용된다. 그것은 평균의 법칙이다. 두 개의 직경이 이루는 법칙을 통해 우리는 은하계의 태양과 인간의 마음을 파악할 수 있다. 뿐만 아니라 한 인간의 일상적인 행동들과 마음속의 구석진 만(灣) 그리고 그 만의 입구를 드나드는 삶의 물결들을 모두 합해 길이와 폭을 따라 선을 그리면 그 선들이 만나는 지점이 그의 성품이 나타내는 높이와 깊이임을 알게 되리라. 아마도 그의 성품이 나타내는 기슭의 지형이나 그를 둘러싼 주변 상황만 알아도 그의 깊은 속마음과 감춰진 참모습을 헤아리리라. 어떤 이의 마음이 아킬레우스가 태어난 해안[7]처럼 험준한 산으로 둘러싸여 있어 높이 솟은 산봉우리들이 그림자를 드리운다면 그의 마음의 계곡은 그만큼 깊다는 의미다. 그러나 그의 마음이 완만하고 야트막한 기슭이라면 속은 깊지 않으리라. 우리 신체에서 윤곽이 뚜렷하고 튀어나온 이마는 깊이 있는 사고를 의미한다. 우리가 가진 작은 만의 입구를 가로지르는 모래톱 하나하나는 우리의 독특한 성향을 나타낸다. 이러한 만은 하나하나가 항구이며, 우리는 부분적으로 세상과 단절되어 이 항구에 정박한다. 이런 성향들은 보통 잘 변하지 않으며 다만 형태나 크기, 방향은 오래전에 솟은 축과 기슭에 솟아 있는 갑에 의해 결정된다. 이 모래톱에 폭풍이나 조류의 흐름으로 쓸려 온 토사나 물속의 침전물이 쌓여 그 높이가 점점 상승하고 수면에 드러나면, 처음에는 생각만 품은 성향이던 것이 해양과 단절되어 독립적인 호수를 형성하고 생각은 자체적으로 여건을 조성하여, 해수에서 담수로 변하기도 하고 사해나 습지가 되기도 한다. 하나의 생명이 탄생하면 어딘가에 이러한 모래톱이 수면으로 떠올랐다고 생각할 수도 있지 않을까? 우리는 참으로 실력이 형편없는 항해사들이라 우리의 사고는 항구 없는 해안에 나타났다 사라졌다 하고 움푹 들어간, 시의 만(灣)에만 능통하거나 공공 통관 항구로만 키를 돌리며 메마른 과학의 선착장에 닻을 내리고 이 세상에 알맞게 사고를 재정비한다. 그러나 그 선착장에는 사고에 개성을 부여해 줄 자연의 조류가 흐르지 않는다.

나는 비나 눈의 강수량과 증발 작용 외에 월든 호수의 수위에 영향을 주는 유입구나 유출구는 발견하지 못했다. 보통 물이 호수로 흘러들어 오는 곳은 여름에는 가장 차갑고 겨울에는 가장 따뜻하므로 온도계와 측량줄이 있다면 유입구와 유출구를 발견할지도 모르겠다. 1846년에서 1847년 당시의 일이다. 하루는 호숫가에서 얼음덩이를 쌓아 올리는 인부들이 얼음 채취꾼들이 잘라 보낸 얼음덩이가 다른 얼음에 비해 두께가 너무 얇다는 이유로 퇴짜를 놓은 것이다. 이 일로 우연히 얼음 채취꾼들은 다른 곳에 비해 얼음의 두께가 2, 3인치 정도 얇은 장소를 발견했고 그곳에 유입구가 있으리라고 추측했다. 얼음 채취꾼들이 '여과기 구멍'을 보여주었는데 내가 잘 볼 수 있도록 딛고 있는 얼음 조각을 구멍 가까운 곳까지 밀어주기도 했다. 그들은 이 구멍을 통해 호숫물이 언덕 밑을 지나 인근 목초지로 빠져나간다고 생각했다.

그 구멍은 수심 10피트 아래에 있는 작은 구멍이었다. 그러나 내 생각으로는 그 '여과기 구멍'으로 물이 빠져나간들 대세에는 지장이 없을 만큼 작았다. 어떤 사람은 '여과기 구멍'이 목초지와 연결되어 있는지 확인하려면 구멍의 입구에 색깔 있는 가루나 톱밥을 집어넣고 목초지에 솟는 샘에 여과기를 설치해 가루나 톱밥의 입자들이 걸러지는지 보면 된다고 했다.

내가 탐사를 하는 동안 약한 바람이 불자 16인치 두께의 얼음이 물처럼 일렁였다. 얼음 위에서 수평기를 사용할 수 없다는 사실은 잘 알려져 있다. 뭍에 놓인 수평기를 얼음 위에 있는 눈금 막대를 향하게 하고 보면 호숫가에서 1로드 떨어진 호수 위의 지점에서 얼음이 가장 크게 일렁일 때 높낮이의 차이가 4분의 3인치였다. 그러나 그럴 때도 얼음은 호숫가에 단단히 붙어 있는 듯 보였다. 아마 호수 중심에서 얼음이 일렁일 때의 높낮이의 차이는 더 크리라. 만약 우리가 사용하는 기계가 아주 정밀하다면 지각이 일렁이는 것도 측정할 수 있을지 누가 알겠는가? 수평기의 두 다리를 뭍에, 나머지 하나를 얼음 위에 놓고 시선을 얼음 위의 다리 쪽으로 향하면 얼음이 아주 미세한 정도로만 일렁여도 호수 건너편의 나무는 몇 피트 정도나 아래위로 출렁이는 듯 보였다. 수심을 측정하기 위해 얼음을 도려내고 구멍을 만들자 수북이 쌓인 눈과 얼음 사이에 3, 4인치 정도 깊이의 물이 고여 있었다. 그러나 곧 고여 있던 물이 내가 잘라낸 구멍으로 빨려 들어가기 시작했고 이틀 동안 계속 물이 빨려 들어가면서 얼음을 마모시키더니, 결국은 호수 표면의 물이 호수 속으로 모두 빨려 들어가 수위가 높아지면서 얼음의 높이도 상승했다. 물을 빼기 위해서 배의 바닥에 구멍을 내는 것과 흡사했다. 이렇게 잘라낸 구멍들이 다시 얼고 그 위에 비가 내려 다시 매끈한 얼음이 덮이면 거미줄과 비슷한 어두운 무늬가 얼음 속에 얼룩덜룩 만들어져 정말 아름답다. 얼음 구멍을 향해 사방에서 흘러들어 온 물이 물길을 만들면서 탄생시킨, 얼음으로 된 장미꽃 장식이라 해도 좋으리라. 때때로 얼음 위에 얕은 웅덩이가 생기면 내 그림자가 이중으로 보였다. 그림자 하나의 머리 위쪽에 또 하나의 그림자가 만들어졌고 하나는 얼음 위에 또 하나는 나무나 언덕 기슭에 비쳤다.

아직 눈이 수북이 쌓여 있고 얼음도 단단하게 얼어 있는 추운 1월인데도, 빈틈없이 미리 계획을 세우는 마을 사람은 호수를 찾아와 다가올 여름에 마실 물을 차갑게 해줄 얼음을 채집해 간다. 1월의 엄동설한에 7월 염천(炎天)의 갈증과 열기를 예견하다니 감동스러울 정도로 현명하다. 그것도 여러 가지 필수품의 공급이 여의치 않은 겨울에 두꺼운 외투에다 장갑까지 갖추고 말이다! 그렇다고 해도 저승에서 마실 여름 음료를 시원하게 만들어줄 보물을 이승에서 비축해 놓지는 못하리라. 그는 단단하게 언 호수를 자르고 톱질해서 물고기들의 지붕을 걷어내고 물고기들만의 환경과 공기까지 마차에 실어 쇠사슬과 모루를 이용해 밧줄로 동여맨 나무처럼 단단히 붙들어 맨다. 그러고는 매섭도록 차가운 겨울 공기의 도움을 받아 무사히 얼음을 녹이지 않고 마차를 달려 겨우내 지하 저장고에 비축해 두고 여름을 기다린다. 길거리에서 마차에 실려 가는 얼음을 먼발치에서 보면 응고된 하늘 조각처럼 보인다. 이 얼음 채집자들은 유쾌하고 활력 넘치는 사람들로, 구멍 모양으로 얼음을 잘라내자고 내게 제안하기도 했다.

1846년에서 1847년의 어느 겨울날 아침, 백여 명의 히페르보레오이[8]들이 볼품없는 농기구와 썰매, 쟁기, 구멍 뚫는 기구, 칼, 삽, 톱, 갈퀴 등을 수레 한가득 싣고 호수에 들이닥쳤다. 저마다 물미 박은 지팡이로 무장하고 있었는데 농경 잡지 《뉴잉글랜드 농민》이나 《보스턴 경작인》에서 묘사한 것과는 달랐다. 겨울 호밀을 심으러 왔는지 아니면 아이슬란드에서 최근에 도입된 새로운 곡물 종자[9]를 파종하러 왔는지 분간하기 어려웠다. 그들이 거름을 가지고 온 것은 보지 못했지만 이곳은 토양이 깊고 오랫동안 휴경(休耕)했기 때문에 나처럼 그들도 거름 없이 땅을 일구러 왔으리라 생각했다. 알고 보니 배후에는 부농이 있었다. 얼음 채집자들은 그 농부가 (내가 알기로는) 이미 50만 달러는 되는 재산을 두 배로 불리고 싶어 한다고 했다. 자기가 가진 1달러마다 1달러를 더 보태기 위해 엄동설한에 월든 호수가 입고 있는 단벌 외투인 피부를 벗겨내는 것이었다. 그들은 곧 작업에 착수했다. 갈아엎고 써레질하고 굴리고 고랑을 만들며 마치 호수를 타의 모범이 될 만한 농장으로 만들려는 듯 일을 착착 진행시켰다. 그러나 어떤 씨앗을 밭고랑에 떨어뜨리는지 바로 곁에서 자세히 살펴보았더니 그들은 갑자기 초경(初耕)지를 모래가 보일 정도까지, 아니 물이 보일 때까지 깊숙이 갈고리에 걸기 시작했다. 그러고는 딱딱하게 굳은 땅을 모조리 썰매에 실어 운반해 갔다. 나는 그들이 습지에서 토탄을 잘라낸다고 생각했다. 그렇게 그들은 매일 독특한 비명 소리를 내는 기관차를 타고 마치 북극에서 온 흰멧새 떼처럼 극지 어디엔가에서 호수로 왔다가 다시 극지 어딘가로 돌아갔다. 그러나 때때로 아메리카 원주민인 월든 호수는 보복을 감행해 수레를 미는 일꾼을 얼음 땅의 갈라진 틈새로 미끄러뜨려 타르타로스[10] 근처까지 끌고 갔다. 그러면 바로 직전까지도 그렇게 용감했던 그 일꾼은 갑자기 재봉사[11]가 되어 내 집으로 피신한 뒤 난로가 어느 정도 쓸모 있다는 점을 인정했다. 때로는 얼음 땅이 너무 딱딱하게 얼어 쟁기 날의 이가 빠지거나 쟁기가 고랑에 끼어 꼼짝도 하지 않는 통에 잘라내야 할 때도 있었다.

말 그대로 미국인 감독관의 인솔로 백여 명의 아일랜드인들이 매일 케임브리지[12]에서 얼음을 채취하러 왔다. 그들은 채취한 얼음을 설명이 필요 없을 만큼 잘 알려진 방법으로 잘라 여러 조각으로 나눈 후 썰매를 이용해 호숫가로 옮겼고 다시 신속히 정거장으로 옮겨 말을 이용해 갈고랑쇠와 도르레로 쌓아 올렸다. 마치 밀가루 통을 쌓듯 질서정연하게 차곡차곡 쌓인 얼음덩어리들의 모습은 하늘을 찌를 듯 높은 오벨리스크를 든든히 받쳐줄 대좌(臺座)처럼 보였다. 그들은 일진이 좋은 날은 천 톤 정도를 채취한다고 했는데 이는 거의 1에이커의 면적에서 채취하는 양과 맞먹었다. 얼음을 실어 나르는 썰매는 같은 길을 계속 오가며 물과 얼음 위에 깊은 바퀴 자국과 웅덩이를 남겼고, 말들은 양동이 모양으로 파낸 얼음에 담긴 귀리를 먹었다. 그들은 잘라낸 얼음을 35피트 높이에 한 변의 길이가 6, 7로드 정도 되는 사각형 모양으로 노천에 쌓아 올리고 얼음 층과 층 사이 가장자리에 건초를 끼워넣어 공기를 차단했다. 바람이 통하면 얼음에 구멍이 생겨 무게를 지탱하지 못하고 얼음 더미가 무너져 내리기 때문이다. 처음에는 얼음 더미들이 거대한 푸른 요새나 오딘[13]의 전당 발할라처럼 보인다. 그러나 얼음 층 사이사이에 박아 넣은 거친 건초에 서리와 고드름이 뒤덮이면 담청색 대리석으로 지어진, 이끼로 덮인 고색창연한 유적처럼 보인다. 역서(曆書)에서 노인을 상징하는 겨울의 안식처, 겨울이 여름잠을 잘 계획으로 만든 오두막처럼 보인다. 그들은 채집한 얼음 가운데 25퍼센트는 목적지까지 가지 못하고 2, 3퍼센트는 기차 안에서 손실된다고 계산했다. 그러나 그들이 예상한 것보다 훨씬 더 많은 양의 얼음이 이런저런 이유로 목적지까지 가지 못하리라. 얼음이 공기를 많이 함유해서 생각보다 보존이 잘 안 되기도 하고 그 밖의 이유로 시장까지 도달하지 못하기도 한다. 1846년에서 1847년에 만들어진 이 얼음 더미는 만 톤 정도로 추산됐고 마침내 건초와 나무판자로 덮인 채 겨울을 나게 되었다. 이 얼음 더미에 덮인 덮개는 다음 해 7월에 걷혔다. 일부는 실려 가고 나머지는 태양에 노출되어 있었는데, 그해 여름을 견뎌내고 다음 해 겨울까지 나더니 1848년 9월에 가서야 녹았다. 이렇게 해서 호수는 빼앗겼던 얼음 더미의 대부분을 다시 되찾게 되었다.

월든 호수의 얼음은 가까이서 보면 얼지 않았을 때의 물빛처럼 녹색 조를 띠지만 멀리서 보면 푸른색을 띠어 아름답기 그지없다. 4분의 1마일 떨어진 곳에 있는 다른 호수들의 녹색 조의 얼음이나 그저 희기만 한 강의 얼음과는 확연히 구분된다. 때때로 얼음 채취꾼이 썰매에 싣고 가던 얼음덩이가 마을 거리에 떨어지면 일주일 정도 그냥 거리에 놓인 채로 있게 되는데 마치 큰 에메랄드처럼 보여 오가는 행인들의 흥미를 끌었다. 월든 호수가 얼지 않았을 때는 녹색인 부분이 얼고 나서는 같은 자리에서 보아도 푸른색으로 보인다. 그래서 때때로 이 호수에 난 구멍에 물이 고이면 녹색 빛을 띠지만 다음 날 얼고 나면 푸른색으로 변하기도 한다. 아마도 물과 얼음이 푸른색을 띠는 이유는 그것이 함유한 빛과 공기 때문이리라. 그리고 가장 투명한 부분이 가장 푸른색을 띤다. 곰곰이 생각해 보면 얼음이라는 건 참 흥미롭다. 얼음 채취꾼들이 말하길, 프레시 폰드[14]에 있는 얼음 저장고에는 5년 된 얼음이 있는데 새것이나 다름없이 멀쩡하다고 한다. 물 한 양동이는 이내 썩는데 얼음은 어떻게 오래도록 썩지 않고 본래 상태를 유지할까?[15] 흔히 이것을 감성과 이성의 차이라고 말한다.

이렇게 열엿새 동안 나는 백 명의 장정들이 말을 부리고 온갖 농기구들을 동원해 가며 역서 첫 페이지 그림에 등장하는 농부들처럼 바쁘게 일하는 모습을 창가에서 지켜보았다. 그리고 창밖을 내다볼 때마다 종달새와 추수하는 사람에 대한 우화나 씨 뿌리는 사람에 대한 비유[16] 같은 장면이 떠올랐다. 이제 그들은 모두 가 버렸고 한 달 정도 지나면 나는 아마도 한동안 창가에 앉아 바다 초록빛의 순수한 월든 호수를 바라보고 있으리라. 월든 호수는 구름과 나무를 비추고 홀로 수증기를 대기 중으로 올려 보내며, 사람이 서 있었던 자취를 모두 사라지게 하리라. 얼마 전까지만 해도 일꾼 백 명이 서서 일하던 바로 그 자리에서 되강오리 한 마리가 헤엄을 치고 깃털을 매만지며 웃는 소리를 듣거나, 외로운 낚시꾼이 일엽편주를 띄우고 일렁이는 물결에 비친 자신의 모습을 들여다보는 광경을 지켜보게 될지도 모른다.

이렇게 해서 찰스턴과 뉴올리언스, 마드라스와 봄베이와 캘커타에 사는 무더위에 지친 주민들도 내가 마시는 물을 마시게 된다.[17] 아침이면 나는 『바가바드기타』의 경이로운 우주 진화론적 철학에 나의 지성을 흠뻑 담근다. 『바가바드기타』가 쓰인 이후로 신(神)의 해[18]로 따져 수십 년이 흘렀지만 그 경전을 우리 시대와 비교하면 우리가 사는 세상과 우리 시대의 문학은 무척 초라하고 보잘것없어 보인다. 그 철학은 우리의 사상과는 거리가 먼 숭고함을 갖추고 있어서 존재 이전의 상태를 나타내는 듯하다. 나는 책을 내려놓고 우물로 물을 길러 간다. 그리고 그곳에서 브라마와 비슈누와 인드라[19]를 섬기는 성직자인, 갠지스 강가에 있는 신전에서 『베다』를 읽거나 딱딱한 빵 껍질과 항아리에 담긴 물을 먹고 나무뿌리에 사는 사제를 모시는 하인을 만난다. 나는 주인을 위해 물을 길러 온 그 하인과 한 우물 속에서 물 양동이를 서로 부딪는다. 맑은 월든 호수의 물이 갠지스 강의 성수(聖水)와

섞인다. 그 물은 바람에 실려 아틀란티스와 헤스페리데스를 지나
하노의 항로를 되짚어 보고 트르나테 섬과 티도레 섬, 페르시아
만 입구를 돌아 인도양에 부는 열대 폭풍에 녹아버린 뒤, 알렉산
드로스 대왕도 이름만 들어본 항구에 다다른다.[20]

얼음 채취꾼들이 남긴 넓은 구멍들로 인해 호수의 얼음은 더 일찍 깨진다. 날씨가 추워도 구멍을 통해 바람이 호수의 물을 일렁이게 해서 주위의 얼음을 녹이기 때문이다. 그러나 그해 월든 호수에는 그런 일이 일어나지 않았고 낡은 얼음 외투를 벗은 뒤 곧 두꺼운 새 얼음 외투로 갈아입었다. 월든 호수는 근처에 있는 다른 호수들과 달리 얼음이 일찍 깨지지 않는다. 아마도 수심이 깊은 데다가 호수를 관통해 흘러가면서 얼음을 녹이는 시냇물이 없기 때문이리라. 나는 월든 호수가 한겨울에 깨지는 것을 본 적이 없다. 혹독한 시련을 겪었던 1852년에서 1853년에도 예외는 아니었다. 월든 호수는 보통 4월 1일쯤 녹는데 이는 플린츠 호수와 페어 헤이븐보다 일주일에서 열흘 정도 늦은 것이며 가장 처음 얼었던 북쪽의 얕은 부분부터 녹기 시작한다. 월든 호수는 일시적인 기온변화의 영향을 가장 덜 받기 때문에 이곳의 어떤 호수나 강보다도 절대적인 계절의 추이를 잘 보여준다. 3월에 며칠 동안 추운 날씨가 지속되면 다른 호수들은 해빙이 늦춰지지만 월든 호수는 기온이 일시적으로 내려가도 이에 영향받지 않고 꾸준히 상승한다. 1847년 3월 6일 월든 호수 한가운데에 온도계를 넣어 기온을 쟀더니 빙점인 화씨 32도였고 호숫가의 온도는 33도였다. 한편 같은 날 플린츠 호수 한가운데는 32.5도였고 호숫가에서 12로드 떨어진, 1피트 두께의 얼음으로 덮인 얕은 물의 온도는 36도였다. 플린츠 호수의 얕은 곳과 깊은 곳이 3.5도의 온도 차이를 보인다는 점과 이 호수가 대체로 수심이 상대적으로 얕다는 점을 고려하면, 왜 이 호수의 얼음이 월든 호수보다 일찍 깨지기 시작하는지 알 수 있다. 이맘때 가장 수심이 얕은 부분의 얼음은 호수 가운데의 얼음보다 몇 인치 정도 얇다. 한겨울에 호수 가운데 부분은 가장 따뜻하며 얼음이 가장 얇게 언다. 여름에 호숫가를 걸어본 사람이라면 누구나 호수 가운데 쪽보다 깊이가 3, 4인치에 불과한 호숫가 쪽의 물이 훨씬 따뜻하고, 호수 바닥 쪽보다 표면 쪽의 물이 따뜻하다는 사실을 알게 된다. 봄이 오면 태양은 공기와 대지의 기온을 상승시킬 뿐만 아니라 그 열기를 두께가 1피트가 넘는 얼음에 불어넣으며, 수심이 얕은 부분에서는 바닥에 닿은 열이 반사되어 물의 온도를 상승시키고 얼음 밑부분을 녹인다. 그와 동시에 얼음 표면은 더 빨리 녹으면서 얼음을 울퉁불퉁하게 만들고, 얼음 속의 공기 방울들은 아래위로 팽창해 벌집 모양을 형성하고 봄비가 한번 내리면 흔적도 없이 녹아 사라진다. 얼음에는 목질도 있고 결도 있다. 얼음덩이가 썩기 시작하면, 즉 공기 방울이 벌집 형태를 띠기 시작하면 얼음이 어느 위치에 있든 기포들이 수면과 직각을 이룬다. 수면 가까이에 바위나 통나무가 있으면 그 수면을 덮고 있는 얼음은 훨씬 얇고 반사열로 잘 녹는다. 케임브리지에서 행한 실험에 따르면 나무로 만든 통에 얇게 얼음을 얼리고 얼음 통 아래위로 찬 공기가 순환하도록 했는데도, 바닥에서 반사되어 올라오는 태양열이 찬 공기의 영향을 상쇄시키고도 남아 얼음이 녹았다고 한다. 한겨울에 따뜻한 비가 내려 월든 호수 가운데에 색깔이 어둡거나 투명한 얼음만 남고 호수에 쌓인 눈과 얼음이 녹으면, 반사열로 인해 호숫가 주변에는 폭이 1로드 남짓한 흰 얼음 띠가 생긴다. 그리고 앞서 말했듯이 얼음 속의 공기 방울이 햇볕을 모으는 돋보기 구실을 해 얼음을 녹인다.

1년 중에 일어나는 이 현상들은 보다 작은 규모로 호수에서 매일 일어난다. 수심이 얕은 쪽의 물은 깊은 쪽보다 아침에는 더 빨리 따뜻해지고 저녁때는 더 빨리 식는다. 하루는 1년의 축소판과 같다. 밤은 겨울이고 아침은 봄, 저녁은 가을이며 정오는 여름이다. 얼음이 깨지고 요란한 소리를 내면 기온이 변하고 있음을 의미한다. 추운 밤에 이어 화창한 날씨를 보인 1850년 2월 24일 아침, 플린츠 호수에 갔다가 놀라운 광경을 목격했다. 호수의 얼음을 도끼머리로 내려치자 마치 공(gong)을 울렸을 때나 팽팽하게 잡아당긴 북 가죽을 쳤을 때처럼 수십 야드 밖까지 소리가 울려 퍼졌던 것이다. 해가 뜨고 한 시간 정도 지나자 언덕으로부터 비스듬히 떨어지는 햇볕을 받아 호수는 요란한 소리를 내기 시작했다. 잠에서 깨어난 사람처럼 기지개를 켜고 하품을 하면서 점점 더 큰 소리를 냈는데 이런 상태가 서너 시간 계속되었다. 호수는 정오에 잠깐 낮잠을 자더니, 태양이 물러나고 밤이 가까워오자 다시 요란한 소리를 내기 시작했다. 날씨가 협조해 주면 호수는 저녁마다 꽤 규칙적으로 총소리와 같은 요란한 소리를 냈다. 그러나 한낮에는 얼음에 균열이 많이 생기고 갇힌 공기도 탄성을 잃어 소리가 전혀 울려 퍼지지 않았고, 얼음을 두드려서 나는 소리는 물고기나 사향뒤쥐조차 놀라게 하지 못할 만큼 힘이 없었다. 또한 낚시꾼들은 호수가 내는 천둥소리에 물고기들이 놀라

입질을 하지 않는다고 말한다. 호수가 매일 저녁 소리를 내지는 않으며 언제 소리를 낼지 정확히 예측하기도 어렵다. 그러나 날씨에 미묘한 변화만 일어나도 호수는 그 변화를 감지한다. 나는 느끼지 못하더라도 말이다. 거대하고 차갑고 피부가 두꺼운 호수가 그렇게 민감하리라고 누가 생각이나 했겠는가? 그러나 봄에 싹이 돋듯이 호수도 나름대로의 법칙에 따라 천둥소리를 내는 것이리라. 대지는 살아 있고 예민한 돌기로 뒤덮여 있다. 아무리 넓은 호수라도 온도계 유리관 속의 작은 수은 알갱이처럼 대기의 변화에 민감하게 반응한다.

나를 숲으로 이끈 또 하나의 매력은 숲 속에 살면 여유롭게 봄이 오는 모습을 지켜볼 수 있다는 점이었다. 호수의 얼음이 마침내 벌집 모양을 이루면 나는 산책하면서 발꿈치로 그 얼음을 밟았다. 안개와 비와 따뜻한 햇볕이 서서히 눈을 녹인다. 해가 길어졌다는 게 느껴진다. 이제 불을 크게 지필 필요가 없으므로 더 이상 나무를 하지 않고도 남은 겨울을 날 수 있으리라. 나는 봄의 첫 징후를 포착하기 위해 온 신경을 집중하고 호수로 날아드는 새의 노랫소리를 들을 수 있을까 싶어 귀를 기울인다. 또 이때쯤이면 다람쥐가 저장해 놓은 먹이가 거의 바닥나므로 줄무늬다람쥐의 찍찍거리는 소리도 기대하게 되고 겨울 보금자리에서 나온 우드척을 만나기도 한다. 3월 13일, 지빠귀와 멧종다리, 붉은어깨검정새가 이미 봄의 노래를 부르고 난 후인데도 얼음의 두께는 여전히 1피트 가까이 된다. 날씨가 점점 따뜻해졌지만 얼음은 물에 씻겨 녹아버리거나 깨져서 강으로 떠내려가지 않았다. 호숫가의 얼음은 반 로드 정도 넓이로 완전히 녹았지만 호수 가운데 얼음은 벌집 모양을 이루고 물이 가득 찼다. 그래서 두께가 6인치 정도 되어도 발로 얼음을 깰 수 있다. 그러나 다음 날 저녁, 따뜻한 비가 내리고 안개가 끼면 얼음은 아마도 완전히 녹아버리고 안개와 함께 날아가 버리리라. 어떤 해에는 얼음이 완전히 사라져버리기 불과 닷새 전에 호수를 건넌 적이 있다. 1845년 월든 호수는 4월 1일에 완전히 녹았다. 1846년에는 3월 25일, 1847년에는 4월 8일, 1851년과 1852년에는 각각 3월 28일과 4월 18일에, 1853년에는 3월 23일, 1854년에는 4월 7일쯤에 얼음이 완전히 녹았다.

기후 변화가 극심한 지역에 사는 우리 같은 사람들에게는 강이나 호수의 얼음이 깨지고 날씨가 풀리는 것과 관련한 모든 현상들이 흥미롭게 느껴진다. 날씨가 따뜻해지면 강 근처에 사는 이들은 한밤중에 얼음 족쇄가 한쪽 끝에서 다른 쪽 끝까지 쫙 갈라지는 듯한, 마치 대포 소리처럼 얼음이 갈라지면서 내는 큰 소리에 놀란다. 그러고 나서 며칠 사이에 강은 빠른 속도로 풀린다. 악어도 땅을 쿵쿵 울리며 진흙 속에서 나온다.

자연을 면밀히 관찰해 왔고 자연현상에 대해 박식해 보이는 한 노인이 있다. 그는 마치 자기가 어렸을 때 자연이 설계되기 시작해서 구조를 세우는 데 직접 관여했기에 자연과 그 사이에는 비밀이 없고, 이제 그가 므두셀라[2]의 나이까지 장수한다 해도 자연에 대해 더 습득할 지식이 없는 듯 보이는데도 자연이 경이롭다고 말한다. 그는 어느 봄날 오리 사냥을 하기 위해 총을 가지고 배를 저어 호수로 나갔다. 목초지에는 아직 얼음이 얼어 있었지만 강의 얼음은 모두 녹은 상태였다. 그는 서드베리에서 출발해 자기가 사는 페어 헤이븐 호수까지 거침없이 배를 저어갔는데 뜻밖에도 페어 헤이븐 호수는 단단한 얼음층으로 덮여 있었다. 그날은 날씨가 따뜻했기 때문에 그는 거대한 얼음 덩이가 아직도 건재한 것을 보고 놀랐다. 오리가 보이지 않자 배를 호수 북쪽에 있는 섬 뒤쪽에 숨겨놓고 자신은 섬 남쪽의 수풀 속에 숨어서 오리 떼를 기다렸다. 호숫가에서 약 3, 4로드 정도까지 얼음이 녹아 부드럽고 따뜻한 물이 찰랑거렸고 바닥은 진흙으로 탁했다. 이는 오리들이 좋아하는 환경이었기에 곧 오리 떼가 나타나겠거니 생각했다. 그가 수풀 속에 잠복한 지 한 시간 남짓 지났을 때 멀리서 나지막이 아주 독특하고 인상 깊은 소리가 들렸다. 한 번도 들어본 적 없는 소리였는데 웅장하게 피날레를 장식하려는 듯 점점 커지더니 뭔가 쇄도하는 듯 와자지껄한 소리가 들려왔다. 마치 들새 떼가 호수에 내려앉을 때 나는 소리 같았기 때문에 그는 흥분해서 총을 쥐고 서둘러 소리가 나는 쪽을 향해 갔다. 그러나 놀랍게도 그 소리는 노인이 수풀에 숨어 있는 동안 호숫가로 떠내려 온 큰 얼음덩어리의 모서리가 호숫가에 긁히면서 내는 소리였다. 얼음덩이는 처음에는 호숫가에 긁히면서 여기저기 조금씩 잘게 부서지더니 마침내 큰 물결에 떠밀려 상당한 높이로 솟구치고는 사방으로 부서지면서 그 잔해들을 흩뿌린 뒤 잠잠해졌다.

마침내 태양 광선이 직각으로 내리꽂히기 시작하고 따뜻한 바람이 안개와 비를 몰고 와 쌓인 눈을 녹였다. 태양의 열기는 여기저기 얼음이 녹아 황갈색으로 얼룩덜룩해진 풍경에 안개를 뿌리고 향불처럼 흰 연기가 피어오르게 했다. 길손은 이 연기를 헤치고 졸졸 흐르는 수천 개의 실개천과 겨울의 묵은 피를 혈관에서 씻어 내보내는 개울의 흥겨운 소리를 들으며 섬에서 섬으로 길을 더듬으며 조심조심 나아갔다.

나의 집에서 마을로 가려면 철로를 지나야 하는데 그 철로 양쪽에 깊이 파인 둑으로 모래와 진흙이 흘러내리면서 만들어내는 형상을 지켜보는 것보다 더 즐거운 일도 없을 것이다. 철도를 발명한 이후로 이런 환경에 새로이 노출된 둑의 수가 급격히 증가했지만 이렇게 큰 규모로 발생하는 경우는 흔치 않다. 둑은 굵기와 색깔이 다양한 여러 가지 모래로 이루어져 있으며 보통 진흙이 조금 섞여 있다. 봄이 되어 서리가 녹으면, 심지어는 겨울에 얼음이 녹는 날에도 모래는 용암처럼 경사면을 흘러내리기 시작하고 때때로 눈 쌓인 곳을 통과하면서 공기 방울을 터뜨리며 모래가 발견된 적이 없는 곳까지 넘쳐흐른다. 수많은 실개천들이 서로 겹치고 얽히면서 반은 식물의 법칙을 따르고 나머지 반은 조류(潮流)의 법칙을 따르는 혼합물처럼 보인다. 모래는 흐르면서 수액이 많은 잎사귀나 덩굴의 형상을 하고 깊이 1피트 이상의 흐물흐물한 나뭇가지 더미를 만드는데, 내려다보면 가장자리에 술이 달리고 둥글게 돌출되어 있으며 잎이 겹쳐져 있는 이끼처럼 보인다. 혹은 산호나 표범의 발, 새의 발, 뇌, 폐, 내장, 온갖 종류의 배설물을 생각나게 한다. 이 흐르는 모래는 진정 **흉측한** 식물로, 그 형태와 색채를 모방해 만들어진 청동 주조물도 있다. 이는 아칸서스, 치커리, 담쟁이, 포도나무 혹은 다른 어떤 식물의 잎보다도 더 역사가 깊고 대표적인 건축 장식 문양이다. 모래가 만들어내는 이런 형상들은 미래의 지질학자들에게 곤혹스러운 난제가 될 운명을 지녔다. 전체적인 형태가 빛에 노출된 종유석 동굴처럼 인상적이다. 모래의 다양한 색조들은 선명하고 서로 조화를 이루는데 갈색, 회색, 노란색, 붉은색 등 여러 가지 철(鐵)의 색을 띤다. 흐르는 모래가 둑의 끝에 있는 배수구에 다다르면 **실타래처**럼 더 납작하게 퍼진다. 그 실타래를 이루는 실개천들은 서로 얽혀 흘러내려 가면서 더 많은 수분을 빨아들여 반 원통형의 모양을 잃고 점점 넓게 퍼져 마침내 거의 납작한 **모래**를 형성하는데, 그래도 여전히 다양하고 아름다운 색깔과 식물의 형상을 간직한다. 마침내 모래가 물속으로 들어가면 강어귀에 형성되는 것과 같은 둑으로 변신하고 식물의 형상은 밑바닥에 있는 물결무늬 속으로 사라져버린다.

20~40피트 높이의 둑 가운데 한쪽 또는 양쪽의 4분의 1마일 정도가 때때로 봄이 창조한 이러한 모래 잎사귀들로 뒤덮인다. 이 모래 잎사귀들이 놀라운 이유는 갑자기 생겨난다는 점이다. 둑의 한쪽은 그대로인데 다른 한쪽은 햇볕을 받아 무성한 모래 잎사귀들이 순식간에 생겨난 모습을 보면(태양이 한쪽 둑에 먼저 비치기 때문에 이런 현상이 일어난다) 나는 이 세상과 나를 창조한 예술가의 작업실에 서 있는 듯한 감동을 받았다. 그리고 그 예술가는 넘쳐흐르는 영감으로 새로운 무늬를 만들어 둑의 온 사방에 흩뿌려서 아직 작업 중이던 작품을 마무리하는 화룡점정을 찍었다. 동물의 주요 신체기관처럼 잎사귀 모양인 범람하는 모래를 보고 있자면 지구의 심장부에 더 가까이 다가간 듯했다. 그리하여 우리는 모래를 보면서 식물 잎사귀를 떠올린다. 지구는 내면적으로 고심 끝에 얻은 생각을 겉으로는 잎사귀로 표현한다. 원자(原子)는 이미 이 법칙을 깨달았고 이에 따라 풍부한 상상력을 발휘하고 있다. 나무에 매달린 잎사귀는 모래에서 자신의 원형을 본다. 지구(globe)의 내부든 동물 신체의 내부든 내부에 있는 잎사귀는 축축하고 두꺼운 엽(lobe)으로, 이 단어는 특히 간엽, 폐엽, 지방엽 등에 적용된다. (엽(leave)은 그리스어로 레이보(λειβω)인데 노동(labor), 실수(lapsus), 하강(lapsing)을 의미하고, 아래쪽으로 흘러내리거나 미끄러지는 동작을 의미한다. 반면 엽(lobe)은 그리스어로 로보스(λοβοζ)인데 구(球), 둥근 돌출부를 의미한다. 그 외에도 휘감다(lap), 휘날리다(flap) 등 많은 단어들이 여기서 파생되었다.) 외부에 있는 잎사귀는 마르고 얇은 엽(leaf)으로, 엽(lobe)의 b에 압력을 가해 말리면 엽(leaf, leaves)의 f나 v가

된다. 엽(lobe)의 어근은 lb로, 부드러운 덩어리인 b 뒤에 매끄러운 액체 같은 l이 와서 b를 앞으로 밀어낸다. 지구(globe)의 glb에서는 목구멍에서 나는 소리인 g가 단어의 의미에 깊이를 더해 준다. 새의 깃털과 날개는 이보다 더 건조하고 얇은 잎사귀이다. 그리하여 우리는 땅속에서 뭉툭한 유충의 시기를 보내고 가볍고 팔랑거리는 나비가 되어 하늘을 날아오른다. 지구 자체도 끊임없이 자신을 초월하고 변화시켜 자기 궤도에서 날개를 단다. 얼음조차도 섬세한 수정 잎사귀로 시작하는데 마치 수초의 잎사귀를 물이라는 거울에 찍어 만든 틀에 흘려넣어 굳힌 듯하다. 나무 역시 전체가 하나의 잎사귀일 뿐이다. 강은 그보다 훨씬 거대한 잎사귀로, 그 섬유질은 지구의 구석구석까지 뻗어 있으며, 마을과 도시는 강이라는 잎의 겨드랑이에 사는 곤충의 알이다.

해가 지면 모래는 흐름을 멈추지만 아침이 되면 실개천은 다시 한 번 가지에 가지를 치고 수많은 실개천을 만들어낸다. 실개천이 만들어지는 모습을 보면 혈관이 어떻게 형성되는지를 알 수 있으리라. 자세히 보면 처음에는 녹기 시작하면서 부드러워진 모래 덩어리가 둥근 손가락 끝 모양으로 아래쪽으로 천천히 흐른다. 해가 높아질수록 더 많은 열기와 습기를 품으면 제일 묽은 부분은 가장 움직임이 느린 부분의 법칙을 그대로 따르려고 애쓰면서도 따로 분리되어 굽이치는 수로 혹은 동맥을 형성한다. 그리고 그 동맥을 따라 흐르는 가느다란 은빛 실개천이 섬유질이 많은 잎사귀나 가지의 잎맥을 단계적으로 만들어가다가 이내 모래에 삼켜지고 만다. 모래가 흐를 때는 모래 덩어리에서 엄선된 재료들이 놀라울 정도로 빠르고 완벽하게 조직화되어 수로의 날카로운 테두리를 만들어낸다. 이것이 바로 강의 원천이다. 강물에 침전된 규산질에는 골질이 있고, 그보다 미세한 토양이나 유기 물질에는 육질의 섬유나 세포 조직이 있다. 인간이란 녹는 진흙 덩이가 아니고 무엇이겠는가?[3] 인간의 손가락 끝 둥근 부분은 응고된 물방울에 지나지 않는다. 손가락과 발가락은 녹는 몸뚱이에서 흘러나왔다. 보다 온화한 낙원에서는 인간의 몸이 어떻게 펼쳐지고 흘러갈지 누가 알겠는가? 손은 둥근 돌출부와 정맥을 갖춘, 펼쳐진 종려나무 잎사귀 아닌가? 귀는 머리 옆에 달린 이끼, 입술은 동굴처럼 뚫린 입가의 튀어나온 부분이라고 할 수 있다. 코는 물방울이나 규산질이 응고된 것이 분명하다. 턱은 그보다 훨씬 큰 물방울로, 얼굴 위로 흘러내린 물방울이 모여 만들어졌다. 뺨은 눈썹에서 시작해 광대뼈라는 장애물을 만나고 얼굴의 계곡으로 흘러내린 비탈길이다. 식물 잎사귀의 둥근 돌출부는 하나하나가 두껍고 굼뜬 크고 작은 물방울이다. 이 돌출부들은 잎사귀의 손가락이다. 잎사귀는 이 돌출부의 수만큼이나 여러 방향으로 흐르며, 열기나 다른 온화한 기운이 더해졌다면 더 멀리 흘러 나갔으리라.

자연이 임무를 행할 때 따르는 보편적인 기본 원칙을 이 하나의 언덕 기슭이 보여준 것이다. 이 지구의 창조주는 단지 잎사귀에 대한 특허권만 가졌을 뿐이다. 우리로 하여금 심기일전하여 인생의 새로운 장을 열도록 이 상형문자의 의미를 해독해 줄 샹폴리옹[4]은 누구인가? 모래가 만들어내는 잎사귀 형상은 비옥한 대지에 무성하게 자란 포도밭보다도 더 상쾌하다. 모래 잎사귀에 어느 정도 배설물 같은 특성이 있는 건 사실이다. 마치 지구의 내장이 바깥으로 잘못 뒤집혀 끊임없이 간과 내장 덩어리가 쏟아져 나오는 듯하다. 그러나 흐르는 모래는 자연도 내장[5]을 가졌음을 보여주며, 자연이 인류의 어머니임을 알려준다. 또한 흐르는 모래는 땅속에 굳어 있던 서리를 뱉어내고 봄을 불러온다. 신화가 평범한 시보다 먼저 탄생했듯이 모래 잎사귀는 파릇한 새싹이 돋고 꽃이 만발하는 봄보다 먼저 돋아난다. 겨우내 소화불량으로 배출된 가스를 이보다 더 잘 정화해 주는 것은 없을 것이다. 모래 잎사귀는 지구가 아직 배내옷을 입고 고사리 같은 손가락들을 사방으로 쭉 뻗고 있다는 사실을 깨닫게 한다. 곱슬곱슬한 눈썹이 밋밋한 이마에 돋아난다. 모두 자연 발생적이며 인위적인 것은 아무것도 없다. 둑을 따라 용광로의 용재(鎔滓)처럼 널려 있는, 잎사귀처럼 생긴 모래 더미는 자연이 맹렬히 활동하고 있음을 보여준다. 지구는 지질학자와 골동품 연구가들이 책장을 넘기듯 지층 하나하나를 연구하는, 죽은 역사의 단편이 아니다. 그것은 꽃과 열매에 앞서 싹을 틔우는 나뭇잎과 같이 살아 있는 시다. 딱딱하게 굳어 화석이 된 지구가 아니라 심장이 뛰는 살아 있는 지구다. 지구는 모든 생명의 중심으로 이와 비교하면 동식물의 삶은 기생하는 삶에 불과하다. 지구는 고통에 몸부림치며 땅속에 묻힌 우리의 잔해를 토해 낸다. 녹인 금속을 가장 아름다운 거푸집에 흘려넣어 주조한 형상도 용해된 지구가 내보내는 형상만큼 나를 흥분시키지는 못하리라. 용해된 지구 자체뿐만 아니라 그에 적용되는 법칙 역시 도공의 손에 쥐어진 진흙처럼 변화무쌍하다.

머지않아 둑뿐만 아니라 모든 언덕과 평원과 웅덩이에서도, 겨울잠에서 깨어나 굴에서 나오는 네발 달린 짐승처럼 서리가 땅속에서 흘러나와 바다와 더불어 음악을 연주하고 구름을 타고 먼 곳으로 떠나가리라. 차분한 설득이 망치를 들고 호통치는 토르[6]보다 강력한 힘을 발휘하는 법이다. 설득은 사람의 마음을 녹이지만 위협은 사람의 마음을 산산조각으로 파괴해 버린다.
　땅 위의 눈이 군데군데 녹고 따뜻한 날씨가 며칠 동안 계속되어 지표가 어느 정도 마르면, 혹한을 견뎌내느라 쇠약해진 식물의 장엄한 아름다움과 막 돋아난 부드러운 싹의 순수한 아름다움을 비교하며 감상하는 즐거움을 만끽할 수 있다. 상록수, 메역취, 쥐손이풀, 우아한 자태를 뽐내는 들풀들, 황새풀, 부들개지, 현삼, 요한초, 조팝나무, 그 밖에도 줄기가 단단한 식물들 그리고 겨울에도 쉬지 않는 부지런한 새들에게 고갈되지 않는 곡창지대 역할을 한 식물들. 이들은 모두 겨우내 상중(喪中)이던 자연의 외로움을 감싸준 기품 있는 상복(喪服)이다. 나는 특히 활 모양으로 휘고 다발로 묶인 듯 보이는 등심초의 윗부분에 매료당한다. 등심초는 겨울을 나는 우리에게 여름의 추억을 회상하도록 해주며 예술을 통해 종종 모방되는 형상 가운데 하나이다. 천문학이 이미 인간의 마음속에 자리 잡은 형태와 밀접한 관계를 가졌듯이 등심초 역시 인간 마음속 형상과 밀접한 관계를 맺고 있다. 그 형상은 그리스나 이집트의 문양보다 오래되었다. 겨울에 일어나는 많은 현상들은 말로 표현할 수 없는 부드러움과 연약한 섬세함을 연상시킨다. 우리는 보통 겨울을 거칠고 사나운 폭군으로 묘사하지만 겨울은 마치 연인처럼 여름의 삼단 같은 머리털을 부드럽게 쓰다듬고 치장해 준다.

봄이 다가오면 붉은 다람쥐들이 한 번에 둘씩 짝을 지어 내 집 밑으로 들어왔다. 다람쥐들은 내가 책을 읽거나 글을 쓸 때 발로 딛고 있는 마루 바로 밑에서 웃고 재잘거리고 온갖 기묘한 소리를 내며 재주를 부렸다. 내가 발을 구르면 다람쥐들은 더 큰 소리로 재잘거렸다. 다람쥐들은 정신없이 장난을 치는 데 몰두하느라 두려움이고 남에 대한 배려고 모두 잊고 이를 저지하려는 인간을 완전히 깔보는 듯했다. 붉은 다람쥐는 쩍쩍거렸다. 우리한테 감히 발을 구르다니 당장 멈추지 못할까! 찍찍찍. 다람쥐들은 조용히 하라는 나의 요구가 전혀 귀에 들어오지 않았는지, 아니면 나의 의사에 담긴 위협적인 요소를 감지하지 못했는지 자제력을 잃고 마구 욕설을 퍼부었다.

봄에 찾아온 첫 참새는 어떤가! 그 어느 때보다도 새로운 희망으로 한해가 시작되는 듯하다. 군데군데 헐벗고 눅눅한 벌판 너머로 희미하게 들려오는 지빠귀, 멧종다리, 개똥지빠귀의 낭랑한 노랫소리. 이는 마치 겨울의 마지막 눈송이가 팔랑팔랑 휘날리며 내는 소리 같다. 이런 때에 역사, 연대기, 전통 그리고 기록으로 남겨진 모든 천계(天啓)가 무슨 소용인가? 시냇물은 봄에게 기쁨의 노래를 들려준다. 초원을 나지막이 항해하는 매는 벌써, 겨울잠에서 제일 먼저 깨어난 흙투성이의 생명을 찾는다. 녹은 눈이 주저앉는 소리가 골짜기마다 울려 퍼지고 호수의 얼음은 겨우내 열었던 집회를 마치고 서둘러 해산한다. "돌아온 태양을 맞이하기 위해 지구가 땅속의 열기를 뿜어내듯이 언덕 기슭의 풀은 타오르는 불꽃처럼 일어난다."[7] 그 불꽃은 노란색이 아니라 영원한 젊음과 풀잎을 상징하는 녹색이다. 마치 초록의 긴 리본이 땅속에서 흘러나와 여름을 재촉하는 듯하다. 봄은 간혹 서리의 제지를 받지만 곧 다시 온 힘을 다해 지난겨울의 마른 풀을 밀어내고 그 밑에서 잠자던 새 생명을 일깨운다. 땅속에서 샘이 솟듯이 풀은 꾸준히 자란다. 샘이 마르는 6월이면 풀잎이 수로가 되어 가축 떼는 이 영원한 녹색 샘물을 마시고, 꼴을 베는 이는 신선한 풀로 겨울에 비축해 둘 건초를 만든다. 이렇게 인간이 풀의 생명을 뿌리째 앗아도 풀은 어김없이 녹색 잎사귀를 내민다.

월든 호수의 녹는 속도가 빨라진다. 북쪽과 서쪽 호숫가에는 폭이 2로드 남짓한 물길이 생기고 동쪽 호숫가에는 그보다 더 넓은 물길이 만들어진다. 얼어붙은 호수 표면에서 널찍한 얼음 한

덩이가 갈라져 나온다. 호숫가에 있는 수풀에서는 멧종다리의 노랫소리가 들린다. 그 새도 얼음을 깨는 데 한몫하고 있다. 얼음 가장자리를 따라 굽이치는 곡선이 호수 기슭이 만들어내는 곡선과 어우러지면서 얼마나 멋진 광경을 연출하는지! 요즘 갑자기 불어닥친 반짝 추위 때문에 호수의 얼음이 단단해져 마치 궁전의 물 뿌린 대리석 바닥처럼 매끄러웠고 파도처럼 일렁였다. 바람은 뿌연 얼음의 표면을 넘어 일렁이는 호수 면에 닿을 때까지 동쪽을 향해 미끄럼을 탄다. 얼음이 녹아 호숫가에 띠가 형성되고, 그 띠가 햇빛에 반짝거리는 모습은 정말 멋지다. 마치 화장기 없이 즐거움과 젊음으로 가득한 호수의 맨얼굴을 보는 듯하다. 물속의 물고기들과 호숫가의 모래가 느끼는 기쁨을 대신 노래하는 것만 같다. 햇빛에 반짝이는 잉어 비늘처럼 눈부시고 활달하게 헤엄치는 한 마리의 물고기 같다. 겨울과 봄은 이렇게도 대조적이다. 겨우내 죽었던 월든은 봄에 다시 살아난다. 그러나 앞서 말했듯이 이번 봄에 월든은 서서히 깨어났다.

폭풍우 휘몰아치는 겨울에서 고요하고 온화한 봄으로, 어둡고 굼뜬 계절에서 밝고 통통 튀는 계절로 옮겨가는 것은 만물에게 잊지 못할 변화이다. 그 변화는 순간적으로 일어나는 듯이 느껴진다. 해가 지고 겨울 구름이 아직 하늘에 걸려 있고 처마에는 질척하게 녹은 눈이 뚝뚝 떨어지는데도 갑자기 집으로 빛이 쏟아져 들어왔다. 나는 창밖을 내다보았다. 어제까지만 해도 차가운 회색 얼음이 얼어 있던 곳에 마치 여름 저녁처럼 희망에 가득 찬, 잔잔하고 맑은 호수가 일렁였다. 호수 위 하늘에는 아무것도 보이지 않았지만 호수는 마치 머나먼 지평선과 교감을 하는 듯 가슴속에 여름 저녁 하늘을 품었다. 멀리서 울새가 지저귀는 소리가 들렸다. 오랫동안 들어보지 못했고 앞으로 오래 잊지 못할 노랫가락이었다. 예전에 들어본 소리와 똑같이 달콤하고 힘찬 운율이었다. 뉴잉글랜드 여름 저녁에 들리는 울새의 노랫소리만 한 것이 또 있을까! 울새와 그 새가 앉아 노래하는 나뭇가지를 찾을 수만 있다면 얼마나 좋겠는가. 울새는 개똥지빠귀와 달리 철새가 아니다. 오랫동안 축 늘어져 있던 집 주위의 소나무와 키 작은 떡 갈나무들은 갑자기 밝은 심성을 되찾아 더 밝고 푸르고 꼿꼿하고 활기차 보였다. 마치 비에 몸을 깨끗이 씻고 원기를 회복한 듯했다. 이제 더 이상 비가 오지 않으리라는 사실을 나는 알고 있었다. 겨울이 갔는지는 나뭇가지나 장작더미만 봐도 알 수 있다. 날이 점점 더 어두워지고 숲을 낮게 나는 기러기 떼가 우는 소리에 깜짝 놀랐다. 기러기 떼는 남쪽 호수에서 저녁 늦게 월든으로 날아들면서 매서웠던 겨울에 대한 불만과 서로에 대한 위로를 봇물처럼 쏟아냈다. 문가에 서 있으면 기러기 떼가 날갯짓하는 소리가 밀려왔다. 기러기들은 내 집 쪽으로 향하다가 갑자기 불빛을 발견하고는 서로 쉬쉬하며 호수에 내려앉았다. 나는 집 안으로 들어와 문을 닫고 숲 속에서 첫 봄날 밤을 맞았다.

아침이 밝자 문을 열고 안개 사이로 기러기 떼를 지켜보았다. 기러기들은 50로드 떨어진 호수 한가운데에서 헤엄치고 있었는데 그 수가 엄청나고 소란스러워서 월든이 마치 기러기 떼의 놀이터로 만든 인공 호수처럼 보였다. 그러나 내가 호숫가에 다가서자 기러기 떼는 우두머리의 신호를 받고 날개를 크게 퍼덕이며 일제히 하늘로 날아올랐다. 스물아홉 마리인 그들은 서열대로 대오를 정렬해서 내 머리 위를 맴돌다가 우두머리의 신호에 따라 일정한 간격을 두고 소리를 내면서, 아침 식사는 월든보다 더 혼탁한 곳에서 하리라 기약하며 캐나다를 향해 곧장 기수를 돌렸다. 물오리 떼도 자기들보다 더 소란스러운 사촌들 소리에 깨어나 북쪽을 향해 날아갔다.

일주일 내내 나는 안개 낀 아침마다 제짝을 찾아 이리저리 헤매는 외로운 기러기 한 마리가 숲이 감당하지 못할 정도로 쩌렁쩌렁 크게 우는 소리를 들었다. 4월에는 비둘기가 작은 떼를 지어 재빠르게 날아다녔고 이윽고 흰털발제비가 내가 일군 밭에서 지저귀었다. 흰털발제비는 우리 마을에서 그리 흔히 볼 수 있는 새가 아니었기 때문에 나는 이 새가 백인이 정착하기 훨씬 전에 속이 텅 빈 나무에 살던 오래된 종족이라고 상상해 보았다. 세계 도처에서 거북이와 개구리는 봄의 전령으로 여겨진다. 새들은 눈부신 깃털을 뽐내며 지저귀고 식물들은 싹을 틔우고 꽃을 피우며 미풍에 살랑거리면서 잠시 북극의 입김에 휘청했던 봄을 바로 세우고 자연의 평형 상태를 회복한다.

계절이 바뀔 때마다 그 계절이 최고로 느껴지듯이 봄이 오자 마치 혼돈의 우주에 질서가 부여되고 황금시대가 도래한 듯했다.

"아우로라와 나바테아[8]의 왕국으로
페르시아와 아침 햇살 비치는 산마루로
동풍은 물러갔다.

* * * *

인간이 탄생했다. 내세의 근원인 조물주가
신성의 씨앗에서 탄생시켰는가,
높은 하늘에서 막 떨어져 나온 대지가
자신의 조상인 하늘로부터 받은 씨앗을
품어서 탄생시켰는가."[9]

봄비가 한 번만 내려도 풀잎의 푸르름이 선명해진다. 긍정적인 생각이 밀물처럼 밀려오고 미래도 낙관적으로 보인다. 과거에 놓친 기회를 아쉬워하고 속죄하며 그것을 우리의 의무라고 여기면서 시간을 낭비하는 대신, 몇 방울의 이슬에도 감사하는 풀잎처럼 늘 현재에 살고, 닥치는 모든 일을 잘 견뎌낸다면 우리는 축복받은 것이다. 이미 봄이 왔는데도 우리는 아직 겨울 속을 서성거린다. 화창한 봄날 아침, 모든 인간의 죄는 용서되고 사악함은 사라진다. 태양이 화창하게 내리쬐는 동안에는 가장 사악한 죄인마저 돌아올지 모른다. 우리는 스스로의 순수함을 되찾고, 이를 통해 이웃의 순수함을 식별해 낸다. 지난날 우리는 이웃을 도둑, 주정뱅이, 호색가로 여기고 그저 동정하거나 경멸했을지 모른다. 그러나 태양이 눈부시게 빛나고 만물이 소생하는 이 첫 봄날 아침에 우리는 평화롭게 일하는 우리의 이웃을 보리라. 지치고 타락한 그의 정신이 평화로운 기쁨으로 가득하고, 그가 새로운 날을 축복하며 어린아이의 순수함과 같은 봄의 기운을 느끼는 모습을 보면 모든 잘못은 용서된다. 그에게서는 선의가 감돌고 마치 새로 생겨난 본능처럼 표현할 길을 서투르게 모색하는 성스러움마저 느껴진다. 잠시 남쪽 언덕 기슭에서는 천박한 농담이 메아리치지 않는다. 그의 메마르고 뒤틀린 가지를 뚫고 나와 한해의 삶을 새롭게 시작하려는 순수하고 고운 새싹이 보인다. 그조차도 신과 기쁨을 나눈다.[10] 왜 교도관은 감옥 문을 열어두지 않는가, 왜 판사는 사건을 기각하지 않는가, 왜 설교자는 집회를 해산시키지 않는가! 이는 그들이 신의 계시를 따르지도 않고 신이 모두에게 아낌없이 베푸는 용서를 받아들이지 않기 때문이다.

"평온하고 관대한 아침 공기를 마시며 매일매일 선한 삶으로 돌아오려고 애쓰면, 미덕에 애착을 느끼고 사악함을 증오하게 되어 인간의 원시적인 본성에 좀 더 접근하게 된다. 마치 벌목된 숲

에서 새싹이 돋아나오는 것과 같다. 마찬가지로 낮 동안에 인간
이 행하는 악은 다시 싹트기 시작한 미덕의 싹이 성장하는 것을
방해하고 파괴한다."

"이렇게 미덕의 어린 싹이 성장하는 데 여러 번 방해받으면 너
그러운 저녁 기운조차 그 싹들을 지켜내기에는 충분치 않다. 이
렇게 저녁 기운이 새싹을 지켜내는 데 역부족이면 인간의 본성은
야수의 본성과 다르지 않게 된다. 사람들은 야수의 본성을 지닌
사람을 보면 선천적으로 이성을 타고 나지 않은 사람이라고 생각
한다. 야성과 이성은 진정 인간이 선천적으로 지닌 성향인가?"[11]

"황금시대가 처음 창시되었을 때는
보복하는 이도 없고 법도 없었지만
충성과 정직이 신봉되었다.
처벌과 두려움이 없었고
내걸린 팻말에는 위협적인 말도 쓰이지 않았다.
탄원하는 군중은 판사의 말을 두려워하지 않았고
보복하는 자의 위협으로부터도 안전했다.
산속에 쓰러진 소나무가 파도에 휩쓸려 내려가
낯선 세상을 보는 일도 아직 일어나지 않았고
인간은 자신이 사는 나라밖에 알지 못했다.

* * * *

늘 봄이었고, 평온한 서풍은 따뜻한 입김을 불어
씨앗을 품지 않고 태어난 꽃들을 달래주었다."[12]

4월 29일, 나는 나인 에이커 코너 다리 근처에 있는, 사향뒤쥐
가 자주 출몰하는 강둑에서 풀과 버드나무 뿌리를 밟고 서서 낚

시를 하고 있었는데, 사내아이들이 막대기를 두드려 장단을 맞추는 소리처럼 덜그럭거리는 소리가 들렸다. 올려다보니 쏙독새처럼 아주 날렵하고 우아한 매 한 마리가 마치 물결이 일렁이듯이 하늘로 솟았다가 1, 2로드 정도 급강하하기를 반복하고 있었는데, 그때마다 날개 아래쪽이 햇빛을 받아 리본이나 조개껍데기 안쪽의 진줏빛처럼 빛났다. 그 광경은 매사냥과 그와 관련된 기품과 시를 떠오르게 했다. 그 매는 송골매처럼 보이기도 했다. 그러나 중요한 것은 새의 이름이 아니다. 나는 그토록 가볍게 나는 것을 본 적이 없다. 이 새는 나비처럼 파닥거리지도, 몸집이 큰 매처럼 솟구치지도 않았다. 그저 대기의 흐름에 당당하게 몸을 맡긴 채 여유롭게 즐기고 있었다. 이 새는 야릇한 웃음소리를 내면서 하늘로 오르고 오르다가 대담하고 우아하게 하강하면서, 마치 뭍에는 발을 디뎌본 적이 없는 것처럼 솔개같이 몸을 계속 뒤집더니 다시 자세를 바로잡았다. 이 우주 안에 벗 하나 없지만 아침과 창공의 정기를 홀로 즐기는 것으로 족해 보였다. 이 새는 자신은 외롭지 않았지만 자기 날개 밑에 있는 대지 전체를 외롭게 했다. 이 새를 품은 어미와 아비, 그 혈족들은 하늘 어디에 있는가? 이 새는 험난한 산의 바위 틈에 놓인 알에서 깨어난 이후로 땅을 밟아보지 않은 하늘의 주민 같았다. 아니면 이 새가 태어난 둥지도 구름 귀퉁이에 자리 잡고 있을지 모를 일이다. 그 둥지는 무지개와 해 저무는 하늘로 엮고 땅에서 올라온 한여름의 안개로 안쪽을 폭신하게 댄 그런 곳이 아닐까? 이 새는 지금은 험준한 구름 위 어딘가에 둥지를 짓고 살고 있으리라.

　나는 이렇게 멋진 새를 만났을 뿐 아니라 금빛, 은빛, 구릿빛으로 빛나는 물고기들도 많이 낚았는데 마치 줄에 엮은 보석 같았다. 아! 그렇게 수많은 첫 봄날 아침을 언덕에서 언덕으로, 이 버드나무 뿌리에서 저 버드나무 뿌리로 뛰어다니며 초원에 푹 빠져서 보냈다. 그런 날 아침에는 강 깊숙이 있는 계곡과 숲이 참으로 순수하고 밝은 빛에 흠뻑 젖어 무덤 속에서 잠자는 사자(死者)도 깨어날 듯싶었다. 불멸이 존재한다는 사실을 이보다 더 강력하게 증명해 줄 증거가 어디 있겠는가. 만물은 그런 빛을 받고 살아야 한다. 오, 죽음이여, 네가 주는 고통은 어디로 갔는가? 오, 무덤이여, 그렇다면 너의 승리는 허사로 돌아갔는가?[13]

사람의 발길이 닿지 않는 숲과 그 숲을 둘러싸고 있는 초원이 없다면 우리 마을의 삶은 활기를 잃고 정체되리라. 우리에게는 야생이라는 강장제가 필요하다. 우리는 때때로 알락해오라기와 들종다리가 숨어 있는 늪을 건너기도 하고 도요새의 우렁찬 목소리도 들어야 한다. 고독한 야생 조류들만이 둥지를 틀고 족제비가 배를 땅바닥에 납작하게 붙이고 슬금슬금 기어가는 곳에서 자라는 사초를 찾아 그 속삭임에 귀를 기울여야 한다. 우리는 진정으로 무엇이든 탐험하고 배울 자세를 갖추어야 한다. 그러나 동시에 만물은 범접하지 못할 신비를 간직해야 한다. 대지와 바다는 범접하지 못할 만큼 거칠고 헤아릴 수 없는 깊이를 간직해야 한다. 자연을 만끽하는 데 있어 도가 지나침이란 없다. 우리는 자연의 지칠 줄 모르는 활력과 광활하고 거대한 모습을 보고, 또 난파선의 잔해가 널려 있는 해안을 보고 원기를 회복해야 한다. 살아 있는 나무와 죽어서 썩어가는 나무의 거친 야생을 느끼고, 비구름이 울리는 천둥소리를 듣고, 3주 동안 계속 퍼부어 홍수를 일으키는 비를 겪고 원기를 회복해야 한다. 우리는 한계를 뛰어넘고, 우리가 접근하지 못할 곳에서 여유롭게 풀을 뜯는 생명이 존재한다는 사실을 목격해야 한다. 썩은 고기는 혐오스럽지만 그 고기를 먹고 건강을 유지하고 기운을 얻는 독수리를 보면 기운이 솟는다. 집으로 가는 길에 웅덩이가 패여 있고 거기엔 죽은 말이 놓여 있다. 나는 특히 공기가 탁한 밤이면 때때로 이 웅덩이를 피해 돌아서 가곤 했다. 그러나 그 광경은 자연이 왕성한 식욕과 꺾이지 않는 건강을 가졌다는 사실을 확신시켜 주었다. 나는 자연이 생명으로 충만하여 수많은 생명이 서로 잡아먹고 잡아먹혀도 건재하다는 사실을 목격한다. 연약한 생명은 마치 과일을 한입 깨물듯 저항도 하지 않고 으깨어진다. 올챙이는 왜가리가 삼키고 거북이와 두꺼비는 길가에서 마차에 치여 신선한 피를 사방에 쏟아낼 때도 있다. 사고의 위험은 늘 존재하지만 왜 그런 사고가 일어났는지에 대해서 아무런 설명도 주어지지 않는다. 독은 결국 독이 아니고 치명적인 상처라는 것도 존재하지 않는다. 동정심은 자연의 섭리를 거역하는 합당한 근거가 될 수 없고, 편의적인 발상일 뿐이다. 동정심에 호소하는 것은 진부한 행동이다.

5월 초가 되면 호수 주위의 소나무숲 속에서 떡갈나무, 히커리, 단풍나무 등 여러 종류의 나무들이 소나무 사이에서 싹을 틔우고 햇빛처럼 주변 경관을 밝혀준다. 특히 흐린 날이면 마치 태양이 안개 속을 뚫고 언덕 기슭 여기저기를 희미하게 비추는 것처럼 느껴진다. 5월 3일인가 4일인가, 나는 호수에서 되강오리를 보았고 그 달 첫 주에는 쏙독새, 명금, 개똥지빠귀, 나무딱새, 되새 등 여러 종류의 새들이 지저귀는 소리를 들었다. 나무개똥지빠귀 소리는 이보다 훨씬 전에 이미 들었다. 딱새는 벌써 한 번 더 나의 집에 찾아와 문과 창문을 통해 집 안을 들여다보고 자기 둥지를 짓기에 적당한 동굴인지 탐색했다. 마치 공중에 매달린 듯이 발톱을 오므리고 날개를 윙윙거리며 공중에 떠서 말이다. 유황처럼 노란 소나무 꽃가루가 호수와 그 주위에 있는 돌과 썩은 나무를 온통 뒤덮어 마음만 먹으면 한 통 가득히 꽃가루를 모으기도 어렵지 않았으리라. 이게 바로 흔히 말하는 '유황 소나기'다. 칼리다스의 희곡 『샤쿤탈라』를 보면 "황금빛 연꽃 가루로 물든 실개천" [14]이라는 글귀가 나온다. 그렇게 계절은 물처럼 흘러 어느덧 여름에 접어들었고 산책로에 자라난 초목의 키는 점점 커갔다.

숲 속에서 보낸 나의 첫 해는 이렇게 마무리되었고 두 번째 해도 이와 비슷했다. 1847년 9월 6일, 나는 드디어 월든 호수를 떠났다.

맺음말

현명한 의사는 환자에게 환경과 공기를 바꾸라고 권한다. 이 마을을 벗어나면 더 넓은 세상이 존재하니 얼마나 다행인가. 뉴잉글랜드에는 칠엽수가 자라지 않고 흉내지빠귀가 지저귀는 소리도 거의 들리지 않는다. 기러기는 우리보다 세상 경험이 훨씬 많다. 기러기는 캐나다에서 아침 식사를 하고 오하이오에서 점심을 들고 남부 지역의 어느 강어귀에서 깃털을 접고 밤을 보낸다. 들소조차도 계절의 추이와 발맞추어, 콜로라도 강의 풀을 뜯다가 옐로스톤 강에서 그를 기다리는 더 푸르고 달콤한 초원으로 이동한다. 그러나 우리는 나무 울타리를 헐고 농장 주위에 돌벽을 쌓으면 우리 삶의 주위에 경계가 만들어지고 운명이 결정된다고 생각한다. 만약 당신이 마을 서기로 뽑히면 올 여름 티에라델푸에고에는 갈 수 없지만, 그래도 여전히 지옥의 불이 타오르는 땅에 가는 것은 가능하리라. 우주는 우리 생각보다 훨씬 광활하다.

우리는 호기심 많은 승객처럼 더 자주 선미(船尾) 쪽을 돌아봐야 한다. 뱃밥[1]을 만드는 어리석은 선원들처럼 항해해서는 안 된다. 지구 반대편은 우리와 연락을 주고받는 사람들이 사는 곳일 뿐이다. 우리는 대권항법[2]으로 여행하면서 세상을 대충 훑어보고, 의사들은 질병의 근본을 치유하지 않고 겉으로 드러난 증상만 처치한다. 사람들은 기린을 사냥하러 남아프리카로 향하지만 그들이 뒤쫓는 사냥감은 물론 기린이 아니다. 기린을 뒤쫓는 게 가능하다고 해도 인간이 얼마나 오랫동안 기린의 뒤를 쫓을 수 있겠는가? 도요새와 누른도요는 흔하지만 위장술이 뛰어나 잡기 힘들다. 나는 차라리 자기 자신을 쏘는 것[3]이 더 품위 있는 경기라고 믿는다.

> "너의 시선을 내면으로 향하라.
> 그러면 너의 마음속에 아직 발견되지 않은
> 수천 개의 지역이 존재한다는 사실을 깨달으리라.
> 그 지역들을 여행하고 자신의 세계에 통달한
> 전문가가 되어라."[4]

아프리카는 무엇을 상징하는가? 서부는 무엇을 상징하는가? 우리의 내면이 항해도에 미답지로 표시되어 있지 않은가? 이미 누군가 탐험한 것으로 드러난다고 해도 우리의 내면은 스스로가 직접 탐험해야 하지 않겠는가? 나일 강, 니제르 강, 미시시피 강, 북서부 항로의 수원(水源)이 우리가 찾고자 하는 것인가? 이것이 인류의 가장 중대한 문제들인가? 탐험하다가 실종되어 부인이 그토록 구조에 애쓴 사람은 프랭클린[5]뿐인가? 그리넬[6] 씨는 자신이 어디에 있는지 알고 있는가? 차라리 자기 자신의 수원과 해양을 탐험하는 멍고 파크, 루이스와 클라크, 프로비셔[7] 같은 사람이 되자. 자신의 보다 높은 고지대를 탐험하자. 필요하다면 통조림 고기를 한 짐 가득 가지고 가자. 그리고 다녀갔다는 표시로 빈 깡

통을 높이 쌓아 올리자. 통조림 고기는 단순히 식량으로 쓸 고기를 보존하기 위해 발명되었는가? 그렇지 않다. 우리 내면의 신대륙과 신세계를 발견하고, 새로운 교역 상품이 아닌 새로운 사상이 흘러갈 수로를 여는 콜럼버스가 되자. 누구든지 자기 영토의 주인이다. 자기 영토에 비하면 러시아 황제의 제국은 하찮은 나라에 지나지 않으며 보잘것없는 얼음 더미에 불과하다. 그러나 스스로를 소중히 여기지 않고 작은 것을 위해 큰 것을 희생하여 애국자가 되는 사람들도 있다. 그들은 자기 무덤을 만드는 땅은 사랑하면서도 자기 육신에 생기를 불어넣는 정신에 대해서는 일말의 동정심도 없다. 애국심은 그들의 뇌를 갉아먹는 구더기다. 또한 엄청난 비용을 들여 떠들썩하게 출정식을 가진 남부 해양 탐사원정대[8]가 우리에게 무슨 의미가 있는가? 그것은 도덕적인 세계에는 수많은 대륙과 해양이 존재하고, 인간 개개인은 그 세계 속에 존재하는 작은 해협이나 섬에 불과하며, 우리는 아직 그 작은 해협과 섬조차 탐험하지 않았음을 간접적으로 시인하는 행위이다. 또 자신만의 바다, 자신만의 태평양과 대서양을 탐험하기보다, 수많은 사람들의 도움을 받아 정부가 지원한 배를 타고 추위와 폭풍과 식인종의 위협을 무릅쓰며 수천 마일을 항해하기가 더 쉽다는 사실을 인정하는 행위가 아니고 무엇인가.

"그들이 오스트레일리아를 방랑하고 탐험하게 하라.
내게는 성찰해야 할 신성이 있고, 그들에게는 탐험해야 할 오지가 있다."[9]

지구를 반 바퀴나 돌아 잔지바르[10]까지 가서 고양이 머릿수나 세는 짓은 시간 낭비다. 그러나 그 짓이라도 계속하라. 그러다 보면 마침내 깨달음을 얻고 내면으로 들어갈 '심스의 구멍'[11]을 발견할지 누가 아는가. 영국과 프랑스, 스페인과 포르투갈, 황금해안과 노예해안[12]을 모두 지나야 내면의 바다에 다다르게 된다. 그러나 육지가 시야에서 사라질 때까지 멀리 항해하는 배는 한 척도 없다. 그것이 인도로 가는 지름길인데도 말이다.[13] 만약 당신이 이 세상의 모든 언어에 통달하고 모든 나라의 관습을 몸에 익히고, 어떤 여행객보다도 멀리까지 여행하여 모든 풍토에 익숙해지고, 스핑크스가 돌에 머리를 찧도록 만들고[14] 연륜 있는 철학자의 가르침[15]을 따르게 된다면 당신 자신을 탐험하라. 판단력과 용기가 필요할 때가 바로 자신을 탐험할 때이다. 자신을 찾는 데 실패한 패배자와 자신에게서 벗어나려는 도망자들이나 전쟁에 가담한다. 비겁한 자들이나 스스로에게서 달아나 징집에 응한다. 지금 당장 가장 먼 서쪽 끝을 향해 출발하라. 그곳으로 가는 길은 미시시피 강이나 태평양에서도 이어지고 진부하고 구태의연한 중국이나 일본을 향해 방향을 틀지도 않으며 자기 세계의 내면으로 곧바로 인도한다. 계절이 변하고 밤낮이 바뀌고 해가 지고 달도 지고 마침내 지구마저 저물어도 그 길은 우리를 내면의 세계로 인도해 준다.

미라보 백작[16]은 '인간 사회의 가장 성스러운 법에 정면으로 도전하려면 얼마나 확고한 결심이 필요한지 확인하기 위해' 노상강도를 저질렀다고 한다. 그는 다음과 같이 선언했다. "상사의 명령에 복종하며 전투에 참여하는 군인에게 필요한 용기는 노상강도를 저지르는 데 필요한 용기의 절반도 되지 않는다." "심사숙고 끝에 굳힌 결심은 명예나 종교도 꺾지 못한다." 그의 행동을 보고 사람들은 용기 있는 행동이었다고 말한다. 그러나 내게는 그것이 그다지 절박한 것이 아니면 헛되다고 생각한다. 그가 정말 제정신을 가진 사람이라면 보다 성스러운 법을 따름으로써 '인간 사회에서 가장 성스럽게 여기는 법에 정면으로 대응'했어야 하고, 그렇게 함으로써 억지스러운 방법을 쓰지 않고 자신의 결연한 의지를 시험했어야 한다. 인간의 의무는 사회에 대한 자신의 태도를 통해 스스로를 시험하는 것이 아니다. 자기 존재의 법칙에 순응하고, 그렇게 함으로써 얻는 태도가 무엇이든 그 태도를 지키는 것이 인간의 의무다. 그러한 자기 존재의 법칙은 정의로운 정부(만약 그런 정부를 갖게 된다면)의 통치 철학과 반대되는 입장에 절대로 서게 되지 않을 것이다.

내가 숲 속에 들어간 것도, 숲을 떠난 것도 그럴 만한 타당한 이유가 있어서였다. 내가 살아야 할 삶이 여러 개이며 따라서 숲 속의 삶에 더 이상 시간을 소비해서는 안 된다고 생각했다. 우리는 놀라울 정도로 쉽게 아무 생각 없이 특정한 길을 선택하고 갔던 길을 반복해서 밟는다. 나는 숲 속에 기거한 지 일주일도 채 되지 않아서 이미 집 문 앞에서 호숫가까지의 길을 닳도록 오갔다. 그 후 5, 6년이 지났지만 여전히 그 길을 알아볼 수 있을 만큼 자취가 분명하다. 다른 이들이 그 길을 이용할까 싶어 사람들이 다니기 편리하도록 가끔 손질한 점은 인정한다. 지표면은 부드러워 사람 발자국이 남기 쉽다. 인간의 정신이 찾는 길 역시 마찬가지다. 그러니 세계 곳곳의 도로는 얼마나 닳고 먼지가 많이 쌓여 있겠는가. 전통과 대세에 순응하는 태도는 얼마나 깊은 자취를 남기겠는가. 나는 사람들의 발길이 잦은 선실 내의 통로를 택하고 싶지 않았다. 펄럭이는 돛을 뒤로 하고 세상의 갑판에 서서 산을 비추는 달빛을 목격하고 싶었다. 나는 지금도 갑판 아래의 선실로 내려가고 싶지 않다.

나는 실험을 통해 최소한 다음과 같은 교훈을 얻었다. 자신이 품은 꿈을 향해 당당하게 나아가고 자기가 꿈꾼 삶을 살려고 노력하는 사람은 자기도 모르는 사이에 꿈을 이루게 된다. 꿈을 추구하자면 포기해야 할 것도 있고 눈에 보이지 않는 한계도 극복해야 하리라. 꿈을 추구하면 새롭고 보편적이고 보다 진보적인 법칙이 자신의 주위와 내면에 형성되기 시작한다. 혹은 기존의 법칙이 더 진보적인 의미에서 자신에게 적합하게 확장되고 해석된다. 그리하여 그는 한층 더 숭고한 존재의 법칙을 따를 권리를 지니고 사는 것이다. 그러한 법칙에 맞추어 삶을 담백하게 만들면 우주를 관장하는 법칙도 그리 복잡하게 느껴지지 않고, 고독은 고독으로 느껴지지 않으며, 빈곤과 약점 역시 더 이상 빈곤과 약점으로 여겨지지 않는다. 공중에 성채를 짓는다고 해도 그의 노력은 헛되지 않다. 그곳이 바로 성채가 있어야 할 자리이기 때문이다. 이제 그 성채들 아래로 기초를 단단히 올리면 된다.

영국과 미국은 당신이 하는 말을 이해하지 못하겠다며 좀 알아듣게 말하라고 말도 안 되는 요구를 한다. 인간도, 흉측한 나무 등걸도 그런 요구는 받아들이지 못한다. 영국과 미국은 마치 그런 요구가 받아들여지지 않으면 당신을 이해하지 못할 듯이, 당신이 그들의 요구를 받아들이는 일이 너무나 중요하다는 듯이 행동한다. 또한 자연은 한 가지의 사고 법칙만을 옹호한다는 듯이, 네발 달린 동물들과 새를 동시에 품지 못한다는 듯이, 날짐승과 땅을 기어다니는 생물들을 함께 포용하지 못한다는 듯이 행동한다. '이랴, 워워'처럼 브라이트[17]가 알아듣는 말이 가장 훌륭한 영어인 것처럼 여기며 모르는 게 약이라는 것처럼 행동한다. 내가 가장 우려하는 바는 내 표현 방법이 진부하지 않은가, 나의 일상적인 경험의 편협한 한계를 넘어설 수 있는가 하는 점이다. 이는 내 표현 방법이 내가 확신하는 진실에 부합하도록 하기 위해서이다. 표현이 진부한지 여부는 판단하기 나름이다. 새로운 목초지를 찾아 이동하는 물소는 정상 궤도를 벗어난 게 아니다. 그러나 젖을 짜야 할 시간에 물동이를 걷어차고 농장 울타리를 뛰어 넘어 송아지 뒤를 쫓는 암소는 정상 궤도를 벗어난 것이다. 나는 제약 없이 의사를 표현하고 싶다. 정신이 깨어 있는 상태에서 나와 마찬가지로 정신이 깨어 있는 사람들을 상대로 말하고 싶다. 진실한 표현은 그 기초를 다지는 데만도 제약 없는 표현의 자유가 필요하다. 한번 음악의 선율을 들은 사람은 자신의 표현을 정상 궤도에 가두어놓지 못하는 법이다. 앞으로는 가능하다면 전방은 명확하게 규정짓지 말고 옆면의 윤곽은 희미하고 흐릿한 채로 여지를 두고 살자. 마치 우리의 그림자가 태양을 향해 눈에 보이지 않는 땀을 발산하듯이 말이다. 우리가 하는 말의 참뜻은 순식간에 사라져버리고, 남겨진 말은 진실을 전하기에 부족하다는 사실을 우리에게 끊임없이 보여준다. 우리가 하는 말의 참뜻은 말을 내뱉는 즉시 해석되고, 남은 것은 어구(語句)에 충실한 상징뿐이다. 우리의 신념과 충심을 표현하는 어휘들은 명확히 규정짓기 어렵다. 그 어휘들은 보다 고결한 본성을 가진 사람들에게는 유향처럼 소중하고 향기롭다.

왜 우리는 언제나 가장 진부한 견해로 수준을 낮추고 그것을 상식이라고 찬미하는가? 이런 가장 상식적인 상식은 잠든 사람의 코고는 소리처럼 무의미하다. 우리는 때때로 자신이 이해하기 힘들 만큼 지성이 뛰어난 사람을 만나면 정신이 박약한 사람과 같은 부류로 싸잡으려 한다. 그 이유는 우리가 그들이 하는 말을 3분의 1 정도밖에 이해하지 못하기 때문이다. 심지어 아침에 일어나 하늘이 왜 붉은지 트집잡는 이들도 있으리라. 그들이 아침 일찍 일어날 수만 있다면 말이다. "카비르의 시에는 환상, 영혼, 지성,『베다』의 평범한 교리 이렇게 서로 다른 의미 네 가지가 내포되어 있다고 한다."[18] 그런데 세상의 이쪽 편에서는 한 가지 이상으로 해석이 가능한 글은 소송의 근거가 된다고 믿는다. 영국은 감자의 역병을 치유하려고 애쓰면서 그보다 더 널리 퍼졌으며 훨씬 치명적인, 인간의 두뇌가 앓는 역병을 치유하려는 노력은 왜 하지 않는가?

나는 내 글이 모호함의 극치를 보여준다고 생각하지 않는다. 그리고 내 글에서 월든 호수의 얼음에서 발견되는 결함보다 더 치명적인 결함만 발견되지 않는다면 낯이 설 것 같다. 남쪽 사람들은 월든 호수의 얼음이 푸른색이라고 싫어한다. 푸른색은 순수함을 상징하는데도, 마치 월든 호수가 탁하다는 듯 흠을 잡는다. 그들은 희고 잡초 맛이 나는 케임브리지의 얼음을 선호한다. 그들이 원하는 순수함은 지구를 감싸는 희뿌연 안개 같은 것이지, 멀리 보이는 맑은 담청색 하늘이 아니다.

어떤 이들은 우리 미국인, 일반적으로 현대인은 고대인에 비하면 (심지어는 엘리자베스 여왕 시대의 사람들에 비해서도) 지적으로 왜소한 난쟁이들이라고 귀가 닳도록 말한다. 그런 말을 해서 무슨 목적을 달성하려는 것인가? 살아 있는 개가 죽은 사자보다 낫다.[19] 자기가 피그미족이라고 해서, 가장 몸집이 큰 피그미가 되지 못한다고 해서 목을 매달아야 하는가? 우리 모두 각자 자기 일에나 관여하고 자기가 가진 재능이나 발휘하려 애쓰자.

우리는 왜 가망도 없는 일에 그리도 서둘러 성공하려고 기를 쓰는가? 어떤 이가 자기 벗들과 보조를 맞추어 걷지 않는다면 그건 아마 그에게 들리는 북소리 장단이 동료들에게 들리는 북소리와 다르기 때문이리라. 운율이 고르든 멀리서 어렴풋이 들리든 각자 자신에게 들리는 음악 소리에 맞춰 걸음을 내딛자. 인간에게 사과나무나 떡갈나무처럼 빨리 성숙하는 것은 중요하지 않다. 봄을 서둘러 여름으로 만들 수는 없지 않은가? 우리가 재능을 발휘할 여건이 성숙하지 않았다면 그것을 대체할 현실은 무엇인가? 자포자기하고 보잘것없는 현실에 매달려서는 안 된다. 갖은 고생 끝에 우리 주위에 푸른 유리로 하늘을 만든다고 해도, 완성하고 나면 거기 만족하지 못하고 그 너머에 있는 드높은 창공을 염원하리라. 그래도 유리로 하늘을 만드는 헛수고를 하겠는가?

쿠루 시에 완벽을 추구하는 한 예술가가 있었다. 어느 날 그는 지팡이를 만들겠다고 마음먹었다. 그는 작품을 만드는 시한을 정하면 그에 맞추느라 타협해서 작품의 완성도가 떨어진다고 믿었다. 그래서 얼마나 긴 시간이 걸리든 관계없이, 지팡이를 만드는 일 말고는 평생 아무 일도 하지 않더라도 모든 면에서 완벽한 지팡이를 만들겠다고 다짐했다. 그는 곧 나무를 구하러 숲으로 갔다. 지팡이를 만드는 데 적합하지 않은 재료는 절대로 사용하지 않겠다고 결심했기에 숲 속에서 발견한 나뭇가지마다 퇴짜를 놓았다. 그러는 사이 친구들은 나이가 들어 숨을 거두면서 하나둘씩 그의 곁을 떠났지만 그는 조금도 늙지 않았다. 결연한 의지를 가지고 한 가지 목표에 성실하게 매진했기 때문에 자신도 모르는 사이에 영원한 젊음을 얻은 것이다. 시간과 타협하지 않았으므로 세월은 그를 비켜 갔고, 시간은 그를 정복하지 못한다는 안타까움에 먼발치에서 탄식했다. 그가 지팡이를 만들기에 모든 면에서 적합한 재료를 찾았을 때 쿠루 시는 이미 폐허가 되어 있었고 그는 폐허 더미에 앉아 나뭇가지의 껍질을 벗겼다. 나뭇가지가 제대로 지팡이의 형태를 갖추기도 전에 칸다하르 왕조 시대는 거의 막을 내렸고, 그는 나뭇가지 끝으로 모래 위에 그 종족의 마지막 생존자의 이름을 쓴 뒤 다시 작품을 만드는 데 몰두했다. 그가 지팡이를 매끄럽게 다듬고 윤을 냈을 즈음 해서는 이미 겁(劫)[20]이 흘렀고, 그가 지팡이의 머리를 보석으로 장식했을 때는 브라마가 잠들고 깨어나기를 수없이 반복한 뒤였다.[21] 그런데 나는 왜 지금 이 이야기를 전하고 있는가? 마침내 그가 마지막 손질을 끝내자 놀랍게도 그 지팡이는 그의 눈앞에서 점점 커지더니 브라마가 창조한 그 어떤 것보다 아름다운 형상으로 변했다. 그는 지팡이 하나를 만들면서 새로운 체계, 충만하고 조화로운 세상을 창조한 것이다. 그 새로운 세상에는 고대 도시와 왕조들은 사라치고 없었지만 더 아름답고 거룩한 도시와 왕조가 들어섰다. 발밑에 수북이 쌓인 나무 부스러기들 곁에서, 자신과 자신이 만든 작품에게 시간의 경과는 한낱 환영에 불과하며, 브라마의 뇌에서 튄 불꽃 하나가 한 인간의 뇌에 떨어져 불꽃을 일으키는 데 필요한 시간밖에 지나지 않았음을 그는 비로소 깨달았다. 작품을 만드는 데 사용한 재료와 그의 예술이 모두 순수했으니 결과적으로 훌륭한 작품이 나오지 않을 수 있겠는가?

우리가 물질에 부여하는 겉모습은 종국에는 진실만큼 우리에게 이득이 되지 않는다. 진실만이 오래 지속된다. 우리는 대부분 있어야 할 장소에 있지 않고 엉뚱한 곳에 있다. 우리는 하나의 상황을 설정하고, 스스로를 그 상황에 끼워맞추는 약점이 있다. 그렇게 함으로써 동시에 두 가지 상황에 놓이고, 거기서 헤어나기는 두 배로 힘들어진다. 온전한 정신일 때 우리는 사실만을 본다. 의무감이 아니라 진심에서 우러나오는 말을 하라. 그 어떠한 진실이라도 거짓보다는 낫다. 땜장이 톰 하이드는 교수대에 서서 마지막으로 하고 싶은 말을 하라는 요청에 다음과 같이 말했다. "바느질을 할 때는 첫 땀을 뜨기 전에 잊지 말고 실의 매듭을 지으라고 재단사들에게 전해 주시오." 그의 곁에 있던 동료가 어떤 내용의 기도를 했는지는 전해지지 않았다.

우리의 삶이 아무리 힘겹고 척박하다 해도 삶을 직면하고 살아내자. 삶을 회피하거나 욕설을 퍼붓지 말자. 삶보다 더 보잘것 없는 것은 바로 우리 자신이다. 우리가 가장 부자일 때 삶은 가장 가난해 보인다. 트집을 잡으려 드는 사람은 천국에 대해서도 흠을 잡는다. 가난하면 가난한 대로 우리의 삶을 사랑하자. 가난한 집에서조차 즐겁고 흥겹고 거룩한 시간들은 있다. 저무는 해는 부자의 저택이나 빈민 구제소의 창문이나 똑같이 밝게 비춘다. 가난한 집의 문 앞에 쌓인 눈도 이른 봄에는 녹기 마련이다. 온화한 정신을 소유한 자만이 가난해도 궁전에 사는 것처럼 만족하고 즐거운 생각을 할 수 있다. 내가 보기에는 우리 마을의 가난한 사람들이 가장 독립적인 삶을 산다. 아마도 그들은 스스럼없이 도움을 받기 때문인지도 모르겠다. 대부분의 사람들은 마을의 도움을 받는 일은 수치스럽게 여기면서, 정직하지 못한 방법을 동원해서 생활을 꾸려나가는 것은 수치스럽게 생각하지 않는다. 그러나 부정직한 삶은 도움을 받는 것보다 더 치욕스러운 일이다. 정원에 세이지 같은 약초를 가꾸듯이 가난을 경작하자. 옷이든 친구든 새로운 것을 장만하려고 애쓰지 말자. 낡은 옷을 고쳐 입자. 오랜 친구에게로 돌아가자. 사물은 변하지 않는다. 변하는 것은 우리 자신이다. 옷은 팔아버리고 우리의 생각을 간직하자. 우리가 홀로 있어도 외롭지 않음을 신은 알아주리라. 온종일 거미처럼 다락방에 갇혀 있어도 스스로에 대한 생각에 골몰하면 세상은 마찬가지로 광활하게 느껴진다. 어느 철학자가 말했다. "삼군으로부터 장수를 빼앗으면 군대를 혼란에 빠뜨릴지는 모르나 한 사나이에게서 그의 지조를 빼앗지는 못한다."[22] 자기계발을 하겠다고 온갖 것에 솔깃하지 마라. 모두 소용없는 짓이다. 천국의 빛을 드러나게 해주는 것은 어둠이며 겸허함은 그 어둠과 같다. 우리 주위에 드리우는 가난과 비천함의 그림자들은 "천지 만물을 보는 우리의 시야를 넓혀준다."[23] 우리가 크로이소스[24]처럼 막대한 부를 소유하게 된다고 해도 우리가 추구하는 목적은 변하지 않으며 그 목적을 달성하기 위한 방법도 본질적으로 같다. 더군다나 빈곤 때문에 운신의 폭이 좁아진다면, 예를 들어 책과 신문을 사지 못하면 가장 중요하고 의미 있는 경험을 하는 데 전념하게 된다. 그러면 가장 당도가 높고 전분의 함량이 높은 재료만 취급할 것이다. 기본적인 틀에 가까울수록 삶은 감미로운 법이다. 당신은 낭비 없는 삶을 살게 된다. 고차원의 법칙을 따르는 삶을 살면 저차원의 세속적인 것들에는 초연하게 된다. 지나친 부를 소유하면 불필요한 것들만 사들이는 법이다. 영혼에 필요한 것을 마련하는 데는 돈이 필요하지 않다.

내 집 벽의 한 귀퉁이는 납으로 만들어졌는데 아마도 종을 만들 때 사용하는 금속이 납에 섞여 있는 듯싶다. 가끔 한낮에 쉬고 있으면 바깥에서 나는 소란스러운 종소리가 벽을 타고 울리기 때문이다. 그건 내 이웃들이 말하는 소리다. 그들은 내게 유명한 신사 숙녀와 만난 체험담을 들려주고 어떤 저명인사와 같은 만찬 식탁에 합석했는지 얘기해 준다. 그러나 나는 신문에 난 기사에 관심이 없듯이 그런 이야기에도 관심이 없다. 그들의 대화 주제는 주로 옷과 예절에 관한 것이다. 그러나 거위에게 아무리 근사한 옷을 입혀도 거위는 거위일 뿐이다. 그들은 캘리포니아와 텍사스, 영국과 인도 제국이 어떻고 조지아의 아무개 씨[25]와 매사추세츠의 아무개 씨[26]가 어떻다느니 사소하고 쓸데없는 것들에 대해 이야기한다. 더 이상 들어주기 힘들어서 나는 맘루크가(家)의 군인[27]처럼 벌떡 일어나 안식처로 돌아간다. 나는 과시욕을 드러내고 속물 근성을 쏟아내는 이웃들의 행렬에 끼어 부화뇌동하지 않고 우주의 창시자와 더불어 산책을 한다. 또한 들썩거리고 과민하고 어수선하고 하찮은 19세기에 휩쓸리지 않고 19세기가 흘러가는 모습을 관조한다. 인간은 무엇을 경축하는가? 사람들은 온갖 위원회를 구성하고 매시간마다 누군가 연설을 하기를 기대한다. 신은 실권 없는 지도자일 뿐이며 웹스터[28]는 신을 대리하는 연설가이다. 나는 가장 강렬하고 정당하게 나를 매료시키는 것에 이끌리고, 그것에 자리 잡고 천착하고 싶다. 저울대에 대롱대롱 매달려서 삶의 무게를 줄여보려 안간힘 쓰지 않겠다. 나는 상황을 가정하지 않고 주어진 상황에 직면하겠다. 그 어떤 힘도 막을 수 없는 나만의 길을 가겠다. 든든한 기초를 마련하기도 전에 아치를 세우기 시작하는 행위는 나를 만족시키지 못한다. 살얼음 위에서 장난치지 말자. 도처에 단단한 바닥이 깔려 있다. 어느 길손이 소년에게 앞에 있는 늪의 바닥이 단단한지 물었다. 소년은 그렇다고 대답했다. 그러나 이내 늪은 그 길손이 타고 있는 말의 배까지 차올랐다. 길손이 소년에게 따졌다. "이 늪의 바닥이 단단하다고 하지 않았느냐?" 그러자 소년은 대답했다. "네, 그랬어요. 그렇지만 단단한 바닥에 닿기까지 아직 절반도 채 가지 못하셨어요." 인간 사회에 도사리고 있는 늪과 유사(流砂)도 이와 같다. 그러나 그 사실을 깨닫기까지는 시간이 걸린다. 사람들의 말과 행동이 진실인 경우는 아주 드물고, 그런 경우가 있다고 해도 우연의 일치일 뿐이다. 나는 윗가지와 회반죽에 못을 박아 넣는 어리석은 짓은 하지 않으리라. 그런 행동을 하고 어찌 밤에 잠을 이룰 수 있겠는가. 망치를 들고 못을 박아 넣어야 할 홈을 스스로 잘 찾자. 다른 사람의 말에 의존하지 말자. 못을 단단히 잡고 제자리에 정확하게 박아 넣자. 그리하여 밤중에 깨어나 흡족한 눈으로 우리의 작업을 바라볼 수 있도록 하자. 시상이 떠오르게 할 정도로 훌륭한 작품을 만들자. 그렇게 해야, 오직 그렇게 할 때만 신이 우리를 도우리라. 우리가 박아 넣은 못은 하나하나가 이 우주라는 거대한 기계가 작동하는 데 꼭 필요한 부품이어야 한다. 그러니 작업을 중단하지 말자.

내가 원하는 것은 사랑도 돈도 명성도 아니다. 내가 원하는 것은 진실이다. 상다리가 휘어지도록 산해진미와 포도주가 풍성하게 차려진 식탁에 앉아 하인들이 수족처럼 시중을 들어도 그곳에는 진심에서 우러나오는 융숭한 접대가 느껴지지 않는다. 그런 초대에 응하면 집으로 돌아올 때 여전히 허기가 진다. 접대가 얼음과자[29]처럼 차가웠기 때문이다. 너무 차가워서 차가운 음식을 만드는 데 얼음이 필요 없겠다는 생각이 들었다. 화려한 연회에 참석한 이들은 포도주의 수확 연도와 품질이 가장 뛰어난 포도주에 대해 얘기한다. 그러나 나는 그들이 가질 수도 살 수도 없는, 더 무르익고 새롭고 순수하고 명성 높은 포도주를 생각했다. 유행의 첨단을 걷고, 고대광실(高臺廣室) 같은 저택과 끝없이 펼쳐진 넓은 정원을 소유하고, 화려한 연회를 여는 일은 내게 무의미하다. 내가 초대에 응해 방문을 하면 주인은 마치 자신이 왕이라도 되는 듯 손님을 현관에서 기다리게 만들고 손님을 접대할 능력을 박탈당한 사람처럼 행동한다. 내 집 근처에 속이 빈 나무 속에 사는 사람이 있다. 그는 정말로 당당한 태도를 지녔다. 그 사람의 집을 방문했다면 더 나은 접대를 받았으리라.

얼마나 오랫동안 우리는 현관 기둥 아래 죽치고 앉아 쓸모없고 곰팡내 나는 덕목을 실천하려는가? 우리는 하루를 긴 고통으로 시작하고 사람을 고용해 우리 대신 감자밭을 일구게 한다. 그리고는 오후에는 미리 계획한 대로 기독교도적인 온순함과 자선을 실천하러 간다. 인간은 중국처럼 오만하고[30] 자기 도취적이다. 이 세대는 자신들이 명망 있는 혈통의 맥을 잇는 후계자라고 믿고 자축한다. 자칭 유서 깊은 가문의 후예인 그들은 보스턴, 런던, 파리, 로마에서 예술과 과학과 문학의 진보에 관해 이야기하며 만족스러워한다. 그들은 철학 학회의 문서 보관소를 설립하고 위인들의 업적을 칭송한다. 아담이 자기 자신의 미덕을 기리는 것이나 매한가지다. "위대한 업적을 이루었고 불후의 명작을 탄생시켰으니 우리의 과업은 잊히지 않을 것이오." 즉, 다른 사람들은 다 잊어도 우리만은 기억하겠다는 뜻이다. 아시리아의 수많은 학회와 위인들은 모두 어디로 사라졌는가? 우리는 얼마나 철없는 사상가이고 실험가들인가! 이 글을 읽는 독자들 가운데 일생을 다 살아본 사람은 없다. 우리 시대는 인류 전체의 생애로 보면 봄에 불과할 뿐이다. 우리는 7년 동안 계속되는 피부염[31]은 겪었을지 모르지만 17년 된 매미[32]는 아직 콩코드에서 보지 못했다. 우리는 우리가 살고 있는 지구 표면에 대해서만 알고 있다. 대부분의 사람들은 지표면 밑으로 6피트도 파본 적이 없고 그 몇 배 되는 높이의 대기 한가운데에 올라가 보지도 못했다. 우리가 아는 바는 빙산의 일각이며 우리 자신조차 제대로 알지 못한다. 게다가 우리는 주어진 시간의 거의 절반을 수면으로 소비한다. 그런데도 우리는 스스로가 현명하다고 자화자찬하고 지구상에 질서를 확립했다고 믿는다. 진정으로 우리는 심오한 사상가요, 야심만만한 인간들이다! 숲 속 땅바닥에 떨어진 소나무 잎 사이를 기어가는 벌레가 내 시야에서 벗어나 몸을 감추려고 애쓰는 모습을 내려다보면서 나 자신에게 반문한다. 이 벌레는 왜 내가 해를 끼칠지 모른다는 자기 멋대로의 추측에 매몰되어 나를 피해 숨으려고 하는가? 내가 은혜를 베푸는 이로운 사람일지도 모르고, 그렇다면 이 기쁜 소식을 다른 벌레들에게 전해야 하지 않겠는가? 그 벌레를 바라보고 있노라니 인간이라는 벌레를 내려다보는 은혜롭고 지적인 존재가 연상되었다.

이 세상에는 새롭고 신기한 일들이 끊임없이 일어나고 있는데 우리는 너무나 따분하고 무미건조한 삶을 산다. 우리의 삶이 얼마나 무료한가는 가장 진보한 문명국에 사는 사람들이 아직 어떤 설교에 귀를 기울이는지만 보아도 알 수 있다. 환희나 비애와 같은 단어도 간혹 들리지만 이 단어들은 우리가 평범하고 평균적인 것에 안주하는 한 콧소리 섞인 부담스러운 성가로밖에 들리지 않는다. 우리는 우리가 가져올 수 있는 변화가 고작해야 옷을 갈아입는 것뿐이라고 생각한다. 대영제국은 방대하고 훌륭한 나라이고 미합중국은 당대 최고의 강대국이라고 말한다. 우리가 마음먹기에 따라서 대영제국을 나무토막처럼 띄우기도 가라앉히기도 할 거대한 물결을 따라 우리 자신도 흥망성쇠를 겪을 수 있음을 믿지 않는다. 내가 사는 세계를 다스리는 정부는 영국 정부처럼 식사 후 포도주 한잔을 곁들이며 오간 대화 속에서 설립된 정부가 아니다. 우리 안에 있는 생명은 강물과 같다. 올해는 수위가 과거 그 어느 때보다 높아져, 메마르고 갈라진 고지대를 물에 잠기게 하고 사향뒤쥐를 모두 익사시키는 다사다난한 한해로 기록될지도 모른다. 우리가 사는 곳이 늘 뭍이었던 것은 아니다. 깊숙한 내륙 안쪽에, 과학자들이 홍수를 기록하기 시작하기도 전인 옛적에 시냇물에 씻겼던 둑이 보인다. 뉴잉글랜드 지역에서 사람들 입에 오르내리는 이야기가 하나 있다. 코네티컷 주에서 퍼지기 시작해 매사추세츠 주까지 전해진 그 이야기는 다음과 같다. 어느 농부의 집 부엌에 60년 동안 놓여 있던 오래된 사과나무 탁자의 마른 판자에서 튼튼하고 아름다운 벌레가 나왔다고 한다.

알이 자리 잡고 있던 부분 바깥쪽으로 나이테가 많이 생겨난 사실로 미루어, 그 알은 사과나무가 아직 살아 있을 때 나무껍질 안쪽 백목질에 자리 잡았다고 추정된다. 그 알은 탁자 위에 놓인 단지의 열기 때문에 부화한 듯하며 알에서 부화한 애벌레는 몇 주 동안 탁자 속에서 나무 갉아먹는 소리를 냈다고 한다. 이 얘기를 듣고 부활과 불멸에 대한 믿음이 더욱 굳건해지지 않는 이가 누가 있겠는가? 그 알은 처음엔 푸르고 싱싱하게 살아 있는 나무에 자리를 잡았다. 그러나 오랜 세월이 흐르면서 나무는 탁자로 만들어졌고 점점 무덤처럼 변해 버렸다. 그 알은 죽은 나무의 딱딱하고 메마른 나이테 속에 오랜 세월 동안 묻혀 있다가 부화되어 나무 속을 갉아내고, 그 소리로 식탁에 둘러앉아 있던 한 가족을 놀라게 했으리라. 그리고 마침내 세상 밖으로 나온 애벌레는 날개 달린 아름다운 생명으로 다시 태어났으리라. 메마른 인간 사회에서도 가장 볼품없고 아무도 원치 않는 가구에서 뜻하지 않게 날개 달린 아름다운 생명이 탄생해 마침내 황홀한 여름을 누리게 될지 누가 아는가!

장삼이사(張三李四)가 이 모두를 실현하리라는 뜻은 아니다. 그러나 바로 그것이 우리가 원하는 미래의 모습이고 그런 내일은 단순히 시간이 흐른다고 해서 저절로 오지 않는다. 우리 눈을 멀게 하는 빛은 그저 어둠일 뿐이다. 깨어 있는 자만이 동트는 장관을 목격할 수 있다.[33] 앞으로도 수많은 날들이 밝아오리라. 태양은 한낱 샛별에 불과하다.[34]

시민 불복종[1]

Civil Disobedience

‘최선(最善)의 정부는 최소(最小) 정부’라는 금언을 나는 진정
으로 믿는다.[2] 그리고 하루빨리 체계적으로 실현되기를 원한다.
제대로 실현된다면 궁극적으로는 ‘통치하지 않는 정부가 최선의
정부’가 되리라 믿는다. 사람들이 통치하지 않는 정부를 받아들
일 준비가 돼 있을 때 그런 정부를 갖게 되리라. 정부는 편의상
형성된 사회 체제일 뿐이다. 그러나 대부분의 정부는 그나마 적
절한 편의조차 제공하지 못하며 모든 정부는 때때로 삶을 불편하
게 만든다. 상비군 설치에 대해 제기돼 온 수많은 진지한 반대 의
견들이 받아들여져야 하듯이, 이제 상설 정부에 대해 반대의 목
소리를 낼 때가 왔다. 상비군은 상설 정부의 일부일 뿐이다. 국민
들이 자신들의 뜻을 집행하는 방편으로 선택한 체제에 불과한 정
부 자체는, 국민들이 적절한 절차를 통해 의사결정을 하기도 전
에 오용되고 변질되기도 한다. 지금 진행 중인 멕시코 전쟁을 보
라. 이 전쟁은 권력층의 몇몇 소수가 상설 정부를 자의적으로 이
용한 결과 발발했다. 애초부터 국민들은 이 조치에 절대 동의하
지 않았으리라.[3]

미국의 현 정부는 최근 수립됐지만 전통적인 기존의 정부와 다를 바가 없다. 현재의 정부 역시 전통적인 정부와 마찬가지로 그 체제를 훼손시키지 않은 상태로 후손들에게 물려주려고 애쓰지만, 그 과정에서 조금씩 고결함을 잃어가고 있다. 한 개인은 자기가 소유한 생명력과 힘을 자신의 의지대로 사용할 수 있으나 정부에게는 그런 능력이 없다. 정부는 국민들에게 나무총과 같은 존재다.[4] 그러나 그렇다고 해서 정부의 필요성이 줄어든다는 건 아니다. 국민들은 정부에 대한 자신들의 관념을 충족시키기 위해 정부라는 복잡한 기계가 소음을 만들어내야 만족하기 때문이다. 따라서 정부는 사람들이 얼마나 쉽게 기만당하며 자신의 이익을 위해 어떻게 스스로를 속이는지 보여준다. 그것은 그렇다고 치자. 그러나 이 정부는 어떤 일이 있을 때마다 재빨리 발을 빼는 것 말고는 제대로 추진한 일이 없다. 미국 정부는 자유를 수호하지 못하고, 서부 지역에 법과 질서를 정착시키지도 못하고 있으며, 교육 정책을 실행할 능력도 없다. 지금껏 이룩한 모든 성취는 미국 국민들의 타고난 성품 덕분에 가능했던 것이다. 정부가 때때로 방해만 하지 않았더라면 국민들은 더 많이 성취할 수 있었으리라. 정부란, 국민들이 서로 방해하지 않고 상호 공존하는 것을 가능하게 하는 편의상의 체제에 불과하다. 그리고 앞에서도 언급했듯이 국민들을 간섭하지 않는 정부가 '편의상의 체제'라는 개념에 가장 부합한다. 무역과 상업은 인도산 고무가 탄력으로 장애물을 뛰어넘듯이 입법기관에서 만들어내는 장애물을 극복하지 못한다. 의회 의원들이 이런 장애물을 만들어내는 의도가 무엇이든 그 장애물이 초래하는 결과만 가지고 의원들을 심판한다면, 그들은 철로 위에 장애물을 설치해서 달리는 열차를 위험에 빠뜨린 악당들과 같이 취급되고 처벌받아야 한다.

　그러나 한 사람의 시민으로서 현실적으로 말하자면, 나는 무정부주의자처럼 무정부를 원한다기보다는 지금 당장 더 나은 정부를 원한다. 국민 개개인은 자신이 생각하기에 존중할 가치가 있는 정부가 어떤 정부인지를 밝혀야 한다. 그것이 보다 나은 정부로 가는 첫걸음이다.

　결국 권력이 시민에게 있을 때 다수 의견이 채택되고, 이렇게 채택된 의견이 오랫동안 유지되는 현실적인 이유는, 다수의 의견이 옳을 가능성이 가장 높다거나 다수 의견을 따르면 소수에게 가장 공정하기 때문이 아니라 다수가 물리적으로 가장 강하기 때문이다. 모든 사안을 다수결로 결정하는 정부는 정의롭다고 할 수 없다. 다수가 아니라 양심을 통해 옳고 그름을 결정하는 정부는 불가능한가? 편의성의 원칙이 적용되는 사안들에 관해서만 다수 의견으로 결정하는 정부는 불가능한가? 국민이 단 한순간이라도, 아무리 최소한이라고 해도 자신의 양심을 의회 의원에게 양도해야 하는가? 그렇다면 인간 개개인에게 양심이 있는 이유는 무엇인가? 우리는 통치를 받는 한 나라의 국민이기 이전에 인간이어야 한다. 인간은 법을 존중하기보다는 권리를 존중하는 것이 바람직하다. 그 권리란 언제나 자신이 옳다고 생각하는 대로 행동할 의무를 말한다. 흔히 집단에는 양심이 없다고 한다. 그러나 양심 있는 사람들로 구성된 집단은 양심을 소유한 집단이다. 법이 인간을 더 정의롭게 만들지는 않는다. 오히려 선량한 사람들조차도 법을 존중하려다 불의를 행하게 된다. 존중할 가치가 없는 법을 존중하면 대령이나 대위, 하사, 사병, 화약 운반병 등 지위 고하를 막론하고 다양한 계급의 군인들이 자신의 의지와 상식과 양심에 반하여, 언덕과 골짜기를 넘어 전쟁 속으로 일사불란하게 행군해 들어가는 결과가 초래된다. 스스로의 양심에 반하는 이 행군은 진정 심장 박동에 무리를 가하는 힘겨운 행진이다. 군인들은 추호의 의심도 없이 자신들이 관여하게 된 일이 저주스러운 일임을 안다. 그들은 모두 평화를 원하기 때문이다. 이 상황에서 그들은 어떤 존재인가? 진정한 인간이라고 할 수 있는가? 아니면 부도덕한 권력자에 봉사하는 움직이는 요새이자 탄약고인가? 해군 기지에 가서 해병을 한번 보라. 정부가 마술을 부려 만들어낸 듯한 그런 사람은 진정한 의미의 인간이 아니라 인간의 그림자이자 흔적에 불과하며, 육신은 살아 있어도 이미 몸의 절반 이상이 땅속에 묻힌 채 장송곡을 듣고 있는 인간이나 다름없다.

> "우리가 그의 시신을 성벽으로 서둘러 옮길 때
> 북소리도 장송곡도 들리지 않았다.
> 우리의 영웅이 잠든 무덤 위로
> 한 사람의 군인도 조포(弔砲)를 쏘지 않았다."[5]

그리하여 수많은 사람들이 한 인간으로서 육신으로 국가에 봉사하지 않고 기계처럼 봉사한다. 상비군이나 예비군으로, 교도관이나 경찰관 혹은 민병대[6]로 국가에 봉사한다. 그들은 대개 자율적인 판단이나 도덕심을 자유롭게 행사할 수 없다. 그런 의미에서 나무나 땅, 돌 등 무생물이나 마찬가지이다. 따라서 나무를 깎아 만든 인간도 그들의 임무를 수행해 낼 수 있다. 그들은 허수아비나 흙덩이 이상으로 존중받을 수 없고, 개나 말과 그 가치가 다르지 않다. 그럼에도 그들은 훌륭한 시민으로 칭송받는다. 그 밖에 대다수의 의회 의원, 정치인, 변호사, 각료, 공직자 등은 머리로 국가에 봉사한다. 그들은 도덕적인 분별력이 없으므로 부지불식간에 신이 아닌 악마를 섬기기도 한다. 영웅이나 애국자, 순교

자나 개혁가와 같은 아주 극소수의 진정한 인간들만이 양심으로
국가를 섬기고, 그렇기 때문에 그들은 종종 국가에 저항하지 않
을 도리가 없으며 그로 인해 국가의 적으로 취급된다. 현명한 사
람은 오직 인간으로만 쓸모가 있으며, 자신이 죽어서 한 줌의 흙
으로 돌아가기 전에는 절대로 '바람 구멍을 막는 진흙 덩이' 노
릇은 하지 않는다.[7]

"나는 태생이 고귀하므로 소유당하지 않고

통제받지도 않으며,

이 세상의 어떤 주권 국가의

하인이나 도구로도 이용되지 않는다."[8]

다른 사람들을 위해 자신을 온전히 헌신하는 사람은 그들의
눈에 쓸모없고 이기적인 사람으로 비친다. 그러나 자신의 일부만
헌신하는 사람은 자선가나 박애주의자로 불린다.

오늘날의 이 미국 정부에 대해 인간으로서 취해야 할 태도는
무엇인가? 나는 미국 현 정부와 연관되는 것은 치욕이라고 이 질
문에 답하겠다. 나는 노예제도를 허용하는 정치적 조직을 한순간
도 나의 정부로 인정할 수 없다.

혁명을 일으킬 권리가 필요하다는 점은 누구나 인정한다. 즉
정부의 횡포와 무능이 극에 달해 견딜 수 없을 정도가 되면 정부
에 대항하고 충성을 거부할 권리 말이다. 그러나 대다수의 사람
들이 지금은 혁명이 필요한 상황이 아니라고 말한다. 그들은
1775년 혁명이 일어났을 때가 그러한 상황이었다고 생각한다.[9]
만약 항구를 통해 들여온 어떤 외국 상품[10]에 과세하는 정부는 나
쁜 정부라고 누군가가 말한다면 아마 나는 개의치 않으리라. 내

겐 그런 수입품들이 필요 없기 때문이다. 기계는 마찰을 일으키기 마련이고 마찰은 악을 상쇄시킬 선을 만들기도 한다. 어쨌든 이런 마찰에 대해 법석을 떠는 것은 큰 오류다. 그러나 마찰이 기계를 좌지우지하고 억압과 갈취가 조직화되면 그 기계를 그냥 내버려 두어서는 안 된다. 다시 말해서 자유를 갈구하는 사람들의 피난처라는 건국 이념을 바탕으로 설립된 국가의 인구 6분의 1이 노예라면, 나라 전체가 외국 군대에 의해 부당하게 유린당하고 군법 아래 놓이게 되면, 정직한 국민은 바로 저항하고 혁명을 일으켜야 한다고 생각한다. 이러한 국민의 의무가 더 절실히 필요한 이유는 우리나라가 침략을 당했기 때문이 아니라 오히려 우리가 침략자이기 때문이다.

도덕적 문제에 대한 권위자로 일컬어지는 페일리는 자신의 저서 중 '시민 정부에 대한 복종의 의무'에 관한 장에서 모든 시민의 의무를 편의성으로 설명하면서 이렇게 말한다. "사회 전체의 이익에 부합하는 한, 즉 현 정부에 저항하거나 정권을 교체하는 것이 공공의 편의를 저해하는 한 현 정부에 복종하는 것이 신의 뜻이다. (…) 이 원칙을 인정하면 모든 개별적인 저항의 정당성 여부는 위험과 불만의 총량과, 개혁의 확률과 비용의 총량을 비교하여 결정된다."[11] 페일리는 또 모든 사람은 항거할지 여부를 자기 스스로 판단해야 한다고 덧붙인다. 그러나 그는 편의성 여부가 항거의 정당성을 결정하는 척도가 되지 못하는 경우에 대해서는 깊이 생각해 보지 않은 듯하다. 개인으로서뿐만 아니라 한 국가의 국민으로서 어떠한 대가를 치르더라도 정의를 구현해야 하는 경우가 있다. 만약 내가 물에 빠진 사람에게서 부당하게 널빤지를 빼앗았다면 비록 내가 익사하는 한이 있어도 널빤지를 그 사람에게 돌려주어야 한다. 페일리의 논리에 따르면 이는 편의의 원칙에 반한다. 그러나 그런 식으로 자신의 목숨을 구한 사람은 결국 생명을 잃으리라.[12] 미국 시민은 집단으로서 국민의 존재를 상실하게 된다고 할지라도 노예를 소유해서도, 멕시코를 상대로 전쟁을 해서도 안 된다.

실제로 다수의 국가가 페일리의 주장에 동의한다. 그러나 현재의 위기 상황에서 매사추세츠 주가 옳은 일을 한다고 생각하는 사람이 있는가?

> "국가는 창부(娼婦), 은빛 옷을 걸친 창부,
>
> 옷자락을 걷어 올렸건만 그 영혼은 진흙 속에 끌리고 있구나."[13]

사실상 매사추세츠 주의 개혁에 반대하는 사람들은 수많은 남부 정치인들이 아니라 이곳 매사추세츠의 상인과 영농인들이다. 그들은 인도주의를 실현하기보다 상업과 농업에 더 관심이 있으며 어떤 대가를 치르더라도 노예와 멕시코를 위해 정의를 구현하지 못하겠다는 입장을 고수하고 있다. 나의 투쟁 상대는 머나먼 곳의 적이 아니라, 머나먼 외지의 사람들과 협력하고 그들의 명령을 집행하는 바로 이 땅의 사람들이다. 이들만 아니라면 외지인들도 무해한 존재이리라. 흔히들 집단으로서의 인간은 아직 상황을 개선할 준비가 되지 않았다고 말한다. 그러나 개선이 더딘 진정한 이유는 다수보다 실제로 더 현명하거나 낫다고 할 만한 소수마저 없기 때문이다. 다수가 나 자신만큼 선해야 하는가는 중요하지 않다. 어딘가에 선한 누군가가 절대적으로 존재해야 한다는 것이 중요하다. 그 사람이 전체 집단을 발효시킬 효모이기 때문이다.[14] 노예제도와 전쟁에 반대하는 의견을 갖고 있으면서도 이를 종식시키기 위한 어떤 행동도 취하지 않는 사람들이 많다.

이들은 조지 워싱턴과 벤저민 프랭클린의 정신을 계승한다고 자처하면서도 주머니에 손을 찔러 넣은 채 어떻게 해야 좋을지 모르겠다며 수수방관만 하고 있다. 이들은 인간의 자유보다 자유무역을 우선시하고 멕시코 전쟁 소식과 함께 당일 현물 시세를 게재한 신문을 차분히 읽으며, 저녁 식사 후에는 이 신문 위에 쓰러져 잠이 든다. 오늘날 정직한 사람과 애국자의 시세는 얼마인가? 행동하지 않는 이들은 결단을 내리지 못한 채 망설이고 양심의 가책을 느끼며 탄원도 한다. 그러나 진정으로 효과 있는 행동은 취하지 않는다. 그들은 법에 순응하면서 기다릴 것이다. 다른 사람들이 악을 바로잡을 것이고 그러면 그들은 더 이상 양심의 가책을 느끼지 않아도 되기 때문이다. 기껏해야 값싼 한 표를 던지고 유감이라는 표정을 지으며 신의 가호를 바라는 것이 그들이 행동으로 보여주는 전부다. 입으로 미덕을 찬양하는 사람은 넘쳐나지만, 진정으로 미덕을 실천하는 사람은 찾기 힘들다. 그러나 물건을 임시로 보관한 사람보다 그 물건의 소유주를 상대하기가 수월하듯, 우리에게 지금 진정으로 필요한 것은 실천하는 인간이다.

투표도 서양 장기나 주사위 놀이처럼 일종의 게임이다. 단지 일반 게임과 달리 약간의 도덕적인 측면이 가미된, 도덕적 문제의 시시비비를 가리는 게임이라고 본다. 그리고 투표에서도 일반 게임과 마찬가지로 내기가 수반된다. 그러나 투표자들의 인격이 걸린 문제는 아니다. 사람들은 자신이 옳다고 생각하는 대로 투표권을 행사하지만 내가 옳다고 생각하는 바가 반드시 승리해야 한다고 생각하지는 않으며 다수의 결정에 맡긴다. 따라서 다수로 결정된 의무는 편의성 여부를 결정하는 것 이상이 될 수 없다. 정의를 위해 던진 한 표는 정의를 수호하는 데 아무런 도움도 되지 않는다. 정의가 승리해야 한다는 투표자의 의사를 그저 미온적으로 다른 사람들에게 표현하는 것뿐이다. 현명한 사람은 옳고 그름의 문제를 결정하는 것을 운에 맡기려 하지 않으며, 다수의 힘에 의해서 결정되기를 원하지도 않는다. 인간의 집단 행동에는 미덕이 존재하지 않는다. 다수가 투표를 통해 노예제도 폐지에 찬성한다고 해도, 그 이유는 그들이 노예제도에 무관심하거나 노예제도가 유명무실해져서 더 이상 투표를 통해 폐지해야 할 만한 사안이 아니기 때문이리라. 그러면 그들만이 유일한 노예로 남게 되리라. 투표를 통해 자신의 자유를 강력히 주장하는 사람이 던진 표만이 노예제도의 폐지를 앞당길 수 있다.

볼티모어를 비롯해 도처에서 대통령 후보 선출을 위한 전당대회가 열린다는 소식이 들린다. 참가자들은 대부분 언론의 편집인들이나 직업 정치인들이다. 그러나 그들이 어떤 결정을 내리든 그것이 독립적인 사고와 지성을 갖춘 존중받을 만한 사람에게 무슨 의미가 있는가? 그들이 오히려 독립적인 사고와 지성을 갖춘 사람의 지혜와 정직성으로부터 도움을 받아야 하지 않겠는가? 독립적으로 의사 결정을 하는 사람들의 표에 의지할 수는 없는 전당대회에 참가하지 않는 사람들이 많이 있지 않은가? 그렇지 않다. 나는 소위 존경받을 만하다는 사람이 소신을 버리고 국가에 절망하는 모습을 본다. 오히려 그의 조국이 그 사람에게 절망감을 느낄 이유가 더 많은데도 말이다. 그는 선출된 후보 가운데 한 명을 지명해 유일하게 당선 가능성이 있는 후보라고 한다. 그리고 이런 행동을 통해 자신이 대중 선동가의 목적 달성에 이용되기도 한다는 사실을 증명한다. 그가 던지는 한 표의 가치는 자기 의견이 없는 무관심한 외국인이나 돈에 매수된 국민의 표의 가치와 다를 바 없다. 지조와 주관을 가진 진정한 인간은 정녕 없는가! 우리나라의 통계 수치에는 오류가 있다. 통계상 인구는 많으나 인간다운 인간은 천 제곱마일에 한 명도 찾기 힘들다. 미국은 인간다운 인간이 정착하고 싶을 만한 매력을 갖추지 못했는가? 미국 시민은 초라한 오드 펠로[15]로 전락했다. 이 초라한 인간은 집단의식에 매몰되고 지성과 독립적 사고가 확연히 결여된 인간이다. 그는 태어나자마자, 성년복을 입기도 전에 극빈자 수용소는 제대로 운영되는지 점검하고, 미망인과 고아를 돕기 위한 기금 모금에만 관심을 보인다. 간단히 말하면, 이 사람은 남부럽지 않게 장례를 치러주겠다고 약속하는 상호 보험회사의 도움 없이는 살아갈 엄두도 못 내는 인간이다.

인간에게는 불의 척결에 헌신할 의무가 없다. 설사 엄청난 불의라고 해도 그것을 척결하는 데 자신을 바쳐야 할 의무는 없다. 사람은 그 외에도 신경을 써야 할 일이 많다. 그러나 불의를 행하는 데 직접 가담하지 않으며 지지하지 않는 것이 인간의 최소한의 도리이자 의무다. 만약 불의를 척결하는 일 외에 다른 목표를 추구하는 데 헌신하려 한다면 우선 최소한 나의 행동이 다른 사람에게 피해를 주지 않는지 살펴야 한다. 내가 추구하는 목표가 다른 사람에게 피해를 준다면 즉시 중단하고, 다른 사람들이 자신들의 목표를 추구하도록 해주어야 한다. 사람들의 언행에 얼마나 논리적 일관성이 없는지 살펴보자. 나의 이웃 중에는 "나더러 노예 반란을 진압하라고 하거나 나를 멕시코에 파병하려고 해보라지. 내가 가나 봐라"라고 말하는 이들이 있다. 그러나 바로 이런 말을 하는 이들이, 직접적으로는 국가에 대한 충성 때문에 그리고 간접적으로는 경제적 여유가 있기 때문에 자기 대신 누군가를 전쟁터에 보내고 있다. 이들은 부당한 전쟁에 징집되기를 거부하는 군인을 칭송하면서 동시에 그런 전쟁을 일으킨 정의롭지 못한 정부를 지지하고 있다. 징집을 거부하는 군인은 자신을 칭송하는 이런 사람들의 행동과 권위를 무시하고 경멸한다. 마치 국가가 양심의 가책을 느끼고 자신의 죄에 대해 누군가로 하여금 대신 징벌을 받게 했지만, 죄 짓는 행위를 잠시 멈출 만큼 양심의 가책을 느끼지는 않는 것과 같다. 그리하여 질서와 시민 정부라는 미명하에 우리 모두 자신의 비열함에 경의를 표하고 지지를 보내게 되었다. 죄를 지으면 처음에는 잠시 동안 수치스러움에 얼굴을 붉히지만 이내 무관심해진다. 그리고 무관심에서 부도덕한 단계를 거쳐 도덕적 관념이 아예 없는 비도덕한 단계에 이른다. 비도덕하지 않고서야 어찌 이런 삶을 고수할 수 있겠는가.

가장 광범위하게 만연해 있는 오류가 지속되려면 가장 깊은 무관심이 필요하다. 애국심이라는 미덕은 사소한 비난을 불러일으키기 쉽고 고결한 사람이 비난을 받을 가능성이 가장 높다. 정부의 조치나 품격을 인정하지 않으면서도 정부에 대한 충성과 지지를 아끼지 않는 사람들이 정부에 가장 충직한 사람임은 의심할 여지가 없고, 그런 사람들이 개혁을 저해하는 가장 큰 걸림돌이다. 그들 가운데 일부는 주 정부가 연방을 해체시키고 대통령의 징집 명령을 묵살해야 한다고 주장한다.[16] 그렇게 말하는 당사자들은 왜 자신들과 주 정부 간의 관계를 단절하고 재정적 할당액을 납부하기를 거부하지 않는가? 자신들과 주 정부의 관계가 주 정부와 연방 정부의 관계와 유사하지 않은가? 자신들이 주 정부에 저항하지 못하는 이유와 똑같은 이유 때문에 주 정부도 연방 정부에 저항하지 못하고 있지 않은가?

어떻게 단순히 자기 의견이 있다는 사실에 만족하는가? 현상에 불만스럽다는 견해를 가졌다는 사실만으로 만족하는 것이 가능한가? 우리는 만약 이웃이 우리를 속이고 1달러를 덜 주었다면 속았다는 사실을 아는 것만으로는 만족하지 못한다. 이웃에게 속았다고 떠벌리거나 속인 이웃을 고소하는 데서 그치지도 않는다. 우리를 속인 이웃이 손해를 배상하고, 다시는 우리를 속이지 못하도록 하기 위해 즉각 효과적인 조치를 취한다. 원칙에 입각해 행동하고, 무엇이 옳은지 인식하고 스스로 행하면 사물을 변화시키고 관계에 변화를 가져온다. 이는 본질적으로 혁명적이며 기존의 것과는 완전히 다르다. 이러한 행동은 정치와 교회뿐만 아니라 가족도 갈라놓는다. 원칙에 입각한 행동은 심지어 한 개인에 내재된 선과 악을 분리시킨다.

부당한 법은 존재한다. 부당한 법을 준수해야 하는가, 개정될 때까지 준수하는 한편 개정하려는 노력을 기울여야 하는가, 아니면 즉시 위반해야 하는가? 사람들은 일반적으로 현재와 같은 정부 아래서 법 개정을 위해 다수를 설득할 때까지 기다려야 한다고 생각한다. 저항을 하면 현재 상황을 더 악화시킨다고 생각하는 것이다. 그러나 저항으로 상황이 악화된다면 그 책임은 정부에 있다. 상황을 악화시키는 장본인은 바로 다름 아닌 정부다. 정부는 왜 개혁의 필요성을 예견하고 실행하는 능력을 발휘하지 못하는가? 정부는 왜 현명한 소수의 견해를 겸허히 받아들이지 않는가? 정부는 왜 다치기도 전에 울고불고 엄살을 부리며 저항하는가? 정부는 왜 시민들로 하여금 정부의 잘못을 감시하고 지적하는 것을 권장하지 않으며 시민보다 솔선수범하지 않는가? 정부는 왜 늘 예수를 처형하고 코페르니쿠스와 루터[17]를 축출하고 워싱턴과 프랭클린을 반란군으로 매도하는가?

용의주도하고 효과적으로 정부의 권위를 거역하는 것은 정부가 유일하게 상상하지 못한 위법행위이리라. 그렇지 않다면 정부가 그런 위법행위에 상응하는 합당하고도 확실한 처벌 조치를 마련했을 것이다. 사유재산이 전무한 사람이 단 한 번 주 정부에 9실링[18]을 납부하기를 거부하면 무기한 투옥되고, 그를 투옥시킨 사람의 자의적인 판단으로 운명이 결정된다. 그러나 주 정부로부터 9실링의 90배에 달하는 금액을 훔친 사람은 곧 훈방된다.

불의가 정부라는 기계가 작동하는 데 필수적으로 수반하는 마찰이라면 그냥 내버려 둬라. 기계가 마찰로 마모되어 부드럽게 될지도 모른다. 분명한 사실은 그 기계는 반드시 노쇠한다는 것이다. 불의가 독점적으로 사용하는 용수철이나 도르래, 밧줄 혹은 크랭크를 갖추고 있다면 우리는 개혁으로 인해 지금보다 상황이 더 악화되지는 않을지 심사숙고할 수도 있다. 그러나 법이 본질적으로 우리로 하여금 다른 사람에게 불의를 행하는 역할을 하도록 강요한다면 그 법은 즉시 위반하라. 우리의 생명을 걸고 기계의 작동을 멈추게 하는 대항 마찰력이 되자. 우리가 비난하는 바로 그 불의가 자행되는 것을 도와서는 안 된다.

주 정부가 악법을 개선하기 위해 채택해 온 조치들을 보면 과연 효과를 거둘지 의구심이 든다. 그 조치들이 효력을 발생하기까지는 너무 오랜 시간이 걸리고 그러는 동안에도 인명이 손실되고 있다. 내게는 다른 할 일도 많다. 내가 이 세상에 태어난 것은 살기 좋은 세상을 만들기 위해서가 아니다. 태어난 이상 좋든 싫든 이 세상 안에서 사는 것이다. 한 사람이 모든 일을 다할 필요는 없다. 여러 가지 일들 가운데 무엇이든 하기만 하면 된다. 그리고 한 사람이 모든 일을 다할 필요는 없으므로 피치 못하게 잘못을 저지를 이유도 없다. 주지사나 의원들이 나에게 탄원할 의무가 없듯이 나도 그들에게 탄원할 의무는 없다. 그들이 내 탄원에 귀 기울지 않는다면 나는 어떻게 해야 하는가? 주 정부는 이러한 경우 어떻게 해야 하는지에 대해 아무런 해결 방안을 제시하지 않고 있다. 주 정부의 헌법 자체가 악법이다. 이렇게 말하면 너무 가혹하고, 완고하고, 비타협적으로 여겨질지도 모른다. 그러나 헌법 정신은 극진하고 사려 깊은 대우를 받을 가치가 있고 나는 그에 합당한 대우를 할 뿐이다. 생사와 같이 육신을 전율하게 하는, 모든 긍정적인 변화를 소중히 다루어야 하듯이 말이다.

나는 주저 없이 말할 수 있다. 자칭 노예제도 폐지론자들은 자신들 사이에 정의감이 널리 퍼질 때까지 기다리지 말고 즉각 매사추세츠 주 정부에 대한 지지 철회를 행동으로 보여주어야 한다고. 그들은 자신들의 견해가 다수의 견해가 될 때까지 기다려서도 안 된다. 그들은 신이 자신들 편이라고 말한다. 그렇다면 그것으로 충분하다. 다른 사람들이 동조할 때까지 기다릴 필요가 없다. 자신의 견해가 다른 사람보다 정당하다고 생각한다면 그것으로 이미 다수 의견으로서의 구성 요건을 갖춘 것이다.

나는 이 미국 정부 혹은 그 대리인인 주 정부를 1년에 딱 한 번 세금 징수원을 통해 직접 대면한다. 나 같은 입장에 처한 사람들은 유일하게 이 방법을 통해 반드시 정부를 대면하게 된다. 그리고 정부는 분명히 말한다, 정부를 인정하라고. 현 상황에서 정부를 대하는, 그리고 정부에 대한 불만과 함께 애정을 표현하는 가장 간단하고 효과적인 동시에 불가피한 방법은 정부를 인정하지 않는 행위를 하는 것이다. 나의 선량한 이웃인 세금 징수원[19]이 바로 내가 상대해야 하는 사람이다. 결국 나의 논쟁 상대는 양피지로 된 문서가 아니라 인간인 것이다. 내 이웃은 정부의 대리인을 자청했다. 그는 자신이 존중하는 이웃인 나를 정상적인 이웃으로 취급할지 아니면 평화를 교란시키는 미치광이로 취급할지를 심사숙고한 뒤, 자신의 행위에 상응하는 불손하고 성급한 생각이나 언행을 하지 않고도 자신의 친근함을 방해하는 장애물을 극복할 수 있어야, 공직자로서 또 인간으로서 자신이 어떤 존재이고 어떤 행동을 하고 있는지 깨닫게 되리라. 나는 이것만은 분명히 알고 있다. 매사추세츠 주 안에서 단 천 명, 아니 백 명이라도, 아니면 내가 이름을 댈 수 있는 정직한 사람 열 명, 아니 단 한 명이라도 노예를 더 이상 소유하지 않고 정부와의 상부상조 관계를 끊어 그로 인해 투옥된다면 그것만으로도 미국에서 노예제도는 폐지되는 것이나 다름없다. 시작이 보잘것없어도 문제되지 않는다. 정당한 행위는 한번 행해지면 영원히 지속된다. 그러나 우리는 말의 성찬만 쏟아낸다. 노예제도의 폐지는 우리의 사명이라고 말한다. 개혁은 수많은 신문사들을 먹여 살리지만 개혁을 위해 애쓰는 이는 단 한 명도 없다. 매사추세츠 주 의회에서 인권 문제를 해결하는 데 헌신하고 있으며 주 정부를 대표해 사절[20]로 파견된 명망 있는 나의 이웃이, 캐롤라이나 주에서 체포당할 위협을 받는 대신 매사추세츠 주의 감옥수가 된다면 매사추세츠 의회는 노예 문제에 대한 논의를 다가오는 겨울로 연기해 버리지 않고 즉시 의회에서 다루리라. 비록 매사추세츠 주는 자신이 지은 죄를 캐롤라이나 주에 떠넘기려고 안달이 나 있지만, 현재로서는 논쟁이 일어난 이유로 매사추세츠 주민에 대한 캐롤라이나 주의 비우호적인 행동 외에 다른 이유는 찾지 못했다.

단 한 사람의 시민이라도 부당하게 투옥시키는 정부하에서 정의로운 사람이 있어야 할 장소 또한 감옥이다. 매사추세츠 주에서 자유롭고 희망을 잃지 않은 사람들이 있을 유일한 장소는 감옥이다. 그들은 이미 원칙적으로 스스로를 주에서 추방했으므로, 매사추세츠 주가 직접 행동으로 그들을 추방하고 주에 발을 들여놓지 못하도록 하는 방법은 감옥에 가두는 방법밖에 없다. 도망 노예, 가석방된 멕시코인 죄수 그리고 인디언이 자신의 부족에게 가해진 만행을 탄원하는 장소가 바로 감옥이다. 외부와 단절됐으나 보다 자유롭고 영예로운 삶을 허락하는 곳, 주 정부가 단순히 소극적으로 정부에 동조하지 않는 사람들이 아니라 적극적으로 반대하는 사람들을 감금하는 곳, 노예제도를 시행하는 주 안에서 자유로운 인간이 자신의 명예를 지킬 수 있는 유일한 안식처가 감옥이다. 만약 자신의 영향력이 감옥의 담장을 넘지 못하고, 자신의 요구가 주 정부를 더 이상 성가시게 하지 못하며, 감옥의 벽 안에서는 정부에 대항하는 적이 될 힘이 없다고 생각하는 사람이 있다면, 그는 진실이 오류보다 얼마나 강한지 모르는 사람이고 직접 감옥에서 불의를 체험한 사람이 얼마나 설득력 있고 효과적으로 불의에 맞서 싸울 수 있는지 모르는 사람이다. 한 표를 행사할 때 단순히 종이쪽지를 던지지 말고 자신의 모든 영향력을 온전히 한 표에 담아 던져라. 다수에 순응하는 한 소수는 무력하며 그런 소수는 진정한 의미의 소수가 아니다. 소수가 온 힘을 다해 저항하면 다수는 당해 내지 못한다. 정의로운 사람들을 모두 투옥시킬 것인지, 아니면 전쟁과 노예제도를 포기할 것인지 양자택일해야 한다면 주 당국이 주저 않고 어떤 선택을 할지는 자명하다. 천 명의 시민이 올해 세금을 납부하지 않는다면 주 정부가 그 세금으로 무고한 피를 흘리고 폭력을 행사하는 것을 막게 될지도 모른다. 평화적인 혁명이 가능하다면 바로 이거야말로 사실상 평화적인 혁명이다. 그 세금 징수원을 포함해 어떤 공직자든지 나에게(실제로 어떤 사람이 내게 물어본 것과 같이) "내가 어떻게 해야 하겠소?" 라고 묻는다면, 나는 "당신이 진정으로 뭔가 해야겠다고 생각한다면 직책에서 물러나시오" 라고 대답하리라. 통치받는 국민이 국가에 대한 충성을 거부하고 공직자가 사임할 때 혁명은 달성된다. 하지만 그렇게 가정하더라도 피를 볼 수밖에 없

다. 그러면 양심이 상처받았을 때 손실되는 피는 없는가? 양심에
입은 상처를 통해 진정한 인간다움과 영원한 생명이 손실되고,
인간은 영원한 죽음에 이른다. 나는 지금 그 피가 흐르는 광경을
목격하고 있다.

　범법자에 대한 처벌로써 재산 몰수와 구속은 달성하고자 하는
목적이 같지만 나는 주로 후자에 대해서 생각해 왔다. 가장 순수
한 권리를 주장하는 사람들은 부패한 정부에게 가장 위협적인 존
재이고, 보통 그들은 재산 축적에 많은 시간을 투자하지 않기 때
문이다. 그들에게 국가가 제공하는 서비스는 상대적으로 미미하
고 가벼운 세금조차도, 특히 그들이 육체노동을 해서 세금 낼 돈
을 벌어야 하는 경우 과도한 부담으로 보이기 마련이다. 돈을 사
용하지 않고 일생을 살아온 사람이 있다면 정부는 그 사람에게
세금을 부과하기를 주저하리라. 그러나 부당한 비교일지 모르겠
지만 부자는 자신을 부유하게 만들어주는 제도에 동조하기 마련
이다. 절대적으로 말해서 부유할수록 도덕성은 떨어지는 법이다.
돈은 사람과 물건 사이에 개입해서 사람 대신 물건을 취한다. 돈
을 버는 행위는 분명 고결한 행위가 아니다. 돈이 없다면 어렵게
해답을 찾아야 할 많은 문제들이 돈으로 인해 그 해답을 찾는 것
이 유보된다. 오직 한 가지 새롭게 제기되는 해답을 찾아야 할 문
제는, 해답을 찾기 어렵지만 중요하지도 필요하지도 않은 문제,
즉 돈을 어떻게 쓰느냐 하는 문제다. 이렇게 돈으로 인해 인간의
도덕적 기반은 와해된다. 삶의 '수단'이 증가하는 만큼 진정한 삶
을 누릴 기회는 줄어든다. 자신이 부자일 경우 사회를 위해 그가
할 수 있는 최선은 자신이 빈곤했을 때 생각했던 바들을 실천하
려고 노력하는 일이다. 예수는 헤롯 왕의 일당들에게 그들의 처
지에 대해 다음과 같이 말했다. "로마 화폐를 보여달라." 누군가

주머니에서 페니 하나를 꺼냈다. 예수는 이렇게 말했다. "네가 로마 황제가 통화 가치를 부여한, 로마 황제의 모습이 새겨진 화폐를 사용하고자 한다면, 즉 네가 로마의 시민으로서 로마 정부가 제공하는 각종 편의를 누리고 있다면 로마 황제가 요구할 때 그의 소유인 화폐의 일부를 그에게 돌려주어라. 로마 황제의 소유는 로마 황제에게, 하느님의 소유는 하느님께 돌려드려라."[21] 예수의 말씀을 듣고도 헤롯 일당들은 여전히 뭐가 뭔지 전혀 알 수가 없었다. 알고 싶지 않았기 때문이다.

나의 이웃들과 대화를 나누다 보면 가장 생각이 자유로운 사람들조차도 문제의 심각성이나 중요성, 공공의 안녕에 대해 뭐라고 말하든지 간에, 결국 현 정부의 보호 없이는 살 수 없고, 정부에 대한 불복종이 자신의 재산과 가족에게 어떤 영향을 끼칠지에 대해 두려워하고 있음을 나는 인식한다. 나로 말하자면 정부의 보호에 의존해야 한다고 생각하기조차 싫다. 그러나 내가 납세를 거부한다면 정부는 나의 재산을 모두 몰수하고 나와 나의 자식들을 끊임없이 괴롭히리라. 이런 상황은 참으로 견디기 힘들다. 또 한 사람이 정직한 동시에 물질적으로 편안한 삶을 사는 것을 불가능하게 만든다. 재산을 축적하는 행위는 부질없다. 재물이란 사라지기 마련이다. 농토를 마련해 농사를 지어 자급자족하고 검소하게 생활해야 하고, 언제든 털어버리고 새 출발을 할 수 있어야 하며, 너무 많은 일을 벌이지 말아야 한다. 심지어는 터키에서도 터키 정부에 순종하기만 하면 부자가 될 수 있다. 공자는 "나라에 도가 있는데도 가난하고 천하다면 부끄러운 일이며, 나라에 도가 없는데도 부귀를 누린다면 이 또한 부끄러운 일"[22]이라고 했다. 내가 사는 머나먼 남부 항구에서 내 자유가 위협받아 나 스스로 매사추세츠 주 정부의 보호가 그곳까지 미치기를 원하지 않는 한, 내가 합법적인 사업으로 재산을 축적하는 데 온 관심을 집중하지 않는 한, 나는 매사추세츠 주 정부에 대한 나의 충성과 재산과 생명에 대한 주 정부의 권리를 거부할 수 있다. 내게는 정부에 대한 불복종으로 받는 처벌보다 정부에 대한 복종으로 치러야 하는 대가가 더 크다. 정부에 복종하면 나 자신의 가치를 상실한 것처럼 느끼리라.

몇 년 전 정부가 교회 대신 나를 찾아와 한 목회자에 대한 지원금을 내라고 요구했다. 나의 부친은 그 성직자의 신도였으나 나는 그의 설교를 들은 적도 없다. 정부는 헌금을 납부하지 않으면 수감된다고 했으나 나는 거절했다. 그러나 불행히도 다른 사람이 나를 대신해서 지원금을 납부했다. 왜 교직자인 나는 그 성직자를 지원하기 위해 세금을 내야 하고, 그 성직자는 교직자인 나를 위해 세금을 내지 않는지 이해할 수 없었다. 나는 주 정부 소유의 공립학교 교사가 아니었으며 학생들이 자발적으로 내는 등록금으로 생활하고 있었다. 나는 왜 교육 시설도 교회처럼 세금 청구서를 정부에 제출하고 정부에 지원을 요구해서는 안 되는지 이해할 수 없었다. 그러나 세금 징수원의 요청으로 나는 굴욕을 무릅쓰고 다음과 같은 성명서를 작성했다. "이 성명서로 모두에게 고하노니, 나 헨리 소로는 자발적으로 가입하지 않은 어떤 조직 사회의 구성원으로도 간주되기를 원치 않는다." 나는 이 성명서를 마을 행정 서기에게 제출했고 그 사람이 이를 보관하고 있다. 주 정부는 내가 그 교회의 교인 대우를 받지 않겠다고 한 소식을 들은 당시에는 내가 헌금을 납부할 의무가 있다는 정부의 본래 입장을 고수한다고 했으나, 이후 다시는 똑같은 요구를 하지 않았다. 내가 자발적으로 가입하지도 않았는데 그 구성원으로 되어 있는 조직의 명칭을 모두 알았다면 일일이 명시하고 탈퇴했겠지만 유감스럽게도 그런 조직의 명단을 어디에서 찾아야 할지 알 수 없었다.

　나는 6년 동안 인두세를 납부하지 않았다. 이로 인해 하룻밤 동안 수감된 적이 있다.[23] 감방 안에서 2, 3피트 두께의 돌 벽과, 나무와 쇠로 된 1피트 두께의 문, 겨우 빛을 통과시키는 창살을 우두커니 서서 바라보면서, 나를 고깃덩이 다루듯 감금한 정부의 우매함에 기가 막혔다. 아마도 감금하는 것 외에는 나를 정부에 아무 쓸모가 없다고 결론 내리지 않았나 생각했다. 나와 마을 사람들 사이의 소통을 가로막는 돌벽보다 더 뚫기 어려운 벽은, 마을 사람들이 나처럼 자유롭기 위해 극복해야 할 벽임을 알았다. 돌과 회반죽으로 된 감방은 내가 한순간도 갇혀 있다고 느끼게 하지 못했으므로 제구실을 하지 못했다. 나는 정작 감옥에 갇힌 사람은 마을 사람들이며 나만이 유일하게 세금을 내고 감옥 바깥에 있는 자유인이라는 생각이 들었다. 정부는 나를 어떻게 다루어야 할지 몰라 천박하게 행동했다. 정부의 하수인들은 사태를 해결하기 위해 나를 위협하기도 하고 감언이설로 달래기도 했으나 소용없었다. 그들은 내가 가장 원하는 게 감옥에서 풀려나는 것이라고 생각하는 실수를 범했다. 나의 육신을 감금하고 내가 수감된 감방 문을 철통같이 지켰지만 나의 정신까지 가두지는 못했다. 그들이 자유롭게 드나들듯이 나의 정신도 방해받지 않고 자유롭게 감옥을 드나들었다. 진정으로 정부에게 위협적인 존재는 바로 나의 정신이었다. 정부는 내 생각을 바꾸지 못하자 내 육신을 처벌하기로 했다. 정부의 행동은 마치 마음에 안 드는 사람을 해코지 할 엄두가 나지 않아 애꿎은 그 사람의 개한테 화풀이하는 듯한 유치한 행동이었다. 정부는 아둔하고, 상류사회의 미망인처럼 겁이 많으며, 아군과 적군도 구분할 줄 몰랐다. 나는 정부에 대해 그나마 남은 존경심을 잃었고 동정심마저 들었다.

이렇게 정부는 사람의 지성과 도덕성에는 대항하지 못하고 육신과 감각만을 상대하려고 한다. 뛰어난 기지와 정직성은 갖추지 못하고 물리적인 힘만 월등하다. 나는 누구에게 강요받으려고 태어나지 않았다. 내 방식대로 살아가리라. 누가 가장 강한지는 두고 볼 일이다. 다수는 어떤 힘을 갖고 있는가? 내가 준수하는 법보다 상위법을 준수하는 사람들만이 나를 강제할 수 있다.[24] 다수는 나더러 자기들처럼 되라고 강요한다. 참다운 인간은 집단이 강요하는 대로 살지 않는다. 강요된 삶이 무슨 의미가 있는가. 정부가 납세를 요구하며 내 생명을 위협한다고 해서 왜 내가 허둥지둥 돈을 정부에 갖다 바쳐야 하는가? 정부가 곤경에 처해 대책이 없을지도 모른다. 그러나 그것은 내가 해결할 문제가 아니다. 나처럼 정부도 스스로 자구책을 마련해야 한다. 칭얼거리는 행동은 한심한 짓이다. 사회라는 기계가 제대로 작동하도록 하는 것은 내 책임이 아니다. 나는 기계공의 아들이 아니다. 도토리와 밤이 나란히 땅에 떨어지면 서로의 성장을 방해하기 위해서는 죽은 듯 가만히 있지 않는다. 둘 다 각자의 법칙에 따라 최선을 다해 싹을 틔우고 성장하고 번성하여 마침내 상대방에게 그늘을 드리워 말라 죽게 한다. 식물은 본성대로 살지 못하면 죽는다. 인간도 마찬가지다.

감옥에서 보낸 하룻밤은 신기하고 흥미로운 경험이었다. 내가 수감됐을 때 죄수들은 셔츠 바람으로 저녁 공기를 쐬면서 출입구에서 잡담을 하고 있었다. 그러나 교도관이 "자, 감방으로 돌아갈 시간이다"라고 말하자 뿔뿔이 흩어졌고, 텅 빈 감방으로 돌아가는 그들의 발소리가 들렸다. 교도관은 나와 같은 감방에 수감된 죄수를 "영리하고 좋은 친구"라고 소개했다. 감방 문이 잠기고 나서 동료 죄수는 내게 모자 걸 곳을 보여주고 여러 가지 감방 생활 수칙을 가르쳐 주었다. 감방은 한 달에 한 번 청소했는데 그 감방이 이 마을 전체를 통틀어 가장 깨끗하고 구조가 단순하며 잘 정돈된 방일 듯싶었다. 예상대로 동료 죄수는 내 출신과 수감된 이유를 알고 싶어 했다. 그의 궁금증을 풀어준 뒤 나도 그에게, 물론 그가 정직한 사람이라는 가정하에 수감된 이유를 물어보았다. 내가 생각한 대로 그는 정직했다고 믿는다. 그는 내게 "나더러 외양간을 불태웠다는데 절대 그런 적이 없다"고 말했다. 그의 얘기로 미루어 짐작하건대, 그는 술에 취해 외양간에서 담배를 태우다 잠이 들어 불을 낸 듯하다. 그는 영리하다고 평판이 나 있었고, 재판을 기다리면서 석 달을 복역했는데 재판이 열릴 때까지 그만큼을 더 복역해야 했다. 그러나 무료로 숙식을 해결할 수 있어서 감옥 생활에 상당히 만족하고 있었으며 감옥에서의 대우도 좋다고 생각했다.

그와 나는 각자 창문을 하나씩 차지했다. 이곳에 오래 머물게 되면 창밖을 내다보는 일이 주된 소일거리가 되리라는 생각이 들었다. 나는 곧 이전에 수감된 죄수들이 이 감방에 남긴 흔적들을 샅샅이 읽었고, 그들이 어디로 탈옥했는지, 철창의 어느 부분이 톱질로 잘려나갔었는지를 살펴보았으며, 그 방에 수감됐던 죄수들의 사연도 들었다. 심지어 이곳에서조차 사연과 소문이 돌았지만 감옥 담장 밖으로는 절대 흘러나가지 않았다. 마을 전체에서 유일하게 이곳이, 시가 창작되고 회람되지만 출판되지는 않는 곳이리라. 나는 이곳에서 탈옥을 시도하다 발각된 젊은이들이 창작한 시를 수록한 긴 목록을 보았는데, 그들은 그 시를 낭송하는 것으로 저항했다고 한다.

나는 언제 다시 만나랴 싶어 동료 죄수가 아는 얘기들을 모조리 들으려고 그를 채근했다. 그러나 내 집요함에 질렸는지 그는 내 침대를 가리키며 불을 끄고 잠자리에 들라고 권했다.

감옥에서 보낸 하룻밤은 마치 내가 목격하리라고는 생각지도 못했던, 머나먼 곳에 있는 나라를 여행하는 듯했다. 우리는 철창 안쪽에 설치된, 마을 쪽으로 난 창문을 열어놓은 채로 잤기 때문에 이전에는 의식하지 못했던, 마을 광장 시계의 저녁 종소리며 온갖 소리들이 들렸다. 마치 나의 고향 마을 콩코드의 중세 때 모습을 보는 듯했고, 콩코드 강은 라인 강[25]으로 변했으며 눈앞에 말을 탄 기사와 성채의 환영이 보이는 듯했다. 거리에서 들려오는 목소리도 중세 노인들이 담소하는 소리처럼 들렸다. 나는 본의 아니게 감옥 바로 옆에 있는 마을 여관의 부엌에서 일어나는 일을 보고 들었는데 이것은 전혀 새로운 경험이었다. 오히려 감옥 안에서 내 고향 마을을 더 가까이서 속속들이 볼 수 있었다. 그 전에는 내 고향 마을의 시설물을 속속들이 본 적이 없다. 우리 마을은 군청 소재지[26]이기 때문에 교도소는 아주 독특한 시설물 중 하나다. 나는 죄수들의 참모습을 파악하기 시작했다.

아침이 되면 감방 문에 나 있는 구멍을 통해 작은 타원형 양철 쟁반에 초콜릿, 검은 빵, 금속 숟가락이 담긴 아침 식사가 배급된다. 교도관이 쟁반을 수거해 갈 때 나는 순진하게도 남긴 빵을 반납하려고 했다. 그러나 동료 죄수가 빵을 낚아채면서 점심이나 저녁 식사를 위해 간직해 둬야 한다고 말했다. 그는 아침 식사 후 곧 근처 들판으로 건초작업을 하러 나간다고 했다. 그리고 매일 일을 나가서 정오나 돼야 돌아오기 때문에 다시 못 만날지 모른다면서 내게 작별인사를 했다.

나는 출소했을 당시(누군가 내 문제에 개입해 대신 세금을 납부했다) 젊어서 수감되었다가 머리가 희끗하고 비틀거리는 노인이 다 돼서 출소했을 때의 격세지감은 느끼지 못했다. 그러나 단순히 세월이 흘러서 생기는 변화보다 더 큰 변화, 즉 마을과 주와 국가를 바라보는 나의 시각에 엄청난 변화가 일어나고 있음을 느끼기 시작했다. 특히 내가 살고 있는 매사추세츠 주가 더 분명하게 보였다. 나는 내 이웃을 선한 이웃이자 친구로서 어느 정도나 신뢰할 수 있는지 알았다. 그들은 정작 힘들 때는 도움이 되지 않는 믿지 못할 친구였고 적극적으로 정의를 실천하지도 않았다. 편견과 미신으로 가득한 그들은, 나와 중국인 혹은 말레이시아인 사이에 존재하는 차이만큼이나 나와는 다른 종류의 사람들이었다. 그들은 인류를 위해 생명의 위협을 감수하고 희생하는 것은 고사하고 재산상의 불이익을 감수하려는 생각도 없었다. 결국 그들은 도둑이 그들에게 해를 끼친 만큼 도둑을 처벌하는 행위 이상의 무엇을 할 수 있는 고매한 성품의 소유자들이 아니었고, 겉으로 양심 있는 척하고 기도하면서 때때로 아무 쓸모도 없는 올바른 길을 걷는 시늉을 하면서 자신들의 영혼이 구원받기를 바랐다. 나의 이웃들은 대부분 우리 마을에 감옥이라는 시설이 있는지도 모를 것이므로, 그들에 대한 나의 비판이 너무 가혹하다고 여길지도 모른다.

우리 고향 마을에서는 가난한 채무자가 출소하면 그를 아는 사람들이 감옥 창살처럼 손가락을 포개어 얼굴을 가리고 손가락 사이로 그를 보면서 "안녕하세요?" 하고 인사하는 풍습이 있었다. 그러나 내가 출소했을 때 나의 이웃들은 그런 식으로 인사하지 않고, 마치 내가 긴 여행에서 돌아온 듯이 나를 쳐다보고는 자기들끼리 서로 쳐다보았다. 나는 수선 맡긴 신발을 찾으러 가는 길에 체포되어 수감되었다. 그다음 날 아침 출소한 뒤 신발을 찾아와 신고, 내가 길을 안내해 주기를 애타게 기다리던, 월귤나무 열매를 수확하러 가는 일행에 합류했다. 그리고 곧 준비된 말을 달려 30분 후에는 마을에서 2마일 밖에 있는 가장 높은 언덕 가운데 하나인 월귤나무가 무성한 벌판 한가운데 있었다. 그 언덕 어디에서도 주 정부의 존재는 보이지 않았다.

이것이 '나의 옥중수기(獄中手記)'의 전말이다.[27]

나는 도로세 납부를 거부한 적이 없다. 고분고분하지 않고 의식이 깨어 있는 시민이 되려는 만큼이나 좋은 이웃이 되기를 원하기 때문이다. 그리고 학교에 대한 지원에 관한 한, 현재 내 이웃들을 가르치면서 소임을 다하고 있다. 나는 세금 고지서상의 어떤 특정한 과세 대상 항목에 대한 납세를 거부하는 것이 아니다. 단지 주 정부에 대한 충성을 거부하고 거리를 두고 싶을 뿐이다. 또한 내가 낸 세금이 인신매매를 하거나 인명을 앗아갈 총을 사는 데 쓰이지 않는 한(돈이 무슨 죄인가), 그 돈이 어떻게 쓰이는지 추적할 생각도 없다. 그러나 내가 정부에 충성하면 어떤 결과가 초래될지에 대해서는 염려한다. 이러한 경우에 통상 그렇듯이, 소용이 있는 한 정부를 어떻게든 이용할 테지만 나 나름대로 주 정부를 상대로 묵묵히 전쟁을 선포한다.

만약 다른 사람들이 주 정부의 요구에 동조하는 뜻에서 내게 부과된 세금을 대신 납부하면, 그들이 자신의 납세 의무를 이행함으로써 초래한 해악과 같은 해악을 끼치는 것이다. 아니, 그들은 주 정부가 요구하는 것 이상으로 불의를 사주하는 것이다. 그들이 납세를 거부하는 개인이 왜 그런 행동을 하는지 이해하지 못한 채, 납세를 거부하는 자의 재산을 지켜주고 그가 감옥에 가지 않도록 도와주려고 세금을 대신 납부하는 이유는, 공적인 문제에 사사로운 감정을 결부시키면 공공선을 실현하는 데 방해가 된다는 사실을 고려하지 않았기 때문이다.

이게 현재 내 입장이다. 그러나 우리는 자기 고집만 피우며 편파적으로 행동하지는 않는지, 혹은 다른 사람의 의견에 지나치게 좌지우지되지는 않는지 항상 살피고 경계를 늦추지 말아야 한다. 그리고 각자 자신이 처한 상황에서 소신껏 행동해야 한다.

그들이 나쁜 의도로 그러는 게 아니라 단지 무지할 뿐이라는 생각을 가끔 한다. 안다면 더 올바르게 행동하리라. 나의 행동으로 인해 그들이 본의 아니게 나를 수감하고, 이로 인해 그들이 고통받을지도 모른다. 그러나 그렇다고 해서 내가 그들과 똑같이 행동하거나 사람들이 또 다른 종류의 더 큰 고통을 받도록 내버려 둘 수는 없다.

수백만 명의 사람들이 차분히 악의나 어떠한 사사로운 감정도 없이 나에게 몇 실링만 달라고 요구하는데, 그들이 법률상 허용된 그런 요구를 철회하거나 개정할 가능성도 없는데, 그리고 내 입장에서는 그런 요구에 항의할 데도 없는데, 왜 나는 그런 난폭하고 강제적인 힘에 대항하는가? 사람은 추위나 배고픔, 바람이나 파도에 집요하게 저항하지 않는다. 그와 유사한 수많은 숙명에 묵묵히 순응한다. 사람은 불구덩이 속에 머리를 들이밀지 않는다. 그러나 나는 정부를 온전히 불가항력의, 생명이 없는 난폭한 힘이 아니라 부분적으로나마 인간이 만들어낸 강제력으로 간주하며, 그 강제력과의 관계를 무생물과의 관계가 아니라 나와 수백만 명에 달하는 사람들과의 관계처럼 여긴다. 따라서 사람들은 우선 그런 부당한 강제력을 만든 장본인에게 즉각 호소할 수 있으며, 스스로에게 호소할 수 있다고 생각한다. 그러나 내가 일부러 머리를 불 속에 집어넣는다면 불에도, 불을 만든 사람에게도 항의하지 못한다. 그것은 전적으로 내 잘못이기 때문이다. 만약에 내가 기대하고 원하는 사람들의 모습이 아니라, 있는 그대로의 모습을 받아들이고 그에 상응하는 대로 대우할 권리가 있다고 나 자신을 납득시킬 수만 있다면, 나도 선량한 이슬람교도나 운명론자처럼 현 상태에 만족하려고 노력하고 그저 모두 신의 뜻이라고 말하리라. 그리고 무엇보다도 냉혹한 자연의 힘에 저항할 때와 달리 정부에 저항할 때는 효과를 볼 수 있을 것이다. 그러나 내게는 오르페우스[28]처럼 바위나 나무 혹은 짐승의 본성을 바꿀 능력이 없다.

나는 어떤 사람이나 국가와도 논쟁을 벌이고 싶지 않다. 치졸하게 사소한 문제를 논쟁거리로 만들고 싶지도 않으며 내가 이웃보다 잘났다고 우쭐거리고 싶지도 않다. 나는 오히려 이 땅의 법을 준수할 구실을 찾으려고 애쓰기조차 한다. 언제라도 기꺼이 법을 준수할 자세가 되어 있다. 사실 해마다 세금 징수원이 찾아오면 정부가 시행한 정책과 입장, 국민의 기본 정신을 검토하고 법을 지킬 구실을 찾으려고 애쓰기도 한다.

> "우리는 나라를 부모처럼 섬겨야 하며
> 언제라도 나라에 영광을 돌리는 데
> 애정과 노력을 기울이지 않는다면,
> 우리는 그로 인한 결과를 겸허히 수용하고
> 지배나 이득의 욕망이 아니라 양심과 믿음을
> 국가의 영혼에 일깨워 주어야 한다."[29]

나는 정부가 머지않아 나라를 위해 애쓰는 나의 노력을 저지하리라 믿으며, 그렇게 되면 더 이상 내가 동포들보다 더 애국자라고 할 수도 없으리라 본다. 눈높이를 좀 낮추면 우리 헌법은 많은 결함이 있음에도 훌륭한 법이고 법률과 사법부도 존중받을 만하다. 주 정부와 미 연방 정부조차도 여러 가지 면에서 흔치 않은 아주 훌륭한 정부이고, 많은 사람들이 말하듯이 우리는 이에 감사해야 한다. 그러나 눈높이를 조금 높여 보면 헌법을 비롯한 정부 체제는 내가 앞서 설명한 그대로다. 거기서 눈높이를 조금 더 높여 가장 높은 관점에서 본다면 이 모두가 존중하거나 생각할 가치가 있는 존재들이라고 말할 사람이 있을까?

그러나 나는 정부에 대해 크게 관심도 없고 가능한 한 생각하지 않으려 한다. 정부가 통치하는 이 세상에서조차 내가 정부의 간섭을 받는 순간은 많지 않다. 인간이 자유롭게 사고하고 상상할 수 있고, 존재하지 않는 것을 존재한다고 생각하는 착각이 결코 오래 지속되지 않는다면, 우매한 통치자나 개혁가는 그 사람에게 치명타를 입히지 못한다.

대부분의 사람들이 나와 다른 생각을 갖고 있음을 안다. 그러나 직업상 이런저런 학문에 일생을 바치는 사람들은 다른 어느 사람들과 마찬가지로 나를 만족시키지 못한다. 정치가나 입법가들은 기존의 제도를 철저히 신봉하는 제도권 안의 사람들이므로 그 제도를 분명하고 있는 그대로 파악하지 못한다. 그들은 사회를 변화시켜야 한다고 말하면서도 그 사회에 안주하고 있다. 그들은 탁월한 능력과 경험을 축적한 사람들로, 독창적이고 유용하기까지 한 체제를 고안해 냈다는 점에서 그들에게 진정으로 감사해야 한다. 그러나 그들의 지혜와 유용성은 지극히 제한적이다. 그들은 정책과 편의주의만으로 세상을 다스릴 수 없다는 사실을 곧잘 잊어버린다. 웹스터[30]는 정부의 이면을 꿰뚫어보는 능력이 없으므로 정부에 대한 그의 언사에는 권위를 부여하기 어렵다.

그가 하는 말을 지혜로 여기는 이들은 현 정부에서 본질적인 개혁에 대해 전혀 심사숙고하지 않는 의회 의원들뿐이다. 그러나 생각이 있는 사람들이나 고금(古今)에 통용되는 입법을 하려는 의원들에게, 그의 말은 핵심을 파악하지 못하고 변죽만 울리는 것으로 들린다. 내가 아는 이들 중에는 개혁의 문제에 대해 차분하고 지혜로운 생각을 갖고 있는 사람들이 있는데, 이들과 비교하면 웹스터의 사고의 범위와 이해력의 한계가 여실히 드러난다. 그러나 대부분의 개혁가들이 내뱉는 값싼 공언(空言)이나 그보다 더 저속한 정치가들의 알량한 지혜와 달변에 비하면 웹스터의 언사는 거의 유일하게 분별력 있고 가치 있는 말이다. 따라서 우리는 그가 존재한다는 사실에 대해 하늘에 감사해야 한다. 그의 생각은 다른 이들보다 강력하고 독창적이며 무엇보다 현실적이다. 그렇다고 해도 그는 사려 깊을지는 모르나 지혜롭지는 않다. 변호사인 웹스터가 말하는 진실은 궁극적 의미의 진실이 아니라, 일관성 혹은 일관성 있는 편의주의일 뿐이다. 진실은 늘 그 자체로 조화로운 상태이며 어떤 경우에도 불의를 용납하지 않는다. 웹스터는 그동안 헌법의 수호자라고 불려왔는데 그는 그렇게 불릴 만한 자격이 충분하다. 그가 한 일은 그야말로 법을 수호한 일밖에 없기 때문이다. 그는 지도자가 아니라 추종자다. 그의 지도자는 1787년의 위인들이다.[31] 웹스터는 이렇게 말한다. "나는 다수의 주가 연방을 형성하기로 하고 맺은 협정을 교란시키려고 한 적이 없고 그러한 교란을 사주한 적도 없다. 또한 그러한 노력을 지지한 적도 없고 지지하려고 생각한 적도 없다." 노예제도를 허용하는 헌법과 관련해서 그는 "본래 합의한 사항의 일부이므로 그대로 유지해야 한다"라고 말한다. 그는 예리하고 유능하지만 사실을 단순한 정치적 관계에서 분리하여 지성에 근거해 절대적으로 판단하지 못하고 있으며(예를 들어, 오늘날 미합중국에서 행해지는 노예제도와 관련해서 국민은 어떤 태도를 취해야 하는가에 대해 생각해 보는 일 말이다) 한 개인의 사적인 견해라는 단서를 달고 다음과 같은 궁색한 답변만 늘어놓을 뿐이다. "노예제도를 시행하는 주 정부는 각 주의 재량과 유권자에 대한 책임에 따라 적합성과 인도주의, 정의에 관한 그 주의 일반법에 의거해서, 하나님에 대한 책임에 의거해서 그 제도를 운영해야 한다. 타지에서 인도주의나 다른 대의명분의 발로로 결성된 어떠한 조직체도 이에 관여할 자격이 없다. 나는 이러한 조직체를 결성하라고 선동한 적도 없고 앞으로도 선동하지 않으리라." 그의 이런 답변에서 무슨 새로운 사회적 책무에 대한 해답을 얻겠는가?

성서와 헌법을 진실의 수원(水源)인 양 수호하면서 스스로가 현명하다고 여기는 이들은 진실의 순수한 원천을 모르는 사람들이다. 그들은 진실의 강물을 높이 거슬러 올라가 진실의 원천을 경외심과 겸허한 마음으로 마셔보지 못한 사람들이다. 그러나 성서와 헌법이, 진실의 수원이 흘러내려 와 만들어진 호수와 웅덩이임을 아는 사람들은 다시 한 번 결의를 다지며 수원을 향한 순례 행진을 계속한다.

미국에는 지금까지 입법의 귀재가 출현하지 않았다. 그런 이는 세계 역사를 통틀어 흔하지 않다. 웅변가나 정치가, 달변가는 많으나 오늘날 가장 혼란스러운 난제를 해결할 진정한 연설가는 아직 침묵하고 있다. 우리는 웅변을 통해 언급되는 진실이나 웅변으로 고취되는 영웅주의를 사랑하기보다는 웅변 그 자체를 사랑한다. 입법 의원들은 자유무역과 자유, 연방 그리고 정의가 국가에 대해 어떤 상대적 가치를 지니고 있는지를 깨닫지 못하고 있다. 그들에게는 조세와 재정, 상업, 공업, 농업 등과 같은 상대적으로 평범한 문제들을 해결할 능력도 없다. 우리가 의원들의 말재주에 현혹되어, 우리의 적절한 경험을 바탕으로 불만을 제기하여 그들이 제안을 효과적으로 수정하게 만들지 않고, 그들의 제안을 가감 없이 그대로 따른다면 미국은 세계 속에서 그 위상을 오래 유지하지 못하리라. 내가 이런 말을 할 자격이 있는지 모르겠으나, 신약성서가 기록된 지 1800년이 지났건만, 성서가 주는 지혜를 바탕으로 입법에 광명을 비춰줄 지혜와 쓸모 있는 재능을 소유한 입법가는 어디 있는가?

정부의 권위는 여전히 순수하지 못하다. 내가 순응할 의향이 있는 정부의 권위조차도. 나는 나보다 분별력 있고 능력 있는 이들에게 기꺼이 복종하리라. 심지어 분별력과 능력이 나보다 못한 이들에게도 기꺼이 복종하리라. 진정으로 정의로운 국가가 되기 위해서 국가는 국민의 동의와 인정을 받아야 한다. 국가는 내가 인정하는 것 이외에 나 개인과 나의 재산에 대해 순수한 권리를 갖고 있지 않다. 절대군주제에서 입헌군주제로, 다시 민주주의로 진보하면서 진정으로 개인을 존중하는 사상도 진보했다. 중국의 철학자조차도 개인은 제국의 기초라고 했다.[32] 우리가 알고 있는 지금 이대로의 민주주의가 가장 진보한 최선의 정부 형태인가? 여기서 한발 더 나아가 인간의 권리를 인정하고 조직화하는 것이 가능하지 않은가? 진정으로 자유롭고 계몽된 국가는 개인이 국가보다 상위의 독립적인 권력이며 개인으로부터 국가의 권력과 권위가 파생된다는 사실을 인식하고 개인에게 이에 상응하는 대우를 해야 한다. 나는 마침내 다음과 같은 국가가 도래할 날을 상상해 본다. 모든 이에게 정의롭고 개인을 이웃처럼 존중하는 국가, 이웃으로서 국민으로서 모든 의무를 다한 사람들이 국가의 간섭을 받지 않고, 국가에 관여하지 않고 독립적으로 삶을 영위하고자 한다고 해서 그들의 행동이 국가의 권위에 대한 도전이라고 생각조차 하지 않는 국가, 진정한 민주주의의 열매를 맺고도 그 열매가 채 익기도 전에 떨어뜨려 수확에 실패했지만, 그 실패를 딛고 일어서 보다 완전하고 영광스러운 국가 건설을 위한 초석을 다시 준비하는 그런 국가 말이다. 그러나 그런 국가는 아직 어디에도 보이지 않고 다만 내 상상 속에 존재할 뿐이다.

월든에서 시민 불복종으로, 소로가 선택한 길

마이클 마이어

1

1845년 7월 4일, 수많은 미국인들이 작은 성조기를 흔들고 폭죽을 터뜨리며 독립 기념일을 축하할 때, 헨리 데이비드 소로는 콩코드의 부모님 집에 있던 자신의 보잘것없는 소지품을 월든 호숫가에 지은 오두막으로 옮기고 그곳에서 조촐하게 개인적인 독립을 선언하고 자축했다. 소로는 자신이 생각하는 진정한 미국은 아직 도래하지 않았고 미국 혁명은 현재 진행형이라고 생각했다. 콩코드 시민들이 호들갑스럽게 성조기를 펄럭이며 애국심을 과시하는 동안, 콩코드 출신의 소로는 마을에서 2마일도 채 떨어지지 않은 숲 속에서 자연의 녹음을 재료 삼아 정성스럽게 자신만의 깃발을 엮어내고 있었다. '신성한 평균(Divine Average)'을 주장한 월트 휘트먼과는 달리 소로는 '고독'을 '최고의 동반자'로 여겼다. 그는 평균적이고 진부한 삶 대신 자연과의 일대일 관계를 통해 자신과 세상에 내재한 자유로운 신성을 발견해야 한다고 믿었다. 그는 공화국에 대한 충성이 아니라 자신의 신념인 개인주의에 대한 충성을 다짐했다.

소로는 고독을 누리기 위해 월든 호수로 갔으나 그의 정신은 외롭지 않았다. 그가 작은 오두막으로 거처를 옮긴 날, 『19세기의 여성』의 저자 마거릿 풀러는《뉴욕 데일리 트리뷴》에 기고한 「7월 4일」이라는 글에서, 진부한 독립 기념일 축하 메시지가 아니라 노예제도를 용인하고 천박하게 부를 좇는 미국인들에 대한 통렬한 비난을 퍼부었다. 풀러는 당시의 미국인들이 그들의 조상이 꿈꿨던 만큼 자유롭고 독립적인 삶을 누리지 못하는 것을 통탄했다. 미국 대중의 외침에서 아무런 희망의 근거를 듣지 못한 풀러는 방종한 국가를 다시 미덕의 '좁은 길'로 인도할 목소리를 다른 데서 찾으려 했다. 풀러의 말에 따르면 '국가를 구원하는 힘은 공공의 조치가 아니라 개인의 삶'이었다. 풀러는 '신념으로 행동하기에 아첨이나 두려움, 심지어 희망에도 흔들리지 않는 지조 있는 성품을 지닌 빛나는 귀감이 될 수 있는 개인들'이 되자고 주장했다. 그리고 '성인의 문턱에 선 사람들 가운데, 독수리 문장을 새겨 넣고 편의주의라는 기치를 내건 깃발을 따라 대중이 우르르 몰려가는 넓은 길을 선택하지 않은 사람'이 있는지 물었다. 그러면서 독자들에게 많은 사람들이 이미 간 길을 거부하고 '고결함이 인도하는 좁은 가시밭길'을 추구하라고 역설했다.

풀러의 기고문은 뜻하지 않게 9년 후에 출간된 작품 『월든』을 널리 알리는 역할을 했다는 점에서 그 가치가 크다. 풀러가 문제점으로 지적한 미국의 맹목적인 물질만능주의와 그에 대한 해결책으로 제시한, 원칙에 입각한 개인의 행동 실천이 바로 소로를 월든으로 인도했다. 『월든』의 화자가 표상하는 것은 '미덕의 실천이 가능하다는 것을 보여주는 삶의 본보기'로, 편의만을 추구하는 무기력한 삶에서 깨어나 원칙에 입각한 삶을 살도록 이웃을 각성시킬 힘을 가진, 지조 있고 교양 있는 인간이다. 풀러가 애타게 『월든』을 기다린 사실은 우연의 일치이지만 뜻밖의 사건은 아니다. 풀러는 소로와 더불어 당시의 초절주의자[1]들이 내세운 가치와 관심사 가운데 일부에 공감했기 때문이다.

초절주의는 체계적이라기보다는 여러 가지 개념들을 절충한 사상이므로 그 관점을 간단히 설명하려다 보면 지나치게 단순화하게 된다. 초절주의가 표방하는 여러 가지 원칙 가운데 어떤 원칙이든 그것과 완전히 합치하지 않는 가치와 태도를 지닌 초절주의자를 찾을 수 있기 때문이다. 제임스 프리먼 클라크는 자신을 포함한 당시의 초절주의자들에 관해 다음과 같이 말했다. 초절주의자들은 "뜻을 같이하는 사람들의 모임일 뿐, 우리 가운데 어느 두 사람도 생각이 완전히 일치하지 않는다." 이렇게 다양한 가운데에서도 초절주의자들은 공통적으로 미국의 정부, 사회, 개개인뿐만 아니라 문학, 철학, 종교까지도 그 잠재적 역량을 십분 발휘하지 못하고 있다고 생각했다. 소로는 어떤 집단적인 사상 운동에도 소속되기를 거부했지만 때때로 (사람들을 혼동시키고 당혹스럽게 만들기 위해) 자신을 초절주의자라 칭했다. 상업, 기술, 산업주의, 물질적 진보 등 미국의 피상적인 삶을 초월하고, 이러한 공적 현상들이 개인의 정신적인 삶과 비교하면 얼마나 무의미한지를 깨닫고자 했다는 점에서 초절주의자들과 생각이 일치했다. 『월든』의 첫 장 「생활의 경제」에서 소로는 "장기적인 관점에서 볼 때 사람은 자기가 목표로 삼는 정도밖에 달성하지 못한다. 따라서 당장 달성하는 데 실패한다 하더라도 목표를 높이 세워야 한다"라고 말한다.

초절주의자들이 세운 목표는 서로 달라도 그 수준만큼은 한결같이 높았다. 미국 동부 뉴잉글랜드 지역에서 형성된 이 이상주의자들의 작은 단체(대표적인 인물로 풀러 외에도 랠프 월도 에머슨, 에이모스 브론슨 올컷, 조지 리플리, 엘리자베스 피바디, 시어도어 파커, 오레스티즈 브라운슨, 존스 베리 등이 있었다)는 미국 문화와 문학에 영향을 주었지만, 실제로 1830년대와 1840년대에 초절주의 운동이 펼친 몇 안 되는 활동은 그들이 영향을 준 미국 문화와 문학을 반영하지 않았다. 그들의 주요 활동은 떠들썩한 19세기가 이해할 수 있는 형태의 사회적, 경제적, 정치적 활동이라기보다는 자기표현의 형태를 띠었다. 그들은 기계를 발명하고 사업을 벌이고 법을 도입하는 대신 자신들의 생각에 대해 토론하고 글을 쓰고 직접 실천했다. 초절주의자들이 함께 행한 주요 활동을 요약하면 다음과 같다. 일부는 에머슨이 비판한 '시신처럼 차가운 유니테리언주의[2]'를 개혁하려는 시도를 했다. 일부는 1836년부터 1840년까지 지속된 비공식적인 초절주의 클럽에서 시대 정신과 만고불변의 진리에 대해 토론하는 회합을 가졌다. 일부는 문학, 철학, 종교 계간지 《다이얼》(1840~1844)을 출간하고 글을 기고했다. 또 일부는 '브룩 팜'(1841~1847)과 브룩 팜만큼은 성공을 거두지 못한 '프루트랜스'(1843~1844)라는 두 개의 이상향 공동체를 만들었다.

모든 초절주의자들이 이런 시도에 참여하거나 지지를 보낸 것은 아니다. 소로는 (교회 측은 그를 유니테리언주의자로 여겼지만) 자신을 결코 유니테리언주의자로 생각한 적이 없었기에 에머슨처럼 합리주의적인 정통 신앙을 부인하려고 애쓰지도 않았다. 그러나 소로는 콩코드에 있는 에머슨의 자택에서 열린 초절주의 모임의 토론에 자주 참석했다. 그는 각 세대는 반드시 과거 세대의 관점이 아닌 그들 세대만의 독특한 관점으로 세상을 바라보아야 한다는 에머슨의 신념을 공유했다. 그러나 죽은 과거와의 제휴를 거부하는 데에는, 에머슨이 『자연론』(1836)에서 언급한 '우주와의 본질적인 관계' 향유라는 공동의 목표를 추구할 때조차도, 소로는 동시대 초절주의자들과의 제휴를 꺼렸다. 소로는 초절주의 모임이 발간한 《다이얼》에 관여하기는 했다. 1840년 《다이얼》이 창간되었을 때 하버드 대학을 졸업한 지 겨우 3년밖에 지나지 않았지만, 자신의 글을 출판하고 인정받을 기회를 간절히 바랐다. 그 후 4년 넘게 풀러와 에머슨이 편집을 맡은 《다이얼》에 서른 편 이상의 에세이와 시를 기고했다. 1843년 4월 호는 소로가 직접 편집하기도 했다. 《다이얼》은 간행된 기간 내내 발행 부수도 적은 데다 평론은 적대적이었다. 이 때문에 초절주의자들은 높은 명성보다는 비현실적이고 불가해한 몽상가들이라는 부정적인 평판을 얻었지만, 그럼에도 이 잡지는 소로에게 작가로서 발을 들여놓을 길을 열어주었다. 그러나 소로는 조지 리플리가 사상가와 노동자의 합일이라는 목적 아래 창설한 이상향 공동체인 브룩 팜을 지지하지도, 직접 가담하지도 않았다. 또한 에이모스 브론슨 올컷이 창설한 프루트랜스와도 아무런 관련이 없었다. 프루트랜스는 뿌리는 하늘로 솟아오르지 않고 땅속으로 파고든다는 이유로, 당근과 감자를 식생활에서 배제한 채식주의를 고집하며 고결함을 지향하는 독특한 집단이었다.

소로는 그들의 숭고한 목적은 인정했지만 방법에는 동의하지 않았다. 사생활을 중요시했고 초절주의자들의 '하숙'에 불과한 집단을 위해 사생활을 포기할 의사가 전혀 없음을 분명히 밝혔다. 소로의 본가에서도 어머니가 하숙집을 했기 때문에 그는 그와 같은 환경에서는 고결한 사상이 나오기 어렵다는 사실을 경험을 통해 알고 있었다. 초절주의자들이 공동체 생활을 통해 그들의 사상을 실천하려는 노력에 대해 소로는 월든 호수에서 2년 동안 은거하는 것으로 답했다.

초절주의자들과 마찬가지로 소로는 고결함이 결여된 미국인의 삶에 대해 낙담하고 실망했다. 초절주의자를 다른 미국인들과 구분 짓는 특징은 독특한 식생활이 아니었다. 도시의 번화가, 세관, 교회가 제시하는 국수주의적이며 편의주의적인 견해가 아니라 영감으로 고취된 생명이 있는 믿음과 삶의 신비감에 대한 갈증이었다. 사실 초절주의자들의 활동은 미국인의 삶에 있어 거의 모든 면에서 변화를 추구했던, 보다 광범위한 개혁 운동의 일부였다. 개혁가들은 논문을 쓰고 강연을 했으며, 학술지를 발간하고 교육, 교도소 개혁, 사형 제도, 여성의 권리, 빈곤, 정신질환자, 병자, 장애자, 결혼 제도, 국내 경제, 도박, 평화, 노예제도 등과 같은 사회문제에 대해 친절하게 조언을 베푸는 회의도 개최했다. 개혁가들이 면밀하게 살피지 않는 분야는 거의 없었고 개선이 불가능한 것은 폐지되기도 했다. 월트 휘트먼조차도 1842년에 소설 『주정뱅이 프랭클린 에반스』를 출간해 금주를 역설했다. 초절주의를 이렇게 보다 폭넓은 개혁 운동의 일환으로 볼 수도 있지만, 초절주의자들은 현실 개혁 외에도 사회 전반에 만연한 부정직함을 조장하는 물질만능주의와 불감증으로부터의 해방과 추구했다.

소로가 초절주의에 끌린 것은 사회적 실천주의 때문이 아니라 자기 수양이 바람직하며 필요하다고 여기는 초절주의자들의 태도 때문이었다. 소로는 개혁가들과 그들이 개선하려는 사회문제에 대해 공히 불만을 품고 있었다. 개혁가들은 간사하고 다사스러웠다. 소로는 개혁가들의 '불쾌한 자비심'이 거북하고 불결하며 심란하다고 여겼다. 그리고 개혁가들이 남의 삶에 대해, 특히 소로 자신의 삶에 대해 왈가왈부하기 전에 자기 자신들의 삶부터 되돌아봐야 한다고 주장했다. 그는 『월든』에서 "만약 누가 용의

주도한 계획을 세워 내 삶을 개선하려 든다면 나는 목숨을 걸고 도망치리라”라고 썼다. 이 구절을 통해 소로가 자신이 독자에게 자신의 생활 방식을 은근히 권유한다는 주장에 왜 진저리를 치는지 그 이유를 알 수 있다. 그는 『월든』의 독자에게 “자신만이 갈 길을 신중하게 선택하라”고 주장한다. 그는 자신의 삶을 ‘소박하고 현명하게’ 사는 하나의 예로 제시할 뿐 그의 생각을 엄격하게 따르라고 요구하지 않는다. 소로는 개인적 수양, 지적 성장, 정신적 발전만이 개혁을 달성할 수 있는 유일한 방법이며, 이를 위해 회의를 열거나 회원 명단을 만들거나 기부를 할 필요는 없다고 생각했다. 진정한 개혁은 내적이고 사적이며 철저하게 개인적인 것이었다. 자신을 개혁한다는 것은 자아에 내재된 신성의 발견을 의미했다.

소로는 개인의 영혼과 자연 속에서 신을 발견한다는 에머슨의 사상을 추종했다. 절대적 가치와 권위는 설교나 학술 논문, 법조문 또는 시장이 아니라 개인의 내부에서 발견하는 것이므로 이러한 신성을 발견하고 표현하기 위해서 개인은 완전히 독립적이고 자유로워야 했다. 문제는 신성이라는 것이 전통적, 이성적, 논리적 설명으로는 증명할 수 없는데, 어떻게 인간과 자연에 내재되어 있는지 알 수 있는가 하는 점이었다. 초절주의자들은 분석적인 방법을 사용하지 않고 모든 창조물에는 영혼이 순환하고 있다고 단언함으로써 문제를 해결했다. 그들은 당시 유행하던, 지식은 오직 감각을 통해서만 얻을 수 있다고 주장한 로크의 감각론과 상식철학을 거부하고, 이와 같은 경험론적인 주장은 보다 고결하고 궁극적인 현실, 즉 정신세계에 대한 해답을 주지 못한다고 강조했다. 초절주의자들은 경험이 아니라 의식을 통해 물질에 잠재된 정신적 현실을 인식했다. 감각은 눈에 보이는 현상을 조직화하여 물리적 특성과 법칙을 이해하는 방법 가운데 한 가지에 불과했다. 감각보다 중요한 것은 모든 자연현상 저변에 있는 보이지 않는 정신적 현실을 자연스럽게 직관적으로 깨닫는 고차원의 인식력, 즉 상상력이었다. 진정한 자아는 신과 불가분의 관계이고, 인간은 이러한 반(反)계시적인 인식을 통해 공간, 시간, 물질로 이루어진 물질계를 초월해 절대적이고 영구적인 정신적 삶을 이해했기 때문이다. 가장 고차원의 '지혜'는 '살피지 않고 바라본다'고 소로는 믿었다.

　신에 의지하는 내면의 소리 외에도 소로가 삶의 지표로 삼은 중요한 가르침이 또 하나 있었다. 그는 계절의 순환에 대한 상세한 기록과 더불어 자연의 동식물에 대한 연구를 통해 자연현상을 이해하고 그것의 궁극적인 의미를 발견하려는 노력을 기울였다. 자연주의자로서 소로는 세심한 주의를 기울여 자신의 일기에 사실을 기록했다. 초절주의자의 관점으로 자연현상을 이해했기 때문에 서로 연관성이 없어 보이는 사실들이 언젠가는 혼연일체가 되어 보편적인 영적 진실을 형성하리라 믿었다. 자연현상은 소로에게 하나의 언어가 되었고 이 언어를 통해 그는 『월든』에서 조심스럽게 재현한 영적 세계를 구축했다. 에머슨의 땅 위에 자신의 오두막을 지었듯이, 자신의 책 또한 에머슨이 『자연론』에서 제시한 「미국의 학자(The American Scholar)」[3]와 「자립(Self-Reliance)」[4]을 토대로 했다. 고전, 동양 문학, 여행 문학, 미국 인디언에 대한 연구 등도 소로가 쓴 글의 중요한 토대가 됐지만 (인유(引喩)를 많이 사용하는 소로 문체의 특징은 이들의 영향을 받았다) 에머슨이 가장 근원적인 영향을 주었다. 그렇다고 해서 소로가 이룩한 성과가 에머슨 사상을 손쉽게 모방했다든지 두 사람 사이에 의견 차이나 마찰이 없었다는 의미는 아니다. (두 사람은 가끔 서로에 대해 이해할 수 없고 신경을 거스른다고 생각했다.) 그러나 에머슨이 아량을 베푼 덕분에 소로가 자연과 자기 자신을 탐구하는 데 필요한 환경이 조성되었고, 에머슨의 열정적인 수필은 소로가 그러한 환경을 초절주의적 관점에서 바라보도록 해주는 자극제가 되었다.

2

유유자적하는 숲 속 생활 속에서도 소로는 분명한 목표를 추구했다. 그는 월든으로 간 목적을 '가능한 한 방해받지 않고 개인적인 용무를 처리하기 위해서'라고 밝혔다. 콩코드에서는 보람 있는 일을 찾기 어렵다는 결론을 내리고 영적 탐험을 시도하기로 한 것이다. 영적 탐험은 초절주의자가 유일하게 진정으로 추구할 만한 중요한 일이었다. 그는 마을 사람들을, 자신에게 무엇이 가장 필요한지, 자신이 무엇을 가장 원하는지 알지 못한 채 무의식적으로 '묵묵히 절망적인 삶'을 사는 '군중'이라고 생각했다. 그는 그런 '절망적인' 삶을 버리고 '의도적인' 삶을 살겠다고 결심했다. 소로는 이웃들의 삶을 묘사할 때 '절망'이라는 단어를 끊임없이 사용하는 반면 자신의 삶은 '삶의 본질적인 요소만을 추구하기 위해' 신중하게 선택한 일련의 '의도적인 전략'으로 묘사했다. 자신이 연민을 느끼기도 하고 비웃기도 했던 이웃들처럼 무신경하고 무지몽매한 삶을 살지 않기 위해, 삶의 본질적인 요소들이 어떤 가르침을 줄지 알고자 했다.

콩코드 주민들의 관점에서 보면(소로는 주민들이 탐욕적이고 비이성적이며 정부의 과잉보호를 받고 있다고 푸념했다) 소로는 자신의 격에 맞는 직업을 갖지 못한 사람이었다. 소로는 마을 사람들의 속물적인 삶을 비난한 반면, 마을 사람들은 우유부단한 삶을 살고 있다며 그의 처지를 개탄했다. 하버드 대학을 졸업한 소로는 스물여덟 살이 된 1845년에도 딱히 성취한 바가 없었다. 왜 그는 성직자, 변호사, 농부, 사업가 아니면 최소한 교사라도 되지 않았는가? 전문직을 택할 수도 있었고 당시 많은 사람들이 그랬듯이 기회의 땅인 서부로 갈 수도 있었다. 그러나 그는 대부분의 시간을 부모님 댁에서 보냈다. 졸업 후 소로는 운 좋게도 콩코드에 있는 모교에서 교편을 잡을 기회를 얻었다. 1837년 당시 경제가 심각하게 침체되었다는 점을 감안하면 500달러는 적지 않은 봉급이었다. 그러나 소로는 체벌로 학생들을 다스리라는 학교 당국의 지시를 받고는 채 2주를 넘기지 못하고 사임했다.

이후 마땅한 직장을 구하기가 어려워지자 소로는 연필을 제조하는 아버지의 일을 돕다가 이듬해 형 존과 함께 사립학교를 세웠다. 그러나 존의 건강 악화로 학교는 1841년 4월에 문을 닫았다. 같은 달, 소로는 에머슨의 자택으로 들어갔고 2년 동안 입주 관리인으로 일한다. 그 후 1843년 여름, 뉴욕의 스태튼 아일랜드로 이주하여 일곱 달 동안 에머슨 조카들의 개인 교사로 일했다. 소로로서는 이때가 콩코드 이외의 지역에서 가장 오랫동안 거주한 시기다. 당연한 이야기지만 뉴욕이 자신의 생각보다 '천배는 더 비정한 곳'이라고 푸념하면서 그는 치를 떨었다. 스태튼 아일랜드에 거주하는 동안 소로는 맨해튼을 외면한 채 콩코드에서의 겨울 산책에 관한 에세이를 탈고했다. 스태튼 아일랜드에서 귀향한 후 그는 교직을 포기했다. 이것을 소로는 『월든』에서 이렇게 설명했다. "학교를 운영해서 얻은 것보다 잃은 것이 더 많았다고 해야겠다. 학교라는 격식에 맞게 생각하고 믿음을 가져야 했을 뿐만 아니라 옷을 제대로 갖춰 입고 학생들을 가르쳐야 했는데 이런 일들을 하느라 시간을 낭비했기 때문이다. 내가 가르친 목적은 사람들이 보다 나은 인간이 되도록 하기 위해서가 아니라 단순히 나의 생계를 유지하기 위해서였으므로 학교 운영은 완전히 실패였다."

소로는 굳이 가르치는 일을 한다면 자신만의 방식대로 가르치고 싶어 했다. 그에게 어떤 것의 가치는, 그것을 얻기 위해 자기 삶을 얼마만큼 희생해야 하는가에 의해 결정되었다. 이는 어떤 기준으로 봐도 적합한 교환가치다. 소로는 삶이 복잡할수록 부수적으로 따르는 것이 많고, 이런 것 없이 사는 방법을 배우는 게 자유라고 믿었으므로, 소박하고 검소한 삶을 사는 데 만족했다. 그는 연필 제조에서부터 목수, 석공, 조경, 토지측량, 강연에 이르기까지 시간제로 여러 가지 일을 하면서 자기 시간의 대부분을 산책하고 독서하고 글 쓰는 데 할애했다. 글쓰기는 돈벌이가 되지는 않았지만 그를 지탱해 주는 큰 힘이었다. 소로는 하버드 졸업 당시부터 1862년 마흔네 살의 나이로 숨을 거두기 직전까지 일기를 썼다.

소로의 글은 현대 판본으로 스무 권이 넘지만 그가 가구 몇 점과 살림 도구와 책을 마차에 싣고 월든 호수로 가던 당시에는 에세이와 시만 수십 편 발표하고 강연을 몇 번 했을 뿐이었다. 작가라고 내세울 만한 이렇다 할 출간 작품이 거의 없었으므로, 이웃들은 당연히 그를 작가로 여기지 않았다. 오늘날 대중은 소로를 생태계 보존에 관심을 기울인 환경보호주의자로 여기지만 당시에는 그런 인식도 없었다. 오히려 소로는 일행과 함께 잡은 물고기를 요리하기 위해 불을 지피면서 주변의 잡목을 제거하지 않아 (화폐 가치로 2000달러가 넘는) 300에이커에 달하는 콩코드 삼림을 태운 부주의한 인물로 악명이 높았다. 소로는 이웃들에게 적절하게 사과도 하지 않았고 이웃들은 불탄 삼림이 회복된 뒤에도 한동안 그 사건을 잊지 않았다. 소로는 다소 오만하고 냉담하고 고집스러운 사람으로 인식되었다. 에머슨조차도 소로의 장례식 조사에서 이렇게 말했다. "소로는 천성이 군인 같은 면이 있어서 굴복하지 않고 늘 강인하고 유능했으며, 다정다감한 모습을 거의 보이지 않았고, 저항할 때만이 살아 있다고 느끼는 듯했다." 에머슨은 자신의 집에 거주한 입주자로서뿐만 아니라 이웃으로서, 작가로서, 사상가로서 소로를 25년간 알고 지냈다. 에머슨은 소로의 성품과 가치관, 작품을 높이 평가했지만 소로의 무엇이 그의 이웃들을, 그리고 때로는 자신의 신경을 거스르는지 잘 파악했고 오늘날 일부 독자들 역시 이에 공감할지 모른다. 에머슨은 소로만큼 기대 수준이 높지 않은 사람에게는 소로가 염원하는 바가 '다소 냉혹하게' 느껴질 수도 있음을 인식했다. 그래서 소로에 대해 이렇게 말했다. "소로는 허위를 폭로하고 실책을 조롱하면서 어느 정도의 승리감과 극적인 긴장감을 느껴야 자신의 역량을 한껏 발휘했다. 그는 어떤 제안을 들으면 본능적으로 이의를 제기했고, 일상적인 사고의 한계를 못 견뎌 했다."

소로는 '저항'할 때 비로소 물 만난 고기와 같았다. 그의 역작 가운데 대부분은 그가 꿈꾸는 이상적인 삶과 현실 간의 괴리가 초래하는 긴장감이 만들어낸 것이다. 『월든』이 도발적이고 도전적이라는 것은 콩코드 주민들의 삶, 나아가서는 인간 문명에 대한 풍자적인 묘사를 보면 알 수 있다. 문명에 대한 풍자적 비판은 자연의 가치를 효과적으로 부각시키고, 무의미하고 복잡한 문명 속 삶에 대한 건전한 대안으로서 자연의 역할을 강조한다. 이러한 저항이 없다면 『월든』의 화자는 '살아 있음을 느끼지' 못할지도 모른다. 소로는 이웃들이 각성하기를 간절히 원했지만 동시에 몽매한 그들을 보고 조롱하면서 희열을 만끽했다. 소로의 이러한 태도 때문에 마을 사람들은 그를 독선적이라고 되받아 비난했고 콩코드의 질서 정연한 삶과 동떨어진 사람으로 여겼다. 그러나 소로가 무의미한 삶을 못 견디고 그에 저항한 이유는, 이웃과 더불어 조화롭게 사는 데 대한 고의적인 무관심보다는 그의 초절주의적 가치관과 더 연관이 있었다. 소로 자신이 주장하는 영적으로 의미 있고 도덕적인 삶을 살기 위해서는 타협이란 불가능했다. 에머슨의 에세이 「초절주의자」에는 소로의 성품이 잘 묘사되어 있다. 이 에세이는 소로가 에머슨의 자택에서 살았던 1841년에 쓰였는데, 이름을 구체적으로 언급하지는 않았지만 "만족할 줄 모르는 높은 기대 수준"으로 모든 사회적 가치와 관례를 비판하고 거부하는 "혹독한 비평가들"이라는 에머슨의 묘사는 분명 소로를 가리키고 있다. 이 젊은 초절주의자들은 "자유로운 전문직에서부터 가장 거친 막노동에 이르기까지, 학계와 교육계에서 지켜야 하는 예의부터 무도회와 사교 방문의 관습까지, 소름 끼칠 만큼 회의를 불러일으키는 비겁한 타협과 허울, 애착 없는 삶, 아무런 목적도 없는 활동이 만연되어 있음을 발견했다." 그들의 기질과 신념은 세속의 직업을 거부하고 자신만의 진정한 일을 택하도록 했는데, 소로에게 그러한 일은 바로 글쓰기였다. 마거릿 풀러가 1845년 7월 4일 자 기고문에서 언급한 귀감이 될 만한 영웅적인 인물처럼, 소로는 굳은 신념으로 돈, 비난, 두려움 등 그 무엇에도 굴복하지 않고 자신의 소명대로 살기로 했다. 호수에서의 삶을 통해 그는 글쓰기의 기술과 삶의 기술은 불가분의 관계라는 점을 깨닫는다.

호수에서 그는 새로운 세계의 시민이 되어 상상을 하고 자유롭게 글을 썼다. 그곳에서 저서 두 편의 초고를 집필했고, 이는 그의 생전에 '콩코드 강과 메리맥 강에서 보낸 일주일' (이하 『일주일』로 표기)과 '월든' 이라는 제목으로 세상에 나온다. 『일주일』은 소로가 1839년에 형 존과 함께한 항해를 기념한 글이다. (존은 1842년 갑자기 세상을 떴다.) 수많은 인용문과 문학, 철학, 종교, 역사를 망라한 여러 가지 주제에 대한 논의가 끊임없이 이어지는 이 책은 소로의 경험보다는 그의 독서와 사고의 산물로 보인다. 오늘날 비평가들은 이 책에 일관된 흐름이 있다고 평가하지만, 독자들 중에는 이 책이 산만하고 난해하다고 여기는 이들이 많았다. 『일주일』은 1849년에 출간되자마자 곧 기억에서 사라졌고, 누구도 소로가 훗날 미국 문학사에서 중요한 인물이 되리라고 예측하지 못했다. 초판 1000권 가운데 약 75권은 무상으로 배포되었고, 100여 권은 판매되었으며, 남은 706권은 1853년에 발행인이 보스턴에 있는 자택 지하실에 더 이상 보관하기 어려워지자 소로의 집으로 보냈다. 소로는 이 일에 대해 "나는 이제 서재에 거의 900권의 책을 소장하게 되었는데 그중 700권 이상이 내가 쓴 책이다"라고 농담조로 일기에 적었으나, 이는 그에게 뼈저리도록 아픈 경험이었다.

 『일주일』의 실패는 소로에게 재정적, 정신적으로 큰 타격을 주었지만, 이 경험이 『월든』에는 약이 되었다. 소로는 호수에서 생활한 1845년 7월부터 1847년 9월까지 『월든』의 초고를 썼는데, 원래는 1849년 『일주일』에 바로 이어 『월든』을 출판할 계획이었다. 그러나 『일주일』에 대한 냉담한 반응과 저조한 판매로 계획을 변경하고, 1839년 4월부터 1854년 4월까지 자신이 쓴 일기를 『월든』에 포함시켜 수정하는 작업을 여러 번 거친 후 1854년에 출판하게 되었다. 이러한 여러 차례의 수정 작업을 통해 일관된 흐름 속에 호수에서의 경험을 재현할 수 있었다. 소로가 호숫가의 오두막에서 보낸 2년은 화자의 영적 성장에 토대가 된 자연스러운 계절의 순환에 따르기 위해 1년으로 다듬어졌다. 『월든』은 단순히 숲 속 생활을 묘사한 작품이 아니다. 소로는 감상에 빠지거나 자연계를 왜곡시키지 않고 있는 그대로 자연을 훌륭하게 재현했다. 이 글에 등장하는 초절주의적 개인주의자의 말에는 호소력과 설득력이 있다. 숲과 호수와 계절에 대한 생생한 묘사가 소로가 꿈꾸는 영적인 삶에 당위성을 부여하는 상징적인 수단으로 쓰였기 때문이다. 『월든』은 『일주일』보다는 독자 확보와 판매에서 선전했으나 오늘날 미국 문학의 고전이 될 만큼 격찬을 받거나 인상적인 판매 기록을 보이지는 못했다. 『월든』의 초판 2000부는 1859년에 가서야 모두 판매되었다. 멜빌의 『모비 딕』 (1851)이나 휘트먼의 『풀잎』(1855)처럼 『월든』도 수 세대가 지나서야 미국 문학사에서 그 중요성을 인정받았다. 당시에도 『월든』을 높이 평가한 독자들이 있기는 했지만 주요 작가 중에는 유일하게 조지 엘리엇이 『월든』 출판 1년 반 만에 서평을 냈다. 그녀는 《웨스트민스터 리뷰》(1856년 1월 호)에 실린 짤막한 서평에서, 꾸밈없는 묘사에 담긴 '깊이 있는 시적 감수성'에 찬사를 보냈고 '속세에 대한 초월성'을 지지했다. "스스로를 매우 현명하다 여기고 일정한 틀에 맞춰 남들과 똑같은 삶을 살면서, 자신들에게 효용 가치가 없다고 여기는 존재 방식을 용납하지 않는 사람들은 소로와 그의 경험을 비현실적이고 몽상에 불과하다고 조롱할지 모른다."

엘리엇이 묘사하는 공리주의적인 관점이 바로 소로가 몹시 못마땅해하는 사고방식이었다. 소로는 정직한 삶을 영위하는 데 있어서 자신의 감수성이 벤저민 프랭클린의 감수성과 대립된다는 점을 즐겨 지적했다. 프랭클린은 근면하고 검소한 삶을 통해 부를 달성하는 방법을 제시했지만, 소로의 관심사는 프랭클린이 이룩한 자수성가가 아니라 영적인 자아 성찰이었다. '가난한 리처드'[5]는 소로가 당시 사람들에게서 발견한 의기소침한 상태에 대해서는 언급하지 않았다. 소로는 재산 축적보다는 영혼 구제에 전념하면서 자신을 수양하는 데 시간을 쏟기 위해 근검절약했다. 수입과 지출을 꼼꼼히 기록했는데, 그 이유는 재산을 얼마나 모을 수 있는지가 아니라 자신의 삶에 필요한 것이 얼마나 적은지를 보여주기 위함이었다. 그는 자유를 얻고 '여명(黎明)이 주는 무한한 기대'를 맑은 정신으로 느끼기 위해 (일 년에 6주 정도만 일하고) 시간을 벌었다. 또한 여명에는 하루의 나머지 시간 또는 여생을 몽롱한 무의식으로부터 구원해 주는 각성의 힘이 있다고 생각했다. 이른 새벽, 수탉의 울음소리는 소로가 가장 좋아하는 소리 가운데 하나였다. 그 소리를 들으면 "누구든지 매일 기상 시간을 조금씩 앞당겨 더할 나위 없이 건강하고 여유롭고 현명해지기를 원하리라." 『월든』의 이 해학적인 부분은 프랭클린을 빗대고 있다. 아래 인용된 구절들은 프랭클린과 소로의 차이를 가장 극명하게 보여준다. 프랭클린은 『부에 이르는 길』에서 "노쇠하고 궁핍해질 때를 대비해서 할 수 있을 때 저축하라. 아침 해는 온종일 비치지 않는다"라며 빚을 지지 말라고 끊임없이 경고한다. 그러나 소로는 『월든』에서 독자들을 위해 출발점 역할을 하도록 만들어진 다음과 같은 말로 책을 갈무리한다. "깨어 있는 자만이 동트는 장관을 목격할 수 있다. 앞으로도 수많은 날들이 밝아오리라. 태양은 한낱 샛별에 불과하다." 프랭클린의 글에서는 시간이 소진되고 삶이 끝나 가고 있다는 절박감이 느껴진다. 반면 소로의 글에는 시간의 제약을 초월한 광대함과 무한함이 있다. 소로는 『월든』의 마지막 장에 등장하는 쿠루의 예술가처럼 '완벽을 추구하는 데' 매진한다면 삶을 의도한 바대로 영위해 나갈 시간이 충분히 있다고 믿는다. 삶을 대부금 상환으로 보면 시간이 빠르게 소진되지만 무한한 가치로 여기면 시간은 삶을 방해하지 못한다. 소로와 같은 19세기의 낭만주의자들에게는 18세기의 미국인들을 위해 프랭클린이 제시한 경제적 자유를 얻기 위해 치러야 하는 대가가 너무 컸다. 소로는 독자들에게 수입과 지출의 균형을 통한 안정적인 삶이 아니라 평정을 잃지 않는 영혼을 통해 평화와 자유를 성취하라고 제안했다.

『월든』에서 호수에서의 삶을 묘사할 때 소로는 자신감과 행복이 넘친다. "나는 자연 속에서 자연의 일부가 되고 야릇한 해방감을 느낀다"라고 말한다. 안타이오스처럼 소로는 자연에서 힘을 얻어 "위대하고 가치 있는 것만이 영원하고 절대적으로 존재한다는 사실을 깨달을 것이며, 사소한 두려움과 쾌락은 현실의 그림자에 불과하다는 사실을 알게" 되리라는 깨달음을 독자와 공유하는 인물을 창조한다. 때 묻지 않은 이 환경 속에서 그는 강요된 사회적 정체성을 떨쳐 버리고 타인의 평가, 편견, 전통, 망상, 겉치레의 진흙탕과 오물로부터 자유로운, 본질적인 자아를 발견하게 된다. 그의 본질적인 자아는 자연 자체다. 즉, 자유롭고 자율적이며 모든 이에게 잠재되어 있는 무한한 영적 정체성을 상징한다.

소로는 『월든』의 첫 장에서 자기 자신에 관해 글을 쓴다고 거리낌 없이 밝히고 있지만, 이 모든 일인칭 시점의 문장(초판을 찍을 당시 일인칭 대명사에 쓰는 인쇄 활자가 동이 났다고 한다) 속에서도 독자들은 소로가 이 글을 쓴 목적은 자기 자신보다는 독자를 드러내 보이려는 것임을 인식해야 한다. 자기 자신의 삶을 소박하고 진지하게 묘사한 이 글은 순수하게 자전적인 이야기라기보다는 신중하게 형태를 잡아 다듬고 수정한 초절주의적 개인주의의 형상이다. 예를 들어, 「고차원의 법칙」에서 육식을 삼가야 한다고 주장할 때 소로는 자신의 부실한 치아에 대해 언급하지 않는다. 그는 (수년간 그를 괴롭힌) 치아를 모두 뽑고 1851년 서른세 살의 나이에 틀니를 했다는 사실을 언급하지 않는 편이 낫다는 점을 알았다. 호수에서 생활한 기간에 일어난 일들의 연대 순서를 잘 보존하는 것보다 더 중요한 사항은 따로 있다. 이 글은 그의 삶에서 일어난 사실을 있는 그대로 낱낱이 밝히는 데 목적이 있다기보다는, 독자들이 마가렛 풀러가 말하는 '빛나는 귀감'으로 삼을 수 있는 대표성 있는 인물을 창조해 내기 위해 사실들의 모양을 다듬고 재구성한 것이다.

소로의 글에서 창조된 영웅적 신화와, 그 신화를 만들어낸 역사적 인물인 소로를 성공적으로 구분하는 연구 논문이 많이 있다. 유려한 문장과 재치 있는 어법, 기발한 역설법 등 여러 가지 수사적 기교를 동원하여 자기만의 세계를 구축하고, 독자들이 그들의 삶에서 시도해 보지 못한 가능성에 눈뜨도록 해주는 역사적 인물은, 월든 호수에서 자신을 발견한 상징적인 초절주의적 개인주의자보다 훨씬 복합적이고 나약한 인간이다. "내 삶의 주인은 나 자신이고 어떤 삶을 살지는 내가 결정한다"라고 말하는 인물은, 스태튼 아일랜드에서 살던 스물여섯 살 당시 고향에 계신 부모님께 보낸 편지에서 "아버님, 어머님, 너무 그립습니다. 곧 소식 주십시오. 콩코드 신문도 보내주십시오"라고 말하는 인물과 사뭇 다르다. 이로 인해 일부 사람들은 소로가 생각만큼 영웅적인 인물은 아니라고 여길지도 모른다. 『월든』을 주의 깊게 읽지 않은 사람들은 소로를 위선자라고 여기고, 소로는 단지 고독을 바랐음에도 그가 고립을 원했다고 주장하기도 한다. 그러나 소로가 자신의 실제 삶에서 보여주는 모순과 불안감, 회의 때문에 그가 창조한 작품 속의 인물이 독자들에게는 더욱더 흥미롭게 느껴진다. '빛나는 귀감' 역시 나약한 인간일 뿐인 것이다.

『월든』의 화자는 독자들이 현실적인 삶의 한계에서 벗어나도록 도와주기 위해 소로가 창조한 상징적 인물일 뿐이다. 따라서 독자들은 소로에 대한 전기(傳記)를 읽어야 그의 실제 삶이 어떠했는지를 알 수 있다. '현실적인 여건으로부터의 자유'에 있어서 소로의 '자서전'과 프랭클린의 자서전 사이에는 유사한 점과 대조되는 점이 많다. 많은 평론가들이 이러한 점들을 지적해 왔는데, 그 외에도 그다지 관심을 끌지 못한 유사점이 한 가지 있다. 『월든』을 미국 문학의 또 다른 전통인 노예 문학으로 볼 수도 있다는 점이다. 소로가 『월든』에서 개인적인 자유를 추구했다는 사실과 동시대 노예제도에 반대했다는 사실을 고려할 때, 자유를 성취하기 위한 노력을 표현한 노예 문학의 관점에서도 훌륭한 작품이라고 본다. 소로의 작품과 노예 문학은 금성과 북극성처럼 각자의 위치에서 서로 다른 빛을 내지만 둘 다 자유가 동트고 있음을 보여주고 있었다.

소로가 월든 호수로 이주한 지 이틀째 되는 날은 프레더릭 더글러스의 『미국인 노예, 프레더릭 더글러스가 직접 쓴 삶 이야기』가 출판된 지 한 달째 되는 때였고 이 책은 판매에서 상당히 선전하고 있었다. 소로는 그날 일기에 노예제도에 대해 기록했고 훗날 이를 『월든』에 포함시켰다. "놀랍게도 우리는 흑인 노예제도라고 불리는, 끔찍하지만 다소 낯선 형태의 인간 예속 제도에 관심을 쏟을 정도로 태평하다. 정작 교묘하고 치밀한 방법으로 남부와 북부를 모두 예속시키는 주인이 수없이 많은데도 말이다."[6] 여기서 소로가 표현하고자 하는 바는 미국 내 흑인 노예들이 처한 곤경에 대한 냉담함이 아니라 우리 모두가 노예라는 우려이다. 호수로 이주하기 넉 달 전 소로는 《리버레이터》에 기고한 글에서 프레더릭 더글러스를 "우리보다 한 가지 면에서 더 도망 노예인 사람, 자신이 백인 못지않은 지성의 소유자라는 것을 증명했고 피부색에 관계없이 모든 사람들에게서 좋은 평판을 얻은 사람, 그리고 노예제도에 저항하고 자유를 옹호하는 태도를 결코 잃지 않을 사람"이라고 묘사했다. 소로가 여기서 말하고자 하는 바는 백인이라고 해서 반드시 자유롭지는 않다는 점이다. 소로의 이 글은 법적으로는 자유로운 신분이나 영적으로는 결코 자유롭지 못한 모든 미국인을 대상으로 쓴 것이다. 그런 의미에서 『월든』은 노예 문학의 백인 판으로 읽어도 무방하다. 더글러스는 작품 속의 인물을 통해 한 사람의 노예가 어떻게 자유인이 되고 노예제도 폐지의 대의명분을 상징하는 인물이 되는지를 보여주고 흑인도 백인과 똑같은 인간임을 보여준다. 더글러스의 작품과 『월든』은 모두 부분적으로는 인간의 잠재력에 관한 글이며 그러한 잠재력의 실현을 극적으로 표현하기 위해 상징적인 삶을 사용했다.

소로는 『월든』의 도입부에서 "남부 출신의 노예 감독관을 만나면 고달프다. 북부 출신의 노예 감독관을 만나면 더 고달프다. 그러나 가장 끔찍한 것은 사람이 자기 자신에게 노예 감독관 노릇을 할 때이다"라고 말한다. 이것은 백인의 관점에서 하는 배부른 이야기로 보이기도 하지만, 소로가 당시 도덕적, 정치적 문제와 독자들이 처한 상황을 병치시키는 부분을 잠시 살펴볼 필요가 있다. 더글러스는 흑인은 인간보다 못한 존재이므로 예속된 상태에 만족한다는, 노예제도를 옹호하는 주장을 반박한다. 소로는 대부분의 독자들은 물질적 풍요를 누리고 있으므로 자기 자신을 스스로 구속하는 데 만족하리라는 가정을 반박한다. 소로는 그들 스스로가 소유한 도구의 도구로 전락하고, 자신들이 사육하는 가축처럼 스스로를 사육하고, 온전히 자기 소유도 아니고 본 적도 없는 삶의 조건에 자신의 삶을 저당 잡혔다고 보았다. 월든으로 가기 위해 자신이 떠난 마을을 도덕적인 삶을 방해하는 덫으로 보았다. 진지하기보다는 풍자적으로 마을의 폐단을 묘사했지만 그렇다고 해서 소로가 갈망하는 자율적인 삶에 가해지는 위협이 경감되지는 않는다. 노예 같은 삶에서 벗어나 자유를 찾는 소로의 영웅적인 삶의 여정은 격렬한 투쟁이나 시련이 아니라 원칙적인 삶을 살겠다는 선언을 통해 이루어진다. 해방된 노예들이 노예제도를 통해 얼마나 인권을 유린당했는지를 기록했듯, 소로도 정도(正道)를 벗어난 삶이 가져오는 절망감과 자포자기에 대해 개탄한다. 해방된 노예가 악몽 같은 과거를 회상하듯이 소로는 이미 운명이 예정된 삶을 거부하고 그보다 훨씬 충만한 삶을 살 수 있다고 말한다. 소로가 동시대 사람들이 소중하게 여기는 사회적 가치들을 거부하는 행위는 노예들이 노예제도의 부도덕함에 대해 행동으로 저항하는 것과 일맥상통한다. 독자들은 노예문학 작품에서 묘사된, 인간에게 행해지는 불의와 생명의 희생을 알고 충격을 받는 것처럼, 자신을 피폐한 사회적 가치관의 볼모로 만들고 구속한 장본인이 다름 아닌 바로 자기 자신임을 『월든』을 통해 깨닫고 경악한다. 해방된 노예들이 등에 난 채찍질 상처를 보여주듯, 소로는 사회적 관습 아래 감춰져 왔던 내면의 상처(에밀리 디킨슨이 말했듯이 인생의 의미는 내면에서 찾는다)를 드러내 보인다.

개략적이고 단순화된 비교이기는 하나, 이를 통해 말하고자 하는 요점은 자유인인 북부 출신의 백인이 겪은 고통을 남부의 흑인 노예가 겪은 고통과 동일 선상에 놓으려 함이 아니라, 소로와 더글러스 모두 자신의 삶을 본보기로 작품 속의 인물들이 영위하는 삶이야말로 진정 인간의 잠재성을 발현하는 삶임을 보여주려 했다는 점이다. 더글러스가 감내해야 했던 처절한 삶과 소로가 사회적 가치를 거부하고 선택한 자율적인 삶은 천양지차이고, 두 작품 간에 유사성이 있다고 해서 이러한 엄청난 차이를 무시하지는 못한다. 소로와 더글러스는 서로 여섯 달 간격으로 태어났지만(소로는 시대를 잘 타고 태어났고, 더글러스는 시대를 잘못 타고 태어났다고 본다) 소로가 꿈꾼 자유는 더글러스가 스스로 쟁취해야 했던 본질적인 자유보다 수 세대 후에나 존재할 그런 자유였다.

　두 작품에서 인물들 간의 가장 두드러진 차이점은 아마도 더글러스가 자신 역시 백인과 똑같은 인간임을 백인 독자들에게 납득시키려 한다는 점일 것이다. 그는 자신의 삶을 통해 인종차별주의 이데올로기의 허위성을 폭로한다. 반면 소로는 독자들에게 그들도 소로처럼 살 수 있음을 인식시키려 한다. 이는 소로에게 상당히 운신의 폭을 넓혀주는 중요한 차이점이다. 소로는 정치적, 사회적 성향이 자신과 비슷한 독자들을 대상으로 글을 쓰기 때문에 때로는 분노하고 때로는 과장하고 때로는 약간 장난스럽기도 하다. 그러나 더글러스는 흑인도 프랭클린의 조언에 따라 평범하고 정직하게 살 능력이 있음을 보여주어야 한다는 부담을 안고 있다. 19세기 중반에 더글러스나 도망 노예가 직업윤리에 대해 소로처럼 다음과 같이 재치 있고 도발적인 글을 쓴다는 상상은 하기 어렵다. "사람은 눈썹에 땀이 뚝뚝 흘러내릴 정도로 고되게 밥벌이를 할 필요가 없다. 물론 그 사람이 나보다 땀을 많이 흘리는 사람이라면 어쩔 수 없겠지만." 소로는 자신의 글이 초래할 수 있는 결과로, 폭력이 아니라 사람들의 비난만 감수하면 되었기 때문에 독자의 허를 찌르는 촌철살인의 문장을 끊임없이 자유롭게 구사할 수 있었다. 그는 자신의 임무가 독자들의 잠재적인 혹은 발달하지 않은, 인간으로서의 품위에 호소하여 그들을 안심시키는 것이 아니라 '아첨은 철저히 배제하고 비판은 철저히 유지하는 것'이라는 점을 알았다. 소로는 사람은 '필요 없는 것이 많을수록 부유하다'고 확신했고, 대중에게 인정받는 것을 필요 없는 것 가운데 하나로 여겼기 때문에 대중의 인정을 받지 못해도 손해 볼 것이 없었다. 사회적으로 인정받는 것은 더글러스에게는 자유를 얻기 위한 전제 조건이었지만 소로에게는 그렇지 않았다. 경험보다 의식이 우선한다는 소로의 주장에 동의할 흑인 노예는 아무도 없다고 본다. 소로는 다음과 같이 주장한다. "다른 사람들이 우리에 대해 내리는 평가는 우리가 스스로에게 내리는 평가에 비하면 나약한 폭군이다. 사람이 자기 자신에 대해 갖고 있는 견해야말로 그의 운명을 결정, 아니 암시한다."

소로가 다른 사람들의 문제와 자신을 분리시켜 자기만의 삶을 살기 위해 애쓴 만큼이나, 그는 가끔 흑인 노예제도에 대한 생각으로 인해 평화로운 산책 길의 상념에 파문이 인다고 느꼈다. 소로는 자신의 의무는 사회악을 척결하는 것이 아니라 '부질없는' 19세기에 독립적인 삶을 영위하는 것이라고 믿었지만 그의 사회적 양심은 의식에 영향을 미쳤다. 노예제도에 대해 소로가 표명한 우려는 자신이 개인적인 자유에 부여한 가치에 근거를 두었고 자신이 살고 있는 지역과도 연관된 문제였다. 소로의 모친과 누이들은 노예제도 반대 운동에 깊이 관여하고 있었고 노예제도 폐지론자들이 본가에 드나들었다. 소로는 노예제도 폐지론자들의 조직에는 가담한 적이 없지만(그가 위원회에서 일하는 모습은 상상하기 어렵다) 그의 기질과 주위의 여건 때문에 어쩔 수 없이 노예제도에 강경한 반대 입장을 취하는, 영향력 있는 에세이 세 편을 쓴다. 「시민 불복종」(1849), 「매사추세츠 주의 노예제도」(1854), 「존 브라운 선장을 위한 탄원서」(1859)가 그것이다.

월든 호수에서 2년 동안 실험적인 삶을 살던 1846년 7월, 소로는 인두세를 내지 않아서 체포되었다. 그는 '상원 출입문 앞에서 가축을 매매하듯이 사람을 사고파는 정부'의 권위는 인정하지 않겠다는 의사 표시의 일환으로 수년 동안 납세를 거부했다. 이 사건은 『월든』의 「우리 마을」 장에 간단히 묘사되어 있고 「시민 불복종」을 집필하는 계기가 되었다. 「시민 불복종」은 소로가 1848년에 '개인과 국가의 관계'라는 제목으로 했던 강연으로, 1849년 '시민 정부에 대한 저항'이라는 제목으로 잡지 《미학》에 처음 실렸다. 그리고 소로가 숨진 후인 1866년에 가서야 '시민 불복종'이라는 제목으로 「캐나다의 미국인, 노예제도 반대와 개혁에 관한 논문」에 게재되었다. 감옥에서 보낸 한여름 밤은 소로의 일생에서 사소한 사건에 불과했으나, 이 상징적 행동(제삼자가 대신 납세했다)은 소로가 「시민 불복종」을 집필하는 계기가 되었다. 이는 오늘날 미국 문학사에서 가장 유명한 에세이로 평가받게 되었으며, 그의 명성에 중대한 영향을 미쳤다.

그러나 소로가 감옥에서 보낸 하루도, 「시민 불복종」도 노예제도에는 아무런 영향을 미치지 못했다. 소로의 이웃 사람들을 제외하고는 그가 체포됐다는 사실을 알거나, 그로부터 3년 후에 출판된 그의 에세이를 읽은 사람은 거의 없었다. 공교롭게도 너무도 미국적인 이 에세이는 20세기 초 해외에서 처음 평가를 받았다. 소로는 당시 미국 내에서는 자연에 관한 글을 쓰는 작가로 작은 명성을 누렸고 「시민 불복종」의 효용 가치를 처음 발견한 이들은 영국 노동당원들과 페이비언 사회주의자[7]들이었다. 또한 이 에세이는 자유에 대한 소로의 강렬한 욕망을 공감하는 이들에게도 따뜻한 환영을 받았다. 마하트마 간디는 아프리카와 인도에서의 비폭력 저항운동을 이 에세이와 연관 짓는 데 중요한 역할을 했다. 마틴 루터 킹 목사는 1960년대 시민운동 당시 이 에세이를 자주 인용했고, 베트남전 참전을 반대하는 반전 운동가들도 이를 인용했다. 이 에세이는 민법과 그보다 고차원적인 도덕법이 상충할 때 개인의 양심이 민법보다 우선한다는 믿음을 가진 각계각층의 사람들과 그들이 주장하는 다양한 대의명분에 영향을 주었고 큰 호소력을 발휘했다.

특히 1960년대 이래로 이 에세이는 소로를 비폭력 저항이 사회 변화를 가져오는 데 가장 효과적인 방법임을 주장하는 사회운동가로 변모시키는 결과를 가져왔다. 소로의 에세이는 다양한 시위 현장에 포스터, 티셔츠의 문구, 연설의 인용문으로 등장했다. 『월든』에서 묘사된 초절주의적 인물은 소로 자신이 창조한 인물이지만 사회운동가로서 소로의 정체성은 자신들의 미래상을 대변해 줄 목소리를 찾던 이들이 만들어냈다. 「시민 불복종」은 노예제도에 대한 소로의 혐오감과, 불의를 지원하기 위해 전쟁을 벌이는 정부에 대한 그의 분노를 나타내지만, 이 글이 소로 자신과 사회적 이슈와의 관계나 개혁에 대한 그의 견해를 전적으로 대변해 주지는 않는다.

소로는 흑인에 대한 정부의 억압보다는 개인과 정부의 관계에 초점을 맞추고 있다. 노예제도는 분명 심각한 문제였지만 소로에게는 정의롭지 못한 정부에 대한 지지 철회가 더욱 절박했던 것이다. 그는 정부가 행하는 부도덕한 행위에 가담하지 않기 위해 납세를 거부했다. 부당한 정부에 대한 지지 철회는 그가 마을의 관습을 거부하고 월든에서 은둔하는 생활과 일맥상통한다. 소로의 관심사는 세상을 바꾸는 것이 아니라, 세상이 그로 하여금 삶의 원칙을 포기하게 하고 그를 변질시키는 것을 단호히 거부하는 것이었다. "설사 엄청난 불의라고 해도 그것을 척결하는 데 자신을 바쳐야 할 의무는 없다. 그러나 불의를 행하는 데 직접 가담하지 않고 지지하지 않는 것이 인간의 최소한의 도리이자 의무이다." 소로는 적극적인 사회적 양심의 소유자였으므로 그의 상상력은 시간을 초월한 영혼의 세계에서 인간 역사의 세계로 이동했지만, 그렇다고 해서 그를 사회운동가라고 보기는 어렵다.

소로는 비폭력 저항만을 주장하지도 않았다. 그는 여러 가지 비정치적 방법을 폭넓게 고려했다. 도덕적 선택의 문제에 있어서 투표를 비롯한 여러 가지 법적 장치들을 도박으로 간주했고 따라서 다른 방법에 믿음을 두었다. 예를 들어 1843년 J. A. 에츨러의 「육체노동을 하지 않고 자연과 기계의 힘으로 모든 인간이 도달할 수 있는 낙원」에 대한 서평에서 소로는 에츨러가 주장하는 기계적이고 물리적인 수단이 아니라 내면의 '도덕적 개혁'만이 더 나은 세상을 만드는 효과적인 방법이라고 주장했다. '사랑'은 소로가 개인과 세상을 변하게 하는 힘을 묘사하는 데 사용한 단어다. "사랑은 불이 없어도 따뜻하게 하고, 고기가 없어도 배부르게 하고, 의복이 없어도 옷을 입혀주고, 지붕이 없어도 안식처를 마련해 준다. 사랑은 인간의 내면에 낙원을 만들고 그 낙원을 외부에 전파한다." 개인의 '도덕적 개혁'과 '사랑(사물의 초절주의적인 혼연일체를 인정하는 태도)'은 월든 호수에서의 자율로 이어진다. 그러나 「시민 불복종」에서 소로는 세상이 자체적으로 변한다거나 개인은 세상에 무관심해도 안전하게 살 수 있다는 자신의 신념이 흔들리는 경험을 한다. 그는 독자들에게 법과 불의를 분명히 구분하고, 성문법이 아닌 자신의 마음속에 내재한 진실을 수호하라고 역설한다. 그리고 자신의 투옥과 납세 거부로 어떻게 정부 운영에 차질이 빚어지고 필요했던 변화가 일어나게 되었는가를 설명하면서 말미에 다음과 같은 문장을 포함시킨다. "평화적인 혁명이 가능하다면 바로 이것이 사실상 평화적인 혁명이다." '평화적인 혁명이 가능하다면'이라는 단서 조항은 중요한 의미를 갖는데, 그 이유는 미국 노예제도 철폐를 위한 방법으로 폭력 사용을 수긍하는 방향으로 소로의 입장이 점진적으로 변해 갈 것임을 예견해 주기 때문이다. 소로는 자신이 시대 상황의 구속을 받지 않는다고 생각하고 싶어 했지만 그의 조국과 마찬가지로 그 자신도 역사의 물결에 휩쓸리지 않을 도리가 없었다.

소로가 「매사추세츠 주의 노예제도」를 쓴 1854년 즈음해서 노예제도에 반대하는 많은 미국인들은 노예제도의 확산을 막으려는 정부의 의지나 능력에 대한 믿음을 더욱 잃어갔다. 1850년대, 도덕적 양심에의 호소나 비폭력 저항은 노예제도 폐지론자들의 노력을 좌절시킨 도망 노예 법을 철폐하고 법원 판결을 번복시키는 데 역부족이었다. 소로가 자발적인 유배 생활을 하며 쓴 목가적인 글이 출판된 같은 해에 그는 '매사추세츠 주의 노예제도'(원래 7월 4일 매사추세츠 노예제도 반대 협회에서 행한 연설)에서 궁지에 몰린 자신에 대해 다음과 같이 토로하고 있다. "나는 나도 모르게 매사추세츠 주를 살해할 음모를 획책한다." 그가 이 글에서 토로한 분노와 절망감은 흰 수련(睡蓮)의 순수한 향기를 떠올리면서 결국 순화되었지만 그가 느낀 폭발적인 분노는 여전히 분명하게 느껴진다.

그로부터 4년 후, 소로는 자신이 찾던 '빛나는 귀감'을 존 브라운에게서 발견한다. 존 브라운은 1859년 10월 하퍼즈 페리를 습격하여 나라를 충격에 빠뜨렸고 소로는 그의 행동이 상징적인 동시에 납세 거부보다 더 효과적인 방법이라고 여기게 되었다. 역사학자들은 브라운의 습격이 허술하게 계획된 헛된 시도였다고 평가했고 그보다 앞선 1859년 당시 신문의 논조 역시 마찬가지였다. 그러나 소로는 이러한 역사가들 및 언론의 평가와 브라운이 수년 전 캔자스 주에서 노예제도를 옹호하는 다섯 명의 비무장 민간인 학살에 책임이 있다는 보도를 묵살했다. 소로는 브라운을 '무기를 사용한다는 사실 자체가 아니라 무기를 사용하는 명분이 무엇인가가 중요하다'는 것을 이해한 '초절주의자'로 여기자고 주장했다. 소로는 인내심의 한계에 도달했다. "나는 브라운의 방법이 틀렸다고 생각하지 않으련다. 그는 가장 효과적이고 신속하게 노예를 해방시키는 데 성공한 사람이다." 소로에게 노예제도는 흑인에게 자행된 만행일 뿐만 아니라 이제 전 인류를 오염시키는 불의의 상징이 되었고 이를 종식시키기 위해서는 비폭력 외에 다른 방법을 사용해도 된다고 생각하게 되었다.

소로가 비폭력 시민 불복종 운동도, 정의로운 '초절주의자' 가 쥔 명사수의 총도 노예제도를 철폐시키기 어렵다는 점을 깨닫고는 흑인을 미국 밖으로 피신시키는 방법이 해결책이라고 한때 생각했다는 사실을 보여주는 증거가 있다. 그는 이 방법이 흑인 노예들을 백인들의 착취와 억압에서 벗어나게 해주리라 생각했는데, 이는 소로가 월든 호수로 이주한 이유와 조금도 다르지 않다. 그러나 이 방법은 비현실적이고 정당하지 못했고, 소로가 이런 생각을 했다는 사실은 그가 노예 문제를 해결하고 자기 내면의 자유에 몰두하기를 얼마나 간절히 바라고 있었는지 보여준다. 실제로 남북전쟁 발발 직전에 노예제도 폐지론자인 친구에게 보낸 편지에서 소로는 이렇게 말한다. "나는 나라가 처한 현 상황이 유감스럽다고 하기보다는 (내가 유감스러워한다는 가정하에) 그런 상황에 대한 소식을 듣는 것이 더 유감스럽다. 앞으로 나의 글을 읽는 독자는 섬너 요새[8]고 올드 에이브[9]고 뭐고 다 무시하길 바란다. 왜냐하면 무시하는 것이 악을 겨냥해 치명타를 가하는 유일하고도 가장 강력한 무기이기 때문이다." 악에 대해 알게 되는 사실만으로도 소로는 공모자가 되었다는 느낌이 들었다. 소로에게 적극적인 사회 참여는 정신적 활동의 휴지(休止) 상태를 의미했지만 자신이 살던 시대에 가장 중요한 도덕적, 정치적 문제에 완전히 등을 돌릴 수는 없었다.

개혁에 대한 소로의 태도에는 일관성이 없었다. 그가 제기한 문제는 만성적인 것들이었으나 그가 제안한 해결 방법은 미봉책이었기 때문이다. 소로에 대한 에머슨의 송덕문(頌德文)에도 그러한 점이 나타나 있다. "소로는 과거에 대한 기억으로 방해받거나 경직되지 않고 현재를 산 사람이다. 그가 어제 새로운 제안을 했다면, 오늘은 그에 못지않게 혁명적인 또 다른 제안을 한다." 그리고 부분적으로는 바로 이러한 점이 소로의 가장 인상적인 문체를 만들어내는 특징이기도 하다. 즉, 문체나 글을 통해 교훈이나 전통을 제시하는 점에 있어서는 프랭클린적이지만 그 정서에 있어서는 반(反)프랭클린적인, 잊지 못할 소로 특유의 경구들 말이다. 직설적이고 예리하고 신랄한 그의 글을 읽는 독자들은 소로가 응당 해야 할 말을 한다고 생각하게 된다. 그는 다른 모든 것은 여전히 유동적임에도 불구하고, 하나의 개념을 취해 문제를 쾌도난마(快刀亂麻)로 정리해 버리는 듯한 표현으로 개념에 형체를 부여한다. 다음과 같은 그의 문장들은 혼란을 일시적으로 보류시킨다. "자신의 견해가 다른 사람보다 정당하다고 생각한다면 그것으로 이미 다수 의견으로서의 구성 요건을 갖춘 것이다.”
“그는 더 이상 노쇠한 브라운이 아니다. 빛의 천사이다.” “천국은
우리 머리 위에만 있는 것이 아니다. 우리 발밑에도 존재한다.”
받아들이는 사람의 감성에 따라 이러한 문장들은 사실일 수도,
그렇지 않을 수도 있지만 사실인 듯 느껴지는 것만큼은 분명하
다. 그의 문장들은 우리의 사고에 밀착되어 우리로 하여금 과거
를 돌아보고 어떤 미래를 원하는지 생각하게 한다. 이러한 점이
아마도 소로 글의 장점이고 글이 매혹적인 이유일 것이다. 독자
들은 소로의 생각에 동의하지 않아도 그의 진실을 느낀다. 비록
그것이 한순간의 진실이라고 해도. 또한 독자들은 너무나도 19세
기 미국적 관점을 가진 소로와 논쟁하게 된다. 그럼에도 소로의
글을 읽는 것은 기쁨일 것이다. 소로는 누구에게도 자신이 선택
한 길을 그대로 따르라고 강요하지 않는다. 다만 홀로 의연하게
자신이 선택한 길을 갈 뿐이다.

옮긴이 주

* 이 책의 옮긴이 주를 위해서 펭귄클래식 판 주해뿐만 아니라 *Walden: A Fully Annotated Edition*, Henry David Thoreau; edited by Jeffrey S. Cramer(Yale University Press, 2004), Wikipedia, Britannica Encyclopedia 등도 참고했다.

월든

생활의 경제

1) 소로는 이 작품에서 '경제'를 부의 창출이나 근검절약이 아니라, 이 단어의 그리스어 어원 '오이코노미아(oikonomia)'의 본래 뜻인 가계(家計) 운영, 가사(家事) 등의 의미로 사용했다.

2) 소로가 월든에 머무르는 동안 이 작품 전체를 쓰지는 않았음을 암시한다.

3) 1마일은 약 1.609킬로미터이다.

4) 소로는 인생의 각 단계를 일시적인 체류나 실험으로 보았다. 그는 일기에 "나의 삶이 더 이상 일시적인 체류처럼 느껴지지 않았으면 좋겠다"라고 썼는데, 이는 아마도 그가 1837년 하버드를 졸업한 후 12년 동안 여덟 번이나 거처를 옮긴 경험에서 비롯된 듯하다.

5) 하와이인을 가리킨다. 하와이 섬을 발견한 제임스 쿡 선장(1728~1779)이 자신의 후원자인 샌드위치 백작의 이름을 따서 지었다.

6) 소로는 기독교에서 말하는 참회를 믿지 않았다. 그는 현명한 사람은 참회가 아니라 보다 사려 깊은 방식으로 신에게 가까이 다가간다고 생각했다.

7) 인도의 계급제도인 카스트(caste)에는 사제, 군인, 상인, 농민의 네 가지 계급이 있으며 브라만은 이 가운데 최고 상류계급이다.

8) 그리스 신화에 따르면 헤라클레스는 제우스와 인간 사이에서 태어난 아들로, 신이 되기 위해서는 어려운 과업 열두 가지를 완수해야 했다. 이올라오스는 헤라클레스의 친구로 헤라클레스가 머리 아홉 달린 괴물 히드라를 물리치는 데 도움을 주었다.

9) 로마를 창건한 전설 속의 인물 로물루스와 레무스는 어릴 적에 버려져 늑대의 젖을 먹고 자랐다. 소로는 영국에서 미국으로 온 후손들을, 신세계에서 새로운

생명과 활력을 얻고 새로운 로마를 건설한 로물루스와 레무스라고 생각했다.

10) '우리는 누구나 죽기 전에 1펙의 먼지를 먹어야 한다.' 이는 18세기 속담으로 1펙은 약 8.8리터다.

11) 1에이커는 약 4046.8제곱미터이다.

12) 헤라클레스의 열두 가지 과업 가운데 하나는 아우게이아스 왕의 외양간을 단 하루 만에 청소하는 일이었다. 수천 마리의 소가 있는 그 외양간은 한 번도 청소한 적이 없었는데 헤라클레스는 두 강의 물길을 돌려 외양간을 통과시켜 과업을 달성했다.

13) 『성경』을 말한다. 「마태복음」 6장 19절 참조. "너희를 위하여 보물을 땅에 쌓아두지 말라. 거기는 좀과 동록이 해하며 도적이 구멍을 뚫고 도적질하느니라." 소로에게 『성경』은 여느 고대 경전과 마찬가지로 고서 중 하나일 뿐이었다. 그는 모든 종교는 평등하며 하나의 믿음을 다른 믿음과 차별하는 행동은 편협과 무지의 소치라고 생각했다.

14) '운명처럼 보이는'이라고 한 이유는, 초절주의자들은 사람은 자신이 처한 상황을 스스로 만든다고 믿었기 때문이다.

15) 데우칼리온과 그의 아내 피라는 그리스 신화에서 제우스가 분노하여 일으킨 대홍수에서 살아남은 유일한 생존자들이다. 그들은 법률, 정의, 재판을 주관하는 여신 테미스로부터, 세상에 다시 사람들이 거주하도록 하기 위해 어깨 너머로 돌을 던지라는 신탁을 받았다. 본문에서 라틴어 부분은 로마의 시인 오비디우스의 작품 『변신』에서 인용했는데, 월터 롤리 경(Sir Walter Raleigh)이 이를 번역하여 『세계사』에 수록했다.

16) '내면에 존재하는 신성(Divinity within)'이라는 개념은 인간 자신의 양심이 바로 신의 목소리라는 것이다. 초절주의자들은 인간이 자신의 양심을 충실히 따르면 신의 도덕적 완벽함에 가까워진다고 믿었다.

17) 윌리엄 윌버포스(1759~1833)는 노예제도에 반대한 영국 개혁가로 노예제도 폐지 법안을 지지했다. 1833년 이 법이 통과되어 영국령에 있는 모든 노예들이 해방되었다.

18) 뉴잉글랜드 소기도서(小祈禱書)에서 인용된 교리문답이다. "인간이 추구해야 할 가장 중요한 목표는 무엇인가? 인간의 가장 중요한 목표는 신의 영광을 찬양하고 영원히 신의 축복을 누리는 것이다."

19) 호메로스의 『오디세이아』에서 오디세우스는 트로이 원정을 떠나기 전에 자신

의 아들 텔레마코스의 보호와 교육을 멘토르에게 맡긴다. 그로부터 멘토르는 현명하고 신뢰할 수 있는 상담 상대, 지도자, 스승을 의미하게 되었다.

20) 영국의 일기 작가 존 에블린(1620~1706)의 『숲. 혹은 숲 속 나무들에 관한 이야기』에서 인용. 인용된 부분 가운데 '솔로몬'은 에블린의 작품에서 '솔론'으로 되어 있다. 솔론은 아테네 민주주의의 초석을 마련한 아테네 정치가이자 시인(기원전 638~558)이고, 솔로몬은 다윗 왕의 아들이자 지혜로 유명한 고대 이스라엘 왕이다.

21) '의학의 아버지'로 일컬어지는 고대 그리스 의사이다.

22) 이와 유사한 구절이 윌슨(H. H. Wilson)이 영역한 『비슈누 푸라나』(1840) 87쪽에도 실려 있다.

23) 햇빛을 의미하기도 하고 정신적, 영적 영감의 근원을 의미하기도 한다.

24) 유니테리언주의자들은 예수가 행한 기적이 초자연적인 신의 섭리의 일부라고 믿은 반면 초절주의자들은 기적이 과거에 일어난 일을 일컫는 것은 아니라고 생각했다. 소로는 사람들이 기독교의 기적에 심취하는 이유는 자신의 삶 속에서 기적을 발견하지 못하기 때문이라고 생각했다.

25) 『논어』 제2편 17장

26) 초절주의자들은 '이해(understanding)'와 '이성(reason)'을 구분했다. 전자는 증명될 수 있는 것을 깨닫는 것이고 후자는 증명될 수 없는 것을 직관적으로 아는 것이다. 소로는 이성(genius 혹은 reason으로 표현)을 통해 이해력으로 깨달을 수도 없고 감각으로 느낄 수도 없는 것들을 알게 된다고 생각했다.

27) 찰스 다윈(1809~1882)은 영국의 박물학자로 자신이 1831년에 행한 남아메리카 여행을 저서 『비글호의 항해』에 자세히 기록했다. 티에라델푸에고는 남아메리카 최남단에 있는 군도(群島)로 스페인어로는 '불의 섬'이라는 뜻이다.

28) 호주의 원주민을 말한다. 호주는 17세기에 네덜란드인들이 발견했기 때문에 뉴홀란드로 불렸다.

29) 유스투스 폰 리비히(1803~1873)로 독일의 화학자이다.

30) 그리스 신화에 따르면 엘리시온(Elysium)은 축복을 받은 사람들이 사후 세계에서 누리는 완전한 행복의 낙원을 말한다.

31) 사상은 실천으로 뒷받침되어야 한다는 소로 철학 사상의 핵심을 나타낸다.

32) 대니얼 디포(1660~1731)의 『로빈슨 크루소』에서 주인공은 나무 막대기에 금을 새겨서 시간의 추이를 표시했다.

33) 만나(manna)는 이스라엘인들이 이집트를 탈출해 사막을 건널 때 신이 내려준
양식인데 강한 햇볕에 녹아버렸다고 한다. 「출애굽기」 16장 21절 참조.

34) 당시 아직 출간되지 않았던 자신의 '일기(Journal)'를 뜻할 가능성이 크다.

35) 노동자들을 말한다. 「마태복음」 12장 41~42절 참조. "요나보다 더 큰 이가 여
기 있으며… 솔로몬보다 더 큰 이가 여기 있느니라."

36) 판매가 저조했던 소로의 첫 작품 『콩코드 강과 메리맥 강에서 보낸 일주일』을
일컫는다.

37) 개인적인 용무 중 하나는 1842년에 사망한 자신의 형에게 헌정하는, 후에 『콩
코드 강과 메리맥 강에서 보낸 일주일』로 출판된 작품을 집필하는 일이었다.

38) 소로는 아버지의 연필 제조 사업을 운영하고 측량 기사로도 일했는데 이는 그
의 사업 수완을 보여준다.

39) 중국

40) 뉴잉글랜드 지역의 주요 수출품이다.

41) 미국은 독립 후 해운업을 보호하기 위해서 미국 국적의 선박 사용을 장려하는
법규를 만들었지만 잘 지켜지지 않았다.

42) 뉴저지 근해에서는 조난 사고가 빈번했기에 가장 값나가는 화물은 인명(人命)
을 말한다.

43) 장 프랑수아 드 갈로 라 페루즈(1741~1788)는 조난 사고를 당한 프랑스 탐험가
로 그의 생사 여부는 확인되지 않았다.

44) 하노는 카르타고의 탐험가(기원전 500년경)를 말한다.

45) 상트페테르부르크는 네바 강의 삼각주에 세워져 극심한 홍수 난을 겪었다.

46) 이다 파이퍼(1797~1858)는 독일의 여행가이자 『어느 숙녀의 세계 여행』의 저
자이다.

47) '아무도 자신의 시종에게는 영웅이 될 수 없다'라는 속담을 암시하는데, 영웅
과 일거수일투족을 함께하는 시종은 영웅을 속속들이 알게 되므로 영웅도 한낱
보통 사람으로 여겨진다는 뜻이다. '하인에게 상전 없다'라는 우리말 속담과도
비슷하다.

48) 「마태복음」 9장 17절 참조. "새 포도주를 낡은 가죽 부대에 넣지 아니하나니
그렇게 하면 부대가 터져 포도주도 쏟아지고 부대도 버리게 됨이라. 새 포도주
는 새 부대에 넣어야 둘이 다 보전되느니라."

49) 그리스의 일곱 명의 현인(기원전 6세기) 가운데 한 사람인 비아스를 일컫는다.

프리에네 지역이 약탈당할 때 주민들은 허둥지둥 자신의 재산을 안전한 곳으로 옮겼지만 이런 혼란 속에서도 비아스는 평정을 잃지 않았고, 누군가가 왜 재산을 안전한 곳으로 옮기지 않느냐고 그에게 묻자 자신의 재산은 몸에 지닌 것이 전부라고 답했다.

50) 그리스 신화에서 운명의 세 여신은 인간의 삶을 관장했다. 클로토는 생명의 실을 잣고, 라케시스는 생명의 실의 길이를 측정했으며, 아트로포스는 생명의 실을 잘랐다.

51) 그리스 신화에서 (아름다움을 상징하는) 세 여신은 아글라이아, 에우프로시네, 탈레이아로 각각 빛, 환희, 원기를 상징한다. 파르카이는 그리스 신화 속 운명의 세 여신에 상응하는 로마 신화 운명의 세 여신 노나, 데쿠마, 모르타를 말한다.

52) 당시 이집트 미라를 염한 천 속에서 발견된 밀이 영국 땅에 심겼다는 소문이 돌았다.

53) 이탈리아 희극에서 총천연색 옷을 입고 등장하는 우스꽝스러운 인물이다.

54) 스칸디나비아 반도 북부와 콜라 반도(the Kola Peninsula)에 거주하는 사람들을 말한다.

55) 스코틀랜드 여행가 새뮤얼 레잉(1780~1868)의 『노르웨이 체류 일지』(1837)에서 인용했다.

56) 소로에게 『성경』은 다른 여느 고대 경전과 마찬가지로 신화일 뿐이었다.

57) 1피트는 약 30.48센티미터이다.

58) 버지니아 출신의 청교도인 대니얼 구킨(1612년경~1687년)은 매사추세츠 주로 이주한 후 인디언 관리인으로 일했는데 인디언들을 인간적으로 대했으며 그들에게 지적인 관심을 보였다. 본문 구절은 『뉴잉글랜드의 인디언 역사 모음집』(1792)에서 인용했다.

59) 벤저민 톰프슨(훗날 럼퍼드 백작)은 연기가 실내로 들어오지 않고 굴뚝으로 효과적으로 배출되도록 하는 벽난로를 발명했다.

60) 「마태복음」 26장 11절. "가난한 자들은 항상 너희와 함께 있거니와 나는 항상 함께 있지 아니하니라."

61) 「에스겔서」 18장 2절과 「예레미야서」 31장 29절. "너희가 이스라엘 땅에 대한 속담에 이르기를 아비가 신 포도를 먹었으므로 그의 아들의 이가 시다고 함은 어찜이뇨." 유다의 백성들이 자신들의 고통이 조상들의 죄 때문이라고 불평하자 하느님은 아버지가 신 포도를 먹었다고 해서 아들의 이가 실 수는 없다고 하

며 이들을 꾸짖었다.

62) 이 두 문장은 「에스겔서」 18장 3~4절

63) 조지 채프먼(1559년경~1634년), 『시저와 폼페이의 비극』 5막 2장

64) 로마 신화에서 미네르바는 지혜의 여신, 그리스 신화에서 모모스는 불평의 신
이다.

65) 빈곤하지만 마을의 지원을 받지 않고 자신의 재산도 공개하지 않으려는 빈곤
층을 말한다.

66) 우드척(Woodchuck)은 미국 동부와 중부에서부터 북쪽으로 캐나다를 거쳐 알
래스카까지 분포하며 개활지와 삼림의 변두리에서 서식하는 쥐목 다람쥐과에
속하는 동물이다.

67) 아우로라는 로마 신화에서 새벽의 여신이고 멤논은 아우로라와 티토노스의 아
들이다. 멤논의 추종자들은 그의 동상을 세웠는데 그 동상은 아침 햇살이 비치
면 듣기 좋은 소리를 냈다.

68) 기원전 9세기 아시리아의 왕. 사르다나팔루스는 30명의 아시리아 왕들 중 마
지막 왕으로 선대의 어느 왕보다 방탕한 생활을 했다. 옷차림이나 목소리, 버릇
등이 여자와 똑같았으며 옷감을 짜고 옷을 만드는 일로 세월을 보냈다.

69) 에드워드 존슨(1598~1672)의 『뉴잉글랜드에서 시온의 구세주가 행한 놀라운
신의 섭리』(1654)에서 인용했다.

70) 1613년 형성된 북미의 네덜란드 식민지로 1664년 영국이 점령한 후 '뉴욕' 으
로 명칭이 바뀌었다.

71) 네덜란드령, 즉 네덜란드 공화국을 말한다.

72) 에드먼드 베일리 오캘러핸(1797~1880)의 『뉴욕 주의 기록물 역사』(1851)에서
인용했다.

73) 위에서 언급한 농경문화(agri-culture)와 대비해서 쓰인 표현이다.

74) 『월든』에서 인용부호 안에 넣지 않은 시는 소로가 지은 시이다.

75) 아일랜드인에게 흔한 이름이다.

76) 트로이가 함락되기 전 신들의 성상(聖像)이 제거되었다.

77) 미국의 독립 기념일이자 소로의 개인적인 독립을 상징하기도 한다.

78) 점심을 싸온 신문지가 포장지 역할과 동시에 식탁보 역할도 했다는 의미이다.

79) 『일리아스』는 트로이 함락에 대한 호메로스의 서사시이다.

80) '재단사 아홉이 모여야 한 사람 구실을 한다' 라는 17세기 속담이다.

81) 호레이쇼 그리노(1805~1852)를 말한다. 그리노로부터 받은 서신에 탐복한 에
머슨이 이 편지를 소로에게 보여주었으나 소로는 에머슨의 극찬에 동의하지 않
은 듯하다.

82) 중세에 색깔은 특정한 미덕을 나타냈다. 예를 들어 흰색은 순수함을, 붉은색은
충성을 의미했다.

83) 이솝 우화와 라 퐁텐 우화에 나오는 어치와 공작의 이야기 참조.

84) 석회 반죽에 섞어 넣는 결합제로 쓰였는데 주로 말총이 사용되었다.

85) 소로는 자신을 공유지 무단 점유자로 지칭했지만 사실은 에머슨 소유의 땅에
허락을 받고 살았다.

86) 주어진 입장에 대해 반박 논리를 펴는 화법으로, 신념에 기초한 반대가 아니라
단순히 논쟁을 전개하기 위한 방법이다.

87) 1835년 하버드에 다닐 당시 소로는 기숙사 건물 가운데 하나인 홀리스 홀 4층
31호에 기거했다.

88) 「마태복음」 7장 3절. "어찌하여 형제의 눈 속에 있는 티는 보고 네 눈 속에 있
는 들보는 깨닫지 못하느냐."

89) 영국 회사 '조지프 로저스 앤 선스'를 말한다. 고품질 칼을 만드는 것으로 명성
이 높았다.

90) 세 명의 저명한 경제학자 애덤 스미스, 데이비드 리카도, 장 밥티스트 세를 말
한다.

91) 1850년 캘리포니아 주가 연방에 합류하기 전까지 메인 주와 텍사스 주는 미국
에서 각각 가장 동쪽과 가장 서쪽에 위치한 주였다.

92) 소로가 살던 당시 새로운 기술이었고 콩코드에는 1851년에 도입되었다.

93) 해리엇 마티노(1802~1876)는 영국의 작가이자 철학자, 언론인, 정치경제학자,
노예제 폐지주의자, 여권 운동가였고 심각한 난청으로 늘 보청기를 휴대하고
다녔다.

94) 프랑스 루이 필립 왕의 여동생인 아들레이드 공주를 말하는 듯하다. 소로는 이
이름을 이용해서 특별한 이유도 없이 뉴스거리가 되는 사람의 이미지를 연상하
도록 했다.

95) 세례 요한이 사막에서 먹은 음식. 「마태복음」 3장 4절 참조

96) 플라잉 칠더스(Flying Childers)는 레너드 칠더스(1673~1748)가 기른 유명한
경주마로, 경주에서 패한 적이 없고 당시 세계에서 가장 빠른 말로 여겨졌다.

97) 1부셸은 25리터이다.

98) 아서 영(1741~1820)은 농업 관련 글을 쓴 영국의 작가다.

99) 힌두교 성서를 말한다.

100) 아카디아는 고대 그리스의 소박한 전원생활과 행복이 지속되는 이상향을 말
한다.

101) 테베는 제18왕조(기원전 1550~1290)하에 번성한 고대 이집트의 도시로, 나일
강 동쪽과 네크로폴리스에 있는 룩소와 카르낙에 주요 성전들이 즐비했고 나일
강 서안에는 왕족과 귀족들의 묘가 있었다.

102) 마르쿠스 비트루비우스 폴리오(기원전 1세기)는 로마의 건축가로 『건축론』
의 저자이다.

103) 나폴레옹이 이집트 피라미드 앞에 서서 자신이 이끄는 병사들에게 40세기의
세월이 그들을 내려다보고 있다고 말한 사실을 암시한다.

104) 콩코드의 이스터브룩 숲 속에는 '중국으로 통하는 구멍(hole to China)'이라
불리는 구덩이가 있다.

105) 13, 14세기 몽골의 지배하에 있던 중앙아시아의 타타르에 주로 거주한 투르
크 부족 혹은 영혼의 윤회를 믿는 사람을 말한다.

106) 세탁과 수선은 소로의 가족이 해주었으므로 실제로 비용을 지불할 필요는 없
었다.

107) 이렇게 만든 빵은 'hoe-cake'라고 불렸는데 그 이유는 반죽을 괭이(hoe)의
날을 달구어 구웠기 때문이다.

108) 가드너 윌킨슨 경은 『고대 이집트인들의 예절과 관습』에서 디오도루스 시클
루스(기원전 1세기)의 말을 인용하여, 이집트인은 일찍이 인공 부화를 시행했
다고 적고 있다.

109) 종합적 방법은 개별 요소를 종합해서 일관성 있는 전체적 모습을 도출해 내
는 방법이고, 분석적 방법은 전체를 부분으로 나누어 살펴보는 방법이다.

110) 마르쿠스 포르키우스 카토(기원전 234~149)는 고대 로마의 농업가로 『농업
론』의 저자이다.

111) 존 워너 바버의 『역사 모음집』(1839)에서 인용했다.

112) 아담과 하와가 에덴동산에서 쫓겨난 후 아담이 땀 흘려 땅을 일구는 노동을
해야 했음을 암시한다.

113) 소로의 생존 당시 스킬릿(skillet)은 프라이팬보다 깊고 다리가 달린 금속 주방

용기를 지칭했는데, 물을 끓이거나 스튜를 만드는 데 사용되었다.

114) 이솝 우화에서 덫에 걸린 꼬리를 잘라내고 도망쳐 목숨을 건진 여우를 가리 킨다.

115) 셰익스피어의 『줄리어스 시저』 3막 2장에서 안토니우스가 한 연설이다.

116) 윌리엄 바트람(1739~1823)은 미국의 식물학자이자 『노스캐롤라이나와 사우 스캐롤라이나 여행기』(1791)의 저자이다.

117) 대략 일주일에 하루를 일한 셈으로 기독교도들이 엿새 동안 일하고 하루 쉬 는 것과는 정반대이다.

118) 소로는 에머슨의 권유로 『콩코드 강과 메리맥 강에서 보낸 일주일』을 자비로 출판했지만 팔리지 않은 인쇄본들을 모두 자신의 돈으로 사들여야 했다.

119) 그리스 신화에서 아드메투스는 테살리아에 있는 도시 페라이의 왕으로 손님 을 융숭하게 접대하고 정의롭다는 명성이 높았다. 시(時)의 신 아폴론은 키클 롭스를 살해한 벌로 인간에게 일 년 동안 봉사하라는 판결을 받는다. 아폴로는 아드메투스의 집에서 봉사하기로 하고 그의 가축들을 돌보는데, 아드메투스의 극진한 접대에 감명을 받아 그의 암소들이 모두 쌍둥이를 임신하게 만든다. 소 로는 자신의 작품에서 이 신화적 요소를 여러 번 인용했는데, 예술가가 자신의 재능을 알아주지 않는 사회에서 직면하는 문제를 암시한다.

120) 영국 민속 우화 속의 장난기 많은 요정이다. 셰익스피어의 『한여름 밤의 꿈』 등장인물 가운데 퍽(Puck) 참조

121) 그리스 신화에서 태양의 신 헬리오스의 아들 파에톤을 말한다.

122) 존 하워드(1726경~1790)는 영국의 교정 시설 개혁가이자 자선 사업가이다.

123) 「마태복음」 5장 44절. "나는 너희에게 이르노니 너희 원수를 사랑하며 너희 를 핍박하는 자를 위하여 기도하라."

124) 「누가복음」 23장 34절. "이에 예수께서 가라사대 아버지여 저희를 사하여 주 옵소서. 자기의 하는 것을 알지 못함이니이다 하시더라."

125) 기독교 신자들이 수입의 10분의 1(십일조)을 교회에 헌납하는 것을 일컫 는다.

126) 윌리엄 펜(1644~1718), 퀘이커교도이자 펜실베이니아 주의 창시자이다. 엘리 자베스 프라이(1780~1845)는 퀘이커교도이자 영국 교정 시설 개혁가이다.

127) 남미 대륙의 최남단에 거주하는 주민을 말한다.

128) 「마태복음」 6장 3절. "너는 구제할 때에 오른손의 하는 것을 왼손이 모르게

하여."

129) 「고린도전서」 15장 33절. "속지 말라. 악한 동무들은 선한 행실을 더럽히나
니."

130) 인간이 추구해야 할 가장 중요한 목표는 신의 영광을 찬양하고 영원히 신의
축복을 누리는 것이라는 '뉴잉글랜드 소기도서'의 교리문답 글귀를 비꼬아 풍
자했다.

131) 저명한 페르시아 시인 무샤리프 옷딘 무슬리흐 옷딘(1184년경~1291년, '사
디'라고 불림)의 작품에서 인용했다.

132) 영국 시인 토머스 커루(1595년경~1645년경)의 『코엘룸 브리타니쿰(*Coelum
Britannicum*)』에서 인용했다. 시의 제목은 소로가 붙였다.

나는 어디서 무엇을 위해 살았는가

1) 윌리엄 쿠퍼(1731~1800)에 따르면, 알렉산더 셀커크가 지은 시로 추정된다. 알
렉산더 셀커크는 스코틀랜드의 항해사로 무인도에서 4년을 살았다.

2) 그리스 신화에서 아틀라스는 자신의 머리와 두 손으로 하늘을 떠받치고 있어야
했다.

3) 마르쿠스 포르키우스 카토(기원전 234~149)

4) 소로는 '편의'라는 문학적 장치를 통해 이 작품을 일반적인 계절의 추이인 봄부
터 시작하지 않고 여름으로 시작하여 봄으로 끝맺어 소생의 느낌을 살렸다.

5) 소로는 『월든』 초판에서 제목 아래에 이 시구를 실었다.

6) 올림포스는 그리스 신화에서 신들이 사는 산을 말한다.

7) 하리반사는 5세기에 쓰인 힌두 서사시이다.

8) 콩코드 전투지는 1775년 4월 19일, 독립 전쟁의 전초전이 된 전투가 발생한 곳
이다.

9) 다모다라는 크리슈나의 또 다른 힌두 명칭으로 이 대목은 하리반사로부터 번역
되었다.

10) 동양에서 염소자리 β별인 다비흐를 부르는 또 다른 이름이다.

11) 『여신들의 정원』(1610) 중에서 곡이 붙여진 작자 무명의 시이다.

12) 중국 상조(商朝)의 시조

13) 공자의 『대학(大學)』 제2편 1장

14) 『베다』는 힌두교 성전을 말한다.

15) '뉴잉글랜드 소기도서'의 교리문답에서 인용했다.

16) 그리스 신화에서 역병에 부하들을 잃은 오이노피아의 왕 아이아코스의 탄원을 받아들인 제우스 신은 인구를 회복시키기 위해 개미를 인간으로 만들었다.

17) 호메로스는 『일리아스』의 도입부에서 트로이인을 피그미족과 싸우는 학에 비유했다.

18) 비스마르크가 통일하기 전의 독일은 춘추 전국 시대와 같이 여러 나라들이 경쟁하며 패권을 다투었다.

19) 장시간에 걸쳐 대규모 자본이 투입되는 국가 차원의 토목공사를 말한다.

20) 철로 밑에 까는 철도 건설용 목재이다.

21) 불수의적인 경련성 동작을 일으키게 하는 신경 질환이다.

22) 줄을 힘껏 당겨 종의 진동 폭을 크게 하여 천천히 울리면 예배를 알리는 신호였고, 줄을 살짝 당겨 종의 진동 폭을 작게 하여 빠르게 울리면 화재가 났음을 알리는 신호였다.

23) 와시토 강은 아칸소 주에서 루이지애나 주로 흐르는 강이다.

24) 1830년대에 에스파냐 왕 페르난도 7세와 그의 동생 돈 카를로스는 권력 투쟁을 하였고, 1843년에 당시 열세 살이던 페르난도의 딸이 이자벨라 2세로 즉위했다. 세비야의 돈 페드로와 그가 이끄는 군대는 그라나다의 아부 사이드 무하마드 6세를 항복시키고 살해했다.

25) 공자의 『논어』 제14편

26) 힌두 사상에서 영적 존재의 정수를 말한다.

27) 콩코드 중심가로 사람들이 사교하고 용무를 보던 장소이다.

28) 오디세우스는 세이렌이 부르는 노래에 유혹되어 목숨을 잃지 않도록 하기 위해 자신을 배의 돛대에 묶었다. 세이렌은 그리스 신화에서 시레눔 스코풀리라는 바위섬에 사는 세 명의 반인반조(半人半鳥) 여인들로, 그 섬 근처를 항해하는 선원들을 고혹적인 음악과 목소리로 유인하여 암석투성이의 해안에 배를 좌초시켰다.

29) 나일로미터(Nilometer)는 고대 이집트에서 나일 강의 수위를 측정하던 도구인데 여기서 nil은 '무(無)'를 뜻하며 사람들이 실체를 두고 허상을 좇고 있음을 빗댄 표현이다.

30) 사실은 보다 고차원적인 진실을 깨닫는 수단이다. 소로는 "자연의 진정한 의미를 알아야 자연을 올바르게 탐구할 수 있다. 사실은 언젠가 꽃을 피워 진실이

된다"라고 일기에 적었다.

독서

1) 고대 이집트에서 농사와 수태를 관장하는 여신 이시스의 옷자락과 힌두교에서 환영(幻影)의 여신 마야의 옷자락이 걷힌 것을 암시한다.

2) 미르 카마르 웃딘 마스트 공은 18세기 힌두 시인이다.

3) 고대 그리스 신화 제우스 신의 신탁소가 있던 성역

4) 플루타르크가 쓴 알렉산드로스 대왕(기원전 356~323)의 전기에 언급되었다.

5) 바티칸 도서관은 많은 고전을 소장하고 있다.

6) 젠드아베스타는 조로아스터교 경전 아베스타의 주역서이다.

7) 가장 나이 어린 아이들은 맨 앞줄의 가장 낮은 좌석에 앉았다.

8) 보스턴 중심부에서 북쪽으로 10마일 떨어진 곳에 실제로 '레딩(철자는 똑같은 Reading이지만 레딩으로 발음한다)'이라는 마을이 있다.

9) 왜소하고 나약하다는 의미이다.

10) 조로아스터 또는 자라투스트라는 이란 북부 지방에서 태어난 예언자로서 그의 이름을 딴 조로아스터교를 세운 것으로 알려져 있다.

11) 라이시엄은 대중 강좌를 지원하는 조직을 말한다.

12) 피에르 아벨라르(1079~1142)는 명강의로 유명한 프랑스의 철학자이자 신학자이다.

13) 주로 종교 교파들이 지원하는 신문으로, 중요한 뉴스나 사상을 다루기보다는 흥미로운 오락거리를 제공했다.

14) 하퍼(Harper & Brothers)와 레딩(Redding & Co)은 각각 뉴욕과 보스턴에 있는 출판사 이름이다.

숲 속에서 들려오는 소리

1) 요일의 명칭이 대부분 이교 신들의 이름에서 유래했음을 말한다. 월요일은 달(Moon), 화요일은 북유럽의 신 티르(Tyr, 로마의 군신(軍神) 마르스(Mars)에 해당), 수요일은 방랑하는 신 오딘(Woden, 로마의 신 머큐리(Mercury)에 해당), 목요일은 천둥의 신 토르(Thor), 금요일은 프레이야(Freyja), 일요일은 태양(Sun)에서 유래했다.

2) 이다 파이퍼의 저서 『어느 숙녀의 세계 여행』(1852)에서 인용했다. 푸리 인디언

은 브라질 부족의 하나이다.

3) 1로드(Rod)는 길이의 단위로 쓰일 때는 약 5.5야드 혹은 5.0292미터, 면적의 단위로 쓰일 때는 약 30.25제곱야드 혹은 25.29제곱미터이다.

4) 『나무꾼과 그 밖의 다른 시들(*The Woodman and Other Poems*)』에 수록된 엘러리 채닝의 「월든의 봄(Walden Spring)」에서 인용했다. 채닝은 소로의 절친한 친구로 소로의 전기를 집필했으며 소로가 작품을 손질하는 데 도움을 주기도 했다.

5) 버지니아 주 남동부와 노스캐롤라이나 주 북동부에 실제로 '황량한 늪(Dismal Swamp)'이라는 이름의 넓은 늪이 있다.

6) 1715년 영국에서 제정된 '폭동 법'에 따르면 사람이 열두 명 이상 모여 소란을 일으키면 당국에서는 이들에게 이 법을 낭독해 주었고 그래도 해산하지 않으면 처벌했다.

7) 아트로포스는 그리스 신화에 나오는, 인간의 죽을 때를 결정하는 운명의 세 여신 가운데 하나이다.

8) 전설에 따르면 윌리엄 텔은 자기 아들 머리 위에 놓인 사과를 화살로 쏘아 맞혔는데 화살이 날아와도 그의 아들은 침착하게 서 있었다고 한다.

9) 부에나 비스타는 1847년 멕시코 전쟁에서 전투가 일어난 지역이다.

10) 롱 와프와 레이크 챔플레인은 각각 보스턴에서부터 뉴욕 주과 버몬트 주의 경계다.

11) 토머스턴(Thomaston)은 메인 주 남부에 있는 마을로, 석회의 주 생산지이다.

12) 위스콘신 주에 있는 밀워키는 소로 생존 당시 신흥도시로, 보스턴이나 뉴욕만큼 세련된 패션 감각을 지니지 못한 도시였다.

13) 그랜드뱅크스는 뉴펀들랜드 남동부 연안의 어장이다.

14) 오리노코 강과 파나마의 이스무스 사이에 위치한 남아메리카의 북동부 해안을 말한다.

15) 찰스 윌킨스가 번역한 『산스크리트의 우화와 속담』에서 인용했다.

16) 존 밀턴의 『실낙원』 I, 293~294

17) 우두머리 숫양은 기관차를 말한다. 「시편」 114장 4절. "산들은 숫양같이 뛰놀며 작은 산들은 어린 양들같이 뛰었도다."

18) 피터보로 힐스는 뉴햄프서 주 남서쪽에 있는 지역이다.

19) 링컨, 액턴, 베드퍼드는 콩코드와 인접한 마을 이름들이다.

20) 영국 르네상스 극작가 벤 존슨의 작품 『마녀들의 노래』를 일컫는다.

21) 그리스 신화에서 스틱스 강은 이승과 저승 사이에 흐르는 강이다.

고독

1) 토머스 그레이의 「교외의 묘지에 쓴 비가(悲歌)」에서 인용했다.

2) 그리스 신화에서 아이올로스는 바람의 신이다. 아이올로스의 하프는 공기의 진동으로 현을 울리는 현악기이다.

3) 패트릭 맥그리거의 『오시안의 유고』(1841)에 수록된 「크로마(Croma)」에서 인용했다.

4) 비컨 힐은 보스턴 내에 매사추세츠 주 의회 의사당이 위치한 곳의 명칭이다. 파이브 포인츠는 소로 생존 당시 뉴욕 주 맨해튼 내에서 우범 지역으로 여겨지던 곳의 명칭이다.

5) 브라이턴(Brighton)은 보스턴 교외 지역으로 도살장이 집결해 있고 장이 서던 곳이다. 이 이름은 '브라이트(소에게 붙여지는 가장 흔한 이름)'와 '타운(마을)'의 합성어이다.

6) 공자의 『중용(中庸)』 제14편

7) 『논어(論語)』 제4편 25장

8) 인드라는 힌두 사상에서 영적 존재의 정수를 말한다.

9) 윌리엄 고프와 에드워드 윌리는 영국 왕 찰스 1세의 처형을 공모한 후 17세기에 미국으로 도망쳤다.

10) 토머스 파는 152세까지 살았다고 전해지는 영국인이다.

11) 그리스 신화에서 아케론은 하데스(저승)로 이어지는 강이다.

12) 히게이아는 그리스 신화에서 건강의 여신이고 아스클레피오스는 로마 신화에서 의술의 신이다.

13) 그리스 신화에서 주노 여신은 로마 신화의 헤라 여신에 해당한다. 헤베 여신은 주피터(로마 신화에서 제우스)와 주노 사이에서 태어난 딸로 젊음의 여신이다.

방문객

1) 트레몬트, 애스토어, 미들섹스 하우스는 각각 보스턴, 뉴욕, 콩코드에 있는 호텔의 이름들이다.

2) 고대 로마 시인 퀸투스 호라티우스 플라쿠스(기원전 65~68)의 『시론』의 일부분

을 암시한다. "Mountains will labor, to bring forth a ridiculous mouse(태산이 진동하더니 엉뚱하게도 쥐 한 마리를 토해 냈다)." 태산명동서일필(泰山鳴動鼠一匹)과 비슷한 뜻이다.

3) 케르베로스는 그리스 신화에서 죽은 자의 세계의 출입구를 지키는 머리 세 개 달린 개이다.

4) 에드먼드 스펜서(1552~1599)의 『요정의 여왕』 1권 1편 35절에서 인용했다.

5) 에드워드 윈즐로(1595~1655)의 『플리머스에 있는 영국 식민지』에서 인용했다. 마사소이트는 왐파노아그 부족의 족장이다.

6) 파플라고니아는 고대 소아시아의 지형이 험준한 지역이고 이 벌목수의 이름은 알렉 테리앙이다. 프랑스어로 테리앙은 지주 혹은 촌사람이라는 뜻이다. 소로는 자신의 일기에서 그에 대해 더 자세히 묘사하고 있다.

7) 『일리아스』 16권. 프티아는 아킬레우스의 아버지인 펠레우스가 통치한 지역이고, 메노이티오스는 파트로클로스의 아버지, 악토르는 테베의 영웅, 아이아코스는 제우스와 아이기나의 아들이자 아킬레우스의 할아버지이며 아이기나 섬의 왕이다.

8) 페쿠니아는 라틴어로 돈을 의미한다. '가축'을 의미하는 페쿠스에서 파생되었다.

9) 디오게네스 라에티우스(3세기)를 말한다.

10) 「마태복음」 23장 12절. "누구든지 자기를 높이는 자는 낮아지고 누구든지 자기를 낮추는 자는 높아지리라."

11) 소로는 월든에 사는 동안 위험을 무릅쓰고 많은 도망 노예들을 도와주었다.

12) 미국의 백인 정착인들과 최초로 접촉한 인디언 사모셋(1590~1653)이 한 인사말이다. 1621년 3월 16일, 그는 플리머스 식민지의 백인 야영지를 당당히 가로질러 나와 영어로 맥주를 청해 백인 정착인들을 놀라게 했다. 그는 메인 주에 거주하는 아베나키 부족의 부족장으로 당시 마사소이트 족장을 방문하고 있었다.

콩밭

1) 그리스 신화에서 안타이오스는 대지와의 접촉을 통해 힘을 얻는 거인이다. 헤라클레스는 그를 땅에서 번쩍 들어 올려 죽였다.

2) 여기서 말하는 쓰개는 보닛(Bonnet)으로 턱 밑으로 끈을 묶는, 여성과 어린이용

의 챙 없는 모자다.

3) 헨리 콜먼(1785~1849)은 매사추세츠 주의 농업에 관한 연구서의 저자이다.

4) 미국에서 재배되지만 가축우리에 까는 건초와 구분하기 위해 붙여진 명칭으로, 가축 사료로 쓰이는 건초다.

5) 랑 데 바슈(Rans des Vaches)는 스위스 목동들이 가축 떼를 부를 때 부르는 목가적인 노래다.

6) 니콜로 파가니니(1782~1840)는 저명한 이탈리아 바이올린 연주자이다.

7) 푸블리우스 베르길리우스 마로(기원전 70~19)

8) 소로가 월든에 머무는 동안 멕시코와 미국 사이에 전쟁(1846~1848)이 발발했다.

9) 호메로스의 『일리아스』에 등장하는 강하고 용맹스러운 트로이의 전사다.

10) 피타고라스(Pythagoras)는 6세기 그리스 철학자로 콩을 먹지 않았다.

11) 고대에는 득표수를 계산하는 데 콩을 사용했다.

12) 존 이블린의 『대지, 대지에 대한 철학적 논고』(1729)에서 인용했다.

13) 케넬름 딕비 경(1603~1665)은 영국의 박물학자이자 철학자이다.

14) 카토의 『농업론』에서 인용했다.

15) 1쿼트는 약 1.1리터이다.

16) 1인치는 약 2.54센티미터이다.

17) 실제로 존 퀸시 애덤스(1767~1848)는 영국이나 프랑스에 주재하는 자국 외교관들에게 희귀 종자를 수집해서 미국으로 보내라고 명하였고, 의회는 1839년 '의회 종자 보급안'에 1천 달러를 투자하여 종자를 요청하는 국민들에게 무상으로 공급하는 양을 늘리도록 했다.

18) 프랜시스 퀼스(1592~1644)의 『목동의 신탁』 중에서 「목가 V」

19) 케레스는 로마의 풍요로운 수확의 여신이고, 조브는 로마 신화에서 땅과 하늘의 신이자 주피터의 또 다른 이름이며, 플루토스는 재물의 신이다.

20) 마르쿠스 테렌티우스 바로(기원전 116~127)의 『레룸 루스티카룸(*Rerum Rusticarum*)』 3.1.5. 사투르누스는 로마 신화에서 농업과 식물의 신이다.

우리 마을

1) 인디언들이 시행한 태형(gauntlet, 笞刑)의 이미지를 사용했다. 태형은 두 줄로 늘어선 사람들 사이로 벌을 받는 사람이 뛰어가게 하고 양쪽에 늘어선 사람들이 채찍이나 몽둥이로 때리는 형벌이다.

2) 1696년에 도입된 영국의 창문세는 거주지의 창문의 수만큼 세금이 부과되었다.

3) 오르페우스는 그리스 신화에서 칼리오페 여신의 아들로, 그가 연주하는 음악에는 마법의 힘이 있었다.

4) 「시민 불복종」을 말한다.

5) 실제로 누가 훔쳐 간 것이 아니라 알렉 테리앙이 본의 아니게 빌려 간 것이다.

6) 알렉산더 포프(1688~1744)는 호메로스의 『일리아스』와 『오디세이아』를 번역했다.

7) 티불루스의 『비가(Elegies)』 3.11.7~8

8) 공자의 『논어』 제12편

우리 마을 주변의 호수들

1) 존 밀턴의 『리시다스(Lycidas)』에서 인용했다.

2) 시노바이트(Coenobites)는 고대에 있었던 수도사 공동체다. 'see no bites(물고기가 입질을 하지 않는다)'와 동음으로 소로 특유의 동음이의어를 사용한 해학적 표현이다.

3) 카스탈리아의 샘은 그리스 신화에서 파르나소스 산에 있는 샘으로 시의 영천(靈泉)이며 뮤즈와 아폴론의 성지이다.

4) 온도는 모두 화씨(華氏, Fahrenheit)이다.

5) 레티쿨라투스(Reticulatus)는 '그물 모양의', 구타투스(guttatus)는 '반점이 있는'이라는 의미이다.

6) 페어 헤이븐(Fair Haven)은 월든 호수 남쪽 서드베리(Sudbury) 강이 넓어지는 지점이다.

7) 힌두교도들에게 성역인 인도의 강 이름이다.

8) 트로이인들은 내부에 그리스인들이 잠복한 목마를 아무 의심 없이 도시 안으로 끌고 들어왔고 이 목마에서 나온 그리스인들이 트로이를 함락시켰다.

9) 딥 컷(Deep Cut)은 월든 호수 북서쪽에 있는 지점으로 철도를 만들기 위해 평평하게 깎였다.

10) 무어(Moor)는 영국 민요에서 용을 죽이는 영웅으로, 토머스 퍼시의 『고대 영국 시 모음집』(1765)에 수록된 「원틀리의 용(The Dragon of Wantley)」에서 인용했다.

11) 보스턴 시내에 있는 금융 중심지이다.

12) 플린츠 호수는 원래 소유주인 토머스 플린트(1603~1653)의 이름을 따서 지어
    졌다.

13) 그리스 신화에서 이카로스가 익사한 바다의 이름이다. 그리스 신화에서 이카
    로스는 밀랍으로 만든 날개를 달고 크레타 섬에서 탈출하려다 태양에 너무 가
    까이 가는 바람에 날개가 녹아 바다에 추락한다. 호손든의 윌리엄 드러몬드 경
    (1585~1649)이 지은 「이카로스」에서 인용했다.

14) 낭만주의 시인들, 특히 윌리엄 워즈워스가 가장 좋아했던 영국 북서부 지역
    '잉글리시 레이크 컨트리(English Lake Country)'를 일컫는다.

15) 윌리엄 존스(William Jones)를 말한다.

16) 인도에서 발견된 거대하고 유명한 다이아몬드로, 영국 왕실이 소장하고 있다.

베이커 농장

1) 드루이드는 떡갈나무를 숭배한 고대 켈트족의 종교 집단이다.

2) 발할라(Valhalla)는 스칸디나비아 신화에서 전사한 용감한 영웅들을 추모하는
   전당이다.

3) 만새기는 죽을 때 몸에서 여러 가지 아름다운 빛깔을 띤다고 여겨졌다. 만새기
   는 농어목 만새기과에 속하는 대형 바닷물고기로 영어의 일반 명칭은 'dolphin
   fish'지만 고래목에 속하는 포유류인 돌고래(dolphin)와는 다르다. 몸 빛깔을
   보면 수컷은 등 쪽이 청록색, 배 쪽은 황금색으로 몸통과 등지느러미 내에 광택
   이 있는 작은 둥근 점이 흩어져 있다. 암컷은 배 쪽만 약간 황금색일 뿐 전체가
   청남색이다.

4) 벤베누토 첼리니(1500~1571)는 저명한 이탈리아 조각가로 그의 자서전 36장에
   서 인용했다.

5) 엘러리 채닝의 「베이커 농장」에서 인용했고 이 문단에 삽입된 다음 구절도 같은
   시에서 인용했다.

6) 그리스 신화에서 시빌(Sybil)은 점쟁이로, 자기 손에 쥘 수 있는 모래 알갱이 수
   의 햇수만큼 생존할 것을 허락받았다.

7) 「전도서」 12장 1절. "너는 청년의 때, 곧 곤고한 날이 이르기 전, 나는 아무 낙이
   없다고 할 해가 가깝기 전에 너의 창조자를 기억하라."

8) 가이 포크스(Guy Faux, 1570~1606)는 로마 가톨릭 억압에 보복하기 위해, 제임
   스 1세와 주요 각료들이 만나고 있는 의사당 건물을 폭파하려는 계획에 가담한

죄로 처형된 영국인 천주교 신자이다.

9) 엘러리 채닝의 「베이커 농장」에서 인용했다.

10) 탈라리아(Talaria)는 그리스 로마 신화에서 신들이 신는 날개 달린 샌들이나 발목에 돋아난 날개를 말한다.

고차원의 법칙

1) 「마가복음」 1장 17절을 암시한다. "예수께서 이르시되 나를 따라오라, 내가 너희로 사람을 낚는 어부가 되게 하리라 하시니."

2) 제프리 초서(Geoffrey Chaucer)의 『캔터베리 이야기』의 서문에서 인용한 구절로, 수녀가 아니라 수사(修士)가 하는 말이다. 초서의 작품에서 수사는 지나치게 엄격한 교회 규율을 어기고 사냥을 즐기는 이로 묘사된다.

3) 미국 동북부 인디언 부족을 말한다.

4) 「요한복음」 10장 11절을 암시한다. "나는 선한 목자라, 선한 목자는 양들을 위하여 목숨을 버리거니와."

5) 윌리엄 커비와 윌리엄 스펜스의 『곤충학 개론』(1846)을 가리킨다.

6) 라자 라모훈 로이(Raja Rammohun Roy)가 번역한 힌두교 경전 『베다』(1832)에서 인용했다.

7) 공자의 『대학』 제7편

8) 「마태복음」 15장 11절을 암시한다. "입에 들어가는 것이 사람을 더럽게 하는 것이 아니라 입에서 나오는 그것이 사람을 더럽게 하는 것이니라."

9) 맹자는 기원전 3세기 중국의 철학자이다.

10) 그리스 로마 신화에서 상반신은 사람이고 하반신은 염소인 신으로 음탕하고 쾌락을 좋아한다.

11) 존 던(1573~1631)의 「에드워드 허버트 경께 올리는 글」에서 인용했다.

나의 이웃, 야생동물들

1) 엘러리 채닝은 소로의 친구이자 소로와 이야기를 나누는 대화 속의 시인이다.

2) 소로 자신을 말한다.

3) 흔한 개 이름이다.

4) 필페이(Pilpai)는 산스크리트 우화 모음집을 지은 사람으로 추측된다. 나머지 작가는 이솝이나 라 퐁텐 등 그 밖에 우화를 모은 인물들을 말한다.

5) 루이 아가시(1807~1873)를 말한다.

6) 미르미돈은 트로이 전쟁에서 아킬레우스 휘하에서 싸운 전사들이다.

7) 스파르타의 어머니들이 전쟁터에 나가는 아들들에게 이렇게 말했다고 한다.

8) 아킬레우스는 친구 파트로클로스가 전사한 사실을 알고서야 트로이 전쟁에 뛰어들었다.

9) 나폴레옹이 일으킨 전쟁에서 벌어진 전투로 아우슈터리츠(Austerlitz)는 1805년 2월, 드레스덴(Dresden) 전투는 1813년 8월 26, 27일에 벌어졌고 총 8만 명의 사망자가 발생했다.

10) 루터 블랜차드는 1775년 콩코드 전투의 첫 미국인 부상자이고 존 버트릭 소령은 콩코드 전투에서 민병을 이끌었다. 아이작 데이비스와 데이비드 호스머는 콩코드 전투의 유일한 희생자들이다. 데이비스는 매사추세츠 주 액턴 지역 민병대 대장으로 그가 지휘한 군대는 뉴잉글랜드 지역에서 가장 잘 훈련되고 용맹했던 것으로 알려져 있다.

11) 영국이 식민지인 미국에 부과한 세금으로 미국인들의 반감을 불러일으켜 '보스턴 차 사건(Boston Tea Party)'과 혁명으로 이어졌다.

12) 미국 독립전쟁 초기에 미국군이 승리를 거둔 중요한 전투이다. 벙커 힐은 찰스타운(지금은 보스턴 시에 포함됨)에 위치한 높은 언덕 이름인데 실제로 전투가 일어난 곳은 벙커 힐이 아니라 인근에 있는 브리즈 힐이다.

13) 오텔 데 쟁발리드(Hotel des Invalides)는 파리에 있는 상이군인병원이다.

14) 프랑수아 위베르(1750~1831)는 스위스 곤충학자이다.

15) 커비와 스펜스의 『곤충학 개론』에서 인용했다. 아이네아스 실비우스(1405~1464)는 교황 피우스 2세(1458~1464)를 일컫는다. 올라우스 마그누스(Olaus Magnus, 1490~1558)는 스위스 역사학자이다. 크리스티안 2세(1481~1559)는 스웨덴과 노르웨이, 덴마크를 통치한 폭군이다.

16) 대니얼 웹스터(1782~1852)는 매사추세츠 주 상원의원으로, 노예제도를 실시하지 않는 주에서 발견된 도망 노예들을 주인에게 송환시키는 도망 노예 송환법의 타협안을 지지했다.

17) 제임스 녹스 포크는 미국의 제11대 대통령으로 1845년부터 1849년까지 재임했다. 본문에서 말하는 연도는 1845년이다.

18) 고양이의 유전적인 피부 질환의 일종이다.

19) 그리스 신화에서 페가수스는 시, 음악, 학예를 주관하는 아홉 여신들의 날개

달린 말이었다.

난방과 집들이

1) 소로는 10월이 오면 인간은 일시적인 감정에 휘둘리지 않고, 봄과 여름에 겪었던 모든 경험이 무르익어 지혜로 결실을 맺고 정신적으로 성숙한다고 일기에 적었다.

2) 뉴잉글랜드 지역의 인디언들은 까마귀가 남서부에 있는 밭에서 옥수수를 물어왔다고 믿는다.

3) 케레스와 미네르바는 로마 신화에서 각각 농업과 지혜의 여신이다.

4) 느부갓네살(네부카드네자르, Nebuchadnezzar)은 바빌론 왕(기원전 605~562)으로, 바빌론 유적지에서 그의 이름이 새겨진 벽돌이 발견되었다고 한다.

5) 엘러리 채닝을 말한다.

6) 『농업론』 3.2

7) 그리스 신화에서 사투르누스는 크로노스로도 알려져 있다. 그는 자신의 아들인 제우스에 의해 축출당했다.

8) 왕대공은 지붕의 가장 꼭대기와 바닥을 세로로 받치는 기둥이다. 쌍대공 역시 지붕의 뼈대를 세로로 받치는 한 쌍의 기둥이지만 지붕 꼭대기까지 닿지는 않는다. 영어로는 각각 king post와 queen post로 표현하므로 소로가 '알현하다'라는 표현을 사용했다.

9) 미국 북서부는 소로의 어린 시절에 미개척지로 여겨졌다. 맨 섬(the Isle of Man)은 아일랜드 해에 있는 영국의 섬 이름이다.

10) 날도래의 유충으로 낚싯밥으로 쓰인다.

11) 인디언 서머(Indian summer)는 늦가을 첫서리가 내리기 전에 나타나는 맑고 따뜻한 날씨를 말한다. 그 유래에 대해서는 여러 가지 설이 있는데, 아메리카 원주민인 인디언들이 전통적으로 수확을 한 때라는 설도 있고 북미 인디언 영토에서 주로 일어나는 현상이라는 설도 있다.

12) 불카누스는 불의 신이고 테르미누스는 경계(境界)의 신이다.

13) 「잠언」 9장 17절 참조. "도적질한 물이 달고 몰래 먹는 떡이 맛이 있다 하는도다."

14) 영국 박물학자 윌리엄 길핀(1724~1804)의 「숲의 경관에 대한 비평」(1834)에서 인용했다.

15) 1코드는 128세제곱피트이다.

16) 프랑스의 박물학자 프랑수아 미쇼(1770~1855)의 『북미 지역의 숲』(1818)에서
    인용했다.

17) 워즈워스의 시 「구디 블레이크와 해리 길」에서 인용한 구절로 구디는 자기가
    준 땔감을 해리가 거절하자 저주를 퍼붓는다.

18) '얼어붙은 금요일(Cold Friday)'은 1810년 1월 19일 세찬 바람이 불어 뉴잉글
    랜드 지역의 기온이 밤새 50도 급강하해서 영하로 내려갔던 사건을 말한다.
    '대폭설(Great Snow)'은 1717년 2월 27일부터 3월 7일까지 미국 북동부를 강타
    한 폭설로 5피트 이상의 눈이 내렸다.

19) 엘렌 스터지스 후퍼(1812~1848)의 시 「장작불」에서 발췌했다.

이전에 숲 속에 살던 주민들 그리고 겨울의 방문객들

1) 마르쿠스 포르키우스 카토(기원전 95~46)는 북아프리카의 우티카(Utica)에서
   사망했기 때문에 '우티카의 카토(Cato Uticensis)'라고도 알려져 있다. 동명이
   인인 그의 증조부와 혼동하지 않도록 주의해야 한다.

2) 나폴레옹 전쟁 기간 동안 영국이 미국에 무역 규제를 가해서 발발한 전쟁
   (1812~1814)이다.

3) 한니발 장군을 패배시킨 로마 장군(기원전 237~183). 아프리카 출신이라서가
   아니라 아프리카를 정복했기 때문에 그렇게 명명되었다. 실제로 스키피오 아프
   리카누스(Scipio Africanus, 1702~1720)라는 이름을 가진 노예도 영국에 존재했
   는데 그의 이름이 왜 로마 장군의 이름을 따서 지어졌는지는 알려지지 않았다.

4) 존 브리드는 콩코드 지역의 이발사로 술고래에 주정이 심했던 것으로 알려져
   있다. 본문에서 '악마'는 술을 암시한다.

5) 17, 18세기 뉴잉글랜드 지역에서 생산된 럼주는 기니에서 들여오는 노예의 몸
   값으로 지불되었다. 19세기에는 보스턴에서만도 수십 개의 양조장에서 럼주가
   생산되었다.

6) 윌리엄 대버넌트(William Davenant, 1606~1668), 영국 시인이자 『곤디버트』의
   저자. 이 작품은 매우 지루하고 재미없다는 평판이 나 있었다. 따라서 소로는
   이 작품을 수면과 연관시키고 있다.

7) 일종의 의식장애, 고열이나 극도의 쇠약, 기면성 뇌염 등으로 외계의 자극에 응
   하는 힘이 약해져서 강한 자극 없이는 쉽게 깨지 않고 수면을 계속하는 장애를

말한다.

8) 알렉산더 차머스의 『초서에서 쿠퍼에 이르기까지 영국 시인들의 작품』. 1810년 런던에서 발행되었고 총 21권으로 구성되어 있다.

9) 네르비족은 기원전 1세기경 갈리아 북쪽에 살던 강인하고 호전적인 벨기에의 한 부족으로 절대로 로마와 강화를 맺지 않는다고 맹세했다고 한다. 기원전 57년 네르비족은 다른 부족들과 연합하여 로마에 저항했고 격전 끝에 당시 플랑드르 지역에서 카이사르에게 패배했다.

10) 「베드로후서」 3장 10절에 나온 '주의 날(the day of the Lord)'을 암시한다. "그러나 주의 날이 도적같이 오리니 그날에는 하늘이 큰 소리로 떠나가고 체질이 뜨거운 불에 풀어지고 땅과 그중에 있는 모든 일이 드러나리로다."

11) 「창세기」에 나오는 노아의 홍수를 암시한다.

12) 「우리 마을 주변의 호수들」에 언급된 존 와이먼을 말한다.

13) 소로는 자신의 일기에 휴 코일(Hugh Quoil) 씨는 손에서 럼 잔이 떠나지 않을 만큼 술꾼이었다고 적었다.

14) 워털루는 벨기에에 있는 마을 이름으로 나폴레옹이 영국과의 전투에서 패배한 지역이다.

15) 중세 유럽의 인간 사회를 풍자하는 동물 이야기에 주인공으로 자주 등장하는 여우이다. 여우 르나르는 교활하고 부도덕하고 비겁하고 이기적이지만 그의 간교함은 생존을 위해 필수불가결한 것이다. 약은 꾀를 상징하는 르나르는 사나운 힘을 상징하는 탐욕스럽고 아둔한 늑대 이장그랭에 대항해 승리한다.

16) 존 밀턴의 『실낙원』 II. 560

17) '양털을 뽑다(pull wool)'와 '속이다(pool wool over one's eyes)'의 동음이의 표현이다.

18) 지도 위에서 거리를 측정하는 데 쓰이는 도구이다.

19) 「마태복음」 5장 39절 참조. "나는 너희에게 이르노니 악한 자를 대적지 말라. 누구든지 네 오른편 뺨을 치거든 왼편도 돌려대며."

20) 견과는 해결하기 어려운 문제를 의미하기도 한다.

21) 엘러리 채닝을 말한다.

22) 에이모스 브론슨 올콧(1799~1888)은 교육자이자 초절주의자이며 『작은 아씨들』의 저자인 루이자 메이 올콧의 아버지이다.

23) 토머스 스토러의 『토머스 울지 추기경의 삶과 죽음』(1816)에서 인용했다.

24) 월터 스콧 경의 작품 『올드 모탤리티』(1816)에 나오는 주인공 이름으로, 스코
틀랜드를 방랑하며 스코틀랜드 종교개혁 단원들의 묘석을 돌본 로버트 페터슨
(1715~1801)의 별명이다.
25) 「창세기」 1장 26절을 암시한다. "하나님이 가라사대 우리의 형상을 따라 우리
의 모양대로 우리가 사람을 만들고."
26) 랠프 월도 에머슨(1803~1882)은 소로의 사상에 크게 영향을 준 초절주의자다.
27) H. H. 윌슨이 영역한 힌두교 경전 『비슈누 푸라나』(1840)에서 인용했다.

겨울을 이겨내는 동물들

1) 소로는 혹독한 겨울을 이겨내는 동물을 그렇지 못한 동물보다 고귀하다 여겼다.
2) 배핀 만(Baffin's Bay)은 그린랜드와 캐나다 사이에 위치한 만이다.
3) 악타이온은 그리스 신화에 나오는 사냥꾼으로 아르테미스 여신이 목욕하는 모
습을 훔쳐본 벌로 저주를 받아 사슴으로 변한 뒤 자기가 기르는 개에게 죽음을
당한다.
4) 웨스턴은 콩코드 남동쪽에 위치한 마을 이름이다.
5) 숫자는 각각 파운드(pounds), 실링(shillings), 펜스(pence)를 나타낸다.
6) 니므롯(Nimrod)은 「창세기」 10장 9절에 나오는 야간 사냥꾼이다.

겨울 호수

1) 힌두 서사시 『마하바라타(Mahabharata)』에서 인용했다.
2) 존재의 위계질서는 '존재의 대사슬(the great chain of being)'이라고도 하며 자
연 속의 모든 사물은 가장 저급한 자연 형태에서 궁극적으로 신에 이르기까지
단절 없이 모두 연결되어 있고 서열이 있다는 이론이다. 19세기 초 생물학에서
가장 중요한 개념이었다.
3) 발도파(Waldenses)는 12세기 프랑스에서 페트뤼스 발데스(Petrus Valdes, 영어
로는 Peter Waldo)의 주도로 교황과 구교에 대한 반대파들이 시작한 기독교 종
파로, 종교계에서 축출당하고 박해를 받았다. 16세기 종교 개혁가들은 그들을
진실하고 순수한 종교의 수호자로 여겼다. '월든 호수에 거주하는 이들'
(Waldenses)이라는 의미도 된다.
4) 윌리엄 길핀(1724~1804)의 『스코틀랜드 고지대에 관한 고찰』(1808).
5) 1패덤(Fathom)은 약 183센티미터이다.

6) 존 밀턴의 『실낙원』 VII, 288~290

7) 그리스 신화에서 아킬레우스는 지형이 험준한 해안 지역인 테살리아에서 태어
　난 것으로 알려졌다.

8) 히페르보레오이는 그리스 신화에서 가장 추운 북쪽에 사는 사람들이다.

9) 아이슬란드의 경작지는 국토의 1퍼센트도 채 되지 않으며 곡식이 자라기 힘든
　기후이다. 따라서 '아이슬란드에서 새로 도입된 곡물 종자'는 실제로 곡물을
　말하는 것이 아니라 얼음의 결(grain)을 말하는 것이다.

10) 타르타로스는 그리스 신화에서 지옥이 있는 곳이다.

11) '재봉사 아홉 사람이 모여야 한 사람 구실을 한다'라는, 재봉사를 비웃는 속담
　을 암시한다.

12) 콩코드에서 15마일 동쪽에 위치한 찰스 강변에 있는 도시이다.

13) 오딘(Odin)은 북유럽 신화에 나오는 신으로 아주 옛날부터 전쟁의 신이었으
　며, 영웅 문학에서는 영웅들을 수호하는 신으로 나온다. 전쟁에서 숨진 전사들
　은 발할라에서 오딘을 만났다고 한다. 오딘이 사용했던 신비한 말 슬레이프니
　르는 여덟 개의 다리와 룬 문자가 새겨진 이빨을 가졌으며, 하늘을 달리고 바다
　를 건널 수 있는 능력을 가졌다고 한다. 오딘은 여러 신들 중에서 가장 뛰어난
　마술사이고 시에도 조예가 깊었고 시인들의 신이기도 하다.

14) 프레시 폰드(Fresh Pond)는 매사추세츠 주 케임브리지에 있는 저수지이자 공
　원 이름이다.

15) 당시에는 박테리아가 어떤 활동을 하는지 아직 밝혀지지 않았다.

16) 라 퐁텐의 우화 IV. 22와 「마태복음」 13장 18~23절 참조

17) 찰스턴과 뉴올리언스는 각각 사우스캐롤라이나 주와 루이지애나 주에 있는 도
　시 이름이다. 마드라스(첸나이), 봄베이(뭄바이), 캘커타(콜카타)는 인도의 주
　요 도시들로 뉴잉글랜드의 얼음이 수출되는 지역이었다.

18) 힌두교에서 신의 1년은 인간 세계의 360년에 해당한다.

19) 힌두교에서 숭배하는 신들이다.

20) 아틀란티스는 바닷속에 잠겨버렸다는 대서양의 전설의 섬이고, 헤스페리데스
　는 그리스 신화에서 가장 서쪽에 있다는 낙원의 섬으로, 둘 다 전설 속의 섬이
　다. 하노는 아프리카의 서부 해안을 탐험한 카르타고인 탐험가로 그의 여행에
　대한 기록으로는 10세기에 쓰인 그리스어 필사본 『하노의 항해기』가 전해지고
　있다. 트르나테와 티도레는 네덜란드령 동인도에 있는 스파이스 군도에 속한

섬들이다. 알렉산드로스 대왕의 제국은 인도 북서부까지 닿았으나 갠지스 강
지역에는 도달하지 못했다.

봄

1) 봄은 소로가 가장 좋아하는 계절일 뿐만 아니라 인간의 이성이 무지의 겨울잠
에서 깨어남을 상징한다.

2) 『성경』에 따르면 므두셀라(Methuselah)는 969년을 살았다고 한다.(「창세기」
5장 27절)

3) 「이사야서」 64장 8절. "그러나 여호와여 주는 우리 아버지시니이다. 우리는 진
흙이요, 주는 토기장이시니 우리는 다 주의 손으로 지으신 것이라."

4) 장 프랑수아 샹폴리옹은 로제타석을 해독한 프랑스의 이집트 학자다.

5) 인정과 동정심이 위치한 데가 내장이라고 여겨졌다.

6) 토르는 스칸디나비아 신화에 나오는 천둥의 신이다.

7) 바로의 『레룸 루스티카룸(*Rerum Rusticarum*)』 2.2.14에서 인용한 부분을 소로
가 번역했다.

8) 나바테아는 아라비아 반도의 북동부와 시리아의 국경, 유프라테스 강에서 홍
해, 즉 이라크 서부까지 이르는 지역이다.

9) 오비디우스의 『변신』 I. 61~62, 78~81

10) 「마태복음」 25장 21절과 23절. "그 주인이 이르되, 잘하였도다, 착하고 충성된
종아. 네가 작은 일에 충성하였으매 내가 많은 것으로 네게 맡기리니 네 주인의
즐거움에 참예할지어다."

11) 맹자의 『맹자』 제6편 1장

12) 오비디우스의 『변신』 I. 89~96, 107~108

13) 「고린도전서」 15장 55절. "사망아, 너의 이기는 것이 어디 있느냐. 사망아, 너
의 쏘는 것이 어디 있느냐."

14) 윌리엄 존스 경이 영역한 5세기 힌두교 극작가 칼리다스의 『샤쿤탈라』에서 인
용했다.

맺음말

1) 배의 틈새를 메우는 데 쓰이는 낡고 꼬임이 풀린 밧줄로, 뱃밥 만드는 일은 지루
하고 고된 일이었다.

2) 대권항법은 지구 표면에서 최단 거리인 두 지점을 잇는 길을 따라 항해하는 법
이다.

3) 자살을 의미하기도 하고 진정한 자아의 발견을 의미하기도 한다.

4) 윌리엄 해빙턴(1605~1654)의 「경애하는 나의 친구 에드 P. 나이트 경에게」에서
인용했다.

5) 존 프랭클린(1786~1847)은 태평양과 대서양 사이에 위치한 북극 항로인 북서부
항로 탐험 중 실종된 영국 탐험가로 1859년 유해가 발견되었다. 그를 찾기 위해
그의 부인은 구조선을 모집하는 등의 노력을 기울였다.

6) 헨리 그리넬(1799~1874)은 존 프랭클린의 구출을 시도한 미국인이다.

7) 멍고 파크(1771~1806)는 아프리카를 탐험한 스코틀랜드인으로 니제르 강을 탐
험했다. 메리웨더 루이스(1774~1809)와 윌리엄 클라크(1770~1838)는 루이지애
나 지역을 탐험하는 원정대를 이끌었다. 마틴 프로비셔(1535경~1594)는 영국
인 탐험가로 북서부 항로를 발견하려는 시도를 세 번이나 감행했다.

8) 찰스 윌크스(1798~1877)는 1838년 남극과 태평양을 탐험한 미국 원정대를 이끌
었다.

9) 4세기 로마 시인 클라우디아누스의 「베로나의 노인」에서 인용했다. 소로는 원
본에 '스페인인(Spaniards)'이라고 되어 있는 것을 '오스트레일리아인
(Australians)'으로 대체했다.

10) 찰스 피커링의 『인류』(1851)에는 아프리카 연안에 위치한 섬 잔지바르에 있는
고양이에 대한 얘기가 나온다.

11) 존 심스는 1818년 발간한 책자에서 지구의 속이 비었고 그 속에 사람이 살 수
있다는 이론을 주장했다.

12) 아프리카 기니 만의 북쪽에 위치한 해안의 명칭들로 16~18세기에 금과 노예를
주로 공급한 지역이다.

13) 아메리카 신대륙에서 유럽과 아프리카를 거쳐 고대 문명의 발상지인 인도로
가는 지름길은 시대적으로 볼 때 역사를 거슬러 올라가는 여정이었다. 인도는
소로에게 피상적이고 세속적인 것을 모두 걷어내고 진정한 내면에 도달하는 것
을 상징했다.

14) 그리스 신화에 따르면 스핑크스는 사자의 몸과 발, 독수리의 날개, 뱀의 꼬리,
인간의 머리를 가진 괴물로 자신이 낸 수수께끼를 풀지 못하는 사람은 누구든
지 없애버렸다. 스핑크스는 오이디푸스가 자신이 낸 수수께끼를 풀자 머리를

돌에 찧어 스스로 목숨을 끊었다.

15) 소크라테스와 '너 자신을 알라' 라는 격언을 일컫는 것일 가능성이 높다.

16) 미라보 백작은 프랑스 혁명가다. 소로가 《하퍼즈》(1850)에 난 기사를 읽고 인용했다.

17) 브라이트(Bright)는 소에게 흔히 붙여진 이름이다.

18) 가르셍 드 타시의 『힌두 문학의 역사』에서 인용했다. 카비르는 5세기 인도의 신비주의자이다.

19) '살아서 술 한 잔이 죽어서 술 석 잔보다 낫다' 라는 우리말 속담과 비슷하다. 원문의 표현은 「전도서」9장 4절 참조. "모든 산 자 중에 참예한 자가 소망이 있음은 살아 있는 개가 죽은 사자보다 나음이니라."

20) 힌두교와 불교에서 말하는 세상이 시작될 때부터 끝날 때까지의 기간이다. 브라마에게는 한나절이고 인간에게는 43억 2천만 년에 해당한다.

21) 브라마는 낮이 저물면 잠을 잤다. 브라마에게 밤의 길이는 43억 2천만 년으로 낮의 길이와 같았다. 따라서 브라마의 하루는 86억 4천만 년이다.

22) 공자의 『논어』 제9편 25장

23) 영국의 작가 조지프 블랑코 화이트(1775~1841)의 14행시 소네트 「밤에게」에서 인용했다.

24) 크로이소스는 기원전 6세기 리디아의 마지막 왕으로 막대한 재산을 소유했다.

25) 조지아 주 하원의원과 미 상원의원을 역임한 로버트 오거스터스 툼즈를 암시한다. 그는 노예제도를 강력하게 옹호해 북부 지역의 관심을 끌었다.

26) 앞서 언급한 대니얼 웹스터를 암시한다.

27) 맘루크가(家)는 이집트의 군인 집안으로 1811년 학살되었다. 그 일가 중 한 군인은 벽을 타넘어 말 등 위로 뛰어내려서 달아나, 피살을 면했다.

28) 대니얼 웹스터(1782~1852)는 매사추세츠 출신의 저명한 연설가이자 상원의원이다. 소로는 그가 1850년 절충안을 지지함으로써 노예제도 반대 운동을 배반하는 행동을 했다고 믿었다.

29) 당분을 첨가한 과일 주스나 크림, 우유, 커스터드 등을 얼려 만든 과자이다.

30) 당시 중국인들은 오만하고 냉담하다고 여겨졌다.

31) 7년 피부염(seven year itch)은 19세기 미국에서, 7년 동안 지속된다고 여겨진 전염성 피부병으로 1845년쯤 병명이 널리 알려졌고 사람을 짜증나게 만드는 상황에 대한 은유적인 표현으로 사용되었다. 지금은 쉽게 치료할 수 있지만 19세

기와 20세기 초 당시만 해도 상당히 심각한 질병이어서 반사회적인 행동에 대한 벌이라고 여겨지기도 했다.

32) 17년 동안 땅속에서 애벌레로 지낸 뒤 성충이 된다는 매미이다.

33) 목적 의식을 갖고 간절히 추구해야 원하는 바를 달성하게 된다.

34) 소로가 샛별의 상징성을 인식하는 데 영향을 준 문학작품들이 몇 가지 있다. 그중 하나는 에머슨의 「정치」로 에머슨은 이 작품에서 다음과 같이 말한다. "우리는 우리의 문명이 정오쯤 다다랐다고 생각한다. 그러나 우리의 문명은 아직 수탉이 울고 샛별이 보이는 시기에 머물러 있다." 소로가 서문에서 "수탉처럼 자랑스럽게 외친다"라는 구절을 사용한 것과 같이, 마지막에도 새벽의 이미지를 이용해 이 작품이 자신의 이웃 사람들에게 경종을 울리기 위한 목적으로 쓰였음을 암시하고 있다.

시민 불복종

1) 이 글은 '시민 정부에 대한 저항'이라는 제목으로 엘리자베스 피바디의 《미학》 (1849, 보스턴)에 실린 것이다. 소로가 숨지고 4년 후 『캐나다의 북미인, 노예제도 반대와 개혁에 관한 논고』(1866, 보스턴)에 '시민 불복종'이라는 제목으로 실린다. 소로가 실제로 사용하려 했던 제목이 무엇인지에 대해서는 의견이 분분하다. 1849년 판과 1866년 판의 본문 내용 선택과 관련한 문제에 대한 자세한 사항은, 토머스 우드슨(Thomas Woodson)의 "The Title and Text of Thoreau's 'Civil Disobedience,'" *Bulletin of Research in the Humanities*, 81 (1978), 103~112와 웬델 글릭(Wendel Glick)의 "Scholarly Editing and Dealing with Uncertainties: Thoreau's 'Resistance to Civil Government,'" *Analytical & Enumerative Bibliography*, 2 (1978), 103~115를 참조하라.

2) 이와 아주 유사한 금언이 *The United States Magazine and Democratic Review*의 발행인란과 에머슨의 에세이 「정치」에 나온다.

3) 미국과 멕시코는 1846년부터 1848년까지 전쟁을 치렀다. 이 글이 인쇄되기에 앞서, 종전되기 일주일 전인 1847년 1월 26일 소로는 이 글로 강연을 했다. 전쟁과 관련한 중요한 문제 중 하나는 노예 소유를 허용하는 지역의 확장이었다.

4) 1849년 《미학》 판에서는 마침표가 세미콜론으로 되어 있고 뒤이어 "그리고 그들이 그것을 실제로 마치 진짜 총처럼 서로에게 겨눈다면 그 총은 쪼개지리라"

라고 적혀 있다.

5) 찰스 울프(1791~1823)의 「코룬나에서 거행된 존 무어 경의 안장」에서 인용.

6) 평화 유지를 위해 차출된 사람들, 보안관이 치안을 위해 모집하는 민병대를 말한다.

7) 셰익스피어의 『햄릿』 5막 2장 236~237절

8) 셰익스피어의 『존 왕』 5막 2장 78~82절

9) 미국 독립혁명의 시초가 된 렉싱턴과 콩코드 전투는 1775년 4월 19일에 발발했다.

10) 미국 식민지가 영국에서 수입한 차(茶)를 말한다. 1773년 4월 영국 의회가 차조례(茶條例)를 통과시켜 대중 음료인 차에 세금을 부과하자 이에 반발해 인디언으로 위장한 미국의 식민지 반군이 영국 동인도회사 소유의 값비싼 차가 실린 배를 파괴했는데 이것이 바로 1773년 12월에 일어난 '보스턴 차 사건'이다. 이에 대한 보복으로 영국 의회는 손상된 차를 배상할 때까지 보스턴 시의 해상 무역을 봉쇄하는 '보스턴 항구 폐쇄법'을 포함해 일련의 징계조치를 통과시켰다.

11) 철학자 윌리엄 페일리(1743~1805)의 『도덕적·정치적 철학의 원리』에서 인용.

12) 「마태복음」 10장 39절 참조. "자기 목숨을 얻는 자는 잃을 것이요, 나를 위하여 자기 목숨을 잃는 자는 얻으리라."

13) 시릴 터너(1575경~1626)의 『보복자의 비극』 4막 4장 71~72절

14) 「고린도전서」 5장 6절 참조. "너희의 자랑하는 것이 옳지 아니하도다. 누룩이 온 덩어리에 퍼지는 것을 알지 못하느냐."

15) 18세기 영국에서 설립된 비밀 공제 조합인 'The Independent Order of the Odd Fellows'를 말한다.

16) 과격파 노예 폐지론자인 윌리엄 로이드 개리슨은 "노예 소유자는 연방에 가입할 수 없다"고 주장했다.

17) 니콜라우스 코페르니쿠스(1473~1543)는 태양계에 대한 혁명적인 견해를 도입한 폴란드 천문학자이고, 마틴 루터(1483~1546)는 독일 신학자이자 프로테스탄트 종교개혁의 지도자이다.

18) 당시의 인두세에 해당하는 금액이다.

19) 샘 스테이플스를 말하며 그는 가끔 소로가 토지 측량하는 일을 도왔다.

20) 새뮤얼 호어(1778~1856)를 말한다. 사우스캐롤라이나 주가 매사추세츠 주 출신의 흑인 선원들을 체포한 것에 항의하기 위해 매사추세츠 주로부터 찰스턴에

파견한 콩코드 출신의 변호사이자 의회 의원이다. 이에 사우스캐롤라이나 의회
는 그를 추방했다.

21) 「마태복음」 22장 15~22절 참조

22) 『논어』 제8편 13장 참조

23) 소로는 『월든』에서 「우리 마을」 장의 마지막 문단에서도 이를 간단히 묘사했다.

24) 상위법은 민법이 아니라 정신적인 법, 즉 인간의 양심을 말한다.

25) 중부 유럽에 있는 강이다.

26) 콩코드는 미들섹스 행정구의 청사 소재지였다.

27) 공교롭게도 이탈리아 시인 실비오 펠리코(1788~1854)의 시 「나의 옥중 수기」
를 언급하고 있다. 이 옥중 회고록은 1840년대에 인기를 끌었다.

28) 그리스 신화에서 오르페우스는 여신 칼리오페의 아들로 그가 수금(竪琴)으로
연주하는 음악은 자연계에서 마력을 발휘했다.

29) 조지 필의 「알카사르의 전투」에서 인용했다. 인용된 부분은 1849년 《미학》 판
에는 등장하지 않으며 1866년 『캐나다의 북미인, 노예제도 반대와 개혁에 관한
논고』 판에 처음 등장한다.

30) 대니얼 웹스터(1782~1852)로, 저명한 매사추세츠 주 상원의원이다.

31) 헌법 제정 회의는 1787년 필라델피아에서 개최되었다.

32) 이 문장은 《미학》 판에는 등장하지 않는다.

작품해설

1) 초절주의는 19세기 중반 미국 뉴잉글랜드 지역에서 형성된 문학, 종교, 문화, 철
학에 대한 새로운 사상이다. 당시 전반적인 문화와 사회적 상황, 특히 하버드
대학에 만연하던 주지주의와 하버드 신학대학에서 가르치던 유니테리언주의
에 대한 저항으로 시작되었다. 초절주의의 핵심 사상은 육체와 경험을 초월하
는 영적 상태에 도달하는 것이며 이는 기존 종교의 경직된 교리가 아니라 각 개
인의 직관을 통해 도달할 수 있다는 믿음이다.

2) 유니테리언주의(Unitarianism)는 이성의 자유로운 활용을 강조하는 종교운동
으로, 예수의 신성과 삼위일체 교리를 부인하고 신격의 단일성을 주장한다.

3) 「미국의 학자」는 에머슨이 『자연론』이라는 역작을 발표한 공로로 파이베타카
파 소사이어티(the Phi Beta Kappa Society)의 초청을 받아 1837년 매사추세츠

주 케임브리지에서 했던 연설이다. 그는 『자연론』에서 미국은 독립을 선언한 지 60년이나 지났는데도 미국 문화가 여전히 유럽의 영향을 받고 있다고 보고, 그러한 구세계의 영향력에서 벗어나 어떻게 하면 미국만의 새로운 문화적 정체성을 찾을 것인지 그 방법을 제시했다. 의사이자 작가인 올리버 웬델 홈스 시니어는 이 연설을 미국의 '지적(知的) 독립 선언문'이라고 극찬했다.

4) 에머슨은 에세이 「자립」에서 각 개인은 획일성과 거짓된 일관성을 버리고 자신만의 직관과 사상을 좇을 필요가 있음을 역설했다.

5) 벤저민 프랭클린을 말한다. 벤저민 프랭클린은 1732년부터 1758년까지 해마다 『가난한 리처드의 달력』이라는 소책자를 출판했다. 이 소책자는 큰 인기를 얻어 프랭클린에게 성공을 안겨주었다.

6) 노예제도는 남부 지역에서 성행한 제도이므로 북부 지역에는 낯선(foreign) 제도라는 사실과, 인간의 본성을 거역하는(foreign, contrary) 제도라는 두 가지 의미가 있다.

7) 1883년에서 1884년에 사회주의를 표방하며 스코틀랜드 출신의 철학자인 토머스 데이비드슨이 영국에서 창립했고 영국에 민주적인 사회주의 국가를 건설한다는 목적을 추구했다. 페이비언 협회원들은 혁명보다는 점진적인 사회주의를 신봉했다. 협회의 이름은 로마의 장군 파비우스 막시무스 쿵크타토르에서 유래했는데 그는 적과의 전면전을 피하면서 끈질기고 참을성 있는 작전을 펼쳐 자신보다 세력이 큰 군대를 이긴 전략으로 잘 알려져 있다. 회원으로는 조지 버나드 쇼, 시드니 웨브, 애니 베전트, 에드워드 피스, 그레이엄 월라스 등이 있다.

8) 미국 정부는 백인 이주 정착민들을 인디언들의 습격으로부터 보호하기 위해 보스크 레돈도 보호구역을 설치해 1863년부터 1868년까지 나바호와 메스칼레로 아파치족을 강제로 수용하였고, 섬너 요새는 이 보호구역의 관리를 책임진, 뉴멕시코 주 남동부에 있던 미 군사 주둔지였다. 그러나 이 인디언 보호구역의 운영은 만성적인 식량 부족과 환경오염, 오랫동안 적대적인 관계였던 두 인디언 부족 간의 잦은 불화 등으로 인해 실패한 정책으로 판명되었고, 보호구역 내의 인디언들은 자신들의 본래 거주지로 돌아갔다.

9) 남북전쟁 당시 위스콘신 제8보병 부대를 상징하는 마스코트였던 독수리의 이름으로 에이브러햄 링컨 대통령의 이름에서 따왔다.